Eliot Pattison

DER FREMDE TIBETER

Roman

Aus dem Amerikanischen von Thomas Haufschild

Rütten & Loening
Berlin

Die Originalausgabe The *Skull Mantra*
erschien 1999 bei St. Martin's Press, New York.

ISBN 3-352-00564-8

1. Auflage 2000

Umschlaggestaltung Henkel/Lemme
Druck und Binden GGP Media GmbH
Ein Mohndruck-Betrieb
Printed in Germany

www.ruetten-und-loening.de

Für Matt, Kate und Connor

Danksagung

Ohne die Unterstützung durch Natasha Kern und Michael Denneny wäre dieses Buch nicht möglich gewesen. Ganz besonderer Dank gebührt darüber hinaus Christina Prestia, Ed Stackler, Lesley Payne und Laura Conner.

Kapitel Eins

Sie nannten es die Viererwahl. Der hochgewachsene, hagere Mönch stand wankend am Rand der hundertfünfzig Meter hohen Klippe und wurde nur noch vom starken Himalajawind zurückgehalten. Shan Tao Yun kniff die Augen zusammen, um die Gestalt besser sehen zu können. Sein Herz zog sich zusammen. Der Mann, der dort gleich springen würde, war Trinle – sein Freund Trinle, der erst an jenem Morgen flüsternd Shans Weg gesegnet hatte, damit keiner von ihnen versehentlich ein Insekt zertreten würde.

Shan stieß seine Schubkarre beiseite und rannte los.

Als Trinle sich vorbeugte, drückte der Aufwind ihn zurück und riß ihm die *khata* weg, den behelfsmäßigen Gebetsschal, den er heimlich um den Hals trug. Shan lief um einige Männer herum, die Spitzhacken schwangen. Dann rutschte er auf dem Schotter aus. Hinter ihm ertönte eine Signalpfeife, gefolgt von einem wütenden Zuruf. Der Wind spielte mit dem schmutzigen Fetzen aus weißer Seide, ließ ihn für eine Sekunde außerhalb von Trinles Reichweite baumeln und hob den Schal dann in einer langsam kreisenden Bewegung zum Himmel empor. Die Blicke der Häftlinge verfolgten den Aufstieg der *khata*, und zwar keineswegs überrascht, sondern voller Ehrfurcht. Jedes Ereignis hatte eine Bedeutung, und die zarten, unerwarteten Werke der Natur waren oft am bedeutsamsten.

Die Wachen riefen abermals, aber keiner der Männer kehrte an seine Arbeit zurück. Es war ein Moment äußerster Schönheit. Der weiße Stoff, der in den kobaltblauen Himmel tanzte, die zweihundert ausgemergelten Gesichter, die in der Hoffnung auf eine Offenbarung nach oben schauten und den Gedanken verdrängten, daß ihnen für diese eine Minute verlorener Zeit mit Sicherheit eine Strafe bevorstand. Es war genau die Art von Moment, mit der Shan in Tibet zu rechnen gelernt hatte.

Doch Trinle, der dort an der Kante stand, schaute erneut mit ruhigem und erwartungsvollem Blick nach unten. Shan hatte andere die Viererwahl treffen sehen, und ihnen allen war dieser zuversichtliche Gesichtsausdruck gemeinsam gewesen. Es geschah immer auf die gleiche Weise, ganz plötzlich, als würde ihnen auf einmal eine Stimme, die niemand sonst zu hören vermochte, den Befehl dazu erteilen. Selbstmord war eine schwerwiegende Sünde und zog auf jeden Fall die Wiedergeburt als niedere Lebensform nach sich. Aber wenn man als Gefangener in einer chinesischen Zwangsarbeitsbrigade schuften mußte, stellte die Aussicht auf ein Dasein als Vierbeiner bisweilen eine verlockende Alternative dar.

Shan rappelte sich auf und lief weiter. Er packte Trinles Arm, gerade als der sich über den Rand beugte. Im selben Moment erkannte Shan, daß er Trinles Verhalten völlig falsch gedeutet hatte. Der Mönch schaute prüfend auf etwas herab. Keine zwei Meter unter ihnen befand sich ein Sims, das kaum breit genug war, um einem Schwalbennest Platz zu bieten. Auf diesem Sims lag ein funkelnder goldener Gegenstand. Ein Feuerzeug.

Ein aufgeregtes Murmeln wanderte wie eine Woge durch die Reihen der Häftlinge. Die *khata* war zurück über den Kamm getrieben worden und stürzte nun fünfzehn Meter vor der Arbeitskolonne auf den Abhang.

Mittlerweile hatten die Wachen sie erreicht, stießen Verwünschungen aus und griffen nach ihren Schlagstöcken. Als Trinle sich von der Kante abwandte und nach dem Gebetsschal Ausschau hielt, drehte Shan sich zu seiner umgestürzten Schubkarre um. Sergeant Feng, langsam und grauhaarig, aber stets wachsam, stand neben den ausgeschütteten Felsbrocken und schrieb in sein Kontrollbuch. Der Straßenbau war Dienst am Sozialismus. Wenn jemand seine Arbeit verließ, beging er damit eine weitere Sünde gegen das Volk.

Noch während Shan schwerfällig zurückstapfte, um Fengs Zorn über sich ergehen zu lassen, ertönte oberhalb am Hang ein lauter Aufschrei. Zwei der Gefangenen hatten die *khata* holen wollen und waren zu dem Felshaufen geeilt, neben dem der Schal lag. Jetzt ließen die beiden sich auf die Knie fallen, wichen zurück und stimmten fieberhaft eine Litanei an. Ihr Mantra traf die anderen Häftlinge wie ein plötzlicher Windstoß. Jeder der Männer kniete im selben Moment nieder, in dem es an seine Ohren drang, und nahm in schneller Folge den wiederkehrenden Sprechgesang auf, so daß kurz darauf die gesamte Brigade bis hinunter zu den Lastwagen an der Brücke im Gebet vereint war. Nur Shan und vier andere, die einzigen Han-Chinesen unter den Zwangsarbeitern dieser Brigade, blieben stehen.

Feng brüllte wütend, lief nach vorn und blies in seine Pfeife. Shan wunderte sich über den Sprechgesang, denn es hatte sich doch gar kein Selbstmord ereignet. Aber die Worte waren unverkennbar. Es handelte sich um die Anrufung Bardos, die Eröffnungsrezitation der Todeszeremonien.

Ein Soldat lief den Hügel hinauf. Seine Jacke war mit vier Taschen versehen, den verbreitetsten Rangabzeichen der chinesischen Volksbefreiungsarmee. Leutnant Chang, der Offizier der Wache, flüsterte etwas in Fengs Ohr, woraufhin der Sergeant den Han-Gefangenen zurief, sie sollten den Felshaufen abtragen, den die Tibeter entdeckt hatten. Shan stolperte zu der Stelle vor, an der die *khata* niedergegangen war, und kniete sich neben Jilin, den langsamen, kräftigen Mandschu, den alle hier nur unter dem Namen seiner Provinz kannten. Als Shan den Schal in seinen Ärmel stopfte, nahm Jilins verdrießliches Gesicht einen erwartungsvollen Ausdruck an. Mit plötzlich anwachsendem Elan schob er die Felsen beiseite.

Die Männer der vorderen Arbeitsgruppe, deren Aufgabe darin bestand, die größten Geröllblöcke und losen Steine wegzuräumen, waren Unerwartetes gewohnt. Häufig fanden sie ausrangierte Töpfe oder den Schädel eines Yaks entlang der Routen, die von den Ingenieuren der Volksbefreiungsarmee vermessen worden waren. In einem Land, in dem die Toten nach wie vor den Geiern zum Fraß überlassen wurden, waren sogar menschliche Gebeine kein unüblicher Anblick.

Im Schotter lag eine halb aufgerauchte Zigarette. Jilin

schnurrte vor Behagen und schnappte sich den Stummel. Da erschien neben ihnen ein Paar blankpolierter Stiefel. Shan richtete sich auf und sah, wie Leutnant Chang erschrak. Die Hand des Soldaten zuckte zu der Pistole an seinem Gürtel. Sein gellender Schrei erstarb ihm auf den Lippen, und er stellte sich hinter Feng.

Diesmal war die 404. Baubrigade des Volkes schneller als die Geier gewesen. Der Leichnam lag im Kreis der Steine, die ihn bedeckt hatten. Shan erkannte sofort, daß die Schuhe des Toten aus echtem Leder und von teurer westlicher Machart waren. Im V-Ausschnitt des Pullovers glänzte der frisch gebügelte Kragen eines weißen Hemds.

»Aus Amerika«, flüsterte Jilin respektvoll und meinte damit nicht die Leiche, sondern die Kleidung.

Der Mann trug neue Bluejeans – nicht etwa den fadenscheinigen chinesischen Denim, den Straßenverkäufer mit gefälschten westlichen Markenetiketten feilboten, sondern ein Original, hergestellt von einer Firma in den Vereinigten Staaten. An dem Pullover war eine Anstecknadel befestigt, die aus den beiden gekreuzten Nationalflaggen Amerikas und Chinas bestand. Die Hände des Mannes waren vor dem Bauch verschränkt, so daß er aussah, als hätte er sich in seiner Pension zur Ruhe begeben und würde darauf warten, zum Tee gerufen zu werden.

Leutnant Chang gewann seine Fassung schnell zurück. »Weiter, verdammt«, herrschte er sie an und stieß Feng nach vorn. »Ich will das Gesicht sehen.«

»Das muß genau untersucht werden«, sagte Shan, ohne nachzudenken. »Sie können nicht einfach ...«

Der Leutnant verpaßte Shan einen Tritt, zwar nicht allzu fest, aber mit der Bewegung eines Mannes, der den Umgang mit lästigen Hunden gewohnt war. Neben Shan zuckte Jilin zusammen und schirmte reflexartig seinen Kopf mit den Händen ab. Leutnant Chang trat ungeduldig vor und packte die Handgelenke des Toten. Er warf Feng einen mürrischen Seitenblick zu und zerrte den Körper von den restlichen Felsbrocken weg. Im selben Moment wich sämtliche Farbe aus Changs Gesicht. Er wandte sich ab und übergab sich würgend.

Die Leiche hatte keinen Kopf.

»Götzenverehrung stellt einen Angriff auf die sozialistische Ordnung dar«, dröhnte die Stimme eines jungen Offiziers aus dem Megaphon, als die Gefangenen auf eine Reihe klappriger grauer Mannschaftstransporter zumarschierten, die schon seit Jahren nicht mehr im Dienst der Armee standen. »Jedes Gebet ist ein Schlag gegen das Volk.«

ZERREIẞT DIE KETTEN DES FEUDALISMUS, wettete Shan im stillen mit sich selbst, oder *DIE VEREHRUNG DER VERGANGENHEIT BEDEUTET RÜCKSCHRITT.*

»Der Drache hat gegessen«, rief jemand aus den Reihen der Sträflinge.

Der Ton einer Signalpfeife ließ ihn verstummen.

»Ihr habt das Soll nicht erfüllt«, setzte der Politoffizier mit schriller Stimme seine Ansprache fort. Hinter ihm stand ein roter Geländewagen, den Shan noch nie zuvor an der Baustelle gesehen hatte. MINISTERIUM FÜR GEOLOGIE stand auf der Tür. »Ihr habt das Volk beschämt. Man wird euch Oberst Tan melden.« Die elektrisch verstärkten Worte des Offiziers hallten vom Hang wider. Was hatte das Ministerium für Geologie hier verloren? fragte sich Shan. »Die Besuchserlaubnis wird vorerst aufgehoben. Während der nächsten beiden Wochen gibt es keinen heißen Tee. Zerreißt die Ketten des Feudalismus. Erfahrt den Willen des Volkes.«

»Leck mich am Arsch«, murmelte eine unbekannte Stimme hinter Shan. »Schon wieder *lao gai*-Kaffee.« Der Mann stolperte gegen ihn, als sie darauf warteten, auf die Ladefläche des Transporters zu steigen.

Shan drehte sich um. Das Gesicht war neu in dem Arbeitstrupp. Es gehörte einem jungen Tibeter, dessen kleine knorrige Gestalt ihn als *khampa* auswies, als einen Angehörigen der Hirtenstämme des Hochplateaus von Kham im Osten.

Als der Mann ihn sah, verhärtete sich sogleich seine Miene. »Wissen Euer Hoheit, was *lao gai*-Kaffee ist?« knurrte er. Seine wenigen verbliebenen Zähne waren schwarz vor Fäulnis. »Ein Löffel guter tibetischer Dreck. Und ein halber Becher Pisse.«

Der Mann setzte sich gegenüber von Shan auf die Bank und musterte ihn. Shan klappte seinen Hemdkragen hoch, denn die zerlumpte Plane über dem Stauraum des Wagens bedeutete kaum einen Schutz vor dem Wind, und erwiderte den Blick, ohne zu blinzeln. Er hatte gelernt, daß das Überleben einzig und allein davon abhing, wie man mit der eigenen Angst umgehen konnte. Die Angst mochte einem schwer wie ein Stein im Magen liegen. Vielleicht verbrannte sie einem das Herz, bis man merkte, daß sogar die eigene Seele zu schwelen anfing. Aber man durfte sich niemals etwas davon anmerken lassen.

Shan war zu einem Fachmann der Angst geworden. Er hatte gelernt, ihre mannigfaltige Beschaffenheit und ihre physischen Reaktionen deutlich zu erkennen. Es bestand zum Beispiel ein großer Unterschied zwischen der Angst vor den Schritten des Folterers und der Angst vor einer Lawine, die auf eine benachbarte Arbeitsgruppe niederging. Und all das war nichts im Vergleich zu der Angst, die ihn nächtelang wachhielt, wenn er sein Miasma aus Erschöpfung und Schmerz durchlebte und befürchtete, das Gesicht seines Vaters zu vergessen. Schon ganz am Anfang, während der verschwommenen Mischung aus Spritzen und politischer Therapie, hatte er begriffen, wie wertvoll die Angst sein konnte. Manchmal war nur noch die Angst real gewesen.

Am Hals hatte der *khampa* tiefe Narben, die von einer Klinge stammten. Als er das Wort ergriff, verzog er kalt und verächtlich den Mund. »Oberst Tan, haben die gesagt«, brummte er und schaute sich beifallheischend um. »Niemand hat mir erzählt, daß dies hier Tans Bezirk ist. Der größte Hurensohn in dieser Armee voller Hurensöhne.«

Einen Moment lang schien es, als hätte niemand ihm zugehört, dann beugte sich plötzlich eine der Wachen vor und hieb dem Mann den Schlagstock gegen die Schienbeine. Das Gesicht des *khampa* verwandelte sich kurz in eine schmerzverzerrte Grimasse und ging dann in ein boshaftes Lachen über, während der Mann eine kleine Drehbewegung in Shans

Richtung machte, als hielte er ein Messer in der Hand. Mit einstudiertem Desinteresse schloß Shan die Augen.

Die Klappe wurde am Heck des Lasters festgezurrt, und der Wagen setzte sich in Bewegung. Auf der dunklen Ladefläche erhob sich ein leises Murmeln. Es war kaum zu hören, so wie das Rauschen eines weit entfernten Flusses. Während der dreißigminütigen Fahrt zum Lager saßen die Wachen in den Führerhäusern der Fahrzeuge, und die Häftlinge waren unter sich. Die Erschöpfung des Trupps war beinahe zu greifen. Sie glich einem müden Grauschleier, der sich wie eine dämpfende Watteschicht über die Rückfahrt legte. Aber sie entband die Männer nicht von ihren Gelübden.

Nach drei Jahren war Shan inzwischen in der Lage, die *malas*, die Gebetsketten der Männer, am Geräusch auseinanderzuhalten. Der Mann links von ihm ließ eine Schnur mit Knöpfen durch die Finger gleiten. Die unerlaubte *mala* zu seiner Rechten hatte man aus Fingernägeln gefertigt. Das Prinzip war weit verbreitet: Man ließ seine Nägel wachsen, schnitt sie ab und sammelte sie auf einem Faden, den man aus einer Decke gezogen hatte, bis die erforderliche Anzahl von hundertacht Exemplaren erreicht war. Manche Rosenkränze bestanden nur aus Knoten in einem solchen Faden und bewegten sich geräuschlos durch die schwieligen Hände. Andere Häftlinge hatten Melonenkerne benutzt und ihre *malas* dadurch zu begehrten Objekten gemacht, die sorgsam gehütet werden mußten, weil andere Gefangene, vor allem die Neuankömmlinge, mehr auf die Rituale des Überlebens als auf die Rituale Buddhas bedacht waren. Sie würden solche Gebetsketten einfach aufessen.

Mit jedem Kern oder Fingernagel, Knoten oder Knopf sagte ein Priester das uralte Mantra auf: *Om mani padme hum*. O Juwel in der Lotusblüte, die Anrufung des mitfühlenden Buddhas. Kein Geistlicher würde sich auf seine Schlafstelle niederlassen, bevor er nicht sein tägliches Soll von mindestens einhundert Umläufen hinter sich gebracht hatte.

Die Litanei wirkte wie ein Balsam auf Shans müde Seele. Die Priester und ihre Mantras hatten sein Leben verändert. Sie hatten es ihm ermöglicht, den Schmerz der Vergangenheit hinter sich zu lassen und nicht mehr zurückzublicken. Zumindest meistens. Das müsse genau untersucht werden, hatte er zu Chang gesagt. Die Worte hatten ihn selbst weitaus mehr überrascht als den Leutnant. Die Macht der Gewohnheit.

Als die Müdigkeit ihn zu übermannen drohte, stieg plötzlich ein Bild vor ihm auf. Ein kopfloser Körper saß aufrecht da und spielte mit einem goldenen Feuerzeug herum. Die Gestalt bemerkte ihn und streckte ihm zögernd das Feuerzeug entgegen. Auf einmal wurde ihm die Luft knapp. Keuchend riß er die Augen auf.

Nicht der *khampa* beobachtete ihn, sondern ein älterer Mann, der einzige Sträfling mit einem echten Rosenkranz, einer antiken *mala* aus Jadeperlen, die sie vor einigen Monaten zufällig gefunden hatten. Der Mann, der sie benutzte, saß schräg gegenüber von Shan neben Trinle auf der Bank hinter dem Führerhaus. Sein Gesicht war glatt wie ein runder Pflasterstein, abgesehen von der gezackten Narbe an der linken Schläfe, wo ihn vor dreißig Jahren ein Rotgardist mit einer Hacke angegriffen hatte. Choje Rinpoche war der *kenpo*, der Abt vom Kloster Nambe gewesen, einem der vielen tausend Klöster, das die Chinesen zerstört hatten. Jetzt war er *kenpo* der 404. Baubrigade des Volkes.

Während Choje genau wie die anderen seine Perlen abzählte, ohne das Schlingern des Wagens zu beachten, ließ Trinle ein kleines Objekt in seinen Schoß fallen, das in ein Stück Stoff gewickelt war. Choje senkte die Gebetskette und wickelte den Gegenstand langsam aus. Es handelte sich um einen Stein, auf dem ein rostfarbener Fleck zu sehen war. Der alte Lama nahm ihn ehrfurchtsvoll und musterte ihn von allen Seiten, als läge darin eine Erkenntnis verborgen. Als er das Geheimnis erkannte, legte sich eine große Traurigkeit über sein Antlitz. Der Stein war von getrocknetem Blut überzogen. Choje schaute auf und blickte abermals zu Shan herüber. Dann nickte er ernst, als wolle er Shans schlimme Vorahnung bestätigen. Der Mann mit den amerikanischen Jeans hatte dort, mitten auf ihrer Straße, seine Seele verloren. Die Buddhisten würden sich weigern, die Arbeit an diesem Berg fortzusetzen.

Als die Lastwagen im Innern des Lagers anhielten, verschwanden die Rosenkränze. Signalpfeifen ertönten, und die Planen wurden losgeschnürt. Durch das graue Licht der Abenddämmerung trotteten die Gefangenen schweigend in die flachen Holzbaracken, in denen sie untergebracht waren, und kamen gleich darauf wieder mit ihren Blechschalen zum Vorschein, die jedem der Männer zugleich als Waschbecken, Eßteller und Teetasse dienten. Sie reihten sich auf einer Seite der Kochhütte auf, um sich ihre Näpfe mit Gerstenbrei füllen zu lassen, und standen dann essend im Freien herum. Mit dem warmen Brei im Magen wurden sie wieder etwas munterer. Wortlos nickten sie einander zu und lächelten sich erschöpft an. Falls jemand ein Wort sagte, würde man ihn im Stall übernachten lassen.

Nachdem sie wieder in der Unterkunft waren, hielt Trinle den neuen Häftling auf, als dieser den Raum durchquerte. »Hier nicht«, sagte der Mönch und wies auf ein Rechteck, das man mit Kreide auf den Boden gezeichnet hatte.

Der drahtige *khampa*, für den die unsichtbaren Altäre der Sträflingsbaracken offenbar nichts Neues bedeuteten, zuckte die Achseln und ging um das Rechteck herum zu einem freien Bett in der Ecke des Raums.

»Neben der Tür«, sagte Trinle leise. Er sprach stets im gleichen bedächtigen Tonfall, als würde er jeden wachen Moment seines Daseins ehrfürchtig verfolgen. »Dein Bett ist neben der Tür«, wiederholte er und bot sich an, die Sachen des Mannes zu tragen.

Der Mann schien ihn nicht gehört zu haben. »Bei Buddhas heiligem Atem!« keuchte er und schaute auf Trinles Hände. »Wo sind deine Daumen?«

Trinle blickte zu seinen Händen hinunter. »Ich habe keine Ahnung«, sagte er mit einem Anflug von Neugier, als hätte er noch nie über diese Frage nachgedacht.

»Diese Schweinehunde. Die haben dir das angetan, nicht wahr? Damit du deine Gebetskette nicht benutzen kannst.«

»Ich komme dennoch zurecht«, erwiderte Trinle. »Neben der Tür.«

»Hier sind aber zwei freie Betten«, entgegnete der Mann. Er

war kein Priester. Er lehnte sich auf dem Strohlager zurück, als würde er Trinle herausfordern, ihn eigenhändig von dort zu vertreiben. Die Leute aus Kham waren die entschlossensten Widerstandskämpfer gewesen, die sich je gegen die Volksbefreiungsarmee erhoben hatten. Noch immer wurden manche von ihnen in den entlegenen Gebirgsregionen wegen angeblicher Sabotageakte verhaftet. Außerhalb ihres Gebiets war es den *khampas* der südlichen Stämme, die sich noch lange nach der Unterwerfung des restlichen Tibets gegen die Armee gewehrt hatten, weiterhin verboten, eine Waffe zu besitzen. Sogar die Klingen ihrer Messer durften nicht länger als zwölf Zentimeter sein.

Der Mann zog einen seiner abgerissenen Stiefel aus und holte mit großer Geste ein Stück Papier aus seiner Tasche. Es war ein Blatt aus einem der Kontrollbücher der Wachen, die manchmal vom Wind aufgeschlagen wurden. Mit übertrieben breitem Grinsen hielt er es empor und schob es als zusätzliche Wärmedämmung in seinen Stiefel. Für das Leben in der 404ten waren selbst winzigste Siege von Bedeutung.

Während er sich die Lumpen, die ihm als Socke dienten, erneut um den Fuß wickelte, musterte der Neuankömmling seine Zellengenossen. Shan hatte diese gleichbleibende Prozedur schon weitaus öfter mit angesehen, als er zählen konnte. Jeder neue Gefangene hielt zuerst nach dem Oberpriester Ausschau, dann nach den Schwachen, die keinen Ärger machen würden. Er suchte nach denen, die bereits aufgegeben hatten, und nach denen, die vielleicht Spitzel waren. Der erste Punkt auf dieser Liste war schnell abgehakt. Der Blick des *khampa* richtete sich sofort auf Choje, der neben einem der mittleren Betten im Lotussitz auf dem Boden saß und noch immer den Stein in seiner Hand betrachtete. Niemand in der Hütte, ja sogar niemand in der gesamten *lao gai*-Brigade strahlte eine solche Gelassenheit aus.

Einer der jungen Mönche holte ein paar Blätter aus der Tasche. Sie stammten von dem Unkraut, das auf den Berghängen wuchs. Trinle zählte die Blätter ab und verteilte sie, so daß jeder Gefangene eines davon erhielt. Die Mönche nahmen ihr jeweiliges Blatt feierlich entgegen und flüsterten ein Mantra des Danks für den Mann, der turnusgemäß an der Reihe gewesen war, für das Sammeln der Pflanzen eine Bestrafung zu riskieren.

Trinle drehte sich wieder zu dem *khampa* um, der inzwischen auf seinem Blatt kaute. »Es tut mir leid«, sagte er. »Shan Tao Yun schläft dort.«

Der *khampa* wandte sich zur Seite und richtete seinen Blick auf Shan, der neben Choje auf dem Boden saß.

»Der Reisfresser?« stieß er verächtlich hervor. »Kein *khampa* läßt sich von einem verdammten Reisfresser Vorschriften machen.« Er lachte und schaute sich um. Niemand fiel in das Gelächter ein.

Das Schweigen schien ihn noch weiter anzustacheln. »Sie haben unser Land gestohlen. Sie haben unsere Klöster gestohlen. Unsere Eltern. Unsere Kinder«, rief er und musterte die Mönche mit wachsender Ungeduld.

Die Mönche sahen einander unangenehm berührt an. Der Haß in der Stimme des Mannes war wie ein ungebetener Gast in ihrer Baracke.

»Und das war erst der Anfang, um ihnen die Zeit zu verschaffen, die wirkliche Aufgabe in Angriff zu nehmen. Jetzt stehlen sie uns unsere Seelen. Sie schicken ihre Leute in unsere Städte, in unsere Täler, in unsere Berge. Sogar in unsere Gefängnisse. Um uns zu vergiften. Um uns wie sie werden zu lassen. Unsere Seelen verkümmern. Unsere Gesichter verschwinden. Jeder von uns wird zu einem Niemand.«

Er fuhr plötzlich herum und schaute zu den gegenüberliegenden Betten herüber. »In meinem letzten Lager ist es passiert. Sie haben alle ihre Mantras vergessen. Eines Tages sind sie aufgewacht, und ihr Gedächtnis war leer. Kein einziges Gebet war mehr da.«

»Sie werden die Gebete niemals aus unseren Herzen reißen können«, sagte Trinle und warf Shan einen besorgten Blick zu.

»Verdammt! Sie reißen uns das Herz gleich mit heraus. Also kann niemand weiterkommen, niemand erreicht mehr Buddha. Es geht immer nur abwärts, von einer Lebensform in eine niedere Gestalt. Im letzten Lager haben sie einen alten Mönch mit Politik vollgestopft. Eines Morgens wachte er auf und stellte fest, daß er als Ziege wiedergeboren worden war. Ich habe ihn gesehen. Die Ziege hat sich in die Warteschlange zum Essen fassen eingereiht, und zwar genau an der Stelle, an der sonst der alte Priester gestanden hat. Ich habe es mit eigenen Augen gesehen. Es war so, wie ich euch sage. Eine Ziege. Die Wachen haben ihn mit dem Bajonett niedergestochen und ihn dann direkt vor unseren Augen auf einem Spieß gebraten. Am nächsten Tag haben sie einen Eimer Scheiße von der Latrine mitgebracht und gesagt: Seht nur, was jetzt aus ihm geworden ist.«

»Du brauchst die Chinesen gar nicht, um vom Weg abzukommen«, sagte Choje. »Allein dein Haß wird völlig dafür ausreichen.« Seine Stimme war sanft und fließend, wie Sand, der auf einen Stein rieselte.

Der *khampa* zuckte zurück. Aber der wilde Zorn lag weiterhin in seinem Blick. »Ich werde nicht als verdammte Ziege aufwachen. Vorher bringe ich jemanden um«, sagte er und starrte erneut wütend zu Shan herüber.

»Shan Tao Yun wurde herabgesetzt«, erklärte Trinle ruhig. »Er wird morgen in sein Bett zurückkehren.«

»Herabgesetzt?« spottete der *khampa* höhnisch.

»Das ist eine der Strafen«, erwiderte Trinle. »Hat dir niemand das System erläutert?«

»Die haben mich aus dem Wagen gestoßen und mir eine Schaufel in die Hand gedrückt.«

Trinle nickte einem der jungen Mönche zu, die in der Nähe saßen. Eines der Augen des Mannes war milchigweiß. Er ließ sofort seine Gebetskette sinken und nahm zu Füßen des *khampa* Platz.

»Wenn du eine der Regeln des Direktors brichst, schickt er dir ein sauberes Hemd«, erklärte der Mann. »Du hast vor ihm zu erscheinen. Falls du Glück hast, wirst du herabgesetzt. Das bedeutet die sofortige Aberkennung von allem, das dir Bequemlichkeit verschafft, abgesehen von den Kleidern, die du am Leib trägst. Die erste Nacht verbringst du draußen, in der

Mitte des Antreteplatzes. Falls gerade Winter ist, wirst du in jener Nacht deinen Körper verlassen.«

Während seiner drei Jahre hatte Shan sechs dieser Fälle gesehen, die wie Altarstatuen weggetragen wurden, steif gefroren im Lotussitz, die provisorische Gebetskette fest umklammert.

»Falls nicht Winter ist, darfst du am nächsten Tag in den Schutz deiner Baracke zurückkehren. Am folgenden Tag bekommst du deine Stiefel wieder. Dann deinen Mantel. Danach deine Blechschale. Dann die Decke, den Strohsack und schließlich das Bett.«

»Du hast gesagt, das sind diejenigen, die Glück haben. Was ist mit den anderen?«

Der junge Priester unterdrückte ein Schaudern. »Der Direktor schickt sie zu Oberst Tan.«

»Der berühmte Oberst Tan«, murmelte der *khampa* und schaute unvermittelt auf. »Wieso ein sauberes Hemd?«

»Der Direktor ist ein anspruchsvoller Mann.« Der Priester blickte zu Trinle, als sei er unsicher, was er als nächstes sagen sollte. »Manchmal werden diejenigen, die gehen, an einen anderen Ort geschickt.«

Der *khampa* schnaubte wütend, als er die verborgene Bedeutung der Worte des Priesters erkannte, und umkreiste dann argwöhnisch Shan. »Er ist ein Spion. Ich kann es riechen.«

Trinle seufzte, nahm die Sachen des *khampa* und trug sie zu dem freien Bett neben der Tür. »Diese Pritsche hat einem alten Mann aus Shigatse gehört. Dank Shan ist er hier herausgekommen.«

»Vermutlich hat er sich für die Viererwahl entschieden.«

»Nein. Er wurde freigelassen. Sein Name war Lokesh. Unter der Regierung des Dalai Lama war er Steuereintreiber gewesen. Und nach fünfunddreißig Jahren rufen sie ihn plötzlich auf und öffnen das Tor.«

»Du sagst, dieser Reisfresser hat das bewirkt?«

»Shan hat einige Worte der Macht auf ein Banner geschrieben«, schaltete Choje sich ein und nickte langsam.

Der *khampa* starrte Shan mit offenem Mund an. »Also bist du so eine Art Zauberer?« Sein Blick war nach wie vor haßerfüllt. »Wirst du denn auch für mich ein bißchen Magie anwenden, Schamane?«

Shan beachtete ihn nicht. Sein Blick war auf Chojes Hände gerichtet. Bald würde die Abendliturgie beginnen.

Trinle drehte sich mit traurigem Lächeln um. »Für einen Zauberer kann unser Shan ganz gut Steine schleppen«, seufzte er.

Der *khampa* murmelte etwas Unverständliches vor sich hin und schleuderte seinen Stiefel zu dem Bett neben der Tür. Er gab nicht wegen des Chinesen nach, sondern wegen der Priester. Um keinen Zweifel daran bestehen zu lassen, wandte er sich an Shan. »Leck mich am Arsch, du Scheißkerl«, grunzte er. Als niemand davon Notiz nahm, kam ihm unversehens eine Idee. Er ging zu Shans nackter Holzpritsche, öffnete die Schleife des Stricks, der um seine Taille geschlungen war, und urinierte auf die Bretter.

Niemand sagte etwas.

Choje stand langsam auf und fing an, die Pritsche mit seiner eigenen Decke zu säubern.

Das siegessichere Strahlen verschwand vom Gesicht des *khampa*. Er fluchte leise, drängte dann Choje sanft beiseite, zog sein Hemd aus und beendete die Aufgabe.

Vor zwei Jahren war schon einmal ein *khampa* in ihrer Baracke gewesen, ein kleiner Hirte mittleren Alters, den man eingesperrt hatte, weil er sich nicht bei einer der landwirtschaftlichen Kooperativen anmelden wollte. Nachdem seine Familie einer Patrouille in die Hände gefallen war, hatte er fast fünfzehn Jahre allein gelebt und war schließlich nach dem Tod seines Hundes in eine Stadt im Tal gewandert. Shan hatte noch nie zuvor jemanden gesehen, dessen Verhalten so viel Ähnlichkeit mit dem eines eingesperrten Tiers aufwies. Unstet lief er in der Hütte umher wie ein Bär in einem Käfig. Immer wenn er Shan ansah, glich sein Gesicht einer kleinen, vor Wut geballten Faust.

Aber der kleine *khampa* liebte Choje wie einen Vater. Als einer der Offiziere, der wegen seiner Vorliebe für den Schlagstock nur Leutnant Knüppel genannt wurde, seinen Stock gegen Choje erhob, weil dieser eine volle Schubkarre umgeworfen hatte, sprang der *khampa* auf den Rücken des Offiziers, prügelte auf ihn ein und verfluchte ihn. Knüppel lachte und tat so, als würde er ihn gar nicht bemerken. Als der *khampa* eine Woche später aus dem Stall freigelassen wurde, hinkte er, weil sie irgend etwas mit seinem Knie angestellt hatten. Sobald er in der Baracke war, riß er Streifen von seiner Decke ab und fing an, auf der Innenseite seines Hemds Taschen anzunähen. Trinle und die anderen sagten ihm, daß der Gedanke an eine Flucht durch die Berge völlig sinnlos sei, selbst wenn es ihm gelingen würde, in seinen neuen Taschen genug Nahrung für mehrere Tage anzusammeln.

Eines Morgens, nachdem er die Arbeit an seinen Taschen beendet hatte, bat er Choje um einen besonderen Segen. An ihrer Arbeitsstätte am Berg begann er, die Taschen mit Steinen zu füllen. Er arbeitete immer weiter und sang dabei ein altes Hirtenlied, bis Leutnant Knüppel irgendwann am Rand der Klippe stand. Der *khampa* zögerte keine Sekunde und griff an. Er stürzte sich auf Knüppel, schlang Arme und Beine um den Offizier und schaffte es dank des zusätzlichen Gewichts, sie beide über die Kante in die Tiefe zu befördern.

Auf einmal ertönte die Nachtglocke. Die einzelne nackte Glühlampe, die den Raum erhellte, wurde ausgeschaltet. Ab jetzt waren keine Gespräche mehr erlaubt. Ganz allmählich, wie ein Grillenchor, der die Nacht für sich beansprucht, erfüllte das gleichmäßige Klicken der Gebetsketten die Hütte.

Einer der jungen Mönche schlich zur Tür, um dort Wache zu halten. Aus einem Versteck unter einem losen Brett holte Trinle zwei Kerzen hervor, zündete sie an und stellte sie zu beiden Seiten des Rechtecks aus Kreide auf. Eine dritte wurde vor Choje hingestellt, doch die Flamme war so schwach, daß sie nicht einmal das Gesicht des *kenpo* erhellte. Seine Hände erschienen im Licht und begannen die abendliche Unterweisung. Es war ein Gefängnisritual, das ohne Worte und ohne Musik stattfand, genau wie viele andere Prozeduren, die in den vergangenen vier Jahrzehnten von den buddhistischen Mönchen entwickelt worden waren, seit man begonnen hatte, die Priester in chinesische Gefängnisse zu stecken.

Zuerst kamen die Opfer vor dem unsichtbaren Altar. Choje legte die Handflächen aneinander und streckte sie vor. Seine Zeigefinger rollten sich unter den Daumen zusammen. Das war das Zeichen für *argham*, Wasser für das Gesicht. Viele der *mudras*, der Handsymbole zur Konzentration der inneren Kraft, kannte Shan noch immer nicht, aber Trinle hatte ihm die Opferzeichen beigebracht. Die beiden kleinen Finger von Chojes körperlosen Händen zogen sich zwischen die Handflächen zurück, und die Hände zeigten nach unten. *Padyam*. Wasser für die Füße. Langsam, anmutig und mit Geschick vollführte Choje die Gesten, um Weihrauch, Wohlgerüche und Nahrung zu opfern. Schließlich legte er die Fäuste aneinander und streckte die Daumen senkrecht nach oben wie Dochte, die aus einer Schale Butter ragten. Das war *aloke*. Die Lampen.

Von draußen unterbrach ein langgezogenes schmerzerfülltes Stöhnen die Stille. Ein Mönch in der Nachbarhütte starb an irgendeiner inneren Krankheit.

Chojes Hände deuteten auf den unsichtbaren Kreis der Gläubigen und fragten sie, was sie zur Lobpreisung der inneren Gottheit mitgebracht hatten. Ein Paar daumenloser Hände erschien im Licht. Ihre Zeigefinger berührten sich an den Spitzen, die anderen Finger waren verschränkt. Leises beifälliges Murmeln erfüllte den Raum. Das war der goldene Fisch, ein Opfer, um Glück zu erbitten. Weitere Hände tauchten auf, nachdem jeweils genug Zeit verstrichen war, um stumm das Widmungsgebet zu rezitieren, das mit der vorigen Opfergabe einherging. Die Muschelschale, das Schatzkästchen, der verschlungene Knoten, die Lotusblume. Jetzt war Shan an der Reihe. Er zögerte, dann streckte er den linken Zeigefinger nach oben und bedeckte ihn mit der flachen rechten Hand. Der weiße Schirm, ein weiteres Gebet, das um Glück bat.

Es folgte ein leises und ungewöhnliches Geräusch, das wie das Rascheln von Federn klang. Es war inzwischen fester Bestandteil von Shans Nächten geworden und stammte von einem Dutzend Männern, die mit ihren Lippen stumme Mantras formten. Chojes Hände kehrten für die Predigt in den Lichtkreis zurück. Er begann mit einer Geste, die Shan noch nicht oft gesehen hatte, und hob die rechte Hand, so daß Handfläche und Finger nach oben wiesen. Das *mudra* zur Vertreibung der Angst. Ein unruhiges Schweigen legte sich über den Raum. Einer der jungen Mönche schluckte vernehmlich, als sei ihm plötzlich klargeworden, daß gerade etwas äußerst Wichtiges passierte. Dann veränderten die Hände ihre Haltung und verschränkten sich, während die Mittelfinger weiter nach oben wiesen. Das *mudra* namens Diamant des Verstands, das Reinigung und Klarheit der Entschlußkraft erflehte. Dies war die Predigt. Die Hände veränderten sich nicht. Sie verharrten regungslos, als seien sie aus fahlem Granit gemeißelt, während die Gläubigen sie nachdenklich betrachteten. Die Botschaft hätte nicht deutlicher sein können, wenn Choje sie lauthals von einem Berggipfel verkündet hätte. Der Schmerz war irrelevant, sagten die Hände. Die Felsen, die Blasen, die gebrochenen Knochen waren belanglos. Denk an dein Ziel. Ehre deinen inneren Gott.

An Klarheit fehlte es Shan nicht. Gründlicher als alle Lehrer zuvor hatte Choje ihm beigebracht, wie man sich sammelte. Während der langen Wintertage, wenn der Direktor sie im Lager behielt – nicht etwa aus Sorge um die Gefangenen, sondern weil er befürchtete, Wachen zu verlieren –, hatte Choje ihm zu einer außergewöhnlichen Erkenntnis verholfen. Um ein Untersuchungsbeamter zu sein, was der einzige Beruf war, den Shan in der Zeit vor dem Gulag jemals ausgeübt hatte, mußte man eine gequälte Seele besitzen. Ein guter Ermittler konnte keinen Glauben haben. Alles war verdächtig, alles war vergänglich, bewegte sich von unerwiesenen Behauptungen zu Fakten zu Ursachen zu Wirkungen zu neuen Geheimnissen. Es konnte keinen Frieden geben, denn nur der Glaube brachte Frieden. Nein, an Klarheit mangelte es ihm ganz bestimmt nicht. In Augenblicken wie diesem, wenn dunkle Vorahnungen schwer auf ihm lasteten und sein früheres Leben wie eine Ankerkette an ihm zerrte, fehlte ihm vor allem eines: ein innerer Gott.

Er sah, daß dort unterhalb von Chojes Händen etwas auf dem Boden lag. Der blutige Stein. Shan erschrak, denn auf einmal wurde ihm klar, daß er und Choje an die gleiche Angelegenheit dachten. Der Abt rief seinen Priestern deren Pflicht ins

Gedächtnis. Shans Mund wurde trocken. Er wollte laut protestieren und sie anflehen, sich wegen eines toten Ausländers nicht selbst zu gefährden, aber das *mudra* ließ ihn wie unter einem Zauberbann schweigen.

Shan schloß die Augen, es gelang ihm jedoch nicht, sich auf Chojes Botschaft zu konzentrieren. Bei jedem Versuch stieg ein anderes Bild vor ihm auf. Immer wieder sah er das goldene Feuerzeug, das dort hundertfünfzig Meter über dem Talgrund lag. Und den toten Amerikaner, der ihm in seinem düsteren Tagtraum ein Zeichen gegeben hatte.

Plötzlich ertönte von der Tür her ein leises Pfeifen. Die Kerzen wurden gelöscht, und kurz darauf ging das Deckenlicht an. Ein Wachposten riß die Tür auf und trat in die Mitte des Raums. In seiner Armbeuge lag der Stiel einer Spitzhacke. Hinter ihm folgte Leutnant Chang. Mit gespielter Feierlichkeit streckte Chang höhnisch ein Kleidungsstück vor sich aus, so daß alle Gefangenen es erkennen konnten. Es war ein sauberes Hemd. Ruckartig hielt er es nacheinander in die Richtung mehrerer Männer, als würde er einen Scheinangriff mit einer Klinge führen, und lachte dabei. Dann schleuderte er es plötzlich Shan entgegen, der auf dem Boden der Hütte lag.

»Morgen früh«, brüllte er und marschierte hinaus.

Als Sergeant Feng ihn am nächsten Morgen durch den Drahtverhau begleitete, blies Shan ein eiskalter Wind ins Gesicht. Die 404te war heftigen Wind gewohnt. Ihr Lager befand sich am Fuß der nördlichsten Kette der Drachenklauen, einer gewaltigen Felswand, die hinter den Baracken beinahe senkrecht emporstieg. Die Aufwinde rissen manchmal die Dächer von den Hütten, und die Fallwinde ließen bisweilen Geröll auf sie niederprasseln.

»Bereits herabgesetzt«, sagte Sergeant Feng leise, als er das Tor hinter ihnen abschloß. »Niemand, der bereits herabgesetzt war, hat je das Hemd erhalten.« Er war ein kleiner, massiger Stier von einem Mann, mit dickem Bauch und breiten Schultern. Die vielen Jahre als Wachposten in Sonne, Wind und Schnee hatten seine Haut so ledrig wie die der Gefangenen werden lassen. »Alle warten. Und schließen Wetten ab«, fügte Feng mit trockenem Krächzen hinzu, bei dem es sich nach Shans Ansicht wohl um ein Lachen handeln mußte.

Shan wollte sich dazu zwingen, ihm nicht zuzuhören, nicht an den Stall zu denken, sich nicht an Zhongs rasenden Zorn zu erinnern.

Diesmal hatte Zhong seine Gereiztheit unter Kontrolle. Aber das hämische Grinsen, mit dem der Direktor ihn umkreiste, ängstigte Shan mehr als der erwartete Wutanfall. Er faßte sich an den rechten Oberarm, der in Zhongs Gegenwart oft zu zucken begann. Bei einer früheren Gelegenheit hatten sie dort Batteriedrähte angebracht.

»Falls er sich die Mühe gemacht hätte, mit mir Rücksprache zu halten, hätte ich ihn gewarnt«, sagte Zhong in dem flachen nasalen Tonfall der Provinz Fujian. »Jetzt wird er selbst herausfinden müssen, was für ein verfluchter Unruhestifter du bist.« Zhong nahm ein Blatt Papier von seinem Schreibtisch, las es und schüttelte ungläubig den Kopf. »Parasit«, zischte er und hielt dann inne, um das Blatt zum Zeichen der Kenntnisnahme mit seiner Unterschrift zu versehen.

»Es wird nicht lange dauern«, sagte er und schaute erwartungsvoll auf. »Ein falscher Schritt, und du wirst mit bloßen Händen Steine brechen. Bis du tot bist.«

»Ich strebe ständig danach, das in mich gesetzte Vertrauen des Volkes zu rechtfertigen«, sagte Shan, ohne mit der Wimper zu zucken.

Die Worte schienen dem Direktor zu gefallen. Ein seltsamer Schimmer legte sich auf sein Gesicht. »Tan wird dich bei lebendigem Leibe auffressen.«

Sergeant Feng sah ganz ungewohnt aus. Er wirkte nahezu fröhlich. Eine Fahrt nach Lhadrung, dem alten Marktflecken, der als Bezirkshauptstadt diente, war für die Wachen der 404ten ein seltenes Vergnügen. Er machte Witze über die alten Frauen und Ziegen, die vom Straßenrand flüchteten, weil der Geländewagen ihnen Angst einjagte. Er schälte einen Apfel, teilte ihn sich mit dem Fahrer und ignorierte Shan, der eingezwängt zwischen den beiden saß. Mit boshaftem Grinsen beförderte er mehrmals den Schlüssel zu Shans Handschellen von einer Tasche in die nächste.

»Es heißt, der Vorsitzende persönlich habe dich hergeschickt«, sagte der Sergeant schließlich, als die niedrigen, flachen Gebäude der Stadt in Sicht kamen.

Shan antwortete nicht. Er beugte sich vor und versuchte, die Aufschläge seiner Hose hochzukrempeln. Irgend jemand hatte eine ausgebeulte, viel zu große graue Hose und eine schäbige Soldatenjacke gebracht, die er anziehen sollte. Dann hatten sie ihn sich mitten im Büro umziehen lassen. Alle hatten in ihrer Arbeit innegehalten und ihn angestarrt.

»Ich meine, warum sonst sollte man dich bei denen einsperren?«

Shan richtete sich auf. »Ich bin nicht der einzige Chinese.«

Feng grunzte, als fände er den Gedanken amüsant. »Ja, sicher. Echte Musterbürger, jeder einzelne. Jilin hat zehn Frauen ermordet. Die Öffentliche Sicherheit hätte ihm eine Kugel in den Kopf gejagt, wäre sein Onkel nicht Parteisekretär gewesen. Der Typ aus Gruppe Sechs hat die Sicherheitsausrüstung von einer Bohrinsel gestohlen, um sie auf dem Schwarzmarkt zu verkaufen. Es gab einen Sturm, und fünfzig Männer sind ums Leben gekommen. Für ihn wäre eine Kugel viel zu gnädig gewesen. Alles Sonderfälle, ihr aus der Heimat.«

»Jeder Gefangene ist ein Sonderfall.«

Feng grunzte erneut. »Leute wie du, Shan, werden schon aus reiner Gewohnheit eingesperrt.« Er stopfte sich zwei Scheiben Apfel in den Mund. *Momo gyakpa* nannte man ihn hinter seinem Rücken, Fettkloß, weil sein Bauch so rund war und er das Essen immer so gierig verschlang.

Shan wandte sich ab. Sein Blick richtete sich auf die weiten Heideflächen und Hügel, die sich wie ein wogendes Gewässer bis zum hohen, schneebedeckten Gebirge erstreckten. Bei diesem Anblick hätte man fast der Täuschung erliegen können, eine Flucht wäre tatsächlich möglich. Aber die Flucht würde immer eine Illusion bleiben, solange man keinen Ort hatte, an den man fliehen konnte.

Spatzen huschten über die Heide. Bei der 404ten gab es keine Vögel. Nicht alle Gefangenen hatten so viel Respekt vor dem Leben. Sie aßen jeden Krümel, jedes Saatkorn und beinahe jedes Insekt. Voriges Jahr war ein Kampf um ein Rebhuhn ausgebrochen, das der Wind über den Zaun getrieben hatte. Der Vogel war in letzter Sekunde entkommen und hatte zwei der Männer mit jeweils einer Handvoll Federn hinter sich gelassen. Sie hatten die Federn gegessen.

Das viergeschossige Haus, in dem die Regierung des Bezirks Lhadrung untergebracht war, hatte eine bröckelnde Fassade und dreckige Fenster, die im Wind klapperten. Feng stieß Shan die Treppe bis ins oberste Stockwerk empor, wo eine kleine grauhaarige Frau sie zu einem Warteraum brachte. Der Raum verfügte über ein einzelnes großes Fenster sowie an beiden Enden über je eine Tür. Wie ein neugieriger Vogel musterte die Frau Shan mit geneigtem Kopf und erteilte Feng eine scharfe Anweisung. Der Sergeant zuckte zusammen, nahm Shan mürrisch die Handschellen ab und zog sich dann auf den Gang zurück.

»Ein paar Minuten«, verkündete sie und nickte in Richtung der Tür am anderen Ende. »Ich könnte dir einen Tee bringen.«

Shan schaute sie verblüfft an und wußte, daß er sie eigentlich auf ihren Irrtum hinweisen sollte. Er hatte seit drei Jahren keinen echten grünen Tee mehr getrunken. Sein Mund öffnete sich, aber kein Laut drang daraus hervor. Die Frau lächelte und verschwand hinter der nahen Tür.

Plötzlich war er allein. Die unerwartete Einsamkeit überwältigte ihn. Der inhaftierte Dieb befand sich plötzlich allein in einer Schatzkammer. Denn die Einsamkeit war während der Jahre in Peking sein eigentliches Vergehen gewesen, für das ihn allerdings nie jemand angeklagt hatte. Fünfzehn Jahre Abkommandierung fern der eigenen Frau, eine eigene Wohnung im Viertel der Verheirateten, seine langen einsamen Spaziergänge durch die Parks, die Meditationszellen in seinem versteckten Tempel, sogar seine unregelmäßigen Arbeitszeiten hatten ihm zu einem Schatz an Privatsphäre verholfen, der für eine Milliarde seiner Landsleute völlig undenkbar gewesen wäre. Er hatte nie begriffen, wie süchtig er danach war, bis das Büro für Öffentliche Sicherheit ihm diesen Reichtum vor drei Jahren genommen hatte. Nicht der Verlust der Freiheit tat am meisten weh, sondern der Verlust der Privatsphäre.

Während einer *tamzing*-Sitzung bei der 404ten hatte er sich einst zu seiner Sucht bekannt. Sie sagten, falls er sich der sozialistischen Gemeinschaft nicht entzogen hätte, wäre rechtzeitig jemand dagewesen, um ihn aufzuhalten. Auf Freunde käme es nicht an. Ein guter Sozialist habe nur wenige Freunde, aber viele Beobachter. Nach der Sitzung war er in der Hütte geblieben und hatte eine Mahlzeit ausgelassen, nur um allein sein zu können. Direktor Zhong hatte ihn dort erwischt und in den Stall befördert, wo sie irgendeinen kleinen Knochen in seinem Fuß brachen und ihn zurück an die Arbeit zwangen, bevor die Verletzung heilen konnte.

Er schaute sich in dem Raum um. In einer der Ecken stand eine große Pflanze, die bis zur Decke reichte. Sie war abgestorben. Es gab einen kleinen Tisch mit blankpolierter Platte, auf dem ein Spitzendeckchen lag. Das Deckchen traf ihn völlig unvermutet. Er stand davor und spürte plötzlich diese Sehnsucht im Herzen. Dann riß er sich los und ging zum Fenster.

Von der obersten Etage aus hatte man einen guten Blick auf einen Großteil des nördlichen Tals, das im Osten von den Drachenklauen begrenzt wurde, den beiden riesigen symmetrischen Bergen, deren Ausläufer sich in östliche, nördliche und südliche Richtung erstreckten. Der Drache habe sich dort niedergelassen und dann in einen Schatten verwandelt, sagten die Leute. Nur seine Füße seien zu Stein geworden, um daran zu erinnern, daß er nach wie vor über das Tal wache. Was hatte einer der Männer gerufen, als die Leiche des Amerikaners gefunden wurde? Der Drache habe gegessen.

Shan ließ den Blick langsam über die Landschaft schweifen, bis er schließlich die niedrigen Dächer des wichtigsten Militärstützpunkts dieses Bezirks erkannte, des Lagers Jadefrühling. Es lag am anderen Ende einer mehrere Kilometer breiten Ebene, die aus windgepeitschtem Geröll und verkümmerter Vegetation bestand. Unmittelbar über dem Stützpunkt und unterhalb der Nordklaue erhob sich der niedrige Hügel, der Jadefrühling von dem umzäunten Lager der 404ten trennte.

Fast ohne nachzudenken, folgten Shans Augen dem Verlauf der Straßen, an denen er in den letzten drei Jahren gearbeitet hatte. In Tibet gab es zwei Arten von Straßen. Die Eisenstraßen waren immer zuerst an der Reihe. Die 404te hatte das Bett für einen breiten Makadamstreifen geschaffen, der von Lhasa hinter den westlichen Hügeln bis zum Lager Jadefrühling verlief. Mit Eisenstraßen waren nicht etwa Schienenstränge gemeint, denn die gab es in Tibet überhaupt nicht. Sie bezeichneten vielmehr die Trassen der Panzer, Lastwagen und Feldgeschütze der Volksbefreiungsarmee.

Die schmale braune Linie, die Shan von einer Kreuzung im Norden der Stadt bis zu den Klauen führen sah, war keine solche Straße. Sie war von weitaus schlechterer Qualität. Die Straße, die momentan von der 404ten gebaut wurde, war für Kolonisten gedacht, die sich in den Hochtälern hinter den Bergen ansiedeln würden. Pekings ultimative Waffe war schon immer die riesige Bevölkerung gewesen. Genau wie in der westlichen Provinz Xinjiang, in der viele Millionen Moslems aus den zentralasiatischen Kulturen lebten, machte Peking die einheimische tibetische Bevölkerung zu einer Minderheit im eigenen Land. Die Hälfte Tibets war an die chinesischen Nachbarprovinzen angegliedert worden. Die Zentren im Rest des Landes hatte man mit Immigranten überflutet. Endlose Lastwagenkolonnen hatten Lhasa in mehr als dreißig Jahren in eine Stadt der Han-Chinesen verwandelt. Die Straßen, die für diese Kolonnen gebaut wurden, hießen bei der 404ten Pfade der *avichi*, nach der achten Stufe der Hölle, die den Zerstörern des Buddhismus vorbehalten war.

Ein Summer ertönte. Shan drehte sich um und sah die vogelähnliche Frau mit einer Tasse Tee dastehen. Sie reichte ihm die Tasse, huschte dann durch die Tür am anderen Ende und verschwand in einem verdunkelten Zimmer.

Er stürzte die Hälfte des Tees in einem Schluck hinunter und ignorierte die Schmerzen, als er sich die Kehle verbrühte. Die Frau würde ihren Fehler bemerken und ihm die Tasse wieder wegnehmen. Er wollte sich an das Gefühl erinnern und in der Nacht auf seinem Bett noch einmal den Geschmack verspüren. Noch während er daran dachte, fühlte er sich erniedrigt und wurde wütend auf sich selbst. Das war ein verbreitetes Sträflingsspiel, vor dem Choje stets warnte: Man stahl sich kleine Stückchen der Welt, um in der Baracke darin zu schwelgen.

Die Frau tauchte wieder auf und bedeutete ihm, den Raum zu betreten.

Hinter einem ungewöhnlich langen, verzierten Schreibtisch, der vom Licht einer einzelnen Schwanenhalslampe erhellt wurde, saß ein Mann in einer makellosen Uniform. Nein, das war gar kein Schreibtisch, erkannte Shan, sondern ein Altar, den man in den Dienst der Regierung gestellt hatte.

Der Mann musterte Shan schweigend und zündete sich eine teure amerikanische Zigarette an. *Loto gai*. Camels.

Shan sah die vertraute Härte. Oberst Tans Gesicht wirkte, als hätte man es aus kaltem Feuerstein gemeißelt. Falls sie sich die Hände reichen sollten, würden Tans Finger ihm vermutlich die Knöchel abtrennen, dachte Shan.

Tan stieß den Rauch durch die Nase aus und schaute auf die Teetasse in Shans Händen, dann zu der grauhaarigen Frau. Sie drehte sich um und zog die Vorhänge auf.

Shan wußte auch ohne das Sonnenlicht, was sich an den Wänden des Büros befand. Er hatte in ganz China unzählige dieser Büros gesehen. Es würde ein Foto des rehabilitierten Mao geben, Bilder des Militärlebens, Fotos von irgendeinem Lieblingskommando, eine Ernennungsurkunde und mindestens einen Wahlspruch der Partei.

»Setz dich«, befahl der Oberst und wies auf einen Metallstuhl vor dem Tisch.

Shan setzte sich nicht. Er starrte auf die Wände. Mao war da, aber nicht der rehabilitierte, sondern ein Foto aus den Sechzigern, auf dem das vorstehende Muttermal auf seinem Kinn zu sehen war. Die Urkunde gab es auch und außerdem ein Foto mit lächelnden Armeeoffizieren. Darüber hing das Bild einer Atomrakete, über die man eine chinesische Flagge drapiert hatte. Einen Moment lang konnte Shan gar keinen Wahlspruch entdecken, aber dann sah er das verblichene Poster hinter Tan. »Das Volk braucht Wahrheit«, stand dort zu lesen.

Tan schlug eine schmale, fleckige Mappe auf und starrte Shan mit eisigem Blick an.

»Der Staat hat mir im Bezirk Lhadrung die Umerziehung von neunhundertachtzehn Häftlingen anvertraut.« Er sprach in dem sanften, selbstsicheren Tonfall eines Mannes, der daran gewöhnt war, stets mehr zu wissen als seine Zuhörer. »Fünf Zwangsarbeitsbrigaden und zwei Landarbeiterlager.«

Da war etwas, das Shan zunächst nicht bemerkt hatte: kleine Fältchen unter dem kurzgeschorenen ergrauenden Haar und ein Anflug von Müdigkeit um den Mund. »Neunhundertsiebzehn davon haben Akten. Wir können sagen, wo jeder von denen geboren wurde, aus welcher Klasse er stammt, wo er zum erstenmal denunziert wurde, welche Parolen er gegen den Staat in Umlauf gebracht hat. Aber über diesen einen Mann gibt es lediglich eine kurze Aktennotiz aus Peking. Nur eine einzige Seite über dich, Häftling Shan.« Tan verschränkte die Hände über der Mappe. »Du bist hier auf besondere Einladung eines Angehörigen des Politbüros. Wirtschaftsminister Qin. Der alte Qin aus der Achten Armee des Langen Marsches. Einziger Überlebender der von Mao Ernannten. Haftdauer unbegrenzt. Kriminelle Verschwörung. Sonst nichts. Verschwörung.« Er zog an der Zigarette und musterte Shan. »Was war es?«

Shan faltete die Hände und starrte zu Boden. Es gab weitaus schlimmere Orte als den Stall. Zhong brauchte nicht erst Tans Erlaubnis, um ihn in den Stall zu schicken. Es gab Gefängnisse, in denen die Häftlinge niemals die Zellen verließen, außer nach ihrem Tod. Und für diejenigen, deren Gedankengut zu ansteckend war, gab es geheime medizinische Forschungseinrichtungen, die von Ärzten des Büros für Öffentliche Sicherheit geleitet wurden.

»Verschwörung zum Meuchelmord? Verschwörung zur Veruntreuung von staatlichen Mitteln? Zum Beischlaf mit der Frau des Ministers? Zum Diebstahl seiner Kohlköpfe? Warum vertraut Qin uns diese Information nicht an?«

»Falls das hier eine Art *tamzing* ist, sollten Zeugen anwesend sein«, sagte Shan ungerührt. »Es gibt Regeln.«

Tans Kopf bewegte sich nicht, aber sein Blick schoß empor und durchbohrte Shan. »Die Durchführung von Agitationsstunden fällt nicht in meinen Verantwortungsbereich«, sagte er sarkastisch und betrachtete Shan schweigend für einen Moment. »Am Tag deiner Ankunft hat Zhong mir deine Mappe geschickt. Ich glaube, sie hat ihm Angst eingejagt. Er beobachtet dich.«

Tan deutete auf einen zweiten Ordner, der zwei oder drei Zentimeter dick war. »Er hat eine eigene Akte über dich angelegt. Schickt mir Berichte über dich. Ich habe sie nicht angefordert, er hat irgendwann einfach angefangen, sie zu schicken. Ergebnisse der *tamzing*-Sitzungen. Berichte über die Arbeitsleistung. Warum die Mühe? habe ich ihn gefragt. Du bist ein Phantom. Du gehörst Qin.«

Shan blickte auf die beiden Mappen, eine davon mit lediglich einem einzigen vergilbten Blatt, die andere voller wütender Notizen eines verbitterten Gefängniswärters. Sein Leben davor. Sein Leben danach.

Tan trank einen großen Schluck Tee aus seiner Tasse. »Aber dann hast du darum gebeten, den Geburtstag des Vorsitzenden zu feiern.« Er schlug die zweite Mappe auf und las die oberste Seite. »Höchst kreativ.« Er lehnte sich zurück und schaute dem Rauch hinterher, der sich zur Decke kringelte. »Hast du gewußt, daß vierundzwanzig Stunden nach deinem Banner Handzettel auf dem Marktplatz kursiert sind? Einen Tag später erschien eine anonyme Petition auf meinem Tisch, von der Kopien auf der Straße verteilt wurden. Wir hatten keine Wahl. Du hast uns keine Wahl gelassen.«

Shan seufzte und hob den Blick. Das Geheimnis war gelüftet. Tan war zu dem Schluß gekommen, daß man ihn für seine Rolle bei Lokeshs Freilassung noch nicht ausreichend bestraft hatte. »Er hat fünfunddreißig Jahre hinter Gittern verbracht.« Shans Stimme war kaum lauter als ein Flüstern. »An Feiertagen kam seine Frau und setzte sich draußen hin«, sagte er und wußte nicht, warum er das Bedürfnis verspürte, sich zu erklären. Er beschloß, sich an Mao zu wenden. »Sie durfte sich ihm nur bis auf fünfzehn Meter nähern«, sagte er zu dem Foto. »Das war zu weit, um miteinander reden zu können, also haben sie sich zugewinkt. Stundenlang haben sie einfach nur gewinkt.«

Ein schmales Lächeln, dünn wie eine Rasierklinge, erschien auf Tans Gesicht. »Du hast Mut, Genosse Häftling Shan.« Der Oberst machte sich über ihn lustig. Ein Häftling verdiente den geheiligten Titel eines Genossen nicht. »Das war sehr schlau. Ein Brief wäre ein Disziplinarvergehen gewesen. Falls du versucht hättest, laut zu rufen, wärst du stummgeprügelt worden. Hättest du selbst eine Petition eingereicht, hätte man sie verbrannt.«

Er nahm einen tiefen Zug von seiner Zigarette. »Dennoch hast du Direktor Zhong wie einen Narren aussehen lassen. Dafür wird er dich auf ewig hassen. Er hat darum gebeten, daß du aus der Brigade verlegt wirst, und hat gesagt, du seiest ein Saboteur der sozialistischen Ordnung. Er könne nicht für deine Sicherheit garantieren. Die Wachen seien außer sich vor Wut. Minister Qins Ehrengast könnte ein Unfall zustoßen. Ich habe nein gesagt. Keine Verlegung. Kein Unfall.«

Zum erstenmal sah Shan dem Oberst in die Augen. Lhadrung war ein Gulag-Bezirk, und im Gulag setzten die Gefängnisdirektoren stets ihren Willen durch.

»Nicht ich war in Verlegenheit geraten, sondern er. Die Freilassung des alten Mannes war genau das Richtige. Ich habe ihm Lebensmittelkarten für doppelte Rationen gegeben.« Rauch trieb aus dem Mund des Oberst. Er zuckte die Achseln, als er Shans Blick bemerkte. »Als Ausgleich für das Versehen.«

Tan klappte die Mappe zu. »Dennoch bin ich neugierig auf unseren geheimnisvollen Gast geworden. So politisch. So unsichtbar. Ich habe mich gefragt, ob ich vielleicht befürchten muß, daß du uns noch ein Hindernis in den Weg legst.« Er zog wieder an seiner Zigarette. »Ich habe selbst ein paar Nachforschungen in Peking angestellt. Keine weiteren Informationen, hieß es zunächst. Qin sei nicht zu sprechen. Er liege im Krankenhaus. Über Qins Gefangenen gebe es keine zusätzlichen Unterlagen.«

Shan biß die Zähne zusammen und schaute wieder zur Wand. Diesmal schien der Vorsitzende zurückzustarren.

»Aber meine Neugier war geweckt. Ich bin hartnäckig geblieben. Ich habe herausgefunden, daß die Aktennotiz aus dem Hauptquartier des Büros für Öffentliche Sicherheit stammt. Nicht von der Abteilung in Xinjiang, die dich verhaftet hat. Nicht von der in Lhasa, wo du deine Strafe antreten mußtest. Von über neunhundert Häftlingen hat nur einer eine Akte, die von der Pekinger Abteilung des Büros stammt. Ich glaube, wir haben nie richtig zu würdigen gewußt, was für ein besonderer Mensch du bist.«

Shan schaute Tan abermals in die Augen. »Es gibt eine amerikanische Redensart«, sagte er langsam. »Jeder ist irgendwann für fünfzehn Minuten berühmt.«

Tan erstarrte. Er streckte den Kopf vor und blickte Shan unverwandt an, als sei er nicht sicher, ob er richtig gehört hatte. Das messerscharfe Lächeln kehrte langsam zurück.

Hinter Shan ertönte das Trappeln kleiner Füße.

»Madame Ko«, sagte Tan immer noch kalt lächelnd. »Unser Gast benötigt mehr Tee.«

Der Oberst war zu alt, um noch auf den Beförderungslisten zu stehen, beschloß Shan. Selbst bei seinem hohen Rang bedeutete ein Posten in Tibet einen Posten im Exil.

»Ich habe mehr über diesen mysteriösen Genossen Shan herausgefunden«, fuhr Tan fort und wechselte in die dritte Person. »Er war ein beispielhafter Mitarbeiter des Wirtschaftsministeriums. Lobesworte des Vorsitzenden aufgrund besonderer Leistungen im Dienste der Justiz. Ihm wurde die Parteimitgliedschaft angeboten, was eine außerordentliche Belohnung für jemanden darstellt, der sich erst auf halbem Wege seiner Karriere befindet. Dann hat er sogar etwas noch viel Außerordentlicheres getan. Er hat abgelehnt. Ein sehr komplizierter Mann.«

Shan setzte sich. »Wir leben in einer komplizierten Welt.« Er sah, daß seine Hände unbewußt ein *mudra* gebildet hatten. Der Diamant des Verstands.

»Vor allem, wenn man bedenkt, daß seine Frau ein überaus

geachtetes Parteimitglied ist, eine leitende Funktionärin in Chengdu. Frühere Frau, sollte ich wohl besser sagen.«

Shan blickte bestürzt auf.

»Das wußtest du nicht?« fragte Tan mit zufriedenem Lächeln. »Die Ehe wurde vor zwei Jahren geschieden. Genaugenommen annulliert. Sie hat gesagt, ihr hättet ohnehin nie zusammengelebt.«

»Wir ...« Shans Mund war plötzlich staubtrocken. »Wir haben einen Sohn.«

Tan zuckte die Achseln. »Wie du gesagt hast. Die Welt ist kompliziert.«

Shan schloß die Augen, um gegen das jähe stechende Gefühl in seinem Magen anzukämpfen. Also hatten sie auch das letzte Kapitel seiner Lebensgeschichte umgeschrieben. Es war ihnen gelungen, ihm den Sohn wegzunehmen. Nicht, daß Shan und sein Sohn sich besonders nahegestanden hätten. Während der fünfzehn Jahre seit der Geburt des Jungen hatten sie vielleicht vierzig Tage zusammen verbracht. Aber wie unter Sträflingen üblich, schwelgte auch er in der Vorstellung, welche Beziehung er eines Tages zu seinem Sohn haben könnte und daß es ihm irgendwie gelingen würde, zwischen ihnen die gleichen Bande zu knüpfen wie früher zu seinem eigenen Vater. Er lag nachts wach und fragte sich, wo der Junge gerade sein mochte oder was er wohl sagen würde, wenn er seinen Vater wiedertraf. Diese erträumte Beziehung war für Shan einer der letzten Strohhalme gewesen, an die er seine Hoffnung klammern konnte. Er preßte die Handflächen an die Schläfen und beugte sich auf seinem Stuhl vor.

Als er die Augen wieder aufschlug, blickte Tan ihn mit zufriedener Miene an. »Deine Brigade hat gestern eine Leiche entdeckt«, sagte er unvermittelt.

»*lao gai*-Häftlinge kennen den Tod«, erwiderte Shan ausdruckslos. Bestimmt hatte man dem Jungen erzählt, Shan sei gestorben. Aber wie gestorben? Als ein Held? Als eine erbärmliche Kreatur? Als ein Sklave, den das Gulag aufgezehrt hatte?

Tan öffnete den Mund und sah dem Rauch hinterher, der

langsam zur Decke aufstieg. »Mit Verschleiß muß man bei den Arbeitsbrigaden immer rechnen. Mit der Auffindung eines enthaupteten westlichen Besuchers allerdings nicht.«

Shan schaute auf und wandte sich dann ab. Er wollte es nicht wissen. Er wollte nicht danach fragen. Er starrte in seine Tasse. »Hat man seine Identität festgestellt?«

»Der Pullover war aus Kaschmir«, sagte Tan. »In der Hemdtasche steckten fast zweihundert Dollar sowie die Geschäftskarte einer amerikanischen Firma für Medizintechnik. Es muß sich um einen unbefugten westlichen Besucher gehandelt haben.«

»Seine Haut war dunkel und seine Körperbehaarung schwarz. Es könnte auch ein Asiat gewesen sein, vielleicht sogar ein Chinese.«

»Ein Chinese von solchem Wohlstand? Dessen Verschwinden hätte man sofort bemerkt. Und außerdem war da ja noch die Karte eines amerikanischen Unternehmens«, gab Tan siegessicher zu bedenken. »Die einzigen Westler, denen der Aufenthalt in Lhadrung gestattet wird, sind die Leiter unseres ausländischen Anlageprojekts, und die sind viel zu auffällig, um nicht vermißt zu werden. In zwei Wochen werden die ersten amerikanischen Reisegruppen zu Besuch kommen. Aber bis jetzt sind noch keine da.« Tan zog ein letztes Mal an seiner Zigarette und drückte sie aus. »Es freut mich, daß du Interesse an dem Fall zeigst.«

Shans Blick richtete sich an Tan vorbei auf den Wahlspruch. Das Volk braucht Wahrheit. Der Satz ließ mehr als eine Deutung zu. »Fall?« fragte er.

»Es wird eine Untersuchung und einen formellen Bericht geben müssen. Ich bin im Bezirk Lhadrung auch für die Rechtsprechung zuständig.«

Shan fragte sich, ob diese Feststellung als Drohung gemeint war. »Meine Gruppe war nicht als erste am Fundort«, sagte er zögernd. »Falls der Ankläger Aussagen benötigt, sollte er mit den Wachen sprechen. Die haben genauso viel gesehen wie wir. Ich habe bloß ein paar Steine beiseite geräumt.« Er rutschte zur Kante seines Stuhls vor. Hatte man ihn eventuell aus Versehen herzitiert?

»Der Ankläger hat einen Monat Urlaub und ist nach Dalian an die Küste gefahren.«

»Die Mühlen der Justiz sind daran gewöhnt, langsam zu mahlen.«

»Diesmal nicht. Immerhin sind amerikanische Touristen hierher unterwegs, und einen Tag vor ihnen trifft eine Kontrollgruppe des Justizministeriums hier ein. Die erste Inspektion seit fünf Jahren. Ein ungeklärter Todesfall könnte einen falschen Eindruck vermitteln.«

Shans Magen krampfte sich zusammen. »Der Ankläger muß doch Stellvertreter haben.«

»Nein, es gibt sonst niemanden.« Tan lehnte sich zurück und musterte Shan. »Aber du, Genosse Shan, warst früher der Generalinspekteur des Wirtschaftsministeriums.«

Es hatte kein Versehen gegeben. Shan stand auf und ging zum Fenster. Das kurze Stück schien ihn sämtliche Kraft zu kosten. Er fühlte seine Knie weich werden. »Das ist lange her«, sagte er schließlich. »Das war in einem anderen Leben.«

»Du warst für die Aufdeckung der beiden größten Korruptionsfälle verantwortlich, die Peking jemals erlebt hat. Während deiner Amtszeit hast du Dutzende von Parteifunktionären in Zwangsarbeitslager geschickt. Oder einem noch schlimmeren Schicksal überantwortet. Anscheinend gibt es ein paar Leute, die nach wie vor mit Hochachtung von dir sprechen, auch wenn sie dich fürchten. Jemand aus deinem alten Ministerium hat gesagt, ihm sei völlig klar, warum du im Gefängnis gelandet bist: du seist der letzte ehrliche Mann in Peking gewesen. Manche glauben, du wärst in den Westen gegangen und noch immer dort.«

Shan starrte aus dem Fenster, ohne etwas zu sehen. Seine Hand zitterte.

»Andere behaupten, du wärst zwar gegangen, aber das Büro hätte dich zurückgeholt, weil du zuviel weißt.«

»Ich bin niemals Ankläger gewesen«, sagte Shan. »Ich habe nur Beweise gesammelt.«

»Wir sind zu weit weg von Peking, um eine derartige Haarspalterei zu betreiben. Ich war mal Ingenieur und habe eine

Raketenbasis befehligt«, sagte Tan zu Shans Rücken. »Dann hat irgend jemand beschlossen, ich sei qualifiziert dafür, einen Bezirk zu verwalten.«

»Ich verstehe das nicht«, sagte Shan heiser und lehnte sich gegen das Fenster. »Das war ein anderes Leben. Ich bin nicht mehr derselbe.«

»Du hast deine gesamte Berufszeit als Ermittler verbracht. Drei Jahre sind nicht so lang.«

»Man könnte jemanden von außen hinzuziehen.«

»Nein. Das würde womöglich als ...«, Tan suchte nach dem passenden Wort, »... mangelnde Eigenständigkeit ausgelegt werden.«

»Aber meine Akte«, protestierte Shan. »Ich bin erwiesenermaßen ...« Seine Stimme verklang. Er drückte die Hände gegen das Glas. Wenn er wollte, könnte er die Scheibe zerbrechen und springen. Falls deine Seele im perfekten Gleichgewicht ist, sagte Choje, wirst du einfach in eine andere Welt gleiten.

»Erwiesenermaßen was? Ein Dorn in Zhongs Auge?« Tan schlug die dicke Mappe auf und blätterte durch die Seiten. »Ich würde außerdem sagen, du hast dich als scharfsinnig erwiesen. Methodisch. Verantwortungsbewußt, auf deine eigene Weise. Und als Überlebender. Für Männer wie dich steht das Überleben an erster Stelle.«

Shan brauchte nicht nachzufragen, was Tan damit meinte. Er starrte auf seine schwieligen, knochenharten Hände. »Man hat mich vor einer Rückentwicklung gewarnt«, protestierte er. »Ich bin jetzt Straßenarbeiter. Man erwartet von mir, daß ich in neuen Bahnen denke. Ich arbeite für den Wohlstand des Volkes.« Das war die letzte Zuflucht der Schwachen. Wenn du nicht weiterweißt, flüchte dich in Parolen.

»Falls keiner von uns eine Vergangenheit hätte, gäbe es keine Arbeit für die Politoffiziere«, merkte Tan an. »Die fehlende Auseinandersetzung mit der Vergangenheit, das ist die wahre Sünde. Ich will, daß du dich dieser Auseinandersetzung stellst. Ruf den Inspekteur ins Leben zurück. Nur für eine kurze Weile. Ich weiß nicht, welche Formulierungen das Ministerium erwartet, denn ich spreche diese Sprache nicht. Niemand hier tut das. Ich möchte, daß eine Fallakte angelegt wird, die schnell geschlossen werden kann. Die Unterstützung des Anklägers steht mir leider nicht zur Verfügung, und ich werde die Angelegenheit nicht über viele tausend Kilometer hinweg mit ihm am Telefon erörtern. Jemand muß den Fall in eine Form bringen, die vom Justizministerium verstanden wird und keine zusätzlichen Untersuchungen nach sich zieht, und ich wette, du beherrschst die Sprache von Peking noch immer.«

Shan ließ sich auf den Stuhl sinken. »Das können Sie nicht tun.«

»Ich erbitte doch gar nicht so viel«, sagte Tan mit falscher Herzlichkeit. »Keine richtigen Ermittlungen, sondern lediglich einen Bericht, der die Angaben im Totenschein stützt. Eine Erklärung für den vermuteten Unfall, der leider zu diesem unglücklichen Ergebnis geführt hat. Das ist möglicherweise deine Gelegenheit für eine Rehabilitierung.« Tan deutete auf Zhongs Akte. »Du könntest einen Freund gut gebrauchen.«

»Muß wohl ein Meteorit gewesen sein«, murmelte Shan.

»Hervorragend! Genau das meine ich. Wenn man mit diesem Ansatz an die Sache herangeht, können wir das Ganze in ein oder zwei Tagen zum Abschluß bringen. Wir werden uns eine geeignete Belohnung überlegen. Etwa zusätzliche Rationen oder leichte Tätigkeiten, zum Beispiel die Versetzung in eine Reparaturwerkstatt.«

»Ich will nicht«, sagte Shan mit völlig ruhiger Stimme. »Ich meine, ich kann nicht.«

Tan wirkte belustigt. »Aus welchem Grund weigerst du dich, Genosse Häftling?«

Shan antwortete nicht. Aus dem Grund, daß ich nicht für Sie lügen kann, wollte er sagen. Aus dem Grund, daß dank Leuten wie Ihnen meine Seele nur noch aus ein paar dünnen Fasern besteht. Aus dem Grund, daß ich zur Belohnung für meine Arbeit ins Gulag geschickt wurde, als ich das letzte Mal versucht habe, für jemanden wie Sie die Wahrheit herauszufinden.

»Vielleicht hat meine Gastfreundschaft dich verwirrt. Ich bin Oberst der Volksbefreiungsarmee. Ich bin Parteimitglied der siebzehnten Stufe. Dieser Bezirk ist mir unterstellt. Ich bin für die Ausbildung der Bevölkerung verantwortlich, für die Ernährung der Hungrigen, für die Errichtung öffentlicher Bauten, für die Beseitigung des Abfalls, für die Verwahrung der Sträflinge, für die Beaufsichtigung der kulturellen Aktivitäten, für den reibungslosen Busverkehr, für die Lagerung der Nahrungsmittel der Gemeinde. Und für die Schädlingsbekämpfung. In jeglicher Hinsicht. Verstehst du mich?«

»Das ist unmöglich.«

Tan trank langsam seinen Tee aus und zuckte die Achseln. »Dennoch wird es dir nicht gestattet, den Auftrag abzulehnen.«

Kapitel Zwei

Shan saß schweigend in dem kalten, düsteren Raum, den man ihm bei der 404ten im Gebäude der Gefängnisverwaltung zugewiesen hatte, und starrte auf das Telefon. Im ersten Moment hielt er es nicht für echt. Er stieß mit einem Bleistift dagegen und rechnete schon damit, daß es sich als hölzerne Attrappe erweisen würde. Dann schob er es hin und her, aber das Kabel fiel nicht ab. Der Apparat war ein Gegenstand aus der Vergangenheit, aus einer anderen Welt, so wie Radios und Fernsehgeräte, Taxis und Toiletten mit Wasserspülung. Artefakte aus einem Leben, das hinter ihm lag.

Er stand auf und ging um den Tisch herum. Das Zimmer war ein Lagerraum ohne Fenster, in dem sich normalerweise kleine Gruppen zu ihren Agitationsveranstaltungen trafen, den *tamzing*-Sitzungen, in denen die antisozialistischen Anwandlungen diagnostiziert und behandelt wurden. In einer der Ecken waren Reinigungsmittel gestapelt und verströmten einen durchdringenden Ammoniakgeruch. Neben dem Telefon lagen ein kleiner Notizblock und drei von Bißspuren übersäte Bleistiftstummel. Auf einem Stuhl neben der Tür saß Feng und schälte einen Apfel. Sein blasierter Gesichtsausdruck trug kaum dazu bei, Shans Verdacht zu zerstreuen, daß man ihn in eine kunstvolle Falle gelockt hatte.

Shan kehrte zum Tisch zurück und nahm den Hörer des

Telefons ab. Es gab tatsächlich ein Freizeichen. Er legte wieder auf und ließ die Hand auf dem Hörer ruhen, als müßte er ihn festhalten. Für wen war diese Falle errichtet worden? Für Shan? Da weder Peking noch Shan nach so langer Zeit verraten wollten, was genau sein Verbrechen gewesen war, hatte man womöglich beschlossen, einen Fall zu konstruieren, den man besser verstehen konnte. Oder galt die Falle Choje und den Mönchen? Wen sollte er schon anrufen? Minister Qin? Seine Frau, die Parteifunktionärin, die ihre Ehe hatte annullieren lassen? Den Sohn, dessen Gesicht er nicht erkennen würde, selbst wenn er ihm je wieder leibhaftig gegenüberstände?

Er hob erneut ab und wählte fünf zufällige Ziffern.

»*Wei*«, erklang die teilnahmslose Stimme einer Frau mit der allgegenwärtigen, bedeutungslosen Silbe, mit der jedermann sich am Telefon meldete. Shan legte auf und starrte den Apparat an. Er schraubte die Sprechmuschel ab und fand, wie erwartet, ein Abhörmikrofon, die Standardausführung der Öffentlichen Sicherheit. Auch er hatte in seinem früheren Dasein solche Geräte benutzt. Es konnte speziell zu seiner Überwachung oder generell in alle Gefängnistelefone eingebaut worden sein.

Er schraubte die Sprechmuschel wieder fest und schaute sich noch einmal im Raum um. Jeder Gegenstand schien eine zusätzliche Dimension zu besitzen, eine gesteigerte Wirklichkeit, als würde er durch die Augen eines Sterbenden wahrgenommen. Shan musterte den Schreibblock und wunderte sich über das saubere, helle Papier. Eine solche Helligkeit gehörte sonst nicht zu dem Universum, das er drei Jahre zuvor betreten hatte. Auf dem ersten Blatt standen einige Namen und Nummern, die anderen waren leer. Mit leichtem Zittern schlug er die blanken Seiten um und hielt bei jeder kurz inne, als würde er in einem Buch lesen. Auf dem letzten Blatt fügte er in einer der oberen Ecken, wo es hoffentlich niemand bemerken würde, mit zwei schwungvollen Strichen das Ideogramm seines Namens ein. Dies war das erste Mal, daß er seit seiner Verhaftung etwas geschrieben hatte. Ein ungewohntes Gefühl der Zufriedenheit machte sich in ihm breit. Er war noch am Leben.

Unter den ersten Eintrag schrieb er die Ideogramme des Namens seines Vaters, dann überkam ihn ein plötzliches Schuldgefühl, und er klappte den Block zu. Mißtrauisch warf er einen kurzen Blick auf Feng, um herauszufinden, ob der ihn beobachtet hatte.

Von irgendwoher war ein leises Stöhnen zu vernehmen. Es hätte der Wind sein können. Vielleicht aber auch jemand im Stall. Shan schob den Block beiseite und stellte fest, daß darunter ein gefaltetes Blatt Papier lag. Es war ein Formular, dessen Überschrift UNFALLBERICHT lautete.

Shan nahm den Hörer ab und wählte die Nummer, die hinter dem ersten Namen auf der Liste stand. Es handelte sich um die örtliche Klinik, das Bezirkskrankenhaus.

»Wei.«

»Dr. Sung«, las er ab.

»Hat dienstfrei.« Die Verbindung wurde unterbrochen.

Auf einmal bemerkte Shan, daß jemand vor seinem Schreibtisch stand. Der Mann war ein Tibeter, wenngleich ungewöhnlich groß. Er war jung und trug die grüne Uniform des Lagerpersonals.

»Man hat mich Ihnen zugewiesen, damit ich Ihnen bei der Erstellung Ihres Berichts behilflich bin«, sagte der Mann unbeholfen und schaute sich im Zimmer um. »Wo ist der Computer?«

Shan ließ den Hörer sinken. »Sie sind ein Soldat?« Es gab in der Tat Tibeter in der Volksbefreiungsarmee, aber die wurden nur selten in Tibet stationiert.

»Ich bin kein ...«, setzte der Mann aufgebracht an und fing sich sofort wieder. Shan kannte diese Reaktion. Der Mann wußte nicht, wer Shan war, und konnte daher nicht entscheiden, wie dieser Unbekannte in der Hierarchie des Gefängnislebens oder in der sogar noch komplexeren Rangfolge der klassenlosen Gesellschaft Chinas einzuordnen war. »Ich habe soeben eine zwei Jahre währende Umerziehung abgeschlossen«, erwiderte er förmlich. »Direktor Zhong war so freundlich, mir bei meiner Entlassung Kleidung zur Verfügung zu stellen.«

»Weswegen die Umerziehung?« fragte Shan.

»Ich heiße Yeshe.«

»Aber Sie sind noch immer im Lager.«

»Es gibt kaum Arbeit. Man hat mich gebeten, noch zu bleiben. Meine Strafe habe ich abgesessen«, versicherte er hartnäckig.

Shan glaubte, einen gewissen Unterton zu erkennen, der auf Ruhe und Selbstdisziplin schließen ließ. »Haben Sie in den Bergen studiert?« fragte er.

Die Verärgerung kehrte sofort wieder zurück. »Das Volk hat mich mit einem Universitätsstudium in Chengdu betraut.«

»Ich habe ein *gompa* gemeint.«

Yeshe erwiderte nichts darauf. Er ging durch den Raum, blieb vor der hinteren Wand stehen und stellte die Stühle im Halbkreis auf, als sollte ein *tamzing* abgehalten werden.

»Warum sind Sie geblieben?« fragte Shan.

»Letztes Jahr hat man neue Computer hergeschickt. Niemand vom Personal konnte damit umgehen.«

»Ihre Umerziehung hat darin bestanden, die Gefängniscomputer zu bedienen?«

Der hochgewachsene Tibeter runzelte die Stirn. »Meine Umerziehung hat darin bestanden, den Inhalt der Gefängnislatrinen nach der nächtlichen Leerung auf die Felder zu verteilen«, sagte er und bemühte sich ungeschickt, möglichst stolz auf seine Arbeit zu wirken, ganz wie die Politoffiziere es ihm vermutlich beigebracht hatten. »Aber dann stellte man fest, daß ich ein bißchen über Computer Bescheid weiß. Ich begann damit, als Teil meiner Rehabilitierung im Büro der Verwaltung auszuhelfen, indem ich zum Beispiel die Abrechnungen überprüft oder die Berichte in die von Peking verlangten Dateiformate umgewandelt habe. Am Tag meiner Entlassung hat man mich gebeten, noch ein paar Wochen zu bleiben.«

»Demnach besteht für Sie als früherer Mönch die Rehabilitierung inzwischen darin, bei der Inhaftierung anderer Mönche behilflich zu sein.«

»Wie bitte?«

»Ich bin nur immer wieder aufs neue erstaunt, was man im Namen der Rechtschaffenheit alles erreichen kann.«

Yeshe schreckte verwirrt zurück.

»Vergessen Sie's. Was für Berichte?«

Yeshe begann wieder, im Raum auf und ab zu gehen. Sein ruheloser Blick schweifte von Sergeant Feng an der Tür zurück zu Shan. »Letzte Woche waren es Berichte über die Arzneimittelvorräte. In der Woche davor ging es um den Getreideverbrauch der Häftlinge pro Kilometer ausgebauter Straße. Wetterbedingungen. Überlebensraten. Und wir haben versucht, den Grund für das Verschwinden von Armeevorräten herauszufinden.«

»Man hat Ihnen nicht erzählt, weshalb ich hier bin?«

»Sie schreiben einen Bericht.«

»Auf dem Gelände der Baustelle bei den Drachenklauen wurde die Leiche eines Mannes gefunden. Es muß eine Akte für das Ministerium erstellt werden.«

Yeshe lehnte sich gegen die Wand. »Sie meinen, der Tote war keiner der Häftlinge?«

Die Frage bedurfte keiner Antwort.

Da erkannte Yeshe auf einmal, was für ein Hemd Shan trug. Er bückte sich und schaute unter dem Tisch auf Shans verschlissene Schuhe aus Pappe und Vinyl, dann zurück zu Feng.

»Man hat Ihnen nichts davon erzählt«, sagte Shan. Es war eine Feststellung, keine Frage.

»Aber Sie sind kein Tibeter.«

»Und Sie sind kein Chinese«, hielt Shan dagegen.

Yeshe wich vor ihm zurück. »Es muß ein Mißverständnis vorliegen«, flüsterte er und ging mit ausgestreckten Händen auf Sergeant Feng zu, als würde er an dessen Barmherzigkeit appellieren wollen.

Feng deutete zur Antwort lediglich in die Richtung, in der das Büro des Direktors lag. Yeshe kehrte mit kleinen, gezierten Schritten um und setzte sich vor Shan hin. Zerstreut musterte er abermals Shans Schuhe, schien dann offenbar seine Gedanken zu ordnen und schaute auf. »Wird man Sie dafür verantwortlich machen?« fragte er und konnte seine Bestürzung kaum verbergen.

»Wofür?« Shan war erstaunt, wie berechtigt diese Frage klang.

Yeshe starrte ihn mit großen Augen an, als sei er zufällig einem bislang unbekannten Dämon über den Weg gelaufen. »Für den Tod des Mannes.«

Shan schaute auf seine Hände. »Ich weiß es nicht. Hat man Ihnen das erzählt?« Vielleicht war das die ganze Zeit der Plan gewesen. Alte Haudegen wie Tan und Minister Qin spielten vor dem Fressen gern mit ihrer Beute.

»Man hat mir gar nichts erzählt«, sagte Yeshe verbittert.

»Der Ankläger ist zur Zeit nicht da«, sagte Shan und bemühte sich, möglichst ruhig zu klingen. »Oberst Tan braucht einen Bericht. Ich kenne mich ein wenig damit aus.«

»Mit Morden?« Yeshes Stimme klang beinahe hoffnungsvoll.

»Nein. Mit Fallakten.« Shan schob Yeshe die Liste herüber. »Ich habe eben unter der ersten Nummer angerufen. Die Ärztin war nicht erreichbar.«

Yeshe wandte sich zu Feng um und seufzte, als der Sergeant sich weigerte, den Blick zu erwidern. »Ich bin nur heute nachmittag hier«, sagte Yeshe zögernd.

»Ich habe nicht um Sie gebeten. Wie Sie selbst sagen, handelt es sich hierbei um Ihre Arbeit. Sie werden dafür bezahlt, Informationen zu sammeln.« Shan wunderte sich über Yeshes Unentschlossenheit. Eigentlich glaubte er, den Grund für die Anwesenheit seines neuen Assistenten erkannt zu haben. Falls das Büro ihn im Auge behalten wollte, würde es sich nicht nur auf die Wanze im Telefon verlassen.

»Man hat uns davor gewarnt, gemeinsame Sache mit den Häftlingen zu machen. Ich bin auf der Suche nach einer besseren Beschäftigung. Die Arbeit mit einem Kriminellen – ich weiß nicht. Man könnte mir das als ...« Yeshe verstummte.

»Rückentwicklung vorwerfen?« schlug Shan vor.

»Genau«, sagte Yeshe mit einem Anflug von Dankbarkeit.

Shan musterte ihn einen Moment lang, schlug dann den Block auf und begann zu schreiben. Ich habe Yeshe, den Bürogehilfen der zentralen Gefängnisverwaltung des Bezirks Lhadrung, vor dem heutigen Tag noch nie getroffen. Ich handle auf direkte Anweisung von Oberst Tan, dem Leiter des Bezirks Lhadrung. Er hielt inne und fügte dann hinzu: Ich bin tief beeindruckt, wie sehr Yeshe sich der sozialistischen Reform verpflichtet fühlt. Er versah die Notiz mit Unterschrift und Datum. Dann reichte er das Blatt dem nervösen Tibeter, der die Sätze mit ernster Miene las, das Stück Papier zusammenfaltete und in die Tasche steckte.

»Bloß für heute«, sagte Yeshe, als wolle er sich selbst beruhigen. »Mir werden immer nur Tagesaufträge zugewiesen.«

»Direktor Zhong wird auf eine solch wertvolle Hilfskraft gewiß nicht länger als ein paar Stunden verzichten wollen.«

Yeshe zögerte kurz, als würde Shans Sarkasmus ihn verwirren. Dann zuckte er die Achseln, nahm die Liste und wurde sofort ganz sachlich. »Die Ärztin«, sagte er. »Fragen Sie nicht nach der Ärztin. Rufen Sie das Büro des Krankenhausleiters an. Sagen Sie, Oberst Tan brauche den medizinischen Bericht. Der Leiter hat ein Faxgerät. Weisen Sie ihn an, das Dokument sofort zu faxen, und zwar nicht an Sie, sondern an die Sekretärin des Direktors. Der Direktor ist nicht da. Ich werde mit ihr sprechen.«

»Er ist nicht da?«

»Ein Fahrer vom Ministerium für Geologie hat ihn abgeholt.«

Da erinnerte Shan sich an den fremden Geländewagen, der ihm nach dem Fund der Leiche aufgefallen war. »Warum sollte das Ministerium für Geologie die Baustelle der 404ten aufsuchen?«

»Weil sie sich auf einem Berg befindet«, entgegnete Yeshe lakonisch.

»Bitte?«

»Das Ministerium ist für die Berge zuständig«, merkte Yeshe beiläufig an und musterte die Namenliste. »Leutnant Chang. Sein Tisch steht am anderen Ende des Flurs. Die Sanitäter, die den Leichnam von den Wachen übernommen haben. Ihre Aussagen dürften im Lager Jadefrühling zu bekommen sein«, sagte er.

»Ich brauche einen offiziellen Wetterbericht für vorgestern«, sagte Shan. »Und eine Liste der ausländischen Touristengruppen, die im Lauf des letzten Monats nach Tibet einreisen durften. Der Chinesische Reisedienst in Lhasa müßte über entsprechende Unterlagen verfügen. Und sagen Sie dem Sergeanten, daß wir nachher noch einmal in die Stadt fahren müssen.«

Fünf Minuten später brachte Yeshe ihm die ersten Berichte, die noch warm vom Faxgerät waren. Shan las sie schnell und fing an zu schreiben. Er war beinahe fertig, als draußen plötzlich eine laut heulende Sirene einsetzte. Shan hatte dieses Signal während all seiner Zeit bei der 404ten erst ein einziges Mal gehört. Es bedeutete, daß man Gewehre an die Wachen austeilen würde. Ein Schauder lief ihm über den Rücken. Choje hatte begonnen, Widerstand zu leisten.

Der Oberst musterte Shan argwöhnisch, als er eine Stunde später mit dem Bericht vor Tans Schreibtisch erschien. Dann nahm er die Unterlagen und las sie.

Das Gebäude schien annähernd leer zu sein. Nein, nicht nur leer, stellte Shan fest, sondern entvölkert, verlassen, so wie kleine Säugetiere ihren Schlafplatz aufgeben, sobald das Raubtier auftaucht, das an der Spitze der Nahrungskette steht. Der Wind ließ die Scheiben klirren. Draußen war eine Krähe zu sehen, die von einem Schwarm kleinerer Vögel attackiert wurde.

Oberst Tan blickte auf. »Du hast mir hier die untergeordneten Berichte gebracht. Aber die Form ist unvollständig.«

»Ihnen liegen alle direkten Tatsachen der Ermittlungen vor. Und die daraus zu ziehenden Schlüsse, soweit möglich. Das ist alles, was ich tun kann. Sie werden jetzt einige Entscheidungen treffen müssen.«

Tan verschränkte die Hände über den Blättern. »Es ist schon sehr lange her, daß jemand sich über meine Autorität lustig gemacht hat. Genaugenommen kann ich mich sogar an keinen einzigen Fall erinnern, seit ich den Bezirk übernommen habe. Nicht, seitdem mir das schwarze Siegel verliehen wurde.«

Shan starrte zu Boden. Das schwarze Siegel bedeutete die Vollmacht, Todesurteile zu unterzeichnen.

»Ich hatte auf mehr gehofft, Genosse. Ich bin davon ausgegangen, du würdest gründliche Arbeit leisten und die Gelegenheit nutzen wollen, die ich dir geboten habe.«

»Nach Prüfung der Sachlage schien es keinen Grund für weitere Verzögerungen zu geben«, sagte Shan.

Tan nahm den Bericht und las vor: »Am fünfzehnten des Monats wurde hundertfünfzig Meter oberhalb der Drachenschlundbrücke um 16.00 Uhr eine männliche Leiche gefunden. Das unbekannte Opfer trug einen Kaschmirpullover und teure westliche Bluejeans. Schwarze Körperbehaarung. Zwei Operationsnarben am Unterleib. Darüber hinaus keine weiteren eindeutigen Kennzeichen. Das Opfer ist bei Nacht einen gefährlichen Grat emporgestiegen und hat ein plötzliches Trauma im Nacken erlitten. Keine direkten Hinweise auf die Beteiligung dritter Personen. Da in der Region niemand als vermißt gemeldet wurde, stammte das Opfer wahrscheinlich nicht aus der Umgegend und war eventuell ausländischer Herkunft. Beiliegend der medizinische Bericht und die Aussage des Sicherheitsoffiziers.«

Er blätterte um. »Mögliche Erklärungen für die Ursache der Verletzung. Erstes Szenario. Opfer ist in der Dunkelheit auf den Felsen gestolpert und auf rasiermesserscharfen Quarz gefallen, dessen geologisches Vorkommen in der Region bekannt ist. Zweitens. Ist auf Werkzeug gestürzt, das von der Baubrigade vergessen wurde. Drittens. War nicht an Hochgebirgsluft gewöhnt, hat plötzlichen Anfall von Höhenkrankheit erlitten, ist ohnmächtig geworden und hat sich Verletzungen zugezogen, wie unter Punkt eins oder zwei beschrieben.« Tan hielt inne. »Kein Meteorit? Der Meteorit hat mir gefallen. Der hatte so einen gewissen buddhistischen Beigeschmack von Vorherbestimmung aus einer anderen Welt.«

Er faltete erneut die Hände. »Du hast es versäumt, mir Schlußfolgerungen zu liefern. Du hast es versäumt, das Opfer zu identifizieren. Du hast es versäumt, mir einen Bericht vorzulegen, den ich unterschreiben kann.«

»Das Opfer zu identifizieren?«

»Es ist ein wenig peinlich, Fremde im Leichenschauhaus liegen zu haben. Man könnte das fälschlich für eine Nachlässigkeit halten.«

»Aber genau aus diesem Grund dürfte das Ministerium Ihnen keine Scherereien bereiten. Man kann Ihnen doch nicht vorwerfen, daß seine Familie sich nicht meldet.«

»Eine wie auch immer geartete Identifizierung würde weniger Aufmerksamkeit erregen. Und wenn schon kein Name, dann ein Anlaß.«

»Ein Anlaß?«

»Ein Beruf. Eine Adresse. Zumindest ein Grund für seine Anwesenheit. Madame Ko hat die amerikanische Firma angerufen, von der die Karte stammt. Diese Leute verkaufen Röntgengeräte. Sagen wir also, er hat Röntgenapparate verkauft.«

Shan schaute auf seine Hände. »Das ist alles nur Spekulation.«

»Für manche ist es Spekulation, für andere eine Meinung.«

Shan blickte hinaus auf die Schatten, die sich langsam über die Hänge der Drachenklauen legten. »Falls ich Ihnen ein perfektes Szenario liefern könnte«, sagte er langsam und verachtete sich selbst mit jedem Wort mehr, »das auch dem Ministerium gefallen würde, dürfte ich dann zurück zu meiner Einheit?«

»Das hier ist kein Tauschhandel.« Oberst Tan dachte eine Weile nach und zuckte dann die Achseln. »Ich hatte keine Ahnung, daß Zwangsarbeit süchtig macht. Es wird mir ein Vergnügen sein, dich wieder dem Direktor zu überlassen, Genosse Häftling.«

»Der Mann war ein Kapitalist aus Taiwan.«

»Kein Amerikaner?«

Shan erwiderte Tans Blick. »Wie wird das Büro für Öffentliche Sicherheit Ihrer Meinung nach wohl auf das Wort Amerikaner reagieren?«

Tan hob eine Augenbraue und nickte beipflichtend.

»Also ein Taiwanese«, sagte Shan. »Das wird nicht nur das Geld und die Kleidung erklären, sondern auch, warum er reisen konnte, ohne bemerkt zu werden. Sagen wir mal, es handelt sich um einen früheren Kuomintang-Soldaten, der hier eingesetzt war und aus sentimentalen Gründen zurückgekehrt ist. Er ist mit einer Reisegruppe nach Lhasa gekommen, hat sich auf eigene Faust auf den Weg gemacht und ist unerlaubt nach Lhadrung gereist. Die Regierung kann für die Sicherheit einer solchen Person auf gar keinen Fall verantwortlich gemacht werden.«

Tan dachte über Shans Worte nach. »Jemand könnte diese Angaben nachprüfen wollen.«

Shan schüttelte den Kopf. »In den letzten drei Wochen sind zwei Gruppen aus Taiwan in Lhasa zu Besuch gewesen. Der Bericht des Chinesischen Reisedienstes liegt bei. Falls Sie noch drei Tage mit der Überprüfung warten, werden die Gruppen sämtlich wieder zu Hause sein. Offiziell kann in Taiwan überhaupt nichts nachgeprüft werden. Die Öffentliche Sicherheit weiß sehr gut, daß derartige Gruppen oftmals für illegale Zwecke genutzt werden.«

Auf Tans Gesicht erschien das messerscharfe Lächeln. »Vielleicht habe ich dich zu vorschnell beurteilt.«

»Das wird ausreichen, um eine vollständige Akte anzulegen«, erklärte Shan. »Nachdem die Kontrolleure wieder abgereist sind, wird Ihr Ankläger wissen, was zu tun ist.« Noch während er redete, erinnerte er sich daran, daß Tan noch einen weiteren Grund hatte, den Fall so schnell wie möglich abzuschließen. Bevor der Oberst auf die Kontrollgruppe zu sprechen kam, hatte er Amerikaner erwähnt, die zu einem Besuch hierher unterwegs seien.

»Was wird denn noch zu tun sein?«

»Die ganze Sache muß in eine Morduntersuchung umgewandelt werden.«

Tan verzog das Gesicht, als hätte er etwas Bitteres gegessen. »Es war immerhin nur ein taiwanesischer Tourist. Wir sollten uns vor einer Überreaktion hüten.«

Shan hob den Kopf und sprach zu dem Foto von Mao. »Ich habe gesagt, dies sei ein perfektes Szenario. Verwechseln Sie es nicht mit der Wahrheit.«

»Der Wahrheit, Genosse?« fragte Tan mit einem Anflug von Ungläubigkeit.

»Schließlich müssen Sie sich am Ende immer noch auf die Suche nach einem Mörder machen.«

»Darüber werden der Ankläger und ich zu gegebener Zeit entscheiden.«

»Nicht unbedingt.«

Tan hob fragend eine Augenbraue.

»Sie können eine Akte anlegen, mit der sich die Angelegenheit ein paar Wochen verzögern läßt. Vielleicht können Sie die Berichte sogar ohne die notwendigen Unterschriften abschicken. Die Papiere werden womöglich einige Monate auf irgendeinem Tisch verstauben, bis jemand das Versäumnis bemerkt.«

»Und warum sollte ich so nachlässig sein, die Akte ohne Unterschriften zu verschicken?«

»Weil der Unfallbericht letzten Endes von der Ärztin unterschrieben werden muß, die die Autopsie durchgeführt hat.«

»Dr. Sung«, sagte Tan leise und mürrisch, als würde er ein Selbstgespräch führen.

»Der medizinische Bericht war ziemlich gründlich. Die Ärztin hat bemerkt, daß der Kopf fehlt.«

»Was willst du damit sagen?«

»Auch die Ärztin hat Vorgesetzte, denen sie Bericht erstattet und die wiederum selbst Rechenschaft ablegen. Ohne den Kopf wage ich zu bezweifeln, daß der medizinische Offizier Ihren Unfallbericht abzeichnen wird. Und ohne den Bericht wird das Ministerium die Angelegenheit schließlich untersuchen und als Mordfall einstufen.«

Tan zuckte die Achseln. »Ankläger Jao wird bald zurück sein.«

»Aber unterdessen läuft ein Mörder frei herum. Ihr Ankläger sollte die Zusammenhänge bedenken.«

»Zusammenhänge?«

»Zum Beispiel, daß der Mann von jemandem ermordet wurde, den er kannte.«

Tan zündete sich eine seiner amerikanischen Zigaretten an. »Das kann man gar nicht mit Gewißheit sagen.«

»Die Leiche wies keinerlei Spuren auf. Keine Anzeichen für einen Kampf. Er hat eine Zigarette mit jemandem geraucht. Er ist freiwillig den Abhang hochgeklettert. Seine Schuhe waren sauber.«

»Seine Schuhe?«

»Falls man ihn über den Boden geschleift hätte, wären sie staubig und zerkratzt gewesen. Falls man ihn getragen hätte, würden sich im Profil seiner Sohlen keine Felssplitter finden. Die Splitter sind im Autopsiebericht vermerkt.«

»Also hat ein Dieb sich einen Touristen geschnappt und ihn mit vorgehaltener Waffe den Hang hinaufgezwungen.«

»Nein. Er wurde nicht ausgeraubt – ein Dieb hätte wohl kaum zweihundert amerikanische Dollar übersehen. Und er ist auch nicht aus irgendeiner Laune heraus zur Südklaue gefahren oder weil ihn ein Unbekannter darum gebeten hat.«

»Also war es jemand, den er kannte«, räumte Tan ein. »Aber dann wäre es eine örtliche Angelegenheit. Und es wird niemand vermißt.«

»Vielleicht stammte der Mörder nicht direkt von hier, kannte aber einen der Ortsansässigen. Eine alte Fehde, die durch einen unerwarteten Besucher wieder aufflammt. Eine Verschwörung, die aufgedeckt wird. Plötzlich bietet sich die Gelegenheit, eine alte Rechnung zu begleichen. Haben Sie versucht, ihn zu erreichen?«

»Wen?«

»Den Ankläger. Eine der beunruhigenden Fragen, die ich nicht aufgeschrieben habe, lautet: Warum hat der Mörder gewartet, bis der Ankläger die Stadt verlassen hatte? Wieso ist das alles genau jetzt passiert?«

»Ich habe es dir bereits gesagt. Ich will darüber nicht am Telefon reden.«

»Was ist, falls noch etwas für die Zeit von Jaos Abwesenheit geplant wurde? Vor dem Eintreffen der Kontrollgruppe.«

Tan schenkte ihm inzwischen ungeteilte Aufmerksamkeit. »Ich weiß es nicht. Ich weiß nicht einmal, ob er schon in Dalian eingetroffen ist.« Tan musterte die Glut seiner Zigarette. »Was sollte ich ihn deiner Meinung nach fragen?«

»Fragen Sie ihn nach schwebenden Verfahren. Hat er vielleicht Druck auf jemanden ausgeübt?«

»Ich verstehe nicht …«

»Ankläger schauen gern unter große Steine. Manchmal scheuchen sie ein Schlangennest auf.«

Tan blies eine Rauchwolke zur Decke. »Denkst du an eine besondere Schlangenart?«

»Potentielle Informanten werden ermordet. Komplizen verlieren das Vertrauen. Fragen Sie ihn, ob er an einem Bestechungsfall gearbeitet hat.«

Dieser Vorschlag gab Tan zu denken. Er drückte seine Zigarette aus und ging zum Fenster. Nachdem er eine Weile in die Landschaft geblickt hatte, hob er geistesabwesend ein Fernglas vor die Augen und richtete es auf den östlichen Horizont. »Wenn die Sonne an einem klaren Tag richtig steht, kann man die neue Brücke am Fuß des Drachenschlunds sehen. Weißt du, wer die gebaut hat? Wir waren das. Meine Ingenieure, ohne jede Hilfe aus Lhasa.«

Shan erwiderte nichts.

Tan setzte das Fernglas ab und zündete sich eine weitere Zigarette an. »Wieso Korruption?« fragte er und schaute weiterhin aus dem Fenster. Korruption war schon immer ein weitaus bedeutenderes Verbrechen als Mord gewesen. Zur Zeit der Dynastien wurden Morde manchmal lediglich mit Geldstrafen belegt. Wer jedoch den Kaiser bestahl, wurde stets in tausend Stücke gerissen.

»Der Tote war gutgekleidet«, erklärte Shan. »Er trug mehr Geld bei sich, als die meisten Tibeter in einem ganzen Jahr verdienen. Es gibt in Peking entsprechende Statistiken mit Querverweisen zwischen den Fällen. Natürlich alles geheime Verschlußsachen. Morden liegt typischerweise eine von zwei bestimmten Triebkräften zugrunde. Leidenschaft oder Politik.«

»Politik?«

»Pekings Wort für Korruption, denn Korruption hängt immer mit einem gewissen Machtstreben zusammen. Fragen Sie Ihren Ankläger, wenn Sie ihn erreichen können. Er wird es verstehen. Und bitten Sie ihn vorerst um eine Empfehlung.«

»Empfehlung?«

»Zur Auswahl eines echten Ermittlers, der gleich mit der

Arbeit anfängt. Ich kann alles in die richtige Form bringen, aber die wahre Untersuchung muß beginnen, solange die Spuren noch frisch sind.«

Tan inhalierte und behielt den Rauch eine Zeitlang in der Lunge, bevor er wieder das Wort ergriff. »Langsam verstehe ich dich«, sagte er und ließ den Rauch hervorströmen. »Du löst Probleme, indem du größere erschaffst. Ich wette, das ist ein wesentlicher Grund dafür, warum du in Tibet bist.«

Shan antwortete nicht.

»Der Kopf ist über die Klippe gerollt. Wir werden ihn finden. Ich schicke morgen Suchtrupps los. Sobald wir ihn gefunden haben, werde ich Sung davon überzeugen, den Bericht zu unterschreiben.«

Shan starrte den Oberst weiterhin schweigend an.

»Du sagst, falls der Kopf nicht gefunden wird, erwartet das Ministerium von mir, daß ich ihnen einen Mörder präsentiere.«

»Natürlich«, stimmte Shan ihm zu. »Aber das wird nicht deren vordringliches Anliegen sein. Zunächst mal müssen Sie den gesellschaftsfeindlichen Akt präsentieren. Es liegt in Ihrer Verantwortung, ausführlich den sozialistischen Kontext zu schildern. Liefern Sie einen Kontext, und der Rest ergibt sich fast von allein.«

»Kontext?«

»Der eigentliche Mörder wird dem Ministerium relativ gleichgültig sein. Bei Bedarf finden sich immer genügend Verdächtige.« Shan wartete auf eine Reaktion. Tan zuckte mit keiner Wimper. »Was aber stets gesucht wird«, fuhr er fort, »ist die politische Erklärung. Eine Morduntersuchung ist eine Kunst für sich. Die wesentliche Ursache für Gewaltverbrechen ist der Klassenkampf.«

»Eben hast du noch gesagt die Leidenschaft. Und Korruption.«

»So lauten die streng geheimen Daten. Zum vertraulichen Gebrauch durch die Ermittler. Jetzt meine ich die sozialistische Dialektik. Die strafrechtliche Verfolgung eines Mords ist meistens ein öffentliches Phänomen. Sie müssen in der Lage sein, die Grundlage der hiesigen Ermittlungen zu erläutern. Und eine solche Erklärung ist stets politischer Natur. Darum geht es in erster Linie. Das sind die Beweise, die Sie brauchen.«

»Was soll das denn bedeuten?« knurrte Tan.

Shan richtete seinen Blick auf das Foto und sprach wieder zu Mao. »Stellen Sie sich ein Haus auf dem Land vor«, sagte er langsam. »Man findet eine Leiche. Der Tote wurde erstochen. In der Küche schläft ein Mann, der ein blutiges Messer in der Hand hält. Er wird verhaftet. Wo beginnen die Ermittlungen?«

»Bei der Waffe. Es muß untersucht werden, ob sie zu der Verletzung paßt.«

»Nein. Beim Schrank. Achten Sie immer auf den Schrank. Früher hätte man nach verbotenen Schriften gesucht. Nach Büchern in englischer Sprache oder westlicher Musik. Heute sucht man nach dem Gegenteil. Nach alten Stiefeln und schäbigen Kleidungsstücken, die im gleichen Versteck wie ein Buch mit den Sprüchen des Großen Vorsitzenden liegen, als Vorsorge für den Fall, daß die Parteibewegung einen neuen Aufschwung erlebt. Wie man es auch deutet, es läßt immerhin auf reaktionäre Zweifel am sozialistischen Fortschritt schließen.

Dann überprüft man das zentrale Parteiregister. Den Klassenhintergrund. Man findet heraus, daß der Verdächtige bereits eine Umerziehung hinter sich hat oder daß sein Großvater zu den ausbeuterischen Kaufleuten gehörte. Sein Onkel war womöglich ein Stinkender Neunter.« Shans Vater war ein Stinkender Neunter gewesen, die niederste Kreatur auf Maos Liste der schädlichen Elemente. Ein Intellektueller. »Vielleicht ist der Verdächtige aber auch ein Held der Arbeit. In dem Fall schaut man sich das Opfer genauer an«, fuhr er fort. Er erkannte schaudernd, daß er beinahe wörtlich einen Vortrag wiederholte, den er einst vor einem Seminar in Peking gehalten hatte. »Der sozialistische Kontext ist das wichtigste. Finde den reaktionären Ansatzpunkt und arbeite dich von da aus weiter vor. Eine Morduntersuchung ist zwecklos, solange sich daraus keine Parabel für das Volk ableiten läßt.«

Tan ging vor dem Fenster auf und ab. »Aber um das hier von uns abzuwenden, brauche ich lediglich einen Kopf.«

Etwas Eiskaltes schien Shans Rückgrat zu berühren. »Nicht bloß irgendeinen Kopf. Den Kopf.«

Tan lachte humorlos auf. »Ein Saboteur. Zhong hat mich gewarnt.« Er setzte sich und musterte Shan schweigend. »Warum willst du unbedingt zur 404ten zurück?«

»Dort gehöre ich hin. Es wird Ärger geben. Wegen der Leiche. Vielleicht kann ich helfen.«

Tans Augen verengten sich. »Was für Ärger?«

»Der *jungpo*«, sagte Shan sehr leise.

»*Jungpo*?«

»Übersetzt heißt es hungriger Geist. Eine Seele, die durch eine Gewalttat freigesetzt wird und nicht auf den Tod vorbereitet ist. Falls auf dem Berg keine Todesriten abgehalten werden können, wird der Geist am Ort des Mordes umgehen. Er wird wütend sein. Er wird Unglück bringen. Kein frommer Mann wird sich diesem Ort nähern.«

»Was für Ärger?« wiederholte Tan in schneidendem Tonfall.

»Die Männer der 404ten werden an einem solchen Ort nicht arbeiten. Er ist jetzt entweiht. Sie beten für die Erlösung des Geistes und erflehen eine Reinigung.«

Tans Augen begannen zornig zu funkeln. »Es wurde kein Streik gemeldet.«

»Der Direktor würde Ihnen niemals sofort Bescheid geben. Zunächst mal wird er auf eigene Faust versuchen, der Angelegenheit ein Ende zu bereiten. Die vordersten Gruppen haben vermutlich als erste die Arbeit eingestellt, und es hat bestimmt Unfälle gegeben. An die Wachposten wurden Waffen ausgeteilt.«

Tan eilte hastig zur Tür und rief Madame Ko zu, sie möge eine Verbindung zu Direktor Zhongs Büro herstellen. Er nahm den Anruf im Konferenzraum entgegen und behielt Shan durch die offene Tür im Blick.

Als er zurückkehrte, blitzten seine Augen wutentbrannt. »Ein Mann hat sich ein Bein gebrochen. Ein Wagen mit Vorräten ist über den Rand der Klippe gestürzt. Nach der Mittagspause hat die Brigade die Weiterarbeit verweigert.«

»Man muß den Priestern gestatten, die Zeremonien durchzuführen.«

»Unmöglich«, erwiderte Tan und trat erneut ans Fenster. Er nahm das Fernglas vom Fensterbrett und versuchte vergeblich, in der zunehmenden Dämmerung die Baustelle auf dem entfernten Hang auszumachen. Als er sich umdrehte, lag wieder die übliche Härte in seinem Blick. »Da hast du deinen Kontext. Wie hast du es genannt? Ein reaktionärer Ansatzpunkt.«

»Ich verstehe nicht.«

»Für mich riecht das nach Klassenkampf. Nach kapitalistischem Egoismus. Nach Kultanhängern, die ihren revisionistischen Freunden helfen wollen.«

»Die 404te?« fragte Shan voller Entsetzen. »Die 404te hatte damit nichts zu tun.«

»Aber du hast mich selbst davon überzeugt. Der Klassenkampf hat wieder einmal den sozialistischen Fortschritt behindert. Sie sind in den Streik getreten.«

Bei diesen Worten zog Shans Herz sich zusammen. »Das ist kein Streik, sondern eine rein religiöse Angelegenheit.«

Tan lächelte höhnisch. »Wenn Sträflinge die Arbeit verweigern, ist das ein Streik. Wir werden das Büro für Öffentliche Sicherheit davon in Kenntnis setzen müssen. Die Sache liegt nun nicht mehr in meinen Händen.«

Shan starrte ihn hilflos an. Über einen Toten in den Bergen würde das Ministerium vielleicht hinwegsehen. Über einen Streik in einem Arbeitslager jedoch niemals. Plötzlich stand sehr viel mehr auf dem Spiel.

»Du wirst eine neue Akte anlegen«, erklärte Tan. »Berichte über den Klassenkampf und darüber, wie die 404te diesen Tod herbeigeführt hat, um eine Ausrede für die Arbeitsverweigerung zu schaffen. Deine Ausführungen sollten eines Generalinspekteurs würdig sein, und das Ministerium sollte nicht den geringsten Zweifel an ihrer Wahrheit haben.« Er kritzelte etwas auf ein dickes braunes Blatt. Dann musterte er Shan einen Moment lang. Mit langsamer, förmlicher Geste brachte er sein Siegel auf dem Stück Papier an. »Du bist ab jetzt offiziell meinem Büro unterstellt. Ich gebe dir einen Wagen und den tibetischen Sekretär des Direktors. Feng wird euch im Auge behalten. Du hast die Erlaubnis, das Krankenhaus aufzusuchen, um dort

Erkundigungen einzuziehen. Falls man dich fragt, bist du in vertraulicher Angelegenheit unterwegs.«

Shan beugte sich vor und schaute verzweifelt in Richtung der Drachenklauen. »Mein Bericht wäre wertlos«, sagte er leise. Er hatte sich mit der Akte beeilt, um so schnell wie möglich zur 404ten zurückkehren und Choje helfen zu können. Jetzt wollte Tan ihn dazu benutzen, noch größeres Unheil auf die Mönche herabzubeschwören. »Ich habe mich als unzuverlässig erwiesen.«

»Wir werden den Bericht unter meinem Namen einreichen.«

Shan starrte einen undeutlichen, vage vertrauten Geist an – sein eigenes Abbild, das sich im Fenster spiegelte. Es geschah tatsächlich. Er wurde als niedere Lebensform wiedergeboren. »Dann wird einer unserer Namen entehrt werden«, flüsterte er krächzend.

Kapitel Drei

Das gelbgraue dreigeschossige Gebäude, in dem das Gesundheitskollektiv des Volkes untergebracht war, wirkte von außen weitaus steriler als von innen. In der Eingangshalle roch es nach Schimmel. Das Gemälde auf einer der Wände, das strahlende Proletarier auf Bulldozern und Traktoren zeigte, war rissig und blätterte ab. Auf dem Mobiliar lag der gleiche trockene Staub, der auch in den Baracken der 404ten vorherrschte. Der verblichene Linoleumboden und eine Wand waren von braunen und grünen Flecken übersät. Das einzige Lebewesen, das sie bei ihrem Eintreten bemerkten, war ein großer Käfer, der hastig in den Schatten huschte.

Madame Ko hatte angerufen. Ein kleiner, nervöser Mann in einem schäbigen Kittel erschien und führte Shan, Yeshe und Feng schweigend über eine schwach beleuchtete Treppe in einen Kellerraum hinunter, in dem sich fünf metallene Obduktionstische befanden. Als er die Schwingtüren aufstieß, brach der Ammoniak- und Formaldehydgestank wie eine Woge über ihren Köpfen zusammen. Der Geruch des Todes.

Yeshe hielt sich blitzartig die Hand vor den Mund. Sergeant

Feng fluchte und suchte nach einer Zigarette. Die Wände waren mit den gleichen dunklen Flecken gesprenkelt, die Shan bereits im Erdgeschoß bemerkt hatte. Er folgte einer der Tropfspuren mit den Augen, einer Reihe brauner Spritzer, die vom Boden bis zur Decke verlief. An einer der Wände hing ein Plakat, das vom häufigen Falten ziemlich brüchig geworden war, und warb für eine Aufführung der Pekinger Oper. Das Datum lag bereits mehrere Jahre zurück. Mit einer Mischung aus Ekel und Angst wies ihr Begleiter auf den einzigen belegten Tisch. Dann verließ er den Raum und schloß die Tür hinter sich.

Yeshe drehte sich um und wollte dem Sanitäter folgen.

»Was ist los?« fragte Shan.

»Mir wird schlecht«, verteidigte Yeshe sich.

»Wir haben einen Auftrag. Sie werden ihn kaum erledigen können, falls Sie draußen auf dem Gang warten.«

Yeshe schaute zu Boden.

»Wo möchten Sie hin?« fragte Shan.

»Hin?«

»Im Anschluß. Sie sind jung. Sie sind ehrgeizig. Sie haben ein Ziel. Jeder in Ihrem Alter hat ein Ziel.«

»In die Provinz Sichuan«, sagte Yeshe mit argwöhnischem Blick. »Zurück nach Chengdu. Direktor Zhong hat mir gesagt, meine Papiere seien bereits fertig und er habe mir dort eine Anstellung verschafft. Die Leute können inzwischen eigene Wohnungen mieten. Man kann sogar Fernsehgeräte kaufen.«

Shan dachte kurz nach. »Wann hat der Direktor das gesagt?«

»Erst gestern abend. Ich habe noch immer Freunde in Chengdu. Parteimitglieder.«

»Großartig.« Shan zuckte die Achseln. »Sie haben ein Ziel, und ich habe ein Ziel. Je schneller wir fertig werden, desto eher geht es für uns beide weiter.«

Yeshe war der Unmut trotzdem deutlich anzusehen. Er betätigte einen Schalter an der Wand und erweckte eine Reihe nackter Glühlampen zum Leben, die über den Tischen hingen. Der mittlere Tisch schien regelrecht zu erstrahlen, denn sein weißes Laken war das einzige saubere und helle Objekt an diesem Ort. Sergeant Feng schaute auf das entlegene Ende des

Raums und murmelte einen leisen Fluch. Unter einem besudelten Leintuch saß dort in einem rostigen Rollstuhl ein zusammengesackter Körper, dessen Kopf in unnatürlichem Winkel zur Seite hing.

»Die schieben dich einfach so in die Ecke«, brummte er verächtlich. »Da lobe ich mir die Armeehospitäler. Dort wirst du zumindest ordentlich in deiner Uniform aufgebahrt.«

Shan musterte noch einmal die Blutflecke. Das hier sollte doch eigentlich das Leichenschauhaus sein. Leichen hatten keinen Blutdruck mehr und konnten daher auch kein Blut verspritzen.

Der Körper auf dem Stuhl ächzte plötzlich, als hätte das Licht ihn zum Leben erweckt. Mit ungelenker Geste zog er das Leintuch beiseite und setzte sich eine dicke Hornbrille auf.

Feng keuchte erschrocken und wich zur Tür zurück.

Es handelte sich um eine Frau, erkannte Shan, und es war nicht etwa ein Leintuch, das sie bedeckte, sondern ein viel zu großer Kittel, aus dessen Falten sie ein Klemmbrett hervorholte.

»Wir haben doch den Bericht geschickt«, verkündete sie mit schriller, ungehaltener Stimme und stand auf. »Niemand hier begreift, weshalb Sie persönlich vorbeikommen mußten.« Dunkle Ringe um ihre Augen zeugten von tiefer Erschöpfung. Mit der rechten Hand hielt sie einen Bleistift wie einen Speer umklammert. »Manche Leute schauen sich gern Tote an. Ist es das? Mögen Sie es, Leichen anzustarren?«

Das Leben eines Mannes, so lehrte Choje seine Mönche, verlief nicht in linearer Progression, bei der jeder Tag ein gleichwertiges Blatt auf dem Kalender der Existenz bedeutet hätte. Es bewegte sich eher von einem maßgeblichen Moment zum nächsten und wurde durch jene Entscheidungen geprägt, die Auswirkungen auf die Seele hatten. Das hier war ein solcher Moment, dachte Shan. Er konnte entweder ab jetzt sofort für Tan den Schnüffler spielen und irgendwie versuchen, die 404te zu retten, oder er konnte sich umdrehen, wie Choje dies befürworten würde, und Tan ignorieren, um allem treu zu bleiben, das auf dieser Welt auch nur entfernt als rechtschaffen galt. Er biß die Zähne zusammen und wandte sich an die kleine Frau.

»Wir müssen mit der Ärztin sprechen, von der die Autopsie vorgenommen wurde«, sagte Shan. »Dr. Sung.«

Die Frau brach in unerklärliches Gelächter aus. Aus einer anderen Falte ihres Kittels zog sie eine *koujiao* hervor, eine jener Operationsmasken, die ein Großteil der chinesischen Bevölkerung dazu benutzte, um sich während der Wintermonate vor Staub und Viren zu schützen. »Andere Leute. Andere Leute verursachen gern Schwierigkeiten.« Sie band sich die Maske vor den Mund und deutete auf einen Karton voller *kiajiou*, der auf dem nächstgelegenen Tisch stand. Beim Gehen wurde ein baumelndes Stethoskop zwischen den Falten des Kittels sichtbar.

Noch war es nicht zu spät. Noch gab es eine schmale Öffnung, durch die er sich hinauswinden könnte. Er mußte erreichen, daß die Ärztin den Unfallbericht unterschrieb. Ein durch die 404te verursachter Unfall würde Tans Zwecken genügen, ohne die Höllenqualen einer Morduntersuchung nach sich zu ziehen. Nach dieser Unterschrift mußte er eine Möglichkeit finden, daß die Todesriten für die verlorene Seele abgehalten werden konnten. Als Reaktion auf das politische Dilemma würde man die 404te für fahrlässiges Verhalten maßregeln können. Ein Monat ohne warme Verpflegung und vielleicht eine Herabsetzung aller Gefangenen. Bald würde Sommer sein; sogar die Alten konnten eine Herabsetzung überleben. Das war zwar keine perfekte Lösung, aber sie lag für ihn immerhin in Reichweite.

Während die Männer ihre Masken festbanden, zog die Ärztin das Tuch von der Leiche und nahm ein Klemmbrett vom Tisch.

»Der Tod ist fünfzehn bis zwanzig Stunden vor der Auffindung eingetreten, also am Abend zuvor«, las sie. »Todesursache: die gleichzeitige traumatische Durchtrennung von Halsschlagader, Drosselvene und Rückenmark. Zwischen dem obersten Halswirbel und dem Hinterhauptsbein.« Bei diesen Worten ließ sie ihren Blick über die drei Männer schweifen. Yeshe fiel als erster durch ihr Raster, denn er war unverkennbar tibetischer Abstammung. Dann musterte sie kurz Shans abgetragene Kleidung und entschied sich schließlich, Sergeant Feng anzusprechen.

»Ich dachte, man hätte ihn enthauptet«, wandte Yeshe zögernd ein und schaute kurz zu Shan herüber.

»Das habe ich doch gesagt«, herrschte die Frau ihn an.

»Der Todeszeitpunkt läßt sich nicht genauer feststellen?« fragte Shan.

»Die Leichenstarre war noch nicht abgeklungen«, sagte sie, wieder zu Feng. »Ich kann Ihnen garantieren, daß es der vorige Abend war. Aber darüber hinaus ...« Sie zuckte die Achseln. »Die Luft ist so trocken. Und kalt. Der Körper war abgedeckt. Für eine genauere Angabe wäre eine ganze Anzahl von Tests erforderlich.«

Sie bemerkte Shans Gesichtsausdruck und warf ihm einen mürrischen Blick zu. »Das hier ist nicht unbedingt die Universität von Peking, Genosse.«

Shan schaute abermals zu dem Poster. »An der Bei Da hätte Ihnen ein Chromatograph zur Verfügung gestanden«, sagte er und benutzte die umgangssprachliche Bezeichnung der Pekinger Universität, wie sie hauptsächlich in Peking selbst gebräuchlich war.

Sie drehte sich langsam zu ihm. »Sie stammen aus der Hauptstadt?« Ihre Stimme hatte einen neuen Tonfall angenommen, der vorsichtigen Respekt erkennen ließ. In ihrem Land kam die Macht in vielerlei Formen daher. Man konnte gar nicht vorsichtig genug sein. Vielleicht würde das hier einfacher werden, als Shan gedacht hatte. Laß den Ermittler nur ganz kurz auferstehen, gerade lange genug, daß sie die Wichtigkeit des Unfallberichts verstehen wird.

»Mir wurde die Ehre zuteil, gemeinsam mit einem Professor der Gerichtsmedizin an der Bei Da einen Kurs zu geben«, sagte er. »Es war wirklich nur ein zweiwöchiges Seminar. Ermittlungstechniken in der sozialistischen Gesellschaft.«

»Dann haben Sie es ja inzwischen weit gebracht.« Sie schien nicht in der Lage zu sein, ihren sarkastischen Anwandlungen zu widerstehen.

»Jemand war der Meinung, meine Technik sei zu sehr auf die Ermittlung und zu wenig auf den Sozialismus ausgerichtet.« Er sagte es mit einem Anflug von Reue, ganz wie man es ihm in den *tamzing*-Sitzungen beigebracht hatte.

»Und jetzt sind Sie hier«, stellte sie fest.

»Genau wie Sie«, erwiderte er.

Sie lächelte, als hätte er soeben eine besonders geistreiche Bemerkung gemacht. Einen kurzen Moment lang verschwanden die dunklen Augenringe. Shan erkannte, daß sich unter dem weiten Gewand ein schlanker Körper verbarg. Ohne die Spuren der Erschöpfung im Gesicht und ohne die streng im Nacken verknotete Frisur hätte man Dr. Sung problemlos für die adrette Ärztin eines Pekinger Krankenhauses halten können.

Schweigend umrundete sie einmal vollständig den Tisch und musterte erst Sergeant Feng und dann wieder Shan. Langsam kam sie auf Shan zu und packte plötzlich seinen Arm, als könnte er eventuell einen Fluchtversuch unternehmen. Er sträubte sich nicht, als sie seinen Ärmel hochschob und die eintätowierte Nummer auf seinem Unterarm betrachtete.

»Ein Kalfaktor?« fragte sie. »Wir haben hier einen Kalfaktor, der die Toiletten reinigt. Und ein anderer wischt das Blut auf. Aber bislang wurde noch keiner hergeschickt, um mich zu vernehmen.« Sie umkreiste ihn mit äußerster Neugier, als würde sie in Betracht ziehen, diesen seltsamen Organismus zu sezieren, der so unvermittelt vor ihr aufgetaucht war.

Sergeant Feng durchbrach die Stille mit einem gellenden heiseren Ausruf. Es war kein Wort, sondern eine Warnung. Yeshe hatte versucht, die Tür einen Spalt zu öffnen. Er hielt verlegen, aber unterwürfig inne, zog sich in eine Ecke des Raums zurück und kauerte sich vor die Wand.

Shan las den Bericht, der am Ende des Tisches hing. »Dr. Sung.« Er sprach ihren Namen ganz langsam aus. »Haben Sie irgendwelche Gewebeanalysen vorgenommen?«

Die Frau schaute zu Feng, als würde sie sich Hilfe von ihm erhoffen, aber der Sergeant zog sich kaum merklich von der Leiche zurück. Sie zuckte die Achseln. »Spätes mittleres Alter.

Elf Kilo Übergewicht. Die Lunge im Anfangsstadium mit Teer verklebt. Eine stark angegriffene Leber, aber davon wußte er vermutlich noch nichts. Reste von Alkohol im Blut. Hat weniger als zwei Stunden vor seinem Tod eine Mahlzeit zu sich genommen. Reis. Kohl. Fleisch. Gutes Fleisch, kein Hammel. Vielleicht Lamm. Oder sogar Rind.«

Zigaretten, Alkohol, Rindfleisch. Die Kost der Privilegierten. Die Kost eines Touristen, tröstete er sich.

Feng stellte sich vor eine Anschlagtafel und tat so, als würde er eine Terminliste politischer Zusammenkünfte lesen.

Shan ging langsam um den Tisch herum und zwang sich, die enthauptete Leiche des Mannes zu betrachten, dessen unglückseliger Geist nun bei den Drachenklauen spukte, der die Arbeit der 404ten ins Stocken gebracht und den Oberst dazu verleitet hatte, Shan aus dem Gulag zu exhumieren. Mit seinem Bleistift schob er die leblosen gekrümmten Finger der linken Hand zurück. Sie war leer. Er ging weiter, hielt inne und schaute sich die Hand dann noch einmal an. An der Basis des Zeigefingers war eine dünne Linie zu sehen. Er drückte mit dem kleinen Radiergummi des Stifts dagegen. Es war ein Einschnitt.

Dr. Sung zog Gummihandschuhe an und nahm die Hand mit Hilfe einer kleinen Taschenlampe in Augenschein. Da sei noch ein zweiter Schnitt, verkündete sie, und zwar in der Handfläche direkt unterhalb des Daumens.

»In Ihrem Bericht stand nichts davon, daß Sie einen Gegenstand aus der Hand entfernt hätten.« Es mußte sich um ein kleines Objekt mit scharfen Kanten gehandelt haben, nicht größer als fünf Zentimeter im Durchmesser.

»Haben wir auch nicht.« Sie beugte sich über die Schnittwunde. »Was auch immer es war, man hat es ihm nach dem Tod aus der Hand gerissen. Kein Blut, kein Schorf. Es ist im Anschluß an die Tat passiert.« Sie betastete die Finger einen nach dem anderen und errötete vor Verlegenheit. »Zwei der Finger sind gebrochen. Die Hand ist sehr stark gequetscht worden. Man hat die im Tode verkrampften Finger gewaltsam geöffnet.«

»Um an den Gegenstand zu gelangen, den sie umklammert gehalten haben.«

»Vermutlich.«

Shan dachte über die Frau nach. Zwischen dem humanitären Dienst in den bedauernswerten Kolonien und der offenkundigen Verbannung lag in der chinesischen Bürokratie nur ein schmaler Grat. »Aber können Sie sich hinsichtlich der Todesursache so sicher sein? Vielleicht ist er bei einem Sturz gestorben, und der Kopf wurde erst später und aus einem anderen Grund entfernt.«

»Aus einem anderen Grund? Das Herz schlug noch, als der Mann enthauptet wurde. Andernfalls wäre sehr viel mehr Blut im Körper gewesen.«

Shan seufzte. »Womit denn dann? Einer Axt?«

»Die Tatwaffe war ziemlich schwer. Und rasiermesserscharf.«

»Möglicherweise ein Felsen?«

Dr. Sung reagierte mit einem verdrießlichen Stirnrunzeln und gähnte. »Aber sicher. Ein Felsen mit der Schärfe eines Skalpells. Es war kein einzelner Schlag. Aber auch nicht mehr als drei, würde ich sagen.«

»War er bei Bewußtsein?«

»Zum Zeitpunkt des Todes war er bewußtlos.«

»Ohne den Kopf können Sie das aber nicht mit Sicherheit sagen.«

»Seine Kleidung«, erwiderte Dr. Sung. »Es war fast gar kein Blut auf seiner Kleidung. Keine Haut oder Haare unter den Nägeln. Keine Kratzspuren. Es gab keinen Kampf. Man hat seinen Körper so hingelegt, daß das Blut von ihm wegfließen würde. Mit dem Gesicht nach oben. Wir haben auf dem Rücken seines Pullovers Erd- und Mineralpartikel gefunden. Nur auf dem Rücken.«

»Aber daß er bewußtlos war, ist nur eine Theorie.«

»Und wie lautet Ihre Theorie, Genosse? Daß er durch den Sturz auf einen Felsen gestorben ist und dann zufällig jemand vorbeikam, der Köpfe sammelt?«

»Wir sind hier in Tibet. Es gibt eine ganze Gesellschaftsschicht, deren Aufgabe darin besteht, Leichen zu zerteilen und für die Beseitigung zu sorgen. Vielleicht ist ein *ragyapa* vorbeigekommen und hat die Zeremonie für ein Himmelsbegräbnis begonnen, wurde dann aber gestört.«

»Wodurch?«

»Keine Ahnung. Durch die Vögel.«

»Die fliegen nachts nicht. Und ich habe noch keinen Geier gesehen, der groß genug gewesen wäre, um einen Schädel wegzuschleppen.« Sie zog ein Stück Papier vom Klemmbrett. »Sie müssen der Narr gewesen sein, der mir das hier geschickt hat«, sagte sie. Es war das Unfallberichtsformular, das auf ihre Unterschrift wartete.

»Der Oberst würde es gern sehen, wenn Sie das einfach nur unterzeichneten.«

»Ich arbeite nicht für den Oberst.«

»Das habe ich auch zu ihm gesagt.«

»Und?«

»Bei einem Mann wie dem Oberst ist das ein eher heikler Punkt.«

Sung warf ihm einen letzten wütenden, beinahe aggressiven Blick zu und riß das Formular dann schweigend in der Mitte durch. »Und wie heikel ist das?« Sie ließ die Stücke auf die nackte Leiche fallen und verließ den Raum.

Jilin der Mörder war offenbar stolz darauf, zum neuen Vorarbeiter der 404ten ernannt worden zu sein. Er ragte wie ein Riese drohend an der Spitze der Kolonne auf und hieb mit seinem Vorschlaghammer auf die Felsen ein. Hin und wieder hielt er kurz inne und wandte sich mit hämischem Gesichtsausdruck zu den kleinen Gruppen tibetischer Häftlinge um, die unterhalb von ihm auf dem Hang saßen. Shan musterte die anderen, ein Dutzend Chinesen und moslemische Uiguren, die normalerweise nicht zu den Bauarbeitern gehörten. Zhong hatte das Küchenpersonal zur Südklaue geschickt.

Shan entdeckte Choje, der kurz vor der Spitze im Lotussitz mit geschlossenen Augen im Zentrum eines Kreises aus Mönchen saß. Beabsichtigt war, Choje vor den drohenden Übergriffen der Wachen zu schützen. Letzten Endes würde es nur dazu führen, daß die Wachen noch viel wütender waren, wenn sie ihn erreichten.

Momentan allerdings saßen die Wachposten um die Lastwagen herum, rauchten und tranken Tee, den sie sich über einem offenen Holzfeuer kochten. Sie behielten nicht etwa die Häftlinge im Blick, sondern richteten ihre Aufmerksamkeit auf die Straße, die aus dem Tal hinaufführte.

Jilins fröhliche Miene verschwand, als er Shan sah. »Es heißt, du seist jetzt ein Kalfaktor«, sagte er verärgert und verlieh dem Satz mit einem Schlag des Hammers Nachdruck.

»Nur für ein paar Tage. Ich komme zurück.«

»Du verpaßt ja alles. Dreifache Rationen, wenn du arbeitest. Die werden den verdammten Heuschrecken die Flügel stutzen. Der Stall wird aus allen Nähten platzen. Wir werden Helden sein.« Heuschrecken. Eine verächtliche Bezeichnung für die tibetischen Einheimischen. Wegen des eintönig summenden Geräusches ihrer Mantras.

Shan musterte die vier kleinen Steinhaufen, mit denen man den Fundort der Leiche markiert hatte. Langsam umrundete er die Stelle und fertigte auf seinem Block eine Zeichnung davon an.

Sung hatte recht. Genau hier war es passiert. Hier hatte der Mörder sein Opfer abgeschlachtet. Er hatte den Mann getötet und den Inhalt seiner Taschen über den Rand der Klippe geworfen. Aber wieso hatte er die Hemdtasche unter dem Pullover ausgelassen, in der das amerikanische Geld steckte? Weil seine Hände so blutig waren und das weiße Hemd so sauber, beantwortete Shan sich die Frage.

»Warum ist er erst den langen Weg aus der Stadt hergekommen und hat dann die Leiche nicht in den Abgrund geworfen? Man hätte sie nie gefunden.« Die Frage kam von hinten. Yeshe war Shan den Abhang hinaufgefolgt. Das war das erste Mal, daß der Tibeter Interesse an ihrem Auftrag erkennen ließ.

»Die Leiche sollte gefunden werden.« Shan kniete sich hin und schob die restlichen Steine von dem rostfarbenen Fleck.

»Weshalb dann Steine darüber aufschichten?«

Shan drehte sich um und sah erst zu Yeshe und dann zu den

Mönchen, die ihn inzwischen nervös beobachteten. *Jungpos* kamen nur nachts heraus. Am Tag jedoch versteckten die hungrigen Geister sich in kleinen Felsspalten oder unter Steinen.

»Ansonsten hätten die Wachen den Toten vielleicht schon aus einiger Entfernung bemerkt.«

»Aber sie haben ihn doch trotzdem entdeckt«, wandte Yeshe ein.

»Nein. Zuerst haben ihn die Häftlinge gefunden. Die Tibeter.«

Shan ließ den beunruhigten Yeshe neben den Steinhaufen stehen und ging zu Jilin. »Ich brauche deine Hilfe. Du sollst mich über die Kante hinablassen.«

Jilin ließ den Hammer sinken. »Du hast wohl den Verstand verloren.«

Shan wiederholte die Bitte. »Nur für ein paar Sekunden. Da drüben.« Er wies mit ausgestrecktem Finger in die Richtung. »Halt mich an den Knöcheln fest.«

Jilin folgte Shan gemächlich zur Kante und grinste einfältig. »Hundertfünfzig Meter. Jede Menge Zeit zum Nachdenken, bevor du aufschlägst. Und dann ergeht es dir wie einer Melone, die man mit einer Kanone abgeschossen hat.«

»Nur ein paar Sekunden, dann holst du mich wieder hoch.«

»Warum?«

»Wegen des Goldes.«

»Blödsinn«, stieß Jilin hervor. Dann allerdings beugte er sich mit einem mißtrauischen Seitenblick über den Rand. »Verdammt«, sagte er und schaute überrascht auf. »Verdammt«, wiederholte er, kam aber sogleich auf einen anderen Gedanken. »Ich brauche dich nicht.«

»Doch, du brauchst mich. Du kannst es von hier oben nicht erreichen. Wem vertraust du so weit, daß er dich festhalten soll?«

Jilin schien plötzlich zu verstehen. »Und warum vertraust du mir?«

»Weil ich dir das Gold geben werde. Ich schaue es mir genau an, und dann gebe ich es dir.« Das einzig Verläßliche an Jilin war seine Habgier.

Kurz darauf hing Shan kopfüber an seinen Knöcheln über dem Abgrund. Sein Bleistift fiel ihm aus der Tasche und stürzte wirbelnd ins Leere. Er schloß die Augen, als der lachende Jilin ihn wie die Marionette eines Kindes ruckartig auf und ab hüpfen ließ. Aber als er sie wieder öffnete, lag das Feuerzeug direkt vor ihm.

Einen Moment später befand er sich wieder oben. Das Feuerzeug stammte aus westlicher Fertigung, war jedoch mit einem eingravierten chinesischen Ideogramm verziert, das für ein langes Leben stand. Shan hatte solche Feuerzeuge schon zuvor gesehen; sie wurden oft bei Parteitreffen als Andenken verschenkt. Er hauchte es an, so daß die Oberfläche beschlug. Keine Fingerabdrücke.

»Gib es mir«, knurrte Jilin. Er behielt die Wachen im Auge.

Shan schloß die Finger darum. »Sicher. Im Tausch gegen etwas anderes.«

Jilins Blick flammte wütend auf. Er hob die Faust. »Ich reiß dich in Stücke.«

»Du hast dem Toten etwas abgenommen. Er hatte es in der Hand. Das will ich haben.«

Jilin schien darüber nachzudenken, ob ihm genug Zeit bleiben würde, das Feuerzeug zu schnappen, wenn er Shan über die Kante stieß.

Shan trat aus seiner Reichweite. »Ich glaube nicht, daß es wertvoll war«, sagte Shan. »Dies hier hingegen ...« Er entzündete die Flamme. »Schau nur!« Er hob das Feuerzeug und erhöhte dadurch das Risiko, daß die Wachen es bemerkten.

Jilin griff unverzüglich in seine Tasche und holte eine kleine Scheibe aus mattiertem Metall hervor. Er ließ sie in Shans Handfläche fallen und griff nach dem Feuerzeug. Shan hielt es fest. »Eine Frage noch.«

Jilin knurrte wütend und schaute den Abhang hinunter. So gern er Shan jetzt auch zerquetschen würde, das leiseste Anzeichen eines Kampfes würde die Wachen auf den Plan rufen.

»Deine professionelle Meinung.«

»Professionell?«

»Als Mörder.«

Jilins Brust schwoll vor Stolz. Auch sein Leben hatte maßgebliche Momente. Sein Griff lockerte sich.

»Warum hier?« fragte Shan. »Warum so weit außerhalb der Stadt, um dann die Leiche so auffällig zurückzulassen?«

Eine beunruhigende Sehnsucht zeichnete sich auf Jilins Gesicht ab. »Das Publikum.«

»Publikum?«

»Jemand hat mir einmal von einem Baum erzählt, der in den Bergen umstürzt. Er verursacht kein Geräusch, wenn niemand da ist, der ihn hört. Ein Mord, den niemand zu würdigen weiß? Was hätte der für einen Sinn? Ein guter Mord braucht ein Publikum.«

»Die meisten Mörder, die ich kenne, bevorzugen die Abgeschiedenheit.«

»Ich meine nicht Zeugen, sondern diejenigen, von denen die Tat entdeckt wird. Ohne Publikum kann es kein Verzeihen geben.« Er sagte die Worte sorgfältig auf, als hätte man sie ihm während der *tamzing*-Sitzungen eingetrichtert.

Er hatte recht, erkannte Shan. Die Leiche war deswegen von den Häftlingen entdeckt worden, weil der Mörder genau das beabsichtigt hatte. Er hielt inne und sah Jilin in die wild funkelnden Augen. Dann ließ er das Feuerzeug los und musterte die Scheibe. Sie war nach außen gewölbt und maß fünf Zentimeter im Durchmesser. Kleine Schlitze am oberen und unteren Rand deuteten darauf hin, daß hier ein Riemen eingefädelt werden sollte und die Scheibe daher als Verzierung gedacht war. Am Rand verlief eine tibetische Inschrift, deren altertümliche Buchstaben Shan nicht entziffern konnte. In der Mitte befand sich das stilisierte Abbild eines Pferdekopfes. Der Kopf hatte Fangzähne.

Als Shan sich Choje näherte, tat sich in dem schützenden Kreis ein Lücke für ihn auf. Er war sich nicht sicher, ob er warten sollte, bis der Lama seine Meditation beendet hatte. Aber als Shan neben ihm Platz nahm, öffnete Choje die Augen.

»Im Fall eines Streiks gibt es ein ganz bestimmtes Verfahren, Rinpoche«, sagte Shan leise. »Aus Peking. Es ist in einem Buch niedergeschrieben. Streikende erhalten die Gelegenheit, zu bereuen und ihre Bestrafung zu akzeptieren. Andernfalls wird man versuchen, alle auszuhungern. An den Führern werden Exempel statuiert. Nach einer Woche kann der Streik eines *lao gai*-Gefangenen zum Kapitalverbrechen erklärt werden. Falls man gerade in großzügiger Stimmung ist, wird man jede der Haftstrafen einfach nur um zehn Jahre verlängern.«

»Peking wird tun, was es tun muß«, lautete die erwartete Antwort. »Und wir werden tun, was wir tun müssen.«

Shan musterte die Männer schweigend. Sie wirkten nicht ängstlich, sondern stolz. Er deutete auf die Wachen unterhalb des Hangs. »Ihr wißt, worauf die Wachposten warten.« Es war eine Feststellung, keine Frage. »Vermutlich sind sie bereits unterwegs. So nah an der Grenze wird es nicht lange dauern.«

Choje zuckte die Achseln. »Solche Leute warten immer auf irgend etwas.« Einige der Mönche, die dicht in ihrer Nähe standen, lachten leise.

Shan seufzte. »Der Tote hatte das hier in der Hand.« Er reichte Choje das Medaillon. »Ich glaube, er hat es seinem Mörder abgerissen.«

Als Chojes Augen sich auf die Scheibe richteten, blitzten sie wissend auf. Dann verhärtete sich sein Blick. Er fuhr mit dem Finger über die Inschrift, nickte und gab den Anhänger an die Mönche weiter. Laute des Erstaunens ertönten. Die Männer reichten die Scheibe im Kreis herum und ließen sie nicht mehr aus den Augen.

Shan wußte, daß zwischen Mörder und Opfer kein wirklicher Kampf stattgefunden hatte. In diesem Punkt hatte Dr. Sung recht. Aber es hatte einen Moment gegeben, vielleicht nur einen winzigen Augenblick der Erkenntnis, in dem das Opfer den Täter erst gesehen und dann berührt hatte. Als es bewußtlos geschlagen wurde, streckte es die Hand aus und packte die Scheibe.

»Es hat Gerüchte über ihn gegeben«, sagte Choje. »Oben, im Hochgebirge. Ich war mir nicht sicher. Manche haben behauptet, er hätte uns im Stich gelassen.«

»Ich verstehe nicht.«

»Früher waren sie oft unter uns.« Die Augen des Lama blieben auf die Scheibe gerichtet. »Als die dunklen Jahre kamen, haben sie sich tief in die Berge zurückgezogen. Aber die Leute sagten, sie würden eines Tages zurückkehren.«

Choje schaute wieder zu Shan. »Tamdin. Das Medaillon stammt von Tamdin. Man nennt ihn den Pferdeköpfigen. Er ist einer der Geisterbeschützer.« Choje hielt inne, rezitierte einige Mantras und ließ dabei die Perlen seiner Gebetskette durch die Finger gleiten. Dann blickte er verwundert auf. »Dieser Mann ohne Kopf. Er wurde von einem unserer Schutzdämonen geholt.«

In diesem Moment tauchte Yeshe am Rand des Kreises auf. Verlegen musterte er die Mönche, als sei er peinlich berührt oder gar verängstigt. Er schien nicht gewillt oder in der Lage zu sein, den Kreis zu betreten. »Man hat etwas gefunden«, rief er, seltsamerweise außer Atem. »Der Oberst wartet an der Kreuzung.«

Eine der ersten Straßen, die von der 404ten gebaut worden waren, zog sich rund um das Tal und verband die alten Pfade miteinander, die zwischen den hohen Kämmen aus dem Gebirge herführten. Die Straße, auf der die beiden Fahrzeuge nun hinauf in die Drachenklauen fuhren, war einst einer dieser Pfade gewesen und noch immer so unwirtlich, daß sie zu einem Flußbett wurde, wenn im Frühling das Tauwetter hereinbrach. Zwanzig Minuten nachdem sie das Tal verlassen hatten, bog Tans Wagen auf einen unbefestigten Weg ein, der unlängst von einem Bulldozer angelegt worden war. Sie erreichten ein kleines einsames Plateau. Shan musterte den hochgelegenen windumtosten Kessel durch die Scheibe. Auf seinem Grund entsprang dicht neben einer einzelnen riesigen Zeder eine kleine Quelle. Nach Norden hin war das Plateau geschlossen. Im Süden öffnete es sich und gab den Blick auf achtzig Kilometer schroffe Berge frei. Für einen Tibeter wäre dies ein Ort der Macht, an dem vielleicht ein Dämon hauste.

Als Feng den Wagen abbremste, kam ein langer Schuppen mit einem übergroßen Schornstein in Sicht. Man hatte ihn erst kürzlich errichtet und dazu Sperrholzplatten aus irgendeinem anderen Gebäude verwendet. Auf den Wänden waren als Überbleibsel der früheren Benutzung die Reste aufgemalter Ideogramme zu sehen, so daß die Hütte wie ein Puzzle aus nicht zusammengehörigen Teilen wirkte. Hinter dem Gebäude standen mehrere vierrädrige Fahrzeuge und ein halbes Dutzend Offiziere. Die Männer nahmen Haltung an, als Tan aus seinem Wagen stieg.

Der Oberst beriet sich kurz mit den Soldaten und winkte Shan zu sich heran, während er hinter dem Schuppen verschwand. Yeshe und Feng stiegen ebenfalls aus und wollten Shan folgen. Einer der Offiziere schaute alarmiert auf und befahl ihnen, zurück in den Wagen zu klettern.

Sechs Meter hinter der Hütte befand sich ein Höhleneingang, an dessen Rändern frische Meißelspuren zu sehen waren. Man hatte ihn vor kurzem erweitert. Einige der Offiziere steuerten in einer Reihe auf die Höhle zu. Tan brüllte einen Befehl, woraufhin sie innehielten, um zwei grimmig blickenden Soldaten Platz zu machen, die auf Anweisung des Obersts mit elektrischen Lampen vorangingen. Shan folgte Tan und den beiden Soldaten in die Höhle, während die anderen Männer zurückblieben und ihnen nervös flüsternd hinterherschauten.

Die ersten dreißig Meter bestanden aus einem engen, gewundenen Tunnel, in dem zahllose Hinterlassenschaften darauf hindeuteten, daß er einigen Raubtieren als Unterschlupf gedient hatte. Man hatte die Abfälle beiseite geschoben, um Platz für die Karren zu schaffen, deren Radspuren in der Mitte des Pfads zu sehen waren. Dann öffnete der Gang sich in eine sehr viel größere Kammer. Tan blieb so abrupt stehen, daß Shan beinahe mit ihm zusammengestoßen wäre.

Jahrhunderte zuvor hatte man die Wände verputzt und mit den Gemälden riesiger Kreaturen versehen. Als Shan die Bilder anstarrte, verspürte er einen Stich im Herzen. Es lag nicht an dem Gefühl der Entweihung, weil Tan und seine Hunde hier waren. Shans gesamtes Leben hatte aus einer Vielzahl solcher Übertretungen bestanden. Es lag auch nicht an den furchterregenden Abbildungen der Dämonen, die in den zitternden

Lichtkegeln der von den Soldaten gehaltenen Scheinwerfer vor ihren Augen zu tanzen schienen. Solche Ängste waren gar nichts im Vergleich zu den Schrecken, die Shan in der 404ten kennengelernt hatte.

Nein. Es lag an der Art und Weise, wie diese alten Gemälde Shan Ehrfurcht einflößten, wie sie ihn mit Scham erfüllten und ihn sich danach sehnen ließen, bei Choje zu sein. Sie waren so bedeutend, und er war so klein. Sie waren so schön, und er war so abstoßend. Sie waren so perfekt tibetisch, und er war so perfekt gar nichts.

Die Männer gingen näher heran, bis etwa fünfzehn Meter der Wand in Licht getaucht waren. Als die satten, vollen Farbtöne deutlicher hervortraten, begann Shan, die Bilder wiederzuerkennen. In der Mitte befanden sich vier sitzende Buddhas, nahezu in Lebensgröße. Zunächst der Gelbe Juwelgeborene Buddha, dessen linke Hand in einer gebenden Geste geöffnet war. Dann der Rote Buddha des Grenzenlosen Lichts, der auf einem außerordentlich detailliert gestalteten Pfauenthron saß. Daneben befand sich der Grüne Buddha, der in der Linken ein Schwert hielt und die Rechte mit der Handfläche nach außen erhoben hatte, dem *mudra*, dem Symbol zur Vertreibung der Angst. Und schließlich gab es noch eine blaue Gestalt, den Unerschütterlichen Buddha, wie Choje ihn nannte, auf dessen Thron Elefanten gemalt waren und dessen rechte Hand nach unten wies und das erdberührende *mudra* formte. Es war ein *mudra*, das Choje oftmals den neuen Gefangenen beibrachte und das die Erde zur Bezeugung ihres Glaubens anrief.

Zu den Seiten der Buddhas befanden sich Gestalten, die Shan weniger vertraut waren. Sie hatten die Körper von Kriegern, schwangen Bögen, Äxte und Schwerter und standen über menschlichen Gebeinen. Auf der linken Seite, und damit am dichtesten neben Shan, war eine kobaltblaue Figur mit dem Kopf eines wütenden Stiers abgebildet. Um den Hals trug sie einen Kranz aus Schlangen. Um die Figuren herum war eine Armee von sehr viel kleineren Skeletten gemalt worden.

Plötzlich verstand Shan. Das waren die Beschützer des Glaubens. Als er vortrat, bemerkte er, daß die Füße des Tigerdämons verfärbt waren. Nein, nicht verfärbt. Jemand hatte grob versucht, einen Teil des Wandgemäldes herauszumeißeln. Es war ihm nicht geglückt, und nun lag ein kleiner Haufen bunten Mörtels unterhalb der Gestalt auf dem Boden.

Das Licht an dieser Stelle wurde schwächer. Die Soldaten gingen entlang der Wand ans andere Ende der riesigen Kammer. Zwei weitere Dämonen tauchten auf. Der erste war grünhäutig, mit dickem Bauch und dem Schädel eines Affen. In der einen Hand hielt er einen Bogen, mit der anderen schwang er drohend einen Knochen. Die letzte Gestalt war eine rote Bestie mit vier Fangzähnen, die aus einem wütend aufgerissenen Maul hervorragten. Über ihrem goldenen Haar erhob sich der kleine grüne Kopf eines wilden Pferds, und ein Tigerfell lag über eine der Schultern drapiert. Die Bestie stand inmitten lodernder Flammen, und um sie herum waren Knochen verstreut. Shans Hand krampfte sich um die Scheibe in seiner Tasche, das Schmuckstück, das man dem Mörder abgerissen hatte. Er widerstand der Versuchung, die Scheibe hervorzuholen. Die Bilder des reißzahnbewehrten Pferds stimmten überein, dessen war er gewiß.

Die Lichter schwenkten von der Wand weg und richteten sich auf Oberst Tans Stiefel, so daß er auf einmal genauso unheimlich und überlebensgroß wirkte wie ein weiterer Dämon. »Die Sachlage hat sich verändert«, verkündete er plötzlich.

Shan musterte die entschlossenen Gesichter ihrer Begleiter. Sein Herz zog sich erneut zusammen. Er wußte, was Männer wie Tan an solchen Orten zu tun pflegten. Sie befanden sich hier tief im Berg. Draußen würde nichts zu hören sein. Kein Schrei. Kein Schuß. Man würde nichts hören, und man würde hinterher nichts finden. Jilin irrte sich. Nicht alle Morde wurden verübt, um Vergebung zu erlangen.

Tan reichte Shan ein gefaltetes Stück Papier. Es war seine Kopie von Shans Unfallbericht. »Wir werden das nicht benutzen«, sagte er.

Mit zitternder Hand nahm Shan das Blatt entgegen.

Tan folgte den Soldaten zu einem Seitengang. Bevor er eintrat, drehte er sich um und bedeutete Shan ungeduldig, er möge ihnen folgen. Shan schaute zurück. Es gab keinen Fluchtweg. Draußen warteten weitere zwanzig Soldaten. Voller Verzweiflung blickte er noch einmal zu den Gemälden. Wüßte er doch nur, wie man die Dämonen um Hilfe anflehte! Langsam folgte er den anderen.

In dem Tunnel lag ein schwaches Aroma in der Luft. Es roch nicht nach Weihrauch, sondern nach dem Staub, der übrigbleibt, wenn der Duft des Weihrauchs längst verflogen ist. Zwei kleine Schutzdämonen waren wie Wächter auf beide Wände gemalt. Nach etwa drei Metern tauchten Regale auf, die man vor Jahrzehnten oder sogar vor Jahrhunderten aus stabilem Holz gefertigt hatte. Sie waren fast einen halben Meter tief und bestanden auf beiden Seiten jeweils aus vier Böden, die mit Pflöcken an senkrechten Streben befestigt waren. Während der ersten zehn Meter befand sich nichts darin. Ab dann jedoch waren sie vom Boden bis zur Decke vollgestopft. Ihr schimmernder Inhalt reichte weiter in den Berg hinein als der Lichtstrahl der Lampen.

Ein furchtbarer Schrecken durchzuckte Shan. »Nein!« rief er schmerzerfüllt aus.

Auch Tan blieb abrupt stehen. »Ich habe vor ein paar Wochen von diesem Fund gelesen«, sagte er beinahe flüsternd. »Aber ich hätte es mir nie so beeindruckend vorgestellt.«

Es waren Schädel. Hunderte von Schädeln. Schädel so weit Shan blicken konnte. Jeder lag in einem kleinen, halbkreisförmigen Altar, der aus religiösen Ornamenten und Butterlampen bestand. Und jeder war mit Gold überzogen.

Tan tippte einen der Schädel vorsichtig mit der Fingerspitze an und nahm ihn dann in die Hand. »Eine Gruppe Geologen hat die Höhle entdeckt. Zuerst dachten sie, es handle sich um Plastiken, bis sie einen davon umgedreht haben.« Er machte es vor und klopfte mit dem Finger gegen das Schädelinnere. »Bloß Knochen.«

»Begreifen Sie denn nicht, was das hier für ein Ort ist?« fragte Shan völlig entsetzt.

»Natürlich. Eine Goldmine.«

»Geweihter Boden«, widersprach Shan. Er legte die Hände

um den Schädel, den Tan hielt. »Das heiligste aller Artefakte.« Tan gab nach, und Shan legte den Schädel zurück an seinen Platz im Regal. »Manche Klöster haben die Schädel ihrer am höchsten verehrten Lamas konserviert. Die lebenden Buddhas. Dies ist ihr Schrein. Mehr als ein Schrein. Dieser Ort hat große Macht. Er muß jahrhundertelang benutzt worden sein.«

»Man hat für die Kulturarchive eine Bestandsaufnahme vorgenommen«, sagte Oberst Tan.

Plötzlich erkannte Shan mit furchtbarer Gewißheit, was hier vor sich ging. »Der Schornstein.« Die Worte glichen einem trockenen Krächzen.

»In den fünfziger Jahren wurde in Tientsin ein komplettes Stahlwerk mit dem Erlös des Goldes errichtet, das man aus tibetischen Tempeln gerettet hatte«, behauptete Tan. »Das war ein großer Dienst am Volk. Man hat eine Gedenktafel angebracht, die der tibetischen Minderheit dankt.«

»Das hier ist ein Grab. Sie ...«

»Ressourcen sind äußerst knapp«, fiel Tan ihm ins Wort. »Sogar die Knochenfragmente wurden als Nebenprodukt eingestuft. Eine Düngemittelfabrik in Chengdu hat eingewilligt, sie zu kaufen.«

Sie standen schweigend da. Shan kämpfte gegen das Verlangen an, auf die Knie zu sinken und ein Gebet zu sprechen.

»Wir werden sie in die Wege leiten«, sagte Tan. »Ganz offiziell. Die Morduntersuchung.«

Plötzlich fiel Shan alles wieder ein. Er schaute auf den Bericht in seiner Hand. Sein Herz raste. Tan hatte einen anderen Ermittler aufgetrieben. Jetzt wollte er die Spuren seines Fehlstarts beseitigen.

»Die Untersuchung wird in meinem Namen durchgeführt. Du bist jetzt kein Kalfaktor mehr«, sagte Tan langsam. Irgend etwas vor ihnen erregte seine Aufmerksamkeit. »Genaugenommen weiß niemand darüber Bescheid. Du wirst mein ...«, er suchte nach einem passenden Begriff, »... mein Sachbearbeiter sein. Mein Rechercheur.«

Shan trat verwirrt einen Schritt zurück. Hatte Tan ihn wirklich nur deshalb in die Höhle gebracht, um ihn zu verspotten?

»Ich kann den Bericht umformulieren. Ich habe mit Dr. Sung gesprochen. Aber die 404te ist das Problem. Ich kann dort von größerem Nutzen sein.«

Tan hob abwehrend die Hand. »Ich habe darüber nachgedacht. Einen Wagen hast du bereits. Ich kann mich darauf verlassen, daß mein alter Kamerad Sergeant Feng ein Auge auf dich hat. Du kannst sogar deinen zahmen Tibeter behalten. Eine leere Baracke im Lager Jadefrühling wird soeben hergerichtet. Dort wirst du schlafen und arbeiten.«

»Sie geben mir Bewegungsfreiheit?«

Tan musterte weiterhin die Schädel. »Du wirst nicht fliehen.« Als er kurz zu Shan blickte, funkelten seine Augen grausam. »Weißt du auch, warum du nicht fliehen wirst? Mir ist das Vergnügen von Direktor Zhongs Ratschlag zuteil geworden.« Er drehte sich mit mürrischer, ungehaltener Miene zu Shan um. »Auf den höchsten Pässen liegt noch immer Schnee. Nasser Schnee, der schnell schmilzt. Es besteht Lawinengefahr. Falls du wegläufst oder meinen Bericht nicht fristgerecht ablieferst, werde ich eine Gruppe der 404ten dort hinschicken. Deine Gruppe. Auf die Klippen oberhalb der Straßen, um zu sehen, ob die Hänge abrutschen. Zur 404ten gehören nach wie vor einige der alten Lamas, die in den sechziger Jahren verhaftet wurden. Ich werde Zhong anweisen, mit ihnen anzufangen.«

Shan starrte ihn entsetzt an. Das einzig Verläßliche an Tan schien der Zwang zu sein, Angst und Schrecken zu verbreiten. »Sie haben sie mißverstanden«, sagte er nahezu flüsternd. »An meinem ersten Tag in der 404ten wurde ein Mönch aus dem Stall gebracht. Er war dort wegen der Anfertigung einer unerlaubten Gebetskette bestraft worden. Zwei seiner Rippen und drei Finger waren gebrochen. Man konnte in dem Fleisch an seinen Knöcheln noch immer die Abdrücke der Zange sehen. Aber er war heiter und gelassen. Er hat sich nie beklagt. Ich habe ihn gefragt, weshalb er keinen Zorn verspürt. Wissen Sie, was er gesagt hat? ›Wenn man den richtigen Weg beschreitet und durch Hindernisse in die Lage versetzt wird, den Glauben unter Beweis zu stellen, ist dies für den wahren Gläubigen ein höchst erfüllendes Erlebnis.‹«

»Du bist derjenige, der hier etwas mißverstanden hat«, erwiderte Tan. »Ich kenne diese Leute genauso gut wie du. Mit physischer Kraft werden wir sie niemals unterwerfen können. Andernfalls wären meine Gefängnisse nicht so voll. Du wirst nicht fliehen, aber nicht, weil sie den Tod fürchten, sondern weil du fürchtest, für ihren Tod verantwortlich zu sein.«

Tan ging noch einmal sechs Meter den Gang entlang, bis zu der Stelle, an der die Männer mit den Scheinwerfern stehengeblieben waren. Die zwei Soldaten wirkten verstört und ängstlich. Einer der beiden zitterte. Als Shan die Gruppe erreichte, nahm Tan eine der Lampen und richtete sie auf das dritte Regalbrett. Dort lag zwischen zwei der goldenen Schädel ein weiterer Kopf, der zweifellos erst kürzlich an diesem Ort plaziert worden war. Das dichte schwarze Haar, das Fleisch und der Unterkiefer waren noch vorhanden. Die braunen Augen standen offen. Er schien die Besucher spöttisch und gelangweilt anzusehen.

»Genosse Shan«, verkündete Tan, »ich darf dich mit Jao Xengding bekannt machen, dem Ankläger des Bezirks Lhadrung.«

Kapitel Vier

Das Licht der Hochgebirgssonne explodierte förmlich in seinen Augen, als Shan die Höhle verließ. Er taumelte vorwärts und hielt sich schützend die Hand vor das Gesicht, so daß er den Streit eher hörte als sah. Jemand schrie Tan mit unverhohlener Wut an. Während Shan sich den Stimmen näherte, gewann er langsam das Sehvermögen zurück. Er erstarrte.

Man hatte Tan überrumpelt. Er stand mit dem Rücken in eine Ecke gedrängt, die aus dem Schuppen und einem der Lastwagen gebildet wurde. Die Gestalt, die ihn drangsalierte, schien ihn völlig überrascht zu haben. Er selbst und auch alle anderen Anwesenden auf dem Gelände wirkten wie paralysiert.

Sein Gegner war nicht nur eine Frau und sprach Englisch, sie hatte zudem porzellanfarbene Haut, kastanienbraunes Haar und war größer als alle Chinesen, die vor ihr standen. Tan sah zum Himmel empor, als hielte er Ausschau nach dem unheilvollen Wirbelwind, der sie abgesetzt haben mußte.

Shan trat wie betäubt einen Schritt näher. Die Frau trug schwere Wanderstiefel und amerikanische Bluejeans. Ein kleiner, teurer japanischer Fotoapparat hing um ihren Hals.

»Ich habe ein Recht darauf, wütend zu sein«, rief sie. »Wo ist das Religionsbüro? Wo ist Ihre Genehmigung?«

Shan ging um die Hütte herum. Neben Tans rotbeflaggter Limousine stand ein weißer Geländewagen mit Allradantrieb. Shan trat hinter das Auto, wo der Oberst ihn nicht mehr sehen konnte, die Stimme der Frau aber noch klar und deutlich zu hören war. Er lauschte ihr mit stiller Freude. Während seiner Pekinger Zeit hatte er einmal pro Woche eine westliche Tageszeitung gelesen, um die Sprachkenntnisse aufzufrischen, die sein Vater ihn heimlich gelehrt hatte. Inzwischen jedoch war es drei Jahre her, daß er zum letztenmal ein englisches Wort gehört oder gelesen hatte.

»Die Kommission wurde nicht unterrichtet!« fuhr sie fort. »Das Religionsbüro ist nicht vor Ort vertreten! Ich rufe Wen Li an! Ich verständige Lhasa!« Ihre Augen funkelten zornig. Sogar aus sechs Metern Entfernung erkannte Shan, daß sie grün waren.

Shan ging um den weißen Wagen herum; es handelte sich um einen amerikanischen Jeep, eine sehr viel neuere Ausgabe des Modells, das Feng fuhr. Am Steuer saß ein nervös wirkender Tibeter, der eine Brille mit dickem schwarzen Gestell trug. Auf der Fahrertür befand sich ein Symbol, eine Zeichnung der beiden gekreuzten Nationalflaggen Amerikas und Chinas, die oben und unten auf chinesisch und englisch von den Worten *Mine der Sonne* flankiert wurde.

»Sie ist wirklich hübsch, wenn sie wütend wird«, sagte jemand hinter ihm in perfektem Mandarin, aber der Sprachrhythmus war nicht chinesisch.

Shan glitt zur Seite, um einen Blick auf den Mann zu werfen. Es war ein schlanker, hochgewachsener Westler mit langem strohblonden Haar, das er im Nacken zu einem kurzen Zopf zusammengebunden hatte. Er trug eine Brille mit goldfarbenem Metallgestell und eine blaue daunengefütterte Nylonweste, auf der das gleiche Emblem wie auf dem Wagen zu sehen war. Nachdem er einen amüsierten Seitenblick auf Shan geworfen hatte, richtete er seine Aufmerksamkeit wieder auf die Frau, zog ein seltsames rechteckiges Objekt aus der Tasche und hob es an den Mund. Es war eine Mundharmonika, erkannte Shan plötzlich, als der Amerikaner ein Lied zu spielen begann.

Er spielte ganz passabel, aber vor allem spielte er sehr laut. Viele traditionelle amerikanische Lieder waren in China ziemlich beliebt, und Shan erkannte die Melodie sofort. »Home on the Range«.

Einige der Soldaten lachten. Die Amerikanerin warf ihrem Begleiter einen beleidigten Blick zu. Aber Tan war ganz und gar nicht belustigt. Als die Frau ihre Kamera hob und auf die Höhle richtete, wachte er schlagartig aus seiner Erstarrung auf. Er murmelte einen Befehl, und sogleich sprang einer seiner Männer vor und hielt die Linse des Apparates mit der Hand zu. Der Amerikaner mit der Mundharmonika spielte weiter, aber sein Blick verhärtete sich. Er ging ein paar Schritte auf die Frau zu, als könnte sie seinen Schutz benötigen. Shan sah, wie zwei von Tans Offizieren stillschweigend ihre Position veränderten, so daß sie zwischen dem Amerikaner und der Höhle blieben.

»Miss Fowler«, sagte Tan auf Mandarin. Er hatte sich wieder gänzlich unter Kontrolle. »Die Verteidigungsanlagen der Volksbefreiungsarmee sind streng geheim. Sie haben kein Recht, sich hier aufzuhalten. Ich könnte Sie jetzt verhaften lassen.« Der Bluff war alles andere als unglaubhaft. In Tibet waren mehr chinesische Atomwaffen stationiert als in jeder anderen Region des Landes.

Die Frau starrte ihn schweigend an, aber ihre Augen funkelten noch immer herausfordernd. Der Amerikaner ließ die Mundharmonika sinken und antwortete auf englisch, obwohl er Tan offensichtlich verstanden hatte. »Nur zu«, sagte er und streckte die Handgelenke aus, »verhaften Sie uns. Das wird die Vereinten Nationen mit Sicherheit interessieren.«

Oberst Tan warf dem Amerikaner einen gereizten Blick zu, flüsterte einem seiner Offiziere etwas ins Ohr und lächelte die

Frau dann mürrisch an. »So sollten Freunde sich nicht benehmen. Rebecca, nicht wahr? Bitte, Rebecca, machen Sie sich bewußt, in welche Schwierigkeiten Sie sich und Ihre Begleiter gerade bringen.«

Jemand packte Shan am Arm und zerrte ihn auf den Wagen zu, in dem nach wie vor Yeshe und Feng saßen. »Oberst Tan sagt, ihr müßt verschwinden. Sofort«, drängte der Soldat.

Shan ließ sich zu dem Auto führen, aber an der Tür riß er sich los und drehte sich noch einmal zu der merkwürdigen Frau um. Zunächst warf sie ihm nur einen flüchtigen Blick zu. Dann wandte sie sich erneut in seine Richtung und musterte ihn nachdenklich, vielleicht weil ihr bewußt wurde, daß Shan an diesem Ort der einzige Chinese ohne Uniform war. Ihre grünen Augen ließen auf einen wachen, rastlosen Verstand schließen. Eine Frage schien sich in ihrer Miene zu manifestieren. Noch bevor Shan herausfinden konnte, ob diese Frage sich auf ihn bezog, wurde er in den Wagen gestoßen.

Auf seinem Tisch im Gebäude der Gefängnisverwaltung erwartete ihn bereits eine Akte. Madame Ko hatte sie persönlich vorbeigebracht, und auf dem Umschlag stand »Bekannte Unruhestifter/Bezirk Lhadrung«. Es war eine alte Akte, die vom häufigen Gebrauch zahlreiche Eselsohren davongetragen hatte, und sie war in vier Kategorien unterteilt. Drogensüchtige Kultanhänger lautete die erste Überschrift. Sie ging auf die wunderliche Meinung der Polizei zurück, daß fanatische Rituale mit Drogenmißbrauch einhergehen würden. In den großen chinesischen Städten war man schon vor einigen Jahren wieder davon abgerückt. Jugendbanden. Die fünfzehn aufgeführten Personen waren allesamt älter als dreißig Jahre. Kriminelle Wiederholungstäter. Die Liste umfaßte jeden aus Lhadrung, der irgendwann in einem *lao gai*-Gefängnis gesessen hatte, fast dreihundert Namen. Kulturelle Agitatoren. Dies war bei weitem die längste Liste. Hinter jedem Namen wurde entweder ein *gompa* oder die Bezeichnung »nicht registriert« aufgeführt. Es handelte sich ausschließlich um Mönche. Viele davon hatte man vor einigen Jahren während der Daumen-Aufstände verhaftet. Ein Dutzend der nicht registrierten Mönche war mit einem zusätzlichen Eintrag versehen: Möglicher *purba*. Shan war verwirrt. Ein *purba* war ein ritueller Dolch, der bei tibetischen Zeremonien benutzt wurde. Er blätterte bis zum Ende der Akte weiter. Keine Liste der mordlustigen Schutzdämonen.

Er nahm den Hörer des Telefons ab. Madame Ko meldete sich nach dem dritten Klingeln. »Sagen Sie dem Oberst, es wird noch eine weitere Autopsie nötig sein.«

»Autopsie?«

»Er muß Dr. Sung in der Klinik davon berichten.«

»Ach, hätte ich das doch nur vorher gewußt«, seufzte sie. »Ich war nämlich gerade erst dort.«

»Sie sind im Krankenhaus gewesen?«

»Ich sollte etwas dort abliefern, also bin ich schnell hingegangen. Es war in Zeitungspapier und Plastiktüten eingewickelt. Damit der Kohl frisch bleibt, hat er gesagt.«

Shan starrte den Hörer an. »Danke, Madame Ko«, murmelte er.

»Gern geschehen, Xiao Shan«, sagte sie fröhlich und legte auf.

Xiao Shan. Die Worte ließen ihn sich plötzlich einsam fühlen, denn er hatte sie schon seit vielen Jahren nicht mehr gehört. Seine Großmutter hatte ihn so genannt; es war die altertümliche Anrede für eine jüngere Person. Kleiner Shan.

Er ertappte sich dabei, wie er hinaus ins Hauptbüro starrte und einem Arbeiter beim Anspitzen von Bleistiften zusah. Ihm war ganz entfallen, wie viele tausend kleine Dinge dort draußen zur täglichen Routine gehörten, und sei es nur das Anspitzen eines Bleistifts. Er biß die Zähne zusammen und kämpfte gegen die Frage an, die kein Gefangener im Gulag sich zu stellen wagte: War er in der Lage, jemals wieder dort draußen zu leben? Nicht, ob er je freigelassen würde, denn jeder Häftling mußte an eine zukünftige Entlassung glauben, sondern wer er sein würde, wenn man ihn freiließ. Alle kannten die Geschichten über einstige Sträflinge, die niemals wieder zurechtkamen, die zu verängstigt waren, um ihr Bett zu verlassen, oder die auf ewig gebeugt gingen, als trügen sie noch immer Ketten, so wie das Pferd, das nie wieder wegzulaufen versucht, nachdem man ihm einmal die Vorderbeine zusammengebunden hat. Warum gab es niemals Geschichten über Häftlinge, die sich nach der Freilassung erfolgreich wieder eingliedern konnten? Vielleicht weil so schwer zu verstehen war, was der Begriff Erfolg für einen Überlebenden des Gulags bedeutete. Shan erinnerte sich an Chojes letzte Worte zu Lokesh, nachdem die beiden dreißig Jahre in derselben Gefängnisbaracke zugebracht hatten. »Du mußt lernen, wieder du selbst zu sein«, hatte Choje gesagt, während Lokesh an seiner Schulter weinte.

Er schlug seinen Notizblock auf. Auf dem letzten Blatt waren sie noch immer zu lesen. Der Name seines Vaters. Sein eigener Name. Ohne nachzudenken, zeichnete er ein weiteres Schriftzeichen, eine komplexe Figur, die mit einem Kreuz begann, in dessen Vierteln kleine Striche auf die Mitte wiesen. Sie standen für gedroschenen Reis und verbanden sich zu dem Piktogramm einer lebenden Pflanze über dem Herd eines Alchimisten. Zusammen bedeuteten sie *Lebens-Kraft*. Das war eines der Lieblingsideogramme seines Vaters gewesen. An dem Tag, als sie kamen, um ihm seine Bücher wegzunehmen, hatte er es auf die staubige Fensterscheibe gezeichnet. Choje hatte Shan das entsprechende Zeichen in tibetischer Schrift gelehrt. Aber Choje nannte es anders: die Unbeugsame Macht des Seins.

Vor dem Tisch bewegte sich etwas. Shan klappte den Block zu und bedeckte ihn instinktiv mit den Händen. Es war aber nur Feng, der aufstand, weil Leutnant Chang sich näherte.

Chang wies auf Shan und lachte. Dann beugte er sich zu Feng und sprach leise mit ihm. Shan starrte an ihnen vorbei ins Büro und sah den einfarbigen Gestalten bei ihren verschiedenen Tätigkeiten zu.

Als er den Block wieder aufschlug, erinnerte er sich an das einundzwanzigste Kapitel des Tao-te-king und schrieb zwei Zeilen daraus an das Ende seiner Ermittlungsnotizen. Im Zentrum liegt die Lebenskraft, hieß es dort. Im Zentrum der Lebenskraft liegt die Wahrheit.

Er stellte den Block aufgeklappt vor sich hin, so daß der Vers zu sehen war, und musterte ihn nachdenklich. Jeder Fall besitzt eine eigene Lebenskraft, eine eigene Essenz, ein eigenes grundlegendes Motiv, hatte er einst seinen Untergebenen eingeschärft. Finde diese Lebenskraft, und du findest die Wahrheit.

Shan bemerkte ein leises Geräusch vor sich. »Was machen Sie da?« fragte Yeshe und schaute sich unsicher zu Sergeant Feng um. »Ich stehe hier schon seit fünf Minuten.« Er hielt einen Teller mit drei großen *momo*-Klößen. Das Hauptbüro hinter ihm war leer und dunkel.

Die *momos* waren die erste Mahlzeit, die Shan an diesem Tag zu Gesicht bekam. Er wartete, bis Feng sich umdrehte, stopfte sich zwei davon in die Tasche und schlang den dritten hinunter. Der Kloß war köstlich und mit echtem Fleisch gefüllt. Er stammte vermutlich aus der Küche der Wachen, denn die *momos* der Häftlinge wurden mit grobem Getreide vollgestopft, worunter stets eine große Portion Gerstenspreu gemischt war. Während seines ersten Winters hatte man die *momos* mit gemahlenen Maiskolben gefüllt, wie sie sonst nur an Schweine verfüttert wurden, weil in jenem Jahr eine Dürre den Ernteertrag geschmälert hatte. Mehr als ein Dutzend Mönche waren an der Ruhr und an Unterernährung gestorben. Die Tibeter hatten einen eigenen Ausdruck für diese Art des Hungertods, der Tausende von Opfern gefordert hatte, als anfangs beinahe die gesamte geistliche Bevölkerung Tibets im Gefängnis saß. Tod durch die *momo*-Kugel. Nach der Dürre hatte die *Tibetische Freundschaftsvereinigung*, eine buddhistische Wohlfahrtsorganisation, die Erlaubnis erhalten, den Gefangenen zweimal pro Woche eine Mahlzeit zu bringen. Direktor Zhong hatte es als große Versöhnungsgeste bezeichnet und dabei überaus fröhlich getan. Shan war davon überzeugt, daß der Direktor die eigentlich für die Häftlingsverpflegung bestimmten Gelder in die eigene Tasche steckte.

»Ich habe unser Gespräch mit Dr. Sung zusammengefaßt«, sagte Yeshe steif und schob zwei Seiten maschinengeschriebenen Text über den Tisch.

»Mehr haben Sie nicht erledigt?«

Yeshe zuckte die Achseln. »Man arbeitet noch immer an

den Vorratsunterlagen. Es gab Schwierigkeiten mit den Computern.«

»Die verschwundenen Vorräte, von denen Sie erzählt haben?«

Yeshe nickte.

Shan dachte weiter über die Notizen nach und schaute geistesabwesend auf »Was für Vorräte?«

»Ein Lastwagen mit Kleidung. Ein weiterer mit Nahrungsmitteln. Etwas Baumaterial. Vermutlich stimmen bloß die Listen nicht. Irgend jemand hat zu viele Wagen gezählt, als sie im Depot von Lhasa losgefahren sind.«

Shan hielt inne und fügte seinem Block eine weitere Notiz hinzu.

»Aber das hat doch nichts hiermit zu tun«, wandte Yeshe ein.

»Sind Sie sicher?« fragte Shan. »Den Großteil meiner Arbeit in Peking habe ich mit Korruptionsfällen zugebracht. Wenn die Armee darin verwickelt war, habe ich immer zuerst bei der zentralen Nachschubverwaltung angefragt, denn deren Auskünfte waren stets verläßlich. Wenn dort Lastwagen, Raketen oder Bohnen gezählt wurden, war nicht nur ein Mann damit betraut. Man schickte gleich zehn, und jeder zählte dieselben Lieferungen ab.«

Yeshe zuckte die Achseln. »Heutzutage benutzen sie Computer. Ich bin wegen meines nächsten Auftrags hergekommen.«

Shan musterte Yeshe. Der Tibeter war nicht viel älter als sein eigener Sohn, und ebenso wie sein Sohn war auch er so klug und wurde so nutzlos verschwendet. »Wir müssen Jaos Aktivitäten rekonstruieren. Zumindest die letzten paar Stunden.«

»Mit seiner Familie sprechen, meinen Sie?«

»Er hatte keine Familie. Nein, wir müssen in der Stadt das mongolische Restaurant aufsuchen, in dem er an jenem Abend gegessen hat. Sein Haus. Sein Büro, falls man uns läßt.«

Yeshe hatte inzwischen einen eigenen Notizblock. Er schrieb fieberhaft mit, was Shan sagte, machte dann kehrt wie ein Soldat beim Exerzieren und verließ den Raum.

Shan arbeitete noch eine Stunde, las die Namenslisten, schrieb Fragen und mögliche Antworten in seinen Block, von denen jede unpräziser als die letzte wirkte. Wo befand sich Jaos Wagen? Wer hatte ein Interesse am Tod des Anklägers? Warum, überlegte er schaudernd, schien Choje so überzeugt davon zu sein, daß der Dämon wirklich existierte? Wieso hatte der Ankläger des Bezirks Lhadrung wie ein Tourist gewirkt? Weil er eine Reise antreten wollte? Nein. Weil er amerikanische Dollars und eine amerikanische Firmenkarte in der Tasche hatte. Wie wütend mußte dieser Mörder sein, um das Opfer sorgfältig so weit wegzulocken, nur um es dann zu enthaupten? Das konnte keine Affekthandlung gewesen sein. Oder doch? Könnte ein normales Treffen im Streit geendet haben? Jao wurde niedergeschlagen, und in Panik nahm sein Gegner eine Schaufel, um den Ankläger mit einem einzigen gräßlichen Akt zu töten? Um dann den Kopf fast zehn Kilometer weit zu dem Schädelschrein zu schleppen? Bekleidet mit einem Kostüm? Nein, das war keine blinde Wut, sondern die Tat eines Fanatikers, der sich für seine Sache ereiferte. Aber was für eine Sache? Politik? Oder eher Leidenschaft? Oder war es ein Akt der Huldigung gewesen, Ankläger Jao an solch einem heiligen Ort abzulegen? Shan warf den Bleistift auf den Tisch und ging zur Tür. »Ich muß zurück zu meiner Hütte«, sagte er zu Sergeant Feng.

»Kommt nicht in Frage«, erwiderte Feng.

»Demnach werden Sie und ich, Sergeant, die Nacht hier verbringen?«

»Niemand hat etwas gesagt. Wir gehen nicht vor morgen ins Lager Jadefrühling.«

»Niemand hat etwas gesagt, weil ich ein Häftling bin, der in seiner Hütte schläft, und Sie ein Wachposten sind, der in seiner Unterkunft schläft.«

Feng verlagerte sein Gewicht unschlüssig von einem Fuß auf den anderen. Sein rundes Gesicht schien sich zusammenzuziehen, und er blickte zu der Fensterreihe am anderen Ende des Gangs, als würde er hoffen, einen zufällig vorbeikommenden Offizier um Rat fragen zu können.

»Ich kann hier auf dem Boden schlafen«, sagte Shan. »Aber was ist mit Ihnen? Wollen Sie die ganze Nacht wach bleiben? Dafür bräuchten Sie einen besonderen Befehl. Ohne Befehle bleibt die übliche Routine bestehen.«

Shan holte einen der *momos* hervor, die er eingesteckt hatte, und streckte ihn Feng entgegen.

»Du kannst mich nicht mit Essen bestechen«, grunzte der Sergeant und musterte den *momo* mit offensichtlichem Interesse.

»Das ist keine Bestechung. Wir sind doch ein Team. Ich möchte, daß Sie morgen guter Dinge sind. Wir werden in die Berge fahren.«

Feng nahm den Kloß und fing an, ihn mit kleinen, vorsichtigen Bissen zu verzehren.

Draußen lag eine totenähnliche Stille über dem Lager. Kein Windhauch störte die frostige, frische Luft. Von oben ertönte der einsame Schrei eines einzelnen Ziegenmelkers.

Sie blieben am Tor stehen. Feng war noch immer unschlüssig. Von der Felswand hallte ein schwaches Klirren wider, das weit entfernte Klimpern von Metall auf Metall. Sie lauschten einen Moment und hörten noch ein anderes Geräusch, ein leises metallisches Rattern. Feng erkannte es als erster. Er stieß Shan durch das Tor, schloß es ab und lief auf das Unterkunftsgebäude der Wachen zu. Der 404ten stand die nächste Stufe der Bestrafung unmittelbar bevor.

Shan bot Choje den letzten *momo* an.

Der Lama lächelte. »Du arbeitest härter als wir anderen. Du brauchst dein Essen selbst.«

»Ich habe keinen Appetit.«

»Zwanzig Rosenkränze für die Lüge«, sagte Choje gutmütig und legte den *momo* zwischen die Altarmarkierungen auf den Boden. Der *khampa* sprang vor, kniete nieder und verbeugte sich, bis seine Stirn den Boden berührte. Choje wirkte überrascht. Er nickte, und der *khampa* stopfte sich den Kloß in den Mund. Er stand auf und verneigte sich vor Choje. Dann hockte er sich neben die Tür. Der katzengleiche *khampa* war der neue Wächter.

Plötzlich wurde Shan klar, daß die anderen Gefangenen nicht mit ihren Gebetsketten beschäftigt waren. Sie saßen über ihre Betten gebeugt und schrieben auf die Rückseiten von Etiketten oder auf den Rand der seltenen Zeitungen, die manchmal von der Freundschaftsvereinigung mitgebracht wurden. Ein paar der Männer schrieben mit Bleistiftstummeln. Die meisten benutzten kleine Stücke Holzkohle.

»Rinpoche«, sagte Shan. »Sie sind eingetroffen. Bis morgen früh werden sie die Wachen abgelöst haben.«

Choje nickte langsam. »Diese Männer – tut mir leid, wie ist das Wort, mit dem die Truppen der Öffentlichen Sicherheit so häufig bezeichnet werden?«

»Kriecher.«

Choje lächelte belustigt. »Diese Kriecher«, fuhr er fort, »sind nicht unser Problem. Sie sind das Problem des Direktors.«

»Man hat den Toten identifiziert«, verkündete Shan. Mehrere der Priester blickten auf. Er schaute sich um, während er sprach. »Sein Name war Jao Xengding.«

Schlagartig senkte sich eisiges Schweigen über die Hütte.

Chojes Hände formten ein *mudra*. Es war eine Anrufung des mitfühlenden Buddhas. »Ich sorge mich um seine Seele.«

»Möge er in der Hölle verrotten«, ertönte eine Stimme aus dem Schatten.

Choje blickte tadelnd auf und wandte sich dann seufzend wieder an Shan. »Ihm steht ein schwieriger Übergang bevor.«

Trinle meldete sich unvermutet zu Wort. »Seine Taten werden ihm zu schaffen machen. Und die gewaltsamen Umstände seines Todes. Er konnte nicht angemessen darauf vorbereitet sein.«

»Er hat viele Leute ins Gefängnis geschickt«, warf Shan ein.

Trinle sah ihn an. »Er muß von diesem Berg verschwinden.«

Shan öffnete den Mund, um seinen Freund zu berichtigen, aber dann begriff er, daß nicht von Jaos Körper die Rede war.

»Wir werden für ihn beten«, sagte Choje. »Solange seine Seele den Übergang noch nicht geschafft hat, müssen wir beten.«

Solange seine Seele den Übergang noch nicht geschafft hat, wird er auch weiterhin die 404te bestrafen, dachte Shan.

Ein Mönch brachte eines der Etiketten und legte es Choje zur Begutachtung vor. Er musterte es und sprach leise mit dem Mann, der daraufhin den Fetzen zurück zu seinem Bett mitnahm und wieder daran zu arbeiten begann.

In diesem Moment sah Shan den alten Choje wieder so vor sich wie bei ihrem ersten Treffen: Shan kniete im Schlamm, und Choje kam quer über den Platz auf ihn zu, ohne die Wachen zu beachten. Er wirkte so heiter und gelassen, als würde er über eine Wiese schlendern, um einen verletzten Vogel zu retten.

Shan war völlig am Boden zerstört, als die Aufseher ihn zum erstenmal ins Lager der 404ten brachten. Drei Monate Verhöre, verbunden mit einer politischen Therapie, die rund um die Uhr dauerte, hatten ihn physisch und mental zerrüttet. Die Öffentliche Sicherheit hatte ihn am Ende seiner letzten Untersuchung abgefangen, unmittelbar bevor er einen überaus speziellen Bericht an den Staatsrat abschicken wollte, anstatt an seinen offiziellen Vorgesetzten, den Wirtschaftsminister. Anfangs hatten sie ihn einfach nur zusammengeschlagen, bis ein Arzt der Öffentlichen Sicherheit Bedenken wegen eventueller Hirnschäden anmeldete. Dann hatten sie Bambussplitter benutzt, aber diese Methode hatte solch bestialische Schmerzen hervorgerufen, daß Shan ihre Fragen nicht mehr hören konnte. Also hatten sie sich subtilerer Methoden bedient und schließlich chemische Präparate anstatt der üblichen Folterwerkzeuge eingesetzt, was weitaus schlimmer war, denn so konnte er sich kaum daran erinnern, was er ihnen bereits erzählt hatte.

Er hatte in seiner Zelle im moslemischen Teil Chinas gesessen – bei einer Gelegenheit war ihm durch das Fenster eines Raums ein kurzer Blick auf die endlosen Weiten der Wüste vergönnt gewesen, was bedeuten mußte, daß er sich im Westen des Landes befand – und die taoistischen Verse seiner Jugend rezitiert, um seinen Geist am Leben zu erhalten. Man hielt Shan ständig die von ihm begangenen Delikte vor, las manchmal während der *tamzing*-Sitzungen wie ein Lehrer vor den Schülern endlose Parolen von Wandtafeln ab oder schleuderte ihm die Aussagen von Zeugen entgegen, deren Namen er noch nie gehört hatte. Verrat. Korruption. Diebstahl von Staatseigentum in Form der Akten, die er sich geliehen hatte. Er hatte nur verschwommen gelächelt, denn die wahre Natur seiner Straftaten war ihnen nie bewußt geworden. Seine Schuld bestand darin, vergessen zu haben, daß gewisse hochstehende Mitglieder der Regierung gar nicht fähig waren, ein Verbrechen zu begehen. Er hatte unerlaubterweise an der Partei gezweifelt, denn er hatte sich geweigert, all seine Beweise zu enthüllen – nicht nur, um seine Quellen zu schützen, sondern auch um sich selbst zu retten, denn sein Leben wäre wertlos gewesen, sobald man geglaubt hätte, über alle Informationen zu verfügen. Am Ende hatte Shan nach diesen Monaten voller endloser, zermürbender Schmerzen nur eine Lektion, nur eine einzige absolute Wahrheit über sich selbst erfahren: Er war nicht imstande aufzugeben.

Vielleicht war es das, was Choje in jener ersten Stunde gesehen hatte, als Shan aus einem Transportwagen der Öffentlichen Sicherheit benommen in das Lager taumelte und sich fragte, ob man schließlich doch beschlossen hatte, das Risiko einzugehen und ihn zu erschießen.

Die anderen Häftlinge hatten im ersten Moment genauso benommen gewirkt und ihn angestarrt, als wäre er der Vertreter einer gefährlichen neuen Spezies. Dann schienen sie zu dem Schluß zu kommen, daß es sich bei ihm lediglich um einen weiteren Chinesen handelte. Die *khampa*s spuckten ihn an. Die anderen mieden ihn zumeist, und einige formten ein *mudra* der Reinigung, als wollten sie den neuen Teufel aus ihren Reihen vertreiben.

Shan hatte mit zitternden Knien unsicher in der Mitte des Platzes gestanden und sich gefragt, welche neue Hölle seine Peiniger sich wohl für ihn ausgedacht haben mochten, als einer der Wachposten ihn zu Boden stieß. Er fiel mit dem Gesicht in eine kalte Pfütze und bespritzte die Stiefel des Mannes mit Schlamm. Als Shan sich mühsam auf die Knie erhoben hatte, befahl die wütende Wache ihm, die Stiefel sauberzulecken.

»Ohne eine Volksarmee hat das Volk überhaupt nichts«, hatte Shan mit traurigem Lächeln gesagt. Seine Worte waren ein Zitat des Verehrten Vorsitzenden und stammten aus dem kleinen roten Buch.

Der Wachposten hatte Shan zurück in den Schlamm gestoßen und hieb mit seinem Schlagstock auf die Schultern des Gefangenen ein, als einer der älteren tibetischen Häftlinge zu ihnen trat. »Dieser Mann ist zu schwach«, hatte der Sträfling leise gesagt. Als der Wachposten lachte, beugte der Gefangene sich über Shans entkräftet daniederliegenden Körper und fing die Schläge mit seinem eigenen Rücken ab. Die Wache verabreichte die eigentlich für Shan gedachte Strafe mit großem Vergnügen und rief dann Unterstützung herbei, um den bewußtlosen Mann in den Stall zu zerren.

Dieser Zwischenfall hatte alles verändert. In einem einzigen, alles verhüllenden Moment vergaß Shan seine Schmerzen und sogar seine Vergangenheit, als ihm klar wurde, daß er eine bemerkenswerte neue Welt betreten hatte, und diese Welt war Tibet. Ein hochgewachsener Mönch, der sich als Trinle vorstellte, half Shan auf die Beine und führte ihn in die Baracke. Niemand spuckte ihn mehr an, niemand richtete mehr zornige *mudras* gegen ihn. Erst acht Tage später, als Choje aus dem Stall freigelassen wurde, konnte Shan zum erstenmal mit ihm sprechen. »Die Suppe«, hatte Choje beim Anblick von Shan mit schiefem Lächeln gesagt und dabei den dünnen Gerstenbrei der 404ten gemeint, »schmeckt nach einer Woche Abwesenheit gleich viel besser.«

Shan schaute auf, als Choje seine Frage wiederholte.

»Was tun sie dir an?«

Er wußte, daß Choje keine Antwort erwartete. Shan sollte sich lediglich mit dieser Frage auseinandersetzen. Sobald die Kriecher das Kommando übernommen hatten, würde die 404te nie wieder so sein wie früher. Plötzlich verspürte Shan einen Stich im Herzen, als er begriff, daß man ihnen Choje vermutlich nehmen würde. Er starrte auf ein neues *mudra*, das die Hände des Lama formten. Es war das Zeichen des Mandalas, des Lebenskreises.

»Rinpoche. Dieser Dämon namens Tamdin ...«

»Herrlich, nicht wahr?«

»Herrlich?«

»Daß der Beschützer ausgerechnet jetzt erscheint.«

Shan runzelte verwirrt die Stirn.

»Nichts im Leben geschieht zufällig«, erklärte Choje.

Stimmt, dachte Shan verdrießlich. Jao wurde aus einem bestimmten Grund umgebracht. Der Mörder wollte aus einem bestimmten Grund, daß es wie die Tat eines buddhistischen Dämons aussah. Die Kriecher waren aus einem bestimmten Grund hier und gewillt, die 404te zugrunde zu richten. Aber Shan kannte keinen dieser Gründe. »Rinpoche, wie würde ich Tamdin erkennen, falls er mir begegnet?«

»Er tritt in vielen Gestalten und Größen auf«, erwiderte Choje. »In Nepal und im Süden kennt man ihn als Hayagriva. In den älteren Klöstern nennen sie ihn den Roten Tigerteufel. Oder den pferdeköpfigen Dämon. Er trägt eine Kette aus Schädeln um den Hals und hat gelbes Haar. Seine Haut ist rot. Vier Fangzähne ragen aus seinem Maul. Sein Kopf ist riesig. Darüber befindet sich ein zweiter, sehr viel kleinerer Kopf – der Kopf eines Pferdes, der manchmal grün gefärbt ist. Er ist fett vom Gewicht der Welt, und sein Bauch hängt nach unten. Ich habe ihn vor vielen Jahren bei den Festtagstänzen gesehen.« Choje faltete die Hände, und das *mudra* verschwand. »Aber Tamdin kann nur dann gefunden werden, wenn er selbst es wünscht. Niemand, der nicht dazu ermächtigt ist, vermag ihn zu kontrollieren.«

Shan dachte schweigend nach. »Trägt er Waffen?«

»Falls er eine benötigt, wird sie sich in seiner Hand befinden«, entgegnete Choje rätselhaft. »Sprich mit einem Angehörigen der Schwarzhutsekte. Früher gab es einen alten *ngagspa* der Schwarzhüte in der Stadt. Ein Zauberer mit Namen Khorda. Er hat die alten Riten praktiziert und die jungen Mönche mit seinen Hexereien eingeschüchtert. Unterwiesen wurde er in einem *gompa* der Nyingmapa.«

Zu den Schwarzhüten gehörten die traditionellsten der tibetischen Buddhisten-Sekten. Unter diesen wiederum stellten die Nyingmapa die älteste Linie dar, die noch am engsten mit den Schamanen verbunden war, von denen Tibet einst regiert wurde.

»Er kann eigentlich nicht mehr am Leben sein«, sagte Choje, »denn er war bereits alt, als ich noch ein Junge war. Aber er hatte Lehrlinge. Frag danach, wer Schwarzhut-Zauber wirken kann und wer bei Khorda gelernt hat.«

Choje sah Shan prüfend an, so wie ein Vater vielleicht einen Sohn mustern würde, der sich anschickte, eine lange und gefährliche Reise anzutreten. Er winkte ihn zu sich heran. »Komm näher.«

Als Shan der Aufforderung folgte, legte Choje ihm eine Hand auf den Hinterkopf und drückte ihn nach unten. Er flüsterte Trinle etwas zu, woraufhin dieser ihm eine rostige Schere reichte. Dann schnitt Choje eine Locke von Shans kurzem Haar direkt oberhalb des Nackens ab. Das war normalerweise bei Initiationsriten üblich, wenn Studenten zu einem Kloster zugelassen wurden. Es sollte sie daran erinnern, wie viele Opfer Buddha gebracht hatte, um Rechtschaffenheit zu erlangen.

Shans Herzschlag beschleunigte sich aus unerklärlichen Gründen. »Ich bin dessen nicht würdig«, sagte er, als er aufblickte.

»Natürlich bist du das. Du bist ein Teil von uns.«

Eine tiefe Traurigkeit wallte in ihm auf. »Was geht hier vor, Rinpoche?«

Aber Choje seufzte nur und sah auf einmal furchtbar müde aus. Der alte Lama stand auf und ging zu seinem Bett. Unterdessen nahm Trinle ein fleckiges Stück Papier, auf das man ein Ideogramm geschrieben hatte, und reichte es Shan. »Das ist für dich«, sagte Trinle.

Fragend musterte Shan das Blatt. Die Schriftzeichen waren nach alter Art verfaßt, wie die Inschrift auf dem Medaillon. Das Bild zeigte mehrere konzentrische Kreise, in deren Mitte sich eine Lotusblume befand. Jedes ihrer Blütenblätter war mit geheimen Symbolen versehen. »Ist es ein Gebet?«

»Nicht ganz. Ein Talisman. Ein Schutzzauber, gesegnet von Rinpoche und geschrieben auf dem Fragment eines alten heiligen Buches. Sehr mächtig.« Trinle faßte die unteren Ecken an. »Hier«, erklärte er, »du mußt es falten und eine kleine Rolle daraus fertigen. Trag es um deinen Hals. Wir würden eigentlich ein Amulett an einer Kette dafür brauchen, aber es gibt hier nichts dergleichen.«

»Sind alle hier damit beschäftigt, Schutzzauber zu verfassen?«

»Nicht so wie dieser. Nicht so mächtig. Wir hatten nur dieses eine Fragment. Auch die Symbole konnten wir nur ein einziges Mal anrufen. Dies sind keine Worte der Hände oder Lippen. Sie werden niemals ausgesprochen. Rinpoche mußte nach ihnen greifen und sie einfangen. Es dauert mehrere Stunden, diesen Talisman mit Macht zu erfüllen. Er hat den ganzen Tag daran gearbeitet. Es hat ihn sehr erschöpft. Tamdin wird diese Formel erkennen, denn sie kann aus der Welt dieses Dämons wahrgenommen werden, also weiß er, daß du kommst. Es ist nicht nur ein Schutz. Es ist eher wie eine Empfehlung, damit du mit ihm in Verbindung treten kannst. Choje sagt, du wandelst auf den Pfaden der Schutzdämonen.«

Shan war versucht zu fragen, ob das bedeuten sollte, daß die Dämonen ihn ansonsten angreifen würden, aber dann kam ihm eine andere Frage in den Sinn. Wie war Choje an das Fragment eines alten Manuskripts gelangt?

Einige der Mönche legten ihre Zauberformeln auf den Altar und schauten Choje erwartungsvoll an. Andere trugen ihre Schriften zu einem Bett im hinteren Teil der Hütte. Shan schloß sich ihnen an. Auf dem Bett saß einer der alten Mönche und hatte vor sich ein seltsames Flickwerk aus Bannformeln liegen. Er bildete aus den Etiketten einen größeren Zauberspruch und verband sie geschickt mit dünn geflochtenem menschlichen Haar.

Shan bemerkte, daß Trinle auf den dicken Notizblock in seiner Tasche starrte. Er riß ein Dutzend leerer Blätter ab und reichte sie Trinle zusammen mit seinem Bleistift.

»Was bedeuten die anderen Zauberformeln?«

»Jeder von uns bemüht sich nach Kräften. Manche versuchen, Bardo-Riten für den *jungpo* vorzubereiten. Andere sind lediglich Schutzzauber. Ich weiß nicht, ob Rinpoche sie segnen wird. Ohne den Segen eines der Mächtigen werden sie nutzlos sein.«

»Er wird die Schutzzauber nicht segnen? Er will nicht, daß sie vor dem *jungpo* geschützt werden?«

»Nicht vor dem *jungpo*. Diese hier sind gegen die bösen Mächte dieser Welt gerichtet. *Tsonsung*-Zauber. Zum Schutz vor Schlagstöcken. Vor Bajonetten. Vor Kugeln.«

Kapitel Fünf

Am nächsten Morgen wartete vor Tans Büro ein eleganter junger Mann mit weißem Hemd und blauem Anzug. Er ging vor dem Fenster auf und ab, blieb stehen, um Sergeant Feng verächtlich zu mustern, bemerkte dann Shan und nickte ihm wissend zu, als würden sie ein Geheimnis miteinander teilen.

Shan trat ans Fenster und versuchte verzweifelt, irgendwelche Aktivitäten auf den Hängen der Südklaue auszumachen. Der Fremde glaubte irrtümlich, Shan wolle ein Gespräch mit ihm anfangen.

»Drei von fünf«, sagte der Mann. »Sechzig Prozent beantragen, vor Ablauf ihrer Zeit nach Hause geschickt zu werden. Haben Sie das gewußt, Genosse?« Das Wort Peking stand ihm unsichtbar auf die Stirn tätowiert.

»Die meisten, die ich kenne, bleiben bis zum letzten Tag dabei«, sagte Shan leise. Er beugte sich vor, so daß sein Gesicht die Scheibe berührte. Die 404te müßte inzwischen den Hang erreicht haben. Würde der Direktor sich heute überhaupt die Mühe machen, sie nach draußen zu schaffen?

»Sie ertragen die Kälte nicht«, fuhr der Mann fort und ließ nicht erkennen, ob er Shan gehört hatte. »Sie ertragen die Luft nicht. Sie ertragen die Trockenheit nicht. Sie ertragen den Staub nicht. Sie ertragen die Blicke auf der Straße nicht. Sie ertragen die zweibeinigen Heuschrecken nicht.«

Als Madame Ko in den Warteraum trat, eilte der Fremde sofort auf sie zu. »Es gibt nichts, das wichtiger wäre!« versicherte er ihr langsam und laut, als wäre sie irgendwie behindert. »Ich muß ihn sofort sprechen!« Sie lächelte ihn kühl an und wies auf die Stühle, die entlang der Wand standen.

Doch der Mann ging weiterhin auf und ab und schaute immer wieder kurz zu Tans Tür. »Ich bin seit zwei Jahren hier. Es gefällt mir sehr gut. Von mir aus können es zehn werden. Wie steht's mit Ihnen?«

Shan blickte langsam auf und hoffte, daß die Frage nicht an ihn gerichtet war. Doch die Augen des Mannes waren wie zwei Gewehrläufe und zielten direkt auf sein Gesicht. »Drei bisher.«

»Das ist ein Mann nach meinem Geschmack!« rief der Fremde. »Es gefällt mir überaus gut hier«, wiederholte er. »Es ist die Herausforderung meines Lebens. An jeder Kreuzung lauern neue günstige Gelegenheiten«, sagte er und wartete, daß Shan ihm beipflichten würde.

»Zumindest Überraschungen. An jeder Kreuzung lauern neue Überraschungen«, erwiderte Shan wohlüberlegt.

Der Mann lachte kurz und verhalten und nahm dann auf dem Stuhl neben Shan Platz. Shan legte beide Hände schützend auf seine Akte.

»Ich habe Sie noch nie zuvor gesehen. Sind Sie bei einer Einheit in den Bergen?«

»In den Bergen«, murmelte Shan. Das äußere Zimmer war nicht beheizt, und so trug er noch immer den unauffälligen grauen Mantel, den Feng an jenem Morgen für ihn aus dem Laderaum des Wagens hervorgezogen hatte.

»Der Alte hat zu viele Verpflichtungen«, teilte der Mann ihm vertraulich mit und nickte in Richtung von Tans Tür. »Berichte für die Partei. Berichte für die Armee. Berichte für die Öffentliche Sicherheit. Berichte über den Stand der Berichte. Wir lassen der Bürokratie nicht soviel Spielraum. Sonst bekommt man ja gar nichts mehr geregelt.«

Fengs Kopf sackte nach hinten. Er fing an zu schnarchen.

»Wir?« hakte Shan nach.

Mit theatralischer Geste öffnete der Fremde eine kleines Plastiketui und reichte Shan eine geprägte Visitenkarte.

Shan musterte die Karte sorgfältig. Sie war aus papierdünnem Kunststoff gefertigt. *Li Aidang* stand darauf. Eine Generation zuvor war dies einer der Lieblingsnamen ehrgeiziger Eltern gewesen. Li, der die Partei liebt. Als Shan die Berufsbezeichnung las, erstarrte er vor Schreck. *Stellvertretender Ankläger*. Tan hatte es also getan, dachte er, er hatte einen

Ermittler von außerhalb hinzugezogen. Dann fiel Shans Blick auf die Adresse. *Bezirk Lhadrung.*

Er strich ungläubig mit dem Finger über die Worte. »Sie sind sehr jung für einen so verantwortungsvollen Posten«, sagte er schließlich und sah Li an. Der stellvertretende Ankläger war höchstens Anfang Dreißig. Er trug eine teure Armbanduhr und kurioserweise seltsame westliche Sportschuhe. »Und ziemlich weit weg von zu Hause.«

»Peking fehlt mir gar nicht. Zu viele Leute und zu wenige günstige Gelegenheiten.«

Da war dieses Wort wieder. Es wirkte merkwürdig, einen stellvertretenden Ankläger von günstigen Gelegenheiten sprechen zu hören.

Madame Ko kam zurück.

»Offenbar versteht er nicht ...«, setzte Li herablassend an. »Es geht um die Festnahme. Er muß die Ermächtigungen unterzeichnen, und außerdem wird er wollen, daß ...«

Madame Ko verließ das Zimmer, ohne Li zu beachten. Während er ihr hinterherstarrte, erschien ein höhnisches Grinsen auf seinem Gesicht, als hätte er sich soeben etwas besonders Vergnügliches vorgenommen. Er beugte sich vor und betrachtete Fengs zusammengesackte Gestalt. »Falls das hier mein Büro wäre, würden die Leute sich etwas respektvoller benehmen«, sagte er voller Geringschätzung. Dann tauchte Madame Ko wieder auf, öffnete die Tür zum benachbarten Konferenzraum und bedeutete Li mit einem Nicken, er möge eintreten.

Mit einem leisen verächtlichen Schnauben schritt Li erhobenen Hauptes ins Nebenzimmer. Madame Ko rückte schweigend einen Stuhl für ihn vom Tisch ab, kehrte dann in den Warteraum zurück und schloß die Tür hinter sich. Li starrte ungeduldig auf die Seitentür, die zu Tans Büro führte.

»Ich frage mich«, sagte Shan, »ob der Oberst überhaupt beabsichtigt, diesen Raum zu betreten.« Er war sich nicht sicher, ob Madame Ko ihn gehört hatte, denn sie trat in eine Nische, aber sie reagierte mit einem belustigten Nicken, als sie mit zwei Tassen Tee zurückkehrte. Sie reichte Shan eine der Tassen und setzte sich neben ihn.

»Er ist ein ungehobelter junger Mann. Heutzutage gibt es so viele davon, die alles andere als wohlerzogen sind.«

Shan hätte beinahe gelacht. Vermutlich wäre sein Vater der gleichen Meinung gewesen, und zwar hinsichtlich aller Generationen, die seit der Mitte des Jahrhunderts in China aufgewachsen waren. Alles andere als wohlerzogen. »Ich möchte nicht, daß er wütend auf Sie ist«, sagte Shan.

Madame Ko bedeutete ihm, er möge seinen Tee trinken. Sie wirkte wie eine ältere Tante, die einen Jungen für die Schule fertigmachte. »Ich arbeite jetzt seit neunzehn Jahren für Oberst Tan.«

Shan lächelte unbeholfen. Sein Blick wanderte zu dem Spitzendeckchen, das auf dem Tisch lag. Es war lange her, daß er mit einer richtigen Dame Tee getrunken hatte. »Zuerst habe ich mich gewundert, wer wohl so mutig gewesen ist, dem Oberst die Petition zur Freilassung Lokeshs zu überreichen«, sagte Shan. »Ich glaube, inzwischen weiß ich, wer es war. Sie hätten ihn gemocht. Er hat wunderschöne Lieder aus dem alten Tibet gesungen.«

»Ich bin altmodisch. Da, wo ich herkomme, wurde uns beigebracht, die Alten zu ehren, und nicht, sie ins Gefängnis zu stecken.«

Auf welchem fernen Planeten war das denn, hätte Shan beinahe gefragt, aber dann bemerkte er, wie sie unschlüssig in ihre Teetasse starrte, und erkannte, daß sie ihm etwas sagen wollte.

»Ich habe einen Bruder«, gestand sie plötzlich. »Er ist nicht viel älter als Sie. Ein Lehrer. Vor fünfzehn Jahren wurde er verhaftet, weil er etwas Schlimmes geschrieben hatte, und in ein Lager in der Nähe der Mongolei geschickt. Niemand spricht über ihn, aber ich muß oft an ihn denken.« Sie blickte auf. Ihre Miene war unschuldig und neugierig. »Sie müssen doch nicht leiden, oder? In den Lagern, meine ich. Ich könnte es nicht ertragen, wenn er leiden müßte.«

Shan trank einen großen Schluck Tee und zwang sich zu einem Lächeln. »Wir bauen einfach nur Straßen.«

Madame Ko nickte ernst.

Im nächsten Moment ertönte ein Summer, und Madame Ko

wies auf die Tür des Obersts. Li platzte aus dem Konferenzraum und starrte Shan unsicher an. Als Shan von Madame Ko in Tans Büro gedrängt wurde, hörte er Li ungläubig rufen: »Sie sind das!« Dann schloß sie die Tür.

Tan stand mit dem Rücken zu Shan am Fenster. Die Vorhänge waren vollständig aufgezogen, und in dem hellen Licht konnte Shan die hintere Wand zum erstenmal deutlich erkennen. Er sah das verblichene Foto eines Mädchens und eines weitaus jüngeren Tans neben einem Kampfpanzer. Links davon hing eine Landkarte, über der in großen Buchstaben *nei lou* stand, was sie als geheime Verschlußsache einstufte. Sie zeigte die tibetischen Grenzregionen. Über der Karte hing ein antikes Schwert, ein *zhan dao*, die robuste Zweihandklinge, die in früheren Jahrhunderten bevorzugt von Scharfrichtern eingesetzt wurde.

»Unser Mann wurde heute morgen aufgegriffen«, sagte Tan, ohne sich umzudrehen.

Li hatte eine Festnahme erwähnt.

»In den Bergen, wo sie sich normalerweise verstecken. Wir hatten Glück. Der Narr trug noch immer Jaos Brieftasche bei sich.« Tan ging zu seinem Schreibtisch. »Bei der Öffentlichen Sicherheit ist er aktenkundig.« Er warf Shan einen ungehaltenen Blick zu. »Setz dich, verdammt. Wir haben viel zu erledigen.«

»Der stellvertretende Ankläger ist bereits da. Ich vermute, ich werde meine Arbeit an ihn übergeben.«

Tan blickte auf. »Li? Du hast Li Aidang getroffen?«

»Sie haben nie erwähnt, daß es einen stellvertretenden Ankläger gibt.«

»Es war nicht von Bedeutung. Li ist unfähig, er muß noch viel lernen. Jao hat die ganze Arbeit erledigt. Li liest Bücher und besucht Versammlungen. Er ist ein Politoffizier.« Tan stieß eine Mappe von sich, die mit den roten Streifen des Büros für Öffentliche Sicherheit versehen war. »Der Mörder ist seit seiner Jugend ein kultureller Unruhestifter. 1989 die Aufstände in Lhasa. Weißt du über diesen Aufruhr Bescheid?«

Offiziell hatte dieser Aufstand, der begann, als Mönche den

Jokhang Tempel in Lhasa besetzten, nie stattgefunden. Offiziell wußte niemand, wie viele Mönche gestorben waren, als die Kriecher mit Maschinengewehren das Feuer eröffneten. In einem Land, in dem Himmelsbegräbnisse praktiziert wurden, konnte man die Überreste der Toten leicht verschwinden lassen.

»Einige Jahre später hat es auch hier einen Zwischenfall gegeben«, fuhr Tan fort. »Auf dem Marktplatz.«

»Ich habe davon gehört. Mehrere Priester wurden verstümmelt. Die hiesige Bevölkerung nennt sie die Daumen-Aufstände.«

Tan ging nicht darauf ein. Traf es wirklich zu, fragte Shan sich, daß Tan derjenige gewesen war, der die Amputation der Daumen angeordnet hatte?

»Er war dabei. Die meisten Beteiligten erhielten drei Jahre Zwangsarbeit. Er bekam sechs Jahre, weil er einer der fünf Rädelsführer des Aufruhrs war. Jao hat ihn angeklagt. Die Fünf von Lhadrung wurden sie von den Leuten genannt.« Tan schüttelte angewidert den Kopf. »Meine Befürchtung wird immer wieder bestätigt; wir sind beim ersten Mal viel zu nachsichtig mit ihnen verfahren. Und jetzt haben wir Jao an einen von ihnen verloren ...«

»Ich könnte eine Liste der Zeugen anfertigen, deren Aussagen das Gericht benötigen wird«, sagte Shan ausdruckslos. »Dr. Sung aus dem Krankenhaus. Die Soldaten, die den Kopf gefunden haben. Und sie werden einen Sprecher aus den Reihen der Wachen der 404ten hören wollen, damit dieser von der Entdeckung des Körpers berichtet.«

»Sie?«

»Die Leute aus dem Büro des Anklägers.«

»Zur Hölle mit Li, das habe ich dir doch schon gesagt.«

»Man kann ihn nicht aufhalten. Er arbeitet für das Justizministerium.«

»Ich sagte bereits, er ist politisch orientiert. Er sitzt hier lediglich seinen Turnus ab, um in der Heimat Pluspunkte zu sammeln. Von Kapitalverbrechen hat er keinerlei Ahnung.«

Shan sah Tan in die Augen, um sich zu vergewissern, daß er

ihn richtig verstanden hatte. Glaubte Tan allen Ernstes, es gäbe auch nur einen einzigen Bereich des Justizministeriums, der nicht politisch orientiert war? Nicht umsonst war der Vorsitzende des obersten Staatsgerichtshofs zugleich der höchste Zuchtmeister der Partei. »Er arbeitet für das Justizministerium«, wiederholte Shan langsam.

»Ich werde sagen, er sei zu sehr persönlich involviert. Als würde er den Mord an seinem Vater untersuchen. Sein Urteilsvermögen wird durch den Kummer getrübt.«

»Oberst, am Anfang hatten wir hier den Tod eines Fremden, den man vielleicht durch einen Unfallbericht hätte vertuschen können. Womöglich wäre niemand dahintergekommen. Dann hatten wir aufgrund des Toten eine Strafaktion gegen die 404te. Davon werden bereits weitaus mehr Leute Notiz nehmen. Und jetzt gibt es nicht nur den Mord an einem Justizbeamten, sondern zudem die Verhaftung eines bekannten Staatsfeinds. Das dürfte niemandem mehr entgehen. Jetzt wird die Politik peinlich genau verfolgen, was weiterhin passiert.«

»Ich glaube dir nicht, Shan. Die Politiker machen dir keine Angst. Du verachtest die Politik. Aus diesem Grund bist du in Tibet gelandet.«

Shan rechnete damit, einen Anflug von Spott in Tans Gesicht wahrzunehmen. Aber er irrte sich. »Du willst wegen deines Gewissens einen Rückzieher machen, nicht wahr?« fuhr der Oberst fort. »Glaubst du, unsere Ermittlungen werden nicht wahrheitsgetreu verlaufen?«

Shan preßte die Hände aneinander. Er hatte schon wieder verloren. »In meiner Abteilung in Peking wurden regelmäßig Agitationssitzungen abgehalten. Man warf mir vor, ich würde nicht begreifen, daß ohne einen Konsens keine Wahrheitsfindung möglich sei.«

Tan starrte ihn schweigend an und brach dann in lautes, heiseres Gelächter aus. »Und dann haben sie dich nach Tibet geschickt. Dieser Minister Qin hat wirklich Humor.« Tans Belustigung schwand, als er Shans Gesicht musterte. Er stand auf und ging wieder zum Fenster. »Du irrst dich, Genosse, wenn du glaubst, Männer wie ich hätten kein Gewissen«, sagte er.

»Mach nicht mich dafür verantwortlich, daß du mein Gewissen nicht verstehen kannst.«

»Das hätte ich selbst nicht besser ausdrücken können.«

Tan wandte sich um. »Verdreh mir nicht die Worte im Mund, verdammt noch mal!« rief er zornig und kehrte an seinen Tisch zurück. Er verschränkte die Hände über der Akte der Öffentlichen Sicherheit. »Ich sage es zum letztenmal. Diese Untersuchung wird nicht von grünen Jungs aus dem Büro des Anklägers durchgeführt werden. Jao war ein Held der Revolution. Er war mein Freund. Manche Angelegenheiten sind zu wichtig, um sie zu delegieren. Du wirst wie besprochen fortfahren. Auf der Akte wird meine Unterschrift stehen. Und wir werden diese Diskussion nicht noch einmal führen.«

Shan bemerkte, daß Tans Blick auf die Tür gerichtet war. Plötzlich begriff er, daß Tan dem stellvertretenden Ankläger nicht nur mißtraute. Nein, er hatte regelrecht Angst vor Li.

»Man kann den stellvertretenden Ankläger nicht vollständig übergehen«, stellte Shan fest. »Es werden im Zusammenhang mit Jaos Person Fragen auftauchen, die sein Büro beantworten muß. Über seine Feinde, seine Fälle, sein Privatleben. Sein Wohnsitz wird durchsucht werden müssen. Seine Reiseunterlagen. Sein Auto. Es muß einen Wagen gegeben haben. Er wird uns vielleicht verraten, wo Jao seinen Mörder getroffen hat.«

»Ich habe ihn seit vielen Jahren gekannt und kann womöglich selbst mit einigen Antworten dienen. Miss Lihua, seine Sekretärin, ist eine Freundin von mir. Sie wird ebenfalls behilflich sein. Für die anderen wirst du einen schriftlichen Fragenkatalog zusammenstellen, den ich dann weiterleite. Wir können Madame Ko einen Teil davon diktieren, bevor du gehst.«

Tan wollte Li beschäftigen. Oder ablenken.

Der Oberst schob Shan die Akte der Öffentlichen Sicherheit herüber. »Sein Name ist Sungpo. Vierzig Jahre alt. Verhaftet in einem kleinen Kloster namens Saskya im äußersten Norden des Landes. Keine Lizenz. Verflucht nachlässig, die Leute in ihre heimatlichen *gompas* zurückkehren zu lassen.«

»Sie wollen ihn nicht nur wegen Mordes vor Gericht stellen, sondern auch, weil er ohne Erlaubnis als Mönch praktiziert hat?« Shan konnte nicht anders. »Wirkt das nicht ein wenig …« Er suchte nach einem passenden Wort. »Übereifrig?«

Tan runzelte die Stirn. »Es muß in dem *gompa* noch andere geben, die man unter Druck setzen kann. Der übliche Satz für das Tragen einer Kutte ohne Lizenz beträgt zwei Jahre. Jao hat diese Strafe ständig verhängt. Falls nötig, schnapp sie dir und drohe ihnen mit dem *lao gai*, sofern sie nicht reden wollen.«

Shan starrte ihn an.

»Na gut«, gab Tan kaltlächelnd nach. »Sag ihnen, daß ich sie ins *lao gai* schicken werde.«

»Sie haben noch nicht gesagt, wie man auf den Mann gekommen ist.«

»Durch einen Informanten. Es gab einen anonymen Anruf in Jaos Büro.«

»Das heißt, Li hat die Verhaftung vorgenommen?«

»Ein Team der Öffentlichen Sicherheit.«

»Also hat er mit eigenen Ermittlungen angefangen?«

Wie aufs Stichwort ertönte ein lautes Hämmern an der Tür. Eine hohe Stimme protestierte, und Madame Ko erschien. »Genosse Li«, meldete sie mit errötetem Gesicht. »Er besteht darauf.«

»Sagen Sie ihm, er soll später vorbeikommen. Geben Sie ihm einen Termin.«

Ein winziges Lächeln verriet, wie gut Madame Ko dieser Vorschlag gefiel. »Da ist noch jemand«, fügte sie hinzu. »Von der amerikanischen Mine.«

Tan seufzte und wies auf einen Stuhl in der Ecke. Gehorsam nahm Shan dort Platz. »Bitten Sie ihn herein.«

Lis Proteste nahmen an Lautstärke zu, als eine Gestalt zur Tür hereinstürmte. Es war die rothaarige Amerikanerin, die Shan bei der Höhle gesehen hatte. Sie und Tan musterten sich verwirrt.

»Es gibt dazu wirklich nichts mehr zu sagen, Miss Fowler«, sagte Tan in eiskaltem Tonfall. »Die Angelegenheit ist abgeschlossen.«

»Ich habe darum gebeten, Ankläger Jao zu sprechen«, erwiderte Fowler zögernd und ließ den Blick durch das Büro schweifen. »Man hat mir gesagt, ich solle herkommen. Ich dachte, vielleicht ist er zurückgekehrt.«

»Sie sind nicht wegen der Höhle hier?«

»Wir haben beide unseren Standpunkt geäußert. Ich werde mich schriftlich beim Religionsbüro beschweren.«

»Das könnte peinlich werden«, erwiderte Oberst Tan.

»Sie haben auch allen Grund dazu, peinlich berührt zu sein.«

»Ich meine, für Sie. Sie haben keinerlei Beweise. Es gibt gar keine Grundlage für eine Beschwerde. Wir werden aussagen müssen, daß Sie sich unbefugt in eine Militäroperation eingemischt haben.«

»Sie hatte vor, Ankläger Jao aufzusuchen«, schaltete Shan sich ein.

Tan warf ihm einen wütenden Blick zu, während Fowler zum Fenster ging, so daß sie nur ein kurzes Stück neben Shan stand. Sie trug wieder Bluejeans, dieselben Wanderstiefel und eine blaue Nylonweste, wie Shan sie auch bei dem Amerikaner vor der Höhle gesehen hatte. Um ihren Hals hing an einer schwarzen Kordel eine Sonnenbrille. Sie trug kein Make-up und keinen Schmuck, abgesehen von winzigen goldenen Ohrsteckern. Wie lautete doch der andere Name, den Oberst Tan benutzt hatte? Rebecca. Rebecca Fowler. Die Amerikanerin warf einen kurzen Blick auf Shan, und er sah, daß sie ihn wiedererkannte. Du warst auch da, beschuldigten ihre Augen ihn, und hast die Ruhe eines heiligen Orts gestört.

»Tut mir leid. Ich bin nicht hergekommen, um mich zu streiten«, sagte sie in neuem, versöhnlicherem Tonfall zu Tan. »Es gibt ein Problem bei der Mine.«

»Falls es dort keine Probleme gäbe«, stellte Tan teilnahmslos fest, »würde man Sie nicht zur Leitung der Mine benötigen.«

Ihre Züge verhärteten sich. Shan konnte erkennen, wie sehr sie mit sich rang, keinen neuen Disput zu beginnen. Sie entschloß sich, den Blick himmelwärts zu richten. »Ein Arbeitsproblem.«

»Dann ist das Ministerium für Geologie die zuständige

Stelle. Vielleicht kann Direktor Hu Ihnen behilflich sein«, schlug Tan vor.

»Es geht nicht um diese Art von Problem.« Sie drehte sich um und sah Tan an. »Ich würde einfach nur gern mit Jao sprechen. Ich weiß, daß er vermutlich unterwegs ist. Eine Telefonnummer würde mir schon genügen.«

»Wieso Jao?« fragte Tan.

»Wenn ich ein Problem habe, das ich nicht verstehen kann, ist Jao mir behilflich.«

»Welche Art von Problem können Sie denn nicht verstehen?«

Fowler seufzte und setzte sich wieder vor Tans Schreibtisch. »Meine Versuchsproduktion hat angefangen. Die kommerzielle Produktion ist für nächsten Monat geplant. Aber zunächst müssen meine ersten Lieferungen von unserem Labor in Hongkong analysiert und freigegeben werden.«

»Ich verstehe immer noch nicht ...«

»Jetzt hat das Ministerium die Transporttermine vorverlegt, ohne vorher mit mir Rücksprache zu halten. Die Luftfrachtpläne wurden ohne Mitteilung geändert, die Sicherheitsbestimmungen und bürokratischen Hürden verschärft. Wegen der Touristen.«

»Die Saison hat früh begonnen. Der Tourismus wird zu Tibets größter Devisenquelle. Die Vorgaben wurden erhöht.«

»Als ich diese Stelle übernommen habe, war Lhadrung für Touristen gesperrt.«

»Das ist richtig«, räumte Oberst Tan ein. »Es handelt sich um eine neue Initiative. Bestimmt werden Sie sich freuen, ein paar Ihrer Landsleute zu Gesicht zu bekommen, Miss Fowler.«

Rebecca Fowlers düstere Miene zeugte eher vom Gegenteil. War die Minenleiterin lediglich nicht an Touristen interessiert, oder störte sie sich in erster Linie daran, daß eventuell Amerikaner zu Besuch kommen würden? fragte Shan sich.

»Behandeln Sie mich nicht so gönnerhaft. Es dreht sich lediglich um die Devisen. Wenn man uns nur ließe, würden wir ebenfalls sehr bald Devisen einbringen.«

Tan zündete sich eine Zigarette an und lächelte kalt. »Miss

Fowler, der erste Besuch von Touristen aus Ihrem Land im Bezirk Lhadrung muß reibungslos über die Bühne gehen. Aber dennoch begreife ich nicht …«

»Um meine Container rechtzeitig auf den Weg zu bringen, benötige ich Doppelschichten. Und ich kann nicht einmal eine halbe Schicht zusammenstellen. Meine Arbeiter trauen sich nicht mehr zu den hinteren Teichen. Manche weigern sich sogar, das Hauptgelände zu verlassen.«

»Ein Streik? Wenn ich mich recht erinnere, hat man Sie davor gewarnt, nur Arbeiter aus der tibetischen Minderheit einzustellen. Sie sind unberechenbar.«

»Das ist kein Streik, nein. Sie sind gute Arbeiter. Aber sie haben Angst.«

»Angst?«

Rebecca Fowler fuhr sich mit den Fingern durch das Haar. Sie sah aus, als hätte sie seit Tagen nicht mehr geschlafen. »Ich weiß nicht, wie ich es ausdrücken soll. Sie sagen, unsere Sprengungen hätten einen Dämon erweckt. Sie sagen, er sei wütend. Die Leute haben Angst vor den Bergen.«

»Dies ist ein abergläubisches Volk, Miss Fowler«, gab Tan zu bedenken. »Das Büro für Religiöse Angelegenheiten verfügt über Berater, die sich mit den Minderheiten auskennen. Kulturelle Vermittler. Direktor Wen könnte einige davon herschicken.«

»Ich brauche keine Berater. Ich brauche jemanden, der meine Maschinen bedient. Sie haben doch eine Pioniereinheit. Leihen Sie sie mir für zwei Wochen.«

»Sie reden hier von der Volksbefreiungsarmee, Miss Fowler«, rief Tan aufgebracht. »Nicht von irgendwelchen Tagelöhnern, die Sie von der Straße auflesen können.«

»Ich rede von der einzigen ausländischen Investition in Lhadrung. Der größten im östlichen Tibet. Ich rede von amerikanischen Touristen, die in zehn Tagen ein Modellprojekt besuchen sollen. Wenn wir nichts unternehmen, wird sich den Leuten ein katastrophaler Anblick bieten.«

»Ihr Dämon«, sagte Shan plötzlich. »Hat er einen Namen?«

»Ich habe keine Zeit für …«, setzte Fowler ärgerlich an, verstummte dann aber. »Spielt das eine Rolle?«

»Auf der Südklaue wurde eine ähnliche Beobachtung gemacht. Im Zusammenhang mit einem Mord.«

Tan erstarrte.

Fowler reagierte nicht sofort. Ihre grünen Augen richteten sich auf Shan und musterten ihn mit einer durchdringenden Intensität, die der eines Raubvogels glich.

»Ich wußte ja gar nichts von einer Morduntersuchung. Das wird meinen Freund Ankläger Jao bestimmt interessieren.«

»Oh, durchaus. Ankläger Jao war von Anfang an sehr daran interessiert«, erwiderte Shan und ignorierte Tans wütenden Blick.

»Also hat man ihn bereits informiert?«

»Shan!« Tan stand auf und drückte einen Knopf an der Kante seines Tisches.

»Ankläger Jao war das Opfer.«

Tan stieß einen Fluch aus. Er rief nach Madame Ko.

Rebecca Fowler lehnte sich wie betäubt auf ihrem Stuhl zurück. »Nein!« Die Farbe wich aus ihrem Gesicht. »Verdammt, nein. Sie erlauben sich einen Scherz mit mir«, sagte sie mit heiserer Stimme. »Nein. Er ist weg. An der Küste, in Dalian, hat er gesagt.«

»Ankläger Jao wurde in der Nacht auf vorgestern an der Südklaue ermordet«, sagte Shan und behielt bei diesen Worten ihre Augen genau im Blick.

»Ich habe an dem Abend mit Jao gegessen«, flüsterte Fowler.

In diesem Moment kam Madame Ko herein.

»Ich glaube, wir könnten etwas Tee gebrauchen«, schlug Shan vor.

Madame Ko nickte ernst und ging wieder hinaus.

Fowler schien etwas sagen zu wollen, doch dann sackte sie nach vorn zusammen und barg das Gesicht in den Händen, bis Madame Ko mit einem Tablett zurückkehrte. Der heiße Tee wirkte anregend genug, um Miss Fowler wieder zu ihrer Stimme zu verhelfen. »Wir haben zusammen an den Investitionsanträgen gearbeitet«, erklärte sie. »An den Einfuhrgenehmigungen und all den anderen Papieren.« Sie sprach mit angespanntem, nervösem Flüstern. »Er war an unserem Erfolg interessiert. Er sagte, er würde mich zum Abendessen einladen, falls wir noch vor Juni in Produktion gingen. Wir haben es geschafft. Zumindest sah es für uns so aus. Letzte Woche rief er an. Er war in Festtagsstimmung und sagte, er wolle das Essen vor seinem Jahresurlaub abhalten.«

»Wo?« fragte Shan.

»In dem mongolischen Restaurant.«

»Um welche Uhrzeit?«

»Früh. So gegen fünf.«

»War er allein?«

»Nur wir beide. Sein Fahrer wartete im Wagen.«

»Sein Fahrer?«

»Balti, der kleine *khampa*«, bestätigte Fowler. »Er war immer in Jaos Nähe. Jao hat ihn wie einen Lieblingsneffen behandelt.«

Shan musterte Oberst Tan. War es möglich, daß Tan einen eventuellen Zeugen tatsächlich vergessen hatte?

»Wohin wollte er nach dem Essen?« fragte Shan.

»Zum Flughafen.«

»Haben Sie ihn abfahren sehen?«

»Nein. Aber er wollte zum Flughafen. Er hat mir sein Ticket gezeigt. Es war ein Nachtflug, aber man braucht bis zu zwei Stunden, um zum Flughafen zu kommen, und er wollte ganz bestimmt nicht riskieren, diesen Flug zu verpassen. Er war ganz aufgeregt wegen der Abreise.«

»Warum ist er dann in die entgegengesetzte Richtung gefahren?«

Sie schien ihn nicht gehört zu haben. Offenbar war ihr ein neuer Gedanke gekommen. »Der Dämon«, sagte sie mit plötzlich ausgemergeltem Gesicht. »Der Dämon war auf den Drachenklauen.«

Es klopfte, und dann trat wieder Madame Ko ein, gefolgt von dem bebrillten Tibeter, den Shan bei der Höhle am Steuer des Wagens der Amerikaner gesehen hatte. Der Mann war nicht besonders groß und hatte dunkle Haut und kleine Augen. Seine ausgeprägten Gesichtszüge ließen ihn irgendwie anders aussehen als die meisten Tibeter, die Shan kannte.

»Mr. Kincaid«, stieß der Tibeter hervor und hielt Miss Fowler einen Umschlag entgegen. Er bemerkte Tan und richtete seinen Blick sofort zu Boden. »Er sagt, ich soll Ihnen das hier unter allen Umständen sofort geben.«

Rebecca Fowler stand auf und streckte langsam und zögernd die Hand aus. Der Tibeter ließ den Umschlag hineinfallen und zog sich unterwürfig aus dem Raum zurück.

Tan sah ihm hinterher. »Einer der Fleisch-Affen arbeitet für Sie?«

Das war es, erkannte Shan. Der Mann war ein *ragyapa* aus der uralten Kaste, die sich um die Beseitigung von Tibets Toten kümmerte.

»Luntok ist einer unserer besten Ingenieure«, sagte Fowler frostig. »Er hat die Universität besucht.« Dann richtete sie ihre Aufmerksamkeit auf das Stück Papier und zuckte überrascht zusammen. Sie ließ das Blatt sinken, starrte Tan wütend an und las es dann ein weiteres Mal. »Was ist nur mit euch los?« fragte sie ungläubig. »Wir haben einen Vertrag, verdammt.«

Sie sah erst Tan, dann Shan an. »Das Ministerium für Geologie«, verkündete sie in einem Tonfall, der zu verstehen gab, daß Tan ihrer Meinung nach bereits Bescheid wissen mußte, »hat meine Betriebserlaubnis vorerst außer Kraft gesetzt.«

Die leere Baracke, die man ihnen im Lager Jadefrühling zur Verfügung gestellt hatte, war dermaßen baufällig, daß Shan das Blechdach bei jedem Windstoß tatsächlich erzittern und abheben sehen konnte. Sergeant Feng belegte das einzeln stehende Bett mit Beschlag, das normalerweise dem Unteroffizier der Kompanie zustand, und ließ Shan und Yeshe mit ausholender Geste die freie Wahl zwischen den zwanzig eisernen Etagenbetten, die an den Wänden der Unterkunft aufgereiht waren. Shan ignorierte ihn und begann, seine Akten auf dem Metalltisch auszubreiten, der am Ende der Bettreihen stand.

»Ich brauche einen Schlüssel zu dem Gebäude«, teilte er Sergeant Feng mit.

Feng, der in einem Schrank nach Bettzeug wühlte, drehte sich kurz um, weil er sich vergewissern wollte, ob Shans Forderung ernst gemeint war. »Halt's Maul.« Er fand sechs Decken, behielt drei, gab zwei an Yeshe weiter und warf die letzte Shan zu. Shan ließ sie zu Boden fallen und schritt die Bettreihen ab, um ein Versteck für seine Notizen zu suchen.

In weniger als dreißig Metern Entfernung stand auf der anderen Seite des Exerzierplatzes das Arrestlokal. Ein vertrockneter Heidebusch wurde über das Gelände geweht. Aus einem Lautsprecher, der an einem Kabel aus seinem zerbrochenen Rahmen hing, drang stotternd eine martialische Melodie, irgendein Militärmarsch, der infolge der atmosphärischen Störungen nicht wiederzuerkennen war. Gruppen von Soldaten hatten sich am Rand des Platzes gesammelt und musterten ärgerlich die neuen Wachen, die vor dem Gebäude Posten bezogen hatten.

»Kriecher«, wurde Shan von Yeshe voller Bestürzung gewarnt, als sie quer über den Platz auf das Haus zugingen. »Die gehören nicht hierher. Das ist ein Armeestützpunkt.«

»Wir haben Sie bereits erwartet«, teilte der diensthabende Offizier der Öffentlichen Sicherheit Shan am Eingang kurz und bündig mit. »Oberst Tan hat uns benachrichtigt, daß Sie ein Verhör des Gefangenen durchführen würden.« Währenddessen ließ er den Blick über die drei Männer schweifen und machte keinen Hehl aus seiner Enttäuschung. Er musterte kurz Sergeant Fengs graues Gesicht, erachtete Yeshe sogleich als völlig uninteressant und konzentrierte sich dann auf Shan, der nach wie vor den anonymen grauen Mantel eines leitenden Funktionärs trug. Der Offizier zögerte kurz vor der Tür, als sei er angesichts der Besucher verwirrt, zuckte schließlich aber die Achseln.

»Bringen Sie ihn dazu, daß er ißt«, sagte er und trat beiseite. »Ich kann dafür sorgen, daß der Spinner nicht abhaut«, fuhr er fort, während er die schwere Metalltür zum Zellenblock aufschloß. »Aber ich kann nicht verhindern, daß er sich zu Tode hungert. Falls er zu schwach wird, schieben wir ihm einen Schlauch in den Magen. Er muß bei Kräften bleiben.«

Klingt ganz nach jemandem, der den Ablauf der Volksgerichtsprozesse gewöhnt ist, dachte Shan. Von dem Angeklagten wurde erwartet, daß er mit reumütig gesenktem Kopf vor dem Tribunal stand. Die außerordentliche Dramatik der Verhandlung eines Kapitalverbrechens wurde stets noch erhöht, wenn der Angeklagte physische Stärke bewies, weil der Wille des Volkes ihn dann noch deutlicher brechen konnte.

Der feuchte Korridor stank nach Urin und Schimmel. Zu beiden Seiten befanden sich Zellen, die durch Betonwände voneinander getrennt wurden. Das einzige Licht stammte von trüben Glühlampen, die entlang der Mitte des Gangs hingen. Als Shans Augen sich an das Halbdunkel gewöhnt hatten, erkannte er, daß die Zellen, abgesehen von Metalleimern und Strohsäcken, leer waren. Am Ende des Korridors stand ein kleiner metallener Schreibtisch, an dem eine zusammengesunkene schlafende Gestalt saß, deren Stuhl an der Wand lehnte.

Der Offizier stieß mit schneidender Stimme eine einzelne Silbe hervor, woraufhin der Mann hastig aufsprang und fahrig salutierte. »Der Unteroffizier wird sich um Ihre Wünsche kümmern«, sagte der Offizier und machte kehrt. »Falls Sie weitere Männer benötigen, stehen meine Wachen zu Ihrer Verfügung.«

Shan schaute ihm verwirrt hinterher. Weitere Männer? Der Unteroffizier nahm umständlich einen Schlüssel vom Gürtel und öffnete ein großes Schubfach des Schreibtisches. Er winkte einladend. »Bevorzugen Sie eine bestimmte Technik?«

»Technik?« fragte Shan beunruhigt.

Das Schubfach enthielt neben einem Haufen schmutziger Lumpen sechs Gegenstände: Ein Paar Handschellen. Einige zehn Zentimeter lange Bambussplitter. Eine große Klemmschraube, die problemlos um das Fußgelenk oder die Hand eines Mannes passen würde. Ein Stück Gummischlauch. Einen Zimmermannshammer. Eine Spitzzange aus rostfreiem Stahl. Und den Lieblings-Westimport des Büros, einen elektrischen Viehtreiber.

Shan kämpfte gegen den Brechreiz an, den er plötzlich verspürte. »Öffnen Sie uns lediglich die Zellentür.« Er schob das Schubfach zu. Yeshes Gesicht hatte sämtliche Farbe verloren.

Der Unteroffizier und Feng warfen sich belustigte Blicke zu. »Ihr erster Besuch, richtig? Sie werden schon sehen«, sagte der Unteroffizier zuversichtlich und öffnete die Tür. Feng setzte sich auf die Tischkante und fragte den Wachposten nach einer Zigarette. Shan und Yeshe traten in die Zelle.

Der Raum war für mehrere Gefangene gedacht. Auf dem Boden lagen sechs Strohsäcke, und entlang der linken Wand stand eine Reihe von Eimern, von denen einer ein paar Zentimeter hoch mit Wasser gefüllt war. Ein weiterer Eimer war umgedreht aufgestellt und diente als Tisch. Auf ihm standen zwei kleine Blechschalen mit Reis. Der Reis war kalt und offenbar nicht angerührt worden.

Die hintere Wand der Zelle lag im tiefen Schatten. Shan versuchte, das Gesicht des Mannes zu erkennen, der dort saß, bis er bemerkte, daß der Häftling zur Wand schaute. Shan rief nach mehr Licht. Der Wachposten brachte eine batteriebetriebene Taschenlampe, die Shan auf einen umgestülpten Eimer legte.

Der Gefangene Sungpo saß im Lotussitz. Er hatte die Ärmel seines Sträflingskittels abgerissen und daraus ein *gomthag*-Band angefertigt, das um seine Knie und den Rücken geknotet war. Dabei handelte es sich um ein traditionelles Hilfsmittel bei längeren Meditationen, mit dem ein erschöpftes Umkippen des Körpers vermieden werden sollte, solange der Geist sich anderswo befand. Sein Blick schien auf einen Punkt jenseits der Wand gerichtet zu sein, und seine Hände lagen vor seiner Brust aneinander.

Shan setzte sich mit dem Rücken zur Wand, so daß er den Mann ansah, verschränkte die Beine und bedeutete Yeshe, es ihm gleichzutun. Einige Minuten lang harrte er schweigend aus, weil er hoffte, daß der Mann zuerst das Wort ergreifen würde.

»Man nennt mich Shan Tao Yun«, sagte er schließlich. »Ich wurde beauftragt, die Fakten über Ihren Fall zusammenzustellen.«

»Er kann Sie nicht hören«, sagte Yeshe.

Shan rückte bis auf wenige Zentimeter an den Mann heran. »Es tut mir leid. Wir müssen reden. Man wirft Ihnen einen Mord vor.« Er berührte Sungpo, der blinzelte und sich in der Zelle umschaute. Sein tiefgründiger und intelligenter Blick ließ keine Angst erkennen. Er rückte herum, so daß er nun die angrenzende Wand ansah, so wie ein Schlafender sich nachts in seinem Bett umdrehen würde.

»Sie stammen aus Saskya *gompa*«, sagte Shan und veränderte ebenfalls seine Position, bis er sich wieder gegenüber dem Mann befand. »Hat man Sie dort verhaftet?«

Sungpo verschränkte die Hände vor dem Bauch und legte dann die Mittelfinger aneinander. Shan erkannte das Symbol. Der Diamant des Verstands.

»Ai yi!« keuchte Yeshe.

»Was versucht er zu sagen?«

»Gar nichts. Und er wird auch nichts sagen. Diesen Mann hat man verhaftet? Das ergibt keinen Sinn. Er ist ein *tsampsa*«, sagte Yeshe resigniert. Er stand auf und ging zur Tür.

»Er hat ein Gelübde abgelegt?«

»Er ist in Klausur gegangen und braucht völlige Abgeschiedenheit. Er wird keinesfalls zulassen, daß man ihn stört.«

Shan drehte sich verwirrt zu Yeshe um. Es mußte sich um einen überaus schlechten Scherz handeln. »Aber wir müssen mit ihm reden.«

Yeshe stand zum Korridor gewandt. Ein neuer Ausdruck lag auf seinem Gesicht. War es Verlegenheit, überlegte Shan, oder sogar Angst? »Unmöglich«, sagte Yeshe nervös. »Es ist ein Verstoß.«

»Gegen sein Gelübde?«

»Nicht nur gegen seines«, flüsterte Yeshe.

Plötzlich verstand Shan. »Sie sprechen von sich selbst.« Zum erstenmal gab Yeshe ihm gegenüber die religiösen Verpflichtungen zu, die er als Jüngling eingegangen war.

Shan legte eine Hand auf Sungpos Bein. »Können Sie mich hören? Sie werden des Mordes beschuldigt. In zehn Tages überstellt man Sie an ein Gericht. Sie müssen mit mir reden.«

Auf einmal war Yeshe wieder neben ihm und zerrte ihn weg. »Sie verstehen es nicht. Es ist sein Gelübde.«

Shan dachte, er wäre auf alles vorbereitet gewesen. »Wegen seiner Verhaftung? Aus Protest?«

»Natürlich nicht. Damit hat es nichts zu tun. Schauen Sie

sich seine Akte an. Er wurde bestimmt nicht direkt im *gompa* festgenommen.«

»Nein«, bestätigte Shan, der den entsprechenden Bericht gelesen hatte. »Es war eine kleine Hütte, ungefähr anderthalb Kilometer oberhalb des *gompa*.«

»Ein *tsam khan*. Eine besondere Art Obdach. Zwei Zimmer. Für Sungpo und einen Begleiter. Man hat ihn aus seinem tsam khan geholt. Ich weiß nicht, wie weit er ist.«

»Wie weit?«

»In seinem Zyklus. Das Kloster Saskya ist orthodox. Man folgt dort den alten Regeln. Drei, drei, drei wäre der übliche Zyklus.«

Shan ließ sich zur Tür der Zelle ziehen. »Drei?«

»Der kanonische Zyklus. Absolutes Stillschweigen für drei Jahre, drei Monate und drei Tage.«

»Er spricht mit niemandem?«

Yeshe zuckte die Achseln. »Jedes Kloster folgt einem eigenen Protokoll. Manchmal ist vorgesehen, daß der Abt oder ein anderer hochverehrter Lama mit einem *tsampsa* kommunizieren darf.«

Inzwischen schaute Sungpo wieder auf einen Punkt jenseits der Mauern. Shan war sich nicht sicher, ob der vermeintliche Mörder sie überhaupt gesehen hatte.

Kapitel Sechs

Während man die südlichen Klauen des Drachen noch nicht bezwungen hatte, wurden ihre nördlichen Gegenstücke bereits von einer holprigen Schotterstraße im Zaum gehalten, die entlang ihrer Grenzen verlief. Gereizt lenkte Sergeant Feng den Wagen über diese Strecke und fluchte laut über jeden der Felsen, die gelegentlich den Weg versperrten. Immer wieder legte er Pausen ein und grübelte über der Landkarte, obwohl er ihre Route vor dem Aufbruch mit einem roten Stift markiert hatte, als müßte er eine Militärkolonne an ihr Ziel lotsen. Anfangs hatte er befohlen, daß Yeshe mit der Karte zwischen ihm und

Shan sitzen würde, aber nach fünfzehn Kilometern hielt er an und ließ die beiden aussteigen. Er musterte nachdenklich die Sitzbank, als würden sich zahlreiche verwirrende Alternativen eröffnen. Dann hellte sich sein Gesicht auf. Mit zufriedenem Grunzen schnallte er sein Pistolenholster von der rechten auf die linke Hüfte und ließ Shan in der Mitte Platz nehmen.

Shan sog die Karte gierig in sich auf. Er hatte das Tal während der letzten drei Jahre nur wenige Male verlassen und sich dabei stets in einem geschlossenen Gefangenentransporter befunden, so daß er einzelne Stücke der umliegenden Geographie nur völlig zusammenhanglos zu Gesicht bekam, als wären es Teile eines unerklärten Puzzles. Jetzt setzte er die Teile schnell zusammen. Er fand die Baustelle auf der Südklaue, wo Jao ermordet worden war, dann die Höhle, in der man den Kopf abgelegt hatte. Schließlich vollzog er ihren Weg durch die Berge nach, der zunächst um einen Gebirgskamm herumführte, bis sie beinahe die tiefe Schlucht erreichten, die Nord- und Südklauen voneinander trennte. Dann ging es im großen Bogen nach Westen weiter und um einen weiteren Kamm herum, bis sie letztendlich ein kleines Hochplateau erreichen würden, das auf der Karte mit einem handgeschriebenen Eintrag in schwarzer Tinte versehen war. *Mei guo ren* stand dort lediglich zu lesen. Amerikaner.

Als Feng den Wagen anhielt, um abermals Felsen aus dem Weg zu räumen, erkannte Shan, daß sie sich am Rand der zentralen Schlucht befanden, die bei den Tibetern als Drachenschlund bekannt war. Einige Jahrhunderte zuvor war von dieser Stelle aus ein Steinschlag in den Schlund gerutscht und hatte eine schmale Lücke hinterlassen, die sich der Schlucht entgegenneigte und einen guten Ausblick auf die Südklaue bot. Auf der Karte gab es an diesem Punkt ein kleines Symbol – drei Punkte, die ein Dreieck bildeten. Ruinen. Das war ein allumfassender Begriff. Er konnte einen Friedhof bedeuten, ein Kloster einen Schrein oder eine Schule. Ein Pfad führte den kurzen Abhang des Steinschlags empor und verschwand in Richtung des Abgrunds. Shan half Feng mit den Felsen, hielt dann kurz inne und lief den Pfad hinauf.

Die Ruine war eine Brücke, eine jener aufsehenerregenden Seilkonstruktionen, die in einem früheren Jahrhundert von Ingenieuren der Mönche mit dem Ziel errichtet worden waren, die Pilgerpfade begehbar zu machen. Sie war arg mitgenommen, aber nicht zerstört. Der Pfad, der zur Brücke und auf der anderen Seite von ihr wegführte, schien häufig benutzt zu werden. In mehr als einem Kilometer Entfernung entdeckte Shan einen kleinen roten Fleck, der sich deutlich von dem trockenen Heidekraut des steilen Hangs abhob.

»Wir dürften in ungefähr dreißig Minuten da sein«, sagte Feng, als Shan zum Wagen zurückkehrte. Er ließ den Motor an und protestierte lautstark, weil Shan ein Fernglas von der Rückbank nahm und wieder den Pfad hinaufstieg.

Er versuchte noch immer, den roten Fleck ins Visier zu bekommen, als Yeshe neben ihm sagte: »Ein Pilger.«

Shan erkannte sofort, daß Yeshe recht hatte. Obwohl die Entfernung zu groß war, glaubte er beinahe hören zu können, wie die hölzernen Hand- und Knieblöcke auf den Boden schlugen, wenn der Mann niederkniete, sich demütig in den Staub warf und mit der Stirn die Erde berührte. Alle frommen Buddhisten versuchten im Lauf ihres Lebens, zu jedem der fünf heiligen Berge zu pilgern. Wenn sie auf ihrem Weg an der 404ten vorbeikamen, durchbrachen die Häftlinge die Disziplin und riefen ihnen kurze Ermutigungen oder eine Zeile aus einem Gebet zu. Manchmal nahm ein Mann oder eine Frau sich für eine solche Pilgerreise ein ganzes Jahr Zeit. Mit dem Bus dauerte die Fahrt von Lhasa zum heiligsten Gipfel, dem Kailas, etwa zwölf Stunden. Der im Staube liegende Pilger benötigte bis zu vier Monate.

Sergeant Feng tauchte auf. »Die Amerikaner! Wir sollen doch zu den Amerikanern fahren.«

»Ich gehe über die Schlucht bis zu dem Gebirgskamm auf der anderen Seite«, sagte Shan.

Feng hob die Hand zur Stirn, als verspüre er plötzlich große Schmerzen. »Du kannst da nicht rüber«, knurrte er. Er nahm die Karte und grinste. »Schau doch selbst nach. Die Brücke existiert gar nicht.« Vor einigen Jahren hatte Peking alle alten

Hängebrücken von den Karten getilgt. Die meisten waren von der Volksluftwaffe bombardiert worden, weil sie das Fortkommen der Widerstandskämpfer erleichterten.

»Gut«, sagte Shan. »Dann werde ich jetzt diese imaginäre Brücke überqueren. Sie können solange hier warten und sich vorstellen, ich würde dicht neben Ihnen stehen.«

Fengs rundes Gesicht umwölkte sich. »Hiervon hat der Oberst nichts gesagt«, murmelte er.

»Und Ihre Aufgabe besteht darin, mir bei den Ermittlungen behilflich zu sein.«

»Meine Aufgabe besteht darin, einen Sträfling zu bewachen.«

»Dann lassen Sie uns umkehren. Wir werden Oberst Tan bitten, seine Befehle zu erläutern. Sicherlich hat der Oberst vollstes Verständnis dafür, wenn ein Soldat einen Befehl nicht versteht.«

Sergeant Feng schaute verwirrt zurück zum Wagen. Yeshe hingegen wirkte äußerst ungeduldig. Er machte einen Schritt auf das Fahrzeug zu, als wolle er so schnell wie möglich weiterfahren. »Ich kenne den Oberst«, sagte der Sergeant verunsichert. »Wir haben schon lange Zeit vor Tibet zusammen gedient. Er hat meine Versetzung arrangiert, als ich darum bat, in seinen Bezirk zu kommen.«

»Hören Sie, Sergeant. Das hier ist keine militärische Übung, sondern eine Ermittlung. Ermittler entdecken und reagieren. Ich habe diese Brücke entdeckt, und jetzt werde ich darauf reagieren. Vom Kamm dieses Bergrückens aus kann man vermutlich die Baustelle der 404ten sehen. Ich muß wissen, ob es möglich wäre, dort hinunterzuklettern, was bedeuten würde, daß es außer der Straße noch eine andere Route gibt.«

Feng seufzte. Er überprüfte demonstrativ die Munition in seiner Pistole, schnallte den Gürtel enger und ging auf die Brücke zu. Yeshe wirkte sogar noch zögerlicher als Feng.

»Sie werden ihm niemals helfen können, das wissen Sie doch, oder?« sagte Yeshe zu Shans Rücken.

Shan drehte sich um. »Ihm helfen?«

»Sungpo. Ich weiß, was Sie denken. Sie glauben, Sie müßten ihm helfen.«

»Falls er schuldig ist, werden die Beweise den Vorwurf erhärten. Und falls er unschuldig ist, verdient er dann nicht unsere Hilfe?«

»Ihnen ist das egal, weil es Sie nicht stört, wenn Ihnen Schaden zugefügt wird. Aber Sie werden lediglich erreichen, daß auch wir anderen in Mitleidenschaft gezogen werden. Sie wissen, daß Sie niemanden retten können, der bereits formell beschuldigt wurde.«

»Wer versuchen Sie zu sein? Ein kleines Vögelchen, das dem Büro gern ein Liedchen trällern würde? Ist das Ihr Lebensinhalt?«

Yeshe starrte ihn aufgebracht an. »Ich versuche zu überleben«, sagte er steif. »Wie alle anderen auch.«

»Dann ist alles Verschwendung gewesen. Ihre Ausbildung. Ihre Zeit im Kloster. Ihre Haftstrafe.«

»Ich habe eine Anstellung. Ich werde die notwendigen Papiere erhalten und in die Stadt gehen. In der sozialistischen Ordnung gibt es für jeden einen Platz«, sagte er mit hohler Stimme.

»Für Leute wie Sie gibt es immer einen Platz. China ist voll davon«, erwiderte Shan und ging weiter.

Feng hatte die Brücke bereits erreicht und versuchte, sich seine Angst nicht anmerken zu lassen. »Das ist ... wir können doch nicht ...« Er beendete den Satz nicht, sondern starrte auf die ausgefransten Haltetaue, die fehlenden Trittbretter und das Schwanken der wackligen Konstruktion im Wind.

Direkt vor der Brücke befand sich ein mehr als mannshoher Felshaufen. »Ein Opfer«, sagte Shan. »Reisende müssen zuerst ein Opfer darbieten.« Er nahm einen Stein vom Abhang, legte ihn auf den Haufen und trat auf die Brücke. Feng schaute zur Straße, als wolle er sich vergewissern, daß keine Zeugen zugegen waren. Dann suchte er sich hastig einen eigenen Stein und legte ihn auf den Haufen.

Die Bretter knarrten. Das Seil ächzte. Der Wind fegte durch den Trichter des Schlunds. Neunzig Meter unter ihnen floß ein schmales Rinnsal zwischen den zerklüfteten Felsen hindurch. Shan mußte sich zu jedem einzelnen Schritt zwingen und hatte große Mühe, die ängstlich verkrampften Hände von den Führungsseilen zu lösen und sich neuen Halt zu suchen.

In der Mitte blieb er stehen und stellte überrascht fest, daß man von hier aus eine gute Sicht auf Tans stolze Errungenschaft hatte, die neue Straßenbrücke, die sich am Übergang vom Schlund zum Tal befand. Der Wind zerrte an Shans Kleidung und versetzte die Brücke in Bewegung, so daß sie beunruhigend zu schaukeln begann. Er drehte sich um. Feng rief ihm etwas zu, doch seine Worte gingen im Wind unter. Er bedeutete Shan, nicht stehenzubleiben, denn er zweifelte, daß die Brücke das Gewicht von zwei Männern auf Dauer aushalten würde. Yeshe stand dort, wo Shan ihn zurückgelassen hatte, und starrte in den Abgrund.

Auf der anderen Seite der Schlucht stiegen sie zwanzig Minuten lang den steilen Abhang hinauf. Shan ging voran, und Sergeant Feng, der älter und weitaus schwerer war, kam nur mit Mühe hinterher. Schließlich rief der Sergeant eine Warnung. Als Shan sich umdrehte, hatte Feng die Pistole gezogen. »Falls du wegläufst, werde ich dich jagen«, schnaufte der Sergeant. »Alle werden dich jagen.« Er richtete die Waffe auf Shan, senkte sie aber sogleich wieder mit bestürztem Blick, als hätte die Bewegung ihn erschreckt. »Sie werden deine Tätowierung zurückbringen«, sagte er zwischen den keuchenden Atemzügen. »Mehr brauchen sie nicht. Nur die Tätowierung.« Er wirkte völlig unentschlossen. Dann winkte er mit der Pistole. »Komm her.«

Shan ging langsam auf ihn zu und wußte nicht, was ihn erwarten würde.

Feng nahm ihm das Fernglas ab und machte sich auf den Rückweg.

Shan ließ den Blick über den langgestreckten Hang des Bergrückens Richtung Süden schweifen. Der rote Fleck, der einen Pilger darstellte, war fast außer Sichtweite. Jenseits des oberhalb von Shan gelegenen Kamms befand sich die 404te. Er kletterte weiter. Als er den Grat erreicht hatte, fühlte er sich plötzlich überraschend heiter. Das Gefühl war so ungewohnt, daß er sich auf einen Felsen setzte, um darüber nachzudenken. Es war nicht nur die Befriedigung darüber, daß er einen weiteren Weg zur Baustelle gefunden hatte, die er nun unterhalb vor sich sah. Es war nicht nur der ehrfurchtgebietende Ausblick wie vom Dach der Welt, der sich so weit erstreckte, daß Shan in mehr als hundertfünfzig Kilometern Entfernung den weiß schimmernden Gipfel des Chomolungma erspähen konnte, des höchsten Bergs im Himalaja. Es war die Klarheit.

Einen Moment lang schien er nicht nur die Kammlinie erreicht, sondern eine neue Dimension betreten zu haben. Der Himmel war nicht einfach bloß klar, sondern wie eine Linse, die alles größer und detaillierter als zuvor wirken ließ. Die Unordnung in seinem Geist schien vom Wind weggeblasen worden zu sein. Er berührte die Stelle an seinem Hinterkopf, an der man ihm die Haarlocke abgeschnitten hatte. Choje hätte gesagt, er erstürme die Tore der Buddhaschaft.

Und dann begriff er es: Es ging nur um den Berg. Man hätte Jao überall umbringen können, erst recht irgendwo entlang der abgelegenen Straße zum Flughafen. Doch man hatte ihn zur Südklaue gelockt, und zwar weil jemand wollte, daß ein *jungpo* den Berg beschützen würde. Jemand wollte den Bau der Straße verhindern. Viele Leute hatten ein Motiv für den Mord an Jao. Aber wer hatte Veranlassung, den Berg zu retten? Oder die Immigranten aufzuhalten, die sich im dahinter liegenden Tal niederlassen würden? Jao hatte sich in Begleitung von jemandem befunden, den er kannte und dem er vertraute. Diejenigen, die er kannte und denen er vertraute, wären aber am Bau und nicht an der Verhinderung von Straßen interessiert. Dem Mord haftete eine gewisse ungestüme Leidenschaft an, und doch hatte der Täter alles sorgfältig geplant. Es sah fast so aus, als gäbe es zwei Verbrechen, zwei Motive und zwei Mörder.

Shan fuhr mit den Fingern über die Schwielen an seinen Händen. Sie wurden bereits weich, schon nach so wenigen Tagen. Sein Blick richtete sich wieder auf die 404te. Die Gefangenen befanden sich auf dem Hang, und unterhalb von ihnen, am Ende der Brücke, hatte sich etwas verändert. Dort ragten drohend zwei riesige graue Panzer auf, neben denen die Mannschaftswagen der Kriecher standen. Die Häftlinge arbeiteten nicht. Sie warteten. Die Kriecher warteten ebenfalls. Rinpoche wartete. Sungpo wartete. Und jetzt wartete auch er selbst. Alles wegen des Bergs.

Aber Shan konnte nicht warten. Falls er nur abwartete, würde Sungpo von Tan vernichtet werden. Und die 404te würde den Kriechern zum Opfer fallen.

Er folgte dem Kamm zurück bis zur Abbruchkante am Drachenschlund. Aber die Felswand war nicht völlig senkrecht. Ein steiler schmaler Pfad, ein Ziegenpfad, führte in einer Reihe von Serpentinen bis zu einem Haufen Felsplatten neunzig Meter unter Shan. Langsam, denn ein Fehltritt würde einen tödlichen Sturz bedeuten, folgte er dem Pfad zu den Felsen. Sie waren vom Berg herabgefallen und hatten sich auf einem kleinen Vorsprung gesammelt, so daß eine windgeschützte Stelle entstanden war.

Shan trat hinaus auf eine große flache Platte und stellte fest, daß er genau auf die neue Drachenschlundbrücke schaute. Er war so nah dran, daß er nicht nur die laufenden Dieselmotoren der Panzer, sondern sogar vereinzelte Gesprächsfetzen der Wachen vom Abhang hören konnte.

Aus Angst, gesehen zu werden, wollte er wieder zurückweichen, als er plötzlich Kreidemarkierungen auf dem Felsen bemerkte. Es handelte sich um tibetische Schriftzeichen und buddhistische Symbole, obwohl er noch nie etwas Vergleichbares gesehen hatte. Er fertigte auf seinem Block eine Zeichnung davon an und trat zwischen zwei Platten, die so gefallen waren, daß sie ein umgekehrtes V und damit ein Dach bildeten. Er erstarrte. Im hinteren Teil des Unterschlupfes hatte man ein kreisförmiges Bild auf den Stein gemalt, ein kompliziertes Mandala, dessen Erstellung viele Stunden gedauert haben mußte. Davor stand eine Reihe kleiner Keramiktöpfe, wie man sie für Butterlampen benutzte. Sie waren alle zerbrochen. Aber sie waren nicht etwa zufällig kaputtgegangen. Man hatte sie in einer Reihe aufgestellt und dann nacheinander zertrümmert, wie bei einem Ritual.

Shan musterte erneut die Kreidezeichen. War der Pilger hiergewesen? Hatte der Pilger die 404te beobachtet? Er stieg wieder zum Kamm hinauf, weil er hoffte, einen weiteren Blick auf das rote Gewand zu erhaschen, aber der Pilger war nicht mehr zu sehen. Shan folgte dem Hang in südlicher Richtung und hielt nach Anzeichen Ausschau, die ihm verraten würden, welchen Weg der Pilger genommen hatte. Es gab noch einen weiteren Ziegenpfad, aber nichts, das auf Menschen oder einen Dämon schließen ließ.

Er hielt auf einen Felsvorsprung zu, der aus der Seite des Kamms ragte, und beschloß, daß er zu Feng und Yeshe zurückkehren würde, sobald er den Vorsprung erreicht hatte. Doch als er bei der großen Felsformation ankam, hörte er ein Blöken, das ihn weitergehen ließ. Hinter den Felsen befand sich an windgeschützter Stelle ein Teich. Eine kleine Schafherde lag am Rand des Wassers und genoß die Wärme. Die Tiere schauten ihm entgegen, wichen jedoch nicht zurück, als er sich näherte. Shan hockte sich am Wasser nieder und wusch sich das Gesicht. Dann legte er sich rücklings auf einen flachen Felsen, der die Sonnenhitze gespeichert hatte.

Ohne den Wind war die Sonne verführerisch. Einige Minuten lang schaute Shan den Tieren zu, nahm dann aus einer Laune heraus eine Handvoll Kiesel vom Boden neben dem Felsen und begann, die Steine abzuzählen. Das war ein Trick, den sein Vater ihn gelehrt hatte. Lege immer sechs Steine beiseite, und die Anzahl die am Ende übrigbleibt, würde als unterste Ziffer des Tetragramms dienen, mit dessen Hilfe das Tao-te-king befragt wurde. Nach der ersten Runde hatte er noch vier Steine in der Hand, was einer durchbrochenen Linie aus zwei Segmenten entsprach. Nach drei weiteren Durchläufen hatte Shan ein Tetragramm aufgebaut, das aus zwei durchgehenden Linien über einer doppelt geteilten und eine einfach durchbrochenen Linie bestand. Im Tao-Ritual bedeutete dies Kapitel acht.

Am besten ist es, wie das Wasser zu sein. Der Wert des Wassers liegt darin, zu nähren ohne zu streben.

Er sprach die Worte laut und mit geschlossenen Augen.

Es bleibt an Orten, die andere verachten, und ist daher dem Gang der Dinge nah.

So hatte er es von seinem Vater gelernt. Sie benutzten Steine oder Reiskörner, schlossen dann die Augen und sprachen die Verse.

Shan ließ seinen Vater vor dem geistigen Auge erscheinen. Sie waren allein, nur sie beide, in dem geheimen Tempel in Peking, der ihnen durch so viele schwierige Jahre geholfen hatte. Sein Herz hüpfte vor Freude. Zum erstenmal seit mehr als zwei Jahren konnte er die Stimme seines Vaters hören, wie sie die Verse nachsprach. Die Stimme war noch immer da, nicht verloren, wie er befürchtet hatte, und wartete in einer entlegenen Ecke seines Verstands auf einen solchen Moment. Er roch den Ingwer, den sein Vater stets bei sich hatte. Falls er die Augen aufschlug, würde er dieses heitere Lächeln sehen, das dank des Stiefels eines Rotgardisten auf ewig schief bleiben würde. Shan lag regungslos da und erforschte ein fremdes Gefühl, von dem er beinahe glaubte, daß es Freude war.

Als er schließlich die Augen wieder öffnete, waren die Schafe verschwunden. Er hatte sie nicht gehen hören, und er konnte sie auf dem Abhang nicht entdecken. Mit friedlichem Gesichtsausdruck richtete er sich auf, drehte sich um und erstarrte. Auf einem Felssims über ihm saß eine kleine Gestalt, die in einen übergroßen Schaffellmantel gehüllt war und eine rote Wollmütze trug. Sie lächelte Shan überaus freundlich an.

Wie hatte der Mann sich so leise nähern können? Was hatte er mit den Schafen gemacht?

»Die Frühlingssonne ist am besten«, sagte die Gestalt mit einer Stimme, die stark, ruhig und hoch war. Das war kein Mann, sondern ein Junge, ein Jugendlicher.

Shan zuckte verunsichert die Achseln. »Deine Schafe sind verschwunden.«

Der Junge lachte. »Nein. Die Schafe glauben, daß ich verschwunden sei. Sie werden mich nachher schon finden. Wir halten sie nur deswegen, damit sie uns zu hochgelegenen Orten bringen. Eine Meditationstechnik, wenn man so will. Es ist jedesmal anders. Heute haben die Schafe mich zu dir geführt.«

»Eine Meditationstechnik?« fragte Shan, weil er nicht sicher war, ob er richtig gehört hatte.

»Du bist einer von ihnen, nicht war?« bemerkte der Junge auf einmal.

Shan wußte nicht, was er darauf antworten sollte.

»Han. Ein Chinese.« Es lag keinerlei Bosheit in den Worten des Jungen, nur Neugier. »Ich habe noch nie einen Chinesen gesehen.«

Shan starrte den Jungen verwirrt an. Sie befanden sich keine fünfundzwanzig Kilometer von der Bezirkshauptstadt entfernt. Bis zur nächsten Garnison der Volksbefreiungsarmee waren es rund dreißig Kilometer, und der Junge hatte noch nie einen Han-Chinesen zu Gesicht bekommen?

»Aber ich habe die Werke von Lao-tse studiert«, sagte der Junge und verfiel plötzlich in fließendes Mandarin.

Demnach war er die ganze Zeit hier gewesen. »Für jemanden, der noch nie einen Han gesehen hat, sprichst du sehr gut«, erwiderte Shan, ebenfalls auf Mandarin.

Der Junge schwang die Beine über die Kante. »Wir leben in einem Land der Lehrer«, stellte er sachlich fest. »Kapitel einundsiebzig«, sagte er und meinte damit wieder das Tao-te-king. »Kennst du die Einundsiebzig?«

»Wer weiß, daß er nicht weiß, ist weise«, rezitierte Shan. »Wer nicht um das Wissen weiß, ist leidend.« Nachdenklich betrachtete er den rätselhaften Jungen. Er sprach wie ein Mönch, war aber viel zu jung dafür. »Hast du es schon mal mit der Fünfundzwanzig versucht? Der Gang der Dinge bedeutet Fortschritt. Fortschritt bedeutet Ferne. Ferne bedeutet Rückkehr.«

Erneut leuchtete das Gesicht des Jungen freudig auf. Er wiederholte die Textstelle.

»Lebt deine Familie auf dem Berg?«

»Meine Schafe leben auf dem Berg«, erwiderte der Junge.

»Wer lebt auf dem Berg?« Shan ließ nicht locker.

»Die Schafe leben auf dem Berg«, wiederholte der Junge. Er nahm einen Kiesel auf. »Warum bist du gekommen?«

»Ich glaube, ich bin auf der Suche nach Tamdin.«

Der Junge nickte, als habe er mit dieser Antwort gerechnet. »Wenn er erweckt wird, müssen die Unreinen sich fürchten.«

Shan bemerkte eine Gebetskette an seinem Handgelenk, ein sehr altes Stück, das aus Sandelholz geschnitzt war.

»Wirst du in der Lage sein, Tamdin offen anzusehen, wenn du ihn findest?« fragte der Junge.

Shan schluckte und sah den merkwürdigen Jungen grübelnd an. Das schien die weiseste Frage zu sein, die man gegenwärtig stellen konnte. »Ich weiß es nicht. Was glaubst du?«

Das heitere Lächeln legte sich wieder auf das Gesicht des Jungen. »Das Geräusch des Wassers ist es, was ich glaube«, sagte er und warf den Kiesel in die Mitte des Teiches.

Shan sah den Kreisen zu, die über die Oberfläche des Wassers liefen. Dann wandte er sich zur Seite. Der Junge war verschwunden.

Als Shan zurückkehrte, lehnte Feng schlafend an dem Felshaufen. Yeshe saß am Rand der Brücke, keine zwei Meter von der Stelle entfernt, an der Shan ihn zurückgelassen hatte. Der Groll war aus seiner Miene verschwunden.

»Haben Sie irgendwelche Geister gesehen?« fragte er Shan.

Shan schaute zurück auf den Abhang. »Ich weiß es nicht.«

Nachdem Sergeant Feng den letzten Bergkamm hinter sich gelassen hatte und den Weg hinunter zum Plateau einschlagen wollte, hielt er den Wagen an, um sich anhand der Karte zu vergewissern. »Hier sollte doch eine Mine sein«, murmelte er. »Von einer Fischzucht hat niemand was gesagt.«

Unter ihnen erstreckten sich über eine weite Fläche zahlreiche künstlich angelegte Seen, so daß quer über die gesamte Hochebene ein großes ordentliches Rechteck neben dem anderen lag. Verwirrt musterte Shan die Szenerie. Am Ende der Straße befanden sich drei langgestreckte niedrige Gebäude, die in einer Reihe vor den Teichen angeordnet waren.

Auf dem Gelände herrschte keinerlei Aktivität, aber vor den Gebäuden stand ein Militärlaster. Tan hatte seine Pioniere geschickt. Vor dem Eingang des mittleren Hauses standen ein Dutzend Männer in grünen Uniformen und hörten jemandem zu, der auf den Stufen saß.

Niemand achtete auf Shan und Yeshe, als sie ausstiegen, aber sobald Sergeant Feng sich blicken ließ, kam Bewegung in die Soldaten. Sie zerstreuten sich eilig und mieden sorgfältig jeden Blickkontakt mit den Besuchern. Nun konnte man erkennen, wer dort mit einem Klemmbrett in der Hand auf der Treppe saß. Es war die amerikanische Leiterin der Mine, Rebecca Fowler. Warum, fragte Shan sich plötzlich, schickte Tan seine Pioniere, wenn doch das Ministerium für Geologie die Betriebserlaubnis der Mine außer Kraft gesetzt hatte?

Die Begrüßung der Amerikanerin bestand aus einem Stirnrunzeln. »Das Büro des Oberst hat angerufen. Es hieß, Sie wollten mit uns sprechen«, sagte sie langsam und präzise auf Mandarin. Sie stand auf und verschränkte die Arme, so daß das Klemmbrett an ihre Brust gedrückt wurde. »Aber ich weiß nicht, wie ich meinem Team Ihre Anwesenheit erklären soll. Er hat das Wort inoffiziell benutzt.«

»Theoretisch ist dies eine Untersuchung für das Justizministerium.«

»Aber Sie sind kein Angehöriger des Ministeriums.«

»In China ist es eine Art Kunstform, sich mit der Regierung auseinanderzusetzen«, entgegnete Shan.

»Er hat gesagt, es gehe um Jao. Aber er würde das gern geheimhalten. Eine theoretische Untersuchung. Theoretisch und geheim«, sagte sie mit einem herausfordernden Funkeln im Blick.

»Ein Mönch wurde verhaftet. Da gibt es nicht mehr viel geheimzuhalten.«

»Dann ist der Fall also geklärt.«

»Das hängt von der späteren Beweislage ab.«

»Ein Mönch wurde ohne Beweise verhaftet? Sie meinen, er hat ein Geständnis abgelegt?«

»Nicht unbedingt.«

Die Amerikanerin warf wütend die Arme empor. »Genau wie bei meinen Arbeitspapieren. Ich habe von Kalifornien aus den Antrag gestellt. Man hat mir gesagt, man könne keine Arbeitspapiere ausstellen, weil ich ja noch gar nicht hier arbeiten würde. Also habe ich geschrieben, daß ich kommen und den Antrag vor Ort stellen würde. Die Antwort lautete, ich dürfe ohne Arbeitspapiere nicht einreisen.«

»Sie hätten sagen sollen, das Geld für Ihr Projekt würde erst dann überwiesen werden, wenn Sie vor Ort den Empfang bestätigen könnten.«

Fowler schnitt eine Grimasse. »Mir ist etwas Besseres eingefallen. Nachdem ich drei Monate lang Faxe geschickt hatte, bin ich als Mitglied einer japanischen Reisegruppe nach Lhasa gefahren. Per Anhalter auf einem Lastwagen ging es dann weiter bis zu Jaos Büro. Dort habe ich ihn gebeten, mich zu verhaften. Weil ich nämlich ansonsten anfangen würde, das einzige ausländische Investitionsprojekt des Landes ohne meine Arbeitspapiere zu leiten.«

»So haben Sie ihn kennengelernt?«

Sie nickte. »Jao hat eine Weile darüber nachgedacht und ist dann in Gelächter ausgebrochen. Innerhalb von zwei Stunden hat er mir die Papiere besorgt.« Sie wies auf die Tür und ging voran in einen großen offenen Raum, in dem mehrere Schreibtische zu zwei großen Quadraten angeordnet waren. An einigen der Tische saßen Tibeter in weißen Hemden. Die meisten der Männer verließen sofort den Raum, als sie die Besucher sahen.

Fowler blieb neben der Tür eines angrenzenden Konferenzzimmers stehen, doch Shan ging zu einem der Schreibtische. Der Tisch war mit seltsamen Landkarten bedeckt, die leuchtend bunt waren und keinerlei Grenzlinien aufwiesen. Shan hatte dergleichen noch nie zu Gesicht bekommen.

Fowler trat an seine Seite und warf eine Zeitung auf die Karten. Einer der Büroangestellten rief, daß im Konferenzraum Tee bereitstehen würde. Yeshe und Feng folgten dem Mann hinein.

Shan blieb bei den Schreibtischen zurück. Er entdeckte Fotos von buddhistischen Artefakten, kleinen Götterstatuen, Gebetsmühlen, Zeremonienhörnern und zarten *thangka*-Bildern, die auf Seidenrollen gemalt waren. Jeder der Gegenstände wurde von einem anonymen Arm vor den Sucher der Kamera gehalten. Gesichter waren nicht zu sehen. »Ich bin verwirrt. Sind Sie nun Geologin oder Archäologin?«

»Die Vereinten Nationen nehmen Bestandsaufnahmen der

Altertümer vor, die es wert sind, erhalten zu werden. Sie sind Teil des Menschheitserbes und gehören keiner politischen Partei.«

»Aber Sie arbeiten nicht für die Vereinten Nationen.«

»Meinen Sie denn nicht, daß es Dinge gibt, die alle Menschen gemeinsam haben?« fragte sie.

»Ich fürchte, ja.«

Rebecca Fowler musterte ihn unsicher und ging dann Tee holen. Shan schlenderte um das Quadrat aus Tischen herum. Am Rand des Raums lagen zwei Büros, die man durch gläserne Trennwände abgeteilt hatte. Auf einer der Türen stand PROJEKTLEITUNG, auf der anderen CHEFINGENIEUR. In Fowlers Büro lagen zahlreiche Akten und noch mehr dieser eigentümlichen Karten herum. An den Wänden des anderen Zimmers hingen Fotos mit tibetischen Motiven – kunstvolle Schnappschüsse von Kindern, Tempelruinen und windgepeitschten Gebetsfahnen. Vor einer der Wände stand ein Regal voller englischsprachiger Bücher über Tibet.

An der Wand vor Fowlers Büro hing ein Gruppenfoto, auf dem ein Dutzend ausgelassener Männer und Frauen zu sehen war. Shan erkannte Fowler, dann den blonden Amerikaner mit der metallgerahmten Brille, den stellvertretenden Ankläger Li sowie den leitenden Ankläger Jao.

»Die feierliche Einweihung dieses Gebäudes«, erklärte Fowler und reichte ihm einen Becher Tee. »Als die Anlage offiziell eröffnet wurde.«

Shan wies auf eine attraktive junge Chinesin, die strahlend lächelte. »Miss Lihua«, sagte Fowler. »Jaos Sekretärin.«

»Was hatten Ankläger Jao und sein Stellvertreter mit Ihrer Arbeit zu tun?«

Fowler zuckte die Achseln. »Jao war eher so eine Art allgemeiner Beobachter. Alles, was mit der Aufsichtskommission zusammenhing, hat er an Li delegiert.«

»Sie haben hier Telefone«, bemerkte Shan und wies auf die Schreibtische. »Aber ich sehe keine Leitungen.«

»Das ist ein Satellitensystem«, erläuterte sie. »Wir müssen mit unserem Labor in Hongkong in Kontakt bleiben. Und zweimal pro Woche sprechen wir mit unserer Zentrale in Kalifornien.«

»Auch mit dem UN-Büro in Lhasa?«

»Nein. Es handelt sich um ein internes System, das nur für ganz bestimmte Empfangsstationen innerhalb unserer Gesellschaft zugelassen wurde.«

»Nicht mal Lhadrung?«

Fowler schüttelte den Kopf. »Eine Verbindung nach Kalifornien steht innerhalb von sechzig Sekunden. Wenn ich jemanden in Lhadrung erreichen will, bedeutet das fünfundvierzig Minuten Fahrt. Ihr Land«, sagte sie, ohne zu lächeln, »ist ein einziges Paradoxon.«

»Als würde man amerikanischen Süßstoff in den Buttertee rühren«, sagte Shan, der in diesem Moment einer Tibeterin in weißem Bürokittel dabei zusah, wie sie kleine rosafarbene Pillen in eine Schale des traditionellen milchigen Gebräus schüttete.

Es gab Anschlagtafeln mit Sicherheitsvorschriften auf chinesisch und englisch sowie Mitteilungen über Belegschaftsversammlungen. Am anderen Ende des Raums befand sich eine geschlossene rote Tür, auf der ein Schild unbefugten Zutritt untersagte.

»Befindet sich das amerikanische Personal schon lange hier, Miss Fowler?« fragte Shan.

»Nur ich und Tyler Kincaid. Seit achtzehn Monaten.«

»Kincaid?«

»Mein Chefingenieur. Eine Art stellvertretender Leiter.« Sie warf Shan einen bedeutungsvollen Blick zu, den er dahingehend verstand, daß er Kincaid zusammen mit ihr bei der Höhle gesehen hatte. Der fröhliche Amerikaner, der »Home on the Range« gespielt hatte, um Oberst Tan eins auszuwischen; der Mann auf dem Foto der Gebäude-Einweihung.

»Keine anderen Westler? Was ist mit Besuchern aus Ihrer Firma?«

»Keine. Die Gegend ist viel zu abgelegen. Nur Jansen vom Büro der Vereinten Nationen in Lhasa. Ab übernächster Woche wird das alles anders.«

»Sie meinen die amerikanischen Touristen.«

»Genau. Die Touristen sollen etwa zwei Stunden hier verbringen. Und danach werden wir zum regulären Besuchspunkt der Touristenrundfahrten. Ich schätze, wir werden ihnen die leeren Büros und Tanks zeigen, damit sie etwas über die chinesische Bürokratie lernen.«

Shan ging nicht darauf ein. »Die UN-Kommission für Altertümer. Was haben Sie damit zu tun?«

»Manchmal leihen die sich von uns einen Lastwagen oder ein paar Seile.«

»Seile?«

»Sie erforschen Höhlen und klettern auf Berge.«

»Nehmen sie auch Artefakte mit?«

Fowler erstarrte. »Sie registrieren Artefakte«, sagte sie mit finsterem Blick. »Ich schätze, man könnte mich als Angehörige des hiesigen Komitees bezeichnen.«

»Es gibt ein Komitee?«

Fowler reagierte nicht.

»Was ist mit den Schwierigkeiten? Ohne die Unterstützung der Regierung können Sie nicht arbeiten. Ihre Betriebserlaubnis.«

»Erinnern Sie mich bitte nicht daran.«

»Und dann die Erlaubnis, ein Satellitentelefon zu betreiben – das ist wirklich außergewöhnlich. Aber Sie stellen sich offen gegen die Bemühungen der Regierung ...«

Sergeant Feng tauchte neben Shan auf und stieß einen kurzen heiseren Laut aus, eine seiner Warnungen.

»... gegen die Bemühungen der Regierung, Artefakte zu beseitigen«, fuhr Shan auf englisch fort.

Rebecca Fowlers Augen blitzten überrascht auf. »Ihr Englisch ist gut«, antwortete sie in ihrer Muttersprache. »Wir befinden uns nicht in der Position, irgend etwas zu verhindern, das die Regierung tut. Wir sind lediglich der Überzeugung, daß Regierungen den Umgang mit kulturellen Errungenschaften nicht geheimhalten dürfen, vor allem, wenn Errungenschaften einer anderen Kultur betroffen sind. Die Kommission für Altertümer hilft beim Sammeln der Beweise.«

»Demnach haben Sie zwei Jobs?«

Feng stellte sich wütend zwischen sie, schien aber nicht sicher zu sein, was er tun sollte.

Fowler war fünfzehn Zentimeter größer als Feng. Sie sprach über seinen Kopf hinweg weiter, allerdings wieder auf Mandarin. »Wie steht's mit Ihnen, Inspektor? Wie viele Jobs hat ein inoffizieller Ermittler?«

Shan antwortete nicht.

Fowler zuckte die Achseln. »Ich bin Leiterin der Mine. Aber der Kommission gehört lediglich ein Ausländer an: Jansen, ein Finne. Er bittet andere Westler, die in entlegenen Gegenden arbeiten, ihm als Augen und Ohren zu dienen.«

»Ihr Komitee.«

Fowler nickte und schaute Sergeant Feng unangenehm berührt an.

»Sie haben noch immer nicht gesagt, weshalb Sie bei der Höhle aufgetaucht sind.«

»Ich wußte gar nicht, daß es dort eine Höhle gibt. Bis jemand die Armeelaster bemerkt hat.«

»Wer?«

»Armeefahrzeuge sind auffällig. Einer meiner tibetischen Ingenieure hat sie beim Klettern gesehen.«

»Aber Armeelastwagen lassen sich durch vielerlei Gründe erklären.«

»Eigentlich nicht. Es gibt im Hochgebirge zwei wesentliche Anlässe für Lastwagenverkehr. Entweder Manöver oder den Neubau eines Militärlagers oder Kollektivs. Das hier war kein Manöver, und es wurde auch kein Baugerät herangeschafft. Die Laster haben überhaupt nichts angeliefert. Zumindest nicht viel.«

»Also sind Sie zu dem Schluß gekommen, daß die Fahrzeuge statt dessen etwas abtransportiert haben. Sehr schlau.«

»Ich war mir nicht sicher. Aber sobald ich dort eintraf, habe ich zwei Dinge gesehen: Ihren Oberst und eine Höhle, vor deren Eingang es von Soldaten wimmelte.«

»Der Oberst könnte aus einem ganz anderen Grund dortgewesen sein.«

»Meinen Sie den Mord?«

»Ich habe mehrere amerikanische Freunde«, stellte Shan fest. »Und sie alle sind stets gern bereit, voreilige Schlüsse zu ziehen.«

»Es besteht ein Unterschied zwischen voreiligen Schlüssen und einer direkten Art. Warum sagen Sie nicht einfach nein? Tan hätte nein gesagt. Jao hätte nein gesagt, falls nötig.« Sie fuhr sich mit den Fingern durch das Haar. Shan erkannte, daß sie dies immer dann tat, wenn sie nervös war. »Sie haben Tan in seinem Büro offen herausgefordert. Sie sind nicht wie die anderen Chinesen, die ich kennengelernt habe.«

Das ging zu schnell. Shan trank seine Tasse aus und bat um mehr Tee. Während Fowler zu dem Konferenzraum neben der Eingangstür ging, nahm er das Anschlagbrett genauer in Augenschein. In einer der Ecken hing ein handgeschriebener tibetischer Text. Als Shan den Wortlaut erkannte, zuckte er vor Schreck zusammen. Es war die amerikanische Unabhängigkeitserklärung. Er führte Sergeant Feng weg von der Tafel und in das Konferenzzimmer, wo Fowler bereits am Tisch saß und mit dem Tee auf ihn wartete.

»Sind Sie demnach der Nachfolger von Ankläger Jao?« fragte Fowler.

»Nein. Dies ist lediglich ein kurzfristiger Auftrag, den der Oberst mir zugewiesen hat.«

»Er wäre enttäuscht gewesen. Jao las gern Arthur Conan Doyle, weil er selbst gern in Mordfällen ermittelte.«

»Das klingt ja ganz nach einer Gewohnheit.«

»Ein halbes Dutzend pro Jahr, schätze ich. Dies ist ein großer Bezirk.«

»Er hat die Fälle immer aufgeklärt?«

»Natürlich. Das war doch schließlich seine Aufgabe, oder?« fragte sie mit spöttischem Unterton. »Und jetzt haben Sie den Mörder schon verhaftet.«

»Ich habe niemanden verhaftet.«

Fowler musterte ihn nachdenklich. »Sie klingen, als würden Sie ihn für unschuldig halten.«

»Richtig.«

Fowler konnte ihre Überraschung nicht verbergen. »Langsam beginne ich Sie zu verstehen, Mr. Shan.«

»Nur Shan.«

»Ich begreife allmählich, warum Tan Sie von der Höhle weghaben wollte, als ich da war. Sie sind … wie hat er doch gleich die Tibeter genannt? Unberechenbar. Ich glaube nicht, daß Ihre Regierung diese Charaktereigenschaft zu würdigen weiß.«

Shan zuckte die Achseln. »Oberst Tan zieht es vor, sich nicht mit mehr als einer Krise gleichzeitig zu beschäftigen.«

Die Amerikanerin sah ihn an. »Wer von uns beiden stellt denn eine Krise für ihn dar, Sie oder ich?«

»Sie natürlich.«

»Na, ich weiß nicht recht.« Sie nippte an ihrem Tee. »Wenn Jao nicht von Ihrem Häftling ermordet wurde, von wem dann?«

»Von Ihrem Dämon. Tamdin.«

Fowler schaute sich um, ob jemand von ihrem Personal in Hörweite war. Die Leute hatten sich am anderen Ende des Raums versammelt. »Niemand hier macht Witze über Tamdin«, sagte sie leise und mit einem plötzlichen Anflug von Sorge in der Stimme.

»Das war kein Witz.«

»In jedem Dorf und jedem Schäferlager hier in der Gegend hören Sie Geschichten über den Besuch von Dämonen. Letzten Monat gab es Beschwerden über unsere Sprengungen. Es hieß, wir hätten ihn vermutlich aufgeweckt. Einen halben Tag lang hat niemand gearbeitet. Aber ich habe den Leuten erklärt, daß wir erst vor sechs Monaten mit den Sprengungen angefangen haben.«

»Wofür sind diese Sprengungen erforderlich?«

»Für Erdwälle. Für einen neuen Teich.«

Shan schüttelte verwundert den Kopf. »Aber wieso Teiche? Wozu all das Wasser? Wie können Sie hier Mineralien gewinnen? Es gibt doch gar keine Mine.«

Fowler lächelte. »Aber sicher«, sagte sie und wirkte erleichtert, das Thema wechseln zu können. »Direkt vor der Tür.« Sie nahm ein Fernglas und bedeutete ihm, ihr zu folgen. Draußen führte sie ihn einen Pfad am Rand des größten Teichs entlang und hielt zielsicher auf die Mitte des höchsten Walls zu, der quer über die Talmündung verlief. Dort wartete sie, bis Yeshe und Sergeant Feng zu ihnen aufgeschlossen hatten. »Dies hier ist eine Niederschlagsmine.«

»Sie bauen Regen ab?« fragte Yeshe.

»So habe ich es eigentlich nicht gemeint, aber ich schätze, man könnte es so umschreiben. Wir bauen den Regen ab, der vor hundert Jahrhunderten gefallen ist.« Sie wies mit ausholender Geste über die Teiche hinweg. »Diese Ebene ist der Boden eines Beckens. Der einzige Abfluß führt in den Drachenschlund und wurde einst an dieser Stelle durch einen Erdrutsch blockiert. Die umliegenden Berge waren Vulkane. Lava strömte die Abhänge hinunter, und Lava steckt voller leichter Elemente. Bor. Magnesium. Lithium. Im Verlauf vieler Jahrhunderte hat der Regen die Lava aufgelöst und die Salze in das Becken geschwemmt. Ein Salzsee entstand. In Zeiten der Dürre bildete sich über dem See eine Kruste. Dreißig Zentimeter dick. Manchmal sogar anderthalb Meter. Dann wurde das Becken im Verlauf mehrerer feuchter Jahre wieder mit Wasser gefüllt, in dem sich ebenfalls die aufgelösten Minerale befanden. Dann eine weitere Kruste. Alle paar Jahrhunderte sorgte ein neuer Vulkanausbruch dafür, daß Lava auf den Hängen nachfloß. So ist auch der Große Salzsee in Amerika entstanden.«

»Aber diese Seen hier wurden künstlich angelegt.«

»Der natürliche Salzsee ist dennoch vorhanden. Genaugenommen elf davon. In verschiedenen Schichten, direkt unter uns. Wir haben bloß ein bißchen Erde bewegt, um die Oberflächenteiche zu bauen. Dort hinein pumpen wir die Salzlake und lassen sie verdunsten.« Fowler deutete auf drei kleine Hütten an verschiedenen Stellen des Talgrunds, die als Knotenpunkte für ein Netz aus Rohrleitungen dienten. »Aus diesen drei Brunnen wird alles gespeist.«

»Aber wo sind Ihre Fabrikanlagen?«

»In den Teichen. Bei der richtigen Konzentration schlagen sich die Bor-Partikel nieder. Jeder Teich wird in regelmäßigen

Abständen trockengelegt, damit wir das Produkt einsammeln können, das sich auf dem Grund abgesetzt hat. Der Trick besteht darin, die richtige Konzentration aufrechtzuerhalten. Ein Fehler und wir ernten Tafelsalz. Oder ein Gemisch aus Metallen, deren Trennung zu teuer ist.«

Sie führte sie weiter bis zu dem Abfluß in den Drachenschlund, der durch den Wall versperrt wurde.

»Aber Sie haben doch gesagt, ein Erdrutsch hätte das Becken abgeriegelt.«

»Wir haben ihn beseitigt, weil er zu unsicher gewesen wäre. Der Damm muß aus festem Lehm bestehen. Mit dem hier sind wir gerade fertig geworden. Es ist unser letzter Wall.« Shan sah, daß der Teich neben ihnen soeben von den Brunnen gefüllt wurde. Der Wasserspiegel stand noch beträchtlich niedriger als in den anderen Becken. Die Amerikanerin wies auf das andere Ende des Plateaus und reichte Shan das Fernglas. »Der Teich ganz hinten wird gerade abgeerntet.«

Neben dem Teich türmte sich ein Hügel aus leuchtendweißem Material auf.

»Wir verfügen über eine primitive Veredelungsanlage, um das Produkt leicht zu verbessern. Sobald wir mit der kommerziellen Produktion beginnen, werden wir es in Säcke von je einer Tonne Fassungsvermögen abfüllen und in die ganze Welt liefern.« Shan bemerkte, daß sie bei diesen Worten auf einen anderen Punkt schaute, nämlich auf eine Ansammlung von Arbeitern in der Mitte der Teichanlage. Er richtete das Fernglas auf die Männer und sah, daß es sich um zwei getrennte Gruppen handelte. Niemand schien zu arbeiten.

»Die ganze Welt?« fragte er.

»Einen Teil an Fabriken in China«, antwortete sie beunruhigt. »Das meiste aber nach Hongkong, von wo aus es nach Europa und Amerika verschifft wird.«

Shan musterte die stumpfgrauen Baufahrzeuge neben der zweiten Gruppe. »Warum hat Tan die Leute geschickt, obwohl Ihre Betriebserlaubnis außer Kraft gesetzt wurde?«

»Das Ministerium für Geologie hat diese Anordnung erlassen.«

»Wer hat unterschrieben?«

Rebecca Fowler zögerte, als würde sie überlegen, ob sie darauf antworten sollte. »Direktor Hu.«

»Vom örtlichen Büro des Ministeriums?«

»Richtig. Aber ich habe Tan erklärt, daß wir das gesamte Material in den Teichen verlieren würden, falls wir unsere Arbeit jetzt einstellten. Der Prozeß ist so abgestimmt, daß die kommerziellen Produkte sich als erste ablagern. Falls wir warten, werden sie verunreinigt. Sechs Monate Arbeit könnten umsonst gewesen sein. Er war mit mir einer Meinung, daß wir unsere Versuchslieferungen fertigstellen können, weil die Betriebserlaubnis sich lediglich auf die Produktion zum kommerziellen Verkauf bezieht.«

»Aber dann stellen Sie die Arbeit ein?«

»Bis wir herausgefunden haben, was eigentlich vor sich geht.«

»Soll das heißen, Hu hat keinen Grund für die zeitweilige Aufhebung genannt?«

Fowler wollte nicht darauf antworten. Sie trat zwei Schritte zur Seite und schaute eine Felswand am Ende des Teiches empor. Shan beobachtete sie und versuchte herauszufinden, ob sie wegen Ankläger Jao, Direktor der Minen Hu oder ihm selbst aus der Fassung geraten war. Dann folgte er ihrem Blick. Die Klippe war beinahe senkrecht und erhob sich mindestens einhundert Meter hoch. Plötzlich bemerkte er eine Bewegung an der Wand und sah, daß von oben zwei weiße Seile herabbaumelten.

Fowler drehte sich um und schaute in Richtung der Abflußöffnung. »Man kann bis ins Tal blicken«, stellte sie fest.

Aber Shan wandte sich nicht um. Die Seile bewegten sich. Am oberen Rand tauchten zwei Gestalten in leuchtendroten Westen und weißen Helmen auf.

Plötzlich war von Yeshe ein überraschter Ausruf zu vernehmen. Er schaute den Drachenschlund hinunter. »Die 404te! Man kann sehen …« Er fing sich wieder und warf Shan, der soeben mit dem Fernglas herumfuhr, einen verlegenen Blick zu. Es dauerte nur wenige Sekunden, dem Drachenschlund bis zum Fuß der Bergkette zu folgen. Hinter ihnen lag eine mehr als dreißig Kilometer lange Fahrt über eine beschwerliche Bergstraße, und dennoch hatten sie einen ungehinderten Ausblick auf die Baustelle der 404ten. Ein Rabe hätte im Flug weniger als fünf Kilometer zurücklegen müssen. Shan justierte die Linse nach und musterte Tans Brücke, die Panzer der Kriecher und die lange Reihe der Gefangenentransporter.

Er spürte den wütenden Blick der Amerikanerin und ließ das Fernglas sinken.

»Mein Chefingenieur hat es mir gezeigt«, sagte sie in vorwurfsvollem Tonfall. »Das ist eines Ihrer Sträflingsprojekte. Sklavenarbeit.«

»Die Regierung setzt häufig Zwangsarbeiterkolonnen im Straßenbau ein«, sagte Yeshe auf einmal selbstgerecht. »Peking sagt, es schärfe das sozialistische Bewußtsein.«

»Ich habe mit der UN darüber gesprochen.«

»Ich für meinen Teil bin sehr für den internationalen Dialog«, sagte Shan. Er spürte, wie sich der Lauf einer Pistole in seinen Rücken bohrte. Sergeant Feng stand hinter ihm. Shan drehte sich um. Fengs ausgestreckter Daumen wies in seine Richtung, und die Augen des Soldaten glühten.

Fowler hatte den Zwischenfall verfolgt. Sie schien etwas sagen zu wollen, als plötzlich ein lautes Geheul von der Felswand widerhallte. Sie drehten sich um und sahen, wie die beiden Gestalten sich mit hoher Geschwindigkeit abseilten und dabei immer wieder von der Wand abstießen.

»Verrückter Narr«, murmelte Fowler. »Das ist Kincaid. Er schult die jungen Ingenieure. Bevor seine Zeit hier herum ist, hat er sich noch den Everest vorgenommen. Er will mit einem Team aus Tibetern hochsteigen.«

»Everest?« fragte Yeshe.

»Verzeihung«, erwiderte Fowler. »Chomolungma heißt er bei Ihnen. Mutter Berg.«

»Es heißt ›Gottmutter der Welt‹«, korrigierte Yeshe sie.

Als die Gestalten den Fuß der Felswand erreichten, machten sie freudige Luftsprünge und umarmten sich. Dann kamen sie den langen Wall entlang, der schlanke Mann mit den leuchtenden Augen und dem Pferdeschwanz, den Shan bei der Höhle gesehen hatte, und der junge Tibeter, der ihm am Steuer des Geländewagens und später in Tans Büro begegnet war.

»Ich bin Tyler«, stellte der Amerikaner sich vor. »Tyler Kincaid. Einfach nur Kincaid reicht aus.« Als er Sergeant Feng bemerkte, verschwand sein Lächeln. Sein Blick richtete sich auf die Pistole des Soldaten. »Das hier ist Luntok, einer unserer Ingenieure«, sagte er und wies beiläufig mit dem Daumen auf seinen Begleiter.

»Kincaid ist für den Zauber in den Teichen verantwortlich«, erklärte Fowler.

»Die Natur zaubert von ganz allein«, entgegnete er gelassen. Er sprach leicht gedehnt, wie Shan es bei den Schauspielern in amerikanischen Westernfilmen gehört hatte. »Ich liefere ihr bloß eine Gelegenheit.«

Nachdenklich musterte er Shan und senkte dann die Stimme. »Sie waren bei der Höhle. Mit Tan«, sagte er anklagend. »Wir wollen wissen, was es mit dieser Höhle auf sich hat.«

»Ich ebenfalls. Ich muß wissen, weshalb Sie dort aufgetaucht sind.«

»Weil dort etwas nicht mit rechten Dingen zugeht. Weil es ein heiliger Ort ist«, sagte Kincaid.

»Wie kommen Sie darauf?«

»Es ist eine jener Stellen, die von den Buddhisten als Orte der Macht bezeichnet werden. Am Ende eines Tals gelegen und nach Süden geöffnet. Daneben eine Quelle und ein großer Baum.«

»Demnach sind Sie bereits dort gewesen?«

Kincaid machte eine ausholende Geste in Richtung der Berge. »Wir klettern ziemlich oft in der Gegend herum. Luntok hat die Lastwagen gesehen. Aber auch ohne die Laster hätten wir dort etwas Wichtiges vermutet. Die Topographie ist zu eindeutig.«

Plötzlich ertönte ein Signalhorn und gab ein langes durchdringendes Heulen von sich, das in den Ohren schmerzte. Neben Fowler tauchte ein Arbeiter auf, der nach dem Lauf über den Wall vernehmlich nach Luft keuchte. »Es gibt einen Kampf!« rief er. »Sie werden die Ausrüstung zerstören!«

»Verfluchte BDKs!« herrschte Tyler seine Kollegin an. »Ich hab's dir doch gesagt!« Er rannte auf den Ort der Auseinandersetzung zu. Luntok folgte ihm dicht auf den Fersen.

Die tibetischen Arbeiter hatten sich in der Mitte des Tals aufgereiht. Ein riesiger grauer Bulldozer, auf dem ein halbes Dutzend von Tans Pionieren saß, war durch eine primitive Barrikade aus kleineren Wagen und Baggern aufgehalten worden. Die Soldaten ließen in schneller Folge das Signalhorn des Bulldozers erschallen, so daß es sich wie die Geschoßgarbe eines Maschinengewehrs anhörte. Die Tibeter saßen mit übergeschlagenen Beinen vor den Fahrzeugen auf dem Boden.

Kincaid lief zwischen die Linien, stellte sich zu den Tibetern und hielt den Soldaten eine Standpauke.

Shan streckte Rebecca Fowler das Fernglas entgegen. Sie nahm es nur zögernd. »Das hatte ich nicht beabsichtigt ...«, sagte sie. »Falls jemand verletzt würde, könnte ich mir das niemals verzeihen.« Sie drehte sich zu Shan und wirkte beinahe überrascht, daß sie ihm dieses Geständnis gemacht hatte. Ihr Blick wurde flehentlich. »Sagen Sie ihnen, sie sollen gehen.«

»Wem?«

»Den Soldaten. Sagen Sie Tan, daß wir es irgendwie anders schaffen werden, den Zeitplan einzuhalten.«

»Es tut mir leid. Ich habe keinerlei Befehlsgewalt.«

»Natürlich haben Sie das«, wandte Yeshe ein. »Sie sind ein direkter Vertreter von Oberst Tan und werden ihm jedes Fehlverhalten melden.« Yeshe schien hin und her gerissen zu sein. Dann rannte er auf die Soldaten zu. Er würde nicht zulassen, daß ein Zwischenfall bei der Mine den Abschluß seines Auftrags verzögerte. Schließlich hatte der Mann ein Ziel, erinnerte Shan sich.

Die Soldaten ließen ihren Bulldozer immer wieder die Schaufel heben und senken, so daß die Maschine wie ein hungriges Ungeheuer wirkte, das gierig seine Beute verschlingen wollte. Kincaid lief hin und her, wies energisch auf die Teiche, die Berge und die Geräteschuppen.

»Mr. Kincaid ist ein ungewöhnlich eifriger Mann«, stellte

Shan fest. Er bemerkte Fowlers verwirrten Blick. »Für einen Bergbauingenieur.«

»Tyler Kincaid ist ein Schatz. Er hätte überall für die Gesellschaft arbeiten können. New York. London. Kalifornien. Australien. Er hat sich für Tibet entschieden. Wir sind dreizehntausend Kilometer von zu Hause entfernt und versuchen, mit unerprobter Technik und einer unerprobten Belegschaft in unerprobtem Gelände eine Mine zu eröffnen. Bei so einem Projekt ist ein gewisser Arbeitseifer meines Erachtens unabdingbar.«

»Sie sagen, er hätte überall arbeiten können. Weil er so qualifiziert ist?«

»Erstens das und zweitens, weil seinem Vater die Firma gehört.«

Shan beobachtete, wie Tyler Kincaid zum Anführer der Soldaten ging, ihn bei den Schultern packte und schüttelte. Seinem Vater gehörte das Unternehmen, und Kincaid arbeitete an dem zweifellos weltweit entlegensten und unzugänglichsten Außenposten der Firma. »Er hat etwas erwähnt. BDKs. Was bedeutet das?«

»Das ist bloß seine Art, sich auszudrücken.«

»Aber wen meint er damit?«

»Die Bürokraten, schätze ich.« Sie erkannte, daß er sich damit nicht zufriedengeben würde, und zuckte die Achseln. »Ein BDK ist ein Beschissener Dreckskommunist«, erklärte sie und richtete dann ihre Aufmerksamkeit mit einem belustigten Grinsen wieder auf die Arbeiter.

Yeshe tauchte vor den Soldaten auf und deutete in Richtung Shan. Die Schaufel des Bulldozers verharrte in der Bewegung, und die Soldaten schauten mit spürbarer Unsicherheit zum Wall. Kincaid nutzte die Atempause, um zum Verwaltungsgebäude zu rennen, aus dem er sogleich wieder mit Höchstgeschwindigkeit zurückkehrte. Er trug einen schwarzen Kasten bei sich. Fowler hob das Fernglas, gab einen kurzen amüsierten Laut von sich und reichte es dann an Shan weiter.

Kincaid brachte einen tragbaren Kassettenrekorder. Er stellte ihn vor den Bulldozer hin und begann, amerikanische

Rockmusik abzuspielen, und zwar dermaßen laut, daß Shan sie vom Wall aus hören konnte. Dann fing der amerikanische Ingenieur zu tanzen an.

Im ersten Moment starrten ihn alle nur an. Dann lachte einer der Soldaten. Einer seiner Kameraden begann ebenfalls zu tanzen, dann einer der Tibeter. Alle anderen lachten jetzt auch.

Fowler seufzte. »Danke«, sagte sie, als wäre Yeshes Einschreiten Shans Idee gewesen. »Krise abgewendet, Problem nach wie vor nicht gelöst«, sagte sie und machte sich auf den Rückweg zum Büro.

Shan schloß zu ihr auf. »Haben Sie schon an einen Priester gedacht?« fragte er.

»Einen Priester?«

»Die Tibeter arbeiten nicht, weil sie glauben, daß auf irgendeine Weise ein Dämon erweckt wurde.«

Fowler schüttelte bekümmert den Kopf und ließ den Blick über das Tal schweifen. »Irgendwie kann ich das alles gar nicht glauben. Ich kenne diese Leute. Sie sind keine Heiden.«

»Das haben Sie mißverstanden. Die meisten glauben nicht etwa, daß irgendein Ungeheuer die Berge heimsucht, sondern daß das Gleichgewicht gestört wurde. Das daraus resultierende Ungleichgewicht bringt Böses hervor. Der Dämon ist lediglich eine Manifestation jenes Unheils. Es könnte die Gestalt einer Person, eines Vorfalls oder sogar eines Erdbebens annehmen. Wiederhergestellt werden kann das Gleichgewicht durch die richtigen Rituale, den richtigen Priester.«

»Sie sagen, all das sei symbolisch gemeint? Der Mord an Jao war bestimmt kein symbolischer Akt.«

»Da wäre ich mir nicht so sicher.«

Sie schaute in den Schlund hinunter und dachte über Shans Vorschlag nach. »Das Religionsbüro würde ein Ritual niemals zulassen. Der Direktor sitzt in unserer Aufsichtskommission.«

»Ich habe durchaus nicht an einen der Priester des Büros gedacht. Sie würden jemand Besonderen benötigen. Jemand mit den richtigen Fähigkeiten. Jemand aus den alten Klöstern. Der richtige Priester würde den Leuten begreiflich machen, daß sie nichts zu befürchten haben.«

»Gibt es denn wirklich nichts zu befürchten?«

»Für Ihre Arbeiter bestimmt nicht.«

»Gibt es denn wirklich nichts zu befürchten?« wiederholte die Amerikanerin und fuhr sich mit den Fingern durch das kastanienbraune Haar.

»Ich weiß es nicht.«

Sie gingen schweigend weiter.

»Bei meinen Angaben über die Auswirkungen des Projekts habe ich nichts dergleichen vorhergesehen«, sagte Fowler.

»Es handelt sich nicht unbedingt um eine Folge Ihrer Arbeit an der Mine.«

»Aber ich dachte, das wäre auf jeden Fall der Auslöser ...«

»Nein. Irgend etwas ist hier vorgefallen. Nicht der Mord an Jao, denn davon wissen nur wenige. Etwas anderes. Irgend etwas wurde beobachtet. Etwas, das den Tibetern Angst eingejagt hat und das im Rahmen ihrer Weltsicht erklärt werden mußte. Eine mögliche Erklärung wären die Arbeiten am Berg. Jeder Felsen, jeder noch so kleine Stein hat seinen Platz. Und jetzt sind die Felsen und Steine bewegt worden.«

»Aber der Mord hat damit zu tun, nicht wahr?« Es war eigentlich keine Frage. »Der Dämon. Tamdin.« Ihre Stimme war nun beinahe ein Flüstern.

»Ich weiß es nicht.« Shan sah sie an. »Mir war nicht klar, daß der Mord Sie so sehr aus der Fassung gebracht hat.«

»Ich muß ständig daran denken«, sagte sie und schaute zurück zu den Arbeitern. Die Fahrzeuge entfernten sich voneinander. »Ich kann nachts nicht schlafen.« Sie wandte sich wieder zu Shan um. »Ich tue seltsame Dinge. Ich spreche zum Beispiel mit jemandem, der mir völlig fremd ist.«

»Gibt es noch etwas, das Sie mir sagen möchten?« Während sie sich den Gebäuden näherten, bemerkte Shan eine Bewegung am Ende des hintersten Hauses. Aus einer Seitentür traten einige Tibeter, zumeist Arbeiter, aber auch alte Frauen und Kinder in traditioneller Kleidung.

Rebecca Fowler schien keine Notiz davon zu nehmen. »Ich bin nur irgendwie der Ansicht, daß eine Verbindung zwischen meinen und Ihren Problemen besteht.«

»Zwischen dem Mord an Ankläger Jao und der Aufhebung Ihrer Betriebserlaubnis?«

Fowler nickte langsam. »Da ist noch etwas, aber jetzt, nachdem die Erlaubnis außer Kraft gesetzt wurde, klingt es so, als wäre ich rachsüchtig. Jao war Mitglied unserer Aufsichtskommission. Bevor er bei seinem letzten Besuch von hier weggefahren ist, hat Jao sich erbittert mit Direktor Hu vom Ministerium für Geologie gestritten. Nach dem Treffen hat Jao ihn draußen regelrecht angeschrien. Es ging um diese Höhle. Jao hat gesagt, Hu müsse mit dem, was er bei der Höhle macht, unbedingt aufhören. Er sagte, er würde selbst eine Gruppe schicken.«

»Demnach wußten Sie schon vor diesem Streit von der Höhle?«

»Nein. Ich habe das alles zunächst nicht verstanden. Aber später hat Luntok dann von den Lastwagen erzählt, die ihm aufgefallen waren. Ich hatte immer noch keine Verbindung hergestellt, bis ich selbst bei der Höhle gewesen war. Und sogar dann habe ich mich noch so sehr über Tan geärgert, daß mir der Streit zwischen Jao und Hu erst später eingefallen ist.«

Sie hatten schon fast den Wagen erreicht, wo Yeshe und Sergeant Feng bereits warteten. Sie blieb stehen. »Wie finde ich den Priester, den ich brauche?« fragte sie mit eindringlicher Stimme.

»Fragen Sie Ihre Arbeiter«, schlug Shan vor. War es möglich, fragte er sich, daß sie Hu und sogar Tan herausfordern würde, um den Betrieb ihrer Mine zu sichern?

»Ich kann nicht. Auf diese Weise wäre es offiziell. Das Religionsbüro würde vor Wut schäumen. Das Ministerium für Geologie wäre völlig außer sich. Helfen Sie mir dabei, einen zu finden. Ich kann das nicht allein.«

»Dann fragen Sie die Berggipfel.«

»Wie meinen Sie das?«

»Ich weiß es nicht. Es ist eine tibetische Redensart. Ich glaube, es bedeutet, daß man beten soll.«

Rebecca Fowler packte seinen Arm und sah ihn verzweifelt an. »Ich möchte Ihnen helfen«, sagte sie, »aber Sie dürfen mich nicht belügen.«

Seine Antwort war ein unbeholfenes, schiefes Lächeln. Dann schaute er sehnsüchtig zu den fernen Gipfeln. Miss Fowler würde er niemals belügen, aber er würde sich bereitwillig selbst etwas vormachen, falls darin seine einzige Aussicht auf Flucht bestand.

Kapitel Sieben

»Es gibt Neuigkeiten«, murmelte Sergeant Feng dem Soldaten im Kampfanzug zu, der am Tor der 404ten Wache stand. »Die taiwanesische Invasion wird an der Küste stattfinden, nicht im Himalaja.«

Die 404te glich einem Kriegsschauplatz. Am Rand des Bereichs waren Zelte errichtet worden. Man hatte den ursprünglichen Stacheldrahtzaun durch zusätzliche Drahtrollen aufgestockt, an denen gefährlich aussehende, rasiermesserscharfe Klingen angebracht waren. Die Stromzufuhr war unterbrochen, abgesehen von dem Draht, der zu einer neuen Scheinwerferbatterie am Tor führte, so daß das Gelände ins Halbdunkel getaucht wurde, als sich der letzte Schimmer der Abenddämmerung über das Tal senkte. Die Soldaten waren damit beschäftigt, aus Sandsäcken Unterstände für Maschinengewehre zu bauen, als rechneten die Truppen des Büros mit einem Frontalangriff. Ein frischgemaltes Schild erklärte einen fünf Meter breiten Streifen innerhalb des Zauns zur Todeszone. Sollte ein Gefangener unaufgefordert diesen Bereich betreten, konnte er ohne Vorwarnung erschossen werden.

Der Soldat hob sein Sturmgewehr. Sein Gesicht strahlte eine Roheit aus, die Shan erschaudern ließ. Sergeant Feng stieß Shan so heftig durch das Tor, daß er auf die Knie fiel. Der Kriecher musterte Feng einen Moment lang und wich dann mit widerwilligem Stirnrunzeln zurück.

»Man muß denen klarmachen, wer hier das Sagen hat«, murmelte Feng, als er zu Shan aufschloß. Shan erkannte, daß es als eine Art Entschuldigung gemeint war. »Verdammte großspurige Gockel. Sacken den ganzen Ruhm ein und ziehen dann weiter.« Er blieb stehen und musterte die Unterstände der

Kriecher. Dann deutete er auf Shans Baracke. »Dreißig Minuten«, rief er und ging zurück in die hell erleuchtete Todeszone.

Die Luft in der dunklen Hütte roch intensiv nach Paraffin. Ein Geräusch war zu hören, als würden Mäuse über einen Felsboden huschen. Die Gebetsketten liefen auf Hochtouren. Jemand flüsterte Shans Namen, und eine Kerze wurde entzündet. Mehrere der Häftlinge setzten sich auf, ließen die Rosenkränze sinken und starrten ihn an. Die Müdigkeit war ihren Gesichtern deutlich anzusehen. Aber manche der Männer ließen noch etwas anderes erkennen. Widerstand. Es ängstigte Shan, aber es freute ihn auch.

Trinle sprang auf, sobald er Shan erblickte.

»Ich muß mit ihm sprechen«, bat Shan nachdrücklich. Choje lag völlig regungslos auf dem Bett hinter Trinle.

»Er ist sehr erschöpft.«

Plötzlich hob Choje die Hände und faltete sie über Mund und Nase. Dann atmete er dreimal tief durch. Das war für jeden frommen Buddhisten das Ritual des Erwachens. Das erste Mal atmete man aus, um die Sünde zu tilgen, das zweite Mal, um die Verwirrung zu beseitigen, und das dritte Mal, um die Hindernisse auf dem Weg der Wahrhaftigkeit beiseite zu schieben.

Choje setzte sich auf und begrüßte Shan mit einem kurzen Lächeln. Er trug ein Priestergewand, ein unerlaubtes Priestergewand, das man aus Sträflingshemden zusammengenäht und irgendwie gefärbt hatte. Wortlos stand er auf, trat in die Mitte des Raums und ließ sich im Lotussitz nieder. Trinle gesellte sich zu ihm, und Shan nahm zwischen ihnen Platz.

»Du bist schwach, Rinpoche. Ich hatte nicht vor, deine Ruhe zu stören.«

»Es gibt so viel zu tun. Heute hat jede Hütte zehntausend Rosenkränze gebetet. Viele der Männer haben sich vorbereitet. Morgen werden wir versuchen, noch mehr zu schaffen.«

Shan biß die Zähne zusammen und kämpfte gegen seine Gefühle an. »Vorbereitet?«

Choje lächelte nur.

Ein seltsames scharrendes Geräusch durchbrach die Stille.

Shan fuhr herum. Einer der jungen Mönche drehte ehrfürchtig eine Gebetsmühle, die man aus einer Blechdose und einem Bleistift angefertigt hatte.

»Bekommst du zu essen?« fragte Shan.

»Die Küche wurde geschlossen«, erklärte Trinle. »Es gibt nur Wasser. Am Tor werden mittags Eimer hingestellt.«

Shan zog die Papiertüte aus der Manteltasche, in der sich sein aufgespartes Mittagessen befand. »Ein paar Klöße.«

Choje nahm die Tüte feierlich entgegen und reichte sie Trinle, damit dieser den Inhalt verteilte. »Wir danken dir. Wir werden versuchen, etwas davon an diejenigen im Stall weiterzugeben.«

»Sie haben den Stall aufgemacht«, flüsterte Shan. Es war keine Frage, sondern eine qualvolle Feststellung.

»Drei der Mönche aus einem *gompa* im Norden. Sie haben vor dem Tor gesessen und eine Teufelsaustreibung gefordert.«

»Ich habe die Truppen draußen gesehen. Sie wirken ungeduldig.«

Choje zuckte die Achseln. »Sie sind jung.«

»Sie werden nicht damit alt werden, auf streikende Häftlinge zu warten.«

»Was können sie schon erwarten? Da ist ein verärgerter *jungpo*. Es würde nur einen Tag dauern, das Gleichgewicht wiederherzustellen.«

»Oberst Tan wird Exorzismus auf dem Berg niemals zulassen. Es wäre für ihn eine Niederlage, und er würde vor aller Augen in Verlegenheit gebracht.«

»Dann wird dein Oberst eben mit allen beiden leben müssen.« In Chojes Stimme schwang keinerlei Trotz mit, sondern lediglich ein Anflug von Mitleid.

»Mit allen beiden«, wiederholte Shan. »Du meinst Tamdin.«

Choje seufzte und schaute sich in der Hütte um. Da war noch ein anderes ungewohntes Geräusch. Shan drehte sich um und sah den *khampa* neben der Tür sitzen. Die Augen des Mannes funkelten angsteinflößend.

»Holst du uns hier raus, Zauberer?« fragte er Shan. Er hatte den Griff von seiner Blechschale abgebrochen und schärfte ihn an einem Stein. »Wieder einer deiner Tricks? Läßt du die Kriecher alle verschwinden?« Er lachte und fuhr mit seiner Tätigkeit fort.

»Trinle hat seine Pfeilmantras geübt«, merkte Choje an und musterte den *khampa* mit betrübtem Blick. Ein Pfeilmantra war laut der alten Legenden ein Zauberspruch, durch den die Zielperson innerhalb kürzester Zeit über große Entfernungen transportiert wurde. »Er wird sehr gut darin. Eines Tages wird er uns überraschen. Ich habe als Junge einmal beobachtet, wie ein alter Lama den Ritus vollführt hat. Auf einmal verschwamm seine Gestalt, und dann war er verschwunden. Wie ein Pfeil, der von einer Bogensehne schnellt. Eine Stunde später war er wieder da und trug eine Blume bei sich, die nur bei einem achtzig Kilometer entfernten *gompa* wuchs.«

»Also wird Trinle dich mit Pfeilgeschwindigkeit verlassen?« fragte Shan und konnte seine Ungeduld nicht verhehlen.

»Trinle weiß so vieles. Ein Teil des Wissens muß erhalten bleiben.«

Shan seufzte tief, um sich selbst zu beruhigen. Choje klang so, als würde der Rest ihrer Welt nicht überleben. »Ich muß mehr über Tamdin wissen.«

Choje nickte. »Manche sagen, Tamdin sei noch nicht fertig.« Er blickte Shan traurig in die Augen. »Er wird keine Gnade zeigen, falls er noch einmal zuschlägt. Zu Zeiten des Siebenten«, sagte Choje und meinte damit den siebten Dalai Lama, »wurde eine komplette mandschurische Armee vernichtet, als sie in Tibet einfiel. Auf ihrem Vormarsch ist ein Berg über ihnen zusammengestürzt. Die Schriften sagen, es sei Tamdin gewesen, der den Berg umgestoßen hat.«

»Rinpoche, hör mir bitte gut zu. Glaubst du an Tamdin?«

Choje sah Shan mit großer Wißbegierde an. »Der menschliche Körper ist solch ein unvollständiges Gefäß für den Geist. Mit Sicherheit ist im Universum noch ausreichend Platz für viele andere Behältnisse.«

»Aber glaubst du an einen leibhaftigen Dämon, der in den Bergen umgeht? Ich muß erfahren, ob ... ob es irgendeine Möglichkeit gibt, dies alles zu beenden.«

»Du stellst die falsche Frage«, erwiderte Choje sehr langsam und im gleichen Tonfall, in dem er sonst Gebete sprach. »Ich glaube, daß die Essenz, die man Tamdin nennt, in der Lage ist, von einem Menschen Besitz zu ergreifen.«

»Das verstehe ich nicht.«

»Wenn es manche gibt, die Buddhaschaft erlangen, so gibt es vielleicht andere, denen die Tamdinschaft vorherbestimmt ist.«

Shan barg den Kopf in beide Hände und kämpfte gegen eine überwältigende Müdigkeit an. »Falls es eine Hoffnung geben soll, muß ich mehr davon verstehen.«

»Du mußt lernen, es zu bezwingen.«

»Was soll ich bezwingen?«

»Diese Sache namens Hoffnung. Du bist noch immer ganz davon erfüllt, mein Freund. Sie läßt dich irrtümlich glauben, du könntest die ganze Welt besiegen. Sie lenkt dich von weitaus wichtigeren Dingen ab, und sie läßt dich glauben, die Welt wäre von Opfern, Schurken und Helden bevölkert. Aber das ist nicht unsere Welt. Wir sind keine Opfer, sondern fühlen uns vielmehr geehrt, daß unser Glaube auf die Probe gestellt wird. Falls es uns bestimmt ist, von den Kriechern vernichtet zu werden, dann ist das eben unsere Bestimmung. Weder Hoffnung noch Angst werden etwas daran ändern.«

»Rinpoche, mir fehlt die Kraft, nicht zu hoffen.«

»Manchmal mache ich mir Sorgen um dich«, sagte Choje. »Ich fürchte, daß du zu sehr nach Antworten suchst.«

Shan nickte traurig. »Ich weiß nicht, wie man nicht danach suchen kann.«

Choje seufzte. »Sie haben einen Lama verhaftet«, sagte er. »Einen Einsiedler aus dem Kloster Saskya.«

Shan hatte schon vor langer Zeit aufgehört, sich zu fragen, auf welche Weise Informationen sich innerhalb der tibetischen Bevölkerung und über Gefängnismauern hinweg verbreiteten. Es war beinahe so, als würden die Tibeter eine geheime Form der Telepathie praktizieren.

»Ist dieser Lama der Täter?« fragte Choje.

»Du glaubst, ein Lama wäre zu einer solchen Tat fähig?«

»Jeder Geist kann einen Fehltritt tun. Buddha persönlich

mußte gegen zahllose Versuchungen ankämpfen, bis er schließlich die Verwandlung erfuhr.«

»Ich habe diesen Lama gesehen«, sagte Shan ernst. »Ich habe ihm ins Gesicht geschaut. Er hat es nicht getan.«

»Ah«, seufzte Choje und verstummte. »Ich verstehe«, sagte er nach einer ganzen Weile. »Du mußt die Freilassung dieses Lama erreichen, indem du beweist, daß der Mord von dem Dämon Tamdin begangen wurde.«

»Ja«, gab Shan mit leiser Stimme schließlich zu und sah in seine Hände.

Die beiden Männer saßen schweigend da. Vor irgendwo außerhalb der Hütte war ein langes geisterhaftes Stöhnen zu vernehmen, als leide jemand unsägliche Schmerzen.

Yeshe weigerte sich, als Shan ihm am nächsten Morgen seine Aufgabe erklärte. »Allein die Frage nach einem Zauberer könnte mich hinter Gitter bringen«, klagte er.

Feng fuhr sie durch die niedrigen Hügelgebiete und Heideflächen, die den Weg in die Stadt säumten. Eine gewundene Reihe von Weiden und hohen Riedgräsern markierte den Verlauf des Flusses, der nach den zahlreichen Kaskaden im Drachenschlund nun mit etwas gemächlicherer Geschwindigkeit durch das Tal floß. Sie passierten eine Stelle, an der Bulldozer einen Hügel eingeebnet hatten, damit einige Reihen inzwischen absterbender Gewächse angepflanzt werden konnten. Wind und Trockenheit hatten die Pflanzen dermaßen gebeugt und verdreht, daß man nicht mehr zu erkennen vermochte, worum es sich handelte. Ein weiterer fehlgeschlagener Versuch, etwas von außerhalb hier Wurzeln schlagen zu lassen, das Tibet weder brauchte noch wollte.

»Wofür hat man Sie bestraft?« fragte Shan den Tibeter. »Weshalb wurden Sie zu Zwangsarbeit verurteilt?«

Yeshe antwortete nicht.

»Warum haben Sie nach wie vor Angst vor ihnen? Man hat Sie doch freigelassen.«

»Jeder geistig gesunde Mensch hat Angst vor ihnen.« Yeshe grinste anzüglich.

»Es geht um Ihre Reisepapiere, nicht wahr? Sie glauben, Sie werden sie nicht bekommen, falls Sie mit mir zusammenarbeiten. Ohne neue Reisepapiere werden Sie niemals aus Tibet herauskommen, nie eine standesgemäße Anstellung in Sichuan erhalten und sich nie Ihren neuen Fernsehapparat kaufen können.«

Yeshe schien sich über diese Vorhaltungen zu ärgern, aber er stritt sie nicht ab. »Es ist falsch, diese Leute, die Zauberformeln benutzen, auch noch zu bestärken«, sagte er. »Sie sorgen dafür, daß Tibet einem früheren Jahrhundert verhaftet bleibt. So wird es für uns ganz bestimmt keinen Fortschritt geben.«

Shan starrte Yeshe an, sagte jedoch nichts. Yeshe rutschte auf seinem Sitz herum und schaute mißmutig zum Fenster hinaus. Auf der Straße ging eine Frau, die sich in einen großen Filzumhang gewickelt hatte, und führte an einem Seil eine Ziege hinter sich her.

»Soll ich Ihnen sagen, woraus die Geschichte Tibets bestanden hat?« fragte Yeshe mürrisch und schaute dabei weiterhin aus dem Fenster. »Aus einem einzigen langen Machtkampf zwischen Priestern und Zauberern. Die Geistlichen verlangen, daß wir nach Vollkommenheit streben. Doch der Weg zur Vollkommenheit ist sehr lang. Die Zauberer bieten Abkürzungen an. Sie ziehen ihre Macht aus der Schwäche des Volkes, und das Volk ist ihnen auch noch dankbar dafür. Manchmal sitzen die Priester am Ruder und errichten ihr Ideal. Dann wieder herrschen die Zauberer und ruinieren das Ideal, obgleich sie vorgeben, in dessen Namen zu handeln.«

»Darum geht es also in Tibet?«

»Das ist der Antrieb der Gesellschaft. In China ist es das gleiche, denn ihr habt auch eure Zauberer. Nur daß ihr sie Sekretär Sowieso und Minister Irgendwas nennt. Mit einem kleinen roten Zauberbuch, verfaßt vom Vorsitzenden persönlich. Dem Oberzauberer.«

Auf einmal blickte Yeshe bestürzt auf, denn ihm wurde plötzlich klar, daß Feng ihm womöglich zugehört hatte. »Ich hatte nicht vor …«, stotterte er und drehte sich wieder zum Fenster um.

»Demnach jagen diese Schüler von Khorda Ihnen Angst ein, nicht wahr?« fragte Shan. Vielleicht sollten sie alle lieber Angst haben, erkannte er. Falls du Tamdin erreichen willst, hatte Choje gesagt, dann sprich mit Khordas Lehrlingen.

»Schüler? Wer hat hier was von Schülern gesagt? Das ist gar nicht nötig. Die Leute erzählen andauernd von dem alten Zauberer. Er lebt, wenn man das so nennen will. Es heißt, er brauche nicht zu essen. Manche behaupten, er brauche nicht einmal zu atmen. Aber wir werden seinen Unterschlupf ausfindig machen müssen.«

»Unterschlupf?«

»Sein Versteck. Es könnte eine Höhle hoch in den Bergen sein, vielleicht aber auch der Marktplatz. Er ist sehr geheimnistuerisch und bleibt ständig in Bewegung, huscht von Schatten zu Schatten. Man sagt, er könne sich in Luft auflösen wie ein schmaler Rauchfetzen. Wir werden vermutlich etwas Zeit benötigen.«

»Gut. Der Sergeant und ich gehen erst zum Restaurant und dann zu Ankläger Jaos Haus. Danach ins Büro des Oberst. Kommen Sie dorthin, sobald Sie den Zauberer gefunden haben.«

»Dieser Khorda wird niemals bereit sein, mit einem Ermittler zu sprechen.«

»Dann sagen Sie ihm die Wahrheit. Erzählen Sie ihm, daß ich ein geplagter Mann bin, der etwas Magie dringend nötig hat.«

Als Shan eintraf, wollte das Restaurant soeben schließen. »Haben Sie Ankläger Jao gekannt?« rief er dem Oberkellner durch einen Spalt in der Tür zu.

»Ja. Gehen Sie.«

»Er hat hier vor fünf Tagen mit einer Amerikanerin zu Abend gegessen.«

»Er hat oft hier gegessen.«

Shan legte eine Hand auf den Türgriff. Der Mann schien die Tür erst zudrücken zu wollen, aber dann sah er Feng und gab nach. Eilig zog er sich durch den vorderen Flur zurück.

Shan trat ein und folgte dem Schatten des fliehenden Kellners. Im Gang hockten einige Hilfskellner. In der Küche wich jeder seinem Blick aus.

Er holte den Mann ein, als dieser durch eine Seitentür wieder den Speiseraum betrat. »Hat jemand an dem betreffenden Abend eine Nachricht überbracht?« fragte Shan den Kellner, der seinen unbeholfenen Rückzug weiter fortsetzte, Tabletts aufnahm und nervös nach ein paar Schritten wieder abstellte, nur um kurz darauf einen Stapel Teller vom Tresen zu nehmen.

»He, Sie da!« rief Sergeant Feng von der Türöffnung aus.

Der Mann zuckte zusammen und ließ vor Schreck die Teller fallen, die auf dem Boden in tausend Stücke zerbrachen. Er blickte verzweifelt auf die Scherben. »Das weiß niemand mehr. Es war viel zu tun.«

Der Mann begann zu zittern.

»Wer ist hier gewesen? Jemand war bereits vor mir da. Jemand hat Ihnen gesagt, Sie sollen nicht mit mir sprechen.«

»Das weiß niemand mehr«, wiederholte der Kellner.

Als Feng sich anschickte, den Raum zu betreten, hob Shan beschwichtigend die Hand und ging weg.

»Wer wird die Teller bezahlen?« klagte der Kellner hinter ihm. Shan konnte ihn noch immer wie ein Kind schluchzen hören, als er zur Tür hinausging und wieder in den Wagen einstieg.

Ankläger Jao hatte in einem kleinen Haus im Regierungsbezirk auf der neuen Seite der Stadt gewohnt, einem quadratischen Stuckgebäude mit zwei Zimmern und einer separaten Küche. In Tibet war dies gleichbedeutend mit einer vornehmen Villa.

Shan blieb am Eingang stehen und bemerkte, daß das Heidekraut entlang der Hauswand kürzlich niedergetrampelt worden war. Die Tür stand ein kleines Stück offen. Er stieß sie mit dem Ellbogen auf und achtete darauf, keinesfalls die Fingerabdrücke zu verwischen, die sich eventuell auf dem Türgriff befinden mochten. Er hoffte, hier vielleicht eine Antwort auf die Frage zu finden, weshalb Ankläger Jao den Umweg zur Südklaue eingeschlagen hatte. Zumindest würde er einen Eindruck von Jao dem Privatmann bekommen, was Shan helfen könnte, die Interessen und Antriebe des Ermordeten nachzuvollziehen.

Es war ein ordentliches, anonymes Zimmer. Auf einem

kleinen Tisch in der Ecke lag unter einem Poster der Hongkonger Skyline ein dekoratives Mah-Jongg-Spiel. Die einzigen weiteren Einrichtungsgegenstände waren zwei große, dick gepolsterte Sessel. Shan blieb verblüfft stehen. Auf einem der Sessel saß zusammengesackt ein junger Mann und schlief tief und fest.

Plötzlich hörte Shan Stimmen aus der Küche. Li Aidang erschien, genauso elegant und herausgeputzt wie bei ihrem ersten Zusammentreffen in Oberst Tans Büro. »Genosse Shan!« rief er mit geheuchelter Begeisterung. »Es heißt doch Shan, nicht wahr? Sie haben sich neulich nicht formell vorgestellt. Sehr schlau.« Der Mann auf dem Sessel regte sich, warf blinzelnd einen kurzen Blick auf Shan, streckte sich und schloß wieder die Augen.

Hinter Li war eine Gruppe tibetischer Frauen soeben damit beschäftigt, die Wände und den Boden abzuwaschen. »Sie säubern dieses Haus, bevor die Ermittlungen vollständig durchgeführt sind?« fragte Shan ungläubig.

»Kein Grund zur Sorge. Alles bereits durchsucht. Nichts gefunden.«

»Manchmal sind Beweise nicht auf den ersten Blick zu erkennen. Papiere. Fingerabdrücke.«

Li nickte, als würde er Shan nachsichtig belehren müssen. »Aber das Verbrechen wurde doch gar nicht hier verübt. Und das Haus gehört dem Ministerium. Man darf es nicht leerstehend lassen.«

»Was ist, wenn der Mörder etwas Bestimmtes haben wollte? Was ist, wenn er hierher zurückgekommen ist und das Haus durchsucht hat?«

Li breitete die Arme aus. »Es hat nichts gefehlt«, sagte er. »Und wir wissen bereits über die Bewegungen des Mörders Bescheid. Von der Südklaue zur Höhle. Von der Höhle zurück zu seinem Kloster.« Er hob die Hand, um weitere Diskussionsversuche abzuwehren, und rief dann dem Mann auf dem Sessel etwas zu. Der Mann regte sich erneut und reichte Li eine Mappe, die dieser an Shan weitergab. »Ich habe mir die Freiheit erlaubt, Jaos Arbeitsplan zusammenzustellen. Die Komitees, denen er angehört hat. Einzelheiten der Verhandlung, in deren Verlauf der Verdächtige Sungpo als einer der Fünf von Lhadrung zu einer Haftstrafe verurteilt wurde.«

»Ich dachte, wir würden mit seiner Sekretärin sprechen.«

»Hervorragende Idee«, erwiderte Li und zuckte die Achseln. »Aber sie nimmt ihren Urlaub immer gleichzeitig mit Jao. Sie ist in Hongkong und in derselben Nacht wie Jao abgereist. Ich habe sie selbst zum Flughafen gebracht.«

Draußen blieb Shan neben dem Wagen stehen und sah ungläubig dabei zu, wie die Putzkolonne anfing, auch die Außenwände des Hauses mit einem Schlauch abzuspritzen.

»Kleine Vögel singen laut«, sagte Feng belustigt, als er sich hinter das Steuer setzte.

Plötzlich fiel es Shan wieder ein. Die einzige Person, der er davon erzählt hatte, daß er zum Haus und zum Restaurant gehen würde, war Yeshe.

Als Dr. Sung in der Eingangshalle der Klinik auftauchte, trug sie einen Operationskittel und blutige Handschuhe. Um ihren Hals hing eine *koujiao*-Maske. »Sie schon wieder?«

»Sie klingen enttäuscht«, sagte Shan.

»Die Schwester hat gesagt, da seien zwei Männer mit Fragen über Ankläger Jao. Ich dachte, es wären die anderen.«

»Die anderen?«

»Der stellvertretende Ankläger. Sie beide sollten eine Dialektik in Erwägung ziehen.«

»Wie bitte?«

»Miteinander reden. Machen Sie Ihre Arbeit richtig, damit ich bei meiner nicht unnötig behindert werde.«

Shan biß die Zähne zusammen. »Demnach ist Li Aidang hier gewesen und hat Fragen über die Leiche gestellt?«

Shans Unbehagen schien Sung zu gefallen. »Nicht nur über die Leiche, sondern auch über Sie und Ihre Begleiter«, erwiderte sie und warf einen kurzen Blick auf Feng, der am anderen Ende der Halle wartete. »Li hat die Liste der persönlichen Besitztümer mitgenommen. Sie, Genosse, haben gar nicht erst danach gefragt.«

»Tut mir leid«, entgegnete Shan, ohne zu wissen warum.

Doktor Sung streifte die Handschuhe ab. »Ich habe in einer Viertelstunde die nächste Operation.« Sie drehte sich um und ging den Flur hinunter.

»Der Oberst hat den Kopf herschicken lassen«, sagte Shan zu ihrem Rücken und folgte ihr.

»Was für eine entzückende Geste, habe ich gedacht«, sagte sie mit beißendem Sarkasmus. »Man hätte mich ja auch vorwarnen können. Hoppla, einfach so aus der Tüte. Hallo, Genosse Ankläger.«

Die Ärztin hatte doch sicherlich gewußt, womit man bei Tan rechnen mußte, dachte Shan. Dann begriff er. »Soll das heißen, Sie haben ihn gekannt?«

»Es ist eine kleine Stadt. Selbstverständlich habe ich Jao gekannt. Wir haben uns letzte Woche voneinander verabschiedet, weil er in Urlaub fahren wollte. Dann packe ich das Päckchen des Obersts aus, und plötzlich starrt er mir entgegen, als hätten wir noch eine Rechnung zu begleichen.«

»Und wie lauten Ihre Schlußfolgerungen?«

»Worüber?« Sie öffnete einen Schrank und musterte die beinahe leeren Fächer. »Na, großartig.« Sie zog die Handschuhe wieder an. »Ich habe schriftlich um mehr Handschuhe gebeten. Man sagte mir, ich solle doch einfach die alten Handschuhe sterilisieren. Diese Narren. Was passiert wohl mit Latex-Handschuhen, wenn man versucht, sie auszukochen?«

»Die Untersuchung des Kopfes.«

»Ai yi!« rief sie und verdrehte die Augen. »Jetzt will er auch noch die Autopsie eines Kopfes«, sagte sie zu der fleckigen Decke.

Shan schaute sie einfach nur an.

»Okay. Ein Schädel, intakt. Ein Gehirn, intakt. Hör-, Seh-, Geschmacks- und Geruchsorgane allesamt intakt. Ein großes Problem.«

Shan beugte sich vor. »Sie haben etwas gefunden?«

»Er hätte dringend mal zum Friseur gemußt.« Sie ging weiter den Flur entlang. Shan starrte ihr hinterher.

»Haben Sie seine zahnärztlichen Unterlagen überprüft?« fragte er.

»Sie glauben schon wieder, Sie wären in Peking. Jao hatte Zahnersatz im Mund, aber der wurde nicht in Tibet angefertigt. Es gibt keine Unterlagen, mit denen man den Befund vergleichen könnte.«

»Haben Sie untersucht, ob der Kopf zu dem Körper gehört?«

»Wie viele geköpfte Leichen haben Sie denn sonst noch auf Lager, Genosse?«

Shan sah sie wortlos an.

Sung murmelte etwas vor sich hin, zog die Handschuhe hoch und warf ihm eine *koujiao* aus dem Schrank zu.

Schweigend gingen sie ins Leichenschauhaus. Der Gestank dort drinnen war nahezu überwältigend. Shan band sich die Maske fester vor Mund und Nase und schaute über seine Schulter. Sergeant Feng hatte sich geweigert mitzukommen. Er wartete auf dem Flur und schaute durch das kleine Fenster in der Tür.

Auf einem der Untersuchungstische befand sich ein fleckiger Karton, der auf einem zugedeckten Körper stand. Shan wandte sich ab, als Dr. Sung den Inhalt des Kartons hervorholte und sich über die Leiche beugte.

»Erstaunlich. Er paßt.« Sie winkte Shan zu sich heran. »Vielleicht möchten Sie es selbst versuchen? Nein, ich weiß etwas Besseres. Wir schneiden Arme und Beine ab und spielen ein lustiges Legespiel.«

»Mich interessiert die Art der Schnitte.«

Sung warf ihm einen verärgerten Blick zu, nahm dann eine Flasche mit Alkohol und säuberte das Fleisch rund um den Hals. »Eins, zwei ... ich zähle drei Schnitte. Keine brutalen Hiebe, wie ich schon gesagt habe. Präzise, als würde man eine Scheibe von einem Braten abschneiden.«

»Woher wissen Sie das?«

»Falls der Mörder sich auf reine Kraftanwendung beschränkt hätte, wäre das Gewebe zerquetscht worden. Das hier sind hingegen sehr saubere Schnitte, die von einem rasiermesserscharfen Instrument stammen. Als hätte ein Metzger sie vorgenommen.«

Ein Metzger. Er hatte Sung zuvor bereits darauf hingewiesen, daß Tibet das einzige Land auf der Welt war, in dem es Metzger gab, deren Hauptaufgabe im Zerteilen menschlicher Körper bestand. »Haben Sie nach einem Bluterguß am Kopf gesucht?«

Sung blickte auf.

»Sie haben es ja schon richtig erkannt«, fügte Shan hinzu. »Zunächst wurde er hingelegt. Kein Blut auf seiner Kleidung. Man muß ihn bewußtlos geschlagen haben. Dann hat man ihm den Kopf abgeschnitten.«

»Wir müssen hier nur selten vollständige Autopsien durchführen«, flüsterte sie und zog eine Rollampe an den Rand des Tisches. Es sollte wohl so eine Art Entschuldigung darstellen.

Sergeant Feng ging draußen im Korridor auf und ab, während sie die Kopfhaut untersuchte.

»Da haben wir's«, sagte sie schließlich. »Hinter dem rechten Ohr. Eine lange gezackte Quetschung. Ein Stück der Haut ist aufgeplatzt.«

»Ein Knüppel? Ein Schlagstock?«

»Nein, etwas mit unebener Oberfläche. Könnte ein Stein gewesen sein.«

Shan zog die Karte hervor, die der Ankläger bei sich getragen hatte. »Wissen Sie, weshalb Jao mit jemandem gesprochen haben könnte, der Röntgenapparate verkauft?«

Sung musterte das kleine Stück Karton. »Amerikanische Geräte?« fragte sie und gab ihm die Karte zurück. »Zu teuer für Tibet.« Sie zog einen Schreibblock aus der Tasche und machte sich eifrig Notizen.

»Warum könnte er sich für solche Geräte interessieren?«

Sie zuckte die Achseln. »Das muß wohl mit einer seiner Untersuchungen zu tun gehabt haben.« Sie stellte den Kragen ihrer Bluse auf, als sei ihr plötzlich kalt geworden.

»Was ist mit den Amerikanern bei der Mine? Würden die mit solchen Apparaten etwas anfangen können?«

Sung schüttelte den Kopf. »Die müssen wie alle anderen hierher ins Krankenhaus kommen. Die Zuteilung der medizinischen Ressourcen ist sorgfältig geplant.«

»Und was bedeutet das?« fragte Shan.

»Es bedeutet, daß die produktivsten Angehörigen des Proletariats zuerst versorgt werden müssen.«

Shan starrte sie ungläubig an. Sie betete hier argwöhnisch einen Leitsatz herunter, als würden sie sich in einer *tamzing*-Sitzung befinden. »Die produktivsten Angehörigen, Doktor?«

»Es gibt ein Memo aus Peking. Ich kann es Ihnen zeigen. Darin steht, daß die Tibeter permanente Hirnschäden erleiden, weil sie ihre Kindheit in sauerstoffarmen Höhenlagen verbringen.«

Shan wollte sich damit nicht zufriedengeben. »Sie sind eine Absolventin der Bei Da-Universität, Doktor. Der Unterschied zwischen medizinischer und politischer Wissenschaft ist Ihnen doch sicherlich bewußt.«

Sie erwiderte seinen Blick einen Moment lang und schaute dann zu Boden.

»Das hier ist bestimmt nicht einfach«, kam Shan ihr entgegen. »Eine Autopsie an einem Freund vorzunehmen.«

»Freund? Jao und ich haben hin und wieder ein paar Worte gewechselt. Meistens ging es bloß um irgendwelche Ermittlungen oder Amtspflichten. Und er hat Witze erzählt. In Tibet bekommt man nur selten Witze zu hören.«

»Zum Beispiel?«

Sung dachte kurz nach. »Den hier weiß ich noch. Warum sterben Tibeter jünger als Chinesen?« Sie sah ihn erwartungsvoll an, und ihr Mund verzog sich zu einem schiefen Grinsen. »Weil sie es so wollen.«

»Ermittlungen. Sie meinen Morde?«

»Man liefert mir hier Tote an. Mord, Selbstmord, Unfall. Ich fülle lediglich die Formulare aus.«

»Aber unser Formular wollten sie nicht ausfüllen.«

»Manchmal ist es schwierig, das Offensichtliche zu ignorieren.«

»Und bei den anderen? Sind Sie denn nie neugierig?« fragte er.

»Neugier kann sehr gefährlich sein, Genosse.«

»Wie viele Unfalltode haben Sie in den letzten beiden Jahren untersucht?«

»Meine Aufgabe besteht darin, Ihnen über diesen Toten hier Auskünfte zu erteilen«, erwiderte Sung stirnrunzelnd. »Mehr nicht.«

»Richtig. Schließlich haben Sie für die anderen Fälle ja Ihre Formulare.«

Sung hob kapitulierend beide Hände. »Also, ich kann mich noch an drei erinnern, die beim Klettern abgestürzt sind. Vier wurden von einer Lawine verschüttet. Ein Erstickungstod. Vier oder fünf bei Verkehrsunfällen. Einer ist verblutet. Es fällt nicht in meinen Verantwortungsbereich, darüber Buch zu führen. Außerdem betreffen diese Fälle größtenteils die Han-Bevölkerung. Die örtlichen Minderheiten«, sagte sie mit einem bedeutungsvollen Blick, »machen nur selten von den Einrichtungen Gebrauch, die ihnen von der Volksregierung zur Verfügung gestellt werden.«

»Der Erstickungsfall?«

»Der Direktor des Büros für Religiöse Angelegenheiten ist in den Bergen gestorben.«

»Höhenkrankheit?«

»Er hat nicht genug Sauerstoff bekommen«, räumte Sung ein.

»Aber das wäre eine natürliche Todesursache.«

»Nicht unbedingt. Er hat nach einem Schlag auf den Kopf das Bewußtsein verloren. Bevor er sich davon erholen konnte, hat jemand seine Luftröhre mit Kieseln vollgestopft.«

»Kieseln?« Shan fuhr auf.

»Wirklich rührend«, sagte Sung mit einem morbiden Lächeln. »Das war die traditionelle Methode, um Angehörige des Königshauses zu töten.«

Shan nickte langsam. »Weil es niemandem gestattet war, ihnen Gewalt anzutun. Gab es eine Verhandlung?«

Sung zuckte abermals die Achseln. Es schien ihre Lieblingsgeste zu sein. »Ich glaube ja. Gegen ein paar üble Elemente. Sie wissen schon, Protestler.«

»Was für Protestler?«

»Keine Ahnung. An die Gesichter kann ich mich nicht erinnern. Falls man es verlangt, gehe ich hin und lese dem Gericht meine medizinischen Berichte vor. Es ist immer das gleiche.«

»Sie meinen, Sie lesen immer Ihre Berichte vor. Und dann wird immer ein Tibeter verurteilt.«

Sungs einzige Antwort war ein wütender Blick.

»Ihr Pflichtbewußtsein ist wirklich begeisternd«, sagte Shan.

»Ich würde gern eines Tages nach Peking zurückkehren, Genosse. Wie steht's mit Ihnen?«

Shan ignorierte die Frage. »Derjenige, der verblutet ist. Ich vermute, er hat sich eigenhändig fünfzig tödliche Stichwunden beigebracht.«

»Nicht ganz«, sagte Sung und funkelte ihn böse an. »Sein Herz wurde herausgeschnitten. Ich habe da eine bestimmte Theorie.«

»Eine Theorie?« fragte Shan mit einem Funken Hoffnung.

»Es war kein Selbstmord.« Auf dem Weg nach draußen stieß sie dermaßen heftig die Tür auf, daß Sergeant Feng beiseite springen mußte.

Zwanzig Minuten später stand Shan in Tans Büro. Er war im Warteraum an Yeshe vorbeigegangen und hatte dessen aufgeregtes Flüstern ignoriert.

»Deine Dreistigkeit, Häftling Shan, wird nur von der Größe des Chomolungma übertroffen«, erklärte Tan.

»Wissen Sie ganz bestimmt, daß die Fälle nicht miteinander in Verbindung stehen?«

»Unmöglich«, knurrte der Oberst. »Die Fälle sind abgeschlossen. Du solltest eigentlich ein Loch auffüllen und nicht ständig neue schaufeln.«

»Aber falls ein Zusammenhang …«

»Es gibt keinen.«

»Die Fünf von Lhadrung werden sie von den Leuten genannt. Sie selbst haben sie erwähnt, Oberst. Ich habe es zuerst nicht verstanden, als Sie sagten, die Protestler würden Ihre Befürchtung immer wieder bestätigen, daß Sie nach den Daumen-Aufständen zu nachsichtig vorgegangen seien. Der Grund ist, daß diese Leute erneut verhaftet werden. Als Mordverdächtige.«

»Die Kultanhänger der Minderheit haben Schwierigkeiten, sich an unsere Gesetze zu halten. Vermutlich ist das Ihrer Aufmerksamkeit nicht entgangen.«

»Wie viele der Fünf wurden wegen Mordes verhaftet?«

»Das beweist nur, daß es ein Fehler war, sie beim erstenmal freizulassen.«

»Wie viele?«

»Sungpo ist der vierte.«

»Jao hat sie angeklagt?«

»Natürlich.«

»Diese Verbindungen kann man nicht ignorieren. Das Ministerium würde es jedenfalls bestimmt nicht tun.«

»Ich erkenne keine Verbindungen.«

»Die fünf waren alle hier in Lhadrung und wurden gemeinsam verurteilt und inhaftiert. Eine Verbindung. Dann werden, einer nach dem anderen, vier davon des Mordes beschuldigt. Eine Verbindung. Die ersten drei werden von Jao angeklagt, dem vierten legt man den Mord an Jao zur Last. Eine Verbindung. Ich benötige Informationen über diese drei anderen Fälle. Vielleicht ist der Schlüssel zu allem in einer Verschwörung zu finden.«

Oberst Tan nahm Shan mißtrauisch in Augenschein. »Bist du gewillt, eine buddhistische Verschwörung aufzudecken?«

»Ich bin gewillt, die Wahrheit herauszufinden.«

»Hast du schon mal von den *purbas* gehört?« fragte Tan.

»Ein *purba* ist ein Zeremoniendolch, wie er in buddhistischen Tempeln benutzt wird.«

»Es ist auch der Name, den sich eine neue Widerstandsgruppe gegeben hat. Zumeist Mönche, obwohl sie nicht vor Gewalt zurückzuschrecken scheinen. Von ganz besonderem Schlag. Natürlich gibt es eine Verschwörung. Von buddhistischen Gewalttätern wie den *purbas*, mit dem Ziel, Regierungsbeamte zu ermorden.«

»Heißt das, die anderen Opfer waren ebenfalls Beamte?«

Tan zündete sich eine Zigarette an und musterte Shan nachdenklich. »Es heißt, daß du dir durch deine Paranoia nicht den Blick aufs Wesentliche verstellen lassen solltest.«

»Aber was ist, wenn es sich um etwas anderes handelt? Was ist, wenn die Fünf von Lhadrung selbst zu Opfern einer Verschwörung geworden sind?«

Tan winkte ungehalten ab. »Zu welchem Zweck denn?«

»Um ein größeres Verbrechen zu verschleiern. Ohne Kenntnis der anderen Fälle kann ich vorerst nichts Genaueres dazu sagen.«

»Die anderen Morde wurden alle aufgeklärt. Vergiß das nicht.«

»Was ist, wenn es noch ein weiteres Muster gibt?«

»Ein Muster?« Wenn er den Rauch ausatmete, wirkte Tan wie ein Drache. »Wen kümmert das schon?«

»Bei lediglich zwei Morden läßt sich noch kein Muster feststellen. Manchmal auch bei drei noch nicht. Aber jetzt haben wir vier. Vielleicht war bislang etwas unsichtbar, das sich nun erkennen läßt. Was ist, falls das Ministerium zu dieser Erkenntnis gelangt; immerhin liegen dort alle Akten vor? Vier Morde innerhalb weniger Monate. Vier der fünf bekanntesten Dissidenten des Bezirks werden wegen dieser Morde vor Gericht gestellt, aber man unternimmt keinerlei Anstrengung, eine mögliche Verbindung zwischen den Fällen zu untersuchen. Und unter den Opfern befinden sich mindestens zwei der wichtigsten Funktionäre des Bezirks. Zwei oder drei könnte man eventuell noch als Zufall abtun. Vier Morde sehen schon nach einer Welle von Verbrechen aus. Fünf jedoch würden wie fahrlässiger Leichtsinn wirken.«

Ein Muster, hielt Shan sich erneut vor Augen, als er Yeshe und Feng auf den bevölkerten Marktplatz folgte. Es gab ein Muster, davon war er fest überzeugt. Er wußte es instinktiv, so wie ein Wolf vielleicht eine Beute auf der anderen Seite des Waldes wittern würde. Aber woher kam diese Ahnung? Warum war er sich so sicher?

Der Markt bestand aus einem Durcheinander aus Verkaufsständen und Hausierern, die ihre Waren auf Decken am Boden feilboten. Shan riß erstaunt die Augen auf und ließ die Eindrücke auf sich wirken. Hier vor ihm herrschte mehr Leben, als er es in den letzten drei Jahren gesehen hatte. Eine Frau hielt Garn aus Yak-Haaren in der ausgestreckten Hand, eine andere rief den Preis für Töpfe voller Ziegenbutter. Shan beugte sich hinunter und berührte einen Korb mit Eiern. Seit seiner Zeit in Peking hatte er kein einziges Ei mehr gegessen. Er hätte den Korb stundenlang anstarren können. Diese wunderbaren Eier. Ein alter Mann bot eine Vielzahl kunstvoller *tormas* an, der Bildnisse aus Butter und Teig, die als Opfergaben Verwendung fanden. Kinder. Shans Blick fiel auf eine Schar Kinder, die mit einem Lamm spielten. Er kämpfte gegen den Wunsch an, zu den Kindern zu gehen und eines davon zu berühren, nur um sich zu vergewissern, daß es eine solche Jugend und Unschuld immer noch gab.

Sergeant Fengs Hand auf seiner Schulter holte Shan auf den Boden der Tatsachen zurück, und er ging zwischen den Ständen weiter. Die Fragen tauchten wieder auf, der Eindruck, es gebe ein Muster. Lag es nur an seinem Wissen, daß ein Mann wie Sungpo keinen Mord begehen würde? Nein. Da war noch etwas. Wenn es nicht Sungpo war, dann war es eine Verschwörung. Aber wessen Verschwörung? Die der Beschuldigten? Oder die der Beschuldiger? Würde er der Welt beweisen, daß die Mönche schuldig waren, und sich dafür auf ewig Selbstvorwürfe machen? Oder würde er nachweisen, daß sie unschuldig waren, und dafür bis in alle Ewigkeit von der Regierung bestraft werden?

Feng kaufte einen Spieß mit gerösteten Holzäpfeln. Ein Mann mit einem milchigweißen Auge drehte eine Gebetsmühle und bot Krüge voller *chang* an, dem tibetischen Bier, das aus Gerste hergestellt wurde. Neben einem einzelnen Mädchen mit hüftlangen Zöpfen war Yak-Käse aufgestapelt, hart, trocken und schmutzig. Ein Junge verkaufte Plastiktüten voller Joghurt, ein alter Mann irgendwelche Tierhäute. Shan bemerkte, daß die meisten Tibeter sich kleine Heidekrautzweige an die Gewänder gesteckt hatten. Ein einarmiges Mädchen rief ihnen zu, sie sollten ein Stück Seide kaufen, das man als *khata* benutzen konnte. Die Luft roch beißend nach gebuttertem Tee, Weihrauch und ungewaschenen Menschen.

Ein Trupp Soldaten überprüfte die Papiere eines drahtigen Mannes, der sich rastlos umschaute und in seinem Gürtel einen Dolch nach traditioneller Art der *khampa* trug. Als die Soldaten näher kamen, packte er nicht etwa den Dolch, sondern ein Amulett, das um seinen Hals hing, das *gau*-Medaillon, in dem sich vermutlich die Anrufung eines Schutzgeistes befand. Man ließ ihn weitergehen. Als der Mann dankbar sein *gau* tätschelte, fiel es Shan plötzlich wieder ein: Die Anwohner hatten sich über die Sprengungen beschwert, weil Tamdin dadurch verärgert worden sei. Fowler hatte gesagt nein, sie hätten erst vor sechs Monaten mit den Sprengungen angefangen. Das bedeutete, Tamdin war schon vor mehr als sechs Monaten gesehen worden. Tamdin war bereits davor verärgert gewesen. Ein Muster. Hatte Tamdin zuvor schon gemordet?

Yeshe blieb am anderen Ende des Marktes neben einem Laden stehen, dessen Eingang von einem dreckigen Teppich verdeckt wurde, der über zwei hohen Pfosten hing. Sergeant Feng musterte den dunklen Innenraum des Geschäfts und runzelte die Stirn. Mehr als ein chinesischer Soldat war an Orten wie diesem bereits in einen Hinterhalt geraten. Er wies auf einen Teeverkäufer in der Mitte des Marktplatzes. »Ich trinke zwei Tassen, mehr nicht.« Dann griff er in seine Hemdtasche und holte eine Trillerpfeife hervor, die an einer Kordel hing. »Danach alarmiere ich die Streife.« Er zog mit den Zähnen einen Apfel vom Spieß und ging weg.

Das Gebäude hatte keine Fenster und keinen anderen Eingang als den, durch den sie hereingekommen waren. Der Innenraum wurde lediglich von Butterlampen erhellt, deren trübes Licht durch Weihrauchschwaden noch zusätzlich gedämpft wurde. Als Shans Augen sich an das Halbdunkel gewöhnt hatten, erkannte er mehrere Regale voller Töpfe und Krüge. Er befand sich in dem Laden eines Kräuterkundigen. Hinter einem breiten Brett, das auf zwei hochkant stehenden Kisten lag, saß eine ausgemergelte Frau. Sie warf Shan und Yeshe einen leeren Blick zu. Vor der rechten Wand saßen drei Männer absolut regungslos auf dem Lehmboden. Shan folgte Yeshes Blick nach links, in die dunkelste Ecke des Raums. Auf einem roh behauenen Tisch stand ein schmutziger kegelförmiger Hut, dessen Krempe nach oben gebogen war. Dahinter befand sich ein dunklerer Schatten, der die Form eines Tiers hatte, vielleicht ein großer Hund. »Der Hut eines Zauberers«, flüsterte Yeshe nervös. »Ich habe keinen mehr gesehen, seit ich ein kleiner Junge war.«

»Du hast nichts von einem Chinesen gesagt«, rief die alte Vettel. Bei diesen Worten sprang einer der Männer vom Boden auf und packte einen dicken Stock, der an den Regalen lehnte.

Yeshe legte Shan eine Hand auf den Arm und hielt ihn zurück. »Der ist in Ordnung«, erwiderte er fahrig. »Er ist nicht so.«

Die Frau musterte Shan mit eisigem Blick und nahm dann vom untersten Regalbrett ein Glas, in dem sich irgendein Pulver befand. »Du willst etwas für die Potenz, nicht wahr? Das wollen die Chinesen immer.«

Shan schüttelte langsam den Kopf und schaute Yeshe an. Nicht so? Er ging einen Schritt auf den Tisch in der Ecke zu. Der Schatten dahinter schien sich bewegt zu haben. Jetzt konnte man erkennen, daß es sich eindeutig um einen Mann handelte, der anscheinend schlief oder berauscht war. Shan machte noch einen Schritt. Die linke Gesichtshälfte des Mannes war eingeschlagen worden. Ein großes Stück von seinem linken Ohr fehlte. Vor ihm stand eine braune Schale mit silbernem Rand. Shan betrachtete das eigentümliche Muster auf dem Gefäß. Das war gar keine Schale, sondern die obere Hälfte eines menschlichen Schädels.

Plötzlich sprang ein zweiter Mann vor, verharrte kurz neben Shans Ellbogen und murmelte eine Drohung, doch Shan verstand den Dialekt nicht. Als Shan sich umdrehte, erkannte er zu seiner Überraschung, daß es sich bei dem Mann um einen Mönch handelte, der allerdings irgendwie wild und barbarisch wirkte, wie Shan es noch nie zuvor bei einem Priester gesehen hatte.

»Er sagt …« Yeshe warf einen Blick auf den Schlafenden. »Er sagt, falls Sie ein Foto machen, werden Sie sofort in die zweite Stufe der heißen Hölle geschickt.«

Ganz gleich, wohin Shan kam, die Leute warnten ihn stets vor dem großen Leid, das ihm drohte. Er drehte die Handflächen nach außen, um zu zeigen, daß er nichts darin verborgen hielt. »Sagen Sie ihm, daß ich diese besondere Hölle noch nicht kenne«, forderte er Yeshe müde auf.

»Machen Sie sich nicht über ihn lustig«, warnte Yeshe. »Er meint Kalasutra. Man nagelt Sie fest und schneidet Ihren Körper mit einer glühend heißen Säge in kleine Stücke. Diese Mönche gehören einer uralten Sekte an, von deren Mitgliedern kaum jemand mehr übrig ist. Sie werden Ihnen berichten können, daß diese Hölle tatsächlich existiert. Vielleicht sind diese Männer selbst schon dort gewesen.«

Shan musterte den Mönch und erschauderte.

Yeshe packte seinen Arm und zog daran. »Nein. Verärgern Sie ihn nicht. Dieser Trunkenbold kann nicht der Mann sein, den wir suchen. Lassen Sie uns von hier verschwinden.«

Shan ignorierte ihn und ging wieder auf die Frau zu.

»Ich könnte dir die Zukunft weissagen«, sagte die Frau mit einer Stimme, die dem Glucksen einer Henne glich.

»Kein Interesse«, entgegnete Shan. Auf dem Tisch lag eine Messingplatte von der Größe seines Handtellers, deren Rand mit kleinen Abbildungen Buddhas versehen war. Die Mitte war blankpoliert.

»Ihr Leute mögt doch Weissagungen.«

»Weissagungen erzählen etwas über Tatsachen. Mich interessieren Zusammenhänge«, sagte Shan. Er griff nach der Platte.

Yeshes Hand schoß vor und packte seinen Arm, bevor er sie berühren konnte.

»Für dich nicht«, sagte die Frau und warf Yeshe einen tadelnden Blick zu, als wünschte sie, Shan hätte die Scheibe angefaßt.

»Was ist das?« fragte er. Yeshe wandte ihm den Rücken zu, als müßte er Shan vor eventuellen Angriffen beschützen.

»Große Kraft«, gackerte die Frau. »Ein Zauber. Eine Falle.«

»Eine Falle wofür?«

»Den Tod.«

»Es fängt den Tod? Du meinst Geister?«

»Nicht diese Art von Tod«, erwiderte sie geheimnisvoll und stieß seine Hand weg.

»Das verstehe ich nicht.«

»Dein Volk versteht nie. Es fürchtet den Tod als Ende des Lebens. Aber das ist nicht der wichtige Tod.«

»Du meinst, es fängt die Kräfte ein, die der Seele schaden.«

Die Frau nickte langsam und anerkennend. »Wenn man es richtig anwendet.« Sie betrachtete ihn einen Moment lang, nahm dann eine Handvoll schwarzer und weißer Kiesel aus einer Schale und warf sie auf den Tisch. Feierlich ordnete sie die Steine in einer Reihe an und zog nach sorgfältiger Überlegung ein paar der Kiesel aus der Linie heraus. Sie sah Shan traurig an. »Im nächsten Monat darfst du nicht allein im Boden graben. Du mußt *torma*-Opfer verbrennen. Du mußt dich vor schwarzen Hunden verneigen.«

»Ich muß mit Khorda sprechen.«

»Wer bist du?« fragte die Frau.

Shan wog seine Worte sorgfältig ab. »Im Augenblick weiß ich lediglich, wer ich nicht bin«, flüsterte er zurück.

Sie kam um den Tisch herum und nahm seine Hand, als könne er sich verirren, falls er allein versuchte, die Ecke zu erreichen. Der Mönch wollte sich Shan erneut in den Weg stellen, aber ein gebieterischer Blick der Frau ließ ihn innehalten. Er wich zurück und setzte sich mit dem Gesicht nach außen direkt in den Eingang. Yeshe nahm neben ihm an der Tür Platz, behielt jedoch Shan im Blick, als würde er ihm jede Sekunde zur Rettung beispringen müssen.

Shan setzte sich vor dem Tisch auf eine Kiste und sah den alten Mann an.

In diesem Moment öffneten sich schlagartig die Augen des Mannes und schauten sich wachsam um. Er wirkte wie ein Raubtier, das plötzlich aus dem Schlaf erwachte.

Shan hatte den flüchtigen Eindruck, er würde in das Gesicht eines Götzenbildes blicken. Das Auge auf der zerschmetterten Gesichtshälfte des Mannes musterte ihn mit übernatürlicher Intensität. Der Augapfel war nicht mehr vorhanden und durch eine leuchtendrote Glaskugel ersetzt worden. Das rechte, lebendige Auge wirkte allerdings auch nicht viel menschlicher. Es glühte ebenfalls wie ein Juwel, das von hinten beleuchtet wurde.

»Choje Rinpoche hat mir geraten, mit dir zu sprechen.«

Das Auge schien sich kurz nach innen zu wenden, als suche es nach einer Erinnerung. »Ich kannte Choje, als er nichts weiter als ein braungewandeter *rapjung* war, ein Lehrling«, sagte Khorda schließlich. Seine Stimme war wie Geröll, das man an einem Felsen rieb. »Man hat sein *gompa* vor vielen Jahren eingenommen. Wo studiert er heute?«

»In der 404. *lao gai*-Brigade.«

Khorda nickte langsam. »Ich habe gesehen, wie sie *gompas* einnehmen.« Die rechte Seite von Khordas Gesicht verzerrte sich zu einem abscheulichen Grinsen. »Weißt du, was das bedeutet?« fragte der Zauberer. »Sie vernichten es. Sie tragen es Stein um Stein ab. Sie löschen jegliche Spur seiner Existenz aus. Sie machen das Fundament dem Erdboden gleich. Sie nennen es Rückgewinnung. Sie nehmen die Steine und bauen Baracken. Falls sie ein Loch schaufeln könnten, das groß genug ist, würden sie ganz Tibet darin begraben.« Khorda starrte Shan an. Nein, er starrte auf einen Punkt hinter Shan, den er durch Shans Schädel hindurch zu sehen schien. Kurz darauf schloß er die Lider.

»Ich habe einen Toten berührt«, sagte Shan.

Langsam öffnete sich das linke Augenlid. Das rote Juwel starrte ihn an. »Eine weitverbreitete Sünde. Kaufe eine Ziege frei.« Khordas Stimme klang wie ein Schatten ihrer selbst. Sie war heiser und keuchend und schien aus weiter Ferne zu kommen.

Diese Art der Buße war unter den Hirtenvölkern üblich, die eine Ziege aus der Herde freikauften, um sie vor dem Kochtopf zu retten. »Dort, wo ich lebe, gibt es keine Ziegen.«

Die Wange verzog sich erneut zu einem halben Grinsen. »Der Freikauf eines Yaks wäre sogar noch besser.«

»Der Mörder hat das hier getragen.«

Das Gesicht des Zauberers straffte sich. Sein gutes Auge öffnete sich und fixierte starr die Scheibe, die Shan ihm entgegenstreckte. Er nahm sie Shan aus der Hand und hielt sie sich näher vor das Gesicht.

»Sobald er erst mal erweckt war, würde er wohl kaum untätig herumsitzen.« Khorda nickte wissend. »Wenn er alles gesehen hat, wird er nie wieder ruhen.«

»Alles? Du meinst die Morde?«

»Er meint 1959«, erklärte die Frau hinter Shan. Das Jahr der abschließenden chinesischen Invasion.

»Ich muß ihn treffen.«

»Leute wie du ...«, sagte Khorda, »Leute wie du können ihn nicht treffen.«

»Aber ich muß.«

Wieder das scheußliche Grinsen. »Du wirst die Folgen tragen?«

»Ich werde die Folgen tragen«, erwiderte Shan. Er fühlte seine Lippen bei diesen Worten zittern.

»Deine Hände«, krächzte Khorda. »Zeig sie mir.«

Nachdem Shan sie mit den Handflächen nach oben auf den Tisch gelegt hatte, beugte Khorda sich über jede einzelne und musterte sie lange. Dann blickte er auf und sah Shan in die Augen. Gleichzeitig schob er Shans Hände zusammen und ließ eine Gebetskette hineinfallen.

Die Perlen waren eiskalt und schienen seine Hände taub werden zu lassen. Sie waren aus Elfenbein gefertigt, und jede einzelne war kunstvoll zu einem winzigen Schädel geschnitzt worden.

»Sprich mir nach«, sagte Khorda. In seiner Stimme schwang etwas Neues mit, ein durchdringender Befehlston, der Shan in sein Auge blicken ließ. »Sieh mich an, mit den Perlen in deinen Händen, und wiederhole die folgenden Worte. *Om! Padme te krid hum phat!*« stieß er hervor.

Shan tat, wie ihm geheißen.

Hinter ihm keuchte Yeshe auf. Die Frau gab ein Geräusch von sich, das wie das Krächzen eines Raben klang. War es Lachen? Oder ein angstvoller Aufschrei?

Sie wiederholten das seltsame Mantra mindestens zwanzigmal. Dann bemerkte Shan, daß Khorda aufgehört hatte und nur noch er selbst sprach. Er fühlte sich schwindlig, dann packte ihn ein starkes Kältegefühl, und alles schien dunkel zu werden. Die Worte kamen schneller und schneller heraus, als würde seine Stimme von jemand anderem kontrolliert. Plötzlich gab es einen hellen Blitz, der direkt in seinem Kopf aufzuzucken schien, und Khorda stieß ein lautes Brüllen aus, als habe er furchtbare Schmerzen.

Shan erzitterte heftig. Er ließ den Rosenkranz fallen und sah plötzlich wieder den Raum vor sich. Das Zittern hörte auf, doch seine Hände blieben weiterhin eiskalt.

Der Zauberer keuchte, als hätte er sich körperlich sehr angestrengt. Argwöhnisch schaute er sich im Zimmer um und achtete besonders auf die Schatten in den Ecken, als würde er damit rechnen, daß etwas von dort hervorspringen könnte. Er streckte den Arm aus und stieß mit einem knorrigen Finger Shans Brust an. »Bist du noch am Leben?« krächzte er. »Bist das immer noch du, Chinese?« Er nahm die Gebetskette und musterte abermals Shans Handflächen.

Shans Herz raste. »Wie finde ich Tamdin?« fragte er.

»Folge seinem Pfad. Er wird jetzt nicht mehr weit entfernt sein«, sagte der Zauberer mit seinem schiefen Grinsen. »Falls du mutig genug dafür bist. Tamdins Pfad ist ein Pfad der Unbarmherzigkeit. Manchmal führt nur Unbarmherzigkeit zur Wahrheit.«

»Was …« Shans Mund war staubtrocken. »Was ist, falls jemand Tamdin beleidigt hat? Was wäre in so einem Fall zu tun?«

»Einen Schutzdämon beleidigen? Dann rechne damit, nur das Nichts zu erlangen.«

»Nein. Ich meine, ein wahrhaft Gläubiger hat etwas im Namen Tamdins getan, hat vorgegeben, Tamdin zu sein. Vielleicht hat er sich sogar Tamdins Gesicht geborgt.«

»Für die Rechtschaffenen gibt es Zauber, um Vergebung zu erlangen. Bei dem Mädchen könnte es funktionieren.«

»Ein Mädchen hat Tamdin um Verzeihung ersucht?«

Khorda erwiderte nichts.

»Kann es auch bei mir funktionieren?« Falls ein Ungläubiger ein Kostüm benutzte, würde er nicht um einen solchen Zauber bitten, erkannte Shan. Aber ein Ungläubiger hätte auch nur dann Veranlassung, sich auf diese Weise zu verkleiden, wenn er den buddhistischen Mönchen schaden wollte. Und dann würde er sich keine Gedanken um Vergebung machen. Shan seufzte. Er wünschte, er könnte sich einfach damit begnügen, das Nichts zu erlangen.

Khorda nahm seinen Zaubererhut und setzte ihn auf. Wie aufs Stichwort erschien die Frau mit einem Blatt Reispapier, Tinte und einem Pinsel. Khorda nahm den Pinsel und begann, das Papier zu beschriften. Er zeichnete mehrere große Ideogramme, schloß dann das rechte Auge und hob das Blatt vor das rote Juwel auf der linken Seite seines Gesichts. Er schüttelte bekümmert den Kopf, riß das Papier in kleine Fetzen und ließ sie zu Boden fallen. »Es bleibt nicht an dir haften«, stöhnte Khorda und richtete seinen unheimlichen Blick auf Shan. »Für dich ist sehr viel mehr erforderlich.« Die Hand des Zauberers, die nach wie vor den Rosenkranz umklammert hielt, begann zu zittern.

»Was siehst du?« hörte Shan sich wie aus einiger Entfernung selbst fragen. Er massierte sich die Finger. Die Stellen, an denen sie die Schädelkette berührt hatten, fühlten sich noch immer eiskalt an.

»Ich kenne Männer wie dich. Wie ein Magnet. Nein. Anders. Wie ein Blitzableiter. Falls du nicht aufpaßt, wird deine Seele lange vor deinem Körper aufgebraucht sein.«

Khordas Hand zitterte plötzlich sehr heftig. Sie fing an, sich zu bewegen. Khorda schien dagegen anzukämpfen und zu versuchen, sie zurückzuhalten, jedoch vergebens. Sie zuckte auf Shan zu und griff in seine Tasche. Zwei knochige Finger zogen ein Stück Papier heraus. Es war Chojes Schutzzauber. Die zitternde Hand entfaltete das Blatt und ließ es dann plötzlich fallen, als hätte sie sich verbrannt.

Der alte Mann nahm die Zauberformel genau in Augenschein und nickte respektvoll. »Dieser Choje muß dich sehr lieben, Chinese, wenn er dir so etwas mitgibt«, sagte er ernst. Ein heiseres Lachen stieg aus seiner Kehle auf. »Jetzt weiß ich auch, wieso du überlebt hast«, stieß er hervor. »Aber es kann nicht ändern, was du getan hast.« Er seufzte tief, als habe eine machtvolle Umklammerung ihn freigegeben, und begann, die

Schädelperlen in seiner Hand anzustarren. Eine tiefgehende Neugier zeichnete sich auf seinem Gesicht ab, als könne er nicht verstehen, auf welche Weise oder aus welchem Grund der Rosenkranz dorthin gelangt war.

»Was ich getan habe? Das Mantra mit den Schädeln?« fragte Shan.

Doch Khorda schien ihn nicht zu hören. Die Frau zog drängend an seinem Arm. »Die Beschwörung«, zischte sie, als sie ihn zur Tür hinausschob. »Du hast den Dämon beschworen.«

Als sie durch das Gewirr der Marktstände zurückgingen, befand sich vor ihnen ein zweirädriger Karren voller junger Ziegen, der von zwei alten Frauen gezogen wurde. Die Frauen stolperten, und der Karren stürzte um, so daß die Ladung sich direkt über Feng ergoß. Der Sergeant ging inmitten einer Schar meckernder Tiere zu Boden. Sofort brach überall um sie herum hektische Aktivität aus. Händler stießen wütende Rufe aus, um die Ziegen von ihren Waren fernzuhalten. Hirten sprangen zu Hilfe herbei und verschlimmerten das Durcheinander nur noch.

Neben Shan tauchten drei Männer auf, die wie Hirten mit Schaffellwesten und Mützen bekleidet waren. Sie stießen Yeshe und Shan in einen Durchgang, der ungefähr zwei Meter entfernt lag. Einer der Männer wandte ihnen den Rücken zu, um sie vor Fengs Blicken abzuschirmen; er begann, lautstark die Hirten anzufeuern.

»Wir wissen, daß ihr Sungpo habt«, sagte einer der Männer freiheraus. Er nahm seine Mütze ab. Ein vertrauter Haarschnitt wurde sichtbar. Mehrere lange Narben zogen sich kreuz und quer über sein Gesicht.

»Ist es nicht eine Verletzung der Klosterregeln, kein Mönchsgewand zu tragen?« fragte Shan.

Der Mann warf ihm einen mürrischen Blick zu. »Wenn man keine Lizenz hat, ist man nicht allzu wählerisch«, erwiderte er geistesabwesend. Seine Aufmerksamkeit galt Yeshe. »In welchem *gompa* warst du?« wollte er wissen.

Yeshe versuchte zu fliehen. Der Mann neben ihm packte ihn

an der Schulter. Der Griff schien Yeshe den Atem zu rauben. Keuchend beugte er sich vor. Es handelte sich um einen traditionellen Zangengriff der asiatischen Kampfsportarten.

»Was für Mönche ...«, setzte Shan an, als ihm plötzlich klar wurde, woher die Narben rührten. Sie waren eine freundliche Erinnerung an die Schlagstöcke der Öffentlichen Sicherheit und stammten von einer derart brutalen Tracht Prügel, daß lange Streifen Haut aufgeplatzt waren. Manchmal klebten die Häscher der Öffentlichen Sicherheit Sandpapier auf ihre Knüppel.

Der Begleiter des Mannes hielt Yeshe am Oberarm fest.

»*Purbas*!« warnte Yeshe.

»Manche behaupten, du seist einer der *zung mag*, die unter dem Schutz von Choje Rinpoche stehen«, sagte das Narbengesicht. *Zung mag* war ein tibetischer Begriff. Er bedeutete »Kriegsgefangene«. Choje hatte diese Bezeichnung noch nie benutzt. »Andere sagen, du stehst unter dem Schutz von Oberst Tan. Beides zugleich kann nicht sein. Du spielst ein gefährliches Spiel.« Schweigend nahm er Shans Arm, knöpfte die Manschette auf und schob den Ärmel hoch. Er drückte das Fleisch rund um die Tätowierung ein. Mit diesem Test erkannte man in den Gefängnissen Infiltratoren. Erst kürzlich angebrachte Tätowierungen wurden nicht bleich, weil sich darunter noch ein Bluterguß befand.

Der Mann nickte seinem Begleiter zu, der daraufhin Yeshe losließ. »Hast du eigentlich auch nur die geringste Vorstellung davon, was geschehen wird, falls ihr noch einen der Fünf hinrichtet?« In seinem Ärmel war ein weiteres Kleidungsstück sichtbar. Shan erkannte, daß er unter der Hirtenkleidung tatsächlich ein Priestergewand trug.

Aus irgendeinem Grund machte der Mann Shan wütend. »Mord ist ein Kapitalverbrechen.«

»Wir hier in Tibet wissen über Kapitalverbrechen Bescheid«, erwiderte der *purba* wütend. »Mein Onkel wurde getötet, weil er die Aussprüche eures Vorsitzenden in einen Nachttopf geworfen hat. Mein Bruder wurde hingerichtet, weil er an einem Massengrab eine Zeremonie durchführen wollte.«

»Das ist Geschichte.«

»Macht es das besser?«

»Nicht im geringsten«, sagte Shan. »Aber was bedeutet es für dich und mich?«

Der *purba* starrte ihn an. »Diese Leute haben meinen Lama ermordet«, sagte er.

»Diese Leute haben meinen Vater ermordet«, gab Shan zurück.

»Aber du wirst Sungpo anklagen.«

»Nein. Ich führe die Untersuchung durch.«

»Warum?«

»Ich bin ein *lao gai*-Gefangener. Diese Arbeit wurde mir zugewiesen.«

»Weshalb sollten sie dafür einen Sträfling benutzen? Das ergibt keinen Sinn.«

»Weil auch ich ein Leben vor der 404ten hatte. Ich war Ermittler in Peking. Deshalb hat Tan mich ausgesucht. Warum er überhaupt beschlossen hat, die Untersuchung nicht vom Büro des Anklägers durchführen zu lassen, weiß ich noch nicht.«

Der Haß in der Stimme des Mannes ließ nach. »Es gab hier bereits einmal Aufstände. Auch damals sind die Kriecher in dieses Tal gekommen. Viele wurden getötet. Es gab nie einen offiziellen Bericht darüber.«

Shan nickte bekümmert.

»Es sah so aus, als würden sie endlich Ruhe geben. Aber dann haben sie angefangen, die Fünf zu schikanieren.«

»Jeder der Fälle wurde vor Gericht verhandelt. Immerhin ging es jedesmal um einen Mord.« Auch wenn ihm die Gewalttätigkeit des Mannes widerstrebte, wollte Shan doch verzweifelt Einigkeit mit den *purbas* erzielen. »Akzeptiere doch wenigstens, daß Mörder bestraft werden müssen. Das hier ist kein Pogrom gegen die Buddhisten.«

»Bist du sicher?«

Nein, erkannte Shan müde, er war sich nicht sicher. »Aber es hat jedesmal mit einem Mord angefangen.«

»Seltsame Worte für jemanden aus Peking. Ich kenne Leute

deines Schlages. Mord ist kein Verbrechen, sondern eine politische Erscheinung.«

Shan verspürte einen ungewohnten Eifer und erwiderte den Blick des jungen Mönches. »Was hast du vor? Willst du mich warnen? Willst du mich davon abhalten, eine Aufgabe zu erledigen, zu der ich gezwungen wurde?«

»Es muß eine angemessene Vergeltung geben, wenn ihr einen der Unseren wegnehmt.«

»Rache entspricht nicht der buddhistischen Lehre.«

Als der Mönch die Stirn runzelte, verzerrten die langen Streifen Narbengewebe sein Gesicht zu einer grausigen Maske. »Das ist die Geschichte der Zerstörung meines Landes. Friedliche Koexistenz. Laßt die Rechtschaffenheit über die rohe Gewalt obsiegen. Das funktioniert nicht, wenn die Rechtschaffenheit keine Stimme mehr hat.« Er packte Shans Kinn und zwang ihn zum Hinsehen, als er langsam den Kopf wandte, um Shan sein zerstörtes Gesicht in allen Einzelheiten zu zeigen. »Wenn du in diesem Land die andere Wange hinhältst, zerschmettern sie dir eben alle beide.«

Shan stieß die Hand des *purba* weg und sah ihm in die funkelnden Augen. »Dann hilf mir. Nur die Wahrheit kann all dem hier ein Ende bereiten.«

»Uns ist egal, wer den Ankläger ermordet hat.«

»Sie werden einen Verdächtigen nur dann freilassen, wenn sie einen besseren finden.«

Der *purba* starrte Shan noch immer mißtrauisch an. »In der Hütte von Choje Rinpoche gibt es einen chinesischen Gefangenen, der mit Rinpoche betet. Man nennt ihn den Chinesischen Stein, weil er so hart ist. Er hat nie klein beigegeben. Er hat durch einen Trick die Freilassung eines alten Mannes erreicht.«

»Der Name des alten Mannes war Lokesh«, erwiderte Shan. »Er hat die alten Lieder gesungen.«

Der Mann nickte langsam. »Was erwartest du von uns?«

»Ich weiß es nicht.« Shans Blick richtete sich auf Khordas Hütte. »Ich würde gern wissen, wer auf einmal nach Zauberformeln gefragt hat, um Vergebung von Tamdin zu erlangen.

Ein junges Mädchen. Und ich muß Balti, den *khampa* finden, Ankläger Jaos Fahrer. Niemand hat ihn oder den Wagen seit dem Mord gesehen.«

»Du glaubst, wir würden mit dir zusammenarbeiten?«

»Ja, um die Wahrheit herauszufinden.«

Der Mönch antwortete nicht. Inzwischen konnte man Sergeant Fengs Stimme hören, der über das Meckern der Ziegen hinweg Shans und Yeshes Namen rief.

»Hier.« Der *purba* vor ihnen drehte sich um und gab Yeshe eine kleine Ziege auf den Arm. Seine Tarnung.

Als Shan und Yeshe aus dem Durchgang traten, hob Feng soeben die Trillerpfeife an die Lippen.

Shan blickte zurück. Die *purbas* waren verschwunden.

Auf dem Rückweg zum Wagen sprach Yeshe kein Wort. Er setzte sich auf die Rückbank und starrte ein Stück Heidekraut an, wie die Leute auf dem Markt es getragen hatten. »Ein Mädchen hat es mir gegeben«, sagte er mit trostloser Stimme. »Sie hat gesagt, ich solle es für die anderen tragen. Ich habe gefragt, wen sie damit meinte. Die Seelen der 404ten, hat sie geantwortet. Sie sagte, der Zauberer habe verkündet, die Häftlinge würden allesamt als Märtyrer enden.«

Kapitel Acht

Die Laternenpfähle entlang der Straße, die aus der Stadt führte, wurden silbern angemalt, zweifellos für die hochverehrten Gäste, die in Kürze aus Peking und Amerika eintreffen würden. Aber es wehte ein scharfer Wind, so daß im selben Moment, in dem die Arbeiter die Farbe auftrugen, auch schon Sandpartikel an den Pfählen klebten und sie noch schäbiger als zuvor aussehen ließen. Shan beneidete die Proletarier um die Fähigkeit, die wichtigste Lektion ihrer Gesellschaft zu verinnerlichen, nämlich daß das Ziel eines jeden Arbeiters nicht darin lag, eine gute Arbeit abzuliefern, sondern eine vorschriftsmäßige Arbeit.

Die kleinen Häuschen, in denen die öffentlichen Telefone

untergebracht waren, wurden ebenfalls neu gestrichen, obwohl Sergeant Feng keinen einzigen Apparat finden konnte, der funktionierte. Er folgte einem Kabel zu einem muffigen Teeladen am Stadtrand und requirierte das Telefon für ein Gespräch.

»Niemand wird dich aufhalten«, erwiderte Oberst Tan, als Shan ihm sagte, er müsse die Schädelhöhle inspizieren. »Ich habe die Höhle an dem Tag geschlossen, an dem wir den Kopf gefunden haben. Warum hast du so lange gebraucht? Die paar Knochen jagen dir doch hoffentlich keine Angst ein.«

Als der Geländewagen die flachen Geröllhügel erklomm, die aus dem Tal führten, wirkte Yeshe unruhiger als gewöhnlich. »Das hätten Sie nicht tun sollen«, platzte es schließlich aus ihm heraus. »Sie sollten sich nicht auf diese Weise einmischen.«

Shan drehte sich um. Yeshes Blick schweifte unstet in die Höhe, während sie auf die gewaltige Erhebung der Drachenklauen zufuhren. Riesige Kumuluswolken, die vor dem kobaltblauen Himmel blendend weiß wirkten, hatten sich an die fernen Gipfel geheftet.

»Einmischen? Wie meinen Sie das?«

»Na, was Sie getan haben. Das Schädelmantra. Sie hatten kein Recht, den Dämon zu beschwören.«

»Sie glauben also, das hätte ich getan?«

»Nein. Es ist nur so, daß diese Leute …« Yeshe verstummte.

»Diese Leute? Sie meinen Ihre Leute?«

Yeshe runzelte die Stirn. »Beschwörungen sind riskant. Für die alten Buddhisten waren Worte die gefährlichste Waffe von allen.«

»Sie glauben, ich hätte einen Dämon beschworen?« widerholte Shan.

Yeshe sah ihn kurz an und schaute dann weg. »So einfach ist das nicht. Die Leute werden von den Worten erfahren, die Sie gesprochen haben. Manche werden sagen, der Dämon werde von dem Beschwörenden Besitz ergreifen. Andere werden sagen, der Dämon sei eingeladen worden, erneut zu handeln. Khorda hatte recht. Der Name des Dämons bedeutet Unbarmherzigkeit.«

»Ich dachte, der Dämon sei bereits freigelassen.«

Yeshe sah voller Schmerz in seine Hände. »Unsere Dämonen neigen dazu, selbsterfüllend zu sein.«

Shan musterte seinen Begleiter nachdenklich. Er hatte noch nie jemanden kennengelernt, der im einen Moment wie ein Mönch und im nächsten wie ein Parteifunktionär klang. »Was heißt das?«

»Ich weiß es nicht. Es wird etwas geschehen. Es wird zu einer Ausrede.«

»Wofür? Dafür, die Wahrheit zu sagen?«

Yeshe zuckte zusammen und sah wieder aus dem Fenster.

Nur eines, was der Zauberer gesagt hatte, ergab einen Sinn. Folge Tamdins Pfad. Der Tamdin-Mörder war von der 404ten über die Berge zur Schädelhöhle gegangen. Und Shan mußte diesem Pfad folgen und zu dem schrecklichen, heiligen Ort der toten Lamas zurückkkehren.

Ein einzelner Armeelaster mit zwei schläfrigen Soldaten stand an der Abzweigung zur Schädelhöhle und bewachte die Zufahrt, solange Tan das Projekt für die Dauer der Ermittlungen geschlossen hatte. Die plötzlich auftauchenden Besucher ließen die Männer erschrecken und nach den Gewehren greifen. Dann sahen sie Feng am Steuer und entspannten sich wieder.

Als sie in das kleine Tal fuhren, war die Luft merkwürdig ruhig. Über ihnen jagten die Wolken schnell vorüber, aber als sie das kleine Plateau mit dem einzelnen Baum erreichten, bemerkte Shan, daß kein Windhauch die Zweige bewegte. Als er aus dem Wagen stieg, beschlich ihn eine sonderbare Vorahnung. Es war auch kein Geräusch zu hören. Außer dem Braun und Grau der Felsen und der Hütte gab es hier kaum etwas Farbiges, abgesehen von einem neuen Schild, dessen leuchtendrote Buchstaben besagten: ACHTUNG – ZUTRITT AUF ANWEISUNG DES MINISTERIUMS FÜR GEOLOGIE UNTERSAGT.

Yeshe warf Shan einen besorgten Blick zu und folgte ihm dann zum Höhleneingang. Feng blieb zurück, während sie ihre Taschenlampen überprüften, und nahm auffallend gründlich die Reifen des Fahrzeugs in Augenschein.

Die beiden Männer gingen schweigend durch den Eingangstunnel, und mit jedem Schritt fiel Yeshe ein Stück hinter Shan zurück.

»Das hier ist kein …«, setzte Yeshe nervös an, als er Shan am Eingang zur Hauptkammer einholte. Die riesigen Gestalten auf den Wänden schienen im trüben, zitternden Licht der Lampen zu tanzen und die Neuankömmlinge wütend anzustarren.

»Kein was?«

»Kein Ort, an dem …« Yeshe rang mit sich, aber Shan war sich über den Grund dafür nicht sicher. Hatte man ihm befohlen, Shan irgendwie aufzuhalten? Hatte er vielleicht beschlossen, von seiner Aufgabe zurückzutreten?

Die Bilder der Dämonen und Buddhas schienen mit Yeshe zu reden. Er neigte den Kopf in ihre Richtung, und sein Gesicht umwölkte sich, aber es war weder Angst vor den Abbildungen noch Wut auf Shan. Es war nur Schmerz. »Wir sollten nicht hier sein«, sagte er. »Dieser Ort ist nur für die heiligsten Personen.«

»Sie weigern sich aus religiösen Gründen weiterzumachen?«

»Nein«, gab Yeshe abwehrend zurück. Er richtete seinen Blick auf den Höhlenboden und vermied es, die Gemälde anzusehen. »Ich meine, dieser Ort ist nur für die religiösen Minderheiten von Bedeutung.« Er schaute auf, sah Shan aber nicht ins Gesicht. »Das Büro für Religiöse Angelegenheiten verfügt über Spezialisten. Die wären weitaus qualifizierter, um kulturelle Interpretationen vorzunehmen.«

»Wie seltsam. Ich dachte, ein ausgebildeter Mönch wäre eine noch bessere Wahl.«

Yeshe wandte sich ab.

»Ich glaube, Sie haben Angst«, sagte Shan. »Angst davor, daß jemand Ihnen vorwerfen könnte, Tibeter zu sein.«

Yeshe stieß ein Geräusch aus, das fast wie ein Lachen klang, aber als er sich wieder umdrehte, war seine Miene vollkommen ernst.

»Wer sind Sie?« fragte Shan. »Der gute Chinese, der sich danach sehnt, in einer Milliarde gleichgeschalteter Mitbürger aufzugehen? Oder der Tibeter, der erkennt, daß hier Leben auf dem Spiel stehen? Nicht nur eines, sondern viele. Und wir sind die einzigen, die diese Leben vielleicht retten können. Ich. Und Sie.«

Yeshe drehte sich um, als habe er etwas gehört, und erstarrte. Shan folgte seinem Blick. Am anderen Ende der Kammer waren Lichter aufgetaucht, im nächsten Moment wurden aufgeregte Stimmen laut.

Sie schalteten sofort ihre eigenen Lampen aus und wichen in den Tunnel zurück. Tan hatte die Höhle geschlossen. Niemand außer ihnen durfte sie betreten. Draußen hatten keine anderen Fahrzeuge gestanden. Wer auch immer die Eindringlinge waren, sie gingen für den Fall ihrer Entdeckung ein großes Risiko ein.

»*Purbas*«, flüsterte Yeshe. »Wir müssen verschwinden, schnell.«

»Aber wir haben sie doch eben erst am Markt zurückgelassen.«

»Nein. Ihre Zahl ist groß, und sie sind sehr gefährlich. Ein Erlaß aus der Hauptstadt besagt, es sei die Pflicht eines jeden Bürgers, sie zu melden.«

»Demnach wollen Sie von mir weg, um die Leute zu melden?« fragte Shan.

»Was soll das heißen?«

»Seit wir die *purbas* auf dem Marktplatz getroffen haben, war die ganze Zeit Sergeant Feng bei uns. Sie haben ihm nichts erzählt.«

»Diese Leute sind Verbrecher.«

»Sie sind Mönche. Werden Sie sie melden?« wiederholte Shan die Frage.

»Falls wir bei der Zusammenarbeit mit ihnen erwischt werden, wird man uns das als eine Verschwörung auslegen«, erwiderte Yeshe voller Qual. »Mindestens fünf Jahre *lao gai*.«

Shan erkannte, daß die Eindringlinge sich nicht in dem Schädelgang befanden, sondern in einer kleineren Nische in der Mitte der gegenüberliegenden Wand. Er stieß Yeshe vorwärts und schlich sich leise am Rand der großen Kammer entlang. Plötzlich, als keine zehn Meter mehr vor ihnen lagen, zuckte ein gleißender Blitz auf.

Der Fotoapparat war auf die Wandgemälde neben Shan

gerichtet, doch der Blitz traf ihn dennoch mitten ins Gesicht und blendete ihn. Ein schriller Schrei zerriß die Stille und wurde abrupt erstickt. »Verflucht«, stöhnte jemand anders, dessen Stimme deutlich tiefer war.

Shan schirmte die Augen vor einem weiteren Blitz ab und schaltete seine Lampe ein. Rebecca Fowler starrte ihnen wie betäubt entgegen. Sie hatte eine Hand auf die Brust gelegt, als hätte man ihr dort einen Stoß versetzt.

»Meine Güte«, sagte der Mann mit der Kamera. »Ich habe tatsächlich einen Moment lang geglaubt, ich hätte ein Gespenst gesehen.« Tyler Kincaid stieß ein kurzes, gequältes Lachen aus und richtete einen starken Handstrahler auf die Höhle hinter ihnen. »Sind Sie allein?«

»Die Armee ist draußen«, rief Yeshe, als wolle er den Amerikanern drohen.

»Sergeant Feng ist draußen«, korrigierte Shan.

»Tja, hier sind wir also«, sagte Kincaid und machte noch ein Foto. »Wie Diebe in der Nacht, könnte man sagen.«

»Diebe?«

»Bloß ein Scherz – ich meine, wie Sie hier ohne Licht herumschleichen. So ganz offiziell kommt mir das nicht vor.«

»Und falls man mich fragt, wie soll ich die Verbindung zwischen dieser Höhle und Ihrem Minenprojekt erklären, Miss Fowler?« fragte Shan.

Kincaids Bemerkung schien ihr Selbstvertrauen wiederhergestellt zu haben. »Ich habe es Ihnen bereits gesagt. Die UN-Kommission für Altertümer. Wer wird danach fragen?« Sie neigte den Kopf. »Und wieso sind Sie hier?«

Shan ignorierte die Frage. »Und Mr. Kincaid?«

»Ich habe ihn gebeten mitzukommen. Wegen der Bilder.«

Shan erinnerte sich an die Fotos der Tibeter im Büro des Amerikaners.

»Und wieviel haben Sie bisher gesehen?«

»Das hier.« Rebecca Fowler wies mit ausholender Geste respektvoll auf die umliegende Hauptkammer. »Und eben gerade haben wir die Aufzeichnungen entdeckt.«

»Aufzeichnungen?«

Sie führte ihn in die Nische, deren Eingang teilweise durch einen Segeltuchvorhang verdeckt wurde. Aus Brettern und Holzkisten hatte man drei primitive Tische gefertigt. Auf dem ersten Tisch standen Kartons voller Akten, auf dem zweiten leere Bierflaschen und von Zigarettenstummeln überquellende Aschenbecher. Der dritte Tisch war weitaus sauberer. Man hatte ein Tuch darüber gebreitet, unter dem einige Schachteln mit Disketten, die Unterlage eines tragbaren Computers und ein offenes Hauptbuch lagen.

Kincaid schoß weitere Fotos, während Shan und Fowler das Buch in Augenschein nahmen, dessen erster Eintrag einen Monat zurücklag. Es verzeichnete den Abtransport eines Altars, mehrerer Reliquienschreine, Opferlampen und einer Buddhastatue. Abmessungen, Gewicht und Mengenangaben waren peinlich genau aufgeführt.

»Was steht da?« fragte Fowler. Es war nicht unüblich, daß Ausländer lediglich den chinesischen Wortschatz, nicht jedoch die Schriftzeichen lernten.

Shan zögerte einen Moment und faßte die Angaben dann schnell zusammen.

»Was ist mit Büchern?« fragte Tyler Kincaid. »Die alten Manuskripte. Jansen sagt, sie seien normalerweise gut erhalten und könnten leicht gerettet werden.«

Auf einer der Seiten war die Entnahme von zweihundert Manuskripten vermerkt. »Ich weiß es nicht«, entgegnete Shan. Er wußte sehr wohl, was mit gefundenen Manuskripten passierte. Einmal hatte ein Kipplaster mehrere hundert alte religiöse Traktate vor der 404ten ausgeschüttet. Dann hatte man die Häftlinge mit vorgehaltener Waffe gezwungen, die Bände in kleine Stücke zu reißen, die daraufhin in großen Kesseln gekocht und mit Kalk und Sand vermischt wurden, um als Mörtel für die neue Latrine der Wachen zu dienen.

»Und auf der ersten Seite?« fragte Fowler.

»Der ersten Seite?«

»Wer hat das geschrieben? Wer hat die Leitung inne?«

Shan blätterte zurück. »Ministerium für Geologie, steht da. Auf Anweisung von Direktor Hu.«

Fowlers Hand schoß vor und hielt die Seite fest. Dann rief sie Kincaid und forderte ihn auf, das Buch zu fotografieren. »Dieser Bastard«, murmelte sie. »Kein Wunder, daß Jao ihn aufhalten wollte.«

Konnte es sein, dachte Shan, daß Fowler nicht wegen der Altertümer in dieser Höhle war, sondern wegen ihrer Betriebserlaubnis?

Kincaid tauschte das Objektiv aus und fing an, die Seiten zu fotografieren. Bei den detaillierten Einträgen hielt er inne. »Man hat einen Altar mitgenommen, haben Sie gesagt. Wo steht das?«

Shan zeigte es ihm.

Kincaid wies mit ausgestrecktem Finger auf eine senkrechte Zahlenreihe im rechten Teil der Seite. »Was ist das?«

»Gewichte und Abmessungen«, erklärte Shan.

»Da steht hundertsechsunddreißig Kilo.« Der Amerikaner nickte. »Aber sehen Sie nur, hier ist etwas, das sogar noch mehr wiegt. Hundertneunzig Kilo.«

»Die Statue.«

»Das kann nicht sein«, wandte Kincaid ein und folgte der Zeile des Eintrags. »Hier steht, sie ist nur einundneunzig Zentimeter hoch.«

Shan schaute noch einmal nach. Der Amerikaner hatte recht.

Yeshe, der über ihre Schultern blickte, hatte eine Erklärung parat. »In diesen alten Schreinen«, sagte er mit spröder Stimme, »war die Altarstatue oftmals aus massivem Gold.«

Kincaid stieß einen anerkennenden Pfiff aus. »Mein Gott! Die ist Millionen wert.«

»Unbezahlbar«, sagte Fowler mit aufgeregtem Blick. »Das richtige Museum ...«

»Ich glaube kaum«, warf Shan ein.

»Haben Sie eine Vorstellung davon, wie einzigartig diese Statue wäre? Ein bedeutender Fund. Die Entdeckung des Jahres.«

»Nein.« Shan schüttelte langsam den Kopf. Die Begeisterung der Amerikaner machte ihn beinahe wütend. Nein, nicht die Begeisterung. Die Naivität.

»Was meinen Sie?« fragte Fowler.

Shan antwortete, indem er den Strahl seiner Lampe durch den Raum wandern ließ. Er fand, was er suchte, unter einem der anderen Tische: mehrere Hämmer und Meißel. »Hundertneunzig Kilo Gold würden sich in einem großen Stück nur sehr unbequem transportieren lassen.« Er nahm einen der Meißel und zeigte den Amerikanern die glänzenden Metallfragmente, die sich in die Klingen der Werkzeuge gegraben hatten.

Rebecca Fowler packte den Meißel und starrte ihn an. Dann schleuderte sie ihn gegen die Wand. »Diese Schweine!« rief sie. Wütend nahm sie einige der Computerdisketten und steckte drei in ihre Hemdtasche, während sie Shan anstarrte, als wollte sie ihn herausfordern, sich mit ihr anzulegen.

Kincaid warf der Frau einen erkennbar bewundernden Blick zu und fertigte dann weitere Fotos an. Yeshe blätterte durch das Hauptbuch und hielt bei einem losen Blatt im hinteren Teil inne. Er blickte erregt auf und reichte die Seite an Shan weiter. »Für eine Art Rechenschaftsbericht«, flüsterte er, als wolle er nicht, daß die Amerikaner etwas davon mitbekamen. »Vom Büro für Religiöse Angelegenheiten.«

»Aber die Seite ist leer.«

»Ja«, erwiderte Yeshe, »aber sehen Sie doch mal genauer hin. Hier sind Felder für den Namen des *gompa*, das Datum, die gefundenen Relikte und deren weitere Verwendung. Falls das Büro solche Verzeichnisse anlegt, könnten wir herausfinden, ob es irgendwo ein Tamdin-Kostüm gegeben hat.«

»Und außerdem, wann es entdeckt wurde und wo es sich jetzt befindet.« Shan nickte mit einem Anflug von Tatendrang.

»Genau.«

Shan faltete das Blatt und wollte es einstecken. Dann besann er sich eines anderen und gab es Yeshe, der es in seinem Hemd verstaute und dabei zum erstenmal so wirkte, als verspüre er eine gewisse Befriedigung.

Langsam schlüpfte Shan aus der Nische und ließ seine drei Begleiter bei den Wandgemälden zurück. Er betrat den Gang, in den Oberst Tan ihn mitgenommen hatte. Unmittelbar bevor das Licht seiner Lampe auf den ersten der Schädel fiel, blieb er stehen und versuchte sich zu überlegen, wie er die anderen hierauf vorbereiten sollte. Doch es fiel ihm nichts ein, und so zwang er sich weiterzugehen.

Sogar die Toten in Tibet waren anders. Zu Hause hatte er nach der Kulturrevolution einige Massengräber gesehen. Aber dort hatten die Toten weder heilig noch weise oder auch nur vollständig gewirkt. Sie schienen einfach nur benutzt worden zu sein.

Während er dem Gang in den Schrein folgte, ertappte er sich plötzlich dabei, wie er keuchend nach Luft rang. Er blieb stehen und musterte die Reihen leerer Augenhöhlen. Sie schienen ihn alle zu beobachten, die zahllosen Schädel, die wie die endlose Gebetskette aus Totenköpfen aussahen, die Khorda ihm in die Hände gedrückt hatte, bevor er Shan nach Tamdin rufen ließ. Plötzlich wurde ihm klar, daß diese Schädel Zeugen gewesen waren. Tamdin war mit Ankläger Jaos Kopf hier aufgetaucht, und die Schädel hatten das alles mit angesehen. Die Schädel wußten es.

Hinter sich spürte er ein Schaudern. Die anderen hatten den Gang entdeckt. Fowler stöhnte. Kincaid fluchte laut. Yeshe gab eine Art Wimmern von sich. Shan biß die Zähne zusammen und ging weiter bis zu dem Regal, auf dem Jaos Kopf gelegen hatte. Er versuchte, den Abschnitt zu zeichnen, hielt jedoch inne. Seine Hand zitterte zu sehr.

»Was erwarten Sie hier zu finden?« flüsterte Yeshe nervös über seine Schulter. Er stand mit dem Rücken zu Shan, als rechne er damit, jeden Augenblick hinterrücks überfallen zu werden. »Wir sollten an einem Ort wie diesem nicht länger verweilen.«

»Der Mörder ist mit Jaos Kopf hergekommen. Ich möchte den Schädel finden, der hier weggenommen wurde, um Platz für Jao zu schaffen. Warum wurde gerade dieses Regal ausgewählt? Gab es einen Grund dafür, daß gerade dieser Schädel weggenommen wurde? Und wo ist der Schädel geblieben?« Shan war sich nahezu sicher, daß er die Antwort auf die letzte Frage bereits kannte. Der fehlende Schädel war bestimmt in die Hütte geworfen worden, um mit den anderen Köpfen verarbeitet zu werden.

Yeshe schien ihm nicht zugehört zu haben. »Bitte«, flehte er. »Wir müssen gehen.«

Als die Amerikaner näher kamen, sprachen sie über tibetische Geschichte. »Kincaid meint, dies sei vermutlich eine Höhle von Guru Rinpoche gewesen«, sagte Fowler. Auch sie flüsterte jetzt.

»Guru Rinpoche?« fragte Shan.

»Der berühmteste der alten Einsiedler«, schaltete Yeshe sich ein. »Er hat im Laufe seines Lebens zahlreiche Höhlen in ganz Tibet bewohnt und jede zu einem Ort großer Macht werden lassen. Die meisten wurden schon vor Jahrhunderten in Schreine umgewandelt.«

»Ich wußte ja gar nicht, daß Mr. Kincaid ein solcher Gelehrter ist«, merkte Shan an.

»Jao wollte sie aufhalten«, sagte Fowler plötzlich mit heiserer Stimme. Shan blickte auf. Eine einzelne Träne glitt ihre Wange hinab.

»Was ist das?« fragte Yeshe in gehetztem Flüsterton. »Ich glaube, ich habe etwas gehört!«

Da war tatsächlich etwas. Shan spürte es. Kein Geräusch. Keine Bewegung. Keine Person. Etwas Unbeschreibliches und Gewaltiges, das durch Fowlers Traurigkeit ausgelöst worden zu sein schien. Er ließ den Block sinken und stand schweigend mit den anderen da, während die Blicke aus den leeren Augenhöhlen der schimmernden Schädel sie durchbohrten. Sie befanden sich nicht im Herzen des Bergs. Sie standen im Zentrum des Universums, und die lähmende Stille, die sie umfing, war gar keine Stille, sondern eine bedrohliche Atempause, wie unmittelbar vor einem gellenden Schrei.

Auf einmal erkannte Shan, daß Choje recht hatte. Es war völlig bedeutungslos, ob es sich bei Tamdin tatsächlich um das groteske Ungeheuer handelte, das Shan auf dem Wandgemälde gesehen hatte. Wer oder was auch immer der Mörder gewesen war, es mußte sich um einen Dämon handeln, und zwar nicht wegen der Enthauptung des Anklägers Jao, sondern weil er die Häßlichkeit dieser Tat an solch einen makellosen Ort gebracht hatte.

Shan bemerkte noch etwas Neues, ein leises raschelndes Geräusch, das zu einem regelrechten Geplapper anschwoll. Es schien von den Schädeln zu kommen. Rebecca Fowler trat mit angsterfülltem Blick näher an Kincaid heran. Die beiden standen wie erstarrt da und lauschten, dann drehte Kincaid sich plötzlich herum und richtete seine Kamera auf Yeshe. Er feuerte den Blitz wie eine Waffe ab, und das Geräusch verstummte. Da begriff Shan, daß sie den Widerhall eines Mantras gehört hatten, dessen Urheber Yeshe gewesen war.

Der Bann war gebrochen.

»Sie könnten mir behilflich sein«, sagte Shan, nachdem er sich gefangen hatte.

Fowler blickte verstört auf. »Gern.«

»Wir brauchen eine Bestandsaufnahme. Könnten Sie, Mr. Kincaid, die Regale fotografieren?« Die Schädel wußten es, rief Shan sich ins Gedächtnis. Vielleicht konnte er sie zum Sprechen bringen.

Kincaid nickte langsam. »Die drei Regalbretter dürften jeweils auf eine Aufnahme passen. Mein Film müßte gerade noch dafür ausreichen.«

»Die Inschriften bei jedem der Schädel müssen mit aufs Bild. Nachdem ich mir die Fotos angesehen habe, könnten wir sie vielleicht an Ihre UN-Kommission weiterleiten.«

Fowler bedankte sich bei Shan mit einem kleinen traurigen Nicken, blieb jedoch im Hintergrund, als Yeshe sich daran machte, Kincaid bei der ersten Reihe von Schädeln zu helfen. Vorsichtig folgten sie und Shan dem weiteren Verlauf des Gangs. Die Regale hörten auf und wichen weiteren Dämonenbildern, die auf die Wände gemalt waren.

»Stimmt es, daß man Sie hierzu zwingt und daß Sie irgendein Gefangener sind?« fragte Fowler plötzlich.

Shan ging weiter. »Wer hat Ihnen das erzählt?«

»Niemand. Tyler hat lediglich erwähnt, daß keiner weiß, wer Sie sind. Wir dachten, Sie wären irgendein auswärtiger Beamter. Aber auswärtige Beamten ... ich weiß nicht ... auswärtige Beamten werden normalerweise sehr respektvoll behandelt.« Sie schreckte vor ihren eigenen Worten zurück.

Ihre Verlegenheit rührte ihn.

»Tyler sagt, es sei komisch, wie Ihr Sergeant Sie im Auge behält. Er trägt eine Waffe, aber er ist kein Leibwächter, denn dann würde er auf Ihr Umfeld aufpassen. Doch Ihr Sergeant beobachtet nur Sie.«

Shan blieb stehen und richtete seine Taschenlampe auf das Gesicht der Amerikanerin. »Wenn ich nicht gerade mit einer Morduntersuchung beschäftigt bin, baue ich Straßen«, gestand er. »In einer Arbeitsbrigade, wie es so schön heißt.«

Fowler hob die Hand vor den Mund. »Mein Gott«, flüsterte sie. »In einem dieser schrecklichen Gefängnisse?« Sie wandte den Blick ab und schaute zu den Dämonen. Als sie wieder das Wort ergriff, glänzten ihre Augen feucht. »Es tut mir so leid. Ich bin solch eine Närrin.«

»Ein sehr hochstehender Parteifunktionär hat einmal zu mir gesagt, es gäbe in meinem Land nur zwei Sorten von Leuten«, sagte Shan. »Herren und Sklaven. Ich bin anderer Ansicht, und ich fände es betrüblich, falls Sie dieser Meinung wären.«

Fowler lächelte zaghaft. »Aber weshalb führen Sie dann diese Ermittlungen durch?«

»Das war mein Beruf, bevor ich zum Straßenarbeiter befördert wurde. Ich war Untersuchungsbeamter in Peking.«

»Aber Sie bieten Tan die Stirn, ich habe es selbst gesehen. Er ist doch Ihr …«

Shan hob abwehrend eine Hand. Er wollte das nächste Wort nicht hören. Womöglich Gefängniswärter? Oder sogar Sklavenhalter? »Vielleicht gerade deswegen – weil er mir nichts Schlimmeres mehr antun kann.« Das war die Art von Halbwahrheit, die eine Amerikanerin vermutlich glauben würde.

»Und deshalb werden Sie auch nicht beweisen, daß Jao von diesem Mönch ermordet wurde?«

»Ich kann nicht. Der Mönch ist unschuldig.«

Fowler starrte ihn an. Vielleicht wußte sie zuviel über China, um eine solch kategorische Behauptung zu akzeptieren, dachte Shan.

»Aber was geht hier vor sich? Sie kommen hier wie ein Dieb

angeschlichen. Li führt auch eine Untersuchung durch, ist aber nicht bei Ihnen. Wovor hat Tan solche Angst?«

Demnach verstand sie mehr von China, als Shan erwartet hatte. »Ich bin im Hinblick auf Ihre Person auch ein wenig verwirrt, Miss Fowler«, entgegnete er. »Sie sind die Projektleiterin, aber Sie haben gesagt, die Firma sei Eigentum von Mr. Kincaids Vater.«

Die Amerikanerin wirkte belustigt. »Das ist eine lange Geschichte. Im wesentlichen läuft es auf folgendes hinaus: Die Tatsache, daß Tylers Vater der Firmenchef ist, bedeutet nicht automatisch, daß die beiden gut miteinander auskommen.«

»Sie stehen sich nicht nahe? Soll das heißen, Tibet ist eine Art Strafe für ihn?«

»Wissen Sie, was ein Aussteiger ist? Tyler hat Bergbau studiert, ganz wie die Familie wollte, damit er eines Tages die Firma übernehmen könnte. Doch nach dem Abschluß verkündete er, er lege eigentlich gar keinen Wert darauf, denn die Firma schädige die Umwelt und trage zur Verarmung der örtlichen Bevölkerungen bei. Dann hat er mehrere hunderttausend Dollar seines Treuhandvermögens für eine Ranch in Kalifornien ausgegeben, dort ein paar Jahre gelebt und sie dann einer Tierschutzgruppe überlassen, die den Bau einer neuen Mine blockierte, die sein Vater errichten wollte. Es hat einige Jahre gedauert, bis die Wogen sich so weit geglättet hatten, daß die beiden überhaupt wieder ein Wort miteinander wechselten, und dann noch ein paar Jahre, bis Tyler einverstanden war, für die Firma zu arbeiten. Aber sein Vater blieb so mißtrauisch, daß er ihm keine leitende Position überlassen wollte. Immerhin, die beiden reden wieder miteinander. Tyler hat wirklich vor, ein neues Leben zu beginnen, und er ist ein verdammt guter Ingenieur. Eines Tages wird er der Präsident der Gesellschaft und damit einer der reichsten Männer Amerikas sein.«

»Und Sie? Sie sind ziemlich jung für einen solch verantwortungsvollen Posten.«

»Jung?« Fowler schüttelte langsam den Kopf und seufzte. »Ich habe mich schon lange nicht mehr jung gefühlt.« Sie blieb stehen und schaute nach vorn. Der Gang führte in eine weitere Kammer. »Ich schätze, ich bin das genaue Gegenteil von Tyler. Ich hatte nie Geld, aber ich habe hart gearbeitet, viel gespart und Stipendien erhalten. Zehn Jahre lang habe ich geschuftet wie ein Pferd, um diesen Punkt zu erreichen.«

»Und dann haben Sie sich für Tibet entschieden?«

Sie zuckte die Achseln und ging weiter. »Es ist nicht das, was ich erwartet habe.«

Die Malereien in der Kammer zeigten verschiedene tibetische Landschaften, Bilder von Bergen, Palästen und Schreinen. An einem Ende des Raums waren Knochenstücke und ein Dutzend Schädel in Form eines Dreiecks auf dem Boden angeordnet. Keine fünf Meter davon entfernt lagen mehrere Schädel in einer Reihe. Daneben fanden sich Stiefelabdrücke und Zigarettenkippen. Die Soldaten hatten Bowling gespielt.

Fowler nahm einen der Schädel und hielt ihn ehrfürchtig in Händen. Dann fing sie an, auch die anderen aufzusammeln, als wolle sie die Gebeine zurück in die Regale legen. Shan berührte ihren Arm. »Das geht nicht«, warnte er. »Man wird sonst wissen, daß Sie hier gewesen sind.«

Sie nickte schweigend und legte die Schädel zurück. Dann machte sie sich mit bekümmerter Miene auf den Rückweg durch den Gang. Yeshe und Kincaid warteten in der Hauptkammer. Sobald Fowler und Shan eingetroffen waren, brachen die vier eilig auf. Keiner sprach ein Wort, bis sie sich in der Nähe des Eingangs befanden.

»Warten Sie eine Viertelstunde«, schlug Shan vor, »und dann kehren Sie auf demselben Weg zurück, auf dem Sie hergekommen sind.« Er fragte nicht, woher sie eine geheime Route kannten. »Ich werde Sie wegen der Fotos …«

Er wurde durch Fowlers erschrockenen Aufschrei unterbrochen. Im Eingang war eine Gestalt aufgetaucht, die vom hellen Sonnenlicht wie durch einen Scheinwerfer erhellt wurde.

»Er ist es!« stieß Fowler in heiserem Flüsterton hervor und wich mit Kincaid in den Schatten zurück. Doch Shan benötigte keine Erklärung. Bei dem Mann dort vor ihnen konnte es sich nur um Direktor Hu vom Ministerium für Geologie handeln.

Shan trat hinaus ins Licht.

»Genosse Inspektor!« rief der kleine untersetzte Mann. »Wie erfreulich! Ich hatte gehofft, Sie hier anzutreffen.« Seine winzigen schwarzen Augen wirkten in dem breiten Gesicht wie Käfer.

»Wir sind uns noch nicht vorgestellt worden«, stellte Shan ruhig fest und ließ derweil den Blick über das Gelände schweifen.

»Nein. Aber ich bin extra den langen Weg hergekommen, um Ihnen zu helfen. Und hier sind Sie und bemühen sich nach Kräften, mir behilflich zu sein.« Feierlich überreichte er Shan seine Karte. Sie war aus Plastik. Direktor der Minen, Bezirk Lhadrung stand darauf. Hu Yaohong. Hu, der rot sein will.

Hinter ihrem Wagen war ein rotes Auto geparkt. Plötzlich erinnerte Shan sich: Genau dieser Geländewagen hatte an dem Tag in der Nähe der Baustelle gestanden, als Jaos Leiche gefunden wurde. Er schaute genauer hin. Es war ein englischer Land Rover, das teuerste Fahrzeug, das er je in Lhadrung gesehen hatte.

»Sie sind hergekommen, um zu helfen?« fragte Shan.

»Erstens das und zweitens, um eine Sicherheitsüberprüfung vorzunehmen.«

Da stand ein Mann und sprach mit Feng. Shan erschrak, als ihm klar wurde, daß Hu nicht etwa die Wachposten an der Zufahrt gemeint hatte. Der zweite Besucher war Leutnant Chang von der 404ten. Chang musterte ihn träge, wie ein Ladenbesitzer, der seine Ware im Auge behält.

Als Direktor Hu einen Schritt in Richtung der Höhle machte, stellte Shan sich ihm in den Weg. »Ich habe ein paar Fragen an Sie.«

»Ich möchte Ihnen in meiner Mine etwas zeigen …«

»Nein«, widersprach Shan. Hatte Hu die Amerikaner gesehen? Halb rechnete er damit, daß jeden Moment Kincaid auftauchen und ein paar Fotos schießen würde. »Bitte, ich würde lieber darauf verzichten.« Er legte die Hand auf den Magen und versuchte, möglichst benommen auszusehen. »Ich fühle mich da drinnen wirklich nicht wohl.«

»Haben Sie Angst?« Der Direktor der Minen wirkte amüsiert. Er trug einen großen goldenen Ring. Für einen Geologen schien er außerordentlich gut gekleidet zu sein. »Vielleicht sollten wir im Wagen Platz nehmen. Er stammt aus England, wissen Sie?«

»Ich muß zurück in die Stadt zu Oberst Tan.«

»Hervorragend! Ich werde Sie fahren. Ich muß Ihnen unbedingt meine Beweise darlegen.« Hu stieß einen kurzen Befehl aus, woraufhin Chang ihm die Schlüssel zuwarf und dann nickte, als Hu ihn anwies, mit Feng und Yeshe im anderen Auto zu folgen.

»Beweise?« fragte Shan.

Hu schien ihn nicht gehört zu haben. Sie sprachen kein weiteres Wort, bis sie die Hauptstraße erreicht hatten. Hu fuhr schnell und schien Spaß an der unebenen Strecke zu haben. Belustigt registrierte er, wie Shan sich am Armaturenbrett festklammerte, während sie über den Schotter holperten. In den Kurven gab er jedesmal Gas und lachte, wenn das Heck des Wagens herumschwang.

»Die Zivilisation«, sagte Direktor Hu auf einmal. »Wissen Sie, das ist ein Prozeß, kein Konzept.«

»Sie haben etwas von Beweisen gesagt«, erwiderte Shan verwirrt.

»Genau. Es ist mehr als ein Prozeß. Es ist eine Dialektik. Ein Krieg. Mein Vater war in Xinjiang bei den Moslems stationiert. Die waren früher sogar noch schlimmer als die Buddhisten. Bombenanschläge. Überfälle mit automatischen Waffen. Viele gute Arbeiter der Regierung wurden geopfert. Die Dynamik der Zivilisation. Neu gegen Alt. Wissenschaft gegen Mythologie.«

»Sprechen Sie von der Auseinandersetzung zwischen Chinesen und Tibetern?«

»Genau. Es handelt sich um Fortschritt, das ist alles. Moderne landwirtschaftliche Techniken, Universitäten, fortschrittliche Medizin. Glauben Sie, die medizinische Entwicklung wäre kein Kampf gewesen? Ein Kampf gegen volkstümlichen Aberglauben und Zauberer. Früher ist hier jedes zweite

Neugeborene gestorben. Jetzt überleben die Babys. Ist es das nicht wert, dafür zu kämpfen?«

Womöglich nicht, wenn die Regierung dir nicht gestattet, Kinder zu bekommen, wollte Shan antworten. »Soll das heißen, Ankläger Jao sei ein Märtyrer für die Zivilisation gewesen?«

»Aber gewiß. Wissen Sie, seine Familie wird einen Brief vom Staatsrat erhalten. Die Lektion liegt auf der Hand. Die Herausforderung besteht darin, den Leuten klarzumachen, diese Lehre zu begreifen.«

»Den Leuten?«

»Dieser Fall muß als Gelegenheit genutzt werden, der Bevölkerungsminderheit zu verdeutlichen, wie rückschrittlich ihr Verhalten ist.«

»Und dazu möchten Sie mit Ihren Beweisen beitragen.«

»Es ist meine Pflicht.« Hu griff in seine Tasche und holte ein gefaltetes Stück Papier hervor. »Das hier ist die Aussage eines Wachpostens, der an der Zufahrt zur Schädelhöhle stationiert war. In der Mordnacht wurde dort in der Nähe ein Mönch gesehen.«

»Ein Mönch? Oder ein Mann, der wie ein Mönch gekleidet war?«

»Es ist doch alles da. Die Beschreibung paßt auf diesen Sungpo.«

Ein Mönch habe sich in der Nähe der Zufahrt verdächtig benommen, hatte der Posten geschrieben. Er sei mittelgroß und von normaler Statur gewesen, mit kahlgeschorenem Kopf. Er habe feindselig gewirkt und etwas in einem Stoffbeutel bei sich getragen. Der Soldat hatte die Aussage unterzeichnet. Gefreiter Meng Lau. Shan steckte das Blatt ein.

»Wann hat der Wachposten diesen Mann gesehen?«

Hu zuckte die Achseln. »Später. Nach dem Mord. Es ist abends passiert, nicht wahr?«

»Wie nah war er dran? Es war Neumond. Ziemlich wenig Licht.«

Hu seufzte ungeduldig. »Soldaten geben gute Zeugen ab, Genosse. Ich habe mit mehr Dankbarkeit gerechnet.«

Als sie den Talgrund erreichten, erhöhte er das Tempo und lachte, weil Feng, Yeshe und Chang, die nach wie vor dicht hinter ihm blieben, in eine Staubwolke gehüllt wurden. »Sie haben gesagt, Sie hätten Fragen an mich, Genosse Inspektor?«

»Hauptsächlich über die Sicherheitsvorkehrungen. Und wie jemand nachts in die Höhle gelangen konnte«, erwiderte Shan.

»Nach der Entdeckung der Höhle haben wir zunächst Wachen direkt am Eingang aufgestellt. Aber nachdem die Leute erfahren hatten, was sich dort drinnen befindet, wurde es ihnen zu unheimlich. Also haben wir ein Kommando an der Zufahrt postiert. Es ist der einzige Weg, der dorthin führt, daher erschien es uns als hinreichende Maßnahme.«

»Aber offenbar gibt es noch einen anderen Weg.«

»Diese Mönche klettern wie die Eichhörnchen.«

»Wer hat die Höhle ursprünglich entdeckt?«

»Wir«, erwiderte Hu. »Ich habe Erkundungsteams.«

»Demnach wurden auch die Mineralvorkommen der Amerikaner von Ihnen gefunden?«

»Natürlich. Wir haben die notwendige Lizenz erteilt.«

»Aber jetzt wollen Sie die Erlaubnis widerrufen.«

Hu sah Shan verärgert an und bremste den Wagen ab. Sie hatten den Stadtrand von Lhadrung erreicht. »Ganz und gar nicht. Diskutiert wird lediglich die Betriebserlaubnis, die sicherstellt, daß sie sich an genau festgelegte Verwaltungsregularien halten. Wir führen einen Dialog über die Art des Managements. Ich bin ein Freund dieser amerikanischen Firma.«

»Meinen Sie mit ›Management‹ bestimmte Führungskräfte?«

»Die Art der Teichkonstruktion, die Erntetechnologie, die Spezifikation der Ausrüstung, der Energieverbrauch und auch die Methoden des Führungspersonals unterliegen allesamt gewissen Genehmigungskriterien. Weshalb fragen Sie?«

»Falls Sie also wollen würden, daß eine bestimmte Führungsperson das Projekt verläßt, könnten Sie einfach die Betriebserlaubnis außer Kraft setzen.«

Direktor Hu lachte. »Und ich dachte, Ihr Interesse für Geologie würde sich auf das Schleppen von Steinen beschränken.«

Shan wog seine Worte sorgfältig ab, während sie vor dem

Gebäude der Bezirksverwaltung parkten. »Ich finde es interessant, daß Sie von meinem Status als Sträfling gewußt haben und dennoch den ganzen Weg hinaus zur Höhle gefahren sind. Ich dachte, der Direktor der Minen würde einfach anordnen, daß ich bei ihm zu erscheinen habe.«

Hu lächelte ausdruckslos. »Ich bringe Leutnant Chang das Fahren bei. Als Oberst Tan mir erzählt hat, wo Sie sich befinden ...« Hu zuckte die Achseln. »Chang muß lernen, die Bergstraßen zu beherrschen.«

»Ist das auch der Grund für Ihr Erscheinen auf der Baustelle der 404ten an dem Tag, an dem die Leiche gefunden wurde?«

Hu seufzte und bemühte sich, seine Ungeduld zu unterdrücken. »Wir müssen aufpassen, daß keine Fehler geschehen.«

»In geologischer Hinsicht, vermute ich.«

Hu grinste. »Die Berghänge sind unsicher. Wir haben uns um die Straßen des Volkes zu kümmern.«

Shan war versucht, erneut zu fragen, ob Hu von Geologie sprach. »Genosse Direktor, würden Sie mich zum Oberst begleiten?« fragte er statt dessen.

Direktor Hus amüsierter Gesichtsausdruck veränderte sich nicht. Er warf Chang, der hinter ihnen aufgetaucht war, die Schlüssel zu und folgte Shan hinein.

Madame Ko begrüßte Shan mit einem Nicken und huschte in Tans verdunkeltes Büro. Die Augen des Oberst waren geschwollen. Er streckte sich. Shan schaute sich im Zimmer um. Auf dem Tisch neben seinem Schreibtisch lag ein zerknülltes Kissen.

»Oberst Tan, ich würde Direktor Hu gern eine Frage stellen.«

»Und deshalb hast du mich gestört?« knurrte Tan.

»Ich wollte das in Ihrer Gegenwart tun.«

Tan zündete sich eine Zigarette an und deutete auf Hu.

»Direktor Hu«, fragte Shan, »können Sie uns sagen, warum Sie die Erlaubnis der Amerikaner außer Kraft gesetzt haben?«

Hu sah Tan stirnrunzelnd an. »Er mischt sich in die Angelegenheiten des Ministeriums ein. Es ist kontraproduktiv, einen öffentlichen Dialog über unsere Schwierigkeiten mit der amerikanischen Mine zu beginnen.«

Tan nickte langsam. »Sie müssen nicht darauf antworten. Genosse Shan ist manchmal ein wenig übereifrig.« Er bedachte Shan mit einem tadelnden Blick.

»Könnten Sie uns dann vielleicht verraten, wo Sie in der Nacht von Ankläger Jaos Ermordung gewesen sind?« fragte Shan.

Der Direktor der Minen starrte Shan ungläubig an. Dann erschien ein breites Grinsen auf seinem Gesicht. Er wandte sich Tan zu und brach in Gelächter aus.

»Direktor Hu hat sich in meiner Gesellschaft befunden«, erklärte Tan mit einem kalten Lächeln. »Er hatte mich zum Abendessen zu sich eingeladen. Wir haben Schach gespielt und gutes chinesisches Bier getrunken.«

Hu lachte so laut, daß er kaum noch Luft bekam. »Ich muß jetzt los«, sagte er keuchend, salutierte spöttisch in Shans Richtung und ging zur Tür hinaus.

»Du hast Glück, daß er so gelassen ist«, warnte Tan. Er wirkte nicht im mindesten belustigt.

»Sagen Sie mir eines, Oberst. Ist die Schädelhöhle ein offizielles Projekt?«

»Natürlich. Du hast doch all die Soldaten dort gesehen. Eine große Unternehmung.«

»Ich meine, weiß Peking davon?«

Tan atmete den Rauch aus. »Das ist Sache des Ministeriums für Geologie.«

»Die Höhle ist voller kultureller Artefakte. Der eigentliche Einsatz wird von der Armee durchgeführt. Wie passen Hu und das Ministerium für Geologie dort hinein?«

»Sie haben die Höhle entdeckt. Aber sie haben nur wenig Personal. Als Verwalter des Bezirks habe ich die Unterstützung der Armee angeboten. Das ist für die Männer eine gute Feldübung.«

»Wer zieht einen Nutzen aus dem Gold?«

»Die Regierung.«

»Wer ist in diesem Fall die Regierung?«

»Ich weiß nicht, welche Dienststellen daran beteiligt sind. Mehrere Ministerien haben damit zu tun. Es gibt entsprechende Protokolle.«

»Wieviel erhält Ihr Büro?«

Diese Andeutung ließ Tan hochfahren. »Ich bin Soldat. Gold läßt Soldaten verweichlichen.«

Shan glaubte ihm, wenngleich nicht aus dem Grund, den Tan vorgab. Für einen Mann wie den Oberst war nicht Geld, sondern politischer Einfluß die Quelle der Macht.

»Vielleicht gibt es in der Regierung Leute, die nicht gutheißen würden, daß man Gräber plündert.«

»Und das heißt?«

»Wußten Sie, daß Ankläger Jao und Direktor Hu sich wegen der Höhle gestritten haben? Die Amerikanerin ist Zeugin einer solchen Auseinandersetzung geworden. Ich glaube, daß Hu daher versucht, sie aus dem Land zu vertreiben.«

Ein mattes Lächeln erschien auf Tans Gesicht. »Genosse, du irrst dich. Du weißt nicht, weswegen Hu und Jao sich gestritten haben.«

»Jao wollte, daß Hu mit dem aufhörte, was er tat.«

»Richtig. Aber er sollte nicht etwa die Höhle aufgeben, sondern die Buchführung. Jao war der Ansicht, das Justizministerium müsse einen größeren Anteil erhalten. Sein Büro. Ich habe das schriftlich. Er hat ein paar Beschwerdebriefe verfaßt und mich um Vermittlung gebeten. Madame Ko kann dir Kopien davon geben.«

Shan sank auf einen Stuhl und schloß die Augen. Hu war es nicht. »Was ist mit seinen Leuten? Können wir die Akten über deren Vorgeschichte bekommen?«

Tan nickte nachsichtig. »Madame Ko wird sie anfordern.«

»Wer auch immer Jao ermordet hat, wollte damit etwas über diese Höhle zum Ausdruck bringen.«

»Dann frag ihn.«

»Der Gefangene spricht nicht.«

»Dann geh und frag deinen verdammten Dämon«, erwiderte Tan gereizt und ging zu seinem Schreibtisch.

»Das würde ich gern. Was meinen Sie, wo soll ich nachsehen?«

»Da kann ich dir auch nicht helfen. Dämonen werden nicht von mir verwaltet.« Er nahm eine Akte und wies auf die Tür.

Shan stand auf und wußte auf einmal genau, wohin er sich wenden mußte. Es gab tatsächlich jemanden, der Dämonen verwaltete.

Wie so vieles andere in Tibet, unterlag auch das Wetter besonderen Gesetzen. Nur selten war es trocken, ohne daß gleich eine Dürre hereinbrach, und praktisch jeder Regenguß glich einer mittleren Sintflut. Als er von Tans Büro aufgebrochen war, hatte strahlender Sonnenschein geherrscht, aber bis sie die Räumlichkeiten des Büros für Religiöse Angelegenheiten im Nordteil der Stadt erreicht hatten, war das Wetter komplett umgeschlagen. Der Himmel schüttete kleine Eisbälle über sie aus. Shan hatte mal gelesen, daß jährlich fünfzig Tibeter durch Hagelschauer ums Leben kamen. Bevor er aus dem Wagen stieg, reichte er Feng ein Stück Papier. »Gefreiter Meng Lau aus dem Lager Jadefrühling. Ich brauche Ihre Hilfe, um herauszufinden, ob er in der Nacht des Mordes an der Zufahrt zur Höhle Wachdienst gehabt hat.«

Sergeant Feng nahm das Blatt regungslos entgegen. Offenbar war er sich nicht sicher, wie er auf diese Bitte Shans reagieren sollte.

»Sie wissen, wen Sie fragen müssen. Mir würde man das nie verraten, selbst wenn ich den Versuch unternähme. Bitte, Genosse Sergeant.«

Feng warf den Zettel auf das Armaturenbrett und riß die Verpackung eines Schokoriegels auf. Sein Desinteresse schien Shan zu verspotten.

Shan und Yeshe wurden mit einer knappen Entschuldigung in ein leeres Büro im ersten Stock geführt. Dann bot man ihnen den obligatorischen Tee an. Shan schlenderte in dem Zimmer umher. In einem Ablagekorb auf dem Schreibtisch befand sich ein Stapel Zeitschriften, deren oberste *China bei der Arbeit* war, ein Parteiorgan, in dem Hochglanzbilder des Proletariats veröffentlicht wurden. Auf dem Beistelltisch lag ein einzelnes Buch, dessen Titel *Arbeiterhelden der sozialistischen*

Teppichfabriken lautete. Shan hob die Zeitschriften an. Unten im Stapel lagen einige amerikanische Nachrichtenmagazine, das jüngste mehr als ein Jahr alt.

Sie waren allein. »Haben Sie entschieden, was Sie tun werden?« fragte Shan. »Hinsichtlich der *purbas*.« Und der Amerikaner, hätte er beinahe hinzugefügt.

Yeshe schaute nervös zur Tür. Er zog die schmalen Schultern zusammen, und sein Gesicht verzog sich, als würde er gleich anfangen zu weinen. »Ich bin kein Informant. Aber manchmal stellt man mir Fragen. Was kann ich tun? Für Sie ist es einfach. Ich muß an meine Freiheit denken. Mein Leben. Meine Pläne.«

»Verstehen Sie denn nicht, was der Gefängnisdirektor Ihnen angetan hat?« fragte Shan. »Sie müssen hier raus.«

»Was hat er denn schon getan? Er hilft mir. Er ist vielleicht der einzige Freund, den ich habe.«

»Ich werde den Oberst um einen neuen Assistenten bitten. Sie müssen hier raus.«

»Was hat Zhong getan?« hakte Yeshe nach.

»Sie mißverstehen die Justizorgane. Daß man Ihnen, einem Tibeter, sofort nach der Umerziehung in einem Arbeitslager eine Anstellung in Chengdu anbietet, wäre nicht nur sehr ungewöhnlich, sondern für Zhong absolut unmöglich zu bewerkstelligen. Die Öffentliche Sicherheit in Chengdu müßte zustimmen, nachdem sie zuvor ein offizielles Gesuch der Öffentlichen Sicherheit in Lhasa erhalten hat. Der neue Arbeitgeber müßte einverstanden sein, ohne Sie zu kennen, was niemals geschehen würde. Man müßte Reisepapiere auf den Namen Ihrer neuen Arbeitseinheit ausstellen, die gar nicht existiert. Zhong hat keine Papiere für Sie. Solche Dinge unterstehen nicht seiner Amtsgewalt. Er hat Sie belogen, damit Sie weiterhin mit ihm reden und ihm von mir berichten. Wenn dann alles vorbei ist und man beschließt, daß ich erneut das Volk enttäuscht habe, weil ich Sungpo nicht verdammen wollte, wird er Sie beschuldigen, sich mit mir verschworen zu haben, und Sie wieder einsperren. Zur Verhängung einer Haftstrafe von weniger als einem Jahr ist lediglich die Unterschrift eines örtlichen

Beamten der Öffentlichen Sicherheit nötig. Und schon hat Zhong seinen geschätzten Gehilfen wieder bei sich.«

»Aber er hat es mir versprochen.« Yeshe rang verzweifelt die Hände. »Ich weiß nicht, wohin. Ich habe kein Geld, kein Empfehlungsschreiben, keine Reisepapiere. Es gibt keinen Ort, an den ich gehen könnte. Die einzige wirkliche Anstellung, die ich bekommen könnte, ist ein Job bei der chemischen Fabrik in Lhasa. Dort heuert man gern Tibeter an, sogar ohne Papiere. Ich habe die Arbeiter gesehen. Nach ein paar Monaten fallen ihnen die Haare aus. Bis man vierzig ist, hat man kaum noch Zähne im Mund.« Er blickte auf. Statt der Verbitterung, die Shan erwartet hatte, war ihm ein Anflug von Dankbarkeit anzumerken. »Selbst wenn Sie recht haben, was könnte ich schon tun? Und Sie stecken in der gleichen Klemme, nur schlimmer.«

»Ich habe nichts zu verlieren. Ich bin ein *lao gai*-Gefangener mit unbestimmter Haftstrafe«, sagte Shan und versuchte, möglichst desinteressiert zu klingen, während er ans Fenster trat. »In meinem Fall steckt vielleicht eine Absicht dahinter. Aber Sie haben lediglich Pech gehabt. Vielleicht sollten Sie krank werden.«

Der Wind drückte gegen die Scheiben, und die Lichter flackerten. Die Häftlinge der 404ten zuckten stets zusammen, sobald derartiges Wetter aufzog. Es klang zu sehr nach Maschinengewehrfeuer, wenn der Hagel auf die Blechdächer ihrer Hütten prasselte.

»Falls man mich fragt, habe ich die *purbas* nie gesehen«, sagte Yeshe. »Aber das ist es nicht allein. Falls man herausfindet, daß die *purbas* Sungpo helfen, wird man das als Beweis dafür werten, daß die Radikalen hinter dem Mord stecken und Sungpo einer von ihnen ist.« Seine Stimme verklang. Unter ihnen hatte eine alte Limousine mit roter Standarte gehalten, die zweifellos schon vor vielen Jahren in einer der Städte im Osten ausgemustert worden war. Ein Mann mit einem ramponierten Regenschirm lief vom Haus zum Auto, um den Fahrgast aus dem Fond des Wagens abzuholen.

Zwei Minuten später betrat der Direktor des Büros für Religiöse Angelegenheiten das Zimmer. Er war einige Jahre jünger als Shan und trug einen abgenutzten blauen Anzug und eine rote Krawatte, die ihm das Aussehen eines gewissenhaften Bürokraten verliehen. Sein Haar war militärisch kurz geschnitten. Am Handgelenk trug er eine Uhr, auf deren lackiertem Zifferblatt die chinesische Flagge abgebildet war. Solche Uhren wurden zumeist verdienten Parteimitgliedern verliehen.

»Genosse Shan!« begrüßte der Mann ihn lautstark. »Ich bin Direktor Wen.« Er wandte sich Yeshe zu. *»Tashi delay«*, sagte er unbeholfen.

»Ich spreche Mandarin«, erwiderte Yeshe mit deutlichem Unbehagen.

»Wunderbar! Genau darum geht es beim neuen Sozialismus. Ich habe letzten Monat in Lhasa eine diesbezügliche Rede gehalten. Wir dürfen uns nicht auf unsere Unterschiede konzentrieren, habe ich gesagt, sondern auf die Brücken zwischen uns.« Er klang aufrichtig. Seufzend sprach er wieder Shan an. »Deshalb ist es auch so tragisch, wenn die gesellschaftsfeindlichen Bestrebungen kulturelle Dimensionen annehmen. Es treibt einen Keil zwischen die Leute.«

Shan entgegnete nichts darauf.

»Oberst Tans Büro hat wegen der Ermittlungen angerufen.« Er hielt verlegen inne. »Man hat um meine uneingeschränkte Mitarbeit gebeten. Selbstverständlich hätte man mich gar nicht erst darum bitten müssen.«

»Sie sind für alle Klöster im Bezirk Lhadrung zuständig«, sagte Shan, nachdem man ihnen Tee gebracht hatte.

»Die Klöster müssen ihre Lizenzen allesamt bei meiner Behörde beantragen.«

»Und auch jeder Mönch.«

»Und jeder Mönch«, bestätigte Direktor Wen und sah Yeshe an.

»Eine große Verantwortung«, stellte Shan fest.

Yeshe schaute stumm zu Boden. Er schien außerstande zu sein, Wen anzusehen. Langsam und ungelenk, als bereite es ihm Schmerzen, holte er seinen Notizblock hervor und fing an, das Gespräch zu protokollieren.

»Siebzehn *gompas*. Dreihunderteinundneunzig Mönche. Und eine lange Warteliste.«

»Und die Bestandslisten der *gompas*?«

»Wir haben ein paar. Das Antragsverfahren ist recht langwierig. Unter anderem wird auch eine umfassende Übersicht verlangt.«

»Ich meine die alten *gompas*.«

»Alt?«

Shan sah Wen an, ohne zu blinzeln. »Ich kenne Mönche, die hier vor Jahrzehnten gelebt haben. 1940 gab es in diesem Bezirk einundneunzig *gompas* und Tausende von Mönchen.«

Wen winkte ab. »Das war lange vor meiner Geburt. Vor der Befreiung. Als die Kirche noch als Instrument zur Unterdrückung des Proletariats benutzt wurde.«

Yeshe starrte unverwandt auf seinen Notizblock. Diese Reaktion hatte nichts damit zu tun, daß Shan ihm zuvor Zhongs wahre Absichten erläutert hatte. Nein, es lag an Wen. Und Yeshes Verhalten zeugte auch nicht von Schmerz, erkannte Shan. Es war Angst. Weshalb war er wegen des Direktors für Religiöse Angelegenheiten dermaßen beunruhigt? »Damals«, sagte Shan, »gab es in manchen der großen *gompas* an Festtagen besondere Tanzzeremonien.«

Wen nickte. »Ich habe entsprechende Filme gesehen. Die Kostüme waren kunstvoll gearbeitet und stellten Sinnbilder dar. Gottheiten, Geister, Dämonen, Clowns.«

»Wissen Sie, wo diese Kostüme sich heutzutage befinden?«

»Eine faszinierende Frage.« Er nahm den Telefonhörer ab.

Kurz darauf erschien eine junge Tibeterin an der Tür. »Ah, Miss Taring«, begrüßte Wen sie. »Unsere … Freunde haben nach den alten Festspielkostümen gefragt und wo man sie heute finden könnte.« Er wandte sich an Shan. »Miss Taring ist unsere Archivarin.«

Die Frau nickte Shan zu und nahm auf einem Stuhl an der Wand Platz. »In Museen«, sagte sie in steifem Tonfall und nahm ihre metallgeränderte Brille ab. »Peking, Chengdu oder auch das Kulturmuseum in Lhasa.«

»Aber man findet doch immer neue Artefakte«, sagte Shan.

»Wurde vielleicht bei einer kürzlichen Prüfung ein solches Kostüm entdeckt?« murmelte Yeshe.

Die Frage schien Miss Taring zu überraschen. Ihr Blick richtete sich hilfesuchend auf Wen. »Ja, wir führen entsprechende Überprüfungen durch«, sagte Wen. Yeshe sah ihn noch immer nicht an. »Die Lizenzen wären bedeutungslos, würde man die Voraussetzungen nicht genau kontrollieren.«

»Und die Artefakte werden aufgelistet?« fragte Shan.

»Die Artefakte gehören dem Volk und sind Teil des Vermögens, das aus den Beständen der Kirche zurückgegeben wird. Die *gompas* übernehmen für uns die treuhänderische Verwaltung. Selbstverständlich müssen wir nachprüfen, was sich wo befindet.«

»Und manchmal werden auch neue Artefakte entdeckt.« Shan ließ nicht locker.

»Manchmal.«

»Aber keine Kostüme.«

»Nicht seitdem ich hier Dienst tue.«

»Wie können Sie da sicher sein?« fragte Shan. »In Ihren Bestandsverzeichnissen müssen doch Tausende von Artefakten aufgeführt sein.«

Wen lächelte herablassend. »Verehrter Genosse, Sie müssen sich vergegenwärtigen, daß diese Kostüme unersetzliche Schätze darstellen. Falls man heutzutage eines davon fände, würde das ziemliches Aufsehen erregen.«

Shan schaute zu Yeshe, um sich zu vergewissern, daß dieser nach wie vor schrieb. Hatte er richtig gehört? Verehrter Genosse? Er wandte sich an die Archivarin. »Miss Taring, Sie sagen, alle bekannten Kostüme befänden sich in Museen.«

»Einige der großen *gompas* in der Nähe von Lhasa haben die Erlaubnis erhalten, diese Tänze wieder aufzuführen. Bei gewissen genehmigten Veranstaltungen. Hauptsächlich für Touristen.« Sie musterte ihn argwöhnisch.

»Devisen«, sagte Shan.

Miss Taring nickte ungerührt.

»Hat Ihre Behörde eine vergleichbare Genehmigung für Lhadrung erteilt?«

»Noch nie. Die hiesigen Klöster sind zu arm, um solche Zeremonien durchführen zu können.«

»Ich dachte, vielleicht jetzt, wo doch die Amerikaner kommen …«

Direktor Wens Augen leuchteten auf, und er sah die Archivarin an. »Warum sind wir noch nicht selbst auf diesen Gedanken gekommen?« Er wandte sich Shan zu. »Miss Taring organisiert unsere Vorkehrungen für den Besuch der Amerikaner und wird auch als Fremdenführerin zu einigen kulturellen Sehenswürdigkeiten dienen. Sie spricht Englisch mit amerikanischem Akzent.«

»Eine hervorragende Idee, Genosse Direktor«, sagte die Archivarin. »Aber es gibt hier keine geübten Tänzer. Viele dieser Kostüme sind vielleicht nicht das, was Sie glauben – es handelt sich eher um ganz besondere Maschinen. Mechanische Arme, komplizierte Befestigungen und dergleichen mehr. Die Mönche mußten monatelang trainieren, nur um zu begreifen, wie man mit diesen Kostümen umzugehen hatte. Bis sie gut genug für eine Zeremonie waren und die Tänze und genauen Bewegungen kannten, benötigten sie bisweilen mehrere Jahre.«

»Aber eine kurze Vorführung bei einem der neuen Projekte müßte machbar sein«, behauptete Wen. »Die Amerikaner bräuchten doch gar nicht den authentischen Tanz zu sehen, sondern bloß die Kostüme, verbunden mit ein paar anmutigen Bewegungen, einigen Zimbeln und Trommeln. Sie könnten Fotos schießen.«

Miss Taring schenkte Direktor Wen ein knappes, unverbindliches Lächeln.

»Neue Projekte?« fragte Shan.

»Ich bin erfreut, Ihnen mitteilen zu können, daß einige *gompas* unter unserer Aufsicht wieder aufgebaut worden sind. Es stehen dafür öffentliche Mittel zur Verfügung.«

Öffentliche Mittel. Was mochte das bedeuten? überlegte Shan. Daß man die alten Schreine ausplünderte, um stattdessen Attrappen zu errichten? Daß man Altertümer zerstörte, um mit dem Erlös Kulissen zu finanzieren, in denen man buddhistische Scharaden für die Touristen aufführen konnte? »Hat Ankläger Jao an der Erteilung der Lizenzen für solche Projekte mitgewirkt?« fragte er.

Der Direktor stellte seine Tasse ab. »Danke, Miss Taring.« Die Archivarin stand auf und verneigte sich leicht vor Shan und Yeshe. Wen wartete, bis sie gegangen war. »Tut mir leid. Ich glaube, Sie wollten auf den Mord zu sprechen kommen.«

»Genosse Direktor, ich habe die ganze Zeit über den Mord gesprochen«, sagte Shan.

Wen starrte ihn mit neuem Interesse an. »Es gibt ein Komitee. Jao, Oberst Tan und ich selbst. Jeder hat hinsichtlich der Entscheidungen ein Vetorecht.«

»Nur wenn es um den Wiederaufbau geht.«

»Bei Lizenzen, Aufbauprojekten, der Genehmigung zur Aufnahme neuer Novizen, der Publikation religiöser Traktate, der Einladung der Öffentlichkeit zur Teilnahme an Gottesdiensten.«

»Hat Ankläger Jao jemals einen solchen Antrag abgelehnt?« fragte Shan.

»Das haben wir alle schon getan. Die Verteilung der kulturellen Ressourcen muß genau abgewogen werden, um Mißbrauch zu vermeiden. Die tibetische Minderheit ist nur ein kleiner Teil der chinesischen Bevölkerung. Wir können einfach nicht jedes Gesuch pauschal genehmigen«, verkündete Wen nachdrücklich und mit geübter Stimme.

»Und in letzter Zeit? Gab es irgendein besonderes Projekt, das Jao partout nicht unterstützen wollte?«

Wen schaute zur Decke und verschränkte die Hände im Nacken. »Nur eines während der letzten paar Monate. Er hat einen Antrag auf Wiederaufbau abgelehnt. Das Kloster Saskya.«

Saskya war Sungpos *gompa*. »Aus welchem Grund?«

»Am unteren Ende desselben Tals gibt es noch ein weiteres, größeres *gompa*. Khartok. Es hatte zuvor bereits um Wiederaufbau ersucht. Es liegt weitaus günstiger für die Besucher und bedeutet daher eine bessere Investition.«

Shan stand auf. »Ich habe gehört, Sie seien noch nicht lange auf diesem Posten.«

»Knapp sechs Monate.«

»Es heißt, Ihr Vorgänger sei ermordet worden.«

Direktor Wen nickte bekümmert. »Zu Hause gilt er als Märtyrer.«

»Aber fürchten Sie denn gar nicht um Ihr Leben? Ich habe keine Wachen gesehen.«

»Wir lassen uns nicht einschüchtern, Genosse. Ich habe eine Aufgabe zu erledigen«, verkündete Wen entschieden. »Die Minderheiten haben das Recht, ihre Kultur zu bewahren. Doch solange es kein Gleichgewicht gibt, droht Gefahr von Reaktionären. Peking traut nur wenigen von uns zu, hier an vorderster Front für Ordnung zu sorgen. Ohne uns würde Chaos herrschen.«

Kapitel Neun

Der Nachthimmel wurde in Tibet geboren. Nirgendwo sonst waren die Sterne so zahlreich, die Dunkelheit so schwarz und der Himmel so nah. Die Leute schauten nach oben und fingen an zu weinen, ohne den Grund dafür zu kennen. Manchmal stahlen Häftlinge sich aus ihren Hütten, um schweigend auf dem Boden zu liegen und das Firmament zu beobachten. Im Jahr zuvor hatte man im Lager der 404ten eines Morgens einen alten Priester in dieser Position vorgefunden. Er war erfroren, und seine toten Augen starrten in den Himmel. Neben sich hatte er zwei Worte in den Schnee geschrieben. Fangt mich.

Shan lehnte den Kopf gegen die Seitenscheibe, während der Wagen auf der langen Reise nach Norden aus dem Tal emporstieg und sich immer mehr dem Himmel näherte. In manchen *gompas* gab es einen Test für die Novizen. Geh nachts nach draußen und begib dich an den Ort eines Himmelsbegräbnisses. Lege dich neben die von Vögeln abgenagten Knochen und betrachte den Himmel. Einige kehrten nicht zurück.

»Alle reden von diesem Häftling Lokesh«, ertönte Yeshes Stimme aus der Dunkelheit hinter Shan. »Sie haben etwas für ihn getan.«

»Etwas getan?« fuhr Sergeant Feng barsch dazwischen. »Er hat uns an der Nase herumgeführt.«

»Es war bloß ein harmloser alter Mann. Ein *tzedrung*«, sagte Shan und benutzte den tibetischen Ausdruck für einen Beamten der Mönche. »Unter der Regierung des Dalai Lama war er

Steuereintreiber gewesen. Seine Freilassung war schon längst überfällig.«

Feng schnaubte verächtlich. »Genau. Wir lassen am besten die Häftlinge darüber entscheiden, wann wir das Tor öffnen sollten.«

»Aber wie konnten Sie …?« Yeshe beugte sich vor. Nachdem er genug Mut gefaßt hatte, um die Frage zu stellen, wollte er nicht so einfach aufgeben.

»Ich hatte ein Dekret gesehen, das zehn Jahre zuvor vom Staatsrat erlassen worden war. Zu Ehren des Geburtstags unseres Vorsitzenden Mao wurde für alle Angehörigen der früheren tibetischen Regierung eine Amnestie verfügt. Direktor Zhong hatte diesen Erlaß wohl übersehen.«

»Also haben Sie den Direktor über seine Pflichten belehrt?« fragte Yeshe ungläubig.

»Ich habe ihn daran erinnert.«

»Verdammt«, fluchte Sergeant Feng. »Ihn daran erinnert! Er hat ihm praktisch in aller Öffentlichkeit die Hose heruntergezogen.« Er verlangsamte den Wagen und beugte sich zu Yeshe nach hinten. »Was Häftling Shan nicht erwähnt, ist die Tatsache, daß er niemanden an irgendwas erinnern konnte. Das hätte ein Disziplinarvergehen bedeutet. Also hat er statt dessen den Politoffizier um Material gebeten, weil man zu Ehren von Maos Gedenktag ein Banner anfertigen wollte.«

»Ein Banner?«

»Ein großes verdammtes Banner, damit alle es sehen würden. Das zeuge von patriotischer Gesinnung, hat Leutnant Chang geprahlt. Die Familien waren gekommen. Die Leute aus der Stadt waren gekommen. Die Wachen haben eine Parade abgehalten. Und dann wird auf dem Dach ihrer Hütte das Banner aufgestellt. Zu Ehren von Mao, stand darauf, in dessen Gedenken der Staatsrat alle früheren Beamten begnadigt hat. Sogar Monat und Jahr des Erlasses wurden genannt, damit auch niemand durcheinanderkommen würde. In der folgenden Woche hat der Politoffizier ziemlich viel Zeit mit Shan verbracht.«

»Aber dieser alte Mann wurde freigelassen?«

»Oberst Tan hat eine Petition erhalten. Das war nicht nur ein

Rechtsbruch, sondern auch der Mißbrauch eines Geschenks von Mao. Man drohte mit Demonstrationen. Also hat der Oberst vor aller Welt eingeräumt, daß Direktor Zhong einen Fehler begangen hatte.«

Sie fuhren weiter, Kilometer um Kilometer, und verschmolzen mit den Sternen. Inzwischen hatten sie eine so große Höhe erreicht, daß die Straße jegliche Verbindung zu dem Planeten verloren zu haben schien. Nur einige schwarze Flecke am unteren Rand des Himmels zeugten davon, daß sie sich nach wie vor im Gebirge befanden.

»Warum haben Sie Angst vor Direktor Wen gehabt?« hörte Shan sich Yeshe fragen, ohne vorher auch nur an diese Frage gedacht zu haben.

»Ich wollte mich nicht fürchten«, kam nach langem Zögern die Antwort aus dem Dunkel. »Aber er ist der Abt. Für ganz Lhadrung.«

Der gewissenhafte Direktor Wen war ein Abt? Dann begriff Shan. »Ein Priester hätte Angst vor Wen.« Wens Siegel entschied darüber, wer Priester war und wer nicht. Sein Siegel konnte *gompas* zerstören.

»Ich bin kein Priester.«

»Sie waren ein Priester.« Shan erinnerte sich an Yeshes unheimliches Mantra in der Schädelhöhle.

»Ich weiß nicht.« Yeshes Stimme klang zögernd und schmerzlich berührt. »Das war lediglich ein Abschnitt meines Lebens und ist schon lange vorbei.«

Für Sie gibt es kein lange vorbei, hätte Shan beinahe gesagt. Wagen Sie nicht noch einmal, von lange vorbei zu sprechen, nicht bevor Sie wie wir anderen Ihre ganz persönlichen Alpträume erduldet haben, nicht bevor Ihre Erinnerungen derart morsch sind, daß sie wie dünne Zweige zerbrechen, wenn die Politoffiziere Sie anschreien, ein Geständnis abzulegen. »Dann haben Sie die Universität von Chengdu besucht«, sagte Shan statt dessen. »Aber Sie wurden zur Umerziehung zurückgeschickt. Warum?«

»Das war ein Mißverständnis.«

»Sie meinen ein Justizirrtum?«

Yeshe gab ein Geräusch von sich, das vielleicht ein Lachen war. »Jemand hat in einem der Unterrichtsräume ein Bild von Mao gegen ein Foto des Dalai Lama ausgetauscht. Als niemand sich zu der Tat bekennen wollte, wurden alle sechs tibetischen Studenten nach Hause geschickt.«

»Soll das heißen, Sie waren es nicht?«

»Ich war an dem Tag nicht einmal im Gebäude«, erwiderte Yeshe unglücklich. »Ich habe geschwänzt, um Eintrittskarten für einen amerikanischen Film zu bekommen.«

»Hattest du Erfolg?« fragte Feng einen Moment später. »Bei den Karten.«

»Nein«, seufzte Yeshe. »Sie waren ausverkauft.«

Die Stille des Himmels überwältigte Shan jedesmal aufs neue. Im Licht der Scheinwerfer tauchte ein Geist auf und schien sie schwebend zu beobachten. Feng keuchte erschrocken auf. Erst als die Gestalt seitlich im Abgrund verschwand, sah Shan die Schwingen. Eine Eule.

»Mein alter Herr war Zimmermann.« Die Worte hingen plötzlich in der Luft wie ein unkontrollierter Gedanke. Es dauerte einen Moment, bis Shan begriffen hatte, daß sie von Feng stammten. »Man hat ihm seine Werkstatt weggenommen, seine Werkzeuge, einfach alles. Weil sie ihm gehört haben. Klasse der Grundbesitzer. Zehn Jahre lang hat er Bewässerungsgräben ausgehoben. Aber nachts hat er Sachen hergestellt.« In Fengs Stimme schwang etwas Neues mit. Auch er hatte sie gespürt. Die Finsternis.

»Aus Pappe. Aus getrocknetem Gras. Eßstäbchen. Wunderschöne Sachen. Schachteln. Sogar kleine Schränke.«

»Ja«, sagte Shan unsicher, nicht weil er einen solchen Zimmermann, sondern weil er viele solcher Helden gekannt hatte.

»Ich habe ihn nach dem Grund gefragt. Ich war bloß ein dummer Junge. Doch er hat mich nur weise angesehen. Wißt ihr, was er geantwortet hat?«

Eine Sternschnuppe schoß quer über den Himmel. Keiner sprach ein Wort.

»Was er geantwortet hat«, fuhr Feng schließlich fort. »Er hat gesagt, du darfst nie auf der Stelle verharren, sondern mußt immer in Bewegung bleiben.«

Shan schaute noch etwas länger zu den Sternen empor. »Er war sehr weise«, sagte er. »Ich hätte Ihren Vater gern gekannt.«

Er hörte, wie Feng überrascht Luft holte. Dann gab der Sergeant das leise gurgelnde Geräusch von sich, das bei ihm ein Lachen darstellte.

Eine weitere Sternschnuppe blitzte auf. »Manche der alten Yaks sagen, jede Sternschnuppe bedeute, daß eine Seele die Buddhaschaft erlangt«, sagte Shan bedächtig.

»Die alten Yaks?« fragte Yeshe.

Es war Shan gar nicht aufgefallen, daß er laut gesprochen hatte. »Die erste Generation der Häftlinge. Die ältesten Überlebenden.« Er lächelte in der Dunkelheit. »Während meines ersten Winters bei der 404ten mußten wir einen Paß im Hochgebirge vom Schnee freiräumen. Es war bitterkalt. Der Wind machte merkwürdige Sachen mit dem Schnee. In einer Ecke fanden sich zehn Meter hohe Verwehungen, in der nächsten lag der Erdboden frei. Die Felsen waren von Eis und Schnee überzogen und sahen aus wie riesige Traumgeschöpfe. Eines Tages, nachdem es Neuschnee gegeben hatte, schaufelten wir gerade wieder die Straße frei, da lag vor uns auf einmal ein großer Felsblock, der vorher noch nicht dagewesen war. Jemand sagte, eine Lawine müsse ihn mitgerissen haben.

Wir schaufelten den Schnee beiseite. Der Wind wehte die Stelle wieder zu. Wir schaufelten von neuem. Später schrie hinter uns plötzlich einer der Wachposten auf. Der Felsblock habe ihn angestarrt.« Shan lächelte erneut. Er hatte ganz vergessen, wie lieb ihm diese Erinnerung war. »Es war ein alter Yakbulle, der sich vom Schnee hatte bedecken lassen, um der Kälte des Sturms zu entgehen. Er stand einfach da, als wäre er ein Teil des Bergs, und betrachtete den Irrsinn der Welt um ihn herum. Auf dem Rückweg sagte einer der Häftlinge, er habe an die alten Mönche in der 404ten denken müssen. Zeitlos, unverwüstlich, wie ein Berg mit Beinen, ruhig und friedlich, auch wenn es noch so schlimm um sie zu stehen schien. Die Bezeichnung ist hängengeblieben.«

Später erhob sich ein seltsames Geräusch, das Stimmengewirr eines Stadions voller Leute. Auf einem Podest in der Mitte saßen an einem Tisch mit Mikrofonen drei strenge Gestalten. Hinter ihnen, jenseits des Podests, stand eine alte Frau mit Mop und Eimer. Shans Kopf ruckte hoch. Es war ein Traum. Nein, wurde ihm schwermütig klar, es war eine Erinnerung. Er starrte zu den Sternen empor, aber fünf Minuten später war er wieder in dem Stadion. Auf der Empore stand nun ein verängstigter junger Mann, dessen Blick von Medikamenten getrübt war. Hinter ihm befand sich eine weltgewandte Frau und verlas mit gellender Stimme in seinem Namen eine Erklärung, eine Entschuldigung an das Volk.

Shan zwang sich, die Augen zu öffnen, und erschauderte bei dem Gedanken an den letzten Mordprozeß, dem er beigewohnt hatte. Er zählte die Sterne. Er zwickte sich. Aber die Müdigkeit ließ ihn in das Stadion zurückkehren. Inzwischen herrschte Stille, und der Angeklagte kniete vor einem Offizier der Öffentlichen Sicherheit. In letzter Sekunde, als der Offizier dem Mann eine Kugel durch den Kopf jagte, wurde das Gesicht des Verurteilten zu dem von Sungpo. Die alte Frau stieg die Stufen empor und fing an, das Blut und Gewebe aufzuwischen.

Shan stöhnte auf und war sofort hellwach. Sein Herz raste wie wild. Er döste nicht wieder ein.

Irgendwann sehr viel später ergriff Sergeant Feng noch einmal das Wort. »Dieser Soldat, Meng. Er war zum Wachdienst vor der Höhle eingeteilt. Aber nicht in jener Nacht.«

»Sie haben gefragt?«

»Du hast doch gesagt, du müßtest es wissen. Vermutlich hat er den Dienst mit einem anderen getauscht. Das passiert andauernd, ohne daß die Einträge im Dienstplan entsprechend geändert werden.«

»Könnten wir mit ihm sprechen? Wenn wir wieder im Lager sind.«

»Keine Ahnung«, erwiderte Feng. Es war ihm unangenehm. »Ich bin der 404ten zugewiesen. Diese Offiziere im Lager Jadefrühling – ich weiß nicht. Die sind hart wie Tigerzähne«, murmelte er und beugte sich vor, als müßte er sich auf die Straße konzentrieren.

»Sergeant«, meldete Yeshe sich von der Rückbank. »Genosse Shan sagt, daß der Direktor mir etwas vormacht. Daß er beabsichtigt, mich wieder einzusperren, damit ich weiter an seinen Computern arbeite.«

Fengs einzige Reaktion war ein gezwungenes Glucksen.

»Stimmt das?«

»Wieso fragst du mich? Der Direktor und ich, wir leben nicht in der gleichen Welt. Woher soll ich das wissen?«

»Eben gerade haben Sie aber so gelacht, als würden Sie das glauben.«

»Ich glaube, daß Zhong ein gottverdammter Hurensohn ist. Das Volk bezahlt ihn dafür, ein Hurensohn zu sein. Er erörtert seine Pläne nicht mit den Sergeanten.«

»Aber Sie könnten es herausfinden. Fragen Sie die Belegschaft. Jeder spricht mit dem *momo gyakpa*.«

Feng trat auf die Bremse. »Was, zum Teufel, hast du da gerade gesagt?« herrschte er Yeshe auf einmal mürrisch an.

»Es tut mir leid. Nichts. Bloß, ob Sie fragen könnten. Vielleicht könnte ich im Gegenzug etwas für Sie tun.«

»*Momo gyakpa*? Fettkloß?« Er schien eher verbittert als wütend zu sein. »Ich habe diese Bezeichnung schon öfter gehört«, sagte er nach schmerzlichem Schweigen, inzwischen sehr viel ruhiger. »Hinter meinem Rücken. Fünfunddreißig Jahre in der Volksbefreiungsarmee, und das ist der Dank. *Momo gyakpa*.«

»Es tut mir leid«, murmelte Yeshe.

Aber Feng beachtete ihn nicht mehr. Er kurbelte die Scheibe herunter und griff in die Tüte mit Klößen, die ihnen als Frühstück und Mittagessen dienen sollten. »*Momo*.« Er nahm einen Kloß und zerquetschte ihn, als handle es sich um etwas, das er zu töten versuchte. Er warf ihn aus dem Fenster, dann noch einen und noch einen und immer so weiter, bei jeder langgezogenen Silbe. »*Momo*! Scheiße! *Gyakpa!*« schrie er mit qualvoll erstickter Stimme. Nach dem letzten *momo* starrte er reglos nach vorn. »Es gab Zeiten, da nannte man mich die Axt, weil ich alles und jeden mit bloßen Händen bezwingen konnte. Paßt auf, die Axt kommt, flüsterte man sich zu. Oberst Tan kann sich auch noch daran erinnern. Lauft, heute nacht ist die Axt unterwegs.«

Sobald es so hell war, daß man lesen konnte, griff Shan in den Leinenbeutel, den Madame Ko im Lager für ihn hinterlassen hatte. Drei Mappen, die Akten der Fälle, die zu der Exekution von drei der ehemals Fünf von Lhadrung geführt hatten. Lin Ziang, der Direktor für Religiöse Angelegenheiten, ermordet von dem kulturellen Unruhestifter Dilgo Gongsha. Xong De, Direktor der Minen vom Ministerium für Geologie im Bezirk Lhadrung, ermordet vom Feind des Volkes Rabjam Norbu. Jin San, Leiter des Landwirtschaftskollektivs, ermordet von Dza Namkhai, dem Anführer der berüchtigten Fünf von Lhadrung.

Er las fast eine Stunde in den Unterlagen. Im hinteren Teil jeder Akte hatte man Seiten herausgerissen. Zeugenaussagen.

Die Gipfel schienen in der Morgenröte zu schweben und eher Teil des Himmels als der dämmrigen Erde zu sein. Sind auf diesem Planeten nur diejenigen Leute religiös, die in der Nähe der Berge leben? hatte Trinle ihn einst gefragt. »Ich weiß es nicht«, hatte Shan erwidert, »aber ich weiß, daß die Tibeter ohne ihre Berge keine Tibeter wären.«

Sie fuhren in ein langgestrecktes Tal hinunter. Unter ihnen konnte man im trüben Morgenlicht nach ungefähr anderthalb Kilometern gewundener Wegstrecke einen steinernen Gebäudekomplex erkennen, der von längst verlassenen Weidegründen umgeben war. Shan neigte den Kopf, als ihm klar wurde, worum es sich handelte. Obwohl er seit drei Jahren in Gesellschaft tibetischer Mönche lebte, hatte er bislang noch nie ein echtes tibetisches Kloster gesehen. So wenige waren übriggeblieben.

Doch in Gedanken waren schon zahllose Klöster vor ihm errichtet worden. An den schlimmsten Wintertagen, wenn die Lastwagen das Lager nicht verließen und die Gefangenen sich Rücken an Rücken unter ihren dünnen Decken zusammenkauerten, um keine Körperwärme zu verschwenden, führten die alten Yaks die anderen mit Worten durch die Klöster ihrer Jugend. Während die Gefangenen so heftig zitterten, daß dabei manchmal sogar Zähne zerbrachen, begannen Choje und Trinle oder einer der anderen die Reise und beschrieben, wie das Licht der Dämmerung auf den fernen Steinmauern des *gompa* spielte, wenn der Reisende sich näherte, oder wie, lange bevor das Gebäude in Sicht kam, bereits der Klang einer bestimmten Glocke in dem Pilger widerhallte. Der Jasminduft entlang des Wegs, der Flug eines Schneehuhns, das Rascheln der Moschustiere, die ohne jede Angst im Schatten des *gompa* umherstreiften – nichts davon wurde vergessen, auch nicht der freudige Ausruf des wachsamen *rapjung*, des Mönchlehrlings, der als erster den Besucher erspähte und die Tore öffnete.

Da die *gompa*s der Sträflinge schon vor langer Zeit zerstört worden waren und nur noch wenige Fotos existierten, blieben als letzte Spuren allein die Erinnerungen einer Handvoll Überlebender. Doch indem die Geschichte erzählt wurde – und der Besuch eines einzigen Klosters konnte leicht mehrere Tage der Schilderung dauern –, baute man das *gompa* in den Herzen und Seelen einer neuen Generation wieder auf. Die alten Yaks vermittelten dabei nicht nur die optischen Eindrücke, sondern schwelgten auch in den Geräuschen und Gerüchen ihres früheren Zuhauses. Darüber hinaus erweckten sie den Rhythmus des menschlichen Daseins zu neuem Leben, bis hin zu den blicklosen Augen des blinden Lama, der die Glocke läutete, oder den Novizen, die mit Bündeln aus Pferdehaar den Steinboden schrubbten, weil dieser nach den Butteropfern zu rutschig geworden war. In einem Kloster, das früher in den südlichen Bergen gestanden hatte, gab es eine riesige Gebetsmühle, deren Quietschen die Zuhörer an einen Schwarm hungriger Elstern denken ließ, erinnerte Shan sich, und in der Küche des Klosters mischte man die Blüten eines bestimmten Heidekrauts mit Gerste zu einem duftenden *tsampa*.

Sergeant Feng verringerte das Tempo. »Vermutlich gibt es hier heißen Tee«, sagte er und nickte in Richtung der Gebäude. »Vielleicht kann man uns dort den Weg nach Saskya etwas genauer beschreiben. Ich kenne diese Straße nicht und ...«

»Nein«, unterbrach Yeshe ihn ungewöhnlich grob. »Wir

haben nicht genug Zeit. Fahren Sie weiter, ich kenne Saskya. Noch etwa dreißig Kilometer die Straße entlang, vor den hohen Klippen am Ende des Tals.«

Feng grunzte nichtssagend und fuhr weiter.

Knapp eine Stunde später bogen sie auf Yeshes Anweisung auf einen unbefestigten Weg ein, der in einen Wald aus Zedern und Rhododendren führte. Nach einigen Minuten kam ein langer Wall aus Steinen in Sicht, der quer zur Straße verlief und im Dickicht verschwand. Shan hob die Hand, damit Feng anhielt. Dann stieg er aus, lief zu dem Wall und blieb davor stehen. Da war etwas, das er wiedererkannte, obwohl er noch nie zuvor hier gewesen war. Irgendwo in der Nähe ertönte leise eine *tsingha*, die kleine Handzimbel, die bei buddhistischen Riten verwendet wurde.

Shan verspürte einen Anflug von Aufregung. Er hatte diesen oder einen ganz ähnlichen Ort doch schon einmal besucht, und zwar in den Wintergeschichten der alten Yaks. Langsam gaben seine Beine nach, und einen Moment lang kniete er und legte die Hände auf die Steine. Dann fing er an, den Staub von den Blöcken abzuwischen. Er nahm erst einen, dann noch einen und noch einen. Sie waren von Menschenhand behauen worden, und auf jedem fand sich eine tibetische Inschrift, die man entweder mit einem Pinsel aufgetragen oder unbeholfen in die Oberfläche gemeißelt hatte. Er befand sich inmitten einer *mani*-Mauer aus mit Gebeten versehenen Steinen, einem jener Wälle, die im Verlauf vieler Jahrhunderte von frommen Besuchern und Pilgern errichtet worden waren. Jeder der Steine war einzeln und von weit her zum Ruhme Buddhas mitgebracht worden. Ein *mani*-Stein, so hieß es, führte das Gebet fort, wenn der Pilger wieder gegangen war. Shan schaute sie an, wie sie sich, so weit er blicken konnte, in den Wald erstreckten, die vermodernden, moosbedeckten Gebete vieler Generationen.

Trinle hatte einst heftige Prügel bezogen, weil er aus der Arbeitskolonne ausgeschert war, um einen solchen Stein aufzuheben, der oberhalb von ihnen herrenlos auf dem Hang lag. »Weshalb hast du die Schlagstöcke riskiert?« hatte Shan ihn gefragt, während Trinle das Moos abkratzte, um das Gebet freizulegen.

»Weil dies vielleicht das Gebet ist, das die Welt verändert«, hatte Trinle fröhlich erwidert.

Shan wischte vorsichtig sechs der Gebetssteine sauber, legte drei davon in einer Reihe aus, darauf dann die nächsten zwei und den letzten als oberste und dritte Schicht. Der Anfang eines neuen Walls.

Er ignorierte Fengs finsteren Blick und ging vor dem langsam fahrenden Wagen den Weg entlang. Der Klang der *tsingha* schwebte wieder durch die Luft, und eine hohe Mauer kam in Sicht. Die Risse, die Fugen und die scheckige Bemalung der Wand zeugten von schweren Prüfungen und Überlebenskämpfen. Die Mauer war öfter beschädigt, wiederaufgebaut und geflickt worden, als Shan ermessen konnte. Die unebene Oberfläche, die teils aus Stuck und Mörtel, teils aus blankem Fels bestand, war mit einem halben Dutzend weißer und gelbbrauner Flecken übermalt worden.

Zu beiden Seiten der Wand türmten sich Ruinen auf, zerklüftete Steinhaufen, die von Kletterpflanzen überwuchert waren, sowie geborstene und verkohlte Balken, auf denen Flechten und Moose wuchsen. Er erkannte, daß die Wand früher einmal den Innenhof eines weitaus größeren *gompa* begrenzt hatte. Das Tor stand offen und hing schief in den Angeln. Es waren mehrere Novizen zu sehen, die den Hof fegten. Ihre Besen bestanden aus langen Stöcken, an die man Binsen gebunden hatte.

Shan musterte die Szenerie mit ungeahnter Freude. Die Gebäude waren ihm aus den mündlichen Überlieferungen der 404ten vertraut, aber nichts hatte ihn auf die umfassende, kraftvolle Präsenz eines bewohnten *gompa* vorbereitet.

In der Mittes des Hofs stand ein riesiger Bronzekessel, der so verbeult und abgenutzt war, daß das darauf befindliche Antlitz Buddhas wie das Gesicht eines narbigen Kriegers aussah. Zwei Mönche waren eifrig damit beschäftigt, das Gefäß zu polieren. Es handelte sich um eines der größten Räucherfässer, die Shan je gesehen hatte. Schwelender Wacholder stieg in dünnen Schwaden daraus hervor.

Einige niedrige Gebäude verliefen entlang der Wand zu

beiden Seiten des Tors ungefähr halb um den Hof herum. Dies waren die Unterkünfte der Mönche. Ihre Dächer hatte man aus sich teilweise überdeckenden, flachen Felsplatten gefertigt, und die Wände bestanden aus wiederverwerteten Steinen und Holzstücken. Das alles sah verdächtig nach einer amtlich unerlaubten Konstruktion aus. Was hatte Direktor Wen ihnen erzählt? Jao hatte den Aufbauantrag von Sungpos *gompa* abgelehnt und es dadurch von den offiziellen Materialquellen abgeschnitten.

Die anderen Gebäude wirkten genauso zusammengestükkelt, aber irgendwie majestätischer. Links, am Ende einer kleinen Treppe und hinter einer Veranda aus dicken Balken befand sich die *dukhang*, die Versammlungshalle, in der die Mönche unterwiesen wurden. Rechts stand ein ähnliches Bauwerk, auf dessen überdachtem Vorbau eine mannshohe Gebetsmühle senkrecht emporragte. Ein Mönch drehte sie langsam, und jede Umdrehung vervollständigte das Gebet, das auf ihre Seitenfläche geschrieben war. Hinter der Mühle versperrte eine hellrot gestrichene Flügeltür den Zugang zur *lhakang*, der Halle der Hauptgottheit. Auf die Außenwand hatte man oberhalb der Halle ein kreisförmiges Mandala gemalt, das den heiligen Pfad repräsentierte, das Rad von Dharma. Links und rechts davon war je ein Reh abgebildet, um an Buddhas erste Predigt in Indien zu erinnern.

Zwischen den beiden Gebäuden stand auf einer quadratischen Grundplatte ein großer Chorten, ein kuppelförmiger Schrein aus Mörtel, auf dem mehrere Platten abnehmender Größe lagen. Über den Platten befand sich ein walzenförmiger Aufsatz mit einer konischen Spitze. Zum Loshar, dem Tag des Neujahrsfestes, hatte Trinle einst einen winzigen Chorten aus Holzresten zusammengebaut und es gerade noch geschafft, Shan die spirituelle Symbolik zu erklären, bevor Leutnant Chang sich den Schrein griff und zertrat. Ein Chorten besaß dreizehn Ebenen, die den dreizehn traditionellen Stufen auf dem Weg zur Buddhaschaft entsprachen. Die Spitze des Chorten wurde von einer Sonne und einer Mondsichel gekrönt, die aus Eisen gefertigt waren. Die Sonne stand für Weisheit, der Mond für Mitleid.

Auf den runden, walzenförmigen Teil waren als Symbol für den stets wachsamen Buddha zwei große Augen aufgemalt.

Shan betrat den Hof, während hinter ihm der Wagen anhielt. Die Novizen hielten inne und verneigten sich tief, als sie ihre drei Besucher sahen. Shan folgte dem Blick eines der Mönche zur Tür der Versammlungshalle. Ein Lama mittleren Alters erschien.

»Bitte verzeihen Sie die Störung«, sagte Shan leise, als der Lama näher kam. »Dürfte ich mit jemandem über den Einsiedler Sungpo sprechen?«

Dem Lama schien diese Frage keine Antwort wert zu sein. »Was ist der Zweck Ihres Besuchs?«

»Ich möchte den Lehrer Sungpos finden.«

Das Gesicht des Mannes straffte sich. »Und was wirft man seinem Guru vor?«

Yeshe trat neben Shan. »Das ist nicht der *kenpo*«, flüsterte er, ohne den Kopf zu bewegen. »Er ist der *chotrimpa*.«

Shan blickte auf und versuchte, sich seine Überraschung nicht anmerken zu lassen. Der *kenpo*, der Abt, hatte beschlossen, nicht mit Shan zu reden. Er hatte den Lama geschickt, der für die Klosterdisziplin zuständig war.

Shan wandte sich wieder an den Lama. »Sungpo ist bei uns. Seine Zunge ist es nicht. Ich erbitte respektvoll eine Audienz bei seinem Guru.«

Der Lama musterte die neugierigen jungen Mönche, die sich neben dem Wagen versammelten. Eine tadelnde Handbewegung ließ sie auseinanderlaufen. Im selben Moment ertönte aus dem Innern der Halle der tiefe Klang einer Glocke, woraufhin der Hof sich leerte.

»Werden Sie an unserer Unterweisung in *sunyata* teilnehmen?« fragte er Shan und Yeshe. Er schien ein wenig zu lächeln, aber seine Worte klangen spöttisch. Sunyata war eines der fünf Pflichtfächer jedes Mönches; es war das Studium der Leere, der Nichtexistenz. Shan schaute dem Lama hinterher, der in dem nächsten Durchgang verschwand. Der Mann hatte auf jede von Shans Fragen mit einer Gegenfrage reagiert und sich dann abgewandt, ohne auf eine Antwort zu warten.

Shan ließ den Blick über den inzwischen menschenleeren Hof schweifen. Ohne sich zu Feng oder Yeshe umzudrehen, stieg er die Stufen in die *lhakang* empor. Drinnen folgte er einem schmalen Gang, der eine weitere Treppe hinaufführte und in einer großen leeren Kammer endete, die von Butterlampen erhellt wurde. Shan entzündete ein Weihrauchstäbchen und nahm im Lotussitz vor dem Altar Platz. Die lebensgroße Bronzestatue von Maitreya Buddha, der als der zukünftige Buddha bekannt war, dominierte den Raum. Vor der Statue standen die sieben traditionellen Opferschalen, drei mit Wasser, eine mit Blumen, eine mit Weihrauch, eine mit Butter und eine mit duftenden Kräutern.

Schweigend verharrte er einige Minuten, nahm dann einen Besen, der an der Rückwand der Halle lehnte, und fing an zu fegen.

Ein silberhaariger Priester erschien und entzündete ein Butteropfer, das wie eine kleine Turmspitze geformt war. »Das ist nicht notwendig«, sagte er und nickte in Richtung des Besens. »Dies ist nicht Ihr Kloster.«

Shan lehnte sich auf den Besen. »Als ich jung war«, sagte er, »hörte ich von einem Tempel hoch in den Bergen an der Küste, wo angeblich die Weisheit der ganzen Welt zu finden war. Eines Tages gelangte ich zu dem Schluß, ich müsse diesen Tempel besuchen.«

Er fegte kurz weiter und hielt dann wieder inne. »Auf halber Strecke nach oben bin ich irgendwie vom Weg abgekommen. Ich traf einen Mann, der eine große Holzlast auf dem Rücken trug. Ich sagte, ich würde nach dem Tempel der Heiligen suchen, um dort zu mir selbst zu finden. Er erzählte mir, daß ich den Tempel gar nicht bräuchte und daß er mir alles beibringen würde, was ich wissen müsse. Und jetzt paß auf, sagte er. Dann stellte er seine Last auf dem Boden ab und richtete sich gerade auf.

Aber was mache ich, wenn ich nach Hause gehe, fragte ich. Ganz einfach, sagte er. Wenn du nach Hause gehst, machst du das hier – und er lud sich die Last wieder auf die Schultern.«

Der alte Priester lächelte, nahm sich ebenfalls einen Besen und leistete Shan beim Fegen Gesellschaft.

Als Shan wieder nach draußen kam, ging er zum Tor hinaus und folgte einem Pfad, der entlang der Außenmauer verlief. Nach der Hälfte der Strecke stieß er auf einen Weg, der auf die oberhalb des *gompa* gelegenen Hänge führte. Das Gras auf beiden Seiten der Strecke war kürzlich von den Rädern eines schweren Fahrzeugs niedergewalzt worden.

Zehn Minuten später erreichte er eine Lichtung, auf der das Fahrzeug abgestellt worden war, weil das felsige Terrain kein weiteres derartiges Vordringen zuließ. Er kletterte höher hinauf. Der Pfad begann sich zu winden, führte um windgeformte Felsen herum und schmiegte sich an den Rand einer steilen Klippe. Dann überbrückte er auf zwei zusammengezurrten Baumstämmen einen tiefen Abgrund. Schließlich endete der Weg an einer großen Wiese. Ein Teppich aus winzigen gelben und blauen Blumen führte zu einem kleinen Steingebäude, das direkt an der Felswand errichtet worden war. Ein Rabe krächzte. Shan drehte sich um und sah, wie der schwarze Vogel, der für Weisheit und Glück stand, kaum dreißig Meter von ihm entfernt in den Abgrund glitt. Unter dem Vogel lag die ganze Welt. Vom gegenüberliegenden Hang stürzte ein Wasserfall in den Nadelwald; dahinter schimmerte wie ein Juwel ein kleiner See. Nach Süden erstreckte das Tal sich kilometerweit ohne jegliches Anzeichen menschlicher Besiedlung. Über dem Paß, den sie in der Morgendämmerung überquert hatten, schwebte eine einzelne Wolke.

Das Geräusch von Schritten störte die Idylle. Feng und Yeshe würden gleich hier sein. Shan ging zu dem Gebäude.

Auf die Tür, die schon bei der leisesten Berührung nach innen schwang, hatte man ein kleines Ideogramm gemalt, das von der Sonne, einer Mondsichel und einer Flamme gekrönt wurde. Der erste Raum wirkte wie eine zwar karge, aber dennoch liebevoll eingerichtete Kammer. In einer Blechdose unter dem Fenster standen frische Blumen. Die zweite Kammer hatte keine Fenster. Als Shans Augen sich an die Dunkelheit gewöhnt hatten, erkannte er ein Strohlager, einen Schemel, Schreibgeräte und mehrere Kerzen. Er zündete eine davon an und stellte fest, daß er sich nicht in einem Zimmer, sondern in einer Höhle befand.

Von draußen hörte er ein Geräusch. Er löschte das Licht und kehrte ins Freie zurück. Die Wiese war leer. Über ihm erklang ein überraschtes Murmeln. Er blickte hoch und sah einen kleinen, untersetzten Mann, der mit einem Mund voller Nägel auf dem Dach lag. Der Kopf des Mannes ruckte zur Seite, und dann betrachtete er Shan mit dem dumpfen, neugierigen Blick eines Eichhörnchens. Plötzlich spuckte er die Nägel aus, packte die Dachkante, zog sich nach vorn und landete zu Shans Füßen.

Er stand nicht auf, sondern streckte einen Finger aus und tippte gegen Shans Bein, als wolle er sich von der Echtheit des Fremden überzeugen.

»Sind Sie gekommen, um mich zu verhaften?« fragte er und erhob sich. Er klang seltsam hoffnungsvoll.

Sein flaches, hellhäutiges Gesicht war nicht tibetischer Abstammung.

»Ich bin wegen Sungpo gekommen.«

»Ich weiß. Ich habe darum gebetet.« Der Mann streckte die Arme aus, als würde man ihm gleich Handschellen anlegen.

»Ist das hier Sungpos Klause?«

»Ich bin Jigme«, sagte der Mann, als sollte Shan ihn kennen. »Ißt er?«

Shan musterte die merkwürdige Kreatur. Der Mann wirkte irgendwie zurückgeblieben. Die Hände und Ohren waren zu groß für den Körper, und seine Lider hingen schlaff herab wie die eines traurigen, müden Bären. »Nein. Er ißt nicht.«

»Das habe ich auch nicht vermutet. Manchmal muß ich seinen Tee gegen Brühe austauschen. Hat er es trocken?«

»Er hat Stroh und ein Dach über dem Kopf.«

Der Mann namens Jigme nickte billigend. »Manchmal fällt es ihm schwer, sich daran zu erinnern.«

»Woran?«

»Daß er noch immer nur ein Mensch ist.«

Yeshe und Feng tauchten neben Shan auf. Jigme murmelte eine Begrüßung. »Ich bin bereit«, sagte er mit eigenartig fröhlicher Stimme. »Ich muß nur noch abschließen. Und etwas Reis für die Mäuse zurücklassen. Wir lassen den Mäusen immer etwas zu essen da. Master Sungpo liebt die Mäuse. Er kann vielleicht nicht mit dem Mund lachen, aber er lacht mit den Augen, wenn die Mäuse ihm aus der Hand fressen. Es kommt direkt aus dem Herzen. Haben Sie ihn lachen gesehen?«

Als niemand darauf antwortete, zuckte Jigme die Achseln und wollte in die Hütte gehen.

»Wir sind nicht hergekommen, um Sie abzuholen«, sagte Shan. »Ich habe bloß ein paar Fragen.«

Jigme blieb stehen. »Sie müssen mich mitnehmen«, sagte er und riß beunruhigt die Augen auf. »Ich hab's getan«, fügte er dann in verzweifeltem Tonfall hinzu.

»Was?«

»Was auch immer er gemacht hat, ich habe es auch getan. So sind wir eben.« Er ließ sich zu Boden sinken und umschlang seine Knie mit den Armen.

»Wie oft verläßt Sungpo die Hütte?«

»Jeden Tag. Er geht zum Rand der Klippe und setzt sich dort jeden Morgen für zwei oder drei Stunden hin.« Jigme fing an, sich vor und zurück zu wiegen.

»Ich meine, geht er von hier weg? So daß Sie ihn nicht mehr sehen können?«

Jigme wirkte verwirrt. »Sungpo ist schon seit fast einem Jahr in Klausur. Er kann nicht von hier weggehen.« Er blickte auf, als ihm der Fehler bewußt wurde. »Nicht aus eigenem Willen«, fügte er hinzu. Er schien jetzt fast zu weinen. »Es ist schon in Ordnung«, sagte er entschuldigend. »Großvater sagt, wir fangen von vorn an, wenn er wiederkommt.«

»Aber Sie sind nicht ständig bei ihm. Sie schlafen. Er könnte weggehen und wieder zurückkommen, bevor Sie aufwachen.«

»O nein. Ich weiß es immer. Es ist meine Aufgabe, es zu wissen und auf ihn aufzupassen. Einsiedler können sich konzentrieren wie ...« Die Suche nach einem geeigneten Vergleich schien ihm beinahe Schmerzen zu bereiten. »... wie ein Stück Kohle in einem Holzfeuer. Sie können in den Abgrund stürzen. Das ist schon passiert. Er gehört zu mir. Ich gehöre zu ihm.« Er schaute auf seine Hände. »Es ist eine gute Welt.« Aber Shan wußte, daß er nicht von der Welt im allgemeinen sprach.

Er sprach lediglich von einem winzigen Plateau in einem entlegenen Verwaltungsbezirk in einer vergessenen Ecke von Tibet.

»Es gibt einen Mann, mit dem er vielleicht sprechen wird«, gab Shan zu verstehen.

»Großvater. Je Rinpoche.« Jigmes Stimme war kaum lauter als ein Flüstern.

»Ist Rinpoche hier?«

»Im *gompa.*«

»Der Tag, als man Sungpo abgeholt hat. Erzählen Sie mir davon.«

Jigme fing wieder an, sich zu wiegen. »Es waren sechs oder sieben. Waffen. Sie haben Waffen mitgebracht. Ich habe schon einiges über Waffen gehört.«

»Welche Farbe hatten ihre Uniformen?«

»Grau.«

»Alle?«

»Alle, außer bei dem jüngsten Mann. Er hatte einen Einschnitt im Gesicht. Sein Name war Mah Joa. Alle haben ihn Mah Joa genannt. Er hat einen Pullover und eine dunkle Brille getragen. Er hat nach dem Abt geschickt. Er wollte nichts unternehmen, bevor der Abt hier ankam.«

»Es heißt, man habe eine Brieftasche gefunden.«

»Unmöglich.«

»Man hat also keine gefunden?«

»Nein. Ich meine, doch, sie haben eine gefunden. Ich war dabei. In dieser Höhle. Mah Joa hat den Abt hergebracht. Sie hatten Taschenlampen. Er hat einen Stein umgedreht, und da lag sie. Aber es war unmöglich, daß sie da liegen konnte.«

»Wie lange hat man danach gesucht?«

»Die Soldaten haben überall gesucht. Sie haben meine Körbe umgedreht und meine Blumentöpfe zerbrochen.«

»Aber wie lange, nachdem dieser Mann namens Mah in Ihrer Höhle gewesen war?«

»Er hat den Abt in die Höhle mitgenommen. Jemand hat sofort ganz aufgeregt gerufen. Dann ist Mah Joa hergekommen und hat Sungpo Ketten angelegt.«

»Zeigen Sie mir den Stein.«

Der flache Stein lag fünfzehn Meter im Innern der Höhle und war groß genug, um als Sitzgelegenheit dienen zu können. Shan bat Yeshe, Jigme mit nach draußen zu nehmen. Er zeichnete den Grundriß der Höhle in seinen Notizblock und beugte sich dann mit einer Kerze über den Stein. Mit den Fingern fuhr er an der Kante entlang und hielt plötzlich inne. Auf der Seite, die zum Eingang wies, war eine klebrige Stelle, ein kleiner rechteckiger Fleck, der an seiner Haut zog. Er bat Feng um drei weitere Kerzen. Drei Meter weiter hinten fand er dann, wonach er suchte. Man hatte es vom Stein aus dorthin geworfen, nachdem es seinen Zweck erfüllt hatte. Ein Stück schwarzes Isolierband. Der Stein war insgeheim markiert worden, um sicherzustellen, daß die Männer, die wegen der Verhaftung herkamen, ihn auch problemlos finden würden.

»Hat es vor dem Tag, an dem Genosse Mah hier aufgetaucht ist, noch andere Besucher gegeben?« fragte Shan.

»Nein, nicht daß ich wüßte. Außer Rinpoche.«

»Rinpoche. Wo im *gompa* kann ich ihn finden?«

Jigme schaute an ihm vorbei zum Rand der Klippe. Dort war wieder ein Rabe zu sehen, diesmal mit einem seltsamen weißen Fleck auf dem Hinterkopf. Jigme fing an, die Arme zu schwenken. »Besucher!« rief er dem Vogel zu. »Beeil dich!«

Dann legte er eine Hand an die Stirn, um seine Augen vor dem Licht zu schützen, und beobachtete den Vogel. »Er kommt«, verkündete er. »Der Rabe sagt, er kommt.«

Je Rinpoche kam nicht. Er wartete. Shan fand ihn nach etwa hundert Metern auf einem Felsvorsprung. Er wirkte überaus gebrechlich. Sein Kopf war fast völlig haarlos und seine Haut rauh, als wäre sie mit Sand überzogen. Doch seine glänzenden, rastlosen Augen funkelten vor Lebendigkeit. Man bekam beinahe den Eindruck, jemand hätte zwei Edelsteine in einen korrodierten Felsen eingesetzt.

Shan legte die Handflächen aneinander und neigte grüßend seinen Kopf. »Rinpoche. Dürfte ich …«

»Es gibt so vieles zu bedenken«, unterbrach der Greis ihn. Seine Stimme war überraschend kräftig. »Diesen Berg. Die

Hunde. Die Art und Weise, wie der Nebel die Hänge hinabgleitet, und zwar jeden Morgen anders.« Er drehte sich zu Shan. Sein Gewand bewegte sich dabei kaum. »Manchmal fühle ich mich auch so. Wie Nebel, der den Berg hinabgleitet.« Er sah wieder ins Tal und wickelte sich fester in sein Gewand, als sei ihm kalt. »Jigme bringt zuweilen eine Melone mit. Wir essen sie, und Jigme schaut zu.«

Shan seufzte und ließ den Blick über die Landschaft schweifen. Er würde nie die Gelegenheit erhalten, mit Sungpo zu sprechen. Je, sein Lama, war als möglicher Vermittler Shans einzige Hoffnung gewesen. »Wenn wir auf den Gipfel des Berges steigen, weißt du, was wir dann tun?« fragte der Lama. »Das gleiche, was ich schon als Novize gemacht habe. Wir falten kleine Papierpferde und lassen sie vom Wind davontragen.« Er hielt inne, als würde Shan eine zusätzliche Erklärung benötigen. »Wenn sie den Erdboden berühren, werden sie zu richtigen Pferden, um Reisenden durch das Gebirge zu helfen.«

Neben Je bewegte sich etwas. Nur eine Armeslänge von ihm entfernt war der Rabe gelandet.

»Sie beten, meine Freunde und Lehrer«, fuhr Je fort. »Sie alle, und die ersten Bomben fallen. Es ist Zeit genug, um zu fliehen, aber sie wollen nicht. Ich muß die jungen Mönche in die Hügel mitnehmen. Diejenigen, die zurückbleiben, sterben. Sie beten einfach nur ihre Rosenkränze und sterben in den Explosionen. Als ich mit den Jungen aufbreche, trifft mich etwas im Gesicht. Es ist eine Hand, die noch immer die Gebetskette umklammert hält.«

Es mußte 1959 oder spätestens 1960 gewesen sein, überlegte Shan, daß die Volksbefreiungsarmee die Klöster aus der Luft bombardiert hatte.

»War es richtig?« fragte Je. »Diese Versuchung besteht immer. Danach zu fragen, ob es richtig war. Natürlich ist es die falsche Frage.«

Plötzlich wurde Shan klar, daß der alte Mann genau wußte, aus welchem Grund er hergekommen war.

»Rinpoche«, sagte er langsam, »ich würde von Sungpo nicht verlangen, daß er sein Gelübde bricht. Ich bitte ihn lediglich darum, daß er mir bei der Suche nach der Wahrheit behilflich ist. Es gibt dort irgendwo einen Mörder. Er wird wieder töten.«

»Der einzige, der den Mörder finden kann, ist der Ermordete«, sagte Je. »Laß den Geist Rache nehmen. Wegen Sungpo mache ich mir keine Sorgen. Aber wegen Jigme. Jigme ist verloren.«

Shan erkannte, daß er dem alten Mann die Leitung des Gesprächs überlassen mußte. Er kämpfte gegen die Versuchung an, Jes Gewand zu packen, damit der Greis nicht gen Himmel auffahren konnte. »Jigme gehört nicht zu den Schülern des *gompa*.«

»Nein. Er hat das Studium aufgegeben, um mit Sungpo zu gehen, und gehört nirgendwohin. Er ist eine *gompa*-Waise, und dadurch ist er wie ein kleiner Vogel, der sein ganzes Leben im Sturm verbringen muß.«

Schaudernd begriff Shan die Wahrheit. Während der Besetzung Tibets und dann noch einmal während der Kulturrevolution hatte man die Mönche und Nonnen gezwungen, ihr Zölibatsgelübde zu verletzen, manchmal miteinander, manchmal mit Soldaten. In einigen Regionen wurden die daraus entstandenen Kinder in besonderen Schulen zusammengefaßt. Andernorts bildeten sie Banden. Unter den Gefangenen der 404ten befanden sich mehrere Mischlingswaisen, die ihren Priestern aus den *gompas* ins Gefängnis gefolgt waren.

»Dann helfen Sie mir um Jigmes willen, Sungpo zu befreien.«

Der alte Mann hatte die Augen geschlossen. »Nachdem das *gompa* zerstört war«, murmelte er, »konnte ich den aufgehenden Mond viel besser sehen.«

Der Wagen hatte bereits wieder den langen Aufstieg zum Paß begonnen, als Shan nach dem Namen des *gompa* fragte, das am Eingang des Tals lag und an dem sie in der Dämmerung vorbeigefahren waren. Yeshe antwortete nicht.

Feng nahm den Fuß vom Gas und sah auf der Karte nach. »Khartok«, sagte er ungeduldig. »Es heißt Khartok.«

Shan nahm eine der Akten, die Tan ihm zur Verfügung

gestellt hatte, warf einen kurzen Blick hinein und hob eine Hand. »Anhalten. Sofort.«

»Wir haben keine Zeit«, protestierte Feng.

»Möchten Sie lieber morgen vor Tagesanbruch losfahren und hierher zurückkehren?«

»Es ist spät. Im Kloster wird man sich bald auf die letzte Zusammenkunft des Tages vorbereiten und die Lampen entzünden«, drängte Yeshe. »Vielleicht können wir dort anrufen und es mit einer telefonischen Befragung versuchen.«

Feng wandte den Kopf und sah Shan in die Augen. Dann wendete er wortlos den Wagen und fuhr zurück ins Tal.

Yeshe stöhnte auf und hielt sich die Hand vor Augen, als könnte er den Anblick nicht ertragen.

Das waren keine Weidegründe, die Shan vor den Gebäuden zu sehen geglaubt hatte, sondern Ruinen, ein Feld voller Steine, das fast einen Kilometer vor dem Koster begann. Die Steine lagen in keiner erkennbaren Ordnung auf dem Boden. Manche waren zu Haufen aufgetürmt, andere weitverstreut, als hätte jemand sie von den hoch aufragenden Bergen geworfen. Dennoch war jeder einzelne Stein einst von einem Steinmetz bearbeitet worden.

In der Nähe des *gompa* hatte man in den Grundmauern mehrerer Gebäude Gärten errichtet. Ein Dutzend hockender Gestalten in roten Gewändern schaute auf und blickte dem unerwarteten Fahrzeug entgegen. Als der Wagen anhielt, erkannte Shan, daß sich hinter den Grundmauern eine neue Baustelle befand. Die Hauptmauer wurde wiederaufgebaut und erweitert. Am Rand des Waldes war stapelweise frisches Bauholz aufgeschichtet, daneben mehrere Paletten voller Zementsäcke.

Yeshe hatte sich auf der Rückbank ausgestreckt und den Unterarm auf sein Gesicht gelegt.

»Sie kennen sich mit *gompa*s aus und wissen über die Gepflogenheiten Bescheid«, sagte Shan ungeduldig. »Ich brauche Sie.«

Feng öffnete die hintere Tür. »Hier wird nicht geschlafen, Genosse.« Er zog an Yeshes Arm. »Verdammt, du zitterst ja wie eine in die Ecke getriebene Katze.«

Shan betrat den Innenhof. Hier standen die gleichen Gebäude, die er auch in Saskya gesehen hatte, allerdings frisch gestrichen und sehr viel größer. Nicht nur einer, sondern fünf Chorten standen über das Gelände verteilt und wurden von Sonnen und Monden gekrönt, die man erst kürzlich aus Kupfer hergestellt hatte. Eine bessere Investition, erinnerte Shan sich. Direktor Wen vom Büro für Religiöse Angelegenheiten hatte gesagt, der Bauantrag von Saskya sei abgelehnt worden, weil das *gompa* am unteren Ende des Tals eine bessere Investition bedeute.

Ein Mönch mittleren Alters erschien auf der Treppe der Versammlungshalle. Die Ärmel seines Gewands waren mit einem goldenen Streifen bestickt. Er breitete grüßend die Arme aus und kam eilig die Treppe hinunter. Shan achtete darauf, wie die anderen Mönche auf den Neuankömmling reagierten. Manche nickten ehrerbietig, andere wandten schnell wieder den Blick ab. Der Mann war ein ranghoher Lama, vermutlich der Abt. Doch weshalb schien er nicht überrascht, Shan hier zu sehen? Der Lama unterbrach einen jungen Schüler, der damit beschäftigt war, den Kies zu harken, und schickte ihn in die Halle. Dann wies er auf einen Kräutergarten im Schutz der Mauer. Schweigend folgte Shan ihm dorthin. Zwischen den Beeten standen einige Reihen Holzbänke, als würden die Novizen hier ihre Unterweisung erfahren. Am Ende des Gartens kniete ein alter Mönch und zupfte Unkraut.

»Wir werden die Pläne bald erfüllt haben«, verkündete der Lama, nachdem Shan auf der vordersten Bank Platz genommen hatte.

»Pläne?« Der junge Mönch brachte ein Tablett mit Tee, goß ihnen ein und zog sich mit einer hastigen Verneigung wieder zurück.

»Für die Wiederherstellung der Unterrichtsgebäude. Richten Sie Wen Li aus, daß die Pläne fast erfüllt sind.« Das Verhalten des Lama wirkte irgendwie merkwürdig. Shan suchte nach einem geeigneten Begriff, um es zu beschreiben. Gesellig, beschloß er. Fast schon weltgewandt.

»Nein. Wir sind wegen Dilgo Gongsha hier.«

Der Lama ließ sich nicht beirren. »Ja, die Pläne sind praktisch erfüllt«, sagte er, als hätten die Themen miteinander zu tun. »Wissen Sie, der Bei Da-Verband hilft uns. Wir helfen uns gegenseitig mit unseren Wiederaufbauprojekten.«

»Der Bei Da-Verband?«

Der Lama hielt inne und schaute Shan an, als sähe er ihn zum erstenmal. »Aber wer sind Sie denn?«

»Ein Ermittlungsteam. Wir gehören zu Oberst Tans Dienststelle. Ich überprüfe die Angaben im Fall Dilgo Gongsha. Er war Angehöriger dieses Klosters, nicht wahr?«

Der Lama musterte ihn gründlich und blickte dann zu Feng und Yeshe, die sich im Schatten der Mauern herumdrückten. Als die beiden an einer kleinen Gruppe Mönche vorbeikamen, stieß einer der Männer einen überraschten Laut aus, wie zur Begrüßung. Ein anderer rief etwas. Shan konnte den Tonfall im ersten Moment nicht richtig deuten. Wut. Yeshe wich hinter Feng zurück.

»Als wir Dilgo das letzte Mal gesehen haben«, sagte eine sanfte Stimme hinter Shan, »vollzog er gerade den Übergang in jene besondere Hölle, die den gewaltsam geraubten Seelen vorbehalten ist.« Shans Gastgeber stand auf und legte grüßend die Handflächen aneinander. Es war der alte Mönch, der Unkraut gezupft hatte. Sein Gewand war von der Gartenarbeit beschmutzt und seine Fingernägel schwarz vor Erde. »Wir haben die Bardo-Riten abgehalten. Inzwischen ist er als kleines Kind wiedergeboren. Er wird heranwachsen und seine Mitmenschen erneut mit seiner Anwesenheit beglücken.« Seine Augen funkelten, als bereite der Gedanke an Dilgo ihm Vergnügen.

»Abt«, sagte der Lama und neigte den Kopf. »Verzeiht mir. Ich dachte, Ihr wärt in Eurer Meditationszelle.«

Abt? Shan warf dem ersten Lama einen verwirrten Blick zu.

»Dies ist unser *chandzoe*«, bemerkte der Abt, dem Shans fragendes Gesicht auffiel. »Willkommen in Khartok.«

»Chandzoe?« Shan hatte diesen Begriff noch nie gehört.

»Unser Leiter für weltliche Angelegenheiten«, erklärte der Abt.

»Weltliche Angelegenheiten?«

»Der Geschäftsführer«, warf der erste Lama ein, reichte dem Abt eine Tasse Tee und bedeutete ihm mit einer Geste, Platz zu nehmen.

»Warum möchten Sie über unseren Dilgo sprechen?« Der Abt stellte diese Frage so, wie man es vielleicht von einem Kind erwarten würde, mit großen, unschuldigen Augen.

»Er wurde für schuldig befunden, einen Mann ermordet zu haben, indem er ihm Kiesel in den Hals stopfte. Der Mann war zufällig der Direktor des Büros für Religiöse Angelegenheiten.«

Der *chandzoe* runzelte die Stirn. Der Abt schaute in seine Teetasse.

»Früher war das die traditionelle Methode, um Angehörige des Königshauses zu töten«, sagte Shan. »Sogar in einer Schlacht durfte man sie nur gefangennehmen und später ersticken.«

»Verzeihen Sie«, sagte der *chandzoe*. »Ich verstehe nicht, worauf Sie hinauswollen.« Er schien nicht unbedingt verwirrt, sondern vielmehr enttäuscht über Shan zu sein.

»Nur darauf, daß dies für einen leitenden Regierungsbeamten eine sehr traditionelle Art der Ermordung gewesen ist.«

»Und wie man im Prozeß festgestellt hat, ist Khartok ein überaus traditionelles *gompa*«, sagte der *chandzoe* mit einem Anflug von Ungeduld. »Sie können Dilgo nicht zweimal hinrichten.« Unter den Mönchen im Hof kam Unruhe auf und erregte Shans Aufmerksamkeit. Er folgte ihren Blicken zu Feng und Yeshe, die am Rand des Gartens im Schatten standen.

»Falls ich jemanden ermorden wollte, würde ich mit Sicherheit darauf achten, daß meine Methode keine Rückschlüsse auf mich oder meine Überzeugungen zuläßt.«

Der *chandzoe* stand plötzlich auf. »Yeshe?« rief er. »Yeshe Retang?«

Im ersten Moment zuckte Yeshe zusammen, aber dann sah er die Begeisterung auf dem Gesicht des *chandzoe* und kam einen Schritt näher. »Ja, Rinpoche. Ich fühle mich geehrt, daß Sie sich an mich erinnern.«

Der *chandzoe* breitete wieder die Arme aus, wie am Anfang,

als Shan ihn zum erstenmal auf der Treppe gesehen hatte, und forderte Yeshe mit einer Handbewegung auf, aus dem Schatten zu treten. Yeshe blieb steif stehen und warf Shan einen verunsicherten Blick zu.

Der *chandzoe* schaute von Shan zu Yeshe. Er war offensichtlich verwirrt.

»Meine Haftzeit ist seit kurzem vorbei, Rinpoche. Jetzt habe ich diesen Auftrag erhalten. Vorübergehend.«

Yeshe starrte Shan flehentlich an, was der *chandzoe* mit großem Interesse zu verfolgen schien. Er konzentrierte seine Aufmerksamkeit nun auf Shan und wartete, daß dieser das Wort ergreifen würde. Der befehlshabende Chinese.

»Er hat sich beispielhaft um Besserung bemüht«, hörte Shan sich selbst sagen. »Er zeigt immer wieder eine außergewöhnliche …«, er suchte nach einem Wort, »… Hingabe.«

Der *chandzoe* nickte befriedigt.

»Ich kann vielleicht eine Anstellung in Sichuan bekommen«, sagte Yeshe nervös.

»Warum kommst du nicht hierher zurück?«

»Meine Akte. Ich kann keine Lizenz erhalten.«

»Deine Umerziehung ist abgeschlossen. Ich könnte mit Direktor Wen sprechen.« Er klang, als sei er Yeshe irgendwie verpflichtet.

Yeshe riß überrascht die Augen auf. »Aber die Quote.«

Der *chandzoe* zuckte die Achseln. »Falls das ein Problem sein sollte, so gibt es keine Quote für die Anzahl der Arbeiter, die den Wiederaufbau durchführen.« Er zog Yeshes Hände auseinander und umschloß eine davon zum Gruß. »Bitte, komm mit und schau dir die neuen Gebäude an«, sagte er und zog Yeshe in Richtung der Versammlungshalle. Langsam und mit winzigen Schritten, die den Eindruck erweckten, er würde gegen eine unsichtbare Macht ankämpfen, ging Yeshe auf die Halle zu. Unterdessen sah Shan einen weiteren Mönch auf den Stufen, der Yeshe anschaute. Seine Hände bildeten ein *mudra*, das auf Yeshe gerichtet zu sein schien.

Verwirrt drehte Yeshe sich zu Shan um. Shan nickte, und die beiden Männer gingen über den Hof davon.

Der Abt schaute dem *chandzoe* mit regloser Miene hinterher, seufzte dann und wandte sich Shan zu. »Sie setzen voraus, daß Mörder lügen«, sagte er, als hätte er die Unterbrechung gar nicht bemerkt. »Dilgo würde niemals lügen. Das wäre eine Verletzung seiner Gelübde gewesen.«

»Also hat er den Mord tatsächlich verübt?« fragte Shan.

Der Abt antwortete nicht.

»Ein Mord hätte eine weitaus ernstere Verletzung seiner Gelübde dargestellt«, hob Shan hervor.

Der Abt trank seinen Tee aus und tupfte sich den Mund mit dem Ärmel seines Gewands ab. »Beides ist durch die 235 Regeln untersagt«, erklärte er und bezog sich dabei auf die Verhaltensmaßregeln, die für ordinierte Priester galten.

»Ich bin verwirrt«, sagte Shan. »Diejenigen, die ihre Gelübde verletzen, werden als niedere Lebensformen wiedergeboren. Wie Sie bereits gesagt haben, ist er nach Ihrer Überzeugung aber als Mensch zurückgekehrt.«

»Ich bin ebenfalls verwirrt. Was genau wollen Sie von uns?«

»Eine einfache Antwort. Glauben Sie, daß Dilgo den Direktor für Religiöse Angelegenheiten ermordet hat?«

»Die Regierung hat Gebrauch von ihrer Autorität gemacht. Dilgo hat keine Einwände erhoben. Der Fall wurde abgeschlossen.«

Weshalb überraschte ihn die Erkenntnis, dachte Shan, daß das Oberhaupt eines aufstrebenden *gompa* zugleich auch ein Politiker war? »Hat er es getan?«

»Jeder verfolgt einen anderen Weg zur Buddhaschaft.«

»Hat er es getan?«

Der Abt seufzte und blickte zu einer vorüberziehenden Wolke empor. »Eher würde der Berg Kailas unter dem Gewicht eines einzigen Vogels im Erdboden versinken, als daß Dilgo eine solche Tat verübt hätte.«

Shan nickte ernst. »Es hat sich noch ein solcher Vogel in die Lufte erhoben.«

Der Abt sah ihm in die Augen. Er wirkte bekümmert.

»Denken Sie je darüber nach, woraus die Sünde besteht?« fragte Shan.

»Ich verstehe nicht.«

»Für die Regierung ist es einfach, denn auf diese Weise hält sie sich an der Macht. Die Gefahr ist ein Teil der Macht, so wie der Schatten zum Licht gehört. Manchmal, wenn keine Bedrohung existiert, muß eine erfunden werden. Und für Sie ist es genauso einfach, eine Rechtfertigung für das zu finden, was Dilgo widerfahren ist. Sie sind vermutlich zu dem Schluß gelangt, daß es ebenso in der Natur der Dinge liegt wie die Flutwelle von Soldaten, die 1959 über die Klöster hereingebrochen ist. Es war sein Schicksal, können Sie sagen, und außerdem wird Dilgo in ein besseres Leben geboren. Aber für alle anderen ist es nicht so einfach.«

Der Abt sah ihm nicht länger in die Augen.

»Haben Sie Dilgo ausgestoßen?«

»Nein.«

»Er wurde des Mordes überführt, aber Sie haben ihn nicht verstoßen. Statt dessen haben Sie für ihn die Bardo-Riten abgehalten.«

Der Abt schaute in seine Hände.

Shan zog den Notizblock zu Rate. »Man hat am Tatort einen Rosenkranz gefunden, einen ziemlich außergewöhnlichen Rosenkranz. Die Perlen waren wie winzige Kiefernzapfen geschnitzt und bestanden aus rosafarbener Koralle mit Anzeigerperlen aus Lapislazuli. Sehr alt. Muß aus Indien gestammt haben. Laut der Akte handelte es sich um ein Einzelstück, wie es nicht noch einmal vorkommt.«

»Das war sein Rosenkranz«, bestätigte der Abt. Seine Stimme wurde sehr leise. »Es war der ausschlaggebende Beweis gegen ihn.«

»Hat er erklärt, wie die Gebetskette dorthin gelangt war?«

»Er konnte es nicht erklären.«

»Hat er den Rosenkranz verloren?«

»Nein. Er hat ihn nicht einmal vermißt. Genaugenommen hat er gesagt, der Rosenkranz habe sich bei der Verhaftung, als man ihn schlafend von seinem Lager riß, noch in seinem Besitz befunden. Vielleicht war es ein Wunder, und die Kette ist irgendwie dorthin und wieder zurück transportiert worden. Dilgo hat gesagt, es sei womöglich eine Botschaft.«

»Warum hat er nicht protestiert?« fragte Shan. »Wieso hat er nichts zu seiner Verteidigung unternommen? Wenn Sie wußten, daß er unschuldig war, weshalb haben Sie ihn dann nicht verteidigt?«

»Wir haben alles in unserer Macht Stehende getan.«

»Alles?« Langsam zog Shan die Akte aus der Leinentasche, die er bei sich trug, und ließ sie zwischen ihnen auf die Bank fallen. Er hatte die Aussage gelesen, die für den Abt vorbereitet worden war. Der Abt hatte die Gewalttat verurteilt und sich im Namen des *gompa* und der Kirche entschuldigt.

Der Abt starrte die Akte an und blickte dann auf, ohne zu blinzeln. »Alles.«

Es war nicht richtig von ihm, bei irgendeinem der Leute Schuldgefühle zu erwarten, erkannte Shan. Alle Beteiligten des Dramas um Dilgo, vom Abt bis zu Ankläger Jao, ja sogar bis zu dem Beschuldigten, hatten ihre Rollen einwandfrei gespielt.

Der Abt stand auf und wollte wieder zu seinem Unkraut zurückkehren.

»Dann verraten Sie mir bitte folgendes«, sagte Shan zu seinem Rücken. »Haben Sie gehört, daß sich am Tatort ein buddhistischer Dämon befunden haben soll?«

Der Abt drehte sich stirnrunzelnd um. »Die alten Überlieferungen halten sich hartnäckig.«

»Demnach ist Ihnen tatsächlich ein solches Gerücht zu Ohren gekommen?«

»Immer wenn ein hoher Beamter stirbt, werden manche behaupten, irgendein Dämon oder Geist hätte Rache geübt.«

»Und auch über die betreffende Nacht hat es einen derartigen Bericht gegeben?«

»In jener Nacht war Vollmond. Ein Hirte hat behauptet, er habe auf einem Hügel oberhalb der Straße den pferdeköpfigen Dämon bei einer Art Tanz beobachtet. Den Dämon namens Tamdin. Unter den Kieseln, an denen der Direktor für Religiöse Angelegenheiten erstickt ist, hat sich auch eine Gebetsperle von einem Rosenkranz befunden. Sie hatte die Form eines Schädels, so wie Tamdin sie trägt.« Shan hatte selbst einen solchen Rosenkranz in der Hand gehalten. Den Rosenkranz eines Dämons.

»Die Einheimischen haben an der besagten Stelle einen Schrein errichtet, um ihren Beschützer zu ehren.«

Ein Tanz auf einem Hügel neben der Straße. Im Vollmond. Als wollte Tamdin gesehen werden, überlegte Shan.

»Auch nach den anderen Morden wurden Schreine gebaut. Es heißt, nach dem Mord an dem Direktor der Minen wäre Tamdin von einem Lastwagenfahrer gesehen worden. Wie ich schon sagte, es gibt immer solche Gerüchte, wenn ein Beamter stirbt. Tamdin ist bei den Leuten überaus beliebt, denn er gilt als wild und gnadenlos, wenn es um die Verteidigung der Kirche geht. Er ist ein sehr alter Dämon, einer von denen, die Landgötter genannt werden, und stammt aus der Zeit der alten tibetischen Schamanen noch vor den Tagen des Buddhismus. Auf ihrem Weg zu Buddha haben die Leute Tamdin mitgenommen.«

Von der anderen Seite des Hofs unterbrach sie plötzlich der Lärm zahlreicher Tiere. Man hatte ein Tor geöffnet, und eine große Hundemeute kam hereingelaufen. Die Priester fütterten die Hunde, mehr Hunde, als Shan jemals auf einem Fleck versammelt gesehen hatte. Er zählte mindestens dreißig Tiere, und es kamen immer noch neue durch das Tor herein.

Sergeant Feng fluchte und ließ sich neben Shan auf die Bank nieder, ohne die Hunde aus den Augen zu lassen. Drei große schwarze Mastiffs, wie sie von Hirten zum Schutz vor Wölfen benutzt wurden, beäugten die Männer mißtrauisch, als spürten sie, daß Feng und Shan Eindringlinge waren. Fengs Hand legte sich auf seine Pistole.

»Ai yi!« rief einer der Mönche, als er Fengs Reaktion bemerkte. Eilig stellte er sich vor die Hunde. »Die Tiere stehen unter unserem Schutz«, sagte er flehentlich. »Sie sind ein Teil von Khartok *gompa*. Sie kommen aus ganz Tibet her, um bei uns zu sein.«

»Verdammte Köter«, knurrte Feng. »Wo ich herkomme, landen die im Kochtopf.«

Der Mönch konnte sein Entsetzen nicht verbergen. »Sie sind ein Teil von uns. Diejenigen, die sich erinnern. Deshalb kommen sie her.«

»Erinnern?« fragte Shan.

»Priester, die gescheitert sind«, erklärte der Mönch. »Die Hunde sind Reinkarnationen von Priestern, die gegen ihre Gelübde verstoßen haben.«

Bei diesen Worten erschienen Yeshe und der *chandzoe* auf der Treppe. Von der anderen Seite des Hofs rief jemand ärgerlich etwas zu ihnen herüber. Der *chandzoe* legte Yeshe eine Hand auf die Schulter, als wolle er ihn beruhigen, während der Mönch, der noch immer auf den Stufen stand, sogleich wieder sein *mudra* auf Yeshe richtete.

Da endlich erkannte Shan das *mudra*. Es sollte Vergebung erweisen. Schaudernd überfiel ihn eine plötzliche Einsicht, und er musterte Yeshe, als sähe er ihn zum erstenmal. Er war so blind gewesen. Er hatte Yeshe alle möglichen Fragen gestellt, doch die wichtigste Frage hatte er ausgelassen.

Zwei Stunden später befanden sie sich an der höchsten Stelle des Passes, so daß sogar die Sterne am fernen Horizont unter ihnen lagen. Shan döste vor sich hin und wollte, daß das Gefühl, durch den Raum zu schweben, erst dann wieder aufhörte, wenn er eine Welt erreichte, in der Regierungen nicht logen, in der die Gefängnisse für Verbrecher bestimmt waren und in der niemand mit Kieseln ermordet wurde.

Von der Rückbank hörte er ein gleichmäßiges Klicken. Yeshe hatte eine Gebetskette.

Eine Stunde darauf bogen sie auf die Kreuzung am oberen Ende des Tals von Lhadrung ein. Shan legte Feng eine Hand auf den Arm. »Nach links.«

»Du hast wohl die Orientierung verloren, Genosse«, brummte Feng. »Zum Lager geht es nach rechts. Nur noch eine Stunde, und wir liegen im Bett.«

»Nach links, zur Baustelle der 404ten.«

»Das ist doch kilometerweit ab vom Schuß«, protestierte Feng.

»Da müssen wir hin.«

Feng hielt den Wagen hinter der Kreuzung an. »Bis wir dort ankommen, ist es beinahe Mitternacht. Da ist um diese Zeit nichts los.«

»Das erhöht die Chance.«

»Die Chance?«

»Den Geist zu treffen.«

Feng erschauderte. »Den Geist?«

»Ich will ihn fragen, wer ihn ermordet hat.«

Feng schaltete die Innenbeleuchtung ein und starrte Shan an, als würde er nach einem Anzeichen dafür suchen, daß diese Äußerung als Scherz gemeint war.

Shan erwiderte den Blick völlig regungslos. »Haben Sie Angst vor Geistern, Sergeant?«

»Verdammt richtig«, erwiderte Feng ein wenig zu laut. Er legte den Gang ein und drehte um.

Einen knappen Kilometer vor der Brücke wies Shan den Sergeanten an, das Licht auszuschalten. Als sie neben der Brücke langsam zum Stillstand kamen, war auf der Baustelle der 404ten nicht das geringste zu entdecken. Feng stieg aus und zog sofort seine Pistole. Shan sagte nichts, sondern machte sich zu Fuß in Richtung des Bergs auf den Weg. Nach dreißig Schritten drehte er sich um und sah, daß Feng den Wagen umkreiste, als wäre er zu dessen Bewachung eingeteilt.

Am Ende von Tans Brücke blieb Shan stehen und schaute zum Himmel empor. Die Sterne flößten ihm nach wie vor Ehrfurcht ein. Er fürchtete, er würde sie berühren können, wenn er die Hand ausstreckte. Seine Knie zitterten.

Er folgte dem Straßenbett bis zu dem kleinen Steinhaufen, der die Fundstelle von Jaos Leiche markierte, und setzte sich auf einen Felsen. Es war beinahe windstill. Genau jetzt würde der *jungpo* umgehen. Genau jetzt würden die Schutzdämonen zuschlagen. Seine Hand legte sich auf die Tasche mit dem Zauber, der ihn vor Tamdin beschützen sollte. Wie hatten die Worte aus Khordas Schädelmantra gelautet? *Om padme te krid hum phat.*

Hinter ihm bewegte sich ein Kiesel. Das Herz schlug ihm bis zum Hals, als neben ihm ein Schatten auftauchte. Es war Yeshe.

»Es ist in einer Nacht wie dieser passiert«, stellte Shan fest und versuchte sich zu beruhigen. »Ankläger Jao wurde zu der Brücke gefahren. Jemand war hier. Jemand, den er kannte.«

»Das habe ich nie verstanden. Wieso hier?« fragte Yeshe. »Es ist so weit weg von allem.«

»Genau das ist der Grund. Die Straße führt nirgendwohin. Keine Gefahr, von zufälligen Passanten entdeckt zu werden. Einfach wieder zu verlassen.« Aber das war nicht alles. Der Berg hatte sein Geheimnis noch immer nicht preisgegeben.

»Also sind Jao und der andere zu Fuß hergekommen«, sagte Yeshe. »Um die Sterne zu betrachten?«

»Um zu reden. Unter vier Augen. Jemand ist unten zurückgeblieben.«

»Der Fahrer.«

»Ich bin hier mit Jao«, sagte Shan und versetzte sich in die Lage des Mörders, der Jao auf den Berg gelockt hatte. »Ich habe ihn hergebracht, um ihm angeblich ein Geheimnis anzuvertrauen. Aber etwas hat ihn plötzlich aufhorchen lassen. Ein loser Fels. Das Klirren von Metall. Er hat den Angreifer in letzter Sekunde bemerkt und fährt herum, um sich gegen ihn zur Wehr zu setzen, lange genug, daß Jao eine Verzierung von dem Kostüm abreißen kann.« Shan stand mit einem Stein in der Hand auf, um die Szene nachzuspielen. »Dann greife ich mir einen Stein und schlage von hinten zu.« Er warf den Stein kraftvoll zu Boden. »Ich lege Jao sorgfältig zurecht, nachdem ich seine Taschen von allem geleert habe, das ihn identifizieren könnte. Jetzt benutzt Tamdin seine Klinge.«

»Demnach gibt es zwei Mörder.«

»Ich bin inzwischen dieser Ansicht. Jao ist nicht mit jemandem hergekommen, der ein Dämonenkostüm getragen hat. Er kam in Begleitung eines Freundes, der den Dämon hier im Hinterhalt lauern ließ.« Shan trat einen Schritt zurück und wechselte wieder die Rolle. »Ich will nicht dabei zusehen.« Shan ging auf den Rand der Klippe zu. »Ich will nicht mit Blut besudelt werden. Ich gehe hier zur Kante und werfe weg, was ich ihm aus den Taschen genommen habe.« Er nahm einen Stein, trat an den Rand des Abgrunds, streckte den Arm aus und ließ den Stein fallen.

»Sie haben mir erzählt, warum man Sie von der Universität zurückgeschickt hat«, sagte Shan kurz darauf und schaute weiterhin ins Leere. »Aber Sie haben nie erzählt, warum Sie überhaupt erst auf die Universität gegangen sind.« Ermittlungen, fromme Betrachtungen, Karrieren, Beziehungen – irgendwie war sich das alles ziemlich ähnlich, überlegte er. Es ging schief, weil niemand daran dachte, die richtige Frage zu stellen.

Shan spürte, daß Yeshe auf ihn zukam, und trat ganz nach vorn an die Kante, bis seine Zehen hinaus in die Finsternis ragten.

»Es war eine Ehre, an die Universität gebeten zu werden«, sagte Yeshe mit hohler Stimme.

Ein winziger Stoß, eine leichte Bö, mehr würde nicht nötig sein. Yeshe könnte einfach nur stolpern und gegen Shan fallen, und er würde hinabstürzen. In einer Nacht wie dieser schlug man vielleicht nie auf dem Erdboden auf. Da würde nur Finsternis sein und dann eine noch tiefere Schwärze.

»Aber warum sollte man Yeshe Retang eine solche Gunst erweisen? Einem unbekannten Mönch aus einem entlegenen *gompa*?«

Yeshe trat neben ihn, als wolle er das gleiche Risiko wie Shan eingehen.

»Man hat in Khartok erst nach Ihrer Abreise mit dem Wiederaufbau begonnen«, hob Shan hervor. »Der *chandzoe* hat Sie wie einen Helden willkommen geheißen. Als würde er Ihnen etwas schuldig sein. Als hätte Khartok nach Ihrem Weggang Begünstigungen erhalten.«

»Ich habe meiner Mutter versprochen, Mönch zu werden«, sagte Yeshe zu den Sternen. »Ich war der älteste Sohn. So war die Tradition in den tibetischen Familien, bis Peking kam. Dem ältesten Sohn würde die Ehre zuteil werden, in einem Kloster zu dienen. Doch ich war kein guter Mönch. Der Abt sagte, ich dürfe nicht so stolz sein. Er wies mir eine Aufgabe in den Dörfern zu, damit ich das Leid des Volkes sehen würde. Zweimal in der Woche brachte ich mit einem Wagen kranke Kinder ins *gompa*.«

Hinter ihnen am Abhang ertönte der Schrei eines Ziegenmelkers.

»Er lag einfach da, neben der Straße. Ich dachte, ich könnte ihn retten. Ich dachte, ich könnte ihm vielleicht auf den Rücken klopfen, damit er die Kiesel aus dem Hals bekommt und wieder atmen kann. Ich habe es versucht. Aber er war bereits tot.«

»Soll das heißen, Sie haben die Leiche des Direktors für Religiöse Angelegenheiten gefunden?«

»Ich habe nie begriffen, warum er ganz allein dort oben war«, flüsterte Yeshe.

»Und Dilgo aus Ihrem *gompa* wurde deswegen hingerichtet.« Shan erinnerte sich daran, daß in den Akten einige Seiten fehlten. Zeugenaussagen.

»Als ich ihn umdrehte, lag er da. Ich habe ihn sofort erkannt.«

»Den Rosenkranz, der Dilgo gehört hat?«

Yeshe antwortete nicht.

»Demnach haben Sie als Zeuge gegen ihn ausgesagt.«

»Ich habe die Wahrheit gesagt. Ich habe einen toten Chinesen gefunden. Unter dem Mann lag Dilgos Rosenkranz.«

Die Parabel war absolut perfekt. Ein gesellschaftsfeindlicher Kultanhänger wird durch die Aussage eines Mitglieds der neuen Gesellschaft überführt, das zudem noch demselben Kloster angehört. Ein Beweis dafür, wie bösartig die alte Ordnung war und wie tugendhaft die neue sein konnte. »Und zur Belohnung hat man Sie auf die Universität geschickt.«

»Wie konnte ich ablehnen? Wie oft wird einem Mönch denn schon die Universität angeboten? Sie sagten, es sei keine Belohnung. Sie sagten, mein Verhalten habe lediglich gezeigt, daß ich auf eine Universität gehöre, daß ich eine Führungspersönlichkeit sei, die schon längst dort hätte sein müssen.«

»Wer hat Ihnen dazu verholfen?«

»Ankläger Jao, das Büro für Religiöse Angelegenheiten, die Öffentliche Sicherheit. Sie alle haben das Papier unterzeichnet.«

Das sagte nichts darüber aus, wer Jao ermordet hatte oder wer vielleicht erneut versuchte, Yeshe zu manipulieren. Die Bewilligung derartiger Belohnungen ging absolut konform mit den üblichen Praktiken des chinesischen Justizapparats. Vielleicht hatte jemand Yeshe benutzt, weil er wußte, daß der

Mönch regelmäßig diese Strecke fuhr. Vielleicht war Yeshes Verwicklung in den Fall auch völlig zufällig erfolgt. Es kam einzig und allein darauf an, daß Yeshe sich als anfällig entpuppt hatte, und gegenwärtig versuchte jemand, ihn auf die gleiche Weise zu beeinflussen. Nicht Zhong. Direktor Zhong war lediglich ein Handlanger, der dabei mithalf, Yeshes Arbeit für ein weiteres Jahr sicherzustellen.

»Ich habe es vorher gesagt«, merkte Yeshe an, als sei ihm ein nachträglicher Einfall gekommen.

»Vorher?«

»Man hat mir die Universität erst lange nach meiner Aussage angeboten.«

»Ich weiß.«

»Es hieß, man würde das tun, weil ich mich als guter Bürger erwiesen hätte.« Er flüsterte wieder. »Leider weiß ich nicht mehr, was das bedeutet – ein guter Bürger zu sein«, fügte er unglücklich hinzu.

Während sie die Sterne beobachteten, schien durch ihr Schweigen der Schmerz zu entweichen.

»Nach unserem Besuch im Büro für Religiöse Angelegenheiten«, sagte Yeshe, »nachdem Miss Taring gesagt hatte, daß immer noch Artefakte gefunden werden und in den Museen landen, habe ich mich etwas gefragt. Was wäre, wenn jemand noch so einen Rosenkranz wie den von Dilgo gefunden hätte? Was wäre, wenn ich gelogen hätte, ohne es zu wissen?«

Shan legte Yeshe eine Hand auf den Arm und zog ihn sanft vom Rand der Klippe zurück. »Dann müssen Sie es herausfinden.«

»Weshalb?«

»Für Dilgo.«

Sie setzten sich auf einen Felsblock und ließen sich erneut von der Stille gefangennehmen.

»Glauben Sie, daß es wahr ist, was man sich erzählt?« fragte Yeshe.

»Was denn?«

»Daß Jaos Geist hierbleibt und nach Rache trachtet.«

»Ich weiß es nicht.« Shan sah hinaus in die Nacht. »Falls

meine Seele freikäme«, sagte er langsam, »würde ich niemals zurückblicken.«

Sie wechselten kein weiteres Wort. Shan hatte keine Ahnung, wie lange sie schon dort saßen. Es konnten zehn Minuten gewesen sein, vielleicht aber auch eine halbe Stunde. Eine Sternschnuppe schoß strahlend über den Himmel. Dann ertönte genauso plötzlich ein lautes Geräusch, ein verzerrtes, gespenstisches Stöhnen und Schreien, wie er es noch nie zuvor gehört hatte. Es kam von irgendwo unter ihnen und schien sich durch die Haut über seiner Wirbelsäule zu bohren. Es war kein menschliches Geräusch.

Auf einmal krachten drei Pistolenschüsse. Dann herrschte absolute Stille.

Kapitel Zehn

Die zwei Soldaten stürzten sich wie im Traum auf ihn, packten ihn im Dunkeln, während er schlief, zerrten ihn aus dem Bett und legten ihm Handschellen an. Wortlos stießen sie ihn in den Wagen. Sie antworteten nicht auf seine ersten beiden Fragen und verabreichten ihm nach der dritten einen heftigen Schlag ins Gesicht. Shan richtete sich mühsam auf, kämpfte gegen den Schmerz an und rief sich ins Gedächtnis, worauf er achten mußte. Die Männer gehörten nicht zur Öffentlichen Sicherheit, sondern zur Infanterie. Soldaten mußten sich viel häufiger an Vorschriften halten. Er saß in einem Personenwagen, nicht in einem Laster. Man würde ihn nicht im Fahrzeug erschießen. Sie fuhren ins Tal hinaus, nicht in die Berge, wo man normalerweise Leute verschwinden ließ. Er lehnte sich gegen die Scheibe und ließ das Glas das Gewicht seines Kopfes tragen, während er beobachtete, wohin sie ihn brachten.

Es war die Kreuzung unterhalb der Drachenklauen. Oberst Tans Silhouette hob sich gegen den trübgrauen Himmel ab. Die beiden Soldaten zerrten ihn zu Tan, nahmen ihm die Handschellen ab und kehrten zum Wagen zurück, wo sie stehenblieben und sich Zigaretten anzündeten. Einer der Männer murmelte etwas. Der andere lachte.

»Er hat gesagt, daß du das tun würdest«, sagte Tan. »Zhong hat gesagt, du würdest dich über mich lustig machen und versuchen, mich zu benutzen.«

»Sie müssen schon etwas genauer werden«, murmelte Shan, der noch immer vom Schmerz benebelt war. »Ich habe nur drei Stunden geschlafen.«

»Aufhetzung der Separatisten. Verabredung zur Störung der öffentlichen Sicherheit. Hinterhältiger Angriff auf einen Soldaten.«

Shan bemerkte ein leises schnarrendes Geräusch. Hinter Tans Auto erkannte er einen vertrauten grauen Geländewagen. Die Klappe zum Laderaum stand offen, und die beiden gestiefelten Füße einer schlafenden Gestalt waren zu sehen.

»Ist es das, was Sergeant Feng Ihnen erzählt hat?« Shans Kiefer fühlte sich taub an. »Daß er aus dem Hinterhalt angegriffen wurde?« Er berührte seine Lippe. Als er die Finger wieder wegnahm, waren sie blutverschmiert.

»Er hatte den Befehl, mich letzte Nacht anzurufen, sobald er zurückkehrte. Er hat mich geweckt. Völlig außer sich. Hat um Verstärkung gebeten. Sagte, man solle dich der Öffentlichen Sicherheit übergeben.« Tan schaute nach Norden. Eine Lastwagenkolonne näherte sich.

»Vielleicht hat er vergessen, Ihnen zu erzählen, wie er einen der Reifen zerschossen hat«, sagte Shan. »Oder wie er auf das Dach des Wagens geklettert ist und nicht wieder heruntersteigen wollte. Oder daß ich zurückfahren mußte, weil er zu hysterisch dafür war.«

Die Kolonne fuhr an ihnen vorbei. Shan erkannte sie sofort, obwohl es doppelt so viele Laster wie sonst waren. Die zusätzlichen Transporter waren voller Kriecher. Verzweifelt blickte Shan den Wagen hinterher. Sie würden zur Südklaue fahren. Die Kriecher würden ihre Maschinengewehre aufstellen. Die Gefangenen würden auf den Hang steigen, sich hinsetzen, ihre primitiven Rosenkränze durch die Finger gleiten lassen und warten.

Als der Staub der Kolonne sich legte, sah Shan, daß zwei der Wagen angehalten hatten. Ein Dutzend unerbittlich wirkender

Soldaten sprang von einem der Laster und stellte sich in zwei Reihen hinter dem anderen Transporter auf. Ein tibetischer Häftling wurde aus dem Halbdunkel gestoßen und landete zwischen den Reihen. Er stöhnte vor Schmerz. Die anderen stiegen langsam aus. Shan bemerkte, daß Tan nicht etwa die Sträflinge, sondern ihn anschaute.

Die Gefangenen, insgesamt fünfzehn an der Zahl, mußten sechs oder sieben Meter weit ins Heidekraut stapfen und sich dort in einer Reihe aufstellen. Zwei Offiziere der Kriecher tauchten mit Maschinenpistolen hinter dem Wagen auf und bezogen vor den Mönchen auf der Straße Position.

»Nein!« klagte Shan. »Sie können doch nicht ...«

»Ich bin dazu befugt«, unterbrach Tan ihn mit eisiger Stimme. »Der Streik ist ein Akt des Verrats.«

Shan torkelte vor. Das war lediglich einer seiner Alpträume, sagte er zu sich selbst. Jeden Moment würde er in seinem Bett aufwachen. Er stolperte und fiel hin. Ein Stück Schotter bohrte sich schmerzhaft in sein Knie. Er war wach. »Die Männer haben nichts getan«, stöhnte er.

»Sie werden mit Ihrem Versteckspiel aufhören. In einer Woche wird auf meinem Tisch ein Ermittlungsbericht zur Anklageerhebung gegen den Mörder Sungpo liegen.«

Die Häftlinge begannen ein Mantra. Ihre Augen schauten über die Köpfe der Scharfrichter hinweg auf die Berge.

Tan wandte den Blick noch immer nicht von Shan ab.

Shan hatte das Gefühl, er könnte seine Zunge nicht bewegen. Er kämpfte gegen eine aufsteigende Übelkeit an. »Ich werde Ihnen nicht dabei helfen, einen Unschuldigen zu töten«, würgte er mit heiserer Stimme hervor. Er schüttelte heftig den Kopf, um die Schmerzen loszuwerden, und sah mit neuer Stärke zu Tan auf. »Falls es das ist, was Sie wollen, bitte ich darum, mich diesen Gefangenen anschließen zu dürfen.«

Tan reagierte nicht.

Die Offiziere luden ihre Waffen durch. Shan sprang vor. Jemand packte ihn von hinten und hielt ihn fest. Im selben Moment eröffneten die Schützen das Feuer. Das Dröhnen der Waffen hallte im Tal wider.

Als der Pulverdampf sich lichtete, lagen drei der Sträflinge schluchzend auf den Knien. Die anderen starrten unverwandt in die Ferne und sagten ihr Mantra auf.

Die Kriecher hatten Platzpatronen benutzt.

»Du hast an der Südklaue einen Sicherheitsverstoß begangen!« herrschte Tan ihn an. »Wer hat dich dazu ermächtigt, ein Sperrgebiet zu betreten?«

Jetzt erwiderte Shan den Blick des Oberst. »Ihr Ermittler hat keinen Zutritt zum Tatort mehr?«

»Du hast gesagt, du würdest zu Sungpos Kloster fahren.« Tans Augen verengten sich. »Ein Bericht zur Anklageerhebung gegen den Beschuldigten. Hast du mich verstanden?«

»Grausamkeit kann niemals verstanden, sondern nur erduldet werden.« Shan schloß die Augen. Er spürte etwas Neues in sich aufsteigen: Wut. »Li Aiding wird meine Notizen zweifellos zu schätzen wissen. Ich werde einem dieser Offiziere der Öffentlichen Sicherheit sagen, daß ich mit Li sprechen muß. Und dann steige ich in diesen Lastwagen«, er wies auf das Fahrzeug der Gefangenen, »und kehre zu meiner Arbeitskolonne zurück.«

Tan zündete sich eine seiner amerikanischen Zigaretten an und ging schweigend um Fengs Wagen herum. Am rechten Hinterrad blieb er stehen. Die Radkappe fehlte, und der Reifen paßte nicht zu den anderen. »Erzähle mir davon«, knurrte er, als er zu Shan zurückkehrte.

Während Shan sprach, schaute er zu, wie die Gefangenen wieder in den Laster geladen wurden. »Ich war auf dem Hang und habe versucht zu verstehen, was in jener Nacht vorgefallen ist. Vielleicht war die genaue Zeit von Bedeutung, die Stunde, zu der er getötet wurde. Ich wollte es herausfinden. Es gab ein merkwürdiges Geräusch, wie von einem großen Tier, und dann Schüsse aus Richtung des Wagens. Ich lief nach unten. Sergeant Feng sagte, da sei ein Dämon gewesen.«

»Dein Dämon Tamdin«, warf Tan ein.

»Feng war hysterisch. Er sagte, der Dämon sei ganz in der Nähe und er habe ihn sprechen gehört. Ich habe mir Sorgen um ihn gemacht und um seine Pistole gebeten.«

Tan grinste höhnisch. »Und Sergeant Feng hat sie dir einfach so ausgehändigt.«

»Später im Lager habe ich sie ihm zurückgegeben.«

»Ich glaube dir nicht.«

Shan suchte in seiner Tasche herum. »Ich habe die übrigen Kugeln behalten, um sicherzugehen.« Er ließ fünf Patronen in Tans Hand fallen.

Tan starrte die Kugeln so lange an, daß seine Zigarette ihm die Finger verbrannte. Er zuckte zusammen und warf den Stummel wütend zu Boden. Dann schaute er der Staubfahne der Lastwagen hinterher. »Alles geht den Bach runter«, murmelte er, allerdings so leise, daß Shan sich nicht sicher war, ob er die Worte richtig verstanden hatte.

Als Tan sich wieder zu ihm umwandte, lag etwas Neues im Blick des Oberst, etwas, das Shan bislang noch nicht an ihm wahrgenommen hatte. Ein winziger Hauch von Unsicherheit. »Es dreht sich alles um dieselbe Sache, nicht wahr? Sowohl der Streik der 404ten als auch der Prozeß gegen Sungpo. Es wird ein Blutbad geben, und ich kann nichts tun, um es zu verhindern.«

Shan sah ihn überrascht an. »Wollen Sie es denn verhindern? Sind Sie wirklich gewillt, es zu verhindern?«

»Was glaubst du, wer ich ...«, setzte Tan an, hielt jedoch inne und schaute auf die Patronen hinunter. »Feng hatte Angst. Er und ich dienen schon seit vielen Jahren zusammen. Er ist nur deshalb nach Lhadrung gekommen, weil ich auch hier war. Ich habe ihn noch nie ängstlich erlebt.« Tan ballte die Faust um die Kugeln und blickte auf. »Jao hat es verstanden. Bei unseren Kritiksitzungen pflegte er zu sagen, mein einziger Fehler sei, daß ich glauben würde, die alten Methoden würden auch in Tibet zu den gleichen alten Resultaten führen.«

»Alte Methoden haben sich hier nicht sonderlich gut bewährt.«

Tan blickte in Richtung der Baustelle und seufzte. »Ich werde Zhong anweisen, den Leuten wieder Proviant zukommen zu lassen. Er soll der buddhistischen Wohlfahrtsorganisation gestatten, sie einmal am Tag mit Nahrung zu versorgen.«

Shan sah ihn ungläubig an und nickte dann langsam. »Das wäre gut.«

»Die Amerikaner kommen«, sagte Tan geistesabwesend und schaute dann wieder zu Shan. »Du blutest.«

Shan wischte sich noch einmal das Blut von der Lippe. »Es ist nichts.«

Tan streckte ihm ein Taschentuch entgegen.

Shan starrte es verblüfft an.

»Ich habe nicht angeordnet, daß man dich schlagen soll.«

Shan nahm das Tuch und drückte es gegen den Mund. Sergeant Feng kam aus dem Laderaum des Geländewagens gekrochen, streckte sich und gähnte. Als er Tan sah, zuckte er im ersten Moment zurück, als wolle er sich verstecken. Dann richtete er sich kerzengerade auf und ging ernst auf den Oberst zu. Sein Blick irrte unbeholfen von Shan zu Tan. »Ich erbitte die Zuweisung einer neuen Aufgabe, Sir«, sagte er und richtete den Blick auf seine Stiefelspitzen.

»Aus welchem Grund?« fragte Tan barsch.

»Weil ich ein alter Narr bin. Ich habe meine Pflicht nicht aufmerksam genug erfüllt, Sir.«

»Genosse Shan«, sagte Tan, »hat Sergeant Feng es letzte Nacht irgendwann an Aufmerksamkeit mangeln lassen?«

»Nein, Oberst«, erwiderte Shan. »Sein einziger Fehler hat darin bestanden, daß er vielleicht ein bißchen zu aufmerksam gewesen ist.«

Tan wollte Feng die Patronen zurückgeben, doch dann überlegte er es sich anders und reichte sie Shan, der sie wiederum an Feng aushändigte. »Kehren Sie an Ihre Aufgabe zurück, Sergeant«, befahl Tan.

Sergeant Feng nahm die Kugeln verlegen entgegen. »Ich hätte es wissen sollen«, murmelte er. »Einen Dämon kann man nicht erschießen.« Er salutierte vor dem Oberst und machte kehrt.

Tan schaute abermals der Staubfahne der Kolonne hinterher. »Es bleibt zu wenig Zeit.«

»Dann helfen Sie mir. Es gibt so viel zu tun. Ich muß noch einmal versuchen, mit Sungpo zu sprechen. Außerdem muß ich Jaos Fahrer finden. Helfen Sie mir. Er ist der Schlüssel zu der ganzen Angelegenheit.«

»Er hat keine der Schalen angerührt. Nicht ein Reiskorn«, verkündete der Wachposten, als Shan den Zellenblock betrat. Er klang seltsam stolz, als stelle das Hungern seines Gefangenen irgendeinen persönlichen Sieg für ihn dar. »Nichts außer Tee.«

Sungpo schien sich nicht bewegt zu haben, seit Shan ihn drei Tage zuvor gesehen hatte. Er saß aufrecht und munter da und starrte immer noch in die Ferne.

»Mein Assistent«, sagte Shan und schaute sich im Arrestlokal um. »Ich dachte, er wäre hier.«

»Er ist bei dem anderen.«

»Sie haben einen neuen Gefangenen?«

Der Mann schüttelte den Kopf. »Der Kerl ist über den Zaun geklettert. Hat mächtig Glück gehabt. Zehn Minuten früher oder später hätte die Streife ihn erwischt und erschossen.«

»Ein Ausbrecher?«

»Nein, das ist ja der Witz. Er hat versucht, hier einzudringen. Man mußte ihm beibringen, daß Zivilisten keinen ungehinderten Zutritt zu Militäranlagen haben.«

Shan fand Yeshe im Nachbargebäude. Er wusch ein Handtuch in einer Schale mit blutig verfärbtem Wasser aus. Shan schaute ihm einen Moment lang zu und bemerkte, daß sich in Yeshes Miene etwas verändert hatte. Der Tibeter wirkte ruhiger. Nicht so, als hätte er Seelenfrieden gefunden, sondern eher, als ginge er nun bedachtsamer zu Werke.

Shan folgte Yeshe in das Verhörzimmer. Zuerst erkannte er nicht, wer dort am Tisch saß. Das Gesicht des Mannes wirkte auf einer Seite wie eine Melone, die von einem schnell fahrenden Lastwagen gefallen war.

»Ziemlich gut, was?« sagte der Mann und hob grüßend eine der großen, tatzenartigen Hände. »Er hat nach mir geschickt. Und ich habe ihn gefunden.«

Es war Jigme.

»Was soll das heißen, er hat nach Ihnen geschickt?«

»Sie sind doch zu mir gekommen, nicht wahr?

»Wie konnten Sie so schnell hier sein? Sind Sie mit dem Auto gefahren?«

Irgendwie gelang es Jigme, mit den geschwollenen Augen zu zwinkern. »Ich fliege durch die Luft. Wie die Alten. Der Pfeilzauber.«

»Ich habe davon gehört«, sagte Shan. »Ich kann mich aber auch daran erinnern, auf der Straße, die aus Ihrem Tal führt, mehrere Lastwagen gesehen zu haben.«

Jigme wollte lachen, aber das Geräusch glich eher einem heiseren, abgehackten Husten.

Shan und Yeshe halfen ihm auf die Beine, legten sich jeder einen seiner Arme über die Schultern und beförderten ihn halb zerrend, halb tragend aus dem Gebäude. Auf der Treppe wurden sie von einem wütenden Offizier aufgehalten.

»Diese Gefangenen unterstehen der Aufsicht der Öffentlichen Sicherheit!« brüllte der Offizier.

»Dieser Mann ist Teil meiner Ermittlungen«, entgegnete Shan ungerührt und wandte dem Offizier den Rücken zu. Sobald sie den Zellenblock betreten hatten, machte Jigme sich von ihnen los und zog seine Kleidung zurecht. Er humpelte allein den Korridor hinunter und fiel mit einem Aufschrei der Verzückung auf die Knie, als er die letzte Zelle erreichte.

Der Wachposten an der Zellentür stand protestierend auf. Shan gebot ihm mit einer Geste Einhalt und wies ihn an, die Zelle zu öffnen.

Sungpo begrüßte Jigme mit einem Nicken, das dessen zerschlagenes Gesicht aufleuchten ließ. Das *gompa*-Waisenkind schloß die Tür hinter sich und musterte die unberührten Schalen mit Reis. »Jetzt ist alles wieder in Ordnung«, sagte er mit einem dankbaren Lächeln zu Shan.

»Wir müssen mit ihm sprechen.«

Jigme schien zu glauben, Shan habe einen vortrefflichen Witz gemacht. »Aber sicher.« Er lächelte. »In zwei Jahren, einem Monat und achtzehn Tagen.«

»Soviel Zeit bleibt ihm nicht.«

Jigmes Gesicht verdüsterte sich. Er nahm eine der Reisschalen und ging zurück zu Sungpo. Mit kleinen, liebevollen Gesten begann er, das Stroh von Sungpos Gewand abzustreifen.

»Wir müssen unbedingt mit ihm reden«, wiederholte Shan.

»Glauben Sie, er hat Angst davor, ein Gesicht abzuwerfen?« rief Jigme auf einmal trotzig. »Ihr Leute aus dem Norden, ihr seid eine Fliege auf seiner Schulter.« Shan sah, daß Jigme bei diesen Worten eine Träne über die Wange rollte. »Er ist ein großartiger Mann. Ein lebender Buddha. Er wird ganz leicht sterben, ohne Mühen. Er wird dieses Gesicht abwerfen und im nächsten Leben über uns alle lachen.«

Sie saßen in einem unbenutzen Marktstand im hinteren Teil des Platzes und beobachteten den Laden des Zauberers. Niemand ging hinein oder hinaus. Der Markt begann sich mit Verkaufskarren zu füllen, auf denen sich Frühlingsgemüse, junge Senfblätter und manch andere Pflanzen türmten, die woanders auf der Welt als Unkraut gegolten hätten.

Feng, der nach der vergangenen Nacht noch immer nervös war, fuhr mit der Handfläche über den Kolben seiner Pistole.

»Ich brauche fünfzig Fen« ,sagte Shan.

»Wer nicht?« erwiderte Feng.

»Für Essen. Haben Sie etwas Geld übrig?«

»Ich bin nicht hungrig.«

»Wir haben kein Frühstück bekommen. Sie schon.«

Die Bemerkung schien Feng einen Stich zu versetzen, und Shan fragte sich, ob er noch immer wegen seines Spitznamens gekränkt war. Fengs Blick irrte zwischen Shan und Yeshe hin und her. »Einer von euch bleibt hier.«

Yeshe verstand den Wink und lehnte sich an die Wand zurück, als wolle er es sich gemütlich machen.

Shan streckte die Hand aus und nahm das Geld.

Feng machte eine unbestimmte Geste in Richtung der Marktstände vor ihnen. »Fünf Minuten.«

Shan verweilte kurz bei einem Stand, der Schreibwaren feilbot, und entdeckte dann eine Frau, die *momos* verkaufte. Er erstand zwei davon für Yeshe, kehrte dann zum ersten Händler zurück und kaufte eilig zwei Blätter Reispapier, einen Schreibpinsel und einen kleinen Tintenstift.

»Der erste Zauberspruch wurde vor ein paar Tagen erbeten«, sagte plötzlich eine Stimme hinter ihm.

Shan wollte sich umdrehen. Ein Ellbogen stieß ihn an. »Nicht hinsehen«, sagte der Mann.

Shan erkannte die Stimme. Es war der *purba* mit dem Narbengesicht. Als Shan nach unten blickte, sah er zerlumpte Filzstiefel hinter sich. Der Mann war als Hirte verkleidet.

»Diese Leute sind immer auf der Suche nach einer günstigen Gelegenheit«, sagte der *purba* über Shans Schulter hinweg. »Zauberer wie Khorda nehmen ihnen das Geld ab. Sie haben immer Geld. Für Leute ihres Schlages laufen die Geschäfte stets gut.«

»Ich verstehe nicht.«

»Diese Frau arbeitet in einer Buchhandlung. Sie hat vor etwa einer Woche nach dem Tamdin-Zauber gefragt. Gestern hat sie um einen Bannspruch gegen Hundebisse gebeten.«

»Sie?«

»Die Tochter eines Fleisch-Affen.«

»Ein *ragyapa*?«

»Straße des grünen Bambus«, lautete die Antwort.

Shan drehte sich um. Der *purba* war verschwunden.

Zwanzig Minuten später standen Shan und Sergeant Feng am Rand der ausgedienten Schotterstraße im Nordteil der Stadt und beobachteten Yeshe dabei, wie er die Buchhandlung auf der anderen Seite betrat. Im Innern des Ladens war kurz eine kleine, dunkelhäutige Frau zu sehen. Als Yeshe sie ansprach, wies sie auf den rückwärtigen Teil des Geschäfts und ließ den Blick nach links und rechts über die Straße schweifen, bevor sie die Tür schloß.

Weitere zehn Minuten später kam Yeshe aus dem Laden geeilt. Sein Gesicht schimmerte triumphierend. »Sie ist da«, verkündete er. »An der Tür, das war sie. Sie behauptet, sie würde aus Shigatse stammen, aber das stimmt nicht.« Er sagte, er habe nach dem Eigentümer gefragt und erklärt, er sei zu einer unangemeldeten Kontrolle der Arbeitspapiere erschienen. Als der Mann ihm nicht glauben wollte, hatte Yeshe aus dem Fenster gewiesen. Der Anblick eines offiziell wirkenden Wagens mit einem Soldaten am Steuer hatte den Mann sogleich seine Geschäftslizenz und die Arbeitspapiere des Mädchens hervorholen lassen. »Demnach ist sie vor knapp einem Jahr aus Shigatse hergekommen. Doch auf dem Weg nach draußen habe ich sie gefragt, ob sie in Shigatse auch so gern auf die Mauern der alten Festung gestiegen sei. Ja, antwortete sie, und sie habe dort öfter gepicknickt.«

»Es gibt dort noch immer eine Festung?« fragte Shan.

»Eine Festung, in Tibet? Natürlich nicht, die Kommunisten haben sie vor vierzig Jahren in die Luft gesprengt!« Er legte bei diesen Worten die Hände aneinander und riß dann die Arme hoch, als wolle er die Explosion anschaulich machen. »Es gibt keine Mauern mehr.«

»Also kommt sie nicht aus Shigatse.«

»Unmöglich. Sie wohnt hinten im Laden, aber der Eigentümer sagt, daß sie fast jedes Wochenende nicht da ist. Eine Verkäuferin dürfte wohl kaum genug verdienen, um so häufig dreihundert Kilometer nach Shigatse zu reisen.«

»Dann lebt ihre Familie in der Nähe«, sagte Shan. Eine Familie von Ausbeinern. In den Bergen. Wo auch Tamdin der Ausbeiner lebte. »Und dort bringt sie auch die Zaubersprüche hin.« Er sah Yeshe erwartungsvoll an.

Yeshes Gesicht verfinsterte sich. »Nein«, protestierte er schwach.

»Ihr Zuhause dürfte nicht schwierig zu finden sein«, behauptete Shan. »In Lhadrung besteht eine lebhafte Nachfrage nach dem Tod.«

Tan reichte ihm mehrere Blätter Papier, die von einer Büroklammer zusammengehalten wurden. »Ich habe sie gefunden«, sagte er mit der Heiterkeit, von der ein Erfolgserlebnis begleitet wird.

»Wen?«

»Miss Lihua. Ankläger Jaos Sekretärin. Auf Urlaub in Hongkong. Das Justizministerium hat ihr Hotel ausfindig gemacht. Sie ist zum örtlichen Büro des Ministeriums gegangen und hat das dortige Faxgerät benutzt. Sie gibt an, der stellvertretende Ankläger Li habe sie zum Flughafen gefahren, bevor Jao aufgebrochen ist, um mit der Amerikanerin zu Abend zu essen. Ich kenne sie. Jung, sehr pflichtbewußt. Gutes Gedächtnis für Einzelheiten. Sie hat mir Jaos Terminplan durchgegeben, ebenso die Anrufe am Tag des Mordes. Sie hat alles gefaxt. Niemand hat wegen eines Treffens angerufen.«

Miss Lihua fühle sich geehrt, dem Oberst behilflich sein zu können, stand auf der ersten Seite geschrieben. Der Tod von Genosse Ankläger Jao habe sie zutiefst bekümmert, und sie biete an, sofort zurückzukehren. Tan hatte das Angebot abgelehnt, vorausgesetzt, sie würde per Fax kooperieren.

»Wußte sie, wie man den Fahrer ausfindig machen kann?« fragte Shan.

»Sie hat mir gesagt, wo er wohnt. Und sie hat gesagt, sie sei sich ganz sicher, daß niemand, den Jao kannte, ein Treffen an der Südklaue anberaumt habe.«

»Wie kann sie das wissen?« entgegnete Shan. »Sie hätte einen entsprechenden Anruf doch gar nicht bemerkt.«

»Jao war ein spießiger alter Hund. Er hat Anrufe niemals persönlich entgegengenommen. Und alles mußte im voraus geplant werden, oder es konnte nicht stattfinden. Miss Lihua hat über jede einzelne Stunde Buch geführt. Er sei den ganzen Tag im Büro gewesen, hat sie gesagt. Als sie gegangen ist, habe er sein Fluggepäck in den Wagen geladen. Das Büro für Religiöse Angelegenheiten hat wegen eines Komiteetreffens angerufen. Die Justizbehörde aus Lhasa hat sich nach einem überfälligen Bericht erkundigt. Außerdem hat Jao von ihr telefonisch die Bestätigung seiner Flüge einholen lassen. Ansonsten gab es an diesem Tag nur noch das besagte Abendessen.«

»Es gibt noch andere Orte und Möglichkeiten, um Anrufe zu erhalten.«

»Wir sind hier nicht in Shanghai. Er hatte kein verdammtes Mobiltelefon. Er hatte auch kein Funkgerät. Er ist an jenem Tag nirgendwo hingegangen. Und er hätte seine Pläne nicht geändert«, fügte Tan hinzu. »Er hätte es nicht riskiert, den Flug in seinen Jahresurlaub zu verpassen, nur weil irgendein Mönch ihm eine Nachricht übermittelt hat.«

»Genau. Und daher muß es jemand gewesen sein, den er kannte«, erwiderte Shan.

»Nein. Daher muß man ihn auf dem Weg zum Flughafen überfallen und dann zurück zur Klaue gefahren haben.«

»Der Weg zum Flughafen ... ist das eine Militärstraße?«

»Selbstverständlich.«

»Also kommen Transportkolonnen auf diesem Weg in das Tal. Fahren die auch nachts?«

Tan nickte langsam. »Immer wenn Vorräte oder Personen vom Flughafen hergebracht werden sollen. Und die Flüge treffen am späten Nachmittag ein.«

»Dann überprüfen Sie, ob irgendein Militärfahrer auf dem Rückweg eine Limousine bemerkt hat. Es gibt in Lhadrung nicht allzu viele Limousinen. Der Wagen wäre aufgefallen.«

Unterdessen musterte Shan die verschiedenen Faxe. Madame Ko hatte Ankläger Jaos Reiseroute hinzugefügt, die ihr direkt von der Fluglinie übermittelt worden war. »Wieso war für ihn ein Tag Aufenthalt in Peking vorgesehen? Warum ist er nicht nonstop geflogen?«

»Einkäufe. Die Familie. Es sind alle möglichen Gründe denkbar.«

Shan setzte sich und starrte zu Boden. »Ich muß nach Lhasa.«

Tans Miene verzog sich mürrisch. »Es gibt keine Verbindung mit Lhasa. Falls du auch nur eine Sekunde daran denkst, ich würde die auswärtigen Behörden ...«

»Der Ankläger hatte aus unbekanntem Anlaß vor, einen Zwischenstop in Peking einzulegen. Er hat die unbekannte Nachricht einer unbekannten Person erhalten, durch die er in einen Hinterhalt gelockt wurde, wo ein weiterer Unbekannter in einem Kostüm aus unbekannter Quelle ihn ermordet hat.«

»Es gibt mehr als einen Mörder?« fragte Tan mit warnendem Unterton.

Shan ignorierte die Frage. »Wir müssen anfangen, Fragen zu

beantworten, anstatt immer nur neue zu stellen. In Lhasa gibt es ein Museum für kulturelle Altertümer«, erklärte Shan. »Wir müssen wissen, wo sämtliche Tamdin-Kostüme geblieben sind.«

»Unmöglich. Ich kann dich in Lhasa nicht schützen. Es würde mich den Kopf kosten, falls man dich entdeckte.«

»Dann fahren Sie selbst. Überprüfen Sie die Aufzeichnungen des Museums.«

»Wen Li hat das bereits erledigt. Er sagt, es fehlt nichts. Und ich kann den Bezirk nicht verlassen, solange die 404te streikt. Es wäre ein Zeichen der Schwäche.« Plötzlich blickte er auf und stieß einen Fluch aus. »Jetzt hör aber mal zu. Als ob ich mich entschuldigen müßte. Niemand schreibt mir vor ...« Die Worte blieben ihm im Hals stecken.

Kaum etwas brachte die wahre Natur einer Seele so deutlich zum Vorschein wie ein Wutanfall, überlegte Shan.

Der Oberst trat wieder ans Fenster und nahm das Fernglas.

Shan konnte mit bloßem Auge erkennen, daß die Baustelle leer war. »Sie haben recht, die beiden Probleme nicht unabhängig voneinander zu betrachten«, sagte er sehr ruhig.

Tan ließ langsam das Fernglas sinken und drehte sich um.

»Der Mord und der Streik«, sagte Shan. »Beiden liegt dieselbe Ursache zugrunde.«

»Du meinst Jaos Tod.«

»Nein. Nicht Jaos Tod, sondern der Umstand, der zu seinem Tod geführt hat.«

Noch während Tan ihn anstarrte, klingelte das Telefon. Der Oberst nahm ab, hörte kurz zu, gab eine einzelne zustimmende Silbe von sich und legte wieder auf. »Li Aidang ist wieder unterwegs und sammelt deine Beweise«, verkündete er stirnrunzelnd.

Balti, der Chauffeur des Justizministeriums, wohnte in einem Gebäude aus bröckelndem Stuck und Wellblech, das zugleich als Regierungsgarage diente. Shan und der Oberst folgten dem Geräusch von Stimmen eine steile Treppe hinauf und gelangten in einen zugigen, dunklen Speicher über der Garage, in dem

Regale voller Autoteile standen. Eine lange Sperrholzplatte, die auf einigen Schlackebrocken ruhte, diente als Bett. Auf der Platte lagen ein paar dreckige Leintuchfetzen, die zuvor anscheinend in der Werkstatt als Wischlappen benutzt worden waren. Auf einer umgedrehten Kiste am Fußende des Bettes standen eine Butterlampe und ein kleiner Keramik-Buddha, beide ziemlich angeschlagen.

In einer Ecke des Raums befanden sich zwei Männer und leuchteten mit Taschenlampen die Regale ab.

»Wir möchten doch nicht, daß der stellvertretende Ankläger uns an Eifer übertrifft«, flüsterte Tan. Halb rechnete Shan damit, daß der Oberst ihm einen Stoß in Richtung der Regale geben würde.

Einer der Männer kam ihnen aus dem Halbdunkel entgegen. Es war Li. Er trug Gummihandschuhe und hatte sich eine *koujiao* vor den Mund gebunden. Wovor hatte er Angst? Daß er sich mit Buddhismus infizieren könnte?

»Glänzend!« sagte er zu Shan und zog die Maske nach unten. »Ich hatte überhaupt nicht daran gedacht, bis Oberst Tan nach dem Wagen des Anklägers gefragt hat.«

»Woran genau haben Sie nicht gedacht?« fragte Shan.

»An die Verschwörung. An diesen *khampa*. Er hat den Ankläger zur Südklaue verschleppt, hat ihn gegen seinen Willen dorthin gefahren. Damit Sungpo ihn dort ermorden konnte. Das erklärt auch, wie Sungpo zur Klaue und zurück gekommen ist. Warum der Wagen fehlt. Wieso Balti verschwunden ist.« Während er sprach, suchte Li weiter. Er nahm einen Pappkarton neben dem Bett in Augenschein. Der Karton enthielt sorgsam zusammengelegte Kleidungsstücke. Li schüttete den Inhalt aus und nahm jedes einzelne Stück mit spitzen Fingern auf, als könnten die Sachen von Ungeziefer verseucht sein. Dann kniete er sich hin, leuchtete unter das Bett und zog zwei Schuhe darunter hervor, die er achtlos hinter sich warf.

Shan beugte sich vor und fuhr mit der Hand unter dem Bettzeug entlang. Er fand ein zerknittertes, verblichenes Foto von drei Männern, zwei Frauen und einem Hund, die vor einer Herde Yaks standen. Dann schloß seine Hand sich um etwas

Scharfes und Metallisches. Es war ein rundes Stück Chrom. Verwirrt hielt er es auf Armeslänge von sich.

Tan nahm es ihm aus der Hand und musterte es. »Jiefang«, verkündete er. »Das Emblem von der Kühlerhaube.« Auf den Straßen der Region waren die verbeulten Lastwagen der Marke Jiefang ein vertrauter Anblick. Sie wurden erst dann nach Tibet geschickt, wenn sie andernorts bereits ein Fahrzeugleben lang treue Dienste geleistet hatten.

Li nahm die Plakette und rief dem Mann hinter ihm eine kurze Anweisung zu, der daraufhin eine kleine Klarsichttüte aus Plastik hervorholte. Mit feierlicher Geste ließ Li das Chromteil in die Tüte fallen und bedachte Shan mit einem hämischen Blick.

»Sie sollten sich amerikanische Filme anschauen«, erklärte Li und trat an den Rand des Betts. »Überaus lehrreich. Die Unversehrtheit des Beweismaterials ist von ausschlaggebender Bedeutung.« Der Fund hatte ihn regelrecht angespornt, und so riß Li das Bettzeug herunter. Nachdem er dort nichts weiter entdecken konnte, kippte er erst die Sperrholzplatte um und tastete dann mit einer Hand die Hohlräume der Schlackebrocken ab. Bei dem letzten der Steine blickte er siegessicher auf und zog einen Rosenkranz aus Plastikperlen aus dem Versteck.

»Die Limousine. Es ist offensichtlich.« Li ließ die Perlen vor Shans Gesicht baumeln. »Als Belohnung für die Komplizenschaft bei dem Mord hat er Ankläger Jaos Limousine mit der roten Standarte erhalten.« Er ließ die Gebetskette in eine weitere Plastiktüte fallen.

Yeshe trat unbeholfen vor die Regale mit den Autoteilen und fing an, geistesabwesend die Kartons herauszuziehen. Dabei fiel eine verschlissene Postkarte zu Boden, ein Bild des Dalai Lama, das schon vor einigen Jahrzehnten aufgenommen worden war.

»Hervorragend!« rief Li, schnappte sich das Foto und klopfte Yeshe auf die Schulter. »Du lernst, Genosse.«

Yeshe starrte Li verdutzt an. »Man darf solche Bilder heutzutage besitzen«, sagte er, »solange man sie nicht öffentlich zur

Schau stellt.« Er klang nicht unbedingt so, als würde er Streit suchen, aber dennoch schwang ein herausfordernder Unterton in Yeshes Stimme mit, der nicht nur Shan überraschte, sondern ihn selbst vielleicht noch mehr verblüffte.

Li schien es nicht zu bemerken. Er wedelte mit dem Foto wie mit einer Fahne. »Kann sein, aber sieh doch nur, wie alt es ist. Es war illegal, als es aufgenommen wurde. So bauen wir unsere Fälle auf, Genosse.« Ein Assistent streckte die nächste Plastiktüte aus, und Li steckte die Postkarte hinein.

Shan ging zu dem Fenster am anderen Ende des Raums und rieb ein Guckloch in den Schmierfilm, von dem die Scheibe überzogen war. Draußen konnte er ihre Fahrzeuge sehen. Jemand rauchte mit Sergeant Feng eine Zigarette. Shan rieb das Glas noch sauberer. Es war Leutnant Chang. Instinktiv wich Shan einen Schritt zurück. Dabei streifte etwas seinen Fuß. Es war einer der Schuhe. Er hob ihn auf und fuhr mit dem Finger an der Kante entlang. Der Schuh bestand aus billigem Vinyl und war von einer dicken Staubschicht überzogen. Er war neuwertig und vermutlich noch nie getragen worden, aber dennoch war er von einer dicken Staubschicht überzogen. Shan nahm den zweiten Schuh. Auch dieser schien ungetragen zu sein, und er war ebenfalls für den linken Fuß bestimmt. Shan kehrte zu den Überresten des Bettes zurück und durchsuchte sie noch einmal. Weitere Schuhe waren nicht vorhanden.

»Und diesen Mann hat die Öffentliche Sicherheit als unbedenklich eingestuft.« Li hielt den kleinen Buddha empor.

»Ein kleiner Mann mit einem fetten Bauch stellt nichts Illegales dar«, merkte Tan frostig an.

Li bedachte den Oberst mit einem herablassenden Blick. »Genosse Oberst, der kriminelle Verstand ist Ihnen offenbar kaum vertraut.« Er unterstrich diese Bemerkung mit einem zufriedenen Lächeln, streckte dann den Arm aus und ließ den Buddha in die nächste Tüte fallen, die einer seiner Assistenten ihm entgegenhielt.

Vor der Garage hatte sich eine kleine Menschenmenge gebildet. Als Tan erschien, huschten die Leute wie verängstigte Tiere auseinander und verschwanden in einer schmalen Gasse. Nur ein Kind blieb zurück, eine kleine Gestalt von drei oder vier Jahren, die in ein Gewand aus schwarzem Yakfell gehüllt war, das von einer Schnur zusammengehalten wurde. Das Kind, dessen Geschlecht nicht eindeutig zu erkennen war, stand da und musterte Tan überaus neugierig.

»Ich muß Balti finden«, sagte Shan zu dem Oberst. »Falls er verschwunden ist, dann wegen jener Nacht.«

»Du hast Li doch gehört. Vermutlich ist er inzwischen schon längst in Sichuan.«

»Sie haben oben seine Kleidung gesehen, seine kompletten Sachen, in diesem Karton. Er hat nicht gepackt. Er hatte nicht vor abzureisen. Berücksichtigen Sie außerdem folgendes: Wie weit würde der Mann, der in dieser Kammer gewohnt hat, Ihrer Meinung nach wohl kommen, ohne Reisepapiere und in einem gestohlenen Regierungsfahrzeug?«

»Dann hat er den Wagen eben verkauft.« Tan machte einen Schritt auf das Kind zu.

»Das ist nur eine der denkbaren Möglichkeiten. Er hätte in das Verbrechen verwickelt gewesen sein können. Vielleicht ist er aber auch ermordet worden. Oder womöglich ist er voller Angst geflohen und versteckt sich jetzt.«

Das Kind sah Tan an und lachte.

»Aus Angst vor deinem Dämon«, sagte Tan.

»Oder aus Angst vor einer Vergeltungsmaßnahme, und zwar von jemandem, den er in dieser Nacht erkannt hat«, erwiderte Shan.

Tan hielt inne und dachte über Shans Einwände nach. »Wie auch immer, er ist weg. Daran kann man nichts ändern.«

»Ich kann mit den Nachbarn reden. Ich vermute, daß er schon ziemlich lange hier gelebt hat. Die Leute aus der Nachbarschaft haben ihn bestimmt gekannt.«

»Nachbarschaft?« Tan ließ den Blick über die Stapel leerer Ölkanister, die Haufen aus Altmetall und die baufälligen Schuppen schweifen, von denen die Garage umgeben wurde.

»Hier leben Menschen«, sagte Shan.

»Gut, machen wir uns an die Befragung. Ich möchte meinen Ermittler mal bei der Arbeit erleben.«

Jemand rief etwas aus der Gasse. Das Kind reagierte nicht.

Tan streckte dem Kind eine Hand entgegen. Plötzlich tauchten drei Männer auf, stämmige Hirten, die ihre langen Stäbe vor sich hielten, als wollten sie einen Kampf anfangen. Sofort standen Sergeant Feng und Tans Fahrer an der Seite des Oberst und legten die Hände auf die Waffen.

Eine kleine, dicke Frau drängte sich zwischen den Männern hindurch und stieß einen beunruhigten Schrei aus. Sie packte das Kind und herrschte die Männer zornig an, die sich daraufhin langsam zurückzogen.

Tans Miene verhärtete sich. Schweigend zündete er sich eine Zigarette an und musterte die Gasse. »Also gut. Du machst das allein. Ich werde weitere Patrouillen zum Fuß der Südklaue schicken. Laß uns zuerst die wahrscheinlichste Erklärung überprüfen. Wir halten nach seiner Leiche Ausschau. Das Gebiet unterhalb der Klippe wurde bereits auf der Suche nach dem Kopf überprüft, aber der Körper des Fahrers könnte sonstwo liegen. Vielleicht im Drachenschlund.«

Nachdem Tan losgefahren war, bat Shan den Sergeanten, er möge ihren Wagen im Schutz der Garage abstellen. Dann setzten er und Yeshe sich auf zwei rostige Fässer im Werkstatthof.

»Haben Sie Li davon erzählt, daß ich herkommen würde?« fragte Shan, während die Nachbarschaft langsam wieder zum Leben erwachte. »Irgend jemand hat ihn benachrichtigt. Genau wie bei Jaos Haus.«

»Ich habe es Ihnen bereits gesagt. Wenn man mich danach fragt, wie könnte ich dann dem Justizministerium die Auskunft verweigern?« entgegnete Yeshe.

»Hat man Sie gefragt?«

Yeshe antwortete nicht.

»Auf dem Felsen in Sungpos Höhle, unter dem Jaos Brieftasche entdeckt wurde, hat sich eine Markierung befunden. Jemand hat das Beweisstück dort plaziert, damit das Verhaftungsteam es finden würde.«

Yeshes Gesicht umwölkte sich. »Warum erzählen Sie mir das?«

»Weil Sie sich entscheiden müssen, wer Sie sein wollen.

Priester reagieren sehr unterschiedlich auf das Gefängnis. Manche werden immer Priester sein. Andere werden immer Häftlinge sein.«

Yeshe wandte sich mit wütendem Blick zu ihm um. »Soll das heißen, ich bin ein Ungläubiger, wenn ich die Fragen des Justizministeriums beantworte?«

»Ganz und gar nicht. Ich will lediglich sagen, daß bei denjenigen, die zweifeln, das Verhalten allmählich die Überzeugungen bestimmt. Ich sage Ihnen, daß Sie entweder akzeptieren müssen, auf ewig ein Gefangener von Männern wie Direktor Zhong zu bleiben, oder daß Sie beschließen müssen, es nicht einfach hinzunehmen.«

Yeshe stand auf und warf einen Kiesel gegen die Wand. Dann entfernte er sich ein Stück von Shan.

Eine alte Frau tauchte auf, warf ihnen einen gehässigen Blick zu und breitete eine Decke am Straßenrand aus, auf der sie ein paar Streichholzschachteln, Eßstäbchen und Süßigkeiten hinlegte, was ihren gesamten Warenbestand darstellte. Aus ihrem Kleid zog sie eine alte Fotografie hervor, hielt sie sich an die Stirn und legte sie dann vor sich auf die Decke. Es war ein Foto des Dalai Lama. Drei Jungen begannen ein Spiel, indem sie versuchten, mit Kieseln in einen alten Reifen zu treffen. In dem Haus gegenüber der Garage öffnete sich ein Fenster, aus dem jemand ein Bambusrohr schob, an dem Wäsche zum Trocknen aufgehängt war, die nun wie eine Reihe Gebetsfahnen über der Straße hing.

Shan sah dem Treiben fünf Minuten lang zu, wählte dann eine Rolle Süßigkeiten aus dem Sortiment der Frau aus und bat Yeshe, dafür zu bezahlen. »Die Störung tut mir leid«, sagte er. »Der Mann, der hier gewohnt hat, wird vermißt.«

»Verdammter dummer Junge«, erwiderte sie.

»Sie kennen Balti?«

»Geh zum Gebet, habe ich gesagt. Erinnere dich daran, wer du bist, habe ich gesagt.«

»Hat er denn ein Gebet gebraucht?« fragte Shan.

Sie wandte sich an Yeshe. »Sag es ihm«, entgegnete sie. »Sag ihm, daß nur die Toten keine Gebete brauchen. Abgesehen von meinem toten Mann«, fügte sie seufzend hinzu. »Mein Mann war ein Spitzel. Betet für ihn. Er ist zu einem Nagetier geworden. Abends kommt er zu mir, und ich füttere ihn mit ein wenig Getreide. Der alte Narr.«

Einer der Hirten, der nach wie vor seinen Stab bei sich trug, ging zu der Frau und flüsterte ihr etwas zu.

»Du sei ruhig!« herrschte die Witwe ihn an. »Erst wenn du so reich bist, daß keiner von uns mehr arbeiten muß, lasse ich mir von dir vorschreiben, mit wem ich rede und mit wem nicht.«

Sie holte fünf Zigaretten hervor, die in Seidenpapier gewickelt waren, und legte sie sorgfältig vor sich auf die Decke. Dann nahm sie Yeshe genauer in Augenschein. »Bist du derjenige?«

»Derjenige?« fragte Yeshe einfältig.

»Ich habe im Tempel ein Gebet hinterlassen. Damit die Teufel vertrieben werden. Jemand wird kommen. Es ist möglich. Früher hat es Priester gegeben, die dazu in der Lage waren. Mit nur einem einzigen Laut konnten sie es vollbringen. Falls du ein Geräusch von dir gibst, das bis in die nächste Welt vernommen wird, kann dadurch alles wieder in Ordnung gebracht werden.«

Yeshe sah die Frau verwirrt an. »Wieso glauben Sie, daß ich diese Person sein könnte?«

»Weil du gekommen bist. Du bist der einzige Gläubige, der gekommen ist.«

Yeshe warf Shan einen beunruhigten Blick zu. »Wissen Sie, wo der *khampa* ist?« fragte er die Frau.

»Er hat schon immer gesagt, daß man ihn eines Tages holen würde. Er hat uns sogar dafür bezahlt, daß wir aufpassen. Nachts, wenn er ihn mit nach Hause brachte, haben mein Mann und ich stets die Treppe im Auge behalten. Wir haben extra tagsüber geschlafen, damit wir nachts Wache halten konnten.«

»Wen oder was hat er denn mitgebracht?« fragte Yeshe.

»Den Koffer. Den kleinen Koffer. Mit Unterlagen. Er hat immer einige Nächte lang für seinen Chef darauf aufgepaßt. Große Geheimnisse. Am Anfang war er ganz stolz deswegen. Später hatte er Angst. Trotz des Verstecks hatte er Angst.«

»Was für Unterlagen? Haben Sie sie gesehen?« fragte Yeshe.

»Natürlich nicht. Ich arbeite doch wohl kaum für die Regierung, oder? Gefährliche Geheimnisse. Worte der Macht. Regierungsgeheimnisse.«

»Sie haben ein Versteck erwähnt«, warf Shan ein. »Meinen Sie damit, er hat ein besonderes Versteck für den Koffer gehabt?«

Sie beachtete ihn nicht. Inzwischen schien sie sich nur noch für Yeshe zu interessieren, als würde sie in ihm jemanden sehen, den niemand sonst erkennen konnte, Yeshe selbst eingeschlossen.

»Wer würde ihn holen? Wovor hat er Angst gehabt?« fragte Yeshe. »Ankläger Jao?«

»Nicht Jao. Jao war gut zu ihm. Hat ihm manchmal zusätzliche Lebensmittelkarten gegeben. Ließ ihn manchmal seine Kleidung tragen.«

»Wer dann?«

Sie runzelte die Stirn und musterte Yeshe durchdringend. »Deine Kräfte sind nicht geschwunden«, sagte sie. »Du bist davon überzeugt. Aber sie liegen lediglich verborgen.«

Yeshe wich einen Schritt zurück, als würde die Frau ihm Angst einflößen. »Wo ist Balti?« fragte er. Seine Stimme hatte einen flehentlichen Unterton angenommen.

»Ein Junge wie der steigt auf. Oder fällt zurück.« Sie lachte, als sie über ihre Worte nachdachte, und sah den Hirten an. »Rauf oder runter«, wiederholte sie und lachte erneut. Dann wandte sie sich wieder an Yeshe. »Auch falls man ihn geholt hat, wird er dennoch zurückkehren. Er wird als Löwe zurückkehren. Denn genau das widerfährt den Sanftmütigen. Er wird als Löwe zurückkehren und uns alle in Stücke reißen, die wir ihn enttäuscht haben.«

Shan ging vor der Frau in die Hocke. »Zeigen Sie uns das Versteck«, flüsterte er.

Sie schien ihn nicht zu hören. »Zeigen Sie es uns«, bat Yeshe. Sie spielte nervös mit ihren Waren herum.

»Wir müssen es sehen«, drängte Shan. »Um Baltis willen.«

»Er hatte solche Angst«, sagte sie.

»Ich glaube, daß er sehr mutig war.«

Endlich ging sie auf ihn ein. »Er hat nachts geweint.«

»Jeder mutige Mann mag auch Gründe zum Weinen haben.«

Sie vermied es, ihn anzusehen. »Was ist, wenn ihr diejenigen seid, die er gefürchtet hat?«

»Sehen Sie uns an. Glauben Sie das wirklich? Würden diese Leute herkommen und so mit Ihnen reden?« Er drückte ihren Arm. Langsam hob sie den Kopf, als bereite es ihr Schmerzen, Shan in die Augen zu blicken.

»Er nicht«, sagte sie und nickte in Yeshes Richtung. »Er ist keiner von denen.«

»Dann tun Sie es um seinetwillen«, sagte Shan.

Da erhob sie sich eilig, als wolle sie die ungebetenen Besucher so schnell wie möglich wieder loswerden. Der Hirte mit seinem Stab kam ebenfalls mit und folgte ihnen in die Garage. Sie gingen an ihrem Wagen vorbei in den hinteren Teil des Gebäudes, der im Schatten lag. Feng saß im Auto und schnarchte laut.

Dort hinten hatte man ein stabiles hölzernes Regal errichtet, das für große Autoteile gedacht war. Ganz unten stand eine Reihe hoher, schmaler Benzinkanister, die aus verschiedenen Personenfahrzeugen und Lastwagen stammten.

Sie legte die Hand auf den dritten Kanister. »Er war klein genug, um dahinter zu greifen«, sagte sie. Shan und Yeshe zogen den Kanister aus dem Regal. Man hatte das hintere Stück des Behälters sauber abgeschnitten und die Kanten des größeren Teils nach innen gebogen, so daß man den Kanister wieder zusammenstecken konnte. Die Steckflächen waren eingefettet. Shan nahm einen Schraubenzieher und hebelte den Deckel ab.

Im Innern befand sich kein Aktenkoffer, sondern lediglich ein verschmutzter Umschlag mit mehreren Blättern aus dünnem Papier.

Die Frau half ihnen dabei, den Kanister zurück ins Regal zu schieben, und wandte sich dann noch einmal an Yeshe. »Deine Kräfte sind nicht geschwunden«, wiederholte sie. »Sie haben nur ihren Mittelpunkt verloren.«

Yeshe wirkte nach diesen Worten wie gelähmt. Als Shan ihn

zum Wagen zog und Feng zurief, er möge aufwachen, war Yeshe nicht in der Lage, den Blick von der Frau abzuwenden. Während sie auf die andere Seite der Stadt fuhren, hielt er seinen Rosenkranz fest umklammert. Er ließ die Perlen nicht durch die Finger gleiten, sondern schaute sie nur an. »In Sichuan«, sagte er plötzlich, »könnte ich eine eigene Wohnung haben.«

Shan hatte hinter Feng Platz genommen und musterte die Unterlagen aus dem Kanister. Man hatte sie aus einer Ermittlungsakte gerissen, der Akte über den Mord an Jin San, dem Leiter des Landwirtschaftskollektivs der Langen Mauer, jenem Verbrechen, für das Dza Namkhai, Mitglied der Fünf von Lhadrung, hingerichtet worden war. Am unteren Rand der letzten Seite fand sich eine lange Reihe arabischer Zahlen, die aus fünf Gruppen zu je fünf Ziffern bestand.

»Kräfte«, sagte Yeshe in gequältem Tonfall. »Was für eine Frau. Große Kräfte. Alle Welt kann bestätigen, wie groß meine Kräfte sind.«

Shan blickte auf. »Seien Sie nicht zu hart zu sich. Die stärkste Kraft ist nach meiner Überzeugung die Fähigkeit, richtig und falsch unterscheiden zu können.«

Yeshe dachte darüber nach. »Aber es fühlt sich nie so an, als ginge es um richtig und falsch«, erwiderte er schließlich. »Mir kommt es eher so vor, als müßte man sich für das geringere Übel entscheiden.«

»Was hat die Frau damit gemeint, als sie von einem Geräusch sprach, das die nächste Welt erreichen könne?« fragte Shan.

»Ein Klang ist wie ein Gedanke mit Beinen, wurde in manchen der alten Klöster gelehrt. Falls man es schafft, die eigenen Gedanken auf die richtige Weise zu konzentrieren, kann man über diese Welt hinaussehen. Und falls es gelingt, dieses Prinzip in ein Geräusch umzusetzen, kann man die andere Welt tatsächlich erreichen und berühren.«

»Berühren?«

»Es tut sich eine Art Spalt zwischen den Welten auf. Wie ein Blitzstrahl. Dieser Spalt verfügt über eine unglaubliche Energie. Manche nennen es das Donnerritual. Es kann Dinge zerstören.«

Shan schaute wieder auf die Papiere. Die Frau hatte gesagt, jemand sei hinter Balti hergewesen, und zwar jemand anders als Jao. Balti hatte Jao ebenso vertraut, wie dies umgekehrt der Fall gewesen war. Eine alte Akte, eine abgeschlossene Untersuchung und dennoch so geheim, daß Jao sogar das eigene Büro nicht sicher genug dafür erschien. Oder womöglich sogar besonders unsicher.

»Sie hat gesagt, Balti würde aufsteigen oder zurückfallen«, erinnerte Shan sich beiläufig. »Sie schien es für einen guten Scherz zu halten.«

Yeshe klang noch immer leidend. »Er kehrt entweder auf das Plateau von Kham zurück, das so hoch oben liegt wie sonst nichts auf der Welt. Oder er bleibt und fällt in der Abfolge der Lebensformen zurück.«

Shan nickte langsam und versuchte, eine Verbindung zwischen dieser Äußerung und der Akte herzustellen. Die Fährte war fast greifbar nahe. Wer wollte die Akte? Jemand würde kommen, hatte Balti gesagt. Nicht die *purbas*. Die hatten nicht gewußt, wer er war. Und falls doch, würden sie Balti nicht in Angst und Schrecken versetzen. Wer dann? Die Kriecher? Eine Verbrecherbande? Soldaten? Kriminelle Soldaten? Wer auch immer es war, hätte sich nicht gescheut, Balti zu ermorden. Man hätte ihn in jener Nacht geschnappt und zum Sprechen gebracht, bis er auch die allerletzte Einzelheit jedes Geheimnisses und jedes Verstecks verraten hätte. Wenn der Kanister also nach wie vor zumindest einen Teil seiner Geheimnisse enthielt, so konnte das nur eines bedeuten, wurde Shan plötzlich klar: Balti war am Leben und in Freiheit.

Kapitel Elf

Die Straße, die zum *ragyapa*-Dorf führte, hörte etwa siebzig Meter vor der Ansiedlung auf und endete an einer großen Lichtung, auf der eine Reihe flacher Felsen als Abladeplattformen dienten. Als Sergeant Feng auf die Lichtung einbog, kam ihnen mit ungewöhnlich hoher Geschwindigkeit ein kleiner Tieflader entgegen. Shan erhaschte einen flüchtigen Blick auf eine Frau am Fenster. Sie weinte.

Auf dem Pfad zum Dorf war ein Eselkarren unterwegs, auf dem ein langes, dickes Bündel lag, das in Segeltuch gewickelt war.

Zu Shans Überraschung sprang Yeshe als erster aus dem Auto. Er nahm einen Jutesack mit alten Äpfeln von der Rückbank und machte sich mit trauriger Entschlossenheit auf den Weg. Als Shan ausstieg, warf Feng einen Blick auf das lange Bündel auf dem Karren, verriegelte dann sofort die Türen und kurbelte die Fenster hoch. Als letzte Verteidigung zündete er sich eine Zigarette an und begann, den Innenraum des Wagens mit Rauch zu füllen.

Die *ragyapa*s waren Shan völlig fremd. Mit Han-Chinesen hatten sie nichts zu tun, weder den toten noch den lebendigen. Genaugenommen hatten sie mit keinem Außenstehenden etwas zu tun, sondern blieben unter sich. Sogar andere Tibeter trauten sich nur selten in ihre Nähe, außer um die Leiche eines Angehörigen und als Bezahlung etwas Geld oder einen Korb mit Waren zurückzulassen. In einem *ragyapa*-Dorf in der Nähe von Lhasa hatten zwei Soldaten versucht, die Leute bei der Arbeit zu filmen, und dafür mit ihrem Leben bezahlt. Bei Shigatse waren japanische Touristen mit Beinknochen geschlagen worden, als sie sich zu nahe heranwagten.

Shan holte Yeshe schnell wieder ein und blieb einen Schritt hinter ihm. »Sie sehen so aus, als hätten Sie einen Plan«, stellte er fest.

»Richtig. Der Plan sieht vor, so schnell wie möglich wieder von hier zu verschwinden«, erwiderte Yeshe leise.

Auf dem Boden neben der ersten Hütte saß ein ungewaschener Junge mit langen, struppigen Haaren und schichtete Steine auf. Er schaute hoch, bemerkte die Besucher und stieß einen Schrei aus, der nicht wie eine Warnung klang, sondern eher wie ein plötzlicher Schmerzenslaut, als hätte man ihn getreten. Daraufhin kam eine Frau aus dem Innern der Hütte. In einer Hand hielt sie einen verbeulten Teekessel, und mit der anderen balancierte sie ein Baby auf ihrer Hüfte. Sie sah Shan an, allerdings nicht sein Gesicht, sondern seinen Körper, den sie so langsam in Augenschein nahm, als würde sie ihn abmessen.

Hinter der Hütte befand sich der zentrale Platz der Ansiedlung, um den herum man mehrere Behausungen errichtet hatte. Einige waren primitive Hütten aus Zweigen, Brettern und sogar Pappe. Andere jedoch waren kleine, aber solide Steingebäude, wie Shan überrascht feststellte. Vor einem der Häuser arbeiteten mehrere Männer und schärften soeben eine Reihe von Äxten und Messern.

Die Männer erinnerten irgendwie an Affen. Sie waren nicht groß, hatten dicke Arme und kleine Augen. Einer von ihnen stand auf, machte einen Schritt auf Shan zu und schwang drohend eine kleine Axt. Sein Blick war auf beunruhigende Weise leer, als hätte er ihn sich bei den Toten ausgeborgt. Als er den Sack in Yeshes Hand bemerkte, wich die Strenge aus seiner Miene. Zwei andere Männer traten auf Yeshe zu und streckten mit feierlicher Geste die Arme aus. Als Yeshe ihnen den Sack gab, nickten sie ihm mitfühlend zu, nur um im nächsten Moment verwirrt dreinzuschauen. Einer der Männer sah in den Sack und holte lachend einen Apfel daraus hervor. Seine Gefährten fielen in das Gelächter ein, und er warf den Apfel in den Kreis der Männer. Das war nicht die Art von kleinem Jutepaket, das den *ragyapa*s normalerweise überbracht wurde, begriff Shan plötzlich, keines der winzigen Bündel des Todes, die sogar den Ausbeinern verhaßt sein mußten.

Yeshes Handlung entschärfte die Situation. Weitere Äpfel flogen durch die Luft, und die Männer holten Taschenmesser hervor und begannen, Stücke der Früchte untereinander zu verteilen. Die längeren Klingen blieben den geheiligten Aufgaben vorbehalten. Shan besah sich die Werkzeuge. Er entdeckte kleine Messer, deren Klingen in Haken endeten. Lange Messer zum Häuten. Grobe Äxte, wie man sie vielleicht schon vor zwei Jahrhunderten geschmiedet hatte. Die Hälfte der Klingen war problemlos dazu geeignet, einem Mann den Kopf vom Rumpf zu trennen.

Kinder tauchten auf und waren ganz erpicht auf die Früchte.

Von Shan hielten sie sich fern, aber um Yeshe scharten sie sich mit großen, glücklichen Augen.

»Wir kommen von der Buchhandlung in der Stadt«, verkündete Shan.

Die Kinder reagierten nicht darauf, aber die Männer waren sofort ganz Ohr. Leise tauschten sie einige Worte aus, und dann lief einer von ihnen den Hügel hinter dem Dorf hinauf.

Die Kinder rückten Yeshe immer näher, und auf einmal schien er ganz interessiert an ihnen zu sein. Er kniete nieder, um einem der Kinder den Schuh zuzubinden, und inspizierte dabei sorgfältig die Kleidung des Jungen. Dann stürzte sich die ganze Horde auf Yeshe und warf ihn zu Boden. Einige der älteren Jungen zogen Spielzeugmesser aus Holz und vollführten unter hysterischem Gelächter sägende Bewegungen an seinen Gelenken.

Shan sah dem Getümmel nur kurz zu und richtete dann seine Aufmerksamkeit auf den Läufer. Schon bald wurde klar, daß der Mann einen Felsen ansteuerte, der aus der niedrigen Kammlinie oberhalb der Ansiedlung hervorragte. Shan folgte dem Mann und hielt dann inne, als ihm die Vögel auffielen. Mehr als ein Dutzend von ihnen, zumeist Geier, kreisten hoch oben am Himmel. Andere, sowohl große als auch kleine Raubvögel, saßen entlang des Wegs auf den Ästen der verkrüppelten Bäume. Sie wirkten seltsam zahm, als würde das Dorf ebensosehr ihnen wie den *ragyapas* gehören. Ihre Blicke folgten dem Läufer mit trägem Interesse.

Es hieß Himmelsbegräbnis. Die schnellste Beseitigung der körperlichen Überreste der menschlichen Existenz. In einigen Teilen Tibets wurden die Leichen den Flüssen übergeben, weshalb es verpönt war, Fisch zu essen. Shan hatte gehört, daß in den Regionen, die nach wie vor eng mit Indien verbunden waren, rituelle Opferungen praktiziert wurden. Doch für die meisten gläubigen Buddhisten in Tibet gab es nur eine einzige Möglichkeit, das Fleisch loszuwerden, das nach dem Ende einer Inkarnation übrigblieb. Die Tibeter konnten nicht ohne die *ragyapas* leben. Aber mit ihnen leben konnten sie auch nicht.

Als der Läufer sein Ziel erreichte, erschien oben auf dem

Kamm ein weiterer Mann, der einen langen Stiel in der Hand hielt, an dessen Ende sich eine breite Klinge befand. Er war mittleren Alters und trug eine Wintermütze des Militärs, deren wattierte Ohrenklappen zu beiden Seiten seines Kopfes wie kleine Schwingen abstanden. Shan setzte sich auf einen Felsblock und wartete. Mißtrauisch behielt er die Vögel im Auge.

Der Mann musterte Shan argwöhnisch und kam langsam näher. »Keine Touristen«, schimpfte er mit hoher Stimme. »Sie sollten besser gehen.«

»Das Mädchen in der Buchhandlung stammt aus diesem Dorf«, erwiderte Shan übergangslos.

Der Mann starrte ihn mit grimmiger Miene an, senkte dann die Klinge und zog einen Lappen hervor, um feuchte, rosafarbene Fetzen davon abzuwischen. Dabei behielt er Shan im Auge, nicht die Klinge. »Sie ist meine Tochter«, räumte er ein. »Es ist mir nicht peinlich.«

»Es besteht keine Veranlassung, sich zu schämen. Aber es war eine ziemliche Überraschung für mich, daß einer Ihrer Leute in der Stadt arbeitet.« Er wußte, daß er die Arbeitspapiere gar nicht erst zu erwähnen brauchte. Die Erkenntnis, daß Shan die Lüge entdeckt hatte, stellte vermutlich den einzigen Grund dafür dar, daß der Mann mit ihm sprach.

Der herausfordernde Blick des Mannes wich einer unbeugsamen Entschlossenheit. »Meine Tochter ist eine gute Arbeiterin. Sie verdient eine Chance.«

»Ich bin nicht wegen Ihrer Tochter hier, sondern wegen der Beziehung Ihrer Familie zu dem alten Zauberer.«

»Wir brauchen keine Zauberer.«

»Khorda hat für Ihre Tochter Bannsprüche angefertigt. Ich glaube, Ihre Tochter bringt sie hierher mit.«

Der Mann preßte sich eine Faust an die Schläfe, als verspürte er plötzliche Schmerzen. »Es ist nicht illegal, um Zaubersprüche zu bitten. Heutzutage nicht mehr.«

»Und doch versuchen Sie, es zu verbergen, indem Sie Ihre Tochter als Botin benutzen.«

Der *ragyapa* dachte sorgfältig darüber nach. »Ich unterstütze sie. Eines Tages wird sie ein eigenes Geschäft besitzen.«

»Ein Geschäft kann sehr teuer sein.«

»Noch fünf Jahre. Ich habe es genau ausgerechnet. Die *ragyapas* haben die sichersten Berufe von ganz Tibet.« Es klang wie ein alter Witz.

»Ist Tamdin hiergewesen? Benötigen Sie deshalb die Zaubersprüche?« fragte Shan. Oder wohnt Tamdin hier, sollte er vielleicht fragen. Könnte es denn wirklich so einfach sein? Die verbitterten, abgeschobenen *ragyapas* mußten den Rest der Welt hassen, vor allem dessen hohe Beamten. Und wer wäre qualifizierter gewesen, Ankläger Jao abzuschlachten? Oder Xong De vom Ministerium für Geologie das Herz herauszuschneiden?

Der Mann seufzte. »Die Zauber sind nicht für uns hier bestimmt.«

»Wofür dann? Und für wen? Soll das heißen, Sie verkaufen sie an jemand anderen?«

»Über diese Dinge spricht man nicht.« Der Mann wischte noch einmal über die Klinge, als wolle er Shan warnen.

»Verkaufen Sie die Zauber?« wiederholte Shan. »Wollen Sie Ihrer Tochter auf diese Weise das Geschäft bezahlen?«

Der Mann schaute zu den kreisenden Vögeln empor. Ein *ragyapa*-Dorf wäre der perfekte Ort für einen Mord, erkannte Shan. Als würde man den eigenen Offizier auf dem Schlachtfeld erschießen, weil man ihn haßte. Eine zusätzliche Leiche würde gar nicht auffallen.

Der Mann antwortete nicht. Er blickte hinunter ins Dorf und sah, daß die anderen Männer ihn anstarrten. Wütend herrschte er sie an, worauf sie begannen, ihre Arbeit an den Werkzeugen fortzusetzen. Yeshe raufte seltsamerweise immer noch mit den Kindern.

Shan wandte sich wieder dem Mann zu. Der *ragyapa* war nicht nur älter als die meisten anderen, er war offenbar auch der Dorfvorsteher. »Ich möchte lediglich wissen, wer es ist. Irgend jemand muß zu verlegen oder zu ängstlich sein, um selbst nach den Sprüchen zu fragen. Ist es jemand aus der Regierung?« Der Mann drehte sich von Shan weg. »Jemand anders könnte auf die gleiche Idee kommen wie ich«, sagte Shan zu seinem Rücken. »Dieser Jemand würde vielleicht ganz andere Methoden anwenden, um Sie zu überzeugen.«

»Sie meinen die Öffentliche Sicherheit«, flüsterte der Mann. Die Kriecher würden sich bestimmt weitaus stärker als Shan für die Arbeitspapiere seiner Tochter interessieren. Sein Gesicht schien bei diesen Worten in sich zusammenzufallen. Er starrte zu Boden.

Shan nannte dem Mann seinen Namen.

Der Dorfvorsteher sah überrascht auf, denn er war solche Gesten nicht gewohnt. »Ich heiße Merak«, erwiderte er vorsichtig.

»Sie sind bestimmt sehr stolz auf Ihre Tochter.«

Merak hielt inne und betrachtete Shan nachdenklich. »Als ich ein Junge war«, sagte er, »konnte ich nie verstehen, weshalb die anderen mich nicht in ihrer Nähe haben wollten. Ich habe mich zum Stadtrand geschlichen und mich dort versteckt, nur um den anderen beim Spielen zuzusehen. Wissen Sie, wer mein bester Freund war? Ein junger Geier. Ich habe ihn darauf dressiert, zu mir zu kommen, wenn ich ihn rief. Er war das einzige Lebewesen, das mir vertraut hat, das mich so akzeptiert hat, wie ich war. Als ich eines Tages nach ihm rief, hat ein Adler sich auf ihn gestürzt. Er hat meinen Freund getötet. Hat ihn einfach so aus der Luft gepflückt, weil er auf mich geachtet hat und nicht auf den Himmel.«

»Man findet nur selten jemanden, der Vertrauen hat.«

»Wir sind auch Geier. Zumindest hält uns der Rest der Welt dafür. Mein Vater hat immer darüber gelacht. Er hat gesagt: ›Das ist der große Vorteil, den wir gegenüber allen anderen haben. Wir wissen genau, wer wir sind.‹«

»Jemand hat Sie darum gebeten, ihm einen Zauberspruch zu besorgen. Jemand, der glaubt, er habe Tamdin beleidigt.«

Merak wies mit ausholender Geste auf die Gebäude unterhalb. »Weshalb sollten wir dafür Verwendung haben?«

»Die *ragyapas* glauben nicht an Dämonen?«

»Die *ragyapas* glauben an Geier.«

»Sie haben meine Frage nicht beantwortet.«

»Zuerst erzählen Sie mir etwas.«

»Was denn?«

»Sie stammen aus dem Rest der Welt«, sagte Merak und nickte in Richtung des Tals. »Sagen Sie mir, daß Sie nicht an Dämonen glauben.«

Ein Stück weiter oben am Hang erhob sich lautes Flügelschlagen. Shan schaute hin und bereute es sofort. Zwei Geier veranstalteten ein Tauziehen um eine menschliche Hand.

Shan blickte kurz auf seine eigenen Hände und fuhr sich mit den Fingern über die Schwielen. »Ich habe schon zuviel erlebt, um Ihnen auf diese Frage antworten zu können.«

Merak nickte verständnisvoll und begleitete Shan dann schweigend zurück zum Dorf.

»Die amerikanische Mine«, sagte Shan zu Feng. Es gab noch einen *ragyapa*, fiel ihm ein, der in den hohen Gebirgsregionen herumkletterte, in denen Tamdin beheimatet war.

Yeshe streckte Shan von der Rückbank eine Kindersocke entgegen, als sei dies eine besondere Trophäe. »Haben Sie es denn nicht bemerkt?« fragte er mit bedeutungsvollem Grinsen.

»Was denn?«

»Die verschwundenen Armeebestände, die ich im Auftrag von Direktor Zhong registriert habe. Die Mützen, die Schuhe, die Hemden. Und alle haben grüne Socken getragen.«

»Ich verstehe nicht«, bekannte Shan.

»Die vermißten Vorräte. Sie sind hier. Die *ragyapas* haben sie.«

»Nein«, sagte Shan, als sie von der Hauptstraße auf die Zufahrt zum Lager Jadefrühling einbogen. »Zur Mine der Amerikaner.«

»Ja«, erwiderte Sergeant Feng. »Nur ein kurzer Zwischenstop. Es dauert nicht lange.«

Er hielt neben dem Speisesaal an, stieg aus und öffnete Shan zu dessen Überraschung die Tür. »Es dauert nicht lange«, wiederholte er.

Shan folgte ihm verwirrt, aber dann fiel es ihm wieder ein. »Sie haben mit Leutnant Chang gesprochen.«

Feng grunzte nichtssagend.

»Ist er versetzt worden? Er verbringt momentan nicht allzuviel Zeit bei der 404ten.«

»Zum gegenwärtigen Zeitpunkt? Mit zweihundert Mann Grenztruppen, die dort ihr Lager aufgeschlagen haben? Weshalb sollte er?«

»Was wollte er denn?«

»Einfach nur reden. Er hat mir von einer Abkürzung auf dem Weg zur amerikanischen Mine erzählt.«

Im Speisesaal saßen zahlreiche Soldaten in kleinen Gruppen zusammen und tranken Tee. Feng ließ den Blick durch den Raum schweifen und führte Shan dann zu drei Männern, die im hinteren Teil des Saals Mah-Jongg spielten.

»Meng Lau«, rief er. Zwei der Männer zuckten zusammen und sprangen auf. Der dritte, der Feng und Shan den Rücken zuwandte, lachte und legte einen Spielstein. Als Feng dem Mann eine Hand auf die Schulter legte, machten die anderen sich aus dem Staub.

Der Mann stieß einen erschrockenen Fluch aus und drehte sich um. Er war jung, fast noch ein Kind, mit fettigem Haar und trübem, glanzlosem Blick. Er hatte einen umgedrehten Kopfhörer aufgesetzt, dessen Bügel unter seinem Kinn zusammenliefen.

»Meng Lau«, wiederholte Feng.

Das spöttische Grinsen des Mannes verschwand. Langsam nahm er den Kopfhörer ab. Shan knöpfte seine Hemdtasche auf und zeigte ihm das Papier, das Direktor Hu mitgebracht hatte. »Haben Sie das hier unterzeichnet?«

Meng warf Feng einen kurzen Blick zu und nickte langsam. Mit seinem linken Auge stimmte etwas nicht. Es bewegte sich unbestimmt hin und her, als sei es womöglich künstlich.

»Hat Direktor Hu darum gebeten?«

»Der Ankläger war hier und wollte das so«, erwiderte Meng nervös und stand vom Tisch auf.

»Der Ankläger?«

Meng nickte. »Sein Name ist Li.«

»Demnach haben Sie ein Exemplar für Li und eines für Hu unterzeichnet?«

»Ich habe zwei Blätter unterschrieben.«

Also stimmte es, erkannte Shan. Li Aidang stellte eine eigene

Akte zusammen. Doch weshalb sollte er sich die Mühe machen, Shan ein Duplikat der Aussage zuzuspielen? Um sicherzugehen, daß Shan so schnell wie möglich zu einem Ergebnis kam? Um Shan in die Irre zu führen? Oder vielleicht, um ihn zu warnen, daß Li ihm stets einen Schritt voraus sein würde?

»Stand in beiden Aussagen das gleiche?«

Der Soldat sah zunächst unsicher zu Feng, bevor er antwortete. »Natürlich.«

»Aber wer hat die Worte zu Papier gebracht?« fragte Shan.

»Das sind meine Worte.« Meng wich einen Schritt zurück.

»Haben Sie in jener Nacht einen Mönch gesehen?«

»So steht es in der Aussage.«

Die Worte schienen Feng einen Moment lang die Sprache zu verschlagen. Dann wurde er wütend. »Du kleiner Hosenscheißer!« brüllte er. »Antworte gefälligst klar und deutlich!«

»Waren Sie in jener Nacht im Dienst, Gefreiter Meng?« fragte Shan. »Ihr Name stand nicht auf dem Dienstplan.«

Der Soldat fing an, an seinem Kopfhörer herumzunesteln. »Manchmal tauschen wir die Dienste.«

Fengs Hand zuckte vor und verpaßte dem Soldaten eine Ohrfeige. »Der Inspektor hat dir eine Frage gestellt.«

Shan sah Feng überrascht an. Der Inspektor.

Meng musterte den Sergeanten ausdruckslos, als sei er es gewohnt, geschlagen zu werden.

»Haben Sie in jener Nacht einen Mönch gesehen?« fragte Shan erneut.

»Ich bin als Zeuge für die Verhandlung geladen, und daher glaube ich, daß ich mit niemandem sprechen darf.«

Im ersten Moment legte Fengs Gesicht sich abermals in zornige Falten, die jedoch unmittelbar darauf wieder verschwanden. Der Soldat hatte sie allerdings schon bemerkt und war noch ein Stück zurückgewichen. »Es ist politisch«, murmelte er und rannte weg. Feng starrte ihm hinterher und sah dabei nicht länger wütend, sondern verletzt aus.

Der Sergeant machte keinen Hehl aus seiner Mißstimmung,

fuhr die Gänge bis in hohe Drehzahlbereiche aus und bremste kaum an den Kreuzungen, bis sie die Nordklaue erreichten und den langen Aufstieg zur Mine der Amerikaner begannen.

»Hier«, murmelte er schließlich und zog eine Zellophantüte aus der Tasche. »Kürbiskerne.« Er reichte die Tüte an Shan weiter. »Richtig gute, nicht dieser fade Mist, den man auf dem Markt bekommt. Gesalzen. Hol ich mir immer von der Verpflegungsstelle.«

Bedächtig und schweigend kauten sie ihre Kerne, wie zwei alte Männer auf einer Parkbank in Peking. Wenig später beugte Feng sich vor und achtete besonders auf den Straßenrand.

»Chang hat gesagt, man würde eine ganze Stunde sparen«, erklärte Feng, als er auf einen ausgetretenen Weg einbog, der kaum mehr als ein Ziegenpfad zu sein schien. »Auf diese Weise können wir rechtzeitig zum Abendessen zurück sein.«

Nach fünf Minuten näherte der Pfad sich dem Kamm eines Bergrückens. Rechts, kaum einen Meter vom Wagen entfernt, ging es beinahe senkrecht in die Tiefe. Mehr als hundert Meter unter ihnen war ein großes Geröllfeld auszumachen.

»Wie soll dieser Weg denn zu den Amerikanern führen?« fragte Yeshe nervös. »Wir müssen doch noch den Abgrund überqueren.«

»Mach ein Nickerchen«, brummte Feng. »Spar deine Kräfte für all die Arbeit, die bei der 404ten auf dich wartet.«

»Was soll das denn heißen?« fragte Yeshe beunruhigt.

»Ich habe mit der Sekretärin des Direktors gesprochen, ganz wie du mich gebeten hast. Sie hat gesagt, momentan würde niemand am Computer arbeiten. Der Direktor hat angeordnet, man solle einfach alles ansammeln, weil in zwei Wochen jemand kommt.«

»Das könnte auch jemand anders sein«, protestierte Yeshe.

Feng schüttelte den Kopf. »Sie hat einen der Offiziere in der Verwaltung gefragt, und der hat gesagt, der tibetische Bengel des Direktors würde zurückkommen.«

Von hinten war ein leises Stöhnen zu vernehmen. Shan drehte sich um und sah, daß Yeshe vornübergebeugt dasaß und die Hände vor das Gesicht geschlagen hatte. Bekümmert wandte Shan sich ab. Er hatte es Yeshe bereits gesagt. Es war an der Zeit für ihn, sich zu entscheiden, wer er war.

Plötzlich hob Shan die Hand. »Da …«, sagte er, als Sergeant Feng das Tempo verringerte, und wies auf frische Reifenspuren, die vom Pfad abbogen und hinter der Kammlinie verschwanden.

»Also sind wir nicht die einzigen, die diese Abkürzung benutzen«, sagte Feng wie zur Rechtfertigung.

Viele andere auch, dachte Shan – zum Beispiel Amerikaner auf der Suche nach alten Schreinen.

Shan öffnete die Tür und ging vorsichtig um den Wagen herum, wobei er besonders auf die jähe Abbruchkante achtete. Er hob einen Heidekrautstengel auf, der inmitten der Spur lag, und reichte ihn Feng. »Riechen Sie mal. Der wurde vor noch nicht einmal einer Stunde zerbrochen.«

»Und das heißt?«

»Das heißt, daß ich dieser frischen Fährte folgen werde. Der Weg vor Ihnen führt um diese Felsformation herum und dann zum Kamm. Ich treffe Sie auf der anderen Seite.«

Feng runzelte die Stirn, fuhr aber langsam wieder an.

Während Shan den Hang hinaufstieg, versuchte er, die Lage der verschiedenen Orte einzuordnen. Die Schädelhöhle lag knapp anderthalb Kilometer von hier entfernt. War das hier der Hintereingang der Amerikaner? Waren Fowler und Kincaid so dumm gewesen, zu dem Schrein zurückzukehren? Als er sich dem Grat näherte, hörte er ein eigentümliches Geräusch. Wie Glocken, dachte er. Nein, Trommeln. Ein paar Meter weiter erkannte er, daß es sich um Rockmusik handelte. Als er den Kamm erreichte, ging er sofort in die Hocke und wich ein Stück zurück. Da stand zwar ein Geländefahrzeug, aber es gehörte nicht den Amerikanern. Der Wagen war leuchtend rot.

Nachdem Shan sich von dem Schreck erholt hatte, streckte er vorsichtig den Kopf zwischen den Felsen hervor. Es war der große Land Rover, den Hu gefahren hatte, aber die Gestalt auf dem Fahrersitz, die im Takt der Musik auf das Lenkrad trommelte, war zu groß, als daß es sich um Hu hätte handeln können.

Es ergab keinen Sinn, an dieser Stelle anzuhalten. Man konnte keine weitere Menschenseele sehen, niemanden, auf den der Wagen vielleicht gewartet hätte. Es gab nicht einmal sonderlich viel Landschaft zu betrachten, weil die vorstehenden Felsen den Blick entlang des Abhangs größtenteils verwehrten.

Shans Neugier führte dazu, daß er, ohne sich dessen bewußt zu sein, langsam aufstand. Hinter dem Wagen hatten sich frische Erdhaufen aufgetürmt, und vor dem Fahrzeug befand sich ein riesiger, anderthalb Meter hoher Felsblock, der gefährlich nahe am oberen Rand einer Böschung lag, die steil zum Weg hin abfiel. Plötzlich richtete der Mann hinter dem Steuer sich auf und schaute angestrengt zum Pfad hinunter. Der Wagen mit Feng und Yeshe kam in Sicht. Die Gestalt in dem Land Rover hob die Faust wie bei einer Siegesgeste und gab Vollgas.

»Nein!« schrie Shan und rannte auf den Wagen zu. Die Räder drehten durch und schleuderten noch mehr Erde empor. Der Felsblock bewegte sich.

Shan rannte durch die Staubwolke hindurch und hämmerte heftig gegen das Fenster auf der Fahrerseite. Der Mann drehte sich um und starrte ihn völlig verblüfft an. Es war Leutnant Chang.

Shan konnte sehen, wie er nach dem Schalthebel griff. Im ersten Moment schien der Wagen ein Stück zurückzurollen, als Chang dort herumhantierte. Dann machte das Fahrzeug einen Satz nach vorn. Mit einem mächtigen Ruck kippten sowohl der Felsblock als auch der Land Rover über die Kante nach unten.

Shan sah wie in Zeitlupe, daß Feng anhielt und dann mit Yeshe genau in der Sekunde aus dem Wagen sprang, als der Felsblock an ihnen vorbeisauste und im Abgrund verschwand. Der Land Rover fiel seitlich auf den Abhang und rollte die steile Böschung hinunter. Glas zerbarst, Metall knirschte, und die Räder drehten sich noch immer. Mitten in der Umdrehung erreichte der Wagen den Weg und landete in einer Staubwolke auf der Fahrerseite. Die vordere Hälfte des Fahrzeugs ragte hinaus in den Abgrund.

Shan erreichte den Pfad völlig außer Atem genau in dem

Augenblick, als ein Arm sich durch das zerbrochene Beifahrerfenster streckte. Chang erschien in der Öffnung und fing an, sich hinauszuziehen. Seine Stirn war mit Blut beschmiert. Die Musik spielte noch immer.

Leutnant Chang hielt in der Bewegung inne und rief nach Feng, der in drei Metern Entfernung stand. In diesem Moment ächzte das Metall, und irgend etwas gab nach. Chang schrie auf. Der Wagen rutschte ein paar Zentimeter weiter über die Kante und blieb dann wieder liegen.

Auf Changs Gesicht zeichnete sich Angst ab. »Sergeant!« brüllte er. »Holen Sie mich ...«

Er konnte den Satz nicht mehr beenden. Der Land Rover kippte ganz plötzlich zur Seite und verschwand außer Sicht. Sie konnten noch immer die Musik hören, während er fiel.

Schweigend fuhren sie den Weg zurück, auf dem sie gekommen waren, bis sie wieder die Hauptstraße erreichten. Sergeant Feng war völlig durcheinander. Seine Hände am Lenkrad zitterten. Auch wenn er sich noch so sehr dagegen sträubte, Shan wußte, daß Sergeant Feng der Wahrheit letztendlich nicht ausweichen konnte. Chang hatte versucht, auch ihn zu ermorden.

Als sie schließlich den Bergkamm oberhalb der Bor-Mine soeben hinter sich gelassen hatten, bedeutete Shan dem Sergeanten, er möge anhalten. Da war ein Schrein, den er bei ihrem ersten Besuch gar nicht bemerkt hatte, auf einem Vorsprung, hundert Meter über dem Talgrund. Rund um einen Steinhaufen flatterten Gebetsfahnen. Manche waren lediglich bunte Stofffetzen. Andere waren riesige Banner, auf die man Gebete gemalt hatte und die von den Tibetern Pferdefahnen genannt wurden.

»Ich möchte mehr über diesen Schrein wissen«, sagte er zu Yeshe und Feng, als sie den Wagen abstellten. »Sucht nach einem Weg dort hinauf. Versucht herauszufinden, wer den Schrein errichtet hat und woher die Leute gekommen sind.«

Yeshe legte den Kopf in den Nacken und schaute neugierig zum Schrein empor. Dann ging er los, ohne sich noch einmal umzudrehen. Feng bedachte Shan mit einem mürrischen Blick. Dann aber zuckte er die Achseln, überprüfte die Munition in seiner Pistole und lief Yeshe hinterher.

Das Büro der Mine war beinahe leer, als Shan eintrat. Die Frau, die den Tee serviert hatte, saß schlafend auf einem Hocker und hatte sich an die Wand gelehnt. Zwei Männer in schmutziger Arbeitskleidung standen über den großen Tisch gebeugt. Einer nickte Shan grüßend zu, als dieser sich näherte. Es war Luntok, der *ragyapa*-Ingenieur. Die rote Tür am Ende des Raums war auch diesmal wieder geschlossen. Man hörte dahinter Stimmen und das leise Summen elektronischer Geräte.

Die beiden Männer nahmen Abmessungen auf einer der bunten Karten vor, die Shan zuvor schon gesehen hatte. In der Mitte befand sich ein blaues Rechteck, darunter mehrere Reihen kleinerer blaugrüner Rechtecke. Plötzlich erkannte Shan die Abbildungen.

»Das sind die Teiche, nicht wahr? Ich habe noch nie eine solche Karte gesehen«, staunte er. »Fertigen Sie die hier selbst an?«

Luntok blickte auf. »Das ist besser als eine Karte. Es ist ein Foto. Von oben, von einem Satelliten.«

Shan starrte ihn verblüfft an. Satellitenfotos lagen nicht jenseits seiner Vorstellungskraft; er hatte hier lediglich nicht damit gerechnet. Tibet existierte fürwahr in vielen verschiedenen Jahrhunderten zugleich.

»Wir müssen über die Schneeschmelze Bescheid wissen«, erklärte Luntok. »Über den Pegelstand und Verlauf der Flüsse, über Lawinen oberhalb von uns, über den Zustand der Straßen, wenn die Lieferungen verschickt werden. Ohne diese Bilder würden wir jede Woche Beobachtungsteams in die Berge schicken müssen.«

Luntok wies auf die Teiche der Mine, die Gebäude des Lagers und ganz am linken Rand auf eine Ansammlung geometrischer Formen, die den Außenbezirk der Stadt Lhadrung darstellten. Mit dem Finger umriß er den großen Damm am oberen Ende des Drachenschlunds, legte die Karte dann beiseite und wies auf ein zweites, früheres Foto. »So hat das vor zwei Wochen ausgesehen, kurz bevor die Arbeiten daran abgeschlossen wurden.« Ungefähr in der Mitte des Damms sah Shan ein paar Farbflecke, bei denen es sich um Arbeitsmaschinen handeln mußte.

»Aber wie kommt man an solche Bilder?«

»Es gibt einen amerikanischen und einen französischen Satelliten. Wir haben Abonnements. Die Oberfläche der Erde ist in einzelne Sektionen unterteilt. Aus einem Katalog können wir das Bild einer bestimmten Sektion per Angabe der Nummer anfordern. Dieses Bild wird dann an unseren Computer übertragen«, sagte er und deutete mit dem Daumen auf die rote Tür.

»Aber die Armee ...«

»Es gibt eine Lizenz«, erklärte Luntok geduldig. »Das ist alles ganz legal.«

Ein westliches Unternehmen erhielt die Lizenz, eine Technik zu nutzen, mit der sich nicht nur Schneeansammlungen, sondern genauso einfach Truppenbewegungen, Luftmanöver und Armeeliegenschaften beobachten ließen. Die Amerikaner hatten ein echtes Wunder vollbracht, in Tibet eine solche Genehmigung zu bekommen.

Shan fand die Straße, die zu der Mine führte. Sie erschien als winzige graue Linie, die zwischen den Schatten der Berggipfel zu sehen war. Er entdeckte die nördliche Straße, die bis zum Kloster Saskya verlief, und schließlich auch die Baustelle der 404ten. Die neue Brücke war ein schmaler Strich, der das gewundene graue Band des Drachenschlunds überquerte.

Shan nahm neben Luntok Platz. »Ich bin im *ragyapa*-Dorf gewesen«, verkündete er. Der Mann neben Luntok erstarrte und warf dem Ingenieur einen Blick zu, während dieser nicht reagierte und weiterhin die Karten in Augenschein nahm. Der Mann griff sich seine Mütze und verließ das Gebäude.

»Ich habe mit Merak gesprochen«, sagte Shan. »Kennen Sie Merak?«

»Es ist eine kleine Gemeinschaft«, stellte Luntok lakonisch fest.

»Es muß schwierig sein.«

»Es gibt inzwischen Quoten für uns. Ich durfte die Universität besuchen. Ich habe eine gute Anstellung.«

»Ich meine für die anderen. Sie sehen die Leute hier und in der Stadt und wissen gleichzeitig, daß die meisten von ihnen den Absprung niemals schaffen werden.«

Luntoks Augen verengten sich, aber er wandte sie nicht von der Fotokarte ab. »Die *ragyapas* sind stolz auf ihre Arbeit. Es ist eine heilige Pflicht, die einzige religiöse Praktik, die ohne Einschränkung auch weiterhin ausgeübt werden darf.«

»Sie scheinen gut versorgt zu werden. Glückliche Kinder. Viel warme Kleidung.«

Als wäre Shans Bemerkung das Stichwort, auf das er gewartet hatte, nahm auch Luntok seine Mütze und stand auf. »Es bringt angeblich Unglück, einen *ragyapa* zu schlecht zu bezahlen«, sagte er mit einem argwöhnischen Blick, drehte sich um und ging.

Shan zweifelte nicht daran, daß die *ragyapas* in der Lage gewesen wären, den Mord an Jao durchzuführen. Waren die Armeevorräte eine Belohnung gewesen? Falls ja, hatte jemand anders sie für die Ermordung Jaos bezahlt. Jemand, der auf Militärbestände zugreifen konnte. Shan ging zurück in den ersten Raum und sah sich dort um. Die Frau schnarchte inzwischen. Sonst war niemand dort. Shan ging zu der roten Tür und öffnete sie.

Ingesamt vier Computerterminals beherrschten das Zimmer. Auf einem großen Konferenztisch standen als Überreste eines Mittagessens ein paar Schalen, an deren Rändern noch Nudeln klebten. Zwei Chinesen in westlicher Kleidung saßen da, blätterten in Hochglanzkatalogen und tranken Tee. Einer von ihnen hatte sich eine Baseballkappe tief in die Stirn gezogen. Aus einer teuren Stereoanlage erklang westliche Rockmusik. An einem Schreibtisch in der Ecke des Raums saß Tyler Kincaid und reinigte seine Kamera.

»Genosse Shan«, sagte eine vertraute Stimme aus dem hinteren Teil des Zimmers. Li Aidang erhob sich von einem Sofa. »Wenn ich doch nur Bescheid gewußt hätte, dann hätte ich

Ihnen selbstverständlich angeboten, gemeinsam mit mir herzufahren.« Er wies auf den Tisch. »Wir treffen uns hier zweimal im Monat zum Mittagessen. Die Aufsichtskommission.«

Shan ging langsam im Zimmer umher. Auf einem der Lautsprecher lag eine leere Kassettenhülle. The Grateful Dead, stand darauf. Vielleicht hatte Chang diese Kassette gehört, als er und sein Wagen in den Abgrund stürzten, dachte Shan ohne Reue. Aus einem kleinen Kühlschrank holte Li eine Coca-Cola hervor und streckte sie Shan entgegen.

An einer der Wände waren Fotokarten angebracht. An einer anderen hatte man mit Stecknadeln Fotografien befestigt: weitere Studien tibetischer Gesichter, die mit der gleichen Feinfühligkeit aufgenommen worden waren, wie Shan sie in Kincaids Büro gesehen hatte. Li gab ihm die Limonade.

»Mir war gar nicht bewußt, daß das Büro des Anklägers sich für Mineralabbau interessiert«, sagte Shan und stellte die Dose auf den Tisch, ohne sie zu öffnen.

»Wir sind das Justizministerium. Die Mine ist die einzige ausländische Investition im ganzen Bezirk. Die Volksregierung muß sicherstellen, daß alles erfolgreich verläuft. Es gibt so vieles zu bedenken. Die Organisation der Arbeit, Exportgenehmigungen, Devisenbescheinigungen, Arbeitserlaubnisse, Umweltschutzbestimmungen. In all diesen Angelegenheiten muß das Ministerium konsultiert werden.«

»Ich hatte ja keine Ahnung, daß Bor ein solch wichtiges Produkt darstellt.«

Der stellvertretende Ankläger lächelte großmütig. »Wir möchten, daß unsere amerikanischen Freunde auch weiterhin zufrieden sind. Ein Drittel der Lizenzgebühren verbleibt im Bezirk. Nach drei Jahren der Produktion werden wir in der Lage sein, eine neue Schule zu bauen. Nach fünf Jahren vielleicht eine neue Klinik.«

Shan ging zu einem der Computermonitore, die näher bei Kincaid standen. Endlose Zahlenkolonnen liefen über den Bildschirm.

»Unseren Freund, den Genossen Hu, kennen Sie ja bereits«,

sagte Li und wies auf den ersten der beiden Männer am Tisch. Hu salutierte genauso spöttisch in seine Richtung, wie zuvor, als er Shan in Tans Büro zurückgelassen hatte. Mit der Kappe auf dem Kopf hatte Shan ihn nicht erkannt. Er nahm den Direktor der Minen genauer in Augenschein. War Hu überrascht, ihn zu sehen?

»Genosse Inspektor«, grüßte Hu ihn kurz angebunden, musterte Shan einen Moment lang mit seinen kleinen Käferaugen und widmete sich dann wieder dem Katalog. Darin waren Bilder von lächelnden blonden Paaren zu sehen, die im Schnee standen und leuchtendbunte Pullover trugen.

»Geben Sie immer noch Fahrstunden, Genosse Direktor?« fragte Shan und versuchte so zu tun, als würde der Computer ihn ablenken.

Hu lachte.

Li deutete auf den zweiten Mann, eine gepflegte, athletische Gestalt, die langsam aufstand, um Shan besser abschätzen zu können. »Der Major gehört zum Grenzkommando.« Li sah Shan bedeutungsvoll an. »Er verfügt über Mittel und Wege, um unser Projekt zu unterstützen.« Der Major, sonst nichts. Er wirkte so geschniegelt, als wäre er direkt den Seiten des Katalogs entstiegen, dachte Shan zuerst. Aber dann wandte er Shan das Gesicht zu. Über seine linke Wange verlief ein Streifen Narbengewebe; es konnte nur von einer Schußverletzung herrühren. Seine Lippen verzogen sich zu einem als Gruß gedachten Lächeln, aber seine Augen blieben leblos. Es war die altbekannte Überheblichkeit. Der Major, beschloß Shan, gehörte zum Büro für Öffentliche Sicherheit.

»Eine faszinierende Anlage«, sagte Shan geistesabwesend und schlenderte weiter im Raum umher. »Voller Überraschungen.« Er blieb vor den Fotos stehen.

»Ein Triumph des Sozialismus«, stellte der Major fest. Seine Stimme hatte einen jungenhaften Klang, der von seinem Gesichtsausdruck Lügen gestraft wurde.

Tyler Kincaid nickte Shan ruhig zu, sagte jedoch nichts. Sein halber Unterarm war in ein großes Stück Gaze gewickelt, das man mit Heftpflaster über einer relativ frischen Verletzung befestigt hatte. Durch die Gaze hindurch konnte man einen dunklen Fleck erkennen, der von getrocknetem Blut stammte.

»Genosse Shan ermittelt in einem Mordfall«, erklärte Li dem Major. »Früher hat er Antikorruptionskampagnen in Peking geleitet. Er hat zum Beispiel die berüchtigte Hainan-Affäre aufgedeckt.« Durch diesen Fall hatte Shan für einige Monate regelrechte Berühmtheit erlangt. Er fand heraus, daß Provinzbeamten der Insel Hainan Schiffsladungen voller japanischer Automobile kauften – und das für eine Insel, deren Straßennetz nur etwa hundertfünfzig Kilometer umfaßte –, um diese dann auf dem Schwarzmarkt ins Festland zu verschieben. Doch das lag fünfzehn Jahre zurück. Mit wem hatte der stellvertretende Ankläger gesprochen? Mit Direktor Zhong? Mit Peking?

Shan musterte den Major, der Lis Ausführungen keine Beachtung schenkte. Sein Blick hatte nicht bedrohlich gewirkt und seine Stimme nicht fragend, obwohl Shan hier unaufgefordert eingedrungen war. Er wußte bereits, um wen es sich bei Shan handelte.

»Und hier befindet sich auch Ihre Telefonanlage?« fragte Shan den Amerikaner.

Kincaid stand auf und rang sich ein Lächeln ab. »Da drüben«, sagte er und wies auf einen kleinen Tisch an der Wand, auf dem sich eine Konsole befand, über der wiederum ein Lautsprecher hing. »Möchten Sie sich aus New York eine Pizza bestellen?«

Li und der Major lachten angestrengt.

»Und die Karten?«

»Karten? Wir verfügen über eine komplette Handbibliothek mit Atlanten und technischen Zeitschriften.«

»Ich meine die Satellitenbilder.«

»Erstaunlich, nicht wahr?« schaltete Li sich ein. »Als wir sie zum erstenmal gesehen haben, kam es uns wie ein Wunder vor. Die Welt sieht so anders aus.« Er ging zu Shan und beugte sich vor. »Wir müssen über unsere Akten sprechen, Genosse«, flüsterte er ihm ins Ohr. »Es sind nur noch wenige Tage bis zum Prozeß, und es besteht kein Anlaß zu übertriebener Zurückhaltung.«

Noch während Shan über das Angebot des stellvertretenden

Anklägers nachdachte, ging die Tür auf, und Luntok erschien. Er nickte Kincaid zu und verschwand schnell wieder. Die Tür ließ er hinter sich offenstehen. Kincaid streckte sich und forderte Shan mit einer einladenden Geste auf, ihm zu folgen. »Der Nachmittagskletterkurs. Wollen Sie sich nicht auch mal mit uns abseilen?«

»Sie klettern trotz Ihrer Verletzung?«

»Das hier?« fragte der Amerikaner leutselig und hob den Arm. »Das ist nicht weiter schlimm. Ich bin bloß an einem gezackten Stück Quarz hängengeblieben. Davon lasse ich mich nicht beeindrucken. Wissen Sie, man muß sich immer wieder aufrappeln.«

Li lachte erneut und ging zurück zum Sofa. Hu blätterte weiter in seinen Katalogen. Der Major zündete sich eine Zigarette an und schob Shan mit einem durchdringenden Blick zur Tür hinaus.

Draußen saß Rebecca Fowler auf der Motorhaube ihres Wagens und schaute ins Tal hinunter.

Shan dachte nicht, daß sie ihn bemerkt hatte, bis sie plötzlich das Wort ergriff. »Ich kann mir nicht einmal vorstellen, wie das für Sie sein muß«, sagte sie.

Ihr Mitleid war ihm unangenehm. »Falls man mich nicht nach Tibet geschickt hätte, hätte ich auch nie die Tibeter kennengelernt.«

Sie wandte sich mit einem traurigen Lächeln zu ihm um und griff in die große Tasche ihrer Nylonweste. »Hier«, sagte sie und holte zwei Taschenbücher hervor. »Bloß zwei englische Romane. Ich dachte, Sie würden vielleicht ...«

Shan nahm die Bücher und neigte zum Dank leicht den Kopf. »Das ist sehr nett von Ihnen. Ich habe schon lange keinen englischen Text mehr gelesen.« Die Bücher hätten in der Tat einen echten Schatz bedeutet. Allerdings würde man sie konfiszieren, sobald man ihn wieder zur 404ten schickte. Er brachte es nicht übers Herz, Miss Fowler davon zu erzählen.

Er lehnte sich gegen den Wagen und schaute zu den umliegenden Bergen empor. Die schneebedeckten Gipfel glühten in der Sonne des späten Nachmittags. »Die Soldaten sind weg«, stellte er fest.

Fowler folgte seinem Blick zu den Teichen. »Ist nicht auf meinem Mist gewachsen. Die Männer wurden zu irgendeinem Notfall abberufen.«

»Einem Notfall?«

»Der Major hatte etwas damit zu tun.«

Shan ging vorn um den Wagen herum und ließ den Blick über das Gelände schweifen. Jemand saß auf einem der Wälle und starrte auf die Berge. Shan kniff die Augen zusammen und erkannte, daß es sich um Yeshe handelte. Sergeant Feng saß auf der Motorhaube ihres Wagens. Als Shan zu dem Bereich hinter den Gebäuden schaute, erstarrte er in der Bewegung. Hinter dem ersten Haus stand ein vertrautes Fahrzeug. Ein roter Land Rover. Noch ein roter Land Rover. »Wessen Wagen ist das?«

Fowler blickte auf. »Der rote? Muß wohl der von Direktor Hu sein.«

Er widerstand dem Impuls, zu dem Auto zu laufen und es zu durchsuchen. Die Mitglieder der Kommission konnten jeden Moment hier draußen auftauchen.

»Gehören diese Land Rover alle zum Ministerium für Geologie?«

»Kein Ahnung. Ich glaube, nicht. Ich habe gesehen, daß der Major einen davon fährt.«

Shan nickte, als habe er mit dieser Antwort gerechnet. »Was wissen Sie über diesen Major?«

»Ein ziemlich einflußreicher Hurensohn, mehr nicht. Er macht mir angst.«

»Wieso gehört er der Kommission an?«

»Weil wir hier so nah an der Grenze sind. Es war eine Bedingung für unsere Satellitenlizenz.«

Der Mann kam Shan irgendwie bekannt vor. Dann fiel es ihm ein, und sein Magen zog sich zusammen. Jigmes Beschreibung des Mannes, der gekommen war, um Sungpo zu holen. Ein Mann mit einem Einschnitt im Gesicht, einer tiefen Narbe. Sein Name, hatte Jigme gesagt, sei Mah Joa gewesen.

»Was ist, wenn es nicht Hu war, der Ihre Betriebserlaubnis außer Kraft setzen wollte?«

»Er hat die Anweisung unterschrieben.«

»Als Direktor der Minen mußte er das auch, aber er hat vielleicht auf fremde Veranlassung gehandelt. Oder um jemandem einen politischen Gefallen zu tun.«

»Was meinen Sie damit?« fragte Fowler mit plötzlichem Interesse.

»Ich weiß nicht, was ich damit meine.« Er schüttelte mutlos den Kopf. »Ich soll eigentlich Anworten finden, aber ich stoße bloß auf immer mehr Fragen.« Er schaute hinaus auf die Teiche.

Auf den Wällen waren in gemächlichem Tempo Arbeiter mit Schaufeln und Rohrleitungen unterwegs. Yeshe befand sich auf dem Rückweg, und auch Feng kam jetzt zu ihm herüber.

»Hat jemand … haben Sie eine Zeremonie abgehalten? Für Ihre Arbeiter.«

Sie sah ihn erschrocken an. »Das hätte ich fast vergessen … es war ja Ihre Idee, nicht wahr?« Die Nervosität war ihr deutlich anzumerken.

»Ich hätte nicht gedacht, daß es so schnell gehen würde.«

Die Amerikanerin sprang vom Wagen und bedeutete ihm, ihr entlang der Gebäude zu folgen.

»Wer war der Priester, der hergekommen ist?«

»Er hat seinen Namen nicht genannt«, erwiderte Fowler beinahe flüsternd. »Ich glaube, wir sollten absichtlich nicht erfahren, wie er heißt. Ein alter Priester. Sehr merkwürdig.«

»Wie alt?«

»Nicht alt an Jahren. Mittleres Alter. Aber alt an Erfahrung. Irgendwie zeitlos. Spindeldürr. Ein Asket, schätze ich.«

»Und weshalb kam er Ihnen merkwürdig vor?«

»Er wirkte wie aus einem anderen Jahrhundert. Seine Augen. Ich weiß nicht. Manchmal schien es, als würde er niemanden sehen. Oder als würde er Dinge sehen, die wir anderen nicht sehen konnten. Und seine Hände.«

»Seine Hände?«

»Er hatte keine Daumen.«

An der Seite des letzten Gebäudes, zum Tal hin, befand sich

ein zusammengesetzter Zauberspruch, dessen Größe etwa eine Armeslänge im Quadrat betrug. Er bestand aus komplexen Piktogrammen und Schriftzeichen. Zu beiden Seiten stand je ein Pfosten, an dem Gebetsfahnen hingen.

Yeshe erschien hinter Shan und murmelte etwas vor sich hin. Es klang wie ein Gebet. »Starke Magie«, keuchte er. Er hielt wie zum Schutz seinen Rosenkranz hoch und wich ein Stück zurück.

»Was ist das?« fragte Shan. Er erinnerte sich noch von seinem ersten Besuch her an dieses Gebäude. Ein paar Tibeter waren herausgekommen und hatten auf irgend etwas gewartet.

»Es ist sehr alt und sehr geheim«, flüsterte Yeshe.

»Nein«, wandte Fowler ein. »Es ist nicht alt. Sehen Sie sich doch mal das Papier an. Es ist auf der Rückseite bedruckt.«

»Ich meine, die Zeichen sind alt. Ich kann sie nicht alle lesen. Und selbst dann wäre es mir nicht erlaubt, sie zu rezitieren. Worte der Macht.« Yeshe schien wirklich erschrocken zu sein. »Gefährliche Worte. Ich weiß nicht, wer ... die meisten der Lamas, die die Macht besessen haben, solche Worte zu schreiben, sind längst tot. In Lhadrung weiß ich von keinem einzigen.«

»Falls er eine weite Reise hinter sich hatte, muß er aber ziemlich schnell gewesen sein«, sagte sie und sah Shan an.

»Die Alten«, flüsterte Yeshe, auf den der Zauber offenbar nachhaltigen Eindruck gemacht hatte. »Diejenigen, die über solche Kräfte verfügten. Sie würden sagen, sie hätten das Pfeilritual zum Flug benutzt. Sie konnten zwischen den Dimensionen wechseln.«

Nein, war Shan versucht zu sagen, der Zauber hatte keinen langen Weg hinter sich. Doch eine Reise durch die Dimensionen war vorstellbar.

Fowler grinste verunsichert. »Das sind doch nur Worte.«

Yeshe schüttelte den Kopf. »Es sind nicht nur Worte. Man kann solche Worte nicht schreiben, solange man nicht über die entsprechende Macht verfügt. Nein, Macht ist nicht das richtige Wort. Weitblick. Zugriff auf gewisse Kräfte. Nach der Lehre der alten Schulen würde ich oder jemand anders, der nicht dazu befugt ist, bei dem Versuch, so etwas zu schreiben …« Yeshe zögerte.

»Ja?« fragte Fowler.

»Ich würde in tausend Stücke gerissen.«

Shan trat vor und nahm das Papier genauer in Augenschein.

»Aber was bewirkt es?« fragte Fowler.

»Es geht um den Tod und um Tamdin.«

Sie erschauderte.

»Nein«, berichtigte Yeshe sich. »Das ist nicht ganz richtig. Es ist schwierig zu erklären. Es ist wie ein Wegweiser für Tamdin. Es rühmt seine Taten. Seine Taten sind der Tod. Allerdings ein guter Tod.«

»Ein guter Tod?«

»Ein schützender Tod. Ein transportierender Tod. Es bietet ihm die Hilfe aller Seelen hier an, um einen Pfad zur Erleuchtung zu finden.«

»Ich denke, es geht um den Tod?«

»Tod und Erleuchtung. Manchmal benutzen die alten Priester das gleiche Wort dafür. Es gibt viele verschiedene Arten des Todes. Und viele verschiedene Arten der Erleuchtung.« Yeshe drehte sich kurz zu Shan um, als sei ihm auf einmal klargeworden, was Shan zu ihm gesagt hatte.

»Alle Seelen hier?« fragte Fowler. »Wir?«

»Vor allem wir«, sagte Shan ruhig und ging näher an den Zauberspruch heran.

»Niemand hat mich gefragt, ob ich meine Seele zur Verfügung stellen möchte«, sagte Rebecca Fowler und wollte damit einen Scherz machen. Aber sie lächelte nicht.

Shan fuhr mit den Fingern über das Flickwerk. Es bestand aus dreißig oder vierzig kleinen Papierstücken, die von menschlichem Haar zusammengehalten wurden. Er brauchte nicht auf die Rückseite zu schauen, um festzustellen, daß manche der Blätter aus den Kontrollbüchern der Wachen der 404ten stammten. Er hatte selbst gesehen, wie dieser Zauberspruch angefertigt wurde.

»Und das ist alles, was dieser Priester gemacht hat?« fragte Shan.

»Nein, da war noch etwas. Er hat diesen Schrein auf dem Berg errichten lassen.« Sie wies auf den Schrein, der Shan zuvor bereits aufgefallen war. »Ich soll dort heute nacht hingehen.«

»Warum Sie? Wieso heute nacht?«

Fowler antwortete nicht, sondern führte sie in das Haus, das sich als ein Wohngebäude der Arbeiter erwies. Der erste Raum schien als Erholungszone gedacht zu sein, aber er war leer. In den Regalen stapelten sich Puzzlespiele, Bücher und Schachbretter. Die Stühle und Tische waren beiseite geschoben worden und standen vor den Regalen. In einer leeren Konservendose verbrannte Weihrauch. Ein kleiner Tisch stand genau in der Mitte des Raums. Auf ihm lag ein Bündel, umgeben von flackernden Butterlampen.

»Luntok hat es bei einem der Teiche gefunden«, sagte Fowler. »Ein Geier hatte es dort fallengelassen. Zuerst dachten wir, es würde von einem Menschen stammen.«

»Luntok?«

»Er kommt aus einem dieser alten Dörfer, wo man ... Sie wissen schon, Himmelsbegräbnisse. Er fürchtet sich nicht vor solchen Dingen.«

»Kennt er Direktor Hu?« fragte Shan. »Oder den Major? Spricht er mit den beiden?«

»Keine Ahnung«, erwiderte die Amerikanerin verwirrt. »Ich glaube, nicht. Er ist wie die meisten anderen Arbeiter, denke ich. Regierungsbeamte jagen ihnen Angst ein.«

Shan wollte nachhaken und sie fragen, wie es kam, daß Luntok für sie arbeitete, aber sie schien plötzlich nicht mehr imstande zu sein, ihn zu hören. Sorgenvoll starrte sie das Bündel an. »Die Arbeiter sagen, wir müssen es heute nacht zurückgeben.« Ihre Stimme zitterte. »Sie sagen, es sei die Aufgabe des Dorfvorstehers. Und daß ich hier diesen Posten innehabe.«

Shan trat vor und schlug das Bündel auf. Es war eine abgetrennte Hand, eine riesige verkrümmte Hand mit langen, grotesk proportionierten Fingern, die in Krallen endeten, welche von einer dünnen Silberschicht überzogen waren.

Es war die Hand eines Dämons.

Kapitel Zwölf

Kham war eine unermeßlich weite und wilde Landschaft, die nicht nur auf dem Dach der Welt lag, sondern scheinbar auch an deren äußerstem Ende. Es war ein Land, das sich mit aller Macht dagegen zu sträuben schien, gezähmt oder bezwungen zu werden, ein Land, wie Shan es noch nie erlebt hatte. Ein stetiger Wind fuhr über das einsame Hochplateau und verwandelte den Himmel in ein ständig wechselndes Mosaik aus schweren Wolken und leuchtenden blauen Flecken. Als Sergeant Feng wieder einmal anhielt, um seine Karte zu konsultieren, hörte Shan flüchtige, unidentifizierbare Geräusche, als würde der Wind Stimmen und Rufe mit sich tragen, seltsame, abgehackte Laute wie ferne Schmerzensschreie. Es gab Orte, so glaubten manche der alten Mönche, die als Filter für das Leid der Welt fungierten und die Qualen einfingen und festhielten, die kreuz und quer über die Erde trieben. Vielleicht war das hier solch ein Ort, dachte Shan, an dem die Schreie und das Weinen der Millionen sich von unten ansammelten und vom Wind in kleine Geräuschfetzen zerschlagen wurden, wie Kiesel in einem Fluß.

Er wartete, bis sie beinahe sechs Stunden Fahrt hinter sich hatten, bevor er aus einer klapprigen blechüberdachten Werkstatt in der Nähe der Bezirksgrenze bei Tan anrief.

»Wo bist du?« fragte Tan.

»Was wissen Sie über Leutnant Chang von der 404ten?«

»Verdammt, Shan, wohin bist du abgehauen? Es heißt, du seist vor Anbruch der Dämmerung losgefahren. Feng hat nicht angerufen.«

»Ich habe ihn darum gebeten.«

»Du hast ihn gebeten?«

Shan konnte förmlich vor sich sehen, wie Tans Mund sich wütend verzerrte.

»Ich will mit ihm sprechen«, forderte Tan eisig.

»Chang war ein Offizier der Wache. Ich würde gern wissen, was er davor gemacht hat.«

»Laß gefälligst meine Offiziere aus dem ...«

»Er hat versucht, uns zu ermorden.«

Er hörte Tan tief durchatmen. »Erzähl es mir«, lautete die barsche Antwort.

Shan erklärte ihm, wie sie Changs Abkürzung eingeschlagen und wie er sie dort aus dem Hinterhalt überfallen hatte.

»Du irrst dich. Er ist ein Offizier der Armee. Sein Verantwortungsbereich liegt bei der 404ten und hat nichts mit Ankläger Jao zu tun. Es würde keinen Sinn ergeben.«

»Gut. Versuchen Sie, ihn bei der 404ten ausfindig zu machen. Vielleicht möchten Sie dann seiner Abkürzung bei der Nordklaue folgen. Es ist ein alter Pfad in nördlicher Richtung, etwa drei Kilometer oberhalb der Abzweigung aus dem Tal. Vom Rand der Klippe aus kann man das Wrack sehen. Wir haben bislang niemandem davon erzählt. Inzwischen werden dort Geier aufgetaucht sein, was Ihnen das Auffinden der Stelle erleichtern dürfte.«

»Und du hast so lange gewartet, um mir davon zu berichten?«

»Anfangs war ich mir nicht sicher. Wie Sie schon sagten, er gehörte zur Armee.«

»Nicht sicher?«

»Ob Sie selbst das Ganze arrangiert hatten.« Tan schwieg. »Es wäre vielleicht ganz verlockend gewesen«, erläuterte Shan, »falls Sie beschlossen hätten, doch keine eigene Akte anzulegen.«

»Was hat deine Meinung geändert?« fragte Tan sachlich, als erschiene ihm Shans Argumentation plausibel.

»Ich habe die ganze Nacht darüber nachgedacht. Ich glaube nicht, daß Sie Sergeant Feng umbringen würden.«

Vom anderen Ende hörte Shan ein gedämpftes Gespräch. Tan erteilte Madame Ko einige knappe Anweisungen. Als er sich wieder an Shan wandte, hatte er eine Information anzubieten. »Chang hatte gestern dienstfrei. Er war auf eigene Faust unterwegs.«

»Er ist von ganz allein auf die Idee gekommen, uns umzubringen? Als kleiner Zeitvertreib an seinem freien Tag?«

Tan seufzte. »Wo bist du?«

»Alle anderen Spuren sind kalt. Ich werde Jaos Fahrer finden. Ich glaube, er ist am Leben.«

»Wenn du den Bezirk verläßt, giltst du als entflohener Strafgefangener.«

Shan erzählte ihm von den Unterlagen, die sie in der Garage gefunden hatten, und weshalb das bedeutete, daß er Balti ausfindig machen mußte. »Falls ich vorher um Erlaubnis gebeten hätte, wären entsprechende Vorbereitungen getroffen worden. Etwas davon wäre vielleicht den Hirten im Osten zu Ohren gekommen, und jede noch so kleine Chance, Balti zu finden, wäre dahin gewesen.«

»Du hast auch dem Justizministerium nichts erzählt?«

»Kein Wort. Ich handle auf eigene Verantwortung.«

»Also weiß Li nichts davon.«

»Es kam mir der Gedanke, daß es für uns womöglich recht vorteilhaft wäre, mit Jaos Fahrer zu sprechen, ohne dazu die Unterstützung des stellvertretenden Anklägers in Anspruch zu nehmen.«

Während der nachfolgenden Stille, die von Tans Unschlüssigkeit zeugte, beschloß Shan, dem Oberst von der Hand zu erzählen. Es war ein öffentliches Telefon und wurde daher höchstwahrscheinlich nicht abgehört. Die Hand des Dämons, die Rebecca Fowlers Arbeiter so sehr in Angst und Schrecken versetzt hatte, war hervorragend gearbeitet. Ein flüchtiger Betrachter hätte mühelos zu der Überzeugung gelangen können, daß es sich dabei um nichts weniger als um die verwelkten Überreste einer Kreatur aus Fleisch und Blut handelte. Doch Shan hatte der Amerikanerin gezeigt, daß die Sehnen der Hand in Wirklichkeit aus Leder bestanden, das kunstvoll über Kupferbändern vernäht worden war. Die rosafarbene Handfläche war aus verblichener roter Seide gefertigt. Als Shan die Hand anhob, baumelten die Finger schlaff in alle Richtungen.

»Du sagst, du hast ein Teil von dem Tamdin-Kostüm gefunden«, stellte Tan angespannt fest.

»Von dem Kostüm, das laut Direktor Wen nirgendwo fehlt.« Shan hatte seinem Block bereits eine entsprechende Notiz hinzugefügt. Überprüfe die Bestandsverzeichnisse des Büros für Religiöse Angelegenheiten.

»Vielleicht hat eines in irgendeinem Versteck gelegen.«

»Das glaube ich nicht. Diese Kostüme waren dermaßen selten und wertvoll, daß sie bestimmt alle erfaßt worden sind.«

»Und das heißt?«

»Das heißt, daß jemand lügt.«

Es herrschte kurz Schweigen. »Einverstanden. Bring den Fahrer lebend zurück. Falls du in achtundvierzig Stunden noch nicht wieder hier bist, hetze ich dir die Öffentliche Sicherheit auf den Hals«, knurrte der Oberst und legte auf.

Patrouillen. Falls es nicht gut lief, konnte Tan noch immer aufgeben. Li würde Sungpo anklagen, der Fall würde abgeschlossen werden, und die 404te würde ihre Strafe erhalten. Tan konnte die eigene Untersuchung einfach dadurch beenden, indem er Shan zum Flüchtling erklärte. Alles, was eine Streife der Öffentlichen Sicherheit zurückbringen mußte, war die Tätowierung auf Shans Arm.

Falls Shan überdies volle zwei Tage benötigte, würden ihm nur vier weitere Tage bis zu Sungpos Verhandlung bleiben. Zwei Tage. Balti vom Dronma-Klan hatte eine ganze Woche Zeit gehabt, um sich in Kham zu verstecken. Doch zum Glück bestand Shans Aufgabe nicht aus dem unmöglichen Unterfangen, einen einzelnen Mann inmitten der knapp vierhunderttausend Quadratkilometer des schwierigsten Terrains nördlich der Antarktis aufzuspüren. Er mußte lediglich Baltis Klan finden, und das war immerhin nur äußerst unwahrscheinlich, aber nicht völlig undenkbar. Für einen *khampa* würde der sicherste Ort stets im Schoß seiner Familie liegen.

Als sie weiterfuhren, wandte Shan sich an Yeshe. »Ich bin Ihnen dankbar. Wegen der *ragyapas*.«

»Es war nicht allzu schwierig, nachdem ich erstmal all diese Armeesocken entdeckt hatte.«

»Nein, ich meine etwas anderes. Danke, daß Sie dem Direktor nichts erzählt haben. Sie hätten damit Pluspunkte sammeln können, und es hätte sich gut in Ihrer Akte gemacht. Vielleicht hätte es Ihnen sogar zu Ihren Reisepapieren verholfen.«

Yeshe schaute hinaus auf das scheinbar endlose Plateau, das an ihnen vorüberzog. »Man hätte das Dorf gestürmt. All diese Kinder.« Er zuckte die Achseln. »Und vielleicht irre ich mich auch. Vielleicht haben sie die Vorräte völlig legal erhalten. Vielleicht«, sagte er und drehte sich zu Shan, »haben sie die Sachen als Bezahlung für die Zaubersprüche bekommen.«

Shan nickte langsam. »Jemand vom Militär, der Angst davor hat, Tamdin zu beleidigen?« fragte er sich laut und reichte Yeshe dann den Umschlag mit den Fotos aus der Schädelhöhle, den Rebecca Fowler ihm gegeben hatte. »Sehen Sie sich die mal an.«

Yeshe öffnete den Umschlag. »Wonach soll ich suchen?«

»Zunächst mal nach einem Muster. Ich kann den alten tibetischen Text nicht lesen. Sind das bloß die Namen?«

Yeshe runzelte die Stirn. »Das ist einfach. Die Schädel sind nach dem Datum sortiert, und zwar nach dem traditionellen tibetischen Kalender«, sagte er und bezog sich damit auf das System aus Sechzigjahreszyklen, das vor tausend Jahren begonnen hatte. »Das Schild vor jedem der Schädel gibt über das Jahr und den Namen Auskunft. Der erste …«, Yeshe hielt das Foto dichter an die Scheibe, um das Sonnenlicht auszunutzen, »… der erste stammt aus dem Jahr des Erdpferdes im Zehnten Zyklus.«

»Wie lange ist das her?«

»Der Zehnte Zyklus hat Mitte des sechzehnten Jahrhunderts begonnen. Das Jahr des Erdpferdes ist das zweiundfünfzigste Jahr eines Zyklus.« Yeshe hielt inne und warf Shan einen bedeutungsvollen Blick zu. Shan mußte an die bereits ausgeräumten, leeren Regale denken. Der Schrein ging sehr viel weiter als bis zum sechzehnten Jahrhundert zurück.

Yeshe nahm die nächsten paar Fotos. »Die Folge setzt sich fort. Zehnter Zyklus, Jahr des Eisenaffen, Jahr der Holzmaus, weitere zehn oder zwanzig Schädel und dann der Elfte Zyklus.«

»Dann können Sie vielleicht herausfinden, was mit dem Schädel geschehen ist, der für Jaos Kopf weichen mußte.«

»Weshalb sollte man ihn nicht einfach weggeworfen haben?«

»Vermutlich war es so. Ich möchte mich lediglich vergewissern.«

Feng verringerte die Geschwindigkeit, um zwei Jungen und deren Schafherde passieren zu lassen. Die Hirten hielten ihre Schützlinge nicht mit Hilfe von Hunden, sondern mittels Steinschleudern zusammen. Während Shan ihnen zusah, erschien vor seinem inneren Auge immer wieder die Hand. Die Beschädigungen waren gravierender, als daß sie allein durch die Abtrennung oder auch durch den Sturz entstanden sein konnten, nachdem der Geier die Hand fallengelassen hatte. Die zierlichen Scharniere, aus denen die Knöchel bestanden, waren zerschmettert worden. Auch die Fingerspitzen hatte man zertrümmert und dadurch die feinen Filigranarbeiten vernichtet. Jemand hatte die Hand mit voller Absicht zerstört, zum Beispiel im Verlauf eines Kampfes mit Tamdin. Oder bei einem Wutanfall, um vielleicht den weiteren Gebrauch des Kostüms zu verhindern. Hatte Balti gegen dieses Ding gekämpft und die Hand beschädigt? Hatte Jao die Schäden verursacht, als er an dem Berghang um sein Leben rang?

Feng sprach die vereinzelten Hirten an, die hin und wieder am Straßenrand entlanggingen, und fragte sie nach dem Klan, der in Baltis offizieller Akte aufgeführt war, dem Dronma-Klan. Jeder der Männer reagierte voller Argwohn und behielt die Waffe am Gürtel des Sergeanten im Auge. Die meisten zogen sofort ihre Ausweise hervor, sobald der Wagen das Tempo verlangsamte, und fuchtelten mit den Händen vor dem Gesicht herum, um anzuzeigen, daß sie kein Mandarin sprachen.

»Er ist da!« rief Yeshe aufgeregt, als sie nach der fünften dieser Begegnungen wieder aufbrachen.

Shan fuhr herum. »Der Schädel?«

Yeshe nickte heftig und hielt eines der Fotos hoch. »Die Schädel rund um das einzelne leere Regalbrett stammen aus dem späten Vierzehnten Zyklus. Auf einer Seite das Jahr des Eisenaffen und dann auf der anderen Seite das Jahr des Holzochsen, das neunundfünfzigste Jahr, was inzwischen etwa hundertvierzig Jahre her ist. Der letzte Schädel auf dem Regal und in dieser Reihenfolge ist achtzig Jahre alt und stammt aus dem Jahr des Erdschafes im Fünfzehnten Zyklus. Abgesehen vom allerletzten Schädel, ganz unten. Der stammt aus dem Vierzehnten Zyklus, dem Jahr des Wasserschweins.«

Yeshe schaute mit zufrieden funkelndem Blick auf. »Das Wasserschwein ist das siebenundfünfzigste Jahr und liegt zwischen Eisenaffe und Holzochse!« Er zeigte Shan die Fotos und wies auf die tibetischen Schriftzeichen, mit denen die Jahresangabe bezeichnet wurde. Der fehlende Schädel war samt der dazugehörigen Tafel und den Lampen ehrfurchtsvoll auf dem letzten Regalbrett aufgestellt worden.

Die Aufregung legte sich schnell. Shan und Yeshe tauschten einen besorgten Blick aus. Diese Umbettung des Schädels war nicht die Tat eines Plünderers oder tollwütigen Mörders. Es entsprach eher dem, was ein Mönch, ein wahrhaft Gläubiger, tun würde.

Feng bremste den Wagen ab. Vor ihnen ging ein alter Mann auf der Straße. Er reagierte auf Shans Frage, indem er eine zerrissene Karte der Region aus der Tasche zog. Die Karte war gesetzwidrig, denn auf ihr waren die alten Grenzen Tibets vermerkt. Eilig beugte Shan sich vor, um Feng die Sicht auf die Karte zu versperren.

»Bo Zhai«, sagte der alte Mann und wies auf ein Gebiet, das etwa achtzig Kilometer östlich von ihnen lag. »Bo Zhai.« Shan bedankte sich bei ihm mit einer Schachtel Rosinen aus den Vorräten, die Feng hastig zusammengepackt hatte. Der Mann wirkte überrascht. Schweigend starrte er die Schachtel an und beschrieb dann mit seiner Hand eine stolze, herausfordernde Geste über der östlichen Hälfte der Karte, die ein riesiges Gebiet umfaßte. »Kham«, verkündete er und bog dann von der Straße auf einen Ziegenpfad ab.

Der größte Teil des Territoriums, auf das er gedeutet hatte, war von Peking aufgeteilt und den Nachbarprovinzen zugeschlagen worden. Daher kam es, daß die Provinzen Gansu, Qinghai, Sichuan und Yunnan über einen beträchtlichen tibetischen Bevölkerungsanteil verfügten. Sichuan zum Beispiel umfaßte die tibetischen Präfekturen von Aba und Garze sowie den Bezirk Muli. Dahinter stand die Absicht, die nomadische Lebensart der Hirten von Kham zu untergraben, denn eine

Aufenthaltsgenehmigung galt stets nur in einem einzigen Distrikt, und Reisepapiere wurden solchen Leuten nur höchst selten bewilligt. Es war außerdem eine Bestrafung für die entschieden antisozialistische Gesinnung der Region. Die Kham-Guerillas hatten länger und härter gegen die Volksbefreiungsarmee gekämpft als irgendeine andere Minderheit in China. Sogar in der 404ten hatte Shan Geschichten über Widerstandskämpfer gehört, die noch immer die östlichen Berge durchstreiften, Straßen sabotierten und kleine Patrouillen angriffen, um dann wieder im unzugänglichen Gebirge zu verschwinden.

Als sie das Büro des Landwirtschaftskollektivs von Bo Zhai erreichten, war es bereits mitten am Nachmittag. Die Ansammlung ärmlicher Gebäude war aus Schlackeblöcken und Wellblech errichtet worden und lag inmitten von Gerstenfeldern. Die Leiterin, die eindeutig nicht an unangemeldete Besucher gewöhnt war, musterte die drei Männer unsicher. »Während der Erntezeit bieten wir für das Landwirtschaftsministerium Besichtigungsfahrten an«, schlug sie vor.

»Wir ermitteln in einem Kriminalfall«, erklärte Shan geduldig und streckte ihr einen Zettel entgegen, auf den der Name von Baltis Klan geschrieben war.

»Wir sind nur unwissende Hirten«, sagte sie ein wenig zu unterwürfig. »Einmal hat ein Unruhestifter aus Lhasa sich in den Hügeln versteckt. Da haben wir die örtliche Miliz verständigt.« Hinter ihr hing ein verblichenes Poster an der Wand, auf dem junge Proletarier stolz die Fäuste emporreckten. Vernichtet die Vier Alten, stand am unteren Rand geschrieben. Das war eine Kampagne während der Kulturrevolution gewesen, und als die Vier Alten hatte man alte Denkmuster, alte Kultur, alte Gewohnheiten und alte Bräuche bezeichnet. Die Roten Garden hatten die Häuser der Minderheiten gestürmt, die traditionellen Kleidungsstücke zerstört, die als Familienerbe oft schon seit Generationen weitergegeben worden waren, die Einrichtungsgegenstände verbrannt und sogar den Frauen die Zöpfe abgeschnitten.

»Wir haben keine Zeit«, sagte Yeshe.

Die Frau sah ihn starr an.

»Sie haben natürlich recht«, stimmte Shan ihr zu. »In unserem Fall müßte man eigentlich zuerst das Büro für Öffentliche Sicherheit verständigen und den Leuten dort mitteilen, daß wir hier warten. Das Oberkommando des Büros würde sich daraufhin mit dem Landwirtschaftsministerium in Verbindung setzen und dafür sorgen, daß eine Kompanie Soldaten des Büros zu unserer Unterstützung abgestellt werden kann. Dürfte ich vielleicht Ihr Telefon benutzen?«

Der herausfordernde Gesichtsausdruck der Frau verschwand sofort. »Es ist bestimmt nicht nötig, die Mittel des Volkes über Gebühr zu beanspruchen«, sagte sie seufzend. Sie nahm den Zettel, den Shan ihr entgegenstreckte, und holte ein abgewetztes Hauptbuch hervor. »Gehört nicht zu unserer Produktionseinheit«, teilte sie ihnen ein paar Minuten später mit. »Kein Dronma-Klan.«

»Wie viele dieser Einheiten gibt es denn?«

»In unserer Präfektur sind es siebzehn. Außerdem könnten Sie die Provinzen Sichuan, Gansu und Qinghai überprüfen. Und dann sind da noch die zweifelhaften Elemente aus dem Hochgebirge. Die haben sich nie registrieren lassen.«

»Nein«, sagte Yeshe. »Falls seine Familie nicht registriert gewesen wäre, hätte er niemals die Freigabe für seine Anstellung erhalten.«

»Und seine Arbeitspapiere stammen daher höchstwahrscheinlich auch nicht aus einer anderen Provinz«, fügte Shan hinzu.

»Stimmt.« Yeshes Gesicht hellte sich auf. »Verfügt denn nicht irgend jemand über eine Hauptliste, nur für diese Präfektur?«

»Dezentralisierung für maximale Produktion.« Die Frau sprach nun mit einer vertrauten, antiseptischen Stimme, der Stimme für die Fremden, deren Tonfall darauf abgestimmt war, nur noch das zu rezitieren, was auf den Bannern zu lesen stand oder aus den Lautsprechern drang.

»Ich habe außerdem gehört, daß wir uns keine Sorgen mehr wegen schwarzer oder weißer Katzen machen, sondern uns lieber darauf konzentrieren sollten, Mäuse zu fangen«, sagte Shan.

»Wir wären gar nicht dazu befugt, eine solche Liste zu führen«, erwiderte die Frau nervös. »Das Büro des Ministeriums liegt in Markam. Wenn es eine Hauptliste gibt, dann dort.«

»Wie lange fährt man bis dorthin?«

»Sechzehn Stunden. Vorausgesetzt, es gibt weder einen Erdrutsch noch ein Hochwasser oder irgendwelche Manöver des Militärs.« Die Frau runzelte die Stirn und ging zu einem staubbedeckten Regal an der Rückwand des Büros. »Ich habe hier lediglich die Namen derjenigen Angehörigen aller Produktionseinheiten, die aufgrund guter Leistungen ausgezeichnet worden sind. Zumindest während der letzten fünf Jahre.« Sie überreichte Yeshe einen Stapel verstaubter spiralgebundener Bücher.

»Das ist doch wie die Suche nach einem einzelnen Reiskorn in …«, setzte Yeshe an.

»Nein, vielleicht nicht«, unterbrach sie ihn und schien sich zum erstenmal für die Aufgabe zu erwärmen. »Die meisten der alten Klans wurden in ungefähr sechs Kollektiven zusammengefaßt. Man hielt sie für das größte politische Risiko und wollte sie besser im Auge behalten können. Suchen Sie einfach nach dem Namen des Klans.«

»Und falls wir das betreffende Kollektiv feststellen können?«

»Dann geht die Suche erst richtig los. Es ist Frühling, und die Herden sind in Bewegung.«

Nach einer halben Stunde hatten sie drei Kollektive mit Angehörigen des Dronma-Klans herausgefunden. Eines lag mehr als dreihundert Kilometer von ihnen entfernt. Beim zweiten, fast hundertsechzig Kilometer weit weg, ging jemand nach dem zwanzigsten Klingeln ans Telefon. Der Mann kannte den Namen. »Alter Klan, nicht viele übrig. Bleibt dicht bei den Herden. Sind Tierfänger.« Der Mann sprach mit einem städtischen Shanghaier Akzent, der irgendwie fehl am Platz wirkte. »Nur ein halbes Dutzend Erwachsener, drei davon über sechzig Jahre alt. Einer der anderen hat bei einem Reitunfall ein Bein verloren.«

Beim dritten Kollektiv, keine fünfundzwanzig Kilometer

entfernt, teilte man ihnen am Telefon mit, es gäbe dort mehr Angehörige des Dronma-Klans als Schafe auf den Hügeln.

Shan nahm seine Landkarte und markierte die Lage der drei Kollektive. Die Zeit reichte nur für einen Versuch.

Er ging nach draußen, als könnte der Wind ihm eine Antwort zuwehen. Eine alte Frau ritt auf einem Pony vorbei und hielt ein Schwein im Arm, als wäre es ein kleines Kind. Plötzlich hielt Shan inne und rannte dann wieder hinein. »Wir fahren hierhin«, verkündete er und wies auf das zweite Kollektiv.

»Aber Sie haben es doch gehört«, protestierte Yeshe. »Das ist nur ein halbes Dutzend Leute.«

»Die Schuhe«, sagte Shan. »Ich konnte bislang nicht begreifen, wieso Balti zwei linke Schuhe unter seinem Bett hatte.«

Als sie sich drei Stunden später den baufälligen Gebäuden des Kollektivs näherten, stieg Sergeant Feng plötzlich mit aller Kraft auf die Bremse und wies nach vorn. In der Nähe der Häuser stand ein Helikopter mit dem Abzeichen des Grenzkommandos und wurde von einem Soldaten mit einem automatischen Gewehr bewacht.

»Glückwunsch«, murmelte Feng. »Du hast richtig vermutet.«

Yeshe wollte etwas sagen, doch statt dessen atmete er plötzlich tief ein. Shan folgte seinem Blick. Dort vor ihnen stand Li Aidang mitten auf dem Platz, hatte die Arme in die Seiten gestemmt und gab sich ganz wie ein militärischer Befehlshaber. Hinter ihm, auf dem Pilotensitz des Hubschraubers, entdeckte Shan ein bekanntes Gesicht, das eine Sonnenbrille trug. Der Major. Auf einmal wurde Shan klar, daß Li trotz all seiner Großspurigkeit vielleicht auch nur eine Schachfigur war wie so viele andere.

Der stellvertretende Ankläger begrüßte Shan mit einem herablassenden Lächeln. »Falls er noch lebt, habe ich ihn bis morgen mittag in einer Verhörzelle«, versprach er selbstgefällig. Ohne auf die entsprechende Frage zu warten, fuhr er fort. »Es war wirklich ganz einfach. Mir ist eingefallen, daß man den Chauffeur eines wichtigen Beamten auf jeden Fall einer Sicherheitsüberprüfung unterzogen hatte. Die Computer der Öffentlichen Sicherheit haben uns dann alles über sein Vorleben verraten.«

Shan hatte einst an einer Sitzung teilgenommen, in der über die Milliardensummen beraten wurde, die Peking für Zentralrechner ausgab. Die Programme der Öffentlichen Sicherheit hatten dabei Priorität genossen. Das 300-Millionen-Projekt hatten sie es genannt. Shan hatte zunächst geglaubt, damit sei der Etat des Projekts gemeint gewesen, doch in Wahrheit bezog sich diese Bezeichnung auf die Anzahl der Bürger, die gleichzeitig vom Büro überwacht wurden. Damals hatte er sich eingeredet, dies zeuge von einer willkommenen Effizienz. Bis er seinen eigenen Namen auf der Liste entdeckte.

»Demnach ist er hier?«

»Dies ist das Kollektiv seiner Familie, wenngleich ihn seit ein oder zwei Jahren niemand mehr gesehen hat.«

»Und seine Familienangehörigen?«

»Die sind draußen auf dem Hochplateau«, sagte Li und deutete nach Norden. »Jagen Yaks und Schafe.«

»Dann kann man ihn doch hierherbringen«, schlug Shan vor. »Schicken Sie jemanden aus dem Kollektiv, der ihn kennt.«

»Unmöglich«, gab Li barsch zurück. »Wir müssen ihn in Gewahrsam nehmen. Er wird verhaftet und nach Lhadrung gebracht.«

»Es gibt keine Beweise gegen ihn, nur vage Vermutungen.«

»Keine Beweise? Sie haben seine Unterkunft doch gesehen. Es gibt eindeutige Verbindungen zu gesellschaftsfeindlichen Elementen.«

»Ein kleiner Buddha und eine Gebetskette aus Plastik?«

»Er ist geflohen. Sie haben vergessen, daß er geflohen ist.«

»Warum sind Sie so sicher, daß er hier ist? Ich dachte, Sie wären der Überzeugung, er sei mit der Limousine nach Sichuan verschwunden. In Kham nützt ihm ein solcher Wagen herzlich wenig.«

»Seltsame Frage.«

»Wie meinen Sie das?« fragte Shan.

»Sie sind doch auch hier und suchen nach ihm.«

Shan starrte den Helikopter an. »Falls Sie versuchen, ihn festzunehmen, wird Balti sich in den Bergen verkriechen.«

»Sie vergessen, daß ich Balti kenne. Er wird auf ein vertrautes Gesicht sicherlich ganz anders reagieren.«

Shan sah den stellvertretenden Ankläger nachdenklich an. Er wußte, daß Balti eine Verhaftung durch Li und den Major vielleicht nicht überleben würde. Die *khampas* ergaben sich nur selten ohne Widerstand. Und falls Balti starb, würde Shan sich das niemals verzeihen können, denn irgendwie wußte er, daß Li es nur deshalb auf den Fahrer abgesehen hatte, weil Shan sich für den Mann interessierte. Doch wer hatte dem Ankläger davon erzählt?

Fröstelnd drehte er sich um und sah, daß Yeshe neben dem Hubschrauber stand und mit dem Major sprach. Der Major gestikulierte heftig, beinahe drohend, und hielt Yeshe ein Stück Papier unter die Nase, während dieser so aussah, als würde er gleich in Tränen ausbrechen. Dann richtete der Major einen ausgestreckten Finger auf Yeshes Brust. Yeshe zuckte zurück, als habe irgend etwas ihn getroffen. Der Major zerriß das Blatt, stieß eine letzte Verwünschung aus und stieg zurück in die Maschine. Li, der den Vorgang mittlerweile ebenfalls verfolgte, seufzte enttäuscht.

»Bis Sie wieder zurückgekehrt sind, wird Baltis Befragung abgeschlossen sein«, sagte Li frostig. »Wir werden ein ausführliches Protokoll anfertigen und Ihnen zur Kenntnisnahme überlassen.« Er lief zu dem Helikopter und stieg ein.

Schweigend schauten sie zu, wie der Hubschrauber über den Bergen verschwand. »Und Sie sind dafür verantwortlich«, sagte Yeshe anklagend.

»Ich war nicht derjenige, der diese Leute verständigt hat«, erwiderte Shan verbittert.

»Ich auch nicht«, sagte Yeshe ganz ruhig und blickte noch immer zum Horizont. »Die alte Frau bei Baltis Wohnung erwartet von mir, daß ich ihm helfe.«

Shan war sich nicht sicher, ob er richtig gehört hatte. Er wollte gerade nachfragen, als Yeshe sich mit schmerzerfüllter Miene zu ihm umwandte. »Er hat mir eine Stellung angeboten«, sagte Yeshe mit hohler Stimme. »Gerade eben. Der Major hatte die Arbeitspapiere bereits auf meinen Namen ausgestellt, für einen echten Posten im Sekretariat des Büros für Öffentliche Sicherheit in Lhasa, vielleicht sogar in Sichuan. Es war alles schon unterschrieben.«

»Sie haben abgelehnt?«

Yeshe blickte zu Boden. Die Verzweiflung war ihm deutlich anzusehen. »Ich habe gesagt, ich sei zur Zeit ziemlich beschäftigt.«

»Das kann doch nicht wahr sein!« keuchte Feng.

»Er hat gesagt, entweder jetzt oder nie. Er wollte, daß ich ihm Ihre Unterlagen über den Fall beschaffe. Ich habe gesagt, das sei leider nicht möglich.« Er sah Shan an, als warte er auf eine Äußerung, aber Shan wußte nicht, wie er reagieren sollte. Mit Zustimmung? Mitleid? Angst?

»Während der letzten paar Tage habe ich manchmal gedacht, daß es vielleicht doch stimmt, was Sie gesagt haben«, fuhr Yeshe fort. »Daß unschuldige Menschen sterben werden, falls wir nichts unternehmen.«

In Sergeant Fengs Blick lag etwas völlig Ungewohntes, als er Yeshe plötzlich ansah. Einen Moment lang glaubte Shan, es sei ein gewisser Stolz. »Ich kenne diesen Jungen Balti«, sagte Feng plötzlich. »Er hat niemandem je etwas zuleide getan.«

Shan bemerkte, daß beide Männer ihn erwartungsvoll anblickten. »Dann müssen wir ihn eben früher finden als die anderen«, sagte er und öffnete die Klappe zum Laderaum des Wagens, um einen Haufen alter Kleidungsstücke zu durchwühlen. Er fand ein zerlumptes Hemd und hielt es Feng abschätzend vor die Schultern.

Die langgestreckten, zunehmend höheren Gebirgskämme bildeten eine achtzig Kilometer lange Treppe, die auf das Hochplateau hinaufführte. Bis sie den Aufstieg endlich bewältigt und eines der Nomadenlager ausfindig gemacht hatten, war es Abend. Sie hatten die drei Zelte schon aus einigen Kilometern Entfernung gesehen, als sie auf das Plateau fuhren, aber die flachen, grauen Formen waren ihnen wie Felsblöcke vorgekommen, bis sie die lange Reihe Ziegen entdeckten, die dicht daneben an ein Halteseil gebunden war. Die Hörner der Tiere waren ebenfalls am Seil fixiert, damit sie beim Melken stillhalten würden. Die gedrungenen Zelte aus Yakfell waren mit Pflöcken und Lederriemen am Boden verankert, was nur noch mehr zu dem Eindruck beitrug, es handle sich um zerfurchte Felsen, an denen seit Jahrhunderten der Wind nagte.

Sie ließen den Wagen in fünfzig Metern Entfernung vom Lager stehen und gingen zu Fuß weiter auf die Zelte zu. Sergeant Fengs Uniform und Waffengürtel wurden von dem langen Hemd verdeckt.

Es war keine Menschenseele zu sehen. Hinter den Zelten flatterten Gebetsfahnen. Butterfässer standen herum. Dicht neben den Unterkünften hatte man getrockneten Dung aufgeschichtet. Auf der anderen Seite des Lagers stand eine kleine Herde Yaks und weidete das Frühlingsgras ab. Daneben graste eine Ziege, die nicht angebunden war und ein schmales Band am Ohr trug. Sie war freigekauft worden. Am Eingang des größten Zeltes hing über einem Rahmen aus Weidenruten, in den man mit Garn geometrische Muster geflochten hatte, der Schädel eines Schafes. Shan hatte gesehen, daß die *khampas* der 404ten die gleichen Muster aus den Fäden ihrer Decken flochten. Es war eine Geisterfalle.

Bei den angeleinten Ziegen bellte ein Hund, ein angepflockter Welpe, der auf einmal vorsprang und ein Butterfaß umwarf. Aus einem Schaffellbündel neben dem ersten Zelt ertönte das Geschrei eines Babys, und im selben Moment stürzten die Bewohner des Zeltes nach draußen. Zuerst erschienen zwei Männer, von denen einer eine Schaffellweste trug und der andere eine schwere *chuba*, den dicken Übermantel aus Schaffell, den viele tibetische Nomaden bevorzugten. Hinter ihnen konnte Shan mehrere Frauen entdecken, die zusammengestückelte Überkleider trugen, deren einst leuchtende Farben inzwischen durch Ruß und zähen Schmutz gedämpft wurden. Ein Kind, ein Junge von höchstens drei Jahren, kam ebenfalls heraus. Sein Kinn und sein Mund waren mit Joghurt verschmiert.

Der Mann mit der Weste, dessen ledriges Gesicht voller kleiner Falten war, nickte den Neuankömmlingen mürrisch zu, verschwand dann wieder im Zelt und kehrte mit einem fleckigen Umschlag voller Papiere zurück. Er streckte ihn Shan entgegen.

»Wir sind nicht hier, um die Geburten zu überprüfen«, sagte Shan peinlich berührt.

»Sie möchten Wolle kaufen? Es ist zu spät. Wolle gab es letzten Monat.« Der Mann hatte nur noch die Hälfte seiner Zähne. Mit einer Hand umklammerte er ein silbernes *gau*, das um seinen Hals hing.

»Wir sind auch nicht wegen der Wolle hier.«

Aus seiner Jackentasche holte Shan eine Süßigkeit hervor, die in Zellophan gewickelt war, und bot sie dem Kind an. Der Junge kam vorsichtig näher, schnappte sich die Süßigkeit und rannte an seinen Platz zwischen den beiden Männern zurück. Der Mann mit der *chuba* nahm dem Jungen das Geschenk ab, roch daran, hielt es sich an die Zunge und gab es dem Kind dann wieder. Der Kleine quietschte verzückt auf und lief ins Zelt. Der Mann nickte, als wolle er sich bedanken, aber das Mißtrauen auf seinem Gesicht ließ nicht nach. Er trat beiseite und bedeutete ihnen, ins Zelt mitzukommen.

Im Innern war es überraschend warm. Auf einer Seite war mit einem Vorhang aus Yakfell, dem gleichen Material, aus dem auch das eigentliche Zelt bestand, ein kleiner Ankleideraum abgeteilt worden. Ein alter Teppich, der früher einmal rot und gelb gewesen war, inzwischen aber nur noch schmutzigbraune Schattierungen aufwies, diente den Bewohnern als Boden, Schlafstätte und Sitzgelegenheit. In der Mitte stand ein eisernes Dreibein, an dem ein großer Kessel über der glimmenden Asche eines Holzfeuers hing. Auf einem kleinen hölzernen Tisch, der mit einigen Haken und Scharnieren versehen war, so daß man ihn bei einer Verlegung des Lagers auseinandernehmen konnte, standen zwei Räuchervasen und eine kleine Glocke. Der Altar der Leute.

Auf der anderen Seite des Altars kauerten wachsam wie Rehe zehn *khampas*, als würde der kleine Tisch ihnen Schutz bieten.

Die sechs Frauen und vier Männer, die anscheinend vier verschiedenen Generationen angehörten, trugen dicke, schmutzige Wollhemden, Schürzen mit verblichenem rotbraunen Streifenmuster sowie schwere *chubas*, die offenbar schon viele Stürme überstanden hatten. Ein Kind von etwa sechs Jahren, um dessen Körper ein Stück Yakfilz geschlungen war, das von einer Schnur zusammengehalten wurde, löste sich aus der Gruppe; eine der Frauen packte es sofort und zog es an sich, wobei sie Shan einen verzweifelten Blick zuwarf. Der einzige Schmuck, den die Frauen trugen, waren Halsketten aus kleinen Silbermünzen, zwischen die man vereinzelt rote und blaue Perlen eingefügt hatte. Alle Gesichter, die männlichen ebenso wie die weiblichen, waren rund, mit hohen Wangenknochen und intelligenten, verängstigten Augen. Die Haut der Leute war vom Rauch geschwärzt, und ihre Hände waren voller Schwielen. An einer Zeltstange im Hintergrund lehnte eine gebrechliche grauhaarige Frau.

Es herrschte Totenstille, und alle Anwesenden starrten den Besuchern quer durch die verräucherte Kammer entgegen. Der Mann mit der Weste, der mittlerweile das Baby in dessen Schaffellkokon auf den Arm genommen hatte, trat ein und stieß nur eine einzige Silbe aus. Die *khampas* wichen langsam auseinander. Während die Männer sich rund um das Dreibein niederließen, gingen die Frauen zu drei großen Holzklötzen hinüber, auf denen Kochutensilien lagen. Der Mann, offenbar ein Klanführer, bedeutete seinen Gästen mit einer Geste, auf dem Teppich Platz zu nehmen.

Die Frauen brachen Stücke aus einem großen Block schwarzen Tees und ließen sie in den Kessel fallen. Die Männer waren sich nicht sicher, was sie sagen sollten, und mußten andererseits den traditionellen Pflichten der Gastfreundschaft nachkommen, also sprachen sie von ihren Herden. Ein Mutterschaf hatte Drillinge zur Welt gebracht. Der Mohn auf den Südhängen sei diesmal besonders üppig gewachsen, sagte einer, was bedeutete, daß die Kälber in diesem Jahr besonders stark sein würden. Ein anderer fragte, ob die Besucher vielleicht Salz mitgebracht hätten.

»Ich bin auf der Suche nach dem Dronma-Klan«, sagte Shan und nahm eine Schale gebutterten Tee entgegen. Auf dem Tisch bemerkte er eine gerahmte Fotografie, die mit dem Bild nach unten lag, als habe man sie hastig umgekippt. Als er sich vorbeugte, fiel ihm auf, daß der Vorhang am Ende des Zeltes sich bewegte.

»Es gibt viele Klans in den Bergen«, sagte der alte Mann. Er rief nach mehr Tee, als wolle er Shan ablenken.

Shan nahm das Foto. Eine der Frauen sagte mit drängendem Unterton etwas im Dialekt der *khampa*, und die jüngeren Männer schienen erschrocken innezuhalten. Das Bild ragte ein Stück aus dem Rahmen heraus. Es war der Vorsitzende Mao. Darunter befand sich ein weiteres Foto, denn unter Mao waren die Perlen einer Gebetskette und ein rotes Gewand sichtbar. Es war in Tibet allgemein üblich, an auffälliger Stelle ein Bild des Dalai Lama anzubringen, damit das Heim gesegnet wurde, und es dann schnell hinter Mao zu verbergen, wenn offizieller Besuch eintraf. Noch vor einigen Jahren hätte allein der Besitz eines Fotos des Dalai Lama mit Sicherheit zu einer Haftstrafe geführt. Während die Frau auch Feng geräuschvoll mit Tee versorgte, schob Shan das Mao-Bild ganz nach unten, um das geheime Foto vollständig zu verbergen. Dann stellte er den Rahmen auf den Tisch, so daß das Bild von ihnen weg wies.

Er ließ sich auf dem Teppich nieder und nahm dabei mit übergeschlagenen Beinen den Lotussitz ein, der von den Einheimischen bevorzugt wurde. Während der Kampagne zur Vernichtung der Vier Alten hatte man den Tibetern verboten, so zu sitzen. »Dieser besagte Klan hat einen Sohn namens Balti«, fuhr Shan fort. »Er hat in Lhadrung gearbeitet.«

»Hierzulande bleiben die Familien unter sich«, sagte der Hirte. »Wir wissen nicht viel über die anderen Klans.« Die *khampas* starrten gereizt zu Boden und schauten ins Feuer. Shan wußte, weshalb sie nervös waren. Kein Chinese ließ sich hier blicken, der nicht entweder Wolle kaufen oder die Anzahl der Geburten kontrollieren wollte. Shan trank seine Schale leer, stand auf und ließ den Blick über die *khampas* schweifen. Niemand sah ihn an. Er ging zu dem Vorhang und zog ihn beiseite.

Dahinter saßen zwei junge Frauen. Sie waren schwanger.

»Das sind keine Kontrolleure«, sagte eines der Mädchen und schob sich kühn an ihm vorbei. Sie war höchstens achtzehn Jahre alt. »Nicht in Begleitung eines Priesters«, fügte sie hinzu und schenkte Yeshe ein trotziges Lächeln. Dann nahm sie sich eine Schale Tee. »Ich kenne den Dronma-Klan.«

Eine der älteren Frauen herrschte sie an, sie solle den Mund halten.

Das Mädchen ignorierte sie. »Spielt sowieso keine Rolle. Niemand könnte sagen, wo sie genau sind. Außerdem sind sie zu wenige, um ein großes Lager aufzuschlagen. Man könnte lediglich versuchen, die Hirtenzelte in den Hochtälern abzuklappern.«

»Wo?«

»Sprich ein Gebet für mein Baby«, sagte sie zu Yeshe und klopfte sich auf den Bauch. »Mein letztes Baby ist gestorben. Sprich ein Gebet.«

Yeshe warf Shan einen unangenehm berührten Blick zu. »Ich bin dazu nicht berechtigt.«

»Du hast die Augen eines Priesters. Ich möchte wetten, du stammst aus einem *gompa*.«

»Das ist schon lange her.«

»Dann kannst du auch ein Gebet sprechen. Mein Name ist Pemu.« Sie schaute sich trotzig im Zelt um. »Ich soll Pemee sagen, weil das chinesischer klingt. Wegen der Kampagne gegen die Vier Alten. Aber ich bin Pemu.« Als wolle sie die Behauptung unterstreichen, zog sie eine Haarnadel aus ihrem Schopf und entrollte einen langen Zopf, in den Perlen aus Türkis eingeflochten waren. »Ich brauche ein Gebet. Bitte.«

Yeshe sah Shan flehentlich an und ging dann nach draußen, als wolle er fliehen. Das Mädchen folgte ihm. Eine der Frauen schlug die Zeltklappe auf, um zu beobachten, was geschah. Das Mädchen rief Yeshe hinterher, ohne etwas damit zu erreichen. Dann lief sie ihm nach und fiel vor ihm auf die Knie. Als er versuchte, einen Schritt um sie herum zu machen, nahm sie seine Hand und legte sie sich auf den Kopf. Das schien ihn zu paralysieren. Schließlich holte er zögernd die Gebetskette aus der Tasche und fing an, zu dem Mädchen zu sprechen.

Die angespannte Stimmung in dem Zelt verflog. Der Klan begann mit der Zubereitung des Abendessens. Eine der Frauen mischte *tsampa* und Tee, um daraus *pak* herzustellen, eine Hauptspeise der *khampa*. Ein Kessel mit Hammeleintopf wurde aufs Feuer gestellt. Eine andere Frau zog geschwärzte Brotlaibe aus der Asche. »Das Brot der drei Schläge«, erklärte sie und reichte Shan ein Stück davon. »Eins, zwei, drei«, zählte sie und klopfte mit dem Brotlaib gegen einen Stein. Beim dritten Schlag fiel die äußere Schicht aus Asche und Kohle ab und enthüllte eine goldfarbene Kruste. Shan wurde die erste Scheibe angeboten. Er brach sie in der Mitte durch, neigte den Kopf und legte eines der Stücke mit einer feierlichen Geste auf den behelfsmäßigen Altar.

Der Hirte mit der Weste musterte Shan verblüfft. »Die Dronma«, sagte er dann, »folgen den Schafen. Die Yaks kommen im Frühling aus dem Hochland herunter, wo sie überwintert haben. Die Schafe gehen nach oben. Haltet nach kleinen Zelten Ausschau. Achtet auf Gebetsfahnen.« Er zeichnete eine Skizze in Shans Block und markierte sieben mögliche Aufenthaltsorte.

Während der Hirte damit beschäftigt war, fiel Shan ein neues Geräusch aus einem der Nachbarzelte auf. Es war eines der Rituale, die er bei der 404ten gelernt hatte. Obwohl die Straßen bereits schlammig waren, betete jemand inständig um Regen.

Feng brachte Decken aus dem Wagen, und die drei Männer übernachteten bei den Kindern. Als im Morgengrauen die Ziegen meckernd danach verlangten, gemolken zu werden, brachen die drei Gefährten wieder auf. Shan legte eine der Decken zusammen und ließ sie als Geschenk am Eingang des Lagers zurück.

Im Wagen lag Pemu schlafend auf der Rückbank.

»Ich werde euch begleiten«, sagte sie und rieb sich die Augen. »Meine Mutter hat zum Dronma-Klan gehört. Ich werde meine Cousins besuchen.« Sie rückte zur Seite, um Platz für Shan zu machen, und bot ihm ein Stück Brot an.

Die Entfernungen waren nicht allzu groß. Pemu war nicht auf diesen Wagen angewiesen, um ihre Cousins zu besuchen.

Vielleicht war es eine Probe, überlegte Shan, eine Herausforderung. Eine Streife der Öffentlichen Sicherheit hätte unter keinen Umständen einen Passagier mitgenommen.

Bis zum Vormittag hatten sie drei der Täler überprüft und die Hänge mit Ferngläsern abgesucht, aber ohne Erfolg. Der Himmel verdunkelte sich. Die Hirten hatten um Regen gebetet. Auf einmal wurde ihm der Grund dafür klar.

»Deine Leute haben gestern einen Helikopter gesehen, nicht wahr?« fragte er das Mädchen, das angestrengt aus dem Fenster starrte.

»Der Helikopter ist immer schlecht«, antwortete sie, als gäbe es nur eine einzige dieser Maschinen. »Als ich klein war, ist er einmal zu uns gekommen.«

Shan sah sie fragend an.

Pemu biß sich auf die Lippe. »Es war ein sehr schlimmer Tag. Zuerst haben wir gedacht, die Chinesen hätten ein neues Gerät erfunden, um Donner zu machen. Doch es war kein Donner. Neben dem Lager sind sie gelandet. Ich war erst vier Jahre alt.« Sie schaute wieder nach draußen. »Es war ein sehr schlimmer Tag«, wiederholte sie und starrte blicklos in die Ferne.

Als sie einen Felsvorsprung entlang des Wegs erreichten, rutschte Pemu auf ihrem Sitz nach vorn. Nachdem der Pfad in eine kleine, zerklüftete Felsschlucht abgebogen war, bat sie darum, aussteigen zu dürfen. »Um die Steine wegzuräumen«, sagte sie. »Ich werde vorausgehen.«

Doch Shan sah keine Steine. Fengs Hand legte sich instinktiv auf die Pistole, und plötzlich begriff Shan, daß Pemu mitgekommen war, um als Schild zu dienen und sie zu beschützen. Kurz darauf schien auch Feng es zu verstehen. Er nahm die Hand von dem Holster und konzentrierte sich darauf, mit dem Wagen so dicht wie möglich hinter dem Mädchen zu bleiben. Langsam krochen sie voran. Nervöses Schweigen machte sich breit.

Shan glaubte, ein Stück voraus ein metallenes Schimmern bemerkt zu haben. Das Mädchen fing an, laut zu singen. Das Schimmern verschwand. Vielleicht war es eine Waffe gewesen. Vielleicht aber auch ein Stück Kristall, das einen Sonnenstrahl reflektierte.

Als sie die Schlucht verließen, kehrte Pemu zum Wagen zurück. Sie wirkte sehr erschöpft und rieb sich den Bauch. Dann fing sie wieder an zu singen, diesmal für ihr Baby.

»Mein Onkel ist in Indien«, sagte sie plötzlich. »In Dharamsala beim Dalai Lama. Er schreibt mir Briefe. Er sagt, der Dalai Lama fordere uns auf, dem Pfad der Friedfertigkeit zu folgen.«

Sie hätten das kleine schwarze Zelt im fünften Tal beinahe übersehen. Es lag im Schatten eines Vorsprungs versteckt, und Pemu benötigte fast eine Stunde, um Shan und Yeshe die steilen Serpentinen hinaufzugeleiten, die zu dem Lager führten. Neben dem Zelt hatte man an einem Pfosten drei Schafe angeleint. Ihre Ohren waren mit roten Bändern versehen. Ein riesiger langhaariger Hund, ein Hirten-Mastiff, saß quer vor dem Eingang des Zelts. Aufmerksam verfolgte er jede Bewegung der Fremdlinge mit den Augen und fletschte die Zähne, als sie das schwelende Lagerfeuer erreichten.

»Aro! Aro!« rief Pemu und trat vorsichtig einen Schritt näher an die Feuerstelle heran.

»Wer ist da?« fragte eine rauhe Stimme aus dem Innern des Zeltes. Direkt über dem Hund erschien ein kleines dunkelhäutiges Gesicht. »Schon gut, Pok«, sagte der Mann zu dem Tier. »Die sehen nicht besonders furchterregend aus.« Er lachte und verschwand für einen Moment.

Dann kam er auf einer Krücke nach draußen. Sein linkes Bein war unterhalb des Knies amputiert. »Pemu?« sagte er und nahm das Mädchen genau in Augenschein. »Bist du das, Cousine?« Er schien ganz gerührt zu sein.

Das Mädchen nahm einen Laib Brot aus dem Beutel, den sie um ihre Taille trug, und reichte ihn dem Mann. »Das ist Harkog«, sagte sie und stellte ihn Shan vor. »Harkog und Pok sind für dieses Gebiet hier verantwortlich. Wir sind uns nicht sicher, wer von beiden der Anführer ist.«

Harkogs Mund öffnete sich zu einem schiefen Grinsen und enthüllte lediglich drei Zähne. »Zucker?« fragte er Shan plötzlich. »Hast du Zucker?«

Shan kramte in der Tasche herum, die Yeshe aus dem Wagen mitgebracht hatte, und fand einen überreifen Apfel, der schon ganz braun war. Der Mann nahm das Obst stirnrunzelnd entgegen. Dann hellte sein Gesicht sich auf. »Touristen? Auf dem Berg ist ein Platz mit großer Macht. Ich kann euch hinbringen, auf einem geheimen Pfad. Geht dorthin, sprecht Gebete. Wenn ihr nach Hause kommt, werdet ihr Babies machen. Funktioniert immer. Fragt Pemu«, fügte er mit heiserem Lachen hinzu.

»Wir sind auf der Suche nach Ihrem Bruder. Wir wollen ihm helfen.«

Der unbeschwerte Gesichtsausdruck des Mannes verschwand. »Ich habe keinen Bruder. Mein Bruder ist von dieser Welt gegangen. Es ist zu spät, um Balti zu helfen.«

Shans Mut sank. »Balti ist gestorben?«

»Kein Balti mehr«, sagte Harkog und klopfte sich mit der Faust vor die Stirn, als verspürte er großen Kummer.

Pemu schlug die Zeltklappe auf. Im Innern saß eine entfernt menschliche Gestalt, die leere Hülle eines Mannes mit ausgemergeltem Gesicht und den schwarzgeränderten Augenhöhlen eines Totenschädels. »Nur sein Körper ist hier«, sagte Harkog. »Es ist nicht viel von ihm übrig, seit ein paar Tagen schon. Er bleibt wach. Tag und Nacht, mit nichts als den Mantras.« Er musterte den Rosenkranz, der an Yeshes Gürtel hing. »Heiliger Mann?« fragte er mit neuem Interesse.

Yeshe erwiderte nichts, trat aber näher an das Zelt heran. »Balti Dronma. Wir müssen mit Ihnen sprechen.«

Der Bruder erhob keine Einwände, als Shan und Yeshe das Zelt betraten und sich hinsetzten.

Pemu folgte ihnen. »Er ist ja mehr tot als lebendig«, flüsterte sie entsetzt.

»Wir haben Fragen«, sagte Shan ruhig. »Über jene Nacht.«

»Nein«, protestierte Harkog. »Er war bei mir. In all diesen Nächten.«

»Welche Nächte?« fragte Shan.

»In allen Nächten, die gemeint sein könnten.«

»Nein«, erwiderte Shan geduldig. »Die letzte Nacht in Lhadrung hat er mit Ankläger Jao verbracht. Als Jao ermordet wurde.«

»Ich weiß nichts von einem Mord«, murmelte Harkog.

»Der Ankläger. Jao. Er wurde ermordet.«

Harkog schien ihn nicht zu hören. Er starrte seinen Bruder an. »Er ist gerannt. Er ist gerannt und gerannt. Wie ein Schakal ist er gerannt. Tagelang ist er gerannt. Dann eines Morgens sehe ich ein Tier unter einem Felsen. Riecht wie eine sterbende Ziege, hat der Hund gesagt. Ich habe meinen Arm ausgestreckt und Balti hervorgezogen.«

»Wir sind aus Lhadrung hergekommen, weil wir wissen müssen, was er in jener Nacht gesehen hat.«

»Sprich ein Mantra«, sagte Harkog plötzlich zu Yeshe. »Schütze ihn vor den Dämonen, während er schläft. Ruf seine Seele zurück, damit er sich ausruhen kann. Danach wird er vielleicht sprechen.«

Yeshe entgegnete nichts, schob sich aber unbeholfen auf den Platz neben Balti.

Zufrieden verließ Harkog das Zelt.

»So wie du mein Baby gesegnet hast«, sagte Pemu zu Yeshe.

Und wieder warf er Shan einen flehentlichen Blick zu. »Es tut mir leid«, sagte er zweimal, erst zu Shan, dann zu der Frau. »Ich bin nicht in der Lage, das zu tun.«

»Ich weiß noch, was die Frau bei der Garage gesagt hat«, erinnerte Shan ihn. »Die Kräfte sind nicht geschwunden, sie haben nur ihren Mittelpunkt verloren.«

Pemu drückte sich den Rücken seiner Hand an die Stirn.

Yeshe stöhnte leise auf. »Warum?«

»Weil er stirbt.«

»Und ich soll ein Wunder vollbringen?«

»Die Medizin, die dieser Mann braucht, kann ihm kein Arzt geben«, sagte Shan.

Pemu hielt weiterhin Yeshes Hand. Er blickte sie mit einem neuen Ausdruck der Klarheit an. Vielleicht, dachte Shan, war das Wunder bereits unterwegs.

Shan setzte sich mit dem Hirten draußen hin und sah Pemu dabei zu, wie sie das Feuer anfachte und Tee zubereitete. Ein Donnerschlag ließ die Luft um sie herum erzittern, und ein Regenvorhang kam das Tal hinauf auf sie zu. Während Harkog eine schützende Plane über der Feuerstelle errichtete, erklang aus dem Innern des Zeltes der Beginn einer Litanei.

Shan lauschte dem eintönigen Brummen von Yeshes Stimme eine Stunde lang und ging dann los, um Feng und ihre Vorräte aus dem Wagen zu holen. Als sie vom Fahrzeug aufbrachen, hielt der Sergeant auf einmal inne und rannte zurück. »Ich muß den Wagen verstecken«, sagte er über die Schulter gewandt. Er sagte nicht, vor wem.

Als sie oben eintrafen, hatte der Regen aufgehört. Yeshe befand sich noch genau da, wo Shan ihn zurückgelassen hatte. Er saß vor Baltis Lager und wiederholte immer wieder das Schutzmantra, und er würde nicht damit aufhören, bis die Tat vollbracht war. Niemand, nicht einmal Yeshe wußte, wann dieser Zeitpunkt gekommen sein würde.

Als die Sonne unterging, sammelten sie Feuerholz und kochten einen Eintopf. Als der Himmel wieder aufklarte, aßen sie schweigend, und während der ganzen Zeit drang aus dem Zelt Yeshes eintönige Stimme an ihre Ohren. Shan saß bei Pemu und beobachtete, wie der Vollmond über den östlichen Himmel wanderte. In einiger Entfernung schrie ein einsamer Ziegenmelker. Nebelschwaden krochen die Hänge hinab. Feng legte sich mit einer Decke nieder und schnarchte binnen weniger Minuten. Yeshes Stimme brummte weiter vor sich hin. Pemu fand ein Schaffell, wickelte sich darin ein und starrte ins Feuer. Am Rand des flackernden Lichtkreises saßen Harkog und Pok der Hund und schauten in die Dunkelheit. Yeshes Litanei dauerte nun schon fast sechs Stunden.

Shan fühlte sich von allem losgelöst. Von dem Bösen, das in Lhadrung lauerte. Von dem Gulag, in das er zurückkehren würde. Sogar der allgegenwärtige Arm von Minister Qin und Peking schienen in diesem Moment Teil einer anderen Welt zu sein.

Aus seiner Tasche holte Shan das Reispapier und den Tintenstift, die er auf dem Markt gekauft hatte. Es war schon so lange her. So viele Festtage waren ungenutzt verstrichen. Er rieb den Stift und rührte mit ein paar Tropfen Wasser in einem gekrümmten Stück Rinde die Tinte an. Dann übte er und zog mit dem Pinsel kleine Striche in die Luft, überlegte sich vorher genau, was er schreiben wollte, bis er schließlich das Blatt vor sich hinlegte und mit der Arbeit begann. Er bediente sich der eleganten alten Ideogramme, die er als Junge gelernt hatte.

Lieber Vater, begann er, bitte verzeih mir, daß ich schon seit so vielen Jahren nicht mehr geschrieben habe. Seit meinem letzten Brief bin ich zu einer langen Reise aufgebrochen. Meine Seele schrie nach Nahrung. Dann traf ich einen weisen Mann, der diesen Hunger stillte. Die Pinselstriche mußten kühn und flüssig erfolgen, oder sein gelehrter Vater wäre enttäuscht. Wenn ein Wort richtig geschrieben ist, pflegte sein Vater zu sagen, dann sollte es wie Wind über einem Bambusfeld aussehen. Anfangs war ich traurig und ängstlich. Doch inzwischen ist die Trauer verflogen. Und Angst habe ich nur noch vor mir selbst. Früher, ganz allein in seiner Wohnung in Peking, hatte er oft Briefe geschrieben. Er las die Ideogramme ein weiteres Mal durch, war aber noch nicht zufrieden. Ich sitze auf einem namenlosen Berg, werde vom Nebel eingehüllt und denke an Dich, fügte er hinzu und unterschrieb so, wie sein Vater ihn genannt hätte. Xiao Shan.

Aus dem zweiten Blatt faltete er einen Umschlag für seinen Brief, zog ein glimmendes Stück Holz aus dem Feuer und trat hinaus in die Dunkelheit. Im Mondschein ging er bis zu einem kleinen Vorsprung, der sich über dem Tal erhob, schichtete zwischen zwei Steinen etwas getrocknetes Gras auf und legte den Brief darauf. Er schaute zu den Sternen empor, verneigte sich vor dem Brief und entzündete das Gras mit der Glut aus dem Lagerfeuer. Als die Asche zum Himmel aufstieg, blickte er ihr ehrfurchtsvoll nach und hoffte, er würde sehen, wie sie vor dem Mond vorbeizog.

Er verweilte eine Zeitlang an diesem Ort, rundherum von Sternen eingehüllt. Ingwergeruch stieg ihm in die Nase, und er lauschte in der Erinnerung seinem Vater. Inzwischen wußte er, daß die freudigen Erlebnisse in seinem Gedächtnis bewahrt geblieben waren.

Auf halbem Weg zurück zum Lager erschrak er sich auf einmal fürchterlich, als eine schwarze Gestalt vor ihm auf dem

Pfad erschien. Es war Pok. Der riesige Hund saß da und versperrte ihm den Weg.

»Man sagt, es wäre ein Reitunfall gewesen, aber das stimmt nicht«, erklang eine Stimme aus den Schatten neben dem Pfad. Harkog. Er klang auf merkwürdige Weise entschlossen. »Es war eine Landmine. Ich bin vor der Armee weggelaufen. Plötzlich wurde ich durch die Gegend gewirbelt. Die Explosion habe ich gar nicht gehört. Noch während ich in der Luft war, flog mein Bein an mir vorbei. Doch die Soldaten haben aufgegeben. Diese Schweine haben tatsächlich aufgegeben.« Er humpelte aus dem Schatten und schaute zu den Sternen empor, genau wie Shan es getan hatte.

»Haben die Soldaten sich nicht auf das Minenfeld getraut?«

»Drei von ihnen sind vorsichtig herangeschlichen, um mir den Rest zu geben. Ich habe ihnen erst einen Fluch und dann mein Bein entgegengeschleudert. Sie sind gerannt wie verängstigte Welpen.«

»Das mit Ihrem Bein tut mir leid.«

»Mein Fehler. Ich hätte nicht weglaufen sollen.«

Langsam und schweigend gingen sie zurück. Pok trottete voran.

»Wir könnten Sie alle beide mitnehmen, falls Sie möchten«, bot Shan an.

»Nein«, erwiderte der Mann bedächtig und wohlüberlegt. »Nehmen Sie einfach nur seine chinesische Kleidung mit und auch alles andere aus Lhadrung. Er muß wieder eine Schaffellweste tragen. Das alles ist ihm nur deshalb passiert, weil er versucht hat, jemand zu sein, der er nicht ist. Einmal bin ich per Anhalter auf einem Lastwagen mitgefahren. Nach Lhadrung. Gute Schuhe. Aber dieser Jao war ein schlimmes Vorbild.«

»Sie haben Jao gekannt?«

»Ich bin einmal mit Balti in dem schwarzen Wagen mitgefahren. Dieser Jao roch nach Tod.«

»Soll das heißen, Sie wußten, daß Jao sterben würde?«

»Nein. Ich meine, um ihn herum sind Leute gestorben. Er hatte Macht, wie ein Zauberer. Er kannte machtvolle Worte, die zu Papier gebracht werden konnten, um Leute zu töten.«

Sie waren inzwischen nahe genug, um den Schein des Lagerfeuers sehen zu können, als Pok knurrte. An einem der Felsen lehnte ein Schatten und wartete. Harkog erteilte dem Hund einen knappen Befehl, und die beiden waren bereits wieder zum Lager unterwegs, bis auch Shan endlich Sergeant Feng erkannte.

»Ich weiß, was du gemacht hast«, sagte Feng. »Du hast eine Botschaft geschickt.«

Shan biß die Zähne zusammen. »Bloß ein kleiner Spaziergang.«

»Mein Vater hat versucht, es mir beizubringen, als ich noch klein war«, sagte Feng mit sehnsüchtiger Stimme. Shan erkannte, daß er Fengs Absicht mißverstanden hatte. »Ich sollte mit meinem Großvater sprechen. Doch ich habe es vergessen. Hier oben, so weit weg von allem, da denkt man über alles mögliche nach. Vielleicht ...« Er rang mit sich. »Vielleicht könntest du mir noch mal zeigen, wie das geht.«

Trinle hatte einmal zu Shan gesagt, die Menschen würden über Tagseelen und Nachtseelen verfügen, und die wichtigste Aufgabe im Leben bestünde darin, die eigene Nachtseele mit der Tagseele bekannt zu machen. Shan erinnerte sich daran, wie Feng auf dem Weg zu Sungpos *gompa* von seinem Vater erzählt hatte. Der Sergeant war dabei, seine Nachtseele zu entdecken.

Sie gingen zurück zu dem Vorsprung, auf dem Shan seinen Brief abgeschickt hatte. Feng entzündete ein kleines Feuer und holte einen Bleistiftstummel sowie einige der leeren Kontrollblätter der 404ten hervor. »Ich weiß nicht, was ich schreiben soll.« Er klang sehr klein und schwach. »Wir durften uns nicht mehr an unsere Familienangehörigen erinnern, wenn sie als schlechte Elemente galten. Aber manchmal möchte ich mich erinnern. Das ist jetzt mehr als dreißig Jahre her.«

»An wen möchten Sie schreiben?«

»An meinen Großvater, wie mein Vater es sich gewünscht hat.«

»Was wissen Sie noch von ihm?«

»Nicht viel. Er war sehr stark und hat viel gelacht. Er hat mich immer auf dem Rücken getragen, oben auf einer Ladung Holz.«

»Dann schreiben Sie einfach nur darüber.«

Feng dachte lange nach und schrieb dann langsam etwas auf eines der Blätter. »Ich kann mich nicht so gut ausdrücken«, entschuldigte er sich und reichte das Blatt an Shan weiter.

Großvater, du bist stark, stand dort. *Trag mich auf deinem Rücken.*

»Ich glaube, Ihre Worte sind sehr gut«, sagte Shan und half ihm, aus den anderen Blättern einen Umschlag herzustellen. »Um die Botschaft abzuschicken, sollten Sie allein sein«, sagte er. »Ich werde in einiger Entfernung am Weg auf Sie warten.«

»Ich weiß nicht, wie man das abschickt. Ich dachte, man müßte vielleicht etwas Bestimmtes dabei sagen oder so.«

»Denken Sie an ihn, und tragen Sie ihn im Herzen, wie Sie das bereits tun, und dann wird der Brief ihn auch erreichen.«

Als sie zum Lager zurückkehrten, saßen Harkog, Yeshe und Balti am Feuer. Pemu fütterte Balti mit einem Löffel und redete dabei leise und tröstend auf ihn ein, wie man normalerweise mit einem Kind reden würde. Die Erschöpfung schien von Balti auf Yeshe übergewechselt zu sein, der mit ausgelaugter Miene verwirrt in die Flammen starrte.

»Wir sind in Ihrem Haus gewesen«, sagte Shan. »Die alte Frau, die mit der Ratte verheiratet ist, hat uns das Versteck gezeigt. Es war für einen Aktenkoffer gemacht.«

Balti ließ nicht erkennen, ob er ihn gehört hatte.

»Was hat sich darin befunden, das so gefährlich sein konnte?«

»Große Dinge. Wie eine Bombe, hat Jao gesagt.« Baltis Stimme war dünn und hoch.

»Haben Sie diese Sachen jemals zu Gesicht bekommen?«

»Natürlich. Es waren Akten, Umschläge, keine wirklichen Dinge. Papiere.«

Shan schloß frustriert die Augen, als ihm klar wurde, warum Jao seinem Fahrer hinsichtlich der Papiere so sehr vertraut hatte. »Sie können nicht lesen, nicht wahr?«

»Straßenschilder. Die Straßenschilder hat man mir beigebracht.«

»In jener Nacht«, sagte Shan. »Wohin wollten Sie fahren?«

»Zum Flughafen Gonggar. Dem Flughafen nach Lhasa. Mr. Jao vertraut mir. Ich bin ein sicherer Fahrer. Fünf Jahre ohne Unfall.«

»Aber Sie sind einen Umweg gefahren, bevor es zum Flughafen ging.«

»Richtig. Eigentlich wollten wir zum Flughafen fahren, aber nach dem Abendessen hat er etwas anderes gesagt. Er war ganz aufgeregt. Zur Brücke an der Südklaue sollten wir fahren, dieser neuen Brücke über den Drachenschlund, die Tans Ingenieure gebaut haben. Ein wichtiges Treffen. Aber es sollte nicht lange dauern. Wir werden den Flug nicht verpassen, hat er gesagt.«

»Mit wem hat er sich getroffen?«

»Balti war nur der Fahrer. Ein sehr guter Fahrer. Das ist alles.«

»Hat er seinen Aktenkoffer mitgenommen?«

Balti dachte kurz nach. »Nein. Der Koffer lag auf der Rückbank. Ich bin auch ausgestiegen, als er ausgestiegen ist. Es war kalt. Hinten habe ich eine Jacke gefunden. Ankläger Jao gibt mir manchmal Kleidung. Wir haben die gleiche Größe.«

»Was ist also passiert, nachdem Jao aus dem Wagen gestiegen war?

»Jemand hat aus dem Schatten seinen Namen gerufen. Er ist weggegangen. Also habe ich mich hingesetzt und geraucht. Auf der Motorhaube habe ich gesessen und geraucht. Fast eine halbe Schachtel. Es wurde ziemlich spät. Ich habe auf die Hupe gedrückt. Dann kam er auf einmal angerannt. Er war sehr wütend. Er würde mich in der Luft zerreißen. Das hatte ich wirklich nicht gewollt. Vielleicht war es wegen der Hupe. Er war sehr ärgerlich.«

Shan erkannte, daß Balti nicht mehr von dem Ankläger sprach.

»Sie haben ihn gesehen?«

»Natürlich habe ich ihn gesehen. Wie eine herandonnernde Herde Yaks habe ich ihn gesehen.«

»Wie nah?«

»Zuerst dachte ich, es wäre Genosse Jao. Nur ein Schatten.

Dann kam der Mond hinter einer Wolke hervor. Er war golden. Wunderschön. Im ersten Moment war das alles, was ich denken konnte, wie in Trance. So schön und so groß wie zwei Männer. Dann habe ich bemerkt, daß er wütend war. Er hatte diese große Klinge in der Hand und schnaubte wie ein Stier. Mein Herz blieb stehen. Das hat er gemacht. Er hat mein Herz angehalten. Ich habe meinem Herz gesagt, es soll weiterschlagen, aber es wollte nicht. Dann bin ich runter in die Heide gelaufen. Ich bin gerannt. Ich habe mir in die Hose gemacht und geweint. Am Morgen habe ich die Straße nach Osten wiedergefunden. Lastwagenfahrer haben angehalten und mich ein Stück mitgenommen. Dazwischen bin ich gerannt, immer gerannt.«

»Tamdin«, sagte Shan. »Hat er Sie verfolgt?«

»Oh, Tamdin ist so wütend. Er will mich packen. Ich höre ihn nachts. Falls ich mit den Mantras aufhöre, erwischt er mich. Er wird mir den Kopf abbeißen, als wäre ich nur ein süßer Apfel für ihn.«

»Was war in dem Wagen?«

»Nichts. Das Reisegepäck und der Aktenkoffer.«

»Und wo ist der Wagen jetzt?«

»Wer weiß das schon? Ich bin kein Fahrer, nein, nicht mehr. Niemals mehr.«

»Der Wagen wurde nicht bei der Brücke gefunden.«

»Dieser Tamdin hat ihn vermutlich genommen und über die nächsten beiden Berggipfel hinweggeschleudert«, sagte Balti leise.

Als sie in der Morgendämmerung aufbrachen, saß Balti wieder im Zelt und warf furchtsame Blicke nach draußen, während er sich im Takt eines neuen Mantras vor und zurück wiegte. Tränen liefen ihm über die Wangen. Auf Shans Decke lag ein Bündel Kleidung.

»Verlegen Sie Ihr Lager«, sagte Shan leise zu Harkog, nachdem Pemu und Sergeant Feng sich den Abhang hinab auf den Weg gemacht hatten, »und zwar so, daß man es weder von der Straße noch aus der Luft erkennen kann.«

Harkog nickte grimmig, und Yeshe streckte ihm einen Zettel entgegen. »Hier, ein Bannspruch, den Sie an Ihrem Zelt befestigen können«, sagte er. »Lassen Sie Balti beten. Aber er muß meine Anordnung befolgen. Heute den ganzen Tag. Morgen einen halben Tag. Ab übermorgen nur noch eine Stunde täglich, und das einen ganzen Monat lang. Außerdem muß er in zwei Tagen herauskommen und die Hügel durchstreifen. Der Geist ist von ihm gewichen. Balti muß werden, was er ist.«

»Wir werden *khampa* sein«, erwiderte Harkog mit einem breiten Grinsen und zeigte seine drei Zähne.

Zurück im Wagen, untersuchte Shan die Kleidungsstücke. Sie waren schlammverschmiert. Billige Arbeitskleidung, kaum besser als diejenige, welche an die Häftlinge ausgegeben wurde. Doch die ausgetretenen Schuhe waren in ein Jackett eingewickelt, das zu einem Anzug gehörte. Es war zerrissen und verdreckt, jedoch von ganz anderer Qualität, denn es stammte aus der Fertigung einer Schneiderei. In einer der Taschen fanden sich ein Taschentuch sowie einige Visitenkarten, die von einem Gummiband zusammengehalten wurden. Jao Xengding, stand darauf. Ankläger des Bezirks Lhadrung. Balti hatte Jaos Jackett getragen. Es war kalt in jener Nacht, hatte er gesagt. Er hatte Jaos Jackett angezogen und sich auf die Motorhaube des Wagens gesetzt.

In der anderen Tasche steckten mehrere gefaltete Stücke Papier in einer Büroklammer. Shan faltete die Zettel auseinander. Bei einigen davon handelte es sich um Quittungen, zu denen auch die oberste aus dem mongolischen Restaurant gehörte, auf deren Rand »Amerikanische Mine« geschrieben stand. Darunter befand sich ein kleiner Zettel, auf den jemand das Wort Bambusbrücke gekritzelt hatte. Auf einem gelben Blatt stand Sie brauchen das Röntgengerät nicht. Unter den Worten befand sich ein Symbol, das wie ein umgekehrtes Y aussah, dessen Grundstrich von zwei Balken durchkreuzt wurde. Vielleicht sollte es das Ideogramm für »Himmel« darstellen, vielleicht war es aber auch nur gedankenloses Gekritzel. Auf einem anderen Blatt waren mehrere Städte aufgeführt. Lhadrung, Lhasa, Peking und Hongkong, stand da, gefolgt von den Worten Bei

Da-Verband. Wo hatte er das schon mal gehört? Dann fiel es ihm wieder ein. Der Lama in Khartok, der als Geschäftsführer fungierte, hatte gesagt, der Bei Da-Verband sei ihnen beim Wiederaufbau behilflich. Bei Da war die Pekinger Universität.

Eine vierte Notiz wirkte beinahe wie ein Einkaufszettel. Schal, Weihrauch und Gold, stand dort zu lesen. Einer dieser Zettel, begriff er, hatte Jao vermutlich in den Tod gelockt.

Shan war noch immer mit dem Versuch beschäftigt, den Sinn dieser Worte zu ergründen, als sie den schmalen Paß erreichten, der von dem Plateau hinabführte. Sie hatten Pemu in der Nähe der Herden ihrer Familie abgesetzt, nachdem das Mädchen sich ein letztes Mal Yeshes Hand auf den Kopf gelegt und ein kurzes Dankgebet gesprochen hatte. Plötzlich schlug vor ihnen ein Blitz ein und setzte neben der Straße einen Busch in Brand. Der Strauch ging lodernd in Flammen auf. Keiner sprach ein Wort. Sie warteten, bis der Busch zu Asche zerfallen war, und fuhren dann weiter.

Kapitel Dreizehn

Das Eingangstor des Lagers Jadefrühling war angegriffen worden. Einige Bretter waren geborsten, und der Draht hing lose herab. Auf einer Breite von jeweils zwanzig Metern neben dem Tor war das Heidekraut niedergetrampelt. Im Licht, das aus der Wachhütte fiel, sah Shan, daß Kleidungsfetzen im Stacheldraht hingen. Ein finster und wütend dreinblickender Arbeitstrupp tauschte die Angeln an einem der beiden großen Torflügel aus. Shan starrte ungläubig nach vorn. Er konnte vor lauter Erschöpfung kaum mehr aus den Augen blicken, denn hinter ihm lagen sechzehn schreckliche Stunden Fahrt, in deren Verlauf er sich mit Sergeant Feng am Steuer abgewechselt hatte. Während seiner Fahrpausen war es ihm nicht gelungen, länger als ein paar Minuten am Stück zu schlafen. Der letzte Eindruck von Balti, wie er im dunklen Zelt saß und sich vor und zurück wiegte, hatte ihn immer wieder aufschrecken lassen.

Shan wankte verwirrt aus dem Wagen und hielt unwillkürlich nach Blutflecken am Boden Ausschau.

Sobald er sich der Wachhütte näherte, schaltete jemand ein Flutlicht ein, das ihm vorübergehend die Sicht nahm.

Als er wieder etwas erkennen konnte, stand ein Offizier neben ihm. »Wir haben Sie vermißt«, sagte der Mann mit frostigem Sarkasmus. »Man hat uns einen Besuch abgestattet. Ich bin sicher, Sie hätten einen tollen Ehrengast abgegeben.«

»Man?«

Der Offizier erteilte dem Arbeitstrupp ein paar barsche Befehle und fuhr dann fort. »Die Kultanhänger. Es gab einen Aufruhr, jedenfalls beinahe. Kurz nach Anbruch der Dämmerung hat ein Holzlaster einen alten Mann hier abgesetzt, der das Gewand eines Priesters trug. Er hat sich einfach wortlos hingehockt. Wir haben ihn an seiner Gebetskette herumfummeln lassen. Dann kam ein Bauer auf einem Fahrrad vorbei und hielt an. Spätestens da hätten wir die beiden von der Straße jagen sollen. Aber Oberst Tan hat gesagt, er wolle keinen Ärger und keine Zwischenfälle. Ein Besuch aus Peking stehe kurz bevor, und irgendwelche Amerikaner kämen auch bald hier vorbei. Wir sollten uns ruhig verhalten.« Der Offizier öffnete die Fahrertür und bedachte Feng mit einem wütenden Blick, als trüge der Sergeant irgendeine Mitschuld an dem Vorfall.

Er gab das Signal, das Tor zu öffnen, und wandte sich wieder an Shan. »Eine Stunde später waren es schon sechs. Dann zehn. Mittags ungefähr vierzig. Der Mann in dem Gewand war für die Leute wohl irgendwas Besonderes, schätze ich.« Shan nahm die Stoffetzen genauer in Augenschein. Es handelte sich nicht um die Überreste von Kleidungsstücken, weil jemand in den Draht geworfen worden war, sondern um Gebetsfahnen, die man am Zaun festgeknotet hatte.

»Also bin ich nach draußen gegangen, um zu vermitteln und über das sozialistische Gebot der Koexistenz zu diskutieren. Ihr müßt Platz machen, habe ich gesagt. Bald kommt eine Armeekolonne mit schwerem Gerät hier an. Jemand könnte verletzt werden. Aber die Leute haben gesagt, sie wollten, daß Ihr Mann Sungpo freigelassen wird. Angeblich sei er gar kein Verbrecher.« Der Augen des Offiziers funkelten wütend. »Das war ein großes Geheimnis. Eigentlich dürfte niemand wissen, daß

Ihr Mönch hier eingesperrt ist. Mir ist keiner hier bekannt, der geredet hätte«, sagte er mit anklagendem Unterton.

»Nachdem ich wieder gegangen war, ist die Menge vorgerückt, hat eine Litanei angestimmt und begonnen, den Zaun hin- und herzuschaukeln. Die Pfosten haben sich gelockert. Also habe ich ein Überfallkommando geschickt, allerdings ohne Schußwaffen. Doch die Tibeter haben sich umgedreht und die Hände zu einer Art menschlicher Kette aneinandergefesselt. Mit Socken, Schnürsenkeln, was auch immer. Sie haben uns ignoriert, uns einfach den Rücken zugewandt und vor sich hingebetet. Was sollten wir machen? Bald kommen Touristen hierher. Falls irgendein Rundauge auftaucht und uns dabei fotografiert, wie wir diese Kerle verprügeln, darf ich den Rekruten nachts beim Leeren der Latrine helfen.«

»Der alte Mann«, sagte Shan. »Ist er aus dem Norden gekommen?«

»Ja, richtig. Uralt und klapprig, als würde er jeden Moment zu Staub zerfallen.«

Shan war plötzlich ganz aufgeregt. »Wo ist er jetzt?«

»Wir haben ihn vor einer Stunde schließlich reingelassen. Es war die einzige Möglichkeit, die Leute loszuwerden. Wann, zum Teufel, werden Sie ...«

Shan wartete nicht ab, bis der Offizier die wütende Frage beendet hatte. Er lief durch das Tor zum Arrestlokal.

Das einzige Licht dort drinnen brannte am Ende des Ganges. Jigme saß an der Zellentür und behielt Sungpo im Auge, genau wie Shan ihn vor drei Tagen verlassen hatte. Neben ihm saß Je Rinpoche.

Der alte Mann achtete nicht auf Shan. Er sah Sungpo an, der in der Mitte der Zelle saß. Sie redeten nicht, aber ihre Blicke schienen auf denselben unsichtbaren Punkt in der Ferne gerichtet zu sein.

Als Shan die Zellentür öffnete, hielt Yeshe ihn am Arm zurück. »Sie dürfen nicht einschreiten. Wir müssen warten, bis sie von selbst zurückkommen.«

»Nein«, widersprach Shan. »Es ist zu spät, um nicht einzuschreiten.« Er betrat die Zelle und berührte Sungpo an der

Schulter. Dabei schien eine Art Elektrizität seine Finger zu durchzucken, aber ohne den entsprechenden Schock. Er redete sich ein, es müsse sich um Einbildung gehandelt haben. Sungpo bewegte den Kopf hin und her, als würde er einen tiefen Schlaf abschütteln. Dann blickte er auf und begrüßte Shan mit einem kaum merklichen Blinzeln.

Je Rinpoche atmete tief aus, und sein Kopf sackte ihm langsam auf die Brust. Yeshe starrte Shan mit ungewohntem Zorn an.

»Versteht denn niemand, was hier gerade vor sich geht?« fragte Shan mit mühsam unterdrückter Erregung. Er erhielt keine Antwort.

Nachdenklich erwiderte er Yeshes Blick. »Ich muß mit Dr. Sung sprechen. Gehen Sie, und rufen Sie sie an. Sagen Sie ihr, daß ich mich mit ihr treffen muß.«

»Dieser alte Lama meditiert«, warnte Yeshe. »Sie dürfen ihn nicht unterbrechen.«

»Sagen Sie ihr, daß ich mit ihr über eine Gruppe namens Bei Da-Verband reden will.«

Yeshe brachte stirnrunzelnd seine Mißbilligung zur Kenntnis, machte dann kehrt und verließ das Gebäude.

Shan kniete sich zwischen die beiden Mönche. »Verstehen Sie, was hier vor sich geht?« fragte er erneut, diesmal etwas lauter, weil ihm keine Möglichkeit einfiel, die Aufmerksamkeit des Lama auf weniger grobe Weise zu erregen.

»Ein Mann wurde ermordet«, sagte Je Rinpoche plötzlich und hob den Kopf. »Die Regierung hat ihn für eine wichtige Persönlichkeit gehalten.«

Shan sah zu Sungpo. Die Augen des Mannes blinzelten.

»Man wird einen Ausgleich herbeiführen wollen«, stellte der alte Lama sachlich fest.

»Einen Ausgleich?«

»Man wird dafür eines unserer Leben verlangen.«

»Ist es das, was Sie wollen?«

»Wollen?« fragte Je.

»Was ist mit der Gerechtigkeit?«

»Gerechtigkeit?«

Shan hatte das chinesische Wort *yi* gewählt, dessen Ideogramm einen großen Menschen darstellte, der mit vorgehaltenem Schwert einen kleineren Menschen beschützte. Das Symbol wurde von den Tibetern so gut wie nie benutzt.

»Glauben wir an Pekings Gerechtigkeit?« fragte Je in dem gleichen gelassenen Tonfall, in dem er in Saskya von der Zerstörung des alten Klosters erzählt hatte. Die Frage war an Sungpo gerichtet.

Auf einmal ergriff Sungpo das Wort. Er sah dabei Je an, und zwar ausschließlich Je. »Wir glauben an die Harmonie«, erwiderte er mit kaum hörbarer Stimme. »Wir glauben an den Frieden.«

Je wandte sich an Shan. »Wir glauben an die Harmonie«, wiederholte er. »Wir glauben an den Frieden.«

»Ich wurde zur Umerziehung in eine Kommune geschickt«, sagte Shan zu Je. »Während der dunklen Jahre.« Jedermann hatte seinen eigenen Namen für die qualvolle Periode, die von Mao als Kulturrevolution bezeichnet worden war. »In der ersten Woche standen wir in einem Reisfeld. Im Schlamm. In mehreren Reihen. Sie nannten uns Sämlinge. Sprechen war nicht gestattet. Die Politoffizierin sagte, auf den Feldern müsse Frieden herrschen. Falls jemand redete, lachte oder weinte, wurde er geschlagen. Wir haben lange Zeit keinen Laut von uns gegeben. Aber wie Frieden hat sich das nie angefühlt.«

Je lächelte nur.

Sungpo schien wieder zurück in seine Meditation zu gleiten.

»Ich habe Fragen«, sagte Shan eindringlich zu Je. »Fragen Sie ihn nach der Verhaftung. Was haben die Männer gesagt? Wann hat er Ankläger Jao zum letztenmal gesehen?«

Je beugte sich vor und sprach flüsternd mit Sungpo.

»Er war weg«, erklärte Je und bezog sich damit auf Sungpos Meditation. »Weit weg. Er wußte nichts, bis er zurückkehrte. Da stellte er fest, daß er in einem Wagen saß und man ihm Handschellen angelegt hatte. Es gab insgesamt zwei Autos, voll mit Männern in Uniform.«

»Weshalb hat man Ankläger Jaos Brieftasche dort gefunden?«

Je hielt Rücksprache mit Sungpo. »Das ist sehr merkwürdig«, erklärte er mit verwundertem Blick. »Sungpo hatte die Brieftasche nicht in seinem Besitz. Er wußte nicht, daß man sie dort gefunden hatte. Vielleicht ist etwas dorthin gekommen und hat die Brieftasche versteckt.«

»Etwas? Oder doch eher jemand?«

Als der alte Mann seufzte, stieg aus seiner Kehle ein rasselndes, pfeifendes Geräusch empor. »Manchmal schlägt der Blitz ein und hinterläßt Dinge. Die Brieftasche sollte sich dort befinden. Es scheint nicht wichtig, wie sie dorthin gelangt ist.«

»Ein Blitz hat bewirkt, daß eine Brieftasche sich in Sungpos Höhle materialisiert hat?« fragte Shan langsam. Sein Mut sank.

»Blitze. Geister. Ihre Taten sind unergründlich. Vielleicht ist das ihre Art, ihn zu rufen.«

»Und falls man den wirklichen Täter nicht findet und der Geist des Ermordeten nicht zur Ruhe kommt, wird die 404te ihren Streik fortsetzen. Man wird die Häftlinge des Massenverrats für schuldig befinden.«

»Vielleicht ist auch das der vorherbestimmte Pfad der Männer zur nächsten Inkarnation.«

Shan schloß die Augen und atmete tief durch. »Hat Sungpo den Ankläger Jao gekannt?«

Je sprach kurz mit Sungpo. »Er kennt den Namen aus irgendeinem Gerichtsprozeß.«

»Hat er Jao ermordet?«

Je sah ihn müde an. »Er trägt keine Last auf seiner Seele. Nur noch die Breite eines Haares trennt ihn von den Toren der Buddhaschaft.«

»Das ist keine zulässige Verteidigung.«

Je seufzte. »Ein Mord wäre eine Verletzung seiner Gelübde. Er ist ein wahrhaft Gläubiger. Er hätte mir sofort davon erzählt. Er hätte sein Gewand abgelegt. Sein Zyklus wäre unterbrochen worden.«

»Aber trotzdem sagt er nicht, daß er es nicht getan hat.«

»Das wäre eine eigennützige Handlung. Uns wurde beigebracht, solche Handlungen zu meiden.«

»Demnach beteuert er deshalb nicht seine Unschuld, weil er nicht schuldig ist.«

»Genau.« Je lächelte. Shans Logik schien ihm sehr zu gefallen.

»Der Leiter des Büros für Religiöse Angelegenheiten hat kürzlich das Kloster besucht. Hat Sungpo den Mann gesehen?«

»Sungpo ist ein Einsiedler. Sobald er in Meditation versunken ist, würde er einen solchen Besucher nicht einmal dann bemerken, wenn dieser neben ihm stehen und ihm einen Tritt versetzen würde.«

Shan wandte sich an Jigme. »Gibt es noch einen anderen Weg zu Ihrer Hütte als den, auf dem wir gekommen sind?«

»Es gibt ein paar alte Wildpfade. Oder man klettert die Felsen hoch.«

Sungpo war inzwischen fast gänzlich entschwunden. Er schien keinen der Anwesenden mehr hören zu können, nicht einmal den alten Je. »Das Wissen, daß er für das Verbrechen eines anderen sterben wird, ist das nicht auch eine Art der Lüge?« fragte Shan den alten Lama und mußte gegen die Verzweiflung in seiner Stimme ankämpfen.

»Nein. Ein falsches Schuldbekenntnis, das wäre eine Lüge.«

»Bislang haben wir die Öffentliche Sicherheit aus der Sache heraushalten können. Aber sie werden versuchen, noch vor dem Prozeß ein Geständnis zu bekommen, und diese Leute versagen nur selten.« Er hatte in Peking einst eine entsprechende Direktive zu Gesicht bekommen. »Die Eröffnung eines Verfahrens, ohne daß ein Geständnis vorliegt, gilt als schlechte Arbeit der Justizorgane und als Mißachtung der sozialistischen Ordnung. Falls Sungpo nicht selbst daran mitwirkt, wird man in seinem Namen ein Geständnis verlesen.«

»Aber das wäre widersinnig«, stellte Je mit nach wie vor gelassener Stimme fest.

Shan beneidete ihn um seine Naivität. »Der Prozeß wird zur Unterweisung des Volkes durchgeführt.«

»Ah. Du meinst wie bei einer Parabel.«

»Ja«, erwiderte Shan mit hohler Stimme. Ein Bild blitzte vor seinem inneren Auge auf. Die alte Frau mit Mop und Eimer, wie sie hinter Sungpo die Treppe heraufkam. »Außer, daß eine solche Verhandlung eindeutigere Wirkung zeitigt als eine Parabel.«

Yeshe saß auf den Stufen vor ihrer Unterkunft, als Shan ein paar Decken für Je holen wollte. Der alte Lama bestand darauf, im Zellenblock zu bleiben. »Ich werde darum bitten, wieder an meine Arbeit bei der 404ten zurückkehren zu dürfen. Falls ich noch ein weiteres Jahr bei Zhong bleiben muß, dann werde ich das eben ertragen«, verkündete Yeshe und folgte Shan durch die Tür. »Ich möchte an dieser Sache nicht länger beteiligt sein. Das alles ist zu verwirrend. Was ist, wenn Jigme mit seiner Behauptung recht hat, Sungpo könne mit Leichtigkeit ein Gesicht abwerfen?«

»Soll das heißen, wir sollten akzeptieren, daß er sich opfert?«

»Es geht ja nicht nur um Sungpo. Sie haben es doch selbst gesagt. Es wird nicht ausreichen, Sungpos Unschuld zu beweisen. Wir werden eine Alternative anbieten müssen. Womöglich verhaftet man dann vier oder fünf andere Mönche. Vielleicht sogar zehn oder zwanzig und nennt es eine Verschwörung der *purba*s. Alle würden im gleichen Maße für schuldig befunden. Und vielleicht würde man sich nicht mit den *purba*s begnügen. Es gibt so viele Leute, die Widerstand leisten.«

»Ihrer Meinung nach muß also entweder Sungpo oder der Widerstand geopfert werden.«

»Der Widerstand im Bezirk Lhadrung, ja.«

»Und Sie sprechen sich jetzt für den Widerstand aus?«

»Sie haben mein *gompa* gesehen. Ich könnte kein *purba* sein, ohne meine Gelübde zu brechen. Ich würde für alle Zeit ausgestoßen werden. Es gäbe keine Hoffnung auf Rückkehr.«

»Hegen Sie denn diese Hoffnung?« fragte Shan.

»Nein«, erwiderte Yeshe mit bewegter Stimme. »Ich weiß es nicht. Vor zwei Wochen hätte ich es noch verneint. Jetzt weiß ich lediglich, wie schmerzhaft eine Rückkehr sein könnte.«

Shan erinnerte sich an die Hunde in Yeshes Kloster. Die Seelen von gescheiterten Priestern, hieß es.

Draußen ertönte lautes Geschrei, gefolgt vom hämmernden

Geräusch einiger Stiefel, die über den Exerzierplatz liefen. Die Kriecher zerrten Jigme vom Gefängnis weg, wogegen er sich nach Kräften sträubte. Shan drehte sich zu Yeshe um. »Ich brauche Ihre Hilfe. Mehr als jemals zuvor.«

Als Shan die Gruppe erreichte, hatte man Jigme in etwa hundert Metern Entfernung von Sungpos Zelle abgesetzt.

»Nur ein Besucher darf bei dem Gefangenen bleiben«, brüllte einer der Kriecher und ging weg.

»Von hier aus können Sie nicht allzuviel für ihn tun«, stellte Shan fest und setzte sich neben Jigme.

»Falls er essen würde, könnte ich ihm die Mahlzeiten zubereiten.«

»Es gibt vielleicht noch andere Möglichkeiten«, sagte Shan. »Je nachdem, wem Sie helfen wollen.«

»Sungpo.«

»Sungpo dem Heiligen? Oder Sungpo dem Sterblichen?«

Jigme dachte eine Weile nach, bevor er antwortete. »Manchmal ist das gar nicht so einfach zu sagen. Ich würde meinen, es ist ein und dasselbe.«

»Sie und ich, wir haben beide chinesisches Blut in den Adern. Es heißt, wir seien alle damit gestraft, ständig Kompromisse schließen zu müssen. Vielleicht würde es Jahre dauern, eine Antwort auf diese Frage zu finden. Aber in ein paar Tagen spielt es ohnehin keine Rolle mehr.«

Sie saßen schweigend da. Jigme fing an, mit dem Finger beiläufig ein Muster in den Staub zu malen.

»Ich möchte, daß Sie folgendes tun«, sagte Shan. »Gehen Sie in die Berge, zu den Drachenklauen. Wir können Ihnen Wasser und Vorräte mitgeben, und im Wagen sind auch ein paar Decken. Sergeant Feng kann Sie hinfahren und wird dann jeden Tag bei Ihnen vorbeischauen. Aber sobald Sie einmal draußen sind, weiß ich nicht, ob die Wachen Sie wieder durch das Tor lassen werden.«

Jigme dachte lange nach. »Es heißt, da oben sei ein Dämon unterwegs.«

Shan nickte mitfühlend. »Ich möchte, daß Sie herausfinden, wo dieser Dämon wohnt.«

Jigme zuckte nicht zusammen, aber sämtliche Farbe wich aus seinem Gesicht.

»Er wird Ihnen nichts tun.«

»Aus welchem Grund sollte er mich verschonen?« fragte Jigme jammervoll.

»Weil Sie zu den wenigen gehören, die reinen Herzens sind.«

Dr. Sung blieb nicht stehen, als Shan eintraf. »Verschwinden Sie«, sagte sie. »Sie verbreiten Gefahr, wo immer Sie auftauchen.« Er folgte ihr, während sie den Korridor der Klinik entlangeilte.

»Was ist der Bei Da-Verband?« fragte er und mußte beinahe laufen, um mit ihr Schritt halten zu können.

»Bei Da ist die Universität. Ein Verband ist ein Verband«, erwiderte sie lakonisch.

»Gehören Sie auch diesem Verband an?«

»Ich bin eine Ärztin im Dienst der Volksregierung. Die einzige Ärztin hier, falls Ihnen das noch nicht aufgefallen sein sollte. Ich habe viel Arbeit zu erledigen.«

»Wer war es, Doktor?«

Sie blieb stehen und sah ihn verwundert an.

»Wer hat Sie eingeschüchtert?«

Sie wurde rot. Zuerst dachte Shan, es geschähe aus Wut, aber dann kam er zu dem Schluß, daß es genausogut Scham sein konnte. »Es heißt, es handle sich um einen Klub für Absolventen der Pekinger Universität«, sagte sie. »Natürlich gibt es in ganz Lhadrung nur eine Handvoll dieser Absolventen. Man hat mich bei einer Gelegenheit zu einem Treffen eingeladen, zu einem Abendessen in einem alten Kloster außerhalb der Stadt. Ich dachte, man würde mich vielleicht fragen, ob ich dem Klub beitreten wollte.«

»Aber man hat Sie nicht gefragt.«

»Abgesehen von Peking, habe ich mit diesen Leuten nur wenig gemeinsam.«

»Um wen handelt es sich?« Ein Pfleger wischte den Boden, ein Tibeter. Er schob den Putzeimer in ihre Richtung. Shan forderte die Ärztin durch einen Wink auf, ihm außer Hörweite zu folgen.

»Die aufstrebenden Karrieremacher. Die junge Elite. Sie wissen schon. Heimlich importierte Bluejeans. Sonnenbrillen, die mehr kosten als das Monatseinkommen einer normalen Familie.«

»Mögen Sie Bluejeans und Sonnenbrillen nicht?«

Die Frage schien Dr. Sung zu überraschen. Sie schaute den Korridor hinunter, bevor sie antwortete. »Ich weiß nicht. Aber ich kann mich noch erinnern, daß solche Statussymbole früher durchaus eine Rolle für mich gespielt haben.«

»Was ist mit Ankläger Jao? Hat er dazugehört?« fragte Shan.

»Nein, Jao war zwar Absolvent, aber zu alt, schätze ich. Li ist Mitglied. Wen vom Büro für Religiöse Angelegenheiten. Der Direktor der Minen. Ein paar Soldaten.«

»Soldaten? Ein Major der Öffentlichen Sicherheit?«

Die Erwähnung des Büros schien Sung zu beunruhigen. Sie dachte kurz nach. »Keine Ahnung. Da war einer. Er war aalglatt und arrogant. Auf einer Wange hatte er die Narbe einer Schußverletzung.«

»War einer von denen je bei Ihnen in Behandlung?«

»Die sind gesund wie Yaks, einer wie der andere.«

»Nicht mal wegen eines Hundebisses?«

»Eines Hundebisses?«

»Schon gut.« Shan hatte nicht vergessen, daß sich unter den geheimen Zaubern, die von der *ragyapa* gekauft worden waren, auch Bannsprüche gegen Hundebisse befunden hatten. Er konnte es nicht logisch begründen, aber auf irgendeine Weise ließ diese Tatsache ihn nicht mehr los. Jemand wollte einerseits Vergebung von Tamdin erlangen und sich andererseits vor Hundebissen schützen.

»Hat Jao Ihnen gegenüber je erwähnt, er würde von hier weggehen? Oder versetzt werden?«

»Er hat ein paar Andeutungen darüber gemacht, wie schön es doch wäre, wieder zurück im eigentlichen China zu sein.«

»Sind das seine Worte oder Ihre?«

Sie wurde wieder rot. »Er hat von Rückkehr gesprochen. Er sagte, wenn er nach Hause käme, würde er sich einen Farbfernseher kaufen. In Peking kann man inzwischen angeblich die

Sender aus Hongkong empfangen. Ich schätze, letzten Endes hat er es geschafft«, fügte sie hinzu.

»Was hat er geschafft?«

»Nach Peking zurückzukehren. Miss Lihua hat ein Fax aus Hongkong geschickt und darum gebeten, daß seine Leiche und Vermögenswerte zurückgesandt werden.«

Shan starrte sie ungläubig an. »Unmöglich. Nicht, solange die Ermittlungen noch nicht abgeschlossen sind.«

Sung funkelte ihn mit einem triumphierenden Lächeln an. »Heute morgen ist ein Lastwagen der Öffentlichen Sicherheit hergekommen und hat ihn abgeholt. Die Männer hatten einen Sarg dabei. Von Gonggar aus ist die Leiche dann an Bord eines Militärflugzeugs ausgeflogen worden.«

»Die Behinderung gerichtlicher Ermittlungen ist ein schwerwiegendes Vergehen.«

»Nicht, wenn die Öffentliche Sicherheit es wünscht. Ich habe um eine schriftliche Bestätigung gebeten.«

»Ist Ihnen das nicht merkwürdig vorgekommen? Haben Sie denn nicht daran gedacht, daß diese Untersuchung auf direkte Anweisung von Oberst Tan erfolgt?«

Sung blickte erschrocken auf. »Ankläger Li hat mir den Befehl ausgehändigt«, erklärte sie beunruhigt.

»Ankläger? Es gibt keinen neuen Ankläger. Noch nicht.«

»Was sollte ich denn machen? Das Büro des Parteivorsitzenden um Bestätigung bitten?«

»Wer hat die Anweisung unterschrieben?«

»Ein Major der Öffentlichen Sicherheit.«

Shan rang verzweifelt die Hände. »Hat dieser Major denn keinen Namen? Fragt ihn denn niemals jemand danach?«

»Genosse, im Umgang mit der Öffentlichen Sicherheit sollte man eines ganz bestimmt nicht tun: den Leuten Fragen stellen.«

Shan machte einen Schritt auf die Tür zu und drehte sich dann um. »Ich muß telefonieren«, sagte er. »Ein Ferngespräch.«

Sie stellte keine Fragen, sondern führte ihn in ein leeres Büro im hinteren Teil des Gebäudes. Als sie ging, erschien eine Gestalt an der Tür. Yeshes Verzweiflung war ihm noch immer anzumerken, aber seine Augen funkelten entschlossen.

»Als man mich von der Universität zurückgeschickt hat«, sagte er, während er den Raum betrat, »da wußte ich, wer das Foto des Dalai Lama aufgehängt hatte. Es war nicht einmal ein Tibeter, sondern ein chinesischer Freund von mir. Es war als Scherz gemeint. Ein Streich.« Er ließ sich auf einen Stuhl fallen. »Man hat mich ins Arbeitslager gesteckt, weil man dachte, ich wäre dazu fähig gewesen. Aber das war ich nicht. Ich hätte nie genug Mut dazu aufgebracht.«

Shan legte Yeshe die Hand auf die Schulter. »Es ist ein Fehler, Mut für etwas zu halten, das man anderen gegenüber beweisen muß. Wahrer Mut ist einzig und allein etwas, das man sich selbst eingesteht.«

»Man muß wissen, wer man ist, bevor man überhaupt die Möglichkeit hat, diese Art von Mut zu erkennen«, sagte Yeshe und blickte zu Boden.

»Ich glaube, Sie wissen es.«

»Nein, weiß ich nicht.«

»Ich glaube, der Mann, der dem Major die Stirn geboten und Baltis Leben gerettet hat, wußte, wer er war.«

»Jetzt, da wir wieder hier sind, fühlt es sich an, als hätte ich nur eine Rolle gespielt. Ich weiß nicht, ob das wirklich ich gewesen bin.«

»Für wen haben Sie diese Rolle gespielt?«

»Keine Ahnung.« Yeshe hob den Kopf und sah Shan in die Augen. »Vielleicht für Sie«, sagte er leise.

Shan wandte den Blick ab. Seltsamerweise mußte er bei diesen Worten an seinen Sohn denken, den Sohn, der so weit von ihm entfernt war, daß er nicht einmal ein Bild vor Shans innerem Auge darstellte, sondern lediglich ein Konzept. Den Sohn, der vermutlich davon ausging, daß Shan tot war. Den Sohn, der ihn stets als einen Versager verachten würde, gleich ob tot oder lebendig.

»Nein«, sagte er und wandte sich wieder Yeshe zu. Nicht ich, wollte er sagen. Ich bin nicht stark genug, um noch eine Last zu tragen. »Sie haben das getan, weil Sie die Wahrheit herausfinden wollen. Sie haben das getan, weil Sie wieder ein Tibeter sein möchten.«

Yeshe blinzelte nicht. Er ließ nicht erkennen, ob er Shan überhaupt gehört hatte.

Shan schrieb die Nummern aus Jaos geheimer Akte ab. »Falls das Telefonnummern sind, muß ich wissen, zu welchen Anschlüssen sie gehören«, sagte er.

Yeshe seufzte und musterte das Blatt. »Das könnten wir auch bei der 404ten erledigen. Oder im Lager Jadefrühling.«

»Nein, könnten wir nicht«, erwiderte Shan schroff. Die Öffentliche Sicherheit würde die Leitungen aus dem vergessenen Büro irgendeiner vergessenen Klinik vermutlich nicht abhören. »Soweit die Vermittlung weiß, sind Sie bloß ein Büroangestellter des Krankenhauses, der versucht, die Identität eines unbekannten Toten herauszufinden. Versuchen Sie es mit Lhasa. Dann mit Shigatse, Peking, Shanghai, Guangzhou oder New York. Aber finden Sie es heraus.« Er zog die amerikanische Geschäftskarte aus der Tasche, die man bei Jaos Leiche gefunden hatte. »Und dann kümmern Sie sich hierum.«

Als Yeshe den Hörer abnahm, ging Shan aus dem Zimmer und trat an ein Fenster im Gang. Draußen konnte er Sergeant Feng sehen, der im Wagen saß und schlief. Er drehte sich um. Der tibetische Pfleger war wieder in seiner Nähe, stand an einer offenen Tür und musterte Shan, während er den Boden wischte. Am anderen Ende des Gangs erschien ein weiterer Pfleger und schob einen Rollstuhl vor sich her. Der erste Mann hielt inne, und als Shan zu ihm herübersah, wies er angestrengt auf die offene Tür. Shan ging zögernd in seine Richtung. Hinter sich hörte er ein metallisches Rasseln. Der zweite Pfleger näherte sich schnellen Schritts.

»Sehen Sie nur, da drinnen«, sagte der erste Pfleger.

Es war ein unbeleuchteter Wandschrank. Im Halbdunkel sah Shan einen Besen und Putzmittel. Plötzlich legte sich von hinten ein Arm um seine Brust, und jemand drückte ihm einen Stoffetzen aufs Gesicht, der nach einer starken Chemikalie stank. Etwas Hartes traf ihn in die Kniekehlen. Der Rollstuhl. Das letzte, woran er sich erinnerte, war das Klingeln kleiner Glocken.

Er erwachte auf dem Boden einer Höhle und hatte einen bitteren Geschmack im Mund. Chloroform. Die Höhle war vollgestopft mit kleinen Buddhastatuen aus Gold und Bronze, und in den Regalen stapelten sich Hunderte von Manuskripten. Im trüben Licht der Butterlampen sah er zwei Gestalten mit kahlgeschorenen Köpfen. Eine von ihnen bückte sich und begann damit, Shans Gesicht mit einem feuchten Tuch abzuwischen. Es war einer der Pfleger. An seinem Handgelenk hing ein Rosenkranz, an den winzige Glöckchen gebunden waren. Ein Streichholz flammte auf, und dann wurde es heller in der Höhle. Der erste Mann stand auf, und der andere wich zur Seite und gab den Blick auf eine Kerosinlampe frei.

Es war ein leises Grollen zu hören, wie ferner Donner. Im heller werdenden Licht erkannte Shan eine Tür mit einem Holzrahmen. Das hier war keine Höhle, sondern ein Raum, den man direkt aus dem Felsen herausgemeißelt hatte, und der Donner war das Geräusch des Straßenverkehrs über ihren Köpfen.

»Warum machst du dir so viele Gedanken über das Tamdin-Kostüm?« fragte auf einmal der Mann mit der Lampe. Es war der illegale Mönch vom Marktplatz, der *purba* mit dem Narbengesicht. »Du hast Direktor Wen vom Büro für Religiöse Angelegenheiten nach den Kostümen in den Museen gefragt.«

»Weil der Mörder wie Tamdin aussehen wollte«, sagte Shan und rieb sich die schmerzende Schläfe. »Vielleicht war er der Meinung, er würde Tamdins Willen vollstrecken.«

Der Mann runzelte die Stirn. »Und du glaubst, jemand hat so ein Kostüm?«

»Das weiß ich sogar mit Sicherheit.«

»Oder hat eventuell jemand nur ein paar Artefakte plaziert, um dich zu dieser Überzeugung zu bewegen?«

Shan dachte darüber nach. »Nein, er wurde gesehen. Jemand in so einem Kostüm wurde von Ankläger Jaos Fahrer gesehen. Der Mann hat nicht gelogen. Diese Beobachtung wurde übrigens nicht nur beim Mord an Jao gemacht, sondern auch bei einigen der anderen Morde, vielleicht sogar bei allen.«

Der *purba* hielt Shan die Lampe neben das Gesicht. »Willst

du damit sagen, es hat die ganze Zeit nur einen einzigen Mörder gegeben?«

»Ich glaube, es sind zwei, aber sie haben zusammengearbeitet.«

»Aber wenn man nachweist, daß einer von denen ein religiöses Kostüm getragen hat, wird das doch nur zu der Ansicht führen, die Täter wären Buddhisten gewesen.«

»Es sei denn, wir beweisen das Gegenteil.«

Der *purba* gab ein ungläubiges Grunzen von sich. »Die Kriecher könnten jede Minute das Feuer auf die 404te eröffnen, und du verschwendest deine Zeit mit Dämonen.«

»Wenn du eine bessere Idee hast, wie man sie retten könnte, dann sag es mir bitte.«

»Wenn das so weitergeht, wird Lhadrung verloren sein. Man wird den Bezirk in eine militarisierte Zone verwandeln.«

Shans Mund wurde trocken. »Was werdet ihr tun?«

»Vielleicht werden wir ihnen den fünften geben«, erwiderte der *purba*.

»Den fünften?«

»Den letzten der Fünf von Lhadrung. Damit sie ihn wieder einsperren können. Vielleicht kommen sie dann zu der Einsicht, daß die Verschwörung beendet ist. Es wird niemand mehr da sein, dem man die Schuld geben könnte.«

Das war eine sehr tibetische Lösung. Shan entdeckte etwas Neues im Blick des *purba*. Traurigkeit. »Der letzte der Fünf bittet einfach so darum, ins Gefängnis zu gehen«, sagte Shan.

»Ich habe darüber nachgedacht. Er könnte zum Berg gehen und die Bardo-Riten abhalten, um den *jungpo* zu vertreiben. Die 404te könnte den Streik beenden und wieder mit der Arbeit beginnen.«

»Die Öffentliche Sicherheit wäre außer sich«, stimmte Shan ihm zu. »Wer auch immer die Riten abhält, man würde ihn zum Dienst in der 404ten verurteilen.«

»Genau.« Der *purba* zuckte die Achseln. »Es gibt auch noch andere Lösungen. Die Leute sind wütend.«

Die Worte jagten Shan Angst ein. »Choje von der 404ten hat einmal gesagt, daß diejenigen, die zu sehr versuchen, etwas rundum Gutes zu tun, sich um so mehr in Gefahr befinden, etwas rundum Schlechtes zu bewirken.«

»Ich weiß nicht, was das bedeuten soll.«

»Es bedeutet, daß im Namen der Rechtschaffenheit viel Böses getan werden kann, denn für viele ist Rechtschaffenheit ein relativer Begriff.«

Der *purba* sah in die Flamme der Lampe. »Ich glaube nicht, daß Rechtschaffenheit ein relativer Begriff ist.«

»Nein, ich nehme auch nicht an, daß du dieser Meinung bist.«

Der Mann seufzte. »Ich habe nicht gesagt, wir würden Gewalt anwenden. Ich habe nur gesagt, die Leute seien wütend.« Er nahm einen der kleinen Bronzebuddhas und legte beide Hände darum. »In der Nacht, als der Ankläger starb, ist ein Bote in das Restaurant gekommen, in dem er gegessen hat«, erklärte er. »Ein junger Mann. Gutgekleidet. Ein Chinese. Er hat einen Hut getragen. Und er hatte einen Zettel für Jao. Einer der Kellner hat dem Ankläger Bescheid gegeben, worauf dieser sofort aufgestanden ist und mit dem Mann gesprochen hat. Der Mann hat Jao etwas gegeben. Eine Blume. Eine alte rote Blume, die ganz vertrocknet war. Jao wurde ganz aufgeregt. Er nahm den Zettel und die Blume und gab dem Mann Geld. Daraufhin ist der Mann gegangen. Der Ankläger hat mit seinem Fahrer gesprochen und ist dann wieder zu der Amerikanerin an den Tisch zurückgekehrt.«

»Woher weißt du das alles?«

»Du hast gesagt, du müßtest wissen, was Ankläger Jao an jenem Abend gemacht hat. Einige Hilfskellner in dem Restaurant haben sich daran erinnert.«

Shan dachte an das tibetische Personal des Restaurants zurück, das sich aus lauter Angst vor ihm niedergekauert hatte. »Ich muß herausbekommen, wer diese Botschaft geschickt hat.«

»Das wissen wir nicht. Aber da war etwas mit den Augen des Überbringers. Eines davon war irgendwie komisch. Einer der Kellner hat den Mann wiedererkannt; er war Zeuge im Mordprozeß gegen den Mönch Dilgo.«

»Dilgo, der zu den Fünf von Lhadrung gehört hat?«

Der narbengesichtige Mann nickte.

»Würde er ihn noch einmal erkennen?«

»Sicher. Aber wir könnten dir auch einfach seinen Namen verraten.«

Shans Kopf zuckte hoch. »Ihr kennt seinen Namen?«

»Ich wußte es in dem Moment, als ich die Beschreibung hörte. Ich war auch bei dem Prozeß. Es war ein Mann namens Meng Lau. Ein Soldat.«

»Derselbe Mann, der jetzt behauptet, er hätte Sungpo gesehen.« Shan erhob sich aufgeregt, als wolle er gehen. Der *purba* wich zur Seite und gab den Blick auf eine weitere Gestalt frei, die im Schatten gestanden hatte und nun vortrat, um Shan den Weg zu versperren. »Noch nicht, bitte«, sagte die Gestalt. Es war eine Frau. Eine Nonne.

»Sie verstehen nicht. Falls ich nicht innerhalb kürzester Zeit ...«

Die Nonne lächelte nur, nahm ihn bei der Hand und führte ihn einen kurzen Gang entlang in eine zweite Kammer. Es mußte sich einst um ein *gompa* gehandelt haben, erkannte Shan, um den unterirdischen Schrein eines alten, vergessenen *gompa*. Es ergab Sinn. Früher war jede tibetische Stadt rund um ein zentrales *gompa* errichtet worden. Der zweite Raum war hell erleuchtet. Vier Lampen hingen von den Deckenbalken herab.

Ein kleiner Mann saß über einen roh behauenen Tisch gebeugt und schrieb in ein großes Buch. Er schaute auf, nahm seine zerbrechliche Brille ab und blinzelte einige Male. »Mein Freund!« rief er entzückt und sprang von seinem Hocker auf, um Shan in die Arme zu schließen.

»Lokesh? Bist du das?« Shans Herz vollführte einen Freudensprung, während er den Mann auf Armeslänge von sich hielt und genau musterte.

»Mein Geist hat sich emporgeschwungen, als man mir erzählte, du würdest vielleicht kommen«, sagte der alte Mann und lächelte glücklich.

Shan hatte Lokesh nur in Gefängniskleidung gekannt. Er

starrte ihn an und wurde völlig von seinen Gefühlen überwältigt. Es war, als würde er plötzlich einen verloren geglaubten Onkel wiederfinden. »Du hast ein wenig zugenommen.«

Der alte Mann lachte und umarmte Shan ein weiteres Mal. »*Tsampa*«, sagte er. »Soviel *tsampa*, wie ich will.« Shan entdeckte einen vertrauten Blechnapf auf dem Tisch, der zur Hälfte mit gerösteter Gerste gefüllt war. Es war eine der Schalen, wie sie bei der 404ten benutzt wurden. Alte Gewohnheiten ließen sich nicht so leicht ablegen.

»Aber deine Frau. Ich dachte, du wärst mit ihr nach Shigatse gegangen.«

Der alte Mann lächelte. »Das bin ich auch. Aber stell dir vor, zwei Tage, nachdem ich nach Hause zurückgekehrt war, hat meiner Frau die letzte Stunde geschlagen.«

Shan starrte ihn ungläubig an. »Ich bin ...« Ja, was bin ich eigentlich? dachte er. Untröstlich? Wütend? Wie gelähmt, weil niemand mehr etwas daran ändern kann? »Es tut mir leid«, sagte er.

Lokesh zuckte die Achseln. »Ein Priester hat zu mir gesagt, wenn eine Seele reif und bereit ist, fällt sie einfach wie ein Apfel vom Baum. Es war mir vergönnt, am letzten Tag meiner Frau bei ihr zu sein. Und das verdanke ich dir.« Er legte noch einmal die Arme um Shan, trat dann einen Schritt zurück und nahm ein kleines verziertes Medaillon ab, das um seinen Hals hing. Es war ein altes gau, das Behältnis für Lokeshs Schutzzauber. Er streifte es Shan über.

»Das kann ich nicht annehmen.«

Lokesh hob einen Finger an die Lippen. »Natürlich kannst du das.« Er schaute zu der Nonne. »Wir haben keine Zeit für Diskussionen.«

Die Nonne blickte zurück ins Halbdunkel, wo sich der narbengesichtige *purba* befunden hatte. Als sie sich zu Shan umwandte, schimmerten ihre Augen feucht. »Sie müssen uns helfen. Sie müssen ihn aufhalten.«

Shan war verwirrt. »Er hat gesagt, er würde keine Gewalt anwenden.«

Die Nonne biß sich auf die Lippe. »Nur gegen sich selbst.«

»Sich selbst?«

»Er will zum Berg gehen, die verbotenen Riten abhalten und sich dann den Kriechern ausliefern.« Ihre Hand umklammerte seinen Arm, während Shan zurück in den Schatten des unterirdischen Labyrinths starrte und endlich verstand. Der narbengesichtige *purba* war der fünfte und letzte der Fünf von Lhadrung und gleichzeitig der nächste, den man eines Mordes beschuldigen würde, sofern die Verschwörung weiterhin andauerte.

Sanft löste Lokesh den Griff der Nonne und zog Shan zum Tisch. »Die 404te steckt erneut in Schwierigkeiten. Wir brauchen noch einmal deine Weisheit, Xiao Shan.«

Shan folgte Lokeshs Blick zu dem Buch, das auf dem Tisch lag. Es hatte die Ausmaße eines großen Wörterbuchs und war in Holz und Leinen gebunden. Die Eintragungen in dem Manuskript stammten von verschiedener Hand und waren sogar teilweise in verschiedenen Sprachen abgefaßt. Zumeist handelte es sich um Tibetisch, vereinzelt aber auch um Mandarin, Englisch und Französisch.

Die Nonne blickte mit großen, traurigen Augen auf. »Es gibt hiervon elf Exemplare in Tibet«, sagte sie leise. »Einige weitere in Nepal und Indien und sogar eines in Peking.« Sie trat zur Seite und bedeutete Shan, am Tisch Platz zu nehmen. »Man nennt es das Lotusbuch.«

»Hier, mein Freund«, sagte Lokesh aufgeregt und schlug die ersten Seiten des Buches auf. »Es war so wundervoll, jene Tage miterleben zu dürfen. Ich habe diese Seiten bestimmt fünfzigmal gelesen, und ich weine immer noch manchmal vor Freude über die Erinnerungen, die darin bewahrt werden.«

Die Seiten glichen sich nicht alle. Manche waren Listen, andere sahen wie Einträge in einer Enzyklopädie aus. Die allererste Zeile des Buches enthielt ein Datum. 1949, das Jahr bevor die Kommunisten damit anfingen, Tibet zu befreien.

»Es ist ein Verzeichnis dessen, was hiergewesen ist, bevor die Zerstörungen begonnen haben«, sagte Shan voller Ehrfurcht. Es war nicht nur eine Liste der Klöster und anderer heiliger Stätten, es enthielt auch Angaben über die Anzahl und die Namen der Mönche und Nonnen und sogar die Abmessungen der Gebäude. Für viele der Orte hatte man die Beschreibungen der Überlebenden aus erster Hand festgehalten, die das jeweilige Leben dort schilderten. Lokesh hatte geschrieben, als Shan den Raum betrat.

»Ja, die erste Hälfte«, sagte die Nonne und schlug dann eine Seite auf, die durch ein seidenes Lesezeichen markiert wurde. Hier begann eine andere Aufzählung.

Es war eine Liste von Leuten, eine Aneinanderreihung einzelner Namen. Shans Kehle schnürte sich zusammen, während er las. »Das sind alles chinesische Namen.«

»Ja«, flüsterte Lokesh, der plötzlich viel sachlicher klang. »Chinesen.« Dann sackten seine Arme herunter, und er verstummte, als habe er plötzlich sämtliche Kraft verloren.

Die Nonne beugte sich über das Buch und blätterte weiter nach hinten, wo die bislang neuesten Eintragungen vorgenommen worden waren. Nacheinander wies sie auf mehrere Namen, während Shan ihr voller Entsetzen ungläubig zusah. Lin Ziang war darunter, der ermordete Direktor für Religiöse Angelegenheiten, ebenso Xong De, der verstorbene Direktor der Minen, und Jin San, der frühere Leiter des Landwirtschaftskollektivs der Langen Mauer. Allesamt Opfer der Fünf von Lhadrung.

Vierzig Minuten später brachte man ihn im Rollstuhl zurück. Sie hatten ihm die Augen verbunden, schoben ihn erst knirschend durch Gänge, die aus dem Fels gehauen waren, und dann auf die glatten Flure der Klinik, wobei sie so oft abbogen, daß er den Weg unmöglich hätte zurückverfolgen können. Plötzlich hörte er wieder die Glöckchen, und dann wurde ihm der Schal abgenommen, der als Augenbinde gedient hatte. Er stand wieder im vorderen Korridor. Sonst war niemand zu sehen.

Yeshe war noch immer am Telefon und führte eine heftige Diskussion. Als er Shan sah, legte er auf. »Ich habe alles mögliche ausprobiert. Nichts scheint zu passen.« Er gab Shan den Zettel zurück. »Ich habe noch ein paar andere Möglichkeiten danebengeschrieben. Seitenzahlen, Koordinaten, Prüfziffern,

Artikelnummern. Dann bin ich auf die Idee gekommen, wegen seiner Reisepläne nachzuhaken. Es gibt in Lhasa ein spezielles Reisebüro für Regierungsbeamte. Ich habe dort angerufen, um mir die Angaben über seine Reise bestätigen zu lassen.«

»Und?«

»Er wollte nach Dalian, das stimmt, mit einem Tag Aufenthalt in Peking auf der Hinreise. Aber darüber hinaus hatte man für Peking keinerlei Vorkehrungen getroffen. So war zum Beispiel kein Wagen des Justizministeriums angefordert worden, um ihn abzuholen.«

Shan nickte langsam und anerkennend.

»Da Sie noch nicht wieder hier waren, habe ich mich dann ein paar anderen Dingen gewidmet. Zuerst habe ich diese Frau im Büro für Religiöse Angelegenheiten angerufen, Miss Taring. Sie hat gesagt, sie würde das Bestandsverzeichnis der Artefakte persönlich überprüfen, und ich solle später noch mal anrufen. Das habe ich dann auch gemacht, und da hat sie mir mitgeteilt, daß eine bestimmte Liste fehlt.«

»Eine Liste aus dem Verzeichnis?«

Yeshe nickte bedeutungsvoll. »Von einer Bestandsaufnahme im Kloster Saskya vor vierzehn Monaten. Die Transportdokumente besagen, daß man alles nach Lhasa ins Museum geschickt hat. Aber in Miss Tarings Unterlagen fand sich keinerlei Hinweis darauf, was im einzelnen entdeckt wurde. Da hat es wohl eine Panne im System gegeben.«

»Na, ich weiß nicht recht.«

Yeshe schien darüber nachzugrübeln, was er von Shans Reaktion zu halten hatte, und fuhr dann fort. »Und ich habe in diesem Shanghaier Büro angerufen.«

»Die amerikanische Firma?«

»Genau. Ankläger Jao war den Leuten dort kein Begriff, aber als ich Lhadrung erwähnte, hat man sich an eine Anfrage der hiesigen Klinik erinnert. Man sagte mir, es habe einen entsprechenden Schriftverkehr gegeben.«

»Und?«

»Auf einmal Rauschen und Knacken, und dann war die Leitung tot.« Yeshe hielt inne und zog ein Blatt Papier unter seinem Block hervor. »Also bin ich ins Büro der Krankenhausverwaltung gegangen und habe gesagt, ich müsse die Akten der letzten paar Monate überprüfen. Ich habe das hier gefunden; es ist sechs Wochen alt.« Er reichte Shan das Blatt.

Es war ein Brief von Dr. Sung an das Büro in Shanghai. Sie fragte an, ob die Firma ihr ein tragbares Röntgengerät zur Ansicht überlassen würde. Sie wollte den Apparat nach dreißig Tagen zurückgeben, falls er sich als nicht geeignet für die hiesigen Anforderungen erweisen sollte.

Shan faltete den Brief zusammen und legte ihn in seinen Notizblock. Dann machte er sich auf den Weg zum Ausgang. Nach wenigen Schritten fing er an zu laufen.

Madame Ko führte sie in ein Restaurant neben dem Gebäude der Bezirksverwaltung. »Sie warten am besten«, sagte sie und wies auf einen freien Tisch im hinteren Bereich des Raums. Die Tür neben dem Tisch wurde von einem Kellner bewacht, der mit verschränkten Armen ein Tablett vor der Brust hielt.

Sergeant Feng bestellte Nudeln, und Yeshe entschied sich für Kohlsuppe. Shan nippte ungeduldig an seinem Tee, stand nach zehn Minuten auf und ging zur Tür hinaus. Madame Ko stellte sich ihm in den Weg und hielt ihn zurück. »Keine Störungen«, tadelte sie ihn und sah dann, wie entschlossen er war. »Lassen Sie mich einen Versuch unternehmen«, seufzte sie und verschwand vorsichtig hinter der Tür. Kurz darauf kam ein halbes Dutzend Armeeoffiziere aus Tans Büro, und Madame Ko bat ihn hinein.

Der Raum stank nach Zigaretten, Zwiebeln und gebratenem Fleisch. Tan saß allein an einem runden Tisch und rauchte, während das Personal das Geschirr abräumte. »Na, wunderbar«, sagte er und stieß den Rauch durch die Nasenlöcher aus. »Weißt du, wie ich den Vormittag verbracht habe? Die Öffentliche Sicherheit hat mir eine Standpauke gehalten. Man wird vielleicht beschließen, eine Zerrüttung der zivilen Ordnung zu melden. Man wirft mir vor, ich hätte mich widerrechtlich in die Ermittlungen eingeschaltet. Man hat festgestellt, daß sich im Lager Jadefrühling während der letzten fünfzehn Jahre zwei

Sicherheitsverstöße ereignet haben, und zwar alle beide in dieser Woche. Man behauptet, einer meiner Zellenblöcke habe sich in ein verdammtes *gompa* verwandelt. Man hat sogar angedeutet, es bestehe ein Spionageverdacht. Was weißt du darüber?« Er zog wieder an der Zigarette, atmete langsam aus und musterte Shan durch die Rauchwolke hindurch. »Sie haben außerdem gesagt, ihre Einheiten bei der 404ten würden morgen mit den durchgreifenden Maßnahmen beginnen.«

Shan versuchte, sich nicht anmerken zu lassen, wie erschrokken er war. »Ankläger Jao wurde von jemandem ermordet, den er kannte«, verkündete er. »Einem Kollegen. Einem Freund.«

Tan zündete sich eine neue Zigarette am Stummel der ersten an und ließ Shan dabei nicht aus den Augen. »Du hast endlich einen Beweis?«

»An jenem Abend ist ein Bote mit einem Zettel gekommen.« Shan erläuterte, was im Restaurant geschehen war, ohne die Identität des Boten zu enthüllen. Tan würde niemals dem Wort eines *purba* glauben, wenn die Aussage eines Soldaten dagegenstand.

»Das beweist gar nichts.«

»Warum hat der Bote den Zettel nicht Jaos Fahrer gegeben? Jeder kannte Balti. Jeder richtet eventuelle Nachrichten den Fahrern aus. Das ist so üblich. Balti hat draußen im Wagen gewartet. Sie wollten direkt danach zum Flughafen fahren.«

»Vielleicht hat dieser Bote Balti nicht gekannt.«

»Das glaube ich nicht.«

»Dann werden wir Sungpo natürlich sofort auf freien Fuß setzen«, erwiderte Tan mit beißendem Spott.

»Und selbst falls er Balti tatsächlich nicht gekannt hätte, würden die Kellner ihn zum Wagen geschickt haben. Einer der Kellner hat sich ihm auch in den Weg gestellt, weil er glaubte, in Jaos Interesse zu handeln. Doch Jao hatte bereits mit etwas gerechnet oder sich in diesem Moment daran erinnert. Es ging um eine Angelegenheit, die seine sofortige Aufmerksamkeit erforderte. Also hat er mit dem Boten gesprochen. Außer Hörweite des Kellners. Außer Hörweite seines Tisches, an dem die Amerikanerin saß. Außer Hörweite von Balti. Und dann ist ihm etwas derart Dringliches mitgeteilt worden, daß er trotz seiner alles andere als spontanen Wesensart sofort seine Pläne geändert hat.«

»Er kannte Sungpo. Vielleicht hat Sungpo die Nachricht geschickt«, sagte Tan.

»Sungpo war in seiner Höhle.«

»Nein. Sungpo war auf der Südklaue, um dort einen Mord zu begehen.«

»Es gibt Zeugen dafür, daß Sungpo seine Höhle nie verlassen hat.«

»Zeugen?«

»Dieser Mann namens Jigme. Der Mönch Je. Beide haben entsprechende Aussagen gemacht.«

»Eine *gompa*-Waise und ein seniler alter Mann.«

»Mal angenommen, es war Sungpo, der diese Botschaft geschickt hat«, sagte Shan. »Ankläger Jao würde doch niemals allein und ohne Schutz an einen abgelegenen Ort fahren, um sich mit einem Mann zu treffen, den er einst hinter Gitter gebracht hat. Kein Mönch hätte Jao jemals zu einem solchen Verhalten bewegen können. Immerhin wollte der Ankläger auf keinen Fall sein Flugzeug verpassen.«

»Also hat jemand Sungpo geholfen. Jemand hat gelogen.«

»Richtig. Jemand, der Jaos Vertrauen besaß, hat ihn mit Informationen gelockt, die für die Reise des Anklägers wichtig waren und ihm bei seinen geheimen Ermittlungen behilflich sein würden. Informationen, die er in Peking verwenden konnte. Wir müssen mehr darüber herausfinden.«

»Er hatte in Peking nichts Besonderes vor. Du hast Miss Lihuas Fax doch gesehen. Er war bloß auf der Durchreise nach Dalian.« Tan schaute auf die Asche seiner Zigarette, die sich auf der Tischdecke zu einem kleinen Häuflein ansammelte.

»Warum sollte er dann einen Tag Aufenthalt dort einplanen?«

»Das habe ich doch schon gesagt. Um vielleicht einzukaufen oder wegen der Familie.«

»Oder wegen etwas im Zusammenhang mit einer Bambusbrücke.«

»Bambusbrücke?«

»Das stand auf einem Zettel in seiner Jacke.«

»Welcher Jacke?«

»Ich habe sein Jackett gefunden.«

Tan wirkte plötzlich ganz aufgeregt. »Du hast den *khampa* gefunden, nicht wahr? Dem stellvertretenden Ankläger hast du zwar das Gegenteil erzählt, aber in Wahrheit hast du ihn gefunden.«

»Ich bin nach Kham gefahren, und ich habe das Jackett des Anklägers gefunden. Mehr konnten wir nicht erreichen. Balti hatte nichts damit zu tun.«

Tan lächelte billigend. »Ganz schön reife Leistung, mitten in der Wildnis eine einsame Jacke aufzustöbern.« Er drückte seine Zigarette aus und blickte dann ernster wieder auf. »Wir haben Erkundigungen über deinen Leutnant Chang eingezogen.«

»Hat jemand seine Leiche geborgen?«

»Das ist nicht mein Problem.«

Noch ein Himmelsbegräbnis, dachte Shan. »Aber er war Angehöriger der Armee. Einer Ihrer Leute.«

»Er hat nicht zur Armee gehört. Nicht wirklich.«

»Aber er war bei der 404ten.«

Tan hob die Hand, um ihn zum Schweigen zu veranlassen. »Er hat fünfzehn Jahre lang dem Büro für Öffentliche Sicherheit angehört. Erst vor einem Jahr wurde er zur Armee versetzt.«

»Das ergibt keinen Sinn«, sagte Shan. Niemand verließ dic Elitetruppe der Kriecher, um der Armee beizutreten.

Tan zuckte die Achseln. »Es sei denn, er ist nicht freiwillig gegangen.«

»Und Sie haben nichts davon gewußt?«

»Die Versetzung wurde der Armee erst zwei Tage vor seinem Eintreffen gemeldet.«

»Es könnte noch etwas anderes dahinterstecken«, gab Shan zu bedenken. »Vielleicht hat er auch weiterhin für einen Angehörigen der Öffentlichen Sicherheit gearbeitet.«

»Ohne mein Wissen?«

Shan sah ihn nur an.

Tan preßte die Lippen zusammen und dachte eine Weile darüber nach. »Diese Schweinehunde«, stieß er wütend hervor.

»Wo hat Leutnant Chang vorher Dienst getan?«

»Südlich von hier, in der Grenzregion. Unter Major Yang.«

Also hatte er doch einen Namen, dachte Shan. »Was wissen Sie über diesen Major Yang?«

Tan zuckte die Achseln. »Hart wie ein Fels. Berüchtigt für seine Erfolge bei der Schmugglerjagd. Macht keine Gefangenen. Wird eines Tages General sein.«

»Weshalb, Oberst, sollte ein solch hochgeschätzter Offizier sich die Mühe machen, die Verhaftung Sungpos persönlich vorzunehmen?«

Tans Stirnrunzeln verstärkte sich. »Ist das sicher?«

Shan nickte.

»Ein Mann wie er geht, wohin er will«, sagte Tan und wirkte dabei nicht überzeugt. »Er ist mir keine Rechenschaft schuldig, sondern gehört zur Öffentlichen Sicherheit. Falls er dem Justizministerium behilflich sein möchte, kann ich ihn nicht davon abhalten.«

»Falls ich als leitender Ermittler für die Öffentliche Sicherheit tätig wäre, würde ich wohl kaum in einem leuchtendroten Wagen quer durch den Bezirk fahren oder mit einem alles andere als unauffälligen Helikopter einen kleinen Ausflug aufs Land machen.«

»Vielleicht bist du nur verbittert. Wenn ich mich recht erinnere, wurde deine Hafteinweisung vom Hauptquartier des Büros unterzeichnet. Qin hat es angeordnet, aber das Büro hat es durchgeführt.«

»Vielleicht«, räumte Shan ein. »Aber dennoch hat Leutnant Chang versucht, uns zu ermorden. Und Chang hat vermutlich für den Major gearbeitet.«

Tan schüttelte zweifelnd den Kopf. »Chang ist tot, und du hast nach wie vor eine Aufgabe zu erledigen.« Er stand auf, als wolle er gehen.

»Haben Sie je von dem Lotusbuch gehört?« fragte Shan. Tan blieb an der Tür stehen. »Das ist ein Buch der Buddhisten.«

»Den Luxus religiöser Studien kann ich mir leider nicht erlauben«, erwiderte Tan ungeduldig.

»Es handelt sich eher um ein Verzeichnis«, sagte Shan. »Die Aufzeichnungen haben vor ungefähr zwanzig Jahren begonnen. Ein Namensverzeichnis. Mit Orten und ...«, er suchte nach einem passenden Begriff, »... Ereignissen.«

»Ereignissen?«

»In einem Abschnitt werden fast ausschließlich Han-Chinesen aufgeführt. Zu jedem Namen gibt es eine Beschreibung. Von seiner oder ihrer Rolle bei der Zerstörung eines Klosters. Von der Teilnahme an Exekutionen. Oder an der Plünderung von Schreinen. Vergewaltigungen. Morde. Folter. Die Schilderungen sind sehr anschaulich. Das Buch wird weitergereicht, um neue Einträge ergänzt und aktualisiert. Es gilt inzwischen als eine Art Auszeichnung, zu der Liste der Autoren zu gehören.«

Tan war erstarrt. »Unmöglich!« rief er wütend. »Das wäre ein Akt gegen den Staat. Verrat.«

»Ankläger Jao stand auch in dem Buch. Unter seiner Leitung wurden die fünf größten *gompas* im Bezirk Lhadrung zerstört. Dreihundertzwanzig Mönche sind verschwunden. Weitere zweihundert wurden in Gefängnisse abtransportiert.«

Tan ließ sich auf einen Stuhl gleiten. Er war auf einmal wieder ganz bei der Sache. »Aber das wäre der Beweis. Der Beweis, daß die Radikalen es auf Jao abgesehen hatten.«

»Lin Ziang vom Büro für Religiöse Angelegenheiten wurde ebenfalls erwähnt«, fuhr Shan fort. »Auf seinen Befehl wurden fünfundzwanzig Klöster und Chorten in Westtibet zerstört. Er hat Antiquitäten im Wert von geschätzten zehn Millionen Dollar nach Peking schaffen lassen, wo sie eingeschmolzen wurden, um das Gold abzuschöpfen. Von ihm stammte die Idee, Nonnen in die Kasernen zu schaffen, damit die Soldaten sich mit ihnen vergnügen konnten. Xong De vom Ministerium für Geologie stand auch drin. Als er jünger war, hat er ein Gefängnis geleitet. Er hatte eine Vorliebe für Daumen.«

»Ich will das Buch!« brüllte Tan. »Und ich will diejenigen, die es geschrieben haben.«

»Es existiert nicht nur in einem Band. Es wird weitergegeben. Man erstellt per Hand Kopien. Es befindet sich überall im Land. Und sogar im Ausland.«

»Ich will diejenigen, die es geschrieben haben«, wiederholte Tan etwas ruhiger. »Was drinsteht, ist unerheblich. Das ist bloß Geschichte. Aber die Tatsache, daß jemand es aufschreibt ...«

»Ich dachte eigentlich«, unterbrach Shan ihn, »daß bereits diese eine Untersuchung mehr ist, als wir bewältigen können.«

Tan zog eine Zigarette aus der Schachtel und klopfte mit ihr nervös auf den Tisch, als müsse er Shan notgedrungen recht geben.

»Im sechzehnten Jahrhundert wurden von den heidnischen Armeen im Kampf gegen den Buddhismus zahlreiche Greueltaten begangen«, fuhr Shan fort. »Ich kenne Häftlinge in der 404ten, die auch heute noch in allen Einzelheiten davon berichten können, als wäre es erst gestern geschehen. Auf diese Weise wird denen Ehre erwiesen, die leiden mußten. Und die Schande der Täter gerät ebenfalls nicht in Vergessenheit.«

Tans Wut verflüchtigte sich. Er hatte nicht genug Kraft, um mehr als einen Kampf zur gleichen Zeit auszufechten, vermutete Shan.

»Hier ist dein Beweis, daß die Morde miteinander in Verbindung gestanden haben«, stellte der Oberst fest.

»Ich habe daran keinerlei Zweifel.«

»Aber es stützt doch nur meine Ansicht über die zersetzende Kraft der gesellschaftsfeindlichen Bestrebungen der Minderheiten.«

»Nein. Die *purbas* wollten, daß ich von dem Buch erfuhr, um sich selbst zu schützen.«

»Was soll das denn heißen?«

»Die *purbas* wollen ebenfalls, daß wir die Morde aufklären. Sie haben erkannt, daß die Öffentliche Sicherheit sie vernichten würde, falls man dort von dem Buch erführe und auf den Gedanken käme, es mit den Morden in Verbindung zu bringen. Einer der Fünf von Lhadrung ist noch übrig. Fehlt nur noch ein Mord, den man ihm in die Schuhe schieben kann. Und falls noch eine hochgestellte Persönlichkeit ermordet wird, rücken die Kriecher dauerhaft hier ein. Kriegsrecht. Lhadrung würde um dreißig Jahre zurückgeworfen.«

»Eine hochgestellte Persönlichkeit?«

»Es stand noch ein weiterer Name in dem Buch«, sagte Shan. »Aufgeführt wegen der Auslöschung von achtzig *gompas*. Hat außerdem zehn Chorten zerstört, um eine Raketenbasis zu errichten. Verantwortlich für das Verschwinden einer Wagenladung *khampa*-Rebellen, die ins *lao gai* transportiert werden sollten. Im April 1963.

Es handelt sich um die einzige andere Person aus dem Lotusbuch, die sich derzeit in Lhadrung befindet und noch am Leben ist. Ein Mann, der beaufsichtigt hat, wie weitere fünfzehn *gompas* niedergebrannt wurden. Zweihundert Mönche sind in den brennenden Gebäuden umgekommen«, zählte Shan mit eisiger Stimme auf. Er riß das Blatt, auf dem er diesen Eintrag festgehalten hatte, aus seinem Notizblock und legte es vor Tan auf den Tisch. »Es ist Ihr Name.«

Kapitel Vierzehn

Draußen stand Sergeant Feng nervös zwischen zwei Kriechern.

»Genosse Shan!« rief Li Aidang aus einer dunkelgrauen Limousine, die gegenüber dem Restaurant geparkt war. Der stellvertretende Ankläger öffnete die Tür und bedeutete Shan, er möge einsteigen. »Ich dachte, wir könnten vielleicht ein wenig plaudern. Sie wissen schon. Kollegen, die an demselben Fall arbeiten.«

»Sie sind also heil wieder zurückgekommen. Kham ist ja eine unberechenbare Gegend«, merkte Shan trocken an. Er zögerte, weil ihm die Unsicherheit in Fengs Blick auffiel. Dann nahm er neben Li auf der Rückbank Platz.

»Wissen Sie, wir haben ihn gefunden«, behauptete Li.

Shan zwang sich, nicht nach dem Köder zu schnappen.

»Genaugenommen haben wir einen Klan im Tal davon überzeugt, uns zu verraten, wo sein Lager sich befindet.«

»Überzeugt?«

»Ging ganz einfach«, sagte der stellvertretende Ankläger selbstgefällig. »Ein Helikopter, eine Uniform. Einige der Alten haben nur gewinselt. Wir fanden heraus, wo wir nachschauen mußten, aber als wir dort ankamen, waren die Leute verschwunden. Die Asche des Feuers war noch warm. Ansonsten war keine Spur von ihnen zu entdecken.« Li musterte Shan. »Als habe man sie gewarnt.«

Shan zuckte die Achseln. »Das ist mir bei Nomaden schon öfter aufgefallen. Diese Leute neigen dazu, ihren Standort zu wechseln.«

Einer der Kriecher schlug die Tür zu, setzte sich hinter das Steuer und ließ den Motor an. Als sie wegfuhren, drehte Shan sich um und sah, daß der andere Soldat sich vor die Fahrertür ihres Wagens stellte und Sergeant Feng den Weg versperrte.

Ein dunkle Gestalt auf dem Vordersitz wandte sich um und sah Shan wortlos an.

»Sie erinnern sich bestimmt noch an den Major«, sagte Li.

»Major Yang, wenn ich recht unterrichtet bin«, stellte Shan fest. »Held der Öffentlichen Sicherheit.«

»Genau«, bestätigte Li knapp.

Der Offizier zog einen Mundwinkel hoch, was wohl als Gruß gemeint war, und drehte sich dann wieder nach vorn.

Mit hoher Geschwindigkeit verließen sie die Stadt. Immer wieder ertönte die Hupe, um Fußgänger zu verscheuchen oder andere Fahrzeuge zum Ausweichen zu veranlassen, sobald diese es wagten, der Limousine in die Quere zu kommen.

Zehn Minuten später erreichten sie einen immergrünen Wald in einem kleinen Tal, knapp fünf Kilometer von der Hauptstraße entfernt. Nachdem sie die Ruinen einer alten *mani*-Mauer passiert hatten, wirkten die Bäume plötzlich sehr viel ordentlicher. Das war das Werk eines Gärtners. Am Straßenrand blühten Frühlingsblumen neben einem geharkten Kiesweg.

Sie kamen an einer weiteren Mauer vorbei, die wesentlich höher als die erste war, und fuhren auf den Hof eines sehr alten *gompa*. Am anderen Ende des Hofs, den man frisch gepflastert hatte, erhob sich ein Turm aus Steinen und grauen Ziegeln und davor ein kleiner Chorten von etwa doppelter Mannshöhe. Die Mauern waren neu verputzt und zum Teil auch schon neu bemalt worden. Entlang der gegenüberliegenden Wand standen mehrere Statuen, einige davon mit Gold überzogen, die Buddha und andere religiöse Figuren darstellten. Sie bildeten eine unordentliche Reihe; manche schauten zur Wand, andere neigten sich zur Seite und wieder andere hatte man aneinandergelehnt. Shan hatte das Gefühl, er würde eine wohlhabende, etwas verwahrloste Villa besuchen. Als sie aus dem Wagen stiegen, schwebte der schwache Duft von Pfingstrosen über den Hof.

Der Major verschwand hinter einem großen Tor. Li führte Shan in den Vorraum der Versammlungshalle, schaltete eine Glühbirne ein und wies auf einen groben Holztisch, um den herum einige Stühle standen. Shan schaute auf die Verkabelung, die erst kürzlich installiert worden war. Nur wenige der entlegenen Klöster wurden an die Elektrizitätsversorgung angeschlossen.

Li vollführte eine weit ausholende Geste, die den ganzen Raum umfaßte. »Wir haben alles in unserer Macht stehende getan, um es zu erhalten«, sagte er mit gekünstelter Demut. »Wissen Sie, das ist jedesmal wieder viel Arbeit.«

Der Boden bestand noch aus den ursprünglichen Holzbohlen, wie man sie Jahrhunderte zuvor von Hand zurechtgeschnitten hatte. Er war von Brandstellen übersät, die von Zigaretten stammten.

»Hier sind ja gar keine Mönche.«

»Die kommen noch.« Li durchschritt den Raum und wirkte dabei wie ein Eigentümer, der seinen Grundbesitz inspizierte. Entlang der Innenwand waren Haken angebracht, auf die man Priestergewänder gehängt hatte, um den Anschein eines bewohnten *gompa* zu schaffen. »Direktor Wen kümmert sich um alles. Ein Zwischenstop für die Touristen. Einige Neuinszenierungen. Sollen die Amerikaner ruhig ein paar Butterlampen anzünden und etwas Weihrauch verbrennen.«

»Neuinszenierungen?«

»Zeremonien. Wegen der Atmosphäre.« Li suchte sich eines

der Gewänder aus, eine antike Zeremonienrobe mit goldenem Brokat und seidenen Einsatzstreifen, auf denen Wolken und Sterne abgebildet waren. Er legte sein Anzugjackett ab und zog sich die Robe über. Zufrieden strich er mit den Fingern über die Ärmel und fuhr fort. »Wir treffen die letzten Vorkehrungen. Es sind nur noch ein paar Tage, bis die Leute ankommen.« Er stolzierte wie ein eitler Gockel umher und versuchte, in den kleinen Fensterscheiben einen Blick auf sein Spiegelbild zu erhaschen. »Für ein paar zusätzliche Dollar erlauben wir den Amerikanern, diese Gewänder anzuziehen und Gebetsmühlen zu drehen. Im Hintergrund gibt's dann Mantras vom Band. Und wer noch etwas mehr Geld ausgeben möchte, kann in einem einstündigen Kurs lernen, wie ein Buddhist zu meditieren.«

»So eine Art buddhistischer Vergnügungspark.«

»Ganz genau! Wir denken so oft das gleiche!« rief Li und wurde sofort wieder ernst. »Aus diesem Grund muß ich auch mit Ihnen sprechen, Genosse. Ich muß Ihnen ein Geständnis machen. Ich bin Ihnen gegenüber nicht völlig aufrichtig gewesen. Aber jetzt möchte ich, daß Sie etwas begreifen. Ich führe gleichzeitig noch eine andere Untersuchung durch, unabhängig von dem Mord an Ankläger Jao. Eine noch wichtigere Untersuchung. Sie haben ja gar keine Ahnung, welchen Schaden Sie anrichten könnten, falls Sie so weitermachen wie bisher. Sie machen es uns sehr schwer, das Richtige zu tun. Sie sind nicht in Ihrem Element. Sie werden benutzt.«

»Ich bin verwirrt«, sagte Shan und musterte ein Regal mit wertlosem Plunder, vor dem ein Tisch stand. »Was genau meinen Sie denn mit ›das Richtige‹?« Es gab kleine Yaks und Schneeleoparden aus Keramik sowie eine ganze Reihe von muskulösen Buddhas, die chinesische Flaggen trugen.

Li zog sich einen Hocker heran und setzte sich neben Shan. Daß dabei die Nähte des alten Gewands an den Schultern vernehmlich krachten, interessierte ihn nicht. »Tan kann sich alles mögliche erlauben. Das ist ein Privileg seiner Stellung. Aber Sie können das nicht. Sie sind ein Häftling, Sie waren ein Häftling, und Sie werden ein Häftling sein. Weder Sie noch ich können irgend etwas daran ändern.«

»Stellvertretender Ankläger Li. Ich habe schon vor vielen Jahren jegliche Möglichkeit verloren, mir irgend etwas erlauben zu können.«

Li lachte und zündete sich eine Zigarette an. »Kehren Sie zur 404ten zurück«, sagte er plötzlich.

»Das liegt nicht in meiner Macht.«

»Schließen Sie sich dem Streik an. Wir könnten zulassen, daß Sie ihn beenden. Sie wären ein großer Held, es gäbe einen lobenden Vermerk in der Akte, und womöglich hätten Sie zahlreiche Leben gerettet.«

»Was genau bieten Sie mir an?«

»Wir können die Truppen wieder abziehen.«

»Soll das heißen, Sie pfeifen die Kriecher zurück, falls ich meine Ermittlungen einstelle?«

Li ging zu dem Regal mit Keramik-Andenken. Er nahm einen der Buddhas und pustete in den Sockel. Der Figur stieg Rauch aus den Augen. »Es würde zahlreiche Probleme lösen.«

»Sie haben den Grund dafür noch nicht erwähnt.«

»Offenbar gibt es Dinge, die ich Ihnen leider nicht mitteilen darf.«

»Sie haben mich also hergebracht, um mir zu erzählen, daß Sie mir gar nichts erzählen werden.«

Li trat wieder an Shans Seite und klopfte ihm auf die Schulter. »Ich mag Ihren Sinn für Humor. Man merkt, daß Sie aus Peking stammen. Eines Tages, wer weiß? Sie könnten gut zu uns passen.« Er ging um Shan herum. »Ich habe Sie hergebracht, um Sie zu retten. Der Major und ich suchen nach einer Möglichkeit, großzügig zu sein. Es hat schon zu viele Opfer gegeben, und es besteht wirklich kein Grund dafür, Ihnen weiterhin weh zu tun. Falls Minister Qin aus Peking Sie im *lao gai* sehen will, ist das allein eine Angelegenheit zwischen Ihnen und ihm. Doch Minister Qin ist sehr alt. Eines Tages bekommen Sie vielleicht eine zweite Chance. Ich kann sehen, daß Sie ein intelligenter Mann sind. Irgendwann werden Sie für das Volk wieder von Nutzen sein. Aber nicht, wenn Sie sich an Oberst Tan halten. Er ist sehr gefährlich.«

»Ich stelle für ihn keine Bedrohung da.«

Li musterte seine Zigarette. »So habe ich das nicht gemeint. Er manipuliert Sie. Er glaubt, er könne sich über den offiziellen Dienstweg hinwegsetzen. Haben Sie schon mal darüber nachgedacht, warum er das Büro des Anklägers meidet?«

Shan antwortete nicht.

»Oder warum er Sie mit unzuverlässigen Personen arbeiten läßt?«

»Unzuverlässigen Personen?«

»Diskreditierten Quellen. Wie Dr. Sung.«

»Ich respektiere Dr. Sungs medizinisches Fachwissen.«

Li zuckte die Achseln. »Aber genau das meine ich ja. Man hat Ihnen nichts von Dr. Sungs Problemen und Vorurteilen erzählt. Die turnusgemäße Zurückversetzung nach Hause wurde ihr wegen schwerer Pflichtversäumnisse verwehrt. Sie hat auf eigenen Entschluß für eine Woche ihren Posten verlassen, um sich um unbefugte Patienten zu kümmern.«

»Unbefugte Patienten?«

»Eine Schule im Hochgebirge. Sehr abgelegen. Niemand in Lhasa hatte je davon gehört. Die Kinder sind an irgendwas gestorben. Da oben gibt es Krankheiten, die im Rest der Welt schon längst ausgerottet wurden.«

»Die Ärztin wurde also dafür bestraft, daß sie sterbenden Kindern geholfen hat?«

»Darum geht es nicht. Für solche Fälle ist vorgeschrieben, daß die Eltern ihre Kinder in das Krankenhaus zu bringen haben. Dr. Sung hat eine Reihe wichtiger Patienten in der Klinik zurückgelassen. Manche davon waren Parteimitglieder. Und jetzt wird sie nicht nach Hause zurückkehren.«

»Damit ist Dr. Sungs Karriere praktisch beendet.« Shan war versucht zu fragen, wann die Ärztin diesen unüberlegten Fehler begangen hatte. Man hatte sie zunächst zum Abendessen eingeladen, ihr aber später die Mitgliedschaft im Bei Da-Verband verweigert. Er erinnerte sich daran, wie nervös sie vor ihm die Parteilehrsätze über die Zurückgebliebenheit der tibetischen Minderheit und die Vorgehensweise bei der Behandlung unproduktiver Patienten in den Bergen heruntergebetet hatte. Diese Worte waren ihr bei einer *tamzing*-Sitzung eingebleut worden.

»Ich sehe, Sie verstehen«, sagte Li mit gekünstelter Dankbarkeit. »Sie bringen mich in eine peinliche Lage, Genosse Shan. Sie verlangen von mir, daß ich Ihnen vertraue, nicht wahr?«

Shan erwiderte nichts.

»Das hier ist höchst unkonventionell. Das Büro des Anklägers im vertraulichen Gespräch mit einem überführten Kriminellen.«

»Ich hatte nie eine Verhandlung, falls das hilft.«

Li hob die Augenbrauen und nickte langsam. »Ja, Genosse, guter Hinweis. Kein Verurteilter, bloß ein Häftling.« Er zündete sich eine zweite Zigarette am Stummel der ersten an. »Gut. Sie sollten davon erfahren. Wir führen eine Korruptionsuntersuchung durch. Die größte, die es je in Tibet gegeben hat. Wir waren beinahe soweit. Jao wollte seine Erkenntnisse demnächst bekanntgeben. Bald können wir zuschlagen. Aber Sie werden noch dafür sorgen, daß die Schuldigen die Flucht ergreifen.«

»Demnach wurde Jao von einem Verdächtigen in diesem Korruptionsfall ermordet?« fragte Shan. Das wäre eine sehr ausgewogene Lösung. Genau die Art von Erklärung, die dem Justizministerium gefallen würde.

»Nicht genau. Es ist nur so, daß dieser gesellschaftsfeindliche Mönch Sungpo nicht wußte, was für Auswirkungen seine Tat nach sich ziehen würde. Mit Jaos Tod wurden vorerst alle Anstrengungen zunichte gemacht. Wir mußten den Fall ganz neu aufbauen. Immerhin schulden wir es Jao, die Sache zum Abschluß zu bringen. Aber Sie wirbeln zuviel Staub auf. Ihnen ist es zu verdanken, daß unsere Verdächtigen langsam Angst bekommen.«

»Falls Sie damit andeuten wollen, daß Ankläger Jao beabsichtigt hat, Oberst Tan zu verhaften, dann hatte Tan ein sehr viel stärkeres Motiv für den Mord als jeder andere. Klagen Sie ihn wegen der Tat an, und schon kann Sungpo freigelassen werden. Daraufhin können die Kriecher sich wieder von der 404ten zurückziehen. Das ist eine Lösung.«

»Liefern Sie mir einige Beweise.«

»Gegen Oberst Tan?« fragte Shan. »Ich dachte, Sie hätten gesagt, Ihnen lägen bereits entsprechende Beweise vor.«

»Der Abgang der alten Garde dürfte Ihnen doch wohl mehr als gelegen kommen.«

»Ich bevorzuge in dieser Hinsicht den natürlichen Lauf der Dinge«, sagte Shan nachdenklich.

»Sie können doch unmöglich glauben, er würde sie beschützen.«

»Ich muß mir zum Glück schon lange keine Gedanken mehr um den Schutz meiner Person machen. Der Staat hat jetzt gewissermaßen das Sorgerecht für mich.«

Ein höhnisches Lächeln machte sich auf Lis Gesicht breit. »Sie sind seine Rückversicherung. Sein Sicherheitsnetz. Falls es Ihnen nicht gelingt, einen Fall aufzubauen, wird er eben selbst einen erschaffen. Er wird eine eigene Fallakte haben, auch wenn Sie letztendlich keine zustande bekommen. All Ihre Handlungen können als der Versuch ausgelegt werden, die Radikalen zu schützen. Allein die Behinderung der Justiz ist bereits eine *lao gai*-Anklage für sich. Ich habe es Ihnen gesagt. Ich habe Erkundigungen über Sie eingezogen. Tan hat sich nicht allein deswegen für Sie entschieden, weil Sie früher als Ermittler gearbeitet haben. Sie wurden ausgewählt, weil Sie erklärtermaßen schuldig sind. Und entbehrlich.«

Dies war die einzige von Lis Behauptungen, die Shan dem stellvertretenden Ankläger glaubte. Shan sah, wie seine Finger sich anscheinend aus eigenem Antrieb bewegten. Sie formten ein *mudra*. Der Diamant des Verstands.

»Niemand wird sich für Sie einsetzen. Niemand wird sagen, Shan ist ein Modellhäftling, ein Held der Arbeit. Tan kann nicht einmal Ihren Namen auf den Bericht setzen, denn Sie existieren gar nicht. Andererseits besteht auch keine Veranlassung dafür, daß Sie ein Opfer abgeben müssen.«

So deutlich hatte Li seine Drohung noch nie in Worte gefaßt.

Shan musterte das *mudra*. »Dieser Ort hier«, sagte er in plötzlicher Erkenntnis, als er den Blick ein weiteres Mal durch den Raum schweifen ließ. »Das hier ist der Sitz des Bei Da-Verbands.«

Shan spürte, daß Li hinter ihm sich abrupt bewegte. »Es ist ein altes *gompa*. Es dient vielerlei Zwecken.«

»Ich habe eine Liste der *gompas* gesehen, denen die Genehmigung zum Wiederaufbau erteilt wurde. Dieses war nicht darunter.«

»Genosse, ich mache mir Sorgen um Sie. Sie wollen einfach nicht zuhören, wenn jemand versucht, Ihnen zu helfen.«

»Hat dieses *gompa* eine Lizenz?«

Li seufzte, zog die Zeremonienrobe aus und warf sie auf einen Hocker. »Es wurde vom Büro für Religiöse Angelegenheiten als Mustereinrichtung eingestuft. Es benötigt keine Lizenz.«

Shan hob die Hände. »Ich bewundere Ihre Fähigkeit, das alles unter einen Hut zu bekommen. Für mich wirkt es überaus verwirrend. Falls eine Gruppe, die von Peking bezahlt wird, sich zusammenfindet, um über die Erziehung des Volkes zu diskutieren, dann ist das lebendiger Sozialismus. Aber falls Leute in roten Gewändern dies tun, handelt es sich um eine unerlaubte kulturelle Aktivität.«

Li ließ ihn nicht mehr aus den Augen. Sie waren sich beide darüber bewußt, wie gefährlich dieses Spiel wurde. »Sie sind nicht mehr auf dem neuesten Stand, Genosse. Hinsichtlich der Definition sozialistischer Vorgehensweisen zur Ausgestaltung der Beziehungen zwischen den Volksgruppen hat es sehr viele Fortschritte gegeben.«

»Meine Kenntnisse können sich selbstverständlich nicht mit Ihrer Ausbildung messen«, räumte Shan ein. Er stand auf und ging zur Tür.

»Wohin wollen Sie?« fragte Li verärgert.

»Die Sonne kommt durch die Wolken.« Bevor Li weitere Einwände erheben konnte, trat Shan bereits hinaus auf den Hof.

Ein Lieferwagen mit dem Abzeichen des Büros für Religiöse Angelegenheiten war eingetroffen. Arbeiter stellten auf einer Seite des Hofs Bänke auf, als solle hier ein Vortrag gehalten werden. Angeleitet wurden sie von der jungen Frau, die Shan in Direktor Wens Büro gesehen hatte – Miss Taring, die Archivarin.

Sobald Shan sie sah, begriff er die Zusammenhänge. Die *purbas* hatten ihm in ihrem unterirdischen Zufluchtsort erzählt, sie wüßten von Shans Gespräch mit Direktor Wen wegen des Kostüms. Es gab nur eine einzige Person, die ihnen davon berichtet haben könnte. Miss Taring hatte die *purbas* mit den entsprechenden Informationen versorgt, oder vielleicht war sie auch selbst eine *purba*. Er starrte sie an, als sähe er sie zum erstenmal. Ihr Haar war am Hinterkopf zu einem festen Knoten zusammengefaßt, und sie trug eine weiße Bluse und einen langen dunklen Rock, wodurch sie überaus professionell wirkte, eine Vorzeigearbeiterin. Sie hielt inne, nickte beiläufig und wollte sich gerade umdrehen, als ihr sein Blick auffiel. Langsam wandte sie sich ab, um den Arbeitern einige Anweisungen zu erteilen. Ihre Hände hatte sie auf dem Rücken verschränkt. Shan wollte ebenfalls kehrtmachen, als ihm auffiel, daß ihre Finger sich bewegten. Sie ballte die Fäuste, so daß die Daumen sich in einem Winkel von fünfundvierzig Grad gegenüberstanden und die Hände sich beinahe berührten. Shan hatte es zuvor schon gesehen; dieses *mudra* gehörte zu den Opferzeichen. *Aloke*, die Lampen, deren Licht die Welt erhellen sollte.

Miss Taring zeigte das *mudra* nur ganz kurz und schaute vorsichtig zum hinteren Bereich des Hofs. Dann ging sie zur gegenüberliegenden Mauer, blieb neben einem der großen Buddhaköpfe stehen und blickte zur Seite auf etwas, das Shan nicht sehen konnte.

Shan beobachtete sie verblüfft und ging dann auf die Frau zu. Noch bevor er die Wand erreichte, bewegte Miss Taring sich wieder von dort weg und beachtete ihn nicht weiter. Er stellte sich an dieselbe Stelle, an der zuvor sie gestanden hatte, und versuchte, sich über ihre Absicht klarzuwerden. Zwischen den Gebäuden gab es eine Lücke, die zugemauert werden sollte, allerdings war die Arbeit daran noch nicht abgeschlossen. Shan konnte über die unfertige Mauer hinweg auf einen eleganten Innenhof blicken. Ein Mann, der wie ein Kellner gekleidet war, trug ein Tablett mit hohen Gläsern. Eine große hölzerne Wanne mit brodelndem Wasser war teilweise in den Boden eingelassen. Zwei schlanke junge Frauen in Bikinis stiegen soeben hinein.

Verwirrt schaute Shan langsam in die andere Richtung und erstarrte vor Schreck. Dort befand sich ein niedriges Gebäude, ein ehemaliger Stall, der als Garage genutzt wurde. Darin standen zwei rote Land Rover.

Aus dem Augenwinkel sah Shan, daß Li sich näherte. Er drehte sich um und schlenderte gemächlich an den Statuenköpfen vorbei, so daß Li ihn einholen konnte.

»Ist Leutnant Chang von der 404ten ein Angehöriger Ihres Bei Da-Verbands?« fragte er.

Li runzelte die Stirn. »Ich glaube, er hat sich für die Mitgliedschaft qualifiziert«, lautete die rätselhafte Antwort.

»Und was ist mit einem Soldaten namens Meng Lau?«

Li ignorierte die Frage und trat näher an ihn heran. »Sie sollten Zeuge werden«, bot Li an. »Für jemanden in Ihrer Position muß es doch ungeheuer schwierig sein, derartige Ermittlungen zu leiten. Werden Sie statt dessen doch ein kooperativer Zeuge.«

»Ein Zeuge aus der 404ten?«

»Sagen wir, ein Zeuge, dem bei der 404ten kürzlich eine vertrauensvolle Aufgabe zugewiesen wurde. Ich werde mich für Sie verbürgen. Sie sind stets gewissenhaft, man hat Ihnen noch nie eine Lüge vorgeworfen, so was in der Art. Ihre Probleme in Peking haben ganz andere Ursachen gehabt. Das Tribunal müßte gar nichts davon erfahren.«

»Aber ich habe nichts zu sagen.« Shan ging weiter. In einer Ecke des Hofs war ein Wasserbecken. Es bestand aus jahrhundertealten Steinblöcken, in die man anmutige Muster gemeißelt hatte, und wurde von kleinen silbernen Fischen bevölkert. Einige Lotusblüten trieben darin und auch eine leere Bierflasche.

»Es wird Sie vielleicht überraschen, wie viel Sie erzählen könnten«, sagte Li hinter ihm.

Shan trat an den Rand des Beckens und drehte sich um. »Sie haben mir noch nicht die genaue Art Ihrer Korruptionsuntersuchung erläutert.« Von hier aus konnte er eine kleine Hügelkuppe direkt hinter dem Areal sehen. Darauf befand sich ein prächtiger sitzender Buddha von mindestens sechs Metern

Höhe. Er trug einen ungewohnten Kopfschmuck. Jäh erkannte Shan, worum es sich handelte. Jemand hatte eine Satellitenschüssel am Kopf des Buddhas festgeschraubt.

Li stellte sich neben ihn und flüsterte es ihm ins Ohr. »Unregelmäßigkeiten in den Gefängnisbüchern, ungeklärte Abhebungen von staatlichen Konten, verschwundene Aktiva des Militärs.«

»Soll das heißen, Tan und Direktor Zhong seien Verschwörer? Zhong hat auch damit zu tun?«

»Würden Sie ihn denn gern darin verwickelt sehen?«

Shan starrte ihn an und fragte sich, ob er richtig gehört hatte. »Ich müßte Einblick in Ihre Unterlagen nehmen.«

»Unmöglich.«

»Lassen Sie mich mit Miss Lihua sprechen.«

»Jaos Sekretärin? Wieso?«

»Sie soll bestätigen, daß Jao in einem Korruptionsfall ermittelt hat. Sie hätte auf jeden Fall davon gewußt.«

»Sie wissen, daß sie im Urlaub ist.« Li zuckte die Achseln, als er Shans unzufriedenen Gesichtsausdruck bemerkte. »Was soll's. Sie können ihr ein Fax schicken.«

»Ich traue Fax-Mitteilungen nicht.«

»Na gut, sobald sie wieder hier ist.« Er schaute auf die Uhr. »Der Wagen wird Sie zurück in die Stadt bringen.«

Shan stieg ein, ohne sich noch einmal umzudrehen. Er wußte, daß Li log, wenn dieser behauptete, er wolle Shan nicht als Opfer sehen. Aber log er, weil er wegen der Ermittlungen beunruhigt war oder einfach nur aus all den üblichen Gründen?

Li beugte sich zum Fenster hinein. Das höhnische Lächeln war von seinem Gesicht verschwunden. »Verdammt, Shan. Ich weiß nicht, warum ich Ihnen das jetzt erzähle. Die Sache ist schlimmer, als Sie es sich jemals vorstellen könnten. Es werden Köpfe rollen, und niemand wird da sein, um auf Ihren Kopf aufzupassen. Sie müssen zur 404ten zurückkehren, und ich muß meinen Fall abschließen, bevor der Wahnsinn seinen Lauf nimmt.«

»Der Wahnsinn?«

»Man wird ein Spionageverfahren eröffnen. Jemand in

Lhadrung hat Computerdisketten gestohlen, auf denen sich geheime Informationen über die Grenzverteidigungsanlagen der Öffentlichen Sicherheit befinden.«

Shan sah, wie Dr. Sung an Yeshe vorbeiging, der auf der Bank im Gang saß, und ihr dunkles Büro betrat. Sie warf ihr Klemmbrett auf einen Stuhl, schaltete eine kleine Schreibtischleuchte ein und schob einen Teller mit halbverzehrtem Gemüse beiseite. Dann drückte sie einen Knopf an einem kleinen Kassettenrekorder und wandte sich einem Schachbrett zu. Die Partie hatte bereits begonnen. Opernmusik erklang. Sie zog einen Bauern und drehte das Brett um. Sie spielte gegen sich selbst.

Nach zwei Zügen hielt sie inne und schaute nach draußen zu der Bank. Mit einem Fluch auf den Lippen drehte sie den Kopf der Lampe nach oben, so daß Shans Stuhl in der Ecke des Zimmers erhellt wurde.

»Das faszinierendste an einer Untersuchung ist die Erkenntnis, wie subjektiv die Wahrheit eigentlich ist«, stellte Shan fest. Er klang sehr müde. »Sie hat so viele Dimensionen. Politische. Berufliche. Doch die sind noch leicht zu erkennen. Am schwierigsten ist es, die persönliche Dimension zu begreifen. Wir finden so viele Möglichkeiten, die Lügen zu glauben und die Wahrheit zu ignorieren.«

Die Ärztin schaltete die Musik ab und starrte zerstreut auf das Schachbrett. »Die Buddhisten würden sagen, daß jeder von uns seine eigene Methode hat, den inneren Gott zu ehren«, sagte sie mit erstickter Stimme.

Die Worte erschütterten Shan. Plötzlich wußte er nicht mehr, was er sagen sollte. Am liebsten hätte er die Frau in Ruhe gelassen und nicht an ihr Elend gerührt, aber das konnte er nicht. »Wann haben Sie damit aufgehört, Ihren zu ehren?«

Er sehnte sich nach einer ihrer scharfen, wütenden und schlagfertigen Antworten, doch er erntete lediglich Schweigen.

Er entfaltete Sungs Brief an die amerikanische Firma und ließ ihn vor ihr auf den Tisch fallen. »Hatten Sie das Gefühl, Sie würden mich anlügen, als Sie vorgaben, nichts von Jaos Interesse an einem Röntgengerät zu wissen? Oder haben Sie tatsächlich selbst daran geglaubt, weil offiziell nur Ihr eigener Name erwähnt wurde?«

»Ich habe nur gesagt, solche Apparate seien zu teuer.«

»Gut. Demnach wollten Sie also nicht lügen.«

Sung zog geistesabwesend einen Turm. »Jao hat mich gebeten, einen Brief zu schreiben. Es würde keinen Verdacht erregen, wenn ein Krankenhaus eine solche Bitte äußerte.«

»Weshalb mußte er so heimlich tun? Warum hat er nicht einfach selbst bei der Firma nachgefragt?«

Sie nahm einen Springer und musterte die Figur eindringlich. »Eine Untersuchung.«

»Er hat Sie bei der Durchführung um Hilfe gebeten. Und er hat nicht erzählt, worum es im einzelnen ging?«

Sie starrte noch immer die Schachfigur an. »Er ist manchmal vorbeigekommen, nicht allzu oft, und dann haben wir hier gesessen und Schach gespielt. Haben uns über zu Hause unterhalten. Tee getrunken. Es hat sich so … ich weiß nicht … zivilisiert angefühlt.« Sie legte beide Hände um den Springer und drehte sie, als wolle sie ihn zerbrechen.

»Also haben Sie diesen Brief geschrieben, um bei seinen Ermittlungen behilflich zu sein. Weil er etwas Verborgenes finden wollte.«

»Es wäre ganz einfach, so wie Sie zu sein, Genosse Shan, und bloß Fragen zu stellen. Aber ich habe Ihnen bereits gesagt, daß es Fragen gibt, die man nicht stellen darf. Ihre Aufgabe besteht allein darin, sich nach der Wahrheit anderer Leute zu erkundigen. Manche von uns müssen diese Wahrheit leben.«

»Eine Morduntersuchung?« fragte Shan. »Korruption? Spionage?«

Sung lachte leise auf. »Spionage in Lhadrung? Das glaube ich kaum.«

»Wofür hat er dieses Gerät benötigt?«

Sung schüttelte langsam den Kopf. »Er wollte wissen, ob es in einen seiner Geländewagen mit Allradantrieb passen würde. Er hat sich erkundigt, was für eine Energiequelle dafür nötig wäre. Mehr weiß ich nicht.«

»Warum haben Sie ihn nicht gefragt? Er war immerhin Ihr Schachpartner.«

»Genau deswegen.« Sung öffnete die Hand und schaute unglücklich auf den Springer. »Ich habe angenommen, daß er eines der Gräber öffnen wollte. Und falls dieser Verdacht sich bestätigt hätte, wäre es mir unmöglich gewesen, ihn je wieder hier Platz nehmen zu lassen.«

Die 404te war wie ein Friedhof. Aus den Baracken schauten die hohlwangigen und ausdruckslosen Gesichter der Gefangenen. Die Patrouillen, die dafür sorgten, daß die Männer in den Quartieren blieben, marschierten steifbeinig über das Gelände. Dabei warfen die Soldaten immerfort mißtrauische Blicke über die Schultern.

Der Stall war in Benutzung. Shan war sich dessen sicher – nicht weil es Schreie gegeben hätte. Die Tibeter schrien nie. Auch das Krankenrevier war nicht stärker als üblich belegt. Er war sich deswegen sicher, weil ein Offizier an ihm vorbeiging, der Gummihandschuhe trug.

Über Sergeant Feng schien eine dunkle Wolke zu schweben, als er zusammen mit Shan durch das Tor ging. Er sprach kein Wort mit den Kriechern, die die Todeszone bewachten, sondern schaute stur geradeaus, bis sie die Hütte erreichten. Dann öffnete er Shan die Tür, trat beiseite und forderte ihn mit einer unbeholfenen Geste auf, den Raum zu betreten.

Der Anblick, der sich Shan bot, war praktisch der gleiche wie vor sechs Tagen, als er die Hütte verlassen hatte. Trinle lag völlig erschöpft im Bett und hatte eine Decke über sein Gesicht und den größten Teil des Körpers gebreitet. Die anderen saßen in einem Kreis am Boden und wurden von einem der älteren Mönche unterwiesen.

Choje Rinpoche hatte aus einem Streifen seiner Decke ein *gomthag*-Band angefertigt und es sich um Knie und Rücken geknotet, damit er beim Meditieren nicht umkippen würde. Einer der Novizen hielt Choje einen Stoffetzen an den Hinterkopf. Als er ihn wegnahm, war der Stoff von Blut gerötet.

Choje benötigte mehrere Minuten, bis er in der Lage war, auf

Shans Fragen einzugehen. Seine Lider zitterten; dann öffnete er die Augen, und sein Blick belebte sich. Durchdringend und neugierig sah er sich in der Hütte um, als wolle er sich vergewissern, in welcher Welt er sich befand. »Du bist noch bei uns«, sagte er, nicht als Frage, sondern als Gruß.

»Ich muß etwas über Tamdin wissen«, sagte Shan. Es schien ihm, als würde er das Leid des Lama weitaus stärker verspüren als Rinpoche selbst. »Rinpoche«, fragte er, »was wäre, falls Tamdin sich entscheiden müßte, ob er die Wahrheit oder die alten Bräuche beschützen soll?«

Von allen ungeklärten Rätseln, die diesen Fall umgaben, beschäftigte ihn am meisten die Frage nach dem Motiv des Mörders. Tamdin war ein Beschützer des Glaubens, und seine Opfer hatten den Glauben entweiht. Aber wie konnte es dann sein, daß ein solcher Mörder unschuldige Mönche für seine Verbrechen sterben ließ? Auch das war eine Entweihung des Glaubens.

»Ich glaube nicht, daß Tamdin eine Wahl trifft. Tamdin handelt. Er ist ein Gewissen mit Beinen.«

Und einem Schlachtermesser, dachte Shan.

»Wie ein Gewissen mit Beinen«, wiederholte der Lama.

Shan dachte schweigend über diese Worte nach.

»Als ich noch jung war«, hob Choje an, »da erzählte man sich, in einem nahen Dorf gäbe es einen Mann, der um Tamdins Hilfe betete, ohne sie je zu erhalten. Also schwor er Tamdin ab. Er sagte, Tamdin wäre eine Sagengestalt, die man für die Tänzer bei den Festen erfunden hätte.«

»Ich habe in letzter Zeit kaum jemanden getroffen, der Tamdin als eine Erfindung bezeichnen würde.«

»Nein. Erfindung ist nicht das richtige Wort, um ihn zu beschreiben.« Choje hielt Shan eine Faust vor das Gesicht. »Das ist meine Faust«, sagte er und streckte dann die Finger aus. »Jetzt existiert meine Faust nicht. Wird sie deshalb zu einer Erfindung?«

»Willst du damit sagen, daß unter bestimmten Umständen jeder zu Tamdin werden kann?«

»Nicht jeder. Ich sage, daß Tamdins Essenz in etwas existieren kann, das nicht ständig Tamdin ist.«

Shan erinnerte sich an das letzte Mal, als sie über den Schutzdämon gesprochen hatten. Wenn es manche gibt, die Buddhaschaft erlangen, hatte Choje gesagt, so gibt es vielleicht andere, denen die Tamdinschaft vorherbestimmt ist.

»Wie der Berg«, sagte Shan leise.

»Der Berg?«

»Die Südklaue. Es ist ein Berg, aber er birgt noch etwas anderes in sich. Einen heiligen Ort.«

»Es ist so ein kleines Stück Welt, das wir hier haben«, sagte Choje, allerdings so leise, daß Shan gezwungen war, sich ihm entgegenzuneigen.

»Es gibt noch andere Berge, Rinpoche.«

»Nein. Das meine ich nicht. Diese ...«, sagte er und beschrieb eine ausholende Geste. »Diese Welt nimmt keine Notiz von uns. Vor uns und nach uns liegt eine unermeßliche Zeitspanne. So viele Orte. Wir sind Staubkörnchen. Niemand dort draußen sollte sich Gedanken um uns machen. Nur wir selbst. Unsere gegenwärtige Daseinsform beansprucht in diesem Augenblick diesen Ort. Das ist alles. Und es ist wirklich nicht viel.«

Die Worte ließen Shan erschaudern. Etwas Furchtbares würde geschehen. »Du wirst nie wieder zu dem Berg zurückkehren, nicht wahr?« Entsetzt blickte er auf. »Ganz egal, was passiert. Du willst nicht, daß die Straße gebaut wird. Darum geht es die ganze Zeit.« Warum war das so wichtig? Hatte er sich in diesem Punkt geirrt und dem Geheimnis des Bergs zu wenig Aufmerksamkeit geschenkt?

»Fünfzig oder auch hundert Jahre lang jeden Tag aufzuwachen, ist im Grunde keine große Leistung«, sagte Choje mit heiterem Lächeln. »Das ist, als würden wir darum streiten, ob dein oder mein Staubkörnchen größer ist. Es sind die Einwände einer unvollkommenen Seele.«

Man würde andere herbringen, um die Straße zu bauen, wollte Shan sagen. Aber er hatte nicht genug Mut.

»Wir haben es besprochen. Alle waren einverstanden. Abgesehen von einigen wenigen. Manche mit Familien. Manche, die einem anderen Pfad folgen müssen.«

Shan sah sich um. Der *khampa* war verschwunden.

»Wir haben ihnen unseren Segen erteilt. Heute morgen hat man sie durch die Absperrung gelassen. Diejenigen von uns, die hiergeblieben sind ...«, sagte Choje mit seinem friedlichen Lächeln. Er zuckte die Achseln. »Tja, wir sind diejenigen, die hiergeblieben sind. Einhunderteinundachtzig. Einhunderteinundachtzig«, wiederholte er, noch immer lächelnd.

Die Pfeife blies zum Hofgang, dann noch eine und noch eine, jeweils mit leichter Verzögerung überall im Lager. Die Männer standen auf und gingen schweigend zur Tür.

»Es ist soweit, Trinle«, rief Choje mit neuer Stärke, und die Gestalt unter der Decke bewegte sich. Shan ließ Choje nicht aus den Augen und spürte, wie Trinle sich mühsam erhob. Schaudernd begriff er, daß Trinle im Stall gewesen sein mußte. Aus dem Augenwinkel sah er, daß die gebeugte Gestalt sich die Decke um das provisorische Gewand und wie eine Kapuze um den Kopf schlang und zur Tür schlurfte.

Nur Shan und Choje blieben in der Hütte zurück. Schweigend saßen sie inmitten der gleißenden Lichtstrahlen, die zwischen den losen Brettern der Wände und des Daches hindurchfielen.

»Was ist mit jenem Mann geschehen, der nicht mehr an Tamdin glauben wollte?«

»Eines Tages ist ein Teil des Berges über ihm zusammengestürzt. Alle wurden getötet. Der Mann, seine Kinder, seine Frau, seine Schafe. Und schlimmer noch.«

»Schlimmer?«

»Es war merkwürdig. Danach konnte sich niemand mehr an den Namen des Mannes erinnern.«

Plötzlich erklang von draußen ein sonderbar anschwellender Laut – kein Ruf, sondern ein schnell anwachsendes Gemurmel, das sich durch das ganze Lager zog. Shan half Choje auf die Beine.

Sie fanden die Häftlinge auf der kleinen Freifläche hinter der Hütte, genaugenommen eher am Rand derselben, wie sie in Zweier- und Dreierreihen um einen sechs Meter durchmessenden Fleck standen.

»Er ist verschwunden!« rief einer der Mönche, als sie näher kamen. »Der Zauber …«, fing er an, schien dann aber nicht in der Lage zu sein, den Satz zu vollenden.

»Wie ein Pfeil! Ich habe es gesehen. Wie ein huschender Schatten!« rief jemand.

Die Reihen teilten sich, um Choje und Shan durchzulassen.

»Trinle!« keuchte einer der jungen Mönche. »Er hat es getan!«

Auf dem freien Fleck befand sich nichts außer Trinles Schuhen, die direkt nebeneinanderstanden, als habe er sie gerade erst abgestreift.

Keiner wagte zu atmen. Shan starrte verblüfft auf die Schuhe. Im ersten Moment wirkte das alles wie ein seltsamer, schlechter Witz. Als ihm klar wurde, was geschehen war, schaute er sich erschrocken um. Trinle war weg. Trinle war entkommen. Nach all den Jahren der Übung hatte er sich schließlich fortgezaubert.

Die Mönche musterten die Schuhe voller Ehrfurcht. Einige fielen auf die Knie und sprachen Dankgebete.

Doch ihnen blieb kaum noch Zeit dafür. Von irgendwoher ertönte wieder eine Pfeife und signalisierte das Ende des Hofgangs. In einer der hinteren Reihen stimmte ein Mann mit tiefer Baritonstimme ein Mantra an. *Om mani padme hum.* Er fuhr etwa eine halbe Minute lang allein damit fort, dann schloß sich ihm ein zweiter Mönch an, gefolgt von noch einem und noch einem, bis kurz darauf die gesamte Gruppe einfiel und die wütenden Pfeifen übertönte.

Die Häftlinge bewegten sich langsam auf den zentralen Antreteplatz zu und feierten mit ihrem Mantra das Wunder. Shan schloß sich ihnen an und stimmte in die Litanei ein. Plötzlich packte eine Hand ihn am Ellbogen und zog ihn zur Seite. Sergeant Feng.

Sie sahen dabei zu, wie die Gefangenen sich in einem großen Viereck auf dem Boden niederließen und weiterhin laut Buddha priesen.

Die Kriecher waren sofort zur Stelle. Shan konnte sehen, daß die Soldaten etwas riefen, doch ihre Stimmen gingen in dem widerhallenden Mantra unter. Shan wollte sich losreißen, Feng aber hielt ihn mit eisernem Griff zurück. Die Schlagstöcke wurden gezückt, und dann fingen die Kriecher an, langsam und methodisch auf die Schultern und Rücken der Sträflinge einzuprügeln. Immer wieder hoben und senkten die Knüppel sich, als wären es Sicheln, die Weizen schnitten.

Die Schläge zeigten keinerlei Auswirkungen.

Ein Offizier der Öffentlichen Sicherheit erschien. Sein Gesicht war eine wutverzerrte Fratze. Er brüllte in ein Megaphon, wurde jedoch ignoriert. Dann riß er einem seiner Männer den Schlagstock aus der Hand und hieb dem nächstbesten Mönch damit so hart auf den Kopf, daß der Knüppel zerbrach. Der Mann sackte bewußtlos zusammen, doch die Litanei dauerte an.

Der Offizier ließ den geborstenen Schlagstock fallen und schritt die Reihen ab. Die ganze Szene entwickelte sich wie in Zeitlupe.

»Nein!« rief Shan und wand sich vergeblich in Fengs Umklammerung. »Rinpoche!«

Der Offizier umrundete das gesamte Viereck und befahl dann zwei Kriechern, einen der Mönche in die Mitte zu zerren. Es war einer der jüngeren Männer aus einer anderen Hütte. Der Mönch hatte sich den Kopf kahlgeschoren und trug ein rotes Band um den Arm. Er betete weiter, blieb auf den Knien und schien die Kriecher gar nicht zu bemerken. Der Offizier stellte sich hinter ihn, zog die Pistole und schoß ihm eine Kugel durch den Kopf.

Kapitel Fünfzehn

Während der Fahrt vom Lager zur Drachenklaue hielt Sergeant Feng mit beiden Händen das Lenkrad umklammert und schaute die ganze Zeit mit leerem, bekümmertem Blick nach vorn. Auch als sie in die Abzweigung oberhalb der alten Hängebrücke einbogen, schwieg er. Diesmal gab es keine Auseinandersetzung, und Feng versuchte auch nicht, Shan und Yeshe zu folgen, als die beiden den Abgrund überquerten. Jeder von ihnen trug einen kleinen Beutel, in dem sich Vorräte für einen Tag befanden.

Die Luft war ungewöhnlich ruhig, ohne den Wind, der fast immer bei Sonnenaufgang aufkam. Shan suchte den Hang vor ihnen mit dem Fernglas ab. Er war sich immer noch nicht sicher, wonach er Ausschau halten oder wohin er gehen sollte, nur daß der Berg nach wie vor ein entscheidendes Geheimnis barg. Von den Schafen, die ihn vielleicht zu dem rätselhaften jungen Hirten hätten führen können, war nichts zu sehen. Vielleicht mußte er zu dem Vorsprung mit den Kreidesymbolen zurückkehren. Dann erspähte er am südlichen Ende der Kammlinie einen roten Fleck inmitten der frühmorgendlichen Schatten. Sobald er den Pilger vor der Linse hatte, konnte er erkennen, daß der Mann auf dem Pfad sich mit beachtlicher Geschwindigkeit vorwärts bewegte. Er vollführte das *kjangchag*, das fortwährende Aufstehen, Stehen, Knien und Niederwerfen, das die demütige Untertänigkeit des Pilgers bezeugen sollte, mit einer Leichtigkeit, als würde er Freiübungen verrichten.

»Ich weiß immer noch nicht, wonach wir eigentlich suchen«, sagte Yeshe neben ihm.

»Ich auch nicht. Nach etwas Außergewöhnlichem. Vielleicht nach dem Pilger.«

Yeshe zuckte die Achseln. »Jedesmal, wenn wir hier sind, sehen wir einen Pilger. In Tibet ist das so normal wie der Regen.«

»Und stellt daher eine perfekte Tarnung dar.« Shan begriff plötzlich, was er übersehen hatte. »Gehen wir«, rief er. Nach wie vor war er zu keiner sicheren Erkenntnis gelangt, aber er wollte wissen, wohin der Pilger unterwegs war.

In schnellem Tempo folgten sie dem Verlauf der Gratlinie und ließen den Pilger nicht aus den Augen. Nach einer Stunde hatten sie ihn beinahe eingeholt und legten eine kurze Rast ein, während sie der Gestalt dabei zusahen, wie sie den Abstieg in das nächste Tal begann.

Das rote Gewand tauchte am Fuß des Kamms auf und verschwand hinter einer langen Felsformation. Shan und Yeshe teilten sich eine Flasche Wasser und warteten darauf, daß der Pilger auf der anderen Seite der Felsen wieder zum Vorschein kommen würde.

»Meine Mutter hat auch eine Pilgerfahrt unternommen«, sagte Yeshe. »Nach dem Tod meiner Schwester. Ich war zu der Zeit bereits im Kloster. Sie ist zum Berg Kailas aufgebrochen. Zum heiligen Berg. Sie hatte keinen guten Zeitpunkt gewählt. In den Bergen gab es späte Schneestürme und außerdem Truppenbewegungen wegen des Aufstands.«

»Solche Widrigkeiten machen die Leistung noch ehrenvoller.«

»Wir haben sie nie wiedergesehen. Jemand sagte, sie wäre eine Nonne geworden, andere behaupteten, sie hätte versucht, die Grenze zu überschreiten. Ich glaube, es war vermutlich sehr viel unkomplizierter. Sie ist einfach gestorben.«

Shan wußte nicht, was er sagen sollte. Er reichte Yeshe die Flasche und nahm das Fernglas. »Der Pilger ist nicht wieder aufgetaucht«, stellte er fest. Feng hatte ihm für diesen Tag seine Armbanduhr geliehen. Shan starrte verwirrt auf das Zifferblatt. »Wann ist er hinter diesen Felsen verschwunden?«

»Vor zehn, fünfzehn Minuten.«

Shan sprang auf, ließ Yeshe, der noch immer die Flasche in der ausgestreckten Hand hielt, einfach stehen und lief den Abhang hinunter.

Er stieß seitlich auf den im Verlauf vieler Jahrhunderte ausgetretenen Pilgerpfad, der sich zwischen den Felsblöcken hindurchschlängelte und zu den wogenden Heideflächen des Hochtals führte. Als Yeshe ihn einholte, hatte Shan bereits hinter den Felsen nachgesehen und den Weg auf der Suche nach einem zweiten Pfad oder einer Abkürzung zurückverfolgt. Vergebens.

Einige Minuten später rief Yeshe aufgeregt und wies auf ein kleines Loch, einen niedrigen, knapp zwei Meter langen Tunnel, der von einer Platte gebildet wurde, die zerbrochen und zwischen zwei steile Felswände gestürzt war. Die Öffnung war kaum breit genug, um hineinzukriechen. Doch als Shan eintraf und hineinblickte, war Yeshe verschwunden.

Das Loch, so stellte er fest, endete nicht nach zwei Metern, sondern bog im rechten Winkel nach links ab. Shan quetschte sich hinein und folgte Yeshes undeutlicher Gestalt etwa fünfzehn Meter weit, bis die Decke des Tunnels zunächst anstieg und dann ganz verschwand. Sie befanden sich in einem schmalen, gewundenen Durchgang zwischen den Felswänden, dem sie in eine kleine Schlucht folgten.

»Wir sollten nicht hier sein«, flüsterte Yeshe nervös. »Es ist ein heiliger Ort. Er wird beschützt ...«

Seine Worte verklangen, und seine Stimme verstummte angesichts des beeindruckenden Anblicks, der sich ihm bot. Vor ihnen, nur einen Steinwurf weit entfernt, erhob sich eine steile, hundertfünfzig Meter hohe Felswand. Diamanthelle Sonnenstrahlen schnitten durch die Schatten der Schlucht und verstärkten das Gefühl der Erhabenheit. In etwa dreißig Metern Höhe waren fünf große rechteckige Öffnungen als Fenster in den Fels gemeißelt. Darüber befanden sich drei kleinere, offenbar ebenfalls künstlich geschaffene Löcher, gefolgt von einer letzten, noch kleineren Öffnung fast neunzig Meter über ihnen. Aus den fünf Fenstern ragten Stangen, an denen leuchtendbunte Pferdefahnen hingen, riesige Banner von neun Metern Länge, die mit heiligen Symbolen geschmückt waren und im Wind flatterten.

Die Drachenklauen waren im Begriff, ihr Geheimnis preiszugeben, erkannte Shan.

»Verstecken Sie sich!« warnte Yeshe und trat hinter einen Felsen. »Da ist jemand am Wasser.«

Shan schaute zum Ende der Schlucht, wo sich in einem schimmernden Wasserbecken die Abbilder der Flaggen spiegelten. Unter einem einzelnen Weidenbaum am hinteren Rand des Teichs saß eine Gestalt und wandte ihnen den Rücken zu.

»Wir sollten diesen Ort nicht finden«, warnte Yeshe erneut. »Wir sollten gehen. Falls wir vorher um Erlaubnis bitten ...«

»Wir haben keine Zeit für eine Erlaubnis«, sagte Shan und ging auf den Teich zu. Zwischen den Felsen wuchsen kleine Schwertlilien, und am Rand des Wassers saß ein Schwarm Vögel.

»Nicht alle sind froh, daß du gekommen bist«, sagte die Gestalt, als Shan sich noch drei Meter hinter ihr befand. Sie drehte sich nicht um. Die Stimme, die aufgrund des Wassers und der Felsen merkwürdig widerhallte, war die eines Kindes. »Aber ich habe gehofft, daß wir uns wiedertreffen würden. Man erzählt sich Dinge von dir, die ich nicht verstehe. Jetzt können wir noch einmal miteinander reden.«

»Deine Schafe haben dich schon wieder verlassen, wie ich sehe«, erwiderte Shan.

Der Junge drehte sich langsam um. Er lächelte. »Willkommen in Yerpa.«

Shan deutete auf Yeshe, der hinter ihm stand. »Das ist ...«

»Ja. Man hat es mir berichtet. Yeshe Retang. Ihr könnt mich Tsomo nennen.«

Er erhob sich und führte sie schweigend zurück auf den Durchgang zu, den sie eben erst verlassen hatten, und wandte sich dann in Richtung der Felswand, wo er eine schmale Spalte betrat, die im Schatten verborgen lag. Nach zwanzig Schritten in völliger Dunkelheit erreichten sie eine trübe Butterlampe am Fuß einer gewundenen Treppe, die direkt aus dem Fels geschlagen war.

Sie folgten den Stufen, bis Shan die Füße weh taten; nach einer kurzen Rast gingen sie weiter. Auf ihrem Weg kamen sie an mehreren niedrigen Türöffnungen vorbei, die in dunkle Kammern führten. Aus einer drang das Geräusch einer betenden Stimme, aus einer anderen ein übler Gestank und ein tiefes Stöhnen. Schließlich erreichten sie einen großen Raum, der durch ein einzelnes hohes Fenster und ein Dutzend Kerzen erhellt wurde.

Die Wände waren von Gemälden bedeckt, Bildern der Schutzgötter sowie den vergangenen und zukünftigen Buddhas. Shan hatte mit einer Kapelle gerechnet, doch diese Kammer war weitaus kleiner, und er begann zu begreifen, daß er sich nicht in einem Kloster befand, sondern an einer anderen Art von heiligem Ort, die ihm nicht vertraut war. Ein einzelner Mann im Gewand eines Mönches saß am Boden und klopfte gegen eine spitz zulaufende Metallröhre, aus der zinnoberroter

Sand rieselte. Er befand sich am Rand eines knapp zwei Meter durchmessenden Kreises, dessen größter Teil mit komplizierten Mustern und geometrischen Figuren gefüllt war, die aus verschiedenfarbigem Sand bestanden. In dem unfertigen Bereich, vor dem er saß, war das anzufertigende Muster bereits mit Kreide vorgezeichnet.

»Dies ist das Kalachakra-Mandala«, erklärte Tsomo. »Ein sehr altes Motiv.«

Das Sandbild bestand aus konzentrischen Ringen, die zu viereckigen Linien führten, welche die Wände von drei ineinander verschachtelten Palästen darstellten. Bewohnt wurden die Paläste von zahllosen Gottheiten, die bis in die kleinsten Einzelheiten abgebildet waren.

»Es handelt von der Entwicklung der Zeit«, fuhr Tsomo fort, »der Entfaltung der Zeit, denn Buddha kann es nicht ertragen, auch nur eine einzige Seele im Stich zu lassen. Daher verläuft die Zeit in einem immerwährenden Kreis, bis alle Geschöpfe erleuchtet sind.«

Shan kniete ehrfürchtig am Rand des Bildes nieder. Der Mönch neigte den Kopf in seine Richtung und fuhr mit der Arbeit fort, indem er das Mandala Stückchen für Stückchen vollendete.

»Siebenhundertzweiundzwanzig Gottheiten«, flüsterte Yeshe hinter ihm. »Früher hat man das in Lhasa jedes Jahr gemacht, für den Dalai Lama.«

»Richtig«, sagte Tsomo begeistert und zog Yeshe näher heran, damit er das Bild genauer betrachten konnte. »Dubhe hat bei einem alten Lama aus dem Potala-Palast gelernt. Wenn das Bild vollendet ist, werden alle traditionellen Gottheiten darauf zu sehen sein, jede anders, jede in der vorgeschriebenen Haltung. Dubhe arbeitet inzwischen seit drei Jahren daran. In vier oder fünf Monaten wird er fertig sein. Wir werden das Bild weihen und seine Schönheit feiern. Dann wird Dubhe es zerstören und mit frischem Sand von vorn beginnen.« Tsomo wies auf die halbhohen Regale aus roh behauenem Holz, die an den Wänden standen. Auf ihnen befanden sich unzählige kleine Tongefäße. »Ein Teil des Sandes von jedem hier jemals angefertigten Mandala wurde aufgehoben. Er ist sehr heilig und mächtig.«

Sie folgten einem Gang in einen größeren Raum mit vier Fenstern, den anderen rechteckigen Öffnungen, die sie von unten gesehen hatten. Am Rand der Kammer standen breite Tische, deren schräge Platten aus grobem Holz gefertigt waren. Die meisten Plätze blieben frei. Lediglich drei Mönche und eine Nonne waren an der Arbeit, ein jeder umgeben von Butterlampen und Behältern mit Pinseln und Tintensteinen.

Shan bemerkte die Hochachtung, mit der Tsomo von den Anwesenden gemustert wurde, aber auch die nervösen Blicke, die man ihm selbst und Yeshe zuwarf. Zwar hatte man den Mönchen gesagt, daß Fremde kommen würden, doch offenbar waren sie unsicher, wie sie sich verhalten sollten. Sie entschieden sich dafür, zu schweigen und es Tsomo zu überlassen, die prächtigen Manuskripte zu erläutern, mit deren Anfertigung sie beschäftigt waren. Ihre Vorlagen waren alte Bambusplatten und abgenutzte Gebetbücher, deren Inhalte sie auf lange schmale Seiten übertrugen, die man später nicht binden, sondern auf traditionelle Weise mit seidenen Umschlägen versehen würde. Über den Tischen lagen auf Regalen zahlreiche von ebendiesen Seidenpaketen. Man nannte sie *potis*, hatte Trinle ihm einst erklärt, Bücher, die in Gewänder gewickelt waren. Einer der Mönche arbeitete nicht mit Pinseln, sondern mit langen Beiteln und Meißeln. Er verzierte die langen Bretter, zwischen denen die *potis* verschnürt wurden. Shan blieb an dem Tisch stehen. Er war überrascht. Nicht wegen der komplizierten Details der Vögel und Blumen, die der Mönch schnitzte, sondern weil der Mann eine solche Schönheit erschaffen konnte, obwohl ihm ein Daumen fehlte.

Die Nonne stand auf und kam auf sie zu. »Die Geschichte eines jeden Klosters in Tibet«, sagte sie und deutete auf die hintere Wand. Ihre Stimme war rauh, als habe sie lange nicht gesprochen. »Da liegen Briefe des Großen Fünften an die *kenpos*, in denen Gelder für neue Kapellen angekündigt werden, und dort sind die originalen Baupläne für die Seilbrücke über den Drachenschlund.«

Tsomo zog Shan am Arm mit sich, während die Nonne den ehrfürchtig ergriffenen Yeshe an den Manuskripten entlang und weg von der Tür führte. Sie stiegen eine weitere Treppe empor und gelangten in eine Kammer, die tief im Innern des Berges lag. Sie wirkte wie ein Klassenzimmer. Im gesamten Raum gab es nur zwei Lampen, und die standen beide auf einem kleinen Altar. Am anderen Ende befanden sich Regale mit Töpferwaren, die zumeist zerbrochen waren; darüber hatte man Symbole an die Wand gemalt. Auf dem Boden lagen ein Teppich und einige Sitzkissen, auf denen zwei Mönche Platz genommen hatten.

Einer der Mönche wandte ihnen den Rücken zu und schaute zum Altar. Der andere, ein älterer, einfach gekleideter Mann mit verschmitzt funkelnden Augen, begrüßte sie mit einer leichten Verneigung. »Du bist überaus hartnäckig, Xiao Shan«, sagte der Mönch auf Mandarin. Hinter ihnen erklangen die hastigen Schritte nackter Füße. Drei Jungen in Schülergewändern kamen herein und setzten sich hinter den Mönch, der gesprochen hatte. Sie musterten Shan mit großen Augen und verblüfften Mienen.

»Weißt du, wir verdanken dir ein ziemliches Dilemma«, fuhr der alte Lama fort.

»Ich untersuche lediglich einen Mordfall.« Shans Blick richtete sich abermals auf die Symbole über den Töpferwaren. Erschrocken wurde ihm klar, wo er sie schon einmal gesehen hatte: als Kreidezeichen auf dem Vorsprung oberhalb der Drachenschlundbrücke.

»Ja, das wissen wir. Der Ankläger wurde nicht weit von hier ermordet. Der Einsiedler Sungpo sitzt in Haft. Die 404te befindet sich im Streik. Siebzehn Priester sind gefoltert worden. Einer der Häftlinge wurde hingerichtet. Das Büro für Öffentliche Sicherheit ist bereit, weitere Greueltaten zu begehen.«

»Sie wissen mehr über die 404te als ich«, sagte Shan verwundert. »Sind Sie der Abt dieser Einrichtung?«

Das Lächeln des Mannes schien sein gesamtes Gesicht einzunehmen. »Es gibt hier keinen Abt. Mein Name ist Gendun. Ich bin bloß ein einfacher Mönch.« Während er sprach, ließ er einen Rosenkranz durch die Finger gleiten, dessen Perlen aus einem dunklen, rötlichen Holz gefertigt waren. »Wird man dich dorthin zurückschicken, wenn du fertig bist?«

Shan schwieg einen Moment und dachte über den Mann nach, nicht über die Frage. »Es sei denn, man entscheidet sich für einen schlimmeren Ort.«

Ein weiterer Junge erschien, brachte eine Kanne Buttertee und füllte schweigend einige Schalen. Von irgendwoher erklangen einige *tsingha*, die winzigen, glockenähnlichen Zimbeln der buddhistischen Riten.

»Sie haben gesagt, ich stelle für Sie ein Dilemma dar«, sagte Shan und nahm eine der Schalen entgegen.

»Yerpa ist der geheime Raum eines nie gesehenen Hauses, das in einem Land der Schatten errichtet wurde. Das hat einer unserer Gelehrten vor dreihundert Jahren in einem Buch geschrieben.« Gendun hielt inne und lächelte Shan an. »Wir schreiben einander manchmal Bücher, da niemand sonst sie sehen kann. Er hat gesagt, wir würden uns hier zwischen den Welten befinden. Eine Zwischenstation, weder auf der Erde noch im Jenseits gelegen. Er hat es als Berg der Träume bezeichnet.«

»Das Auge des Raben«, sagte der andere Priester, der ihnen nach wie vor den Rücken zuwandte. Seine Stimme klang irgendwie vertraut.

Tsomo lächelte. »In der Bibliothek gibt es ein Gedicht über den tiefsten Winter. Zwischen hundert schneebedeckten Bergen, heißt es dort, bewegt sich nur das Auge des Raben.«

Shan bemerkte, daß Gendun auf Fengs Armbanduhr starrte. Shan streckte den Arm aus.

»Wie nennst du das?« fragte der Mönch.

»Eine Armbanduhr.« Shan nahm sie ab und reichte sie ihm.

Gendun betrachtete sie verwundert und hielt sie sich ans Ohr. Er lächelte und schüttelte den Kopf. »Ach, ihr Chinesen«, sagte er und gab die Uhr zurück.

Tsomo wich mit einer ehrerbietigen kleinen Verbeugung von seiner Seite und kniete sich neben den zweiten Mönch, der noch immer zu dem Altar blickte.

»Auch bevor die Armeen aus dem Norden kamen, war dieser Ort nur den wenigen bekannt, die davon wissen mußten«, fuhr der alte Mönch fort. »Dem Dalai Lama. Dem Pantschen Lama. Dem Regenten. Man sagt, es sei eine der Höhlen des großen Guru Rinpoche. Es ist eine eigene Welt. Normalerweise geht niemand, der herkommt, je wieder von hier weg. Schon vor fünfhundert Jahren war es hier genauso wie jetzt. Und auch in weiteren fünfhundert Jahren wird es noch immer so sein«, sagte er im Brustton der Überzeugung.

»Es tut mir leid. Aber falls wir nicht zurückkehren, werden Soldaten kommen. Wir haben nichts Böses im Sinn.«

»Der Tunnel kann vor neugierigen Augen verschlossen werden. Das ist früher schon vorgekommen. Für mehrere Jahre, wenn es sein mußte.«

»Er könnte uns das Tao lehren«, warf Tsomo ein. »Wir könnten die Bücher des Lao-tse besser verstehen.«

»Ja, Rinpoche. Es wäre wunderbar, einen solchen Lehrer zu haben.« Gendun wandte sich wieder an Shan. »Bist du fähig, diese Dinge zu lehren?«

Shan nahm die Frage erst dann wahr, als der Mann sie wiederholte. Der Mönch hatte den Jungen Rinpoche genannt; es war die Anrede für einen ehrwürdigen Lama, einen wiedergeborenen Lehrer. »Ein alter Abt hat einmal zu mir gesagt: ›Ich kann die Bücher rezitieren. Ich kann dir die Zeremonien zeigen. Aber ob du sie lernst, liegt allein bei dir.‹«

Tsomo lachte leise und triumphierend auf, erhob sich dann und goß Shan Tee nach. »Es heißt, in manchen Teilen Chinas sei es unmöglich, das Tao und Buddhas Weg voneinander zu trennen.«

»Während meiner Zeit in Peking habe ich jeden Tag einen geheimen Tempel besucht. Auf einer Seite des Altars stand eine Statue von Lao-tse, auf der anderen saß Buddha.«

Tsomo bekam erneut große Augen. »Vom Gipfel eines Berges aus scheint alles stets so weit entfernt zu sein. Wir müssen noch viel lernen.«

Der Moment war magisch. Niemand sprach. Der Klang der *tsingha* kam näher. Ein Junge erschien, vor sich die baumelnden kleinen Zimbeln. Hinter ihm folgten zwei Frauen, Nonnen, von denen eine ein Tablett mit zwei abgedeckten Schalen und die andere eine große Kanne Tee trug. Sie stellten die Gegenstände vor dem Altar ab, und der Mönch, der dort kniete und Shan noch immer den Rücken zuwandte, begann ein Ritual der Segnung.

Shan wußte, daß er die Stimme zuvor schon gehört hatte, aber er kannte nur sehr wenige Mönche außerhalb der 404ten. Hatte er diesen Mann in Saskya gesehen? Vielleicht in Khartok? Angestrengt musterte er den Fremden im trüben Licht, während die Nonnen und Mönche abwechselnd zeremonielle Worte sprachen, die Shan nicht verstand. Als das Ritual beendet war, stand der Mönch vor dem Altar auf und wandte sich dann zu Shan um.

»Bist du bereit?« fragte er. Es war Trinle.

Schweigend sahen sie sich an. Shan fühlte sich seltsam ergriffen. Aus irgendeinem Grund war es ihm nicht möglich, Trinle danach zu fragen, wie er sich aus dem Lager gezaubert oder warum er sich umständlich als Pilger verkleidet hatte, um nach Yerpa zu gelangen. Statt dessen folgte er ihnen, Trinle, Tsomo und den beiden Nonnen, als diese eine weitere steile Treppe hinaufstiegen, eine schmale, gewundene Passage, die, wie auch die anderen, nach Jahrhunderten der Benutzung tief ausgetreten war. Nach einer Minute anstrengenden Aufstiegs erreichten sie einen Treppenabsatz. Die Stufen führten noch weiter, doch nach links verlief ein schwach erhellter Gang tiefer in den Berg hinein. Zu beiden Seiten konnte man mehrere schwere Holztüren erkennen, bevor eine Biegung des Korridors die weitere Sicht versperrte.

Die Gruppe blieb auf der Treppe und stieg schweigend mindestens fünf weitere Minuten lang nach oben. Zweimal mußte Shan anhalten und sich gegen die Wand lehnen, nicht aus Erschöpfung, sondern wegen des merkwürdigen, überwältigenden Gefühls, etwas zu durchqueren, als würde er sich gegen eine Barriere stemmen. Er schien etwas zu hören, aber da waren keine Geräusche. Er schien huschende Schatten auf der Wand zu sehen, aber es gab nur eine einzige, nicht flackernde Lampe, die ein großes Stück vor ihm getragen wurde. Es war, als würde jeder einzelne Schritt sie nicht etwa in einen anderen Teil des Berges bringen, sondern in eine andere Welt. Immer wenn er anhielt, wartete Trinle mit gelassenem Lächeln auf ihn.

Sie erreichten einen Absatz mit einer dicken hölzernen Tür, deren Oberfläche kunstvoll mit den geschnitzten Gesichtern der Schutzdämonen verziert war und vor der ein schwerer schmiedeeiserner Riegel lag. Tsomo wartete, bis sie alle sich auf dem Absatz eingefunden hatten, um eine geschlossene Prozession zu bilden. Dann öffnete er die Tür und ging leise betend in die Kammer voran.

Es handelte sich um einen kargen, quadratischen Raum von etwa neun Metern Seitenlänge, in dem sich niemand sonst befand. Ein einfacher Tisch, zwei Stühle, eine große eiserne Kohlenpfanne und einige Regale mit Manuskripten stellten die einzigen Einrichtungsgegenstände dar. Ein detailliertes Gemälde auf einer der Wände zeigte das Leben Buddhas. Die gegenüberliegende Wand bestand aus Zedernholz; in ihrer Mitte war eine Tafel von ungefähr der Größe der Tür zu sehen, wenngleich man weder Angeln noch Riegel erkennen konnte. Man hatte die Tafel mit handgefertigten Schrauben befestigt, deren Muttern fast so groß wie Shans Faust waren. Daneben lag eines der verzierten Manuskripte auf dem Boden, direkt unterhalb eines schwarzen rechteckigen Faches von etwa fünfundzwanzig Zentimetern Höhe und einem halben Meter Breite.

Schweigend entzündete Trinle weitere Butterlampen und wandte sich zu Shan um. »Kennst du den Begriff *gomchen*?« fragte er so beiläufig, als wären sie gemeinsam in ihrer Hütte bei der 404ten. »Er wird heutzutage selten gebraucht.«

Shan schüttelte den Kopf.

»Ein Einsiedler der Einsiedler. Ein lebender Buddha in lebenslanger Klausur«, sagte Trinle.

»Der Zweite war es, der beschloß, man müsse den *gomchen* schützen«, führte Tsomo die Erklärung fort. »Ein heiliger Vertrauensposten. Ein kleiner, abgelegener heiliger Ort mußte ausgewählt werden, um seine Zuflucht so tief zu verbergen, daß das Geheimnis niemals gelüftet werden würde.«

»Der Zweite?« fragte Shan verwirrt.

»Der Zweite Dalai Lama.«

»Aber das war vor fast fünfhundert Jahren.«

»Ja. Es hat bislang vierzehn Dalai Lamas gegeben, doch nur neun unserer *gomchen*.« Trinles Stimme, kaum lauter als ein Flüstern, klang ungewöhnlich stolz.

Tsomo ging zu dem Manuskript und schlug eine Seite auf, die mit einem Seidenstreifen markiert war. Als er las, kehrte das heitere Lächeln auf sein Gesicht zurück.

Die Nonnen nahmen die Abdeckung von dem Tablett und stellten Schalen mit *tsampa* und Tee neben das Manuskript. Das war gar kein schwarzes Fach dort in der Wand, erkannte Shan, sondern ein Loch, das zu einem dahinter befindlichen Raum führte. Er erinnerte sich an das kleine einzelne Fenster ganz oben in der Felswand.

»Ihr sorgt hier für einen Einsiedler«, flüsterte er.

Trinle legte einen Finger an die Lippen. »Keinen Einsiedler. Den *gomchen*«, sagte er und sah schweigend dabei zu, wie Tsomo und die Nonnen das Essen anrichteten. Als sie damit fertig waren, kniete Trinle sich neben ihnen auf den Boden und warf sich betend vor der Zelle in den Staub.

Niemand sprach, bis sie die lange Treppe wieder hinabgestiegen waren und erneut die kleine Kapelle betraten, in der Shan auf Trinle gestoßen war.

»Es ist schwer zu erklären«, sagte Trinle. »Der Große Fünfte sagte, der *gomchen* sei wie ein einzelner strahlender Diamant, der in einem riesigen Berg verborgen liegt. Als ich jung war, sagte unser Abt, der *gomchen* sei all das, was in uns zu sein versuche, aber ohne die Bürde des Wollens.«

»Du hast gesagt, es gebe einen heiligen Vertrauensposten, ein Kloster, das den *gomchen* beschützt.«

»Es ist uns stets eine große Ehre gewesen.«

Shan blickte verwirrt auf. »Aber dieser Ort hier ist nicht gerade ein *gompa*.«

»Nein. Nicht Yerpa. Nambe *gompa*.«

Shan starrte ihn an. »Aber Nambe *gompa* gibt es nicht mehr.« Choje war der Abt von Nambe *gompa* gewesen. »Es wurde von den Flugzeugen der Armee vernichtet.«

»Nun«, sagte Trinle mit seinem heiteren Lächeln, »die steinernen Wände wurden tatsächlich zerstört. Aber Nambe ist mehr als diese alten Mauern. Es gibt uns immer noch, und nach wie vor haben wir Yerpa gegenüber unsere heilige Pflicht zu erfüllen.«

Shan war nach dieser Eröffnung Trinles wie betäubt. Er dachte an Choje, der bei der 404ten ebenfalls seine heilige Pflicht tat, um Yerpa zu schützen. Dann bemerkte er, daß Tsomo neben ihm saß. »Er schreibt ganz wunderbar, wenn er nicht meditiert«, sagte Tsomo. »Über die Entwicklung der Seele.«

Shan erinnerte sich an das Manuskript in dem Vorraum. Der *gomchen* kommunizierte mit ihnen, indem er religiöse Traktate in das Manuskript schrieb. »Wie lange ist es her?« fragte Shan, noch immer von tiefem Respekt erfüllt. »Seit man die Schrauben festgezogen hat.«

Die Antwort schien Trinle schwerzufallen. »Zeit ist kein Maßstab für ihn«, sagte er. »Letztes Jahr hat er ein Gespräch mit dem Zweiten Dalai Lama aufgeschrieben. Als wäre er dabeigewesen, als hätte es sich gerade erst zugetragen.«

»Aber in Jahren gemessen«, ließ Shan nicht locker. »Wann hat er ...«

»Vor einundsechzig Jahren«, sagte Tsomo. Seine Augen strahlten vor Freude.

»Die Welt sah damals noch ganz anders aus«, stellte Shan ehrfürchtig fest.

»Sie existiert immer noch. Für ihn. Er weiß nichts davon. Das ist eine der Regeln. Die Außenwelt ist irrelevant. Er denkt allein an die Buddhaschaft.«

»Nachts kann er die Sterne beobachten«, sagte Tsomo in eigenartig sehnsüchtigem Tonfall.

»Du meinst, er weiß nichts von ...« Shan rang um die richtigen Worte.

»Den Sorgen der diesseitigen Welt?« bot Trinle an. »Nein. Sie kommen und gehen. Es hat schon immer Leid gegeben. Es hat schon immer Invasoren gegeben. Die Mongolen. Die Chinesen, mehrere Male. Sogar die Briten. Invasionen gehen vorbei. Sie haben keinen Einfluß auf unser Glück.«

»Glück?« fragte Shan mit erstickter Stimme.

Trinle schien über diese Frage aufrichtig überrascht zu sein. »Das Glück, in der Lage gewesen zu sein, die gegenwärtige Inkarnation in diesem heiligen Land zu verbringen.« Er musterte Shan. »Das Leid unseres Volkes ist für die Arbeit des *gomchen* nicht von Bedeutung«, sagte Trinle und klang dabei auf einmal besorgt. Es war, als sei er zu der Überzeugung gelangt, sein Besucher müsse beruhigt werden. »Man darf ihn nicht mit der Welt belasten. Deshalb hat es auch so viele Bedenken gegeben, nachdem du Tsomo zum erstenmal getroffen hattest.«

»Nachdem ich Tsomo getroffen hatte?«

»Es gab Beratungen. Wir fragten uns, ob er vergiftet worden war.«

»Falls es drinnen unwichtig ist, muß es auch draußen unwichtig bleiben, habe ich gesagt«, warf Tsomo ein.

Plötzlich verstand Shan mit schmerzlicher Klarheit. »Er könnte bald sterben, der *gomchen*.«

»Nachts können wir ihn husten hören«, sagte Trinle bedrückt. »In seiner Waschschüssel ist manchmal Blut. Wir haben ihm zusätzliche Decken angeboten. Er benutzt sie nicht. Wir müssen bereit sein. Tsomo ist der zehnte.«

Diese Worte ließen Shan erschaudern. Sprachlos starrte er den lebensprühenden, scharfsinnigen Jugendlichen an, den man bald für immer im Fels einschließen würde. Tsomo erwiderte seinen Blick mit einem breiten Lächeln.

Sie brachten Shan zurück in die Bibliothek, wo Yeshe noch immer mit großen Augen über den Manuskripten brütete. Als Trinle und Tsomo sich zu ihm gesellten, erschien Gendun an der Tür.

»Ich glaube, daß Ankläger Jao getötet wurde, um Yerpa zu schützen«, sagte Shan auf einmal, bevor sie den Raum betraten.

»Der Ankläger hatte viele Feinde«, stellte der alte Mönch fest.

»Ich meine, daß der Mord absichtlich auf der Drachenklaue verübt wurde, um den *gomchen* zu schützen.«

Gendun schüttelte langsam den Kopf. »Bei uns gibt es jeden Morgen ein Gebet. Eine Segnung des Windes, damit er sanft zu den Vögeln ist. Eine Segnung unserer Schuhe, damit sie nicht auf Insekten treten.«

»Was wäre, wenn es andere Tibeter gäbe, die euch beschützen wollen und sich nicht so viele Gedanken um den Tod von Insekten machen.«

Der alte Mann wirkte sehr traurig. »Dann würde das Vertrauen, das der Zweite in uns gesetzt hat, mißbraucht werden. Wir könnten nicht akzeptieren, daß unser Schutz durch die Verletzung eines heiligen Gelübdes herbeigeführt wird.«

Shan ging im Raum umher und blieb vor den Fenstern stehen. Gendun gesellte sich kurz darauf zu ihm. Der kleine Teich wurde von der Sonne beschienen. In der Nähe des Wassers lagen auf Decken vier Gestalten im Licht. Sie meditierten nicht, sondern lagen da, als seien sie völlig erschöpft und hätten nicht einmal genug Kraft, um zu sitzen.

»Gibt es hier Krankheiten?« fragte er den Mönch.

»Das ist der Preis, den wir bezahlen. In den letzten Jahren sind neue Krankheiten aufgetaucht, die unsere Kräuter nicht heilen können. Manchmal bekommen wir pockennarbige Gesichter und Fieber. Und manchmal wechseln wir auch schon in jungen Jahren ins nächste Leben über.«

»Die Blattern«, sagte Shan bestürzt.

»Ich habe diesen Namen aus dem Tal schon gehört.« Gendun nickte. »Wir nennen es Wangenfäule.«

Mit einem Gefühl hilflosen Entsetzens schaute Shan zu den zerbrechlichen Gestalten hinunter. Was hatte Li gesagt, als er Dr. Sung verspottete? In den Bergen gibt es manchmal Krankheiten, die im Rest der Welt schon längst ausgerottet wurden. Shan hatte die plötzliche Schreckensvision, alle Mönche wären an einer Krankheit gestorben und würden den *gomchen* allein in seiner versiegelten Kammer zurücklassen. Er blinzelte, um die Bilder zu vertreiben, und drehte sich um. Gendun war an den Tisch neben Yeshe getreten. Niemand achtete in diesem Augenblick auf Shan. Die Mönche standen jetzt alle bei Yeshe, der sie mit einer Vielzahl aufgeregter Fragen überschüttete, während er ein weiteres altes Manuskript studierte. Shan stahl sich leise aus dem Raum.

Der Korridor war leer. Shan rannte die Treppe bis zum ersten Absatz hinauf und betrat den schwach erhellten Gang. Er nahm eine der Butterlampen aus ihrer Wandnische und öffnete die erste Tür.

Es war ein kleiner Raum, nicht viel mehr als ein Wandschrank. Die Regale hier waren mit zusammengelegten Wandteppichen gefüllt. Eine große Zederntruhe enthielt nichts außer vier Paar ausgetretener Sandalen.

Der nächste Raum war größer, aber sein einziger Inhalt bestand aus Tongefäßen voller Kräuter und Schachteln mit Schreibpinseln.

Das dritte Zimmer enthielt große Keramiktöpfe mit Gerste. Auf einem Tisch in der Mitte lag ein schmiedeeiserner Schraubenschlüssel von mehr als einem Meter Länge. Enttäuscht blieb Shan stehen. Hier hätten Kostüme sein sollen. Er war sich so sicher gewesen, daß sie hier sein würden. Jemand hatte das Vertrauen mißbraucht und ein Kostüm aus Yerpa benutzt, um Jao zu töten. Shan lief um die Biegung des Gangs und kam an vier weiteren Türen vorbei, bis er das Ende des Korridors erreichte, wo ein großer Wandteppich mit Szenen aus den Leben Buddhas hing. Er schob ihn beiseite. Dahinter war eine Tür verborgen.

Der Raum war größer als die anderen. Es roch modrig, und ein schwerer Weihrauchduft hing in der Luft. Shan hob die Lampe und seufzte zufrieden. Das flackernde Licht fiel auf Goldbrokat. Hier waren die Kostüme, insgesamt acht an der Zahl, und lagen in tiefen Regalen vor den vier Wänden. Seine Hand schloß sich um das *gau* an seinem Hals, und er trat vor. Die lederumwickelten Skelettarme der Kreaturen hingen aus den Ärmeln. Er ging zu der nächstbesten Figur, hielt ihr die Lampe neben den Kopf und stöhnte entsetzt auf.

Er fiel auf die Knie. Ihm wurde übel.

»Dies ist ein sehr besonderer Ort«, sagte jemand hinter ihm. Es war Tsomo.

Shan blickte langsam auf. Er ekelte sich vor sich selbst. »Ich wollte nicht …«, krächzte er. »Ich mußte es wissen. Ob es Kostüme gibt. Für Dämonentänzer.«

Tsomo nickte. In seinem Blick lag bereits wieder Versöhnung. »Das ist verständlich. Aber dies hier ist eine arme Einsiedelei. Wir feiern nicht viele Feste. Wir haben keine solchen Kostüme.«

Shan stand auf und hob den Blick. »Ich habe befürchtet, ich würde Tamdin hier finden. Ich mußte …« Er beendete den Satz nicht.

»Nicht hier. Hier …« Tsomo wies ehrfürchtig auf die stummen Gestalten in den Regalen. »Hier liegen bloß ein paar schlafende alte Männer in ihrem Berg.«

Shan wich zurück. Der Anblick der mumifizierten Einsiedler von Yerpa hatte sich für immer in sein Hirn gebrannt.

Als er die Tür schloß, lächelte Tsomo gelassen. »Manchmal besuche ich sie, um zu meditieren. Ich verspüre stets großen Frieden, wenn ich bei ihnen bin.«

Als sie an der Tür des Mandala-Raums wieder zu Yeshe stießen, überreichte Gendun den beiden Besuchern jeweils eines der kleinen Tongefäße aus den Regalen.

»Vor hundert Jahren hat es hier ein sehr prachtvolles Mandala gegeben, angefertigt von einem Mönch, der wenig später unser *gomchen* werden sollte. Das hier sind die letzten Reste des Sandes.«

Yeshe keuchte auf und schob das Gefäß von sich. »Ich kann ein solches Geschenk nicht annehmen.«

Gendun lächelte. »Das ist kein Geschenk. Es ist eine Vollmacht.«

Shan sah, daß Yeshe verstand. Diese Gabe wurde ihnen zur treuen Bewahrung überreicht. Der alte Mönch legte Yeshe die Hand auf den Hinterkopf und murmelte ein kurzes Abschiedsgebet.

Sie sprachen nicht mehr, bis sie das Felsgewirr erreichten, das aus Yerpa herausführte. Yeshe war bereits zwischen den Steinen verschwunden, als Tsomo eine Hand auf Shans Schulter legte.

»Warum tut ihr das?« fragte Shan. »Warum bringt ihr euer Geheimnis durch mich in Gefahr?«

»Es würde mich traurig machen, falls du es als eine Last empfändest.«

»Keine Last. Eine Ehre. Eine Verantwortung.«

»Trinle und Choje haben beschlossen, es sei nicht länger rechtschaffen, dich nicht davon wissen zu lassen.«

»Aber wird es mir dabei helfen, den Mörder zu finden?« fragte Shan beinahe flüsternd und umklammerte das Sandgefäß in seiner Tasche. Sie hatten ihm eine Vollmacht verliehen. Konnten die Geheimnisse von Yerpa ihn dazu befähigen, Sungpo zu retten?

Tsomo zuckte die Achseln. »Vielleicht wird es lediglich alles einfacher machen, falls du ihn nicht findest. Du mußt dich daran erinnern, was du an jenem ersten Tag zu mir gesagt hast. Von Lao-tse. Wer weiß, daß er nicht weiß, ist weise.« Der Junge deutete ein Lächeln an, das beinahe schadenfroh wirkte.

»Da ist etwas, das mich im Hinblick auf deine Person verwirrt«, sagte Shan. »Der *gomchen* weiß nichts von der Welt dort draußen. Doch du bist der zukünftige *gomchen*. Du weißt davon. Von den Invasoren, den Morden, den Blutbädern.«

Tsomo schüttelte den Kopf. »Ich kenne diese Dinge nicht. Man hat mir beigebracht, nicht über die Berge hinauszublicken. Ich habe von solchen Möglichkeiten gehört. So wie unser neunter *gomchen* von dem Großen Krieg gehört hat, und daß der Kaiser Pu Yi in Peking entthront worden ist. Aber das sind nur Worte. Als würde man die Schilderung eines fernen Planeten hören. Wie Fabeln. Keine meiner Wirklichkeiten. Ich bin ihnen nicht begegnet.« Schweigend sah er Shan einen Moment lang an. »Ich bin dir begegnet. Du bist das größte Stück Außenwelt, das ich je erfahren habe.«

Shan wußte nicht, ob er lachen oder weinen sollte. »Ich bin wohl kaum der Maßstab, nach dem man die Welt beurteilen könnte.«

»Es besteht keine Veranlassung, ein Urteil zu fällen. Ich feiere lediglich, was der große Strom des Lebens in unsere Richtung treibt. Eines Tages hat unser *gomchen* in sein Buch das Bild eines Buddhas mit langen flachen Flügeln gezeichnet. Das war, was er gesehen hatte, als ein Flugzeug über uns hinwegzog.«

Shan schaute zu dem hohen, winzigen Fenster empor, das im

Schatten des Nachmittags kaum mehr zu erkennen war. »Ich beneide ihn«, sagte er.

»Den *gomchen?*«

Shan nickte. »Ich glaube, es ist am besten, unwissend zu bleiben«, sagte er bekümmert.

Kapitel Sechzehn

Rebecca Fowler saß an ihrem Schreibtisch, hatte den Kopf auf eine Hand gestützt und wirkte sorgenvoll.

»Sie sehen furchtbar aus«, sagte sie, als Shan hereinkam.

»Ich bin auf der Südklaue gewesen«, erwiderte er und versuchte, gegen die Erschöpfung anzukämpfen. »Eine kleine Erkundung.« Sergeant Feng rauchte mit einigen Arbeitern draußen eine Zigarette. Yeshe lag schlafend im Wagen. »Ich muß Sie etwas fragen.«

»Einfach so«, sagte sie. Die Verbitterung kam zurück. »Während Sie über die Drachenklauen geschlendert sind, ist Ihnen plötzlich etwas eingefallen.« Sie fuhr sich mit den Fingern durch das kastanienbraune Haar und blickte auf, ohne auf eine Antwort zu warten. »Ich habe seine Hand nach dort oben mitgenommen. Die Hand Ihres Dämons. Die Leute wollten, daß ich zusammen mit ihnen Mantras aufsagte. Oben auf dem Berg hat irgend etwas zu heulen angefangen.«

»Irgend etwas?«

Sie schien ihn nicht zu hören. »Die Sonne ist untergegangen«, erzählte sie mit gehetzter Miene. »Man hat Fackeln angezündet und mit dem Mantra weitergemacht. Der Mond ging auf. Das Heulen fing an. Ein Tier. Kein Tier. Ich weiß nicht.« Sie schlug die Hände vor das Gesicht. »Ich habe seitdem nicht viel geschlafen. Es war alles so … ich weiß nicht. So real.« Sie sah ihn entschuldigend an. »Tut mir leid. Ich kann es nicht beschreiben.«

»Letztes Jahr war ein Mann aus Shanghai in meiner Hütte«, erzählte Shan ruhig. »Anfangs hat er über die Mönche gespottet. Aber später sagte er, daß er sich nachts manchmal die Hand vor den Mund hielt, wenn er die Mantras hörte, weil er Angst hatte, seine Seele würde entweichen.«

Die Amerikanerin schenkte ihm ein schwaches, dankbares Lächeln.

»Ich muß mir einige Karten ansehen. Satellitenkarten.«

Sie zuckte zusammen. »Als die Öffentliche Sicherheit mir die Satellitenlizenz erteilt hat, mußten wir schriftlich niederlegen, wer Zugang zu den Unterlagen erhält. Es gibt nur acht befugte Personen. Die Software führt Buch über jeden Ausdruck. Der Major war ziemlich hartnäckig. Auf diese Weise kann man sichergehen, daß wir uns nichts anschauen, was nicht für unsere Augen bestimmt ist.« Sie gab sich zurückhaltend und wirkte plötzlich argwöhnisch. Shans Bitte schien sie erschreckt zu haben.

»Deshalb bin ich zu Ihnen gekommen.«

Sie seufzte, sagte jedoch nichts.

»Ich brauche die Abschnitte, auf denen die Südklaue zu sehen ist. Zu verschiedenen Zeitpunkten, auf jeden Fall aber einschließlich des Tags von Jaos Ermordung sowie einen Monat davor.«

»Ich hätte schon vor einer Stunde bei den hinteren Teichen sein sollen.«

»Ich brauche Ihre Hilfe.«

»In drei Tagen treffen die Touristen in Lhadrung ein. Mein monatlicher Bericht ist bereits seit einer Woche überfällig. Aus Kalifornien sind Faxe gekommen; man will wissen, ob wir das Problem mit der Betriebserlaubnis gelöst haben. Ich habe einen Job zu erledigen. Meine Aktionäre vertrauen darauf. Das Ministerium für Geologie vertraut darauf. Peking vertraut darauf. Die neunzig Familien, deren Existenz von dieser Mine abhängt, vertrauen darauf.« Sie stand auf und nahm den Schutzhelm, der auf ihrem Tisch lag. »Sie, Mr. Shan, sind der einzige, der keinen gesteigerten Wert darauf legt.«

»Ich dachte, das wäre eine ganz einfache Bitte.«

»Nun, das ist es nicht. Ich habe es Ihnen erklärt. Irgendwie glaube ich, daß Ihre Bitten nie ›ganz einfach‹ sind.«

»Ich glaube, daß Jao zur Südklaue gelockt und ermordet wurde, weil jemand auf einer Ihrer Karten etwas entdeckt hat.«

»Wer hat etwas entdeckt? Jao?«

»Vielleicht. Oder der Mörder. Oder beide.«

»Lächerlich. Wir sind die einzigen, die diese Karten zu sehen bekommen.«

»Sie haben von acht Leuten gesprochen. Bei einer solch großen Anzahl lassen Geheimnisse sich womöglich nur schwer bewahren.«

»Falls Sie glauben, ich würde die halbe Öffentliche Sicherheit dazu einladen, unseren Laden hier wegen einer Verletzung der Sicherheitsauflagen auseinanderzunehmen, sind Sie verrückt.« Sie machte einen Schritt auf die Tür zu. »Ich dachte, Sie und ich, wir wären ...« Sie schüttelte den Kopf und seufzte. »Als wir die Satellitenlizenz bekommen haben, sagte Kincaid, Oberst Tan würde vielleicht versuchen, uns zu einer Preisgabe der Karten zu bewegen.«

»Weshalb sollte Oberst Tan so etwas tun?«

»Um uns bei einer Sicherheitsverletzung zu erwischen und diese dann gegen uns zu verwenden.«

»Glauben Sie, daß ich versuche, Sie zu hintergehen?«

Fowler seufzte. »Nein, Sie nicht. Aber was ist, falls auch Sie nur benutzt werden?« Sie machte einen weiteren Schritt auf die Tür zu. »Besorgen Sie sich eine schriftliche Genehmigung.«

»Nein.«

Sie blickte über ihre Schulter zurück.

»Ansonsten würden Sie sich eines Sicherheitsvergehens schuldig machen«, stellte sie fest.

Langsam schüttelte sie den Kopf und ging noch ein Stück auf die Tür zu.

»Ich habe früher einen Priester gekannt. Als ich noch in Peking gelebt habe. Er hat mir oft geholfen.« Shan sprach zu ihrem Rücken. »Einmal habe ich in einem ähnlichen Dilemma gesteckt. Ich wußte nicht, ob ich nach Gerechtigkeit streben oder einfach nur das tun sollte, was die Bürokraten verlangt haben. Wissen Sie, was er gesagt hat? Er sagte, unser Leben sei das Instrument, das wir benutzen, um mit der Wahrheit zu experimentieren.«

Fowler blieb stehen und drehte sich langsam zu ihm um.

Schweigend sah sie ihn an und riß sich dann los, um sich aus einer Thermoskanne eine Tasse lauwarmen Tee einzugießen. Sie setzte sich hin und starrte die Tasse an. »Verdammt sollen Sie sein«, sagte sie. »Wer, zum Teufel, sind Sie? Jedesmal, sobald sich alles wieder ein wenig beruhigt hat, kommen Sie und …« Sie beendete den Satz nicht.

»Wir wollen beide dasselbe. Eine Antwort.«

Sie stand auf, schüttete den Tee in die Spüle und ging in den Computerraum, wo sie einen großen Schrank aufschloß, der lange schmale Schubladen enthielt. Sie suchte kurz im obersten Schubfach und legte dann ein Blatt auf den Tisch. »Wir drucken die Karten nur einmal pro Woche aus, manchmal auch nur zweimal im Monat. Diese hier ist zwei Wochen alt. Rastergröße zwanzig Meilen. Die ist für unsere Zwecke am besten geeignet. Wir haben außerdem noch hundert Meilen und fünf Meilen.«

»Ich benötige mehr Einzelheiten. Also das Fünf-Meilen-Raster, wenn es geht.«

Sie durchsuchte das Schubfach und blickte verwirrt auf. Dann zog sie eine andere Lade heraus. »Sie ist nicht da. Keine der Karten für die Südklaue.« Sie starrte in die leere Schublade.

»Aber Sie können weitere Ausdrucke anfertigen«, schlug Shan vor.

»Kincaid wäre fuchsteufelswild. Die Ausdrucke werden aus seinem Budget bezahlt, denn er ist für das Kartensystem verantwortlich.«

»Sie haben gesagt, Sie wollen, daß diese Sache endlich vorbei ist.«

»Momentan wäre ich schon ganz zufrieden damit, einfach nur zu erfahren, was vorbei eigentlich bedeutet«, sagte Fowler, trat dann an das Terminal und tippte einige Befehle ein. Fünf Minuten später erwachte der Drucker zum Leben.

Als sie das Foto auf den Tisch legte, reichte sie Shan eine Lupe dazu. Er folgte der Kammlinie bis zum unteren Ende der Karte. An dieser Stelle, an der das kleine südlich gelegene Tal begann, befand sich ein V-förmiger schwarzer Fleck. »Werden die Bilder alle zur gleichen Tageszeit aufgenommen?« fragte er. Am Rand stand eine Zeitangabe. 16.30 Uhr. »Könnten wir ein

Bild vom selben Tag bekommen, nur früher? Mittags zum Beispiel.«

Sie druckte ein Foto aus, das zwei Monate zuvor um halb zwölf vormittags gemacht worden war. Der Schatten am südlichen Ende des Kamms war verschwunden. Er konnte in der abgelegenen Schlucht einen leuchtenden Farbklecks sehen, wo vorher keiner gewesen war. Yerpas große Pferdefahnen waren vom Satelliten aus zu sehen.

»An jenem Abend mit Jao«, sagte Rebecca Fowler auf einmal. Sie hatte ihn von der anderen Seite des Tisches aus beobachtet. »Da war noch etwas. Ich habe Ihnen nichts davon erzählt. Das Treffen hat nicht nur wegen der Wette stattgefunden, sonst hätten wir es auch auf später verschieben können. Ich glaube, er wollte sich mit mir treffen, um mir einige Fragen zu stellen. Und er hat an jenem Abend nachdrücklich auf Antworten gedrungen.«

»Er hat Ihnen Fragen gestellt?«

»Wir haben darüber gesprochen. Kincaid und ich. Wir hatten nicht vor, etwas zu verheimlichen. Aber angesichts all unserer Probleme mit der Produktion wollten wir nicht auch noch Teil irgendwelcher Ermittlungen werden.«

»Aber später haben Sie Ihre Meinung geändert.«

»Als die Anordnung der Teiche geplant wurde, vor meiner Ankunft, hat die Mine ihre Wassergenehmigung erhalten, das heißt das Recht, soviel Wasser wie nötig für die Teiche und die Veredelungsanlage zu entnehmen. Man muß sich registrieren lassen, damit die Bewässerung des Tals geplant werden kann. Als ich hier eintraf, habe ich einen Fehler bemerkt. Die Erlaubnis beinhaltete auch einen Fluß, der gar nicht hier entlangfließt. Er liegt auf der anderen Seite des Berges, am hinteren Ende der Nordklaue und noch weiter darüber hinaus, in einem ganz anderen Einzugsgebiet. Ich habe Direktor Hu Bescheid gegeben. Er hat gesagt, er würde sich darum kümmern, und wir müßten für dieses Wasser nichts bezahlen. Bezahlt haben wir auch nichts. Aber die Genehmigung wurde nie geändert.«

»Was bedeutet es, eine Erlaubnis für diesen anderen Fluß zu haben?«

»Nicht viel. Ich schätze, es verhindert lediglich, daß jemand anders das Wasser benutzt.«

»Demnach hat es sich bloß um einen verwaltungstechnischen Irrtum gehandelt.«

»Davon bin ich ausgegangen. Aber Jao wollte alles darüber wissen, kaum daß er sich an den Tisch gesetzt hatte. Er hatte irgendwie davon erfahren und war ganz aufgeregt. Er hat gefragt, wer die Erlaubnis ausgestellt habe und wieviel Wasser in jener Gegend zur Verfügung stünde. Ich konnte es ihm nicht sagen. Er hat gefragt, ob ich irgendwo eine Kopie der Genehmigung samt offizieller Unterschrift hätte. Als ich das bejahte, war er sehr zufrieden. Er sah so aus, als hätte er am liebsten laut gelacht. Dann hat er gesagt, er würde mich aus Peking anrufen und mir eine Faxnummer mitteilen, an die ich ihm das Dokument schicken sollte. Danach war das Thema beendet. Er hat Wein bestellt.«

Draußen wurden Stimmen laut. Einige Arbeiter näherten sich dem Gebäude. Fowler sprang auf und schloß die rote Tür. Sie lehnte sich dagegen, als würde sie sich auf Eindringlinge gefaßt machen. »Ich habe gar nicht mehr daran gedacht. Und dann kam Li in mein Büro und fischte nach Informationen über die Genehmigung.«

»Er fischte?«

»Eine ungefähre Ahnung hatte er bereits. Er hat Fragen gestellt, schien sich aber nicht sicher zu sein, was er eigentlich wissen wollte. Ich sollte ihm erklären, wonach Jao gefragt hatte.«

»Er ist der stellvertretende Ankläger«, sagte Shan. »Vermutlich Jaos Nachfolger. Vielleicht ist er auf eine Akte gestoßen, die er weiterverfolgen wollte.«

»Ich weiß nicht«, erwiderte Fowler. »Was ist, wenn diese Wasserrechte etwas mit Jaos Tod zu tun gehabt haben? Ein Tibeter würde wegen so einer Sache doch keinen Mord begehen. Warum sollte dieser Mönch sich deswegen Gedanken machen?«

»Ich habe Ihnen bereits gesagt, daß Sungpo diesen Mord nicht begangen hat.«

Sie sah ihn unglücklich an. »Manchmal komme ich ins Grübeln. Wenn Jao deswegen ermordet wurde, was ist dann mit mir? Wir haben bei diesem Abendessen lange miteinander geredet. Vielleicht glaubt der Mörder, daß ich ebenfalls weiß, was Jao gewußt hat. Womöglich will mich jemand umbringen, und ich kenne nicht mal den Grund dafür. Nichts ergibt einen Sinn. Falls es nicht dieser Mönch Sungpo gewesen ist, wer versucht dann, ihm die Tat in die Schuhe zu schieben? Oberst Tan? Der stellvertretende Ankläger Li? Der Major? All diese Leute scheinen es so verdammt eilig zu haben, Sungpo vor Gericht zu stellen.«

»Der offizielle Grund dafür lautet, man wolle den Fall wegen der zahlreichen anstehenden Besucher so schnell wie möglich abschließen.«

»Vielleicht lügt jemand aus persönlichen und nicht aus politischen Gründen.«

Shan nickte anerkennend. »Sie lernen schnell, Miss Fowler.«

»Es macht mir angst.«

»Dann helfen Sie mir. Ich benötige weitere Karten. Von der Schädelhöhle zum Beispiel.«

»Wir haben hier bloß Bilder vom Einzugsgebiet unserer Wasserquellen.«

»Aber Sie können per Computer entsprechende Bilder anfordern.«

»Unser Vertrag erstreckt sich lediglich auf diese Region. Alles andere wird teuer. Fünfzig US-Dollar pro Anforderung. Wir geben die Rasterkoordinaten ein. Ein Computer bei uns zu Hause verarbeitet den Auftrag, überprüft unsere Abrechnungsnummer, stellt den Datensatz zum Download bereit und setzt die Kosten auf unsere Rechnung.«

»Was für Rasterkoordinaten?«

»Es gibt einen Katalog mit Gitternetzen, die jeweils mit Zahlencodes versehen sind.«

Shan griff in die Tasche und zog das Blatt mit den Ziffern hervor, die er aus Jaos geheimen Unterlagen abgeschrieben hatte. »Der Katalog«, sagte Shan. Er war plötzlich sehr aufgeregt. »Ist er hier?«

Das Format der Zahlen paßte genau. Er benötigte weniger als fünf Minuten, um den entsprechenden Abschnitt zu finden. Die Ziffern bezeichneten die Nordklaue und das sich dahinter erstreckende Farmland. Jao hatte Fotos von genau dem Gebiet gesehen, für das Fowler irrtümlich die Wasserrechte erteilt worden waren.

»Aber von uns hat er diese Bilder nicht bekommen«, protestierte Fowler. »Die haben nichts mit unseren Arbeiten zu tun. Wir würden niemals Karten anfordern, die eine andere Region als unser Einzugsgebiet zeigen.«

»Sind Sie sicher? Gibt es Aufzeichnungen darüber?«

»Auf den Rechnungen sind alle Anforderungen aufgeführt. Ich hänge mit der Kontrolle der Einzelheiten ungefähr drei Monate zurück.« Sie gingen in Fowlers Büro. Fünf Minuten später hatte sie die Einträge ausfindig gemacht. Zwei Wochen bevor der Ankläger ermordet worden war, hatte jemand eine dreimonatige Folge von Fotos des nördlichen Areals bestellt.

Shan legte die Rechnung in seinen Notizblock. »Können Sie diese Bilder ausdrucken, die Jao gesehen hat?«

Fowler nickte kaum merklich.

Shan ging zur Tür, um sich zu vergewissern, daß niemand lauschte. »Bringen Sie mir die Fotos morgen ins Lager Jadefrühling. Und ich brauche die Disketten, die Sie aus der Höhle mitgenommen haben.«

Fowler zögerte. »Die brauche ich ebenfalls.«

»Haben Sie schon einen genaueren Blick auf den Inhalt geworfen?«

»Natürlich. Es sind überwiegend Dateien in chinesischer Sprache, die Kincaid und ich nicht lesen können. Ein paar sind auf englisch und listen den Inhalt des Schreins auf. Man hat den Altar nach Lhasa gebracht und dort in einem neuen Restaurant aufgestellt. Das dürfte Jansen interessieren.«

»Weshalb sollte man Aufzeichnungen in englischer Sprache vornehmen?«

Fowler neigte den Kopf und sah Shan nachdenklich an. »Daran habe ich ja noch gar nicht gedacht.«

»Weil es eine Falle ist«, schlug Shan vor.

Sie ließ sich auf ihren Stuhl am Schreibtisch sacken. »Für uns?«

»Für Sie. Für mich. Für Kincaid. Wer auch immer die Disketten mitnehmen würde. Ich glaube, daß der Major sie dort plaziert hat.«

»Ich möchte sie dem Büro der Vereinten Nationen übergeben.«

»Nein.«

»Wieso der Major?«

Shan nahm auf einem Stuhl an der Wand Platz. »Als eine Art Rückversicherung.« Er beugte sich vor und barg das Gesicht für einen Moment in den Händen. Ihn überkam das unwiderstehliche Verlangen, sich einfach auf dem Boden zusammenzurollen und zu schlafen. Er blickte auf. »Falls Sie Ihren Posten aufgeben müßten, wer würde an Ihre Stelle treten?«

Fowler verzog das Gesicht. »Sie meinen die Außerkraftsetzung der Betriebserlaubnis«, sagte sie seufzend. »Es gibt eine entsprechende Vertragsklausel. Die Firma bestimmt den ersten Manager. Danach läge die Entscheidung bei der Kommission.«

»Muß es ein Amerikaner sein?«

»Nicht unbedingt. Kincaid käme in Frage. Aber es könnte genausogut Hu werden.«

»Falls Sie Ihren Job behalten möchten, Miss Fowler, dann brauche ich diese Disketten.«

Sie musterte Shan eine Weile und nahm dann mit einer schnellen, entschlossenen Bewegung einige Bücher vom obersten Regalbrett. Sie griff hinter die anderen Bände, zog einen dicken Umschlag hervor und ließ ihn in Shans Hände fallen.

»Ich muß Sie um noch etwas bitten«, sagte Shan entschuldigend. »Sie müssen mich nach Lhasa bringen.«

Als sie in ihre Baracke im Lager Jadefrühling zurückkehrten, saß dort im Dunkeln Oberst Tan, rauchte und wartete auf sie. Feng und Yeshe zögerten, als sie Tans Miene sahen, und gingen dann wieder nach draußen, während Shan das Licht einschaltete und gegenüber von Tan Platz nahm. Auf dem Tisch lag eine Mappe. Daneben standen fünf Zigarettenstummel in einer Reihe.

Tans Gesicht wirkte verhärmt und angespannt. Er sah völlig erschöpft aus, als wäre er eben erst von einem langen Manöver zurückgekehrt. »Du hast es geglaubt, nicht wahr?« Er sprach zu seiner Zigarette. »Daß ich diese Dinge in dem Lotusbuch getan habe.«

»Ich habe lediglich wiederholt, was dort zu lesen steht«, sagte Shan. Die Stimmung war derart gereizt, daß die Luft zu knistern schien. »Ist es denn so wichtig, was ich glaube?«

»Zur Hölle, nein«, brüllte Tan.

»Warum fühlen Sie sich dann durch den Eintrag im Lotusbuch so beleidigt?«

»Weil es eine Lüge ist.«

»Sie meinen, weil es eine Lüge im Hinblick auf Ihre Person ist.«

»Sergeant Feng!« brüllte Tan.

Fengs Kopf erschien in der Türöffnung.

»Wo war ich 1963?«

»Wir waren im Grenzkontrollager 208. Innere Mongolei. Sir.«

Tan schob Shan die Mappe über den Tisch. »Meine Dienstakte. Alles. Versetzungen. Belobigungen. Tadel. Aufträge. Ich bin erst 1985 nach Tibet gekommen. Wenn du willst, sprich mit Madame Ko. Ich will, daß die Lügen aufhören.«

»Wollen Sie, daß Sungpo hingerichtet wird, oder wollen Sie, daß die Lügen aufhören?«

Tan funkelte ihn wütend an. Als er den Rauch durch die Nasenlöcher ausstieß, schien sein hageres Gesicht im trüben Licht körperlos über dem Tisch zu schweben. »Ich will, daß die Lügen aufhören«, wiederholte Tan.

»Das wird dem Mönch, der bei der 404ten erschossen wurde, auch nicht mehr helfen.«

»Das waren die Kriecher. Man hat mich vorher nicht um Rat gefragt.«

»Irgendwie fällt es mir schwer zu glauben, Oberst, daß Sie die Kriecher nicht aufhalten könnten, falls Sie das wollten«, sagte Shan leise.

An der Tür stieß jemand einen leisen, überraschten Fluch

aus, und Shan sah gerade noch, wie Sergeant Feng sich auf den Exerzierplatz zurückzog.

Tan schwieg. Sein wütender Blick veränderte sich nicht.

»Der stellvertretende Ankläger Li hat mir ein Angebot gemacht«, eröffnete Shan ihm. »Er hat mir eine Gelegenheit aufgezeigt, alles zu seiner Zufriedenheit zu lösen.«

»Ein Angebot?« wiederholte Tan unheilvoll.

»Die Möglichkeit, alles zu einem hübschen kleinen Paket zu verschnüren. Er hat gesagt, Ankläger Jao habe in einem Korruptionsfall gegen Sie ermittelt. Deshalb hätten Sie Jao umbringen lassen. Er hat gesagt, falls ich gegen Sie aussagte, könnte er mich zu einem Helden machen.«

Tans Augen verengten sich zu zwei bedrohlichen Schlitzen. Seine Hand schloß sich um die Zigarettenschachtel, die auf dem Tisch lag, und fing an, den Inhalt langsam zu zerquetschen. »Und wie lautet deine Absicht, Genosse?« Aus dem Päckchen rieselten Tabakkrümel.

Shans Blick blieb völlig ungerührt. »Oberst, ich würde sagen, Sie sind gefühllos, eigensinnig, aufbrausend, manipulativ und ziemlich gefährlich.«

Tan beugte sich vor. Er sah so aus, als würde er Shan jeden Moment an die Kehle springen.

»Aber Sie sind nicht korrupt.«

Tan blickte auf sein zerstörtes Päckchen Zigaretten. »Demnach hast du ihm nicht geglaubt.«

Shan schüttelte langsam den Kopf. »Sie haben Li nie vertraut. Das ist der Grund, aus dem Sie mich mit diesem Fall beauftragt haben. Sie haben damit gerechnet, er könnte etwas Derartiges versuchen. Wieso?«

»Weil er ein erbärmlicher Speichellecker der Partei ist.«

Shan dachte eine Weile nach und seufzte. »Kein Lügen mehr, haben Sie gesagt.«

Mit einer zornigen Geste wischte Tan die Schweinerei beiseite, die er auf dem Tisch angerichtet hatte. »Miss Lihua hat ihn vor ein paar Monaten dabei erwischt, wie er einen geheimen Bericht an das Parteibüro in Lhasa schicken wollte. Darin hat er sich darüber beklagt, daß Jao und ich inkompetent wären und keine Ahnung von modernen Verwaltungsmethoden hätten. Ferner wollte er darum ersuchen, uns zwangsweise in den vorzeitigen Ruhestand zu versetzen.«

»Das hätten Sie mir auch schon früher erzählen können.«

»Es handelt sich dabei doch wohl kaum um Beweismaterial in einem Mordfall.«

Shan faltete die Hände und musterte sie. »Li ist darin verwickelt, ich weiß es. Es gibt keinen direkten Beweis. Aber bei allem, was er sagt und tut, hängt dieser Geruch an ihm.«

»Geruch?«

»Zum Beispiel der Grund für seine Reise nach Kham.«

»Er ist nach Kham gereist, weil du dorthin wolltest.«

»Nein, er ist mir nicht gefolgt. Er hat bereits vorher gespürt, daß ich der Wahrheit zu nahe kam. Li hat folgendes erkannt: Falls ich zu der Überzeugung gelangte, es könnte einen Zeugen geben, würde ich mich auf die Suche nach dieser Person machen. In Baltis Wohnung wollte Li uns einreden, Balti hätte das Auto gestohlen und wäre in irgendeine Stadt geflohen, um es dort zu verkaufen. Aber Li wußte es besser. Da er nicht sicher war, ob ich den Köder geschluckt hatte, mußte Li dringend nach Kham reisen, denn er wußte mit Sicherheit, daß Balti noch am Leben war. Was bedeutet, daß er ihn in jener Nacht hat weglaufen sehen. Oder daß der Mörder es ihm erzählt hat.«

Der Oberst atmete tief durch. »Du sagst, es geht nicht nur um Li allein.« Er suchte in der zerdrückten Packung nach einer unbeschädigten Zigarette und warf die Schachtel dann angewidert zu Boden.

»Da war noch etwas. Etwas, das er gesagt hat, als er mir das Angebot unterbreiten wollte. Falls ich mich kooperativ zeigte, würde er dafür sorgen, daß die Kriecher von der 404ten abgezogen werden.«

»Unmöglich. Li hat keine Amtsgewalt über das Büro für Öffentliche Sicherheit.«

»Ganz genau.« Shan ließ die Worte wirken. »Aber es würde reichen, wenn er die Unterstützung eines leitenden Offiziers des hiesigen Kommandos hätte. Vielleicht desselben Offiziers, der Leutnant Chang von der Grenze hergeholt hat.«

In Tans Augen loderte plötzlich eine ganz andere Art von Feuer. »Was soll ich deiner Meinung nach tun?«

»Lassen Sie Miss Lihua herkommen. Wir brauchen sie hier, um Auge in Auge mit ihr zu sprechen.«

»Erledigt. Was noch?«

»Die goldenen Schädel aus der Höhle. Ich möchte einen davon als Beweisstück haben.«

Tan nickte. »Direktor Hu hat mir einen ins Büro geschickt. Mein Fahrer wird den Schädel noch heute abend vorbeibringen.«

»Und der Ankläger hatte ein wichtiges Treffen in Peking. Irgendwas im Zusammenhang mit Wasserrechten. Etwas über eine Bambusbrücke. Wir müssen alles darüber in Erfahrung bringen. Weder Sie noch ich können das erledigen, aber Sie kennen jemanden, der das vermag.«

An der Tür bewegte sich jemand. Feng hatte sich wieder herangetraut, und Yeshe stand direkt vor der Tür im Schatten.

»Noch eines, Oberst. Ich muß es wissen. Damals, bei dem Aufstand in Lhadrung, haben Sie da befohlen, den Mönchen die Daumen abzuschneiden?«

»Nein!« fauchte Tan. Er stand so hastig auf, daß die Bank umkippte, auf der er gesessen hatte. Er schaute zu Feng und dann wieder zurück zu Shan. Die Wut auf seinem Gesicht konnte Shans unerschütterlichem Blick nichts anhaben. Langsam wich das kämpferische Funkeln aus Tans Augen. »Diese verdammten Buddhisten«, sagte er in flehentlichem Tonfall. »Warum können sie nicht aufgeben?«

Tan schaute zu Boden. »Ja«, sagte er sehr viel leiser. »Ich habe gewußt, daß die Öffentliche Sicherheit den Menschen die Daumen abgeschnitten hat, und ich hätte die Kriecher aufhalten können.« Er zog seinen Waffenrock gerade und marschierte erhobenen Hauptes aus der Baracke.

Als Sergeant Feng und Yeshe eintraten, herrschte zunächst drückendes Schweigen. Feng stellte die Bank wieder auf und begann damit, den Tabak zusammenzufegen.

»Wie steht's mit Ihnen, Sergeant?« fragte Shan. »Wollen Sie diesmal, daß es aufhört?«

Fengs bekümmerter Gesichtsausdruck war während des gesamten Tages nicht wieder verschwunden. »Ich verstehe gar nichts mehr.« Er rang die Hände. »Die können doch nicht einfach meine Strafgefangenen umbringen.«

»Dann helfen Sie mir.«

»Das tue ich doch schon. Es ist meine Aufgabe.«

»Nein. Helfen Sie mir.« Shan schaute kurz zu Yeshe, der zu seinem Bett gegangen war. »Sungpo wird in drei Tagen hingerichtet. Falls das geschieht, werden wir niemals erfahren, wer der Mörder ist. Und die 404te wird geopfert.«

»Du bist ja völlig verrückt, wenn du glaubst, du könntest sie aufhalten«, murmelte Feng.

»Nicht nur ich allein. Wir alle.« Er musterte seine beiden erschöpften Gefährten. »Morgen früh werden die Amerikaner Karten herbringen. Fotokarten. Es ist erforderlich, daß Yeshe das Material genau unter die Lupe nimmt. Außerdem müssen diese Disketten untersucht werden.« Shan zog den Umschlag aus der Tasche und reichte ihn Yeshe. »Das wird mehrere Stunden dauern.«

Er wandte sich an Feng. »Ich möchte, daß Sie sich zu Jigme in die Berge gesellen. Vier Augen sehen mehr als zwei. Bitte bleiben Sie so lange dort, bis Sie herausgefunden haben, wo der Dämon lebt.«

Der Sergeant schien in sich zusammenzusacken. Dann hob er den Blick, traurig, aber entschlossen. »Wie?«

»Gehen Sie zu dem Schrein bei den Amerikanern. Schauen Sie nach, ob Tamdins Hand noch da ist. Falls ja, folgen Sie ihr, sobald sie verschwindet. Falls nein, finden Sie heraus, wer Gebete zum Schutz vor Hundebissen hinterläßt, und verfolgen Sie diese Gebete zurück.«

Feng ließ sich auf die Bank sacken. »Das heißt, ich soll dich allein lassen. Das ist gegen meine Befehle.« Es war nicht als Protest gemeint, sondern eher als gekränkter Einwurf. »Ich weiß gar nicht, wie man Gebete liest«, murmelte er. »Dieser Jigme vermutlich auch nicht.«

»Nein. Sie werden jemanden mitnehmen, der sich damit auskennt. Einen alten Mann. Ich werde veranlassen, daß Sie ihn am Marktplatz abholen können.«

»Wie werde ich ihn erkennen?«

»Sie kennen ihn bereits. Sein Name ist Lokesh.«

Tyler Kincaid schien sich bestens zu amüsieren. Nachdem sie den Sicherheitskontrollpunkt an der Bezirksgrenze hinter sich gelassen hatten, beschleunigte er den Wagen und stieß ein jauchzendes Geräusch aus, wie Shan es zuvor nur bei Cowboys in amerikanischen Filmen gehört hatte. Rebecca Fowler drehte sich um und zog die Decke weg, unter der Shan sich versteckt hatte. Er rappelte sich vom Wagenboden auf und setzte sich auf die Rückbank.

»Die schauen nie genau nach«, sagte sie mit angespannter Stimme. »Winken bloß durch.«

»Wie so ein großkotziger BDK«, rief Kincaid. Er versuchte, einen Blick auf Shan zu erhaschen, der sich inzwischen die Beine rieb, um den Blutkreislauf anzuregen. Shan hatte fast zwei Stunden auf dem Boden gelegen, seit sie Yeshe mit einem Stoß Fotokarten im Lager Jadefrühling zurückgelassen hatten. »Es heißt, Sie seien früher eine große Nummer in der Partei gewesen. Angeblich haben Sie sich mit dem Vorsitzenden angelegt und dabei verloren.«

»Es war nicht ganz so dramatisch.«

»Aber deswegen sind Sie doch hier, nicht wahr? Sie haben es mit den BDKs aufgenommen. Ihnen verdanken Sie den Knastaufenthalt, richtig?« fragte Kincaid im gleichen unbeschwerten Tonfall.

»Da muß jemand aber ein ziemlich unerfülltes Leben führen, daß er seine Zeit damit verschwendet, über mich zu reden.«

Fowler grinste und warf ihm einen Blick zu.

»Und Sie, Mr. Kincaid? Heilt Ihre Verletzung?«

Der Amerikaner hob den Arm, der immer noch mit einem großen Verband umwickelt war. »Ist bald wieder so gut wie neu. Höhenheilung ist eine prima Vorbereitung für die Klettertour auf den Chomolungma.«

»Wir sollten zuerst nach Gonggar fahren«, schlug Fowler vor. Sie wollten einige Proben der Lake zum Flughafen bringen, die man von dort aus weiter nach Hongkong transportieren würde.

Hinter Shan standen zwei große würfelförmige Holzkisten, in denen sich jeweils zwölf Zylinder aus rostfreiem Stahl befanden. Die Kisten dienten ihnen als Vorwand für die Fahrt.

»Da ist eine Jacke«, erklärte sie. »Mit dem Logo der Mine. Ziehen Sie sie an. Und am Flughafen helfen Sie uns einfach mit den Kisten, als würden Sie für uns arbeiten.«

»Aber sind Sie denn bevollmächtigt, danach weiter nach Lhasa zu fahren?« fragte Shan. »Vielleicht nimmt mich einer der Lastwagen als Anhalter mit.«

»Und wie kommen Sie zurück? Wie viele Lastwagenfahrer werden es wohl riskieren, einen Fremden ohne Papiere am Kontrollpunkt zu verstecken? Wir statten einfach Jansen einen Besuch im UN-Büro ab. Ich möchte mit ihm über den Schädelschrein sprechen.«

»Ich wollte Sie bloß nicht darin verwickeln und dadurch weiteren Risiken aussetzen«, sagte Shan. »Sie riskieren ohnehin schon zuviel.«

»Ich will, daß diese Angelegenheit ein Ende findet«, sagte Fowler beinahe beschwörend. »Falls man Sie erwischt, ist es vielleicht nie vorbei.« Sie wandte sich nach hinten um. Da war wieder dieser gehetzte Gesichtsausdruck, der Shan an ihr aufgefallen war, nachdem sie die Hand des Dämons zurückgebracht hatte. »Gestern abend sind sie gekommen. Ich schätze, das war es, wovor Sie mich warnen wollten.«

»Wer ist gekommen?«

»Die Öffentliche Sicherheit. Nicht der Major. Tyler hat den Major angerufen, um sich zu beschweren. Es war eine Gruppe Techniker; zumindest sah es danach aus. Sie haben sich lediglich für die Computer interessiert und jede einzelne Festplatte und Diskette kontrolliert.«

»Eine große BDK-Show«, stellte Kincaid mit säuerlichem Grinsen fest. »Bloß um uns einzuschüchtern. Man weiß, daß wir Jansen helfen. Wir wissen, daß man es weiß. Wir wissen auch, daß man es unterbinden will. Man ist sich der Tatsache bewußt, daß man nicht zu nachdrücklich werden darf, denn ansonsten könnte die UN wirklich hellhörig werden und die Wachhunde auf den Plan rufen.«

»Die UN hat Wachhunde?«

»Menschenrechtsermittler.«

Shan dachte über das Wort nach. Menschenrechtsermittler, wiederholte er im stillen. Die Amerikaner benutzten dieses Wort so beiläufig. Sie kamen nicht aus einem anderen Teil der Welt. Sie mußten von einem ganz anderen Planeten stammen. Er sah aus dem Fenster und seufzte. »Was hat der Major gesagt, als Sie ihn angerufen haben?« fragte er.

»Ich konnte ihn nicht erreichen«, erwiderte Kincaid. »Er war angeblich mit Vorbereitungen für den Besuch der amerikanischen Touristen beschäftigt.«

»Einer von denen hat ziemlich viel geredet«, fuhr Fowler nervös fort. »Er hat mich immer wieder herausgefordert und mir ins Gesicht gesagt, wie sehr er die Amerikaner hassen würde. Er hat mich gefragt, ob ich wüßte, welche Strafe auf Spionage stünde. Die Todesstrafe, hat er behauptet, und zwar ohne jegliches Ansehen der Person.« Sie blickte zu Kincaid. »Niemand würde uns in so einem Fall beistehen. Nicht die UN. Niemand.«

Kincaid spürte ihren Blick und wandte sich ihr zu. Der Klang ihrer Stimme schien ihn irgendwie zu beunruhigen. »Es ist alles in Ordnung«, sagte er unsicher. »Uns wird nichts geschehen. Du weißt, daß es keine verdammten Spione gibt. Das sind bloß ihre verfluchten Spielchen.« Seine Hand glitt zu ihr herüber und legte sich auf ihr Bein.

»Ich weiß nicht«, sagte sie und sah dabei nach draußen. »Ich bin in letzter Zeit so nervös. Aus völlig unerfindlichen Gründen bekomme ich Angst oder schlimme Vorahnungen.«

»In welcher Hinsicht?« fragte Kincaid.

»Es ist nichts Konkretes. Als würde dir nur für eine Sekunde ein fauler Gestank in die Nase steigen und gleich wieder verschwinden. Als würde etwas in der Luft liegen.« Sie schob seine Hand weg.

»Alle sind nervös, seit die Kriecher angekommen sind«, sagte Kincaid. »Einen der Gefangenen haben sie schon getötet.« Shan bemerkte, daß der Amerikaner ein Stück Heidekraut in der Tasche trug.

»Das können sie doch nicht tun, oder?« fragte Fowler. Ihre Stimme zitterte leicht. »Im Gefängnis. Luntok sagt, die Leute streiken, und die Kriecher hätten Maschinengewehre. Er sagt, es sei genauso wie früher. Er hat Angst. Sind Sie normalerweise auch dort ...?«

Warum fiel es ihm so schwer, mit Fowler über die 404te zu sprechen? Er riß sich von ihren grünen Augen los und schaute aus dem Fenster. Sie fuhren parallel zu einem breiten Flußlauf, der von Weiden gesäumt wurde. »Ich habe auch Angst«, sagte er. Kincaid hatte recht. Alle waren nervös.

Sie fuhren an üppigen Gerstenfeldern vorbei. In der Nähe des Flusses war die Bewässerung kein Problem. »Wieso tun Sie das?« fragte Shan. »Wieso haben Sie angefangen, der UN zu helfen, indem Sie nach Artefakten suchen? Ist der Betrieb der Mine nicht schon schwierig genug?«

»Weil es getan werden muß«, erwiderte Fowler ohne zu zögern.

»Jemand anders könnte sich darum kümmern.«

»Aber wir sind nun mal hier vor Ort.«

»Das ist eines der Dinge, die mir Angst einjagen«, sagte Shan leise. »Ich fürchte, Sie sind sich der Gefahr nicht bewußt.«

Fowler war beleidigt. »Glauben Sie, wir machen das aus Spaß?« Ihre Stimme wurde lauter, als Shan sie je zuvor erlebt hatte. »Damit wir damit angeben können, wenn wir nach Hause kommen?« Sie senkte den Blick, als habe sie dieser Ausbruch selbst überrascht. »Tut mir leid«, sagte sie leise. »Es ist nur so, daß Tibet einen irgendwie durchdringt. Alles ist so real hier. Viel realer als irgend etwas bei uns zu Hause.«

Sie hatte das Wort zuvor schon benutzt, erinnerte Shan sich, und zwar als sie den Moment beschrieb, in dem sie Tamdins Hand zurückbrachte und das unheimliche Heulen einsetzte. Real.

»Es ist wichtig hier«, schloß Fowler.

»Wichtig?« fragte Shan.

Sie drehte sich um und sah ihn an. Ihr Blick huschte unstet hin und her, als würde sie nach geeigneten Worten suchen, aber sie sagte nichts.

»Wir leben hier sehr viel bewußter«, fuhr Kincaid fort, als ob er und Fowler schon oft über dieses Thema gesprochen hätten. »Bei uns zu Hause sitzt jeder nur auf dem Sofa und glotzt MTV. Kauft Autos. Kauft Häuser. Hat eins Komma acht Kinder.«

»MTV?« fragte Shan.

»Ist egal. Drüben bei uns ist das Leben verschwendet. Man lebt dort lediglich von der Welt. Hier jedoch kann man in der Welt leben. Die Buddhisten haben acht heiße und acht kalte Höllen. Doch in Amerika hat man ein ganz neues Stadium erreicht. Das schlimmste. Ein Stadium, in dem jeder dazu verleitet wird, die eigene Seele zu ignorieren, indem man ihm einredet, er befände sich bereits im Himmel.«

»Aber Sie haben doch bestimmt wichtige Bande nach Hause. Eine Familie.«

»Kaum der Rede wert«, meinte Kincaid grinsend, als wäre er stolz darauf.

Kaum der Rede wert, dachte Shan. Was hatte Fowler ihm doch gleich erzählt? Daß Kincaid die Firma leiten und einer der reichsten Männer Amerikas werden würde.

»Meine Eltern und ich reden nicht viel miteinander.«

»Keine Brüder oder Schwestern?«

»Ich hatte einen Hund«, sagte Kincaid launig. Shan beneidete den Amerikaner um die Fähigkeit, so sorgenfrei zu sein. »Der Hund ist gestorben«, fügte Kincaid mit breitem Grinsen hinzu.

»Aber zu Hause sind Sie reich«, merkte Shan unbeholfen an.

Stirnrunzelnd warf Kincaid seiner Kollegin einen kurzen Blick zu, als wolle er sie dafür tadeln, daß sie zuviel geredet hatte. »Nicht mehr. Hab alles aufgegeben. Mein Vater ist reich. Ich schätze, irgendwann werde auch ich wieder reich sein. Ich versuche, mich möglichst nicht davon beeinflussen zu lassen. Reichtum verschafft einem kein Zuhause. Reichtum verhilft einem auch nicht zu Seelenfrieden.« Ein weiterer Seitenblick zu Fowler, diesmal eher hoffnungsvoll. »Verdammt, ich fühle mich in Lhadrung weitaus mehr zu Hause als jemals zuvor in den Vereinigten Staaten.«

Fowler deutete ein Lächeln an. »Die arme verlorene Seele findet schließlich ein Nest.«

»Tu nicht so, als wäre ich der einzige, dem es so geht«, schimpfte Kincaid, der aber nach wie vor grinste.

Shan sah, wie Fowler zunächst erstarrte und sich dann zögernd zu ihm umwandte, als würde sie ihm eine Erklärung schulden. »Meine Eltern sind seit fünfzehn Jahren geschieden. Ich habe bei meiner Mutter gelebt, die inzwischen an der Alzheimerschen Krankheit leidet. Sie verliert ihre Erinnerungen. Schon seit mehr als vier Jahren erkennt sie mich nicht mehr. Und von meinem Vater habe ich seit acht Jahren nichts mehr gesehen oder gehört.« Sie sah aus dem Fenster. »Ich schätze, ich habe auch eine neue Welt gebraucht.«

Das erklärte Shan gar nichts, sondern machte ihn nur traurig. Vielleicht war Lhadrung auf der geistigen Ebene ein weiterer dieser Sammelpunkte, an dem die verlorenen Seelen sich einfanden und kräftig in die Mangel genommen wurden, bis sie so abgeschliffen und hart wie alte Steine waren und wieder in der Welt bestehen konnten.

Shan schloß die Augen und konzentrierte sich auf die Einzelheiten, die er Oberst Tans Dienstakte entnommen hatte. Stationierungen in der Mandschurei, der inneren Mongolei und der Provinz Fujian, aber vor 1985 kein Aufenthalt in Tibet. Er starrte aus dem Fenster auf die einsame Landschaft. Alles war falsch. Alle seine Annahmen hatten sich als Irrtümer erwiesen. Er hatte gedacht, die Schlüsselperson wäre Direktor Hu, aber er hatte sich geirrt. Er hatte gedacht, es ginge um die Schädelhöhle, doch dann hatte er Yerpa gefunden. Er hatte gehofft, es würde sich lediglich um Streitigkeiten unter Plünderern handeln, aber ein Plünderer tötete nicht wegen eines Schreins, um dadurch einen anderen Schrein zu beschützen. Er hatte gedacht, vielleicht wäre nur Li darin verwickelt, dann Li und der Major, doch keiner der beiden hatte irgendeine Verbindung zu Tamdin. Er hatte geglaubt, Sungpo könnte niemals der Täter gewesen sein, aber wer außer einem Mönch hätte den Schädel in der Höhle so ehrfurchtsvoll umgebettet? Er hatte gedacht, das Lotusbuch würde die Antworten und die Motive liefern, aber das Lotusbuch erwies sich als unzuverlässig. Das alles waren Teile des Puzzles, doch die Größe und Form des Bildes entzogen sich bislang seinem Verständnis, und er hatte keine Ahnung, wie viele Teile er noch benötigte, bis die verschiedenen Informationen endlich einen Sinn ergeben würden.

Wer weiß, daß er nicht weiß, ist weise, hatte Tsomo ihn erinnert. Er mußte ganz von vorn beginnen, den Kopf freibekommen und so tun, als wüßte er nur, daß er nichts wußte. Und da war ziemlich viel, das er nicht wußte. Er wußte nicht, wer das Tamdin-Kostüm hatte. Er wußte nicht, wer den *ragyapas* die gestohlenen Armeevorräte gegeben hatte. Er wußte nicht, weshalb die *purbas* falsche Einträge im Lotusbuch festhalten sollten. Er wußte nicht, warum Jao sich für die Wasserrechte einer entlegenen Bergregion interessiert hatte. Er hatte den Eindruck, er wäre der Antwort seit dem Tag, an dem man Jaos Kopf gefunden hatte, kein Stück nähergekommen. Falls er jetzt in Lhasa zu keinen neuen Erkenntnissen gelangte, hätte er keine Hoffnung mehr, den wahren Mörder zu finden und Sungpo zu retten. Und wenn er sich dann weigerte, einen Bericht zu verfassen, in dem ein unschuldiger Mönch verurteilt wurde, bestand auch keine Hoffnung mehr, daß er sich selbst oder die 404te retten könnte.

Sie fuhren zu einem Lagerhaus am hinteren Ende des Flughafens, wo ein verschlafener Zollbeamter sie durchwinkte und zwei Frachtarbeiter darauf warteten, daß Fowler jedem von ihnen einen 10-Renminbi-Schein in die Hand drücken würde. Erst dann luden sie die Kisten aus und rollten einen Karren zum Wagen, auf dem sich ein Gestell mit leeren Kanistern befand. Keine fünfzehn Minuten später befanden Shan und die Amerikaner sich auf der Straße nach Lhasa.

Nach einer Stunde bot sich ihnen der vertraute Anblick der niedrigen schieferfarbenen Häuserblöcke, die Peking überall in China für die Stadtarbeiter errichten ließ. Die Wege neben der Straße füllten sich langsam mit Gestalten in graubrauner Kleidung. Hagere Ponys zogen Karren hinter sich her, auf denen in Plastikfässern die Fäkalien der Nacht aus der Stadt geschafft wurden. Bauern trugen große Netztaschen voller Kohlköpfe und Zwiebeln. Hühner und kleine Schweine hingen mit verschnürten Beinen kopfüber von Stangen herunter, die wiederum auf Fahrrädern balanciert wurden. Großeltern gingen mit ihren Enkeln zum Markt. Die Straßen wirkten eher chinesisch als tibetisch, und mit plötzlichem Kummer erinnerte Shan sich an den Grund dafür. Die Stadt war von Peking »naturalisiert« worden, indem man zusätzlich zu den fünfzigtausend Tibetern, die hier lebten, hunderttausend Chinesen angesiedelt hatte. Soweit er sehen konnte, hatte man Lhasa, was auf tibetisch »der Wohnsitz Gottes« bedeutete, in ein weiteres dieser grauen, verräucherten Stadtgebiete verwandelt, die sich überall im modernen China fanden.

»Vielleicht können wir noch etwas mehr tun«, sagte Fowler, als Kincaid den Wagen vor dem gelbgrauen zweigeschossigen Gebäude anhielt, in dem Jansens Büro untergebracht war. »Sie wollen die Unterlagen über die Wassergenehmigungen. Aber man wird sie Ihnen nicht zeigen. Nicht ohne Legitimation.«

»Vielleicht fällt mir eine Möglichkeit ein. Ich kenne die Sprache der Bürokraten.« Shan stieg aus und wandte sich vom Wagen ab. Zum erstenmal sah er die Altstadt vor sich.

»Nein, Tyler wird gehen. Man wird es ihm nicht verweigern, wenn er darum bittet, seine eigenen Genehmigungen einsehen zu dürfen.«

Aber Shan konnte nicht antworten, denn da vor ihm war er, auf dem Gipfel des kleinen Berges, der sich über der Stadt erhob. Genaugenommen war es der gesamte Berg, der das Stadtbild beherrschte. Seine mächtigen unteren Mauern, strahlend weiß und steil aufragend, verliehen dem Hauptgebäude den Anschein eines riesigen goldbedachten Tempels, der über dem Schnee des Himalaja schwebte. Die Klippe des Daseins, hatte Trinle diese Mauern einst in einer Wintergeschichte genannt, so hoch, so unerschütterlich, so verlockend, daß sie ihn an den Weg zur Buddhaschaft denken ließen.

Noch nie im Leben hatte Shan Angst gehabt, etwas anzusehen. Er fühlte sich unwürdig, dieses Gebäude anzustarren. Er hatte sich geirrt. Ein Teil von Gottes Wohnsitz hatte überdauert. Er schaute kurz hinab auf seine Füße und wunderte sich, wie plötzlich ihn diese Gefühle übermannten. Dann richtete sein Blick sich wieder auf den Potala-Palast, ohne daß er etwas dagegen tun konnte.

»Was machen Sie da?« fragte Kincaid auf einmal und streckte die Hand aus, als wolle er Shan auffangen.

Shan bemerkte, daß er unbewußt auf die Knie gefallen war. »Ich schätze«, sagte er, immer noch völlig verwundert, »ich tue dies hier.« Und dann verneigte er sich und berührte mit der Stirn den Boden, wie es sonst nur die Pilger taten, wenn sie das heilige Bauwerk zum erstenmal erblickten.

Die meisten der alten Yaks hatten eigene Namen dafür oder liebten es, die vielen Bezeichnungen aufzuzählen, die dem Gebäude in der tibetischen Literatur verliehen worden waren. Der Sitz des Allerhöchsten. Das Juwel in der Krone. Die Erhabene Festung. Buddhas Tor. Einer der jüngeren Mönche hatte stolz berichtet, er habe den Potala in einer westlichen Zeitschrift auf einer Liste der Weltwunder gesehen. Die alten Yaks hatten bei dieser Neuigkeit höflich gelächelt. Jetzt wußte Shan, was sie in diesem Moment alle gedacht hatten: Der Potala war nicht von dieser Welt.

Noch vor fünf Jahren hätte er Lhasa besuchen können und das Gebäude so gesehen wie vermutlich die meisten Touristen: als ein steinernes Schloß, dessen beeindruckende Wirkung nicht nur auf Größe und Alter beruhte, sondern vornehmlich auf der historischen Bedeutung als buddhistischer Vatikan. Doch Shan hatte den Potala nicht vor fünf Jahren gesehen, und inzwischen konnte er ihn nur noch mit den Augen derjenigen betrachten, welche die Wintergeschichten erzählten.

Ein alter Priester – derselbe, der im Vorjahr zum Sterben hinaus in den Schnee gegangen war – hatte den Potala zum erstenmal im Jahr 1931 besucht, noch während der Amtszeit des Dreizehnten Dalai Lama, und dann noch einmal zwei Jahre später, als der salzgetrocknete Körper des alten Herrschers in einem Chorten aus massivem Silber im Roten Palast des Potala beerdigt wurde. Es war dieser Dreizehnte gewesen, der auf seinem Totenbett davor gewarnt hatte, daß allen Tibeter eine baldige Versklavung und eine endlos lange Zeit des Leidens bevorstünde. Später war dem Priester das große Glück widerfahren, zum Dienst in der Bibliothek des Potala eingeteilt zu werden. Dort befanden sich auch die originalen Konstruktionspläne des Großen Fünften Dalai Lama, der 1645 mit dem Bau des Potala begonnen hatte und später darum bat, man möge seinen Tod geheimhalten, damit die Arbeiten dadurch nicht unterbrochen würden. Der alte Yak hatte seinem ehrfürchtigen, zitternden Publikum bei der 404ten diese Pläne in allen Einzelheiten beschrieben. Reichverzierte Wände aus Stein, Zedern- und Teakholz, die ohne einen einzigen Nagel von Hand aneinandergefügt wurden, unterteilten dreizehn Etagen in mehr als tausend Räume, die einst die hundertfachen Schreine beherbergt hatten. Erst bei der dritten Wiederholung der Geschichte hatte Shan begriffen, daß diese Angabe nicht rein symbolisch gemeint war. Der Palast des Großen Fünften für Buddha enthielt hundert mal hundert Schreine, insgesamt also zehntausend Altäre, auf denen wiederum zweihunderttausend Statuen von Gottheiten standen. Als Shan zu den riesigen Mauern emporblickte, fiel ihm wieder ein, daß der Mönch ihnen erzählt hatte, sie seien für die Ewigkeit errichtet worden. Vielleicht hatte er recht – Shan hatte später erfahren, daß man die Außenmauern, die an einigen Stellen bis zu neun Meter dick waren, mit geschmolzenem Kupfer ausgegossen hatte, damit sie die Zeitalter überdauern würden.

Sehr viel später, im tibetischen Jahr der Erdmaus, 1949, hatte Choje dieselbe Bibliothek besucht. Er hatte dort siebentausend Bände mit Schriften gesehen, die meisten davon unikale Manuskripte, die viele Jahrhunderte zurückreichten. Einige, so erklärte er mit fast kindlicher Ehrfurcht, waren auf Palmblätter geschrieben, die man tausend Jahre zuvor aus Indien mitgebracht hatte. Eine besondere Sammlung illustrierter Manuskripte, die Choje zehn Monate lang studieren durfte, umfaßte zweitausend Bände, deren Texte in verschiedenfarbigen Tinten niedergeschrieben waren, die man aus pulverisiertem Gold, Silber, Kupfer, Türkis, Korallen und Muschelschalen hergestellt hatte. Als die Roten Garden den Potala während der

Kulturrevolution stürmten, hätte nichts die Vier Alten besser symbolisieren können als diese Manuskripte. Im Rahmen einer öffentlichen Veranstaltung auf dem Tempelgelände hatte man die Bände zerstört. Viele wurden in kleine Stücke gerissen und zur weiteren Verwendung in die Latrinen der Roten Garden transportiert.

Rebecca Fowlers Hand auf seinem Arm holte Shan in die Gegenwart zurück. »Tyler sollte gehen«, wiederholte sie.

»Ist ein Kinderspiel«, pflichtete Kincaid ihr bei. Seine Augen funkelten übermütig. »Ich bin schon öfter im Landwirtschaftsministerium gewesen. Vermutlich werden die Leute dort mich wiedererkennen. Kotau vor dem großen amerikanischen Investor.«

Shan nickte zögernd, stand dann auf und reichte Fowler die Leinentasche, die er mitgebracht hatte. »Geben Sie das Ihrem Freund Jansen.«

»Was ist das?«

»Aus der Höhle. Einer der goldenen Schädel. Ich habe darum gebeten, mir einen als Beweisstück zu überlassen.«

Kincaid sah ihn unsicher an.

»Ich habe nicht gesagt, wofür er als Beweis dienen soll«, fuhr Shan fort.

Kincaid riß die Augen auf. »Was für ein Schlitzohr«, sagte er lachend. Er nahm die Tasche entgegen und schaute hinein.

Shan zog einen Umschlag hervor. »Das sind die Lebensläufe von Direktor Hus geologischer Erkundungstruppe. Ich dachte, die könnten vielleicht von Interesse sein.«

»Lebensläufe?« fragte Kincaid.

»Hu hat acht Leute, deren Aufgabe darin besteht, neue Mineralvorkommen aufzuspüren. Sechs der Männer wurden auf Bitte Hus letztes Jahr von Wen Li an ihn überstellt.«

»Aber Wen gehört zum Büro für Religiöse Angelegenheiten.«

Shan nickte. »Die sechs haben keinerlei geologische Ausbildung. Es sind Archäologen und Anthropologen.«

Kincaid starrte verwirrt den Umschlag an. Dann schien er zu verstehen. »Seine angeblichen Mineralvorkommen – es dreht sich alles nur um Plünderungen. Er ist gar nicht auf der Suche nach Minen«, rief er Fowler zu, »er sucht nach Höhlen! Schädelhöhlen. Warte nur ab, bis Jansen das zu sehen bekommt!« Mit breitem Grinsen packte er Shans Hand und schüttelte sie heftig. »Passen Sie auf sich auf, Mann«, sagte er unbeholfen. Er warf einen kurzen Blick auf Fowlers amüsiertes Gesicht und wandte sich dann wieder an Shan. »Wirklich. Ich meine es ernst.«

Der Amerikaner hielt inne, griff mit feierlicher Geste in sein Hemd und zog ein weißes Stück Stoff hervor, das darunter verborgen gewesen war. Es war eine seidene *khata*, ein Gebetsschal. Der Amerikaner hatte sie um den Hals getragen. »Hier«, sagte Kincaid. »Das ist mein Glücksbringer. Er soll dafür sorgen, daß ich lebend von meinen Klettertouren zurückkomme.«

»Ich kann nicht«, erwiderte Shan unangenehm berührt. »Das ist kein ...«

»Bitte«, erwiderte Kincaid hartnäckig. »Ich möchte, daß Sie ihn nehmen. Als Schutz. Ich will nicht, daß Sie erwischt werden. Sie sind einer von uns.«

Shan errötete verlegen und nahm die *khata*. Dann reihte er sich in den Strom der Passanten ein und hoffte inständig, der abgetragene Armeemantel, den er aus Lhadrung mitgebracht hatte, würde jeden zufälligen Betrachter davon überzeugen, daß es sich bei ihm lediglich um einen versprengten Soldaten handelte, der per Anhalter hergekommen war.

Doch als er in Richtung Stadtzentrum um die Ecke bog, lag wieder die Erhabene Festung vor ihm. Lokesh war früher auch dort gewesen, erinnerte Shan sich, zunächst als junger Student, dem wegen seiner hervorragenden Noten die Ehre zuteil wurde, das getrocknete Kerzenwachs von den Altären des Potala abkratzen zu dürfen. Die Erinnerungen an jenen ersten Besuch, der vollständig in der Dunkelheit der unteren Etagen stattfand, waren fast allesamt akustischer Natur. Lokesh erzählte, daß er zwar ständig den Klang der *tsingha*-Zimbeln gehört habe, doch während seines einmonatigen Aufenthalts kein einziges Mal in der Lage gewesen sei, im Labyrinth der Räume den Ursprung des Geräusches ausfindig zu machen. Zu

Beginn besonderer Rituale wurden die hohen *jaling*-Hörner geblasen, und die melodiösen *vajre*-Glocken riefen die Mönche zu den verschiedenen Gottesdiensten, von denen in dem riesigen Gebäudekomplex alle paar Minuten ein neuer anzufangen schien. Schließlich hatte es noch die dreieinhalb Meter langen *dungchen*-Hörner gegeben, deren Klang so tief war, daß er wie ein Stöhnen der Erde wirkte, und derart widerhallend, daß Lokesh nachdrücklich versicherte, das Echo sei noch Stunden später durch die unteren Etagen gewandert.

Als Shan sich dem Museum näherte, verspürte er ein Kribbeln auf der Haut. Langsam umrundete er das Gebäude zweimal. Beim ersten Mal verharrte er in einer Menschenmenge, die bei einem Schachspiel zuschaute, nach dem zweiten Durchgang reihte er sich in die Warteschlange an einer Bushaltestelle ein. Der Mann, der ihm folgte, war ein sehr kleiner Tibeter in einer blauen Arbeiterjacke und mit einem Kohlkopf in der Hand. Seine langen, gelenkigen Arme und der scharfe, ruhelose Blick straften seinen langsamen, gebeugten Gang Lügen. Shan testete den Beschatter, indem er schnellen Schritts drei Blocks weit die Straße entlangeilte und sich dann auf eine Bank setzte. Der Mann folgte ihm auf der anderen Straßenseite und blieb an einem Gemüsestand stehen, als Shan vorgab, in einer Zeitung zu lesen, die er aus einem Abfalleimer gezogen hatte. Shan wartete so lange, bis er sich davon überzeugt hatte, daß der Mann allein war. Die Beschattungsteams der Öffentlichen Sicherheit bestanden zumeist aus mindestens drei Personen.

Shan machte sich Vorwürfe, weil er nicht auf den Gedanken gekommen war, Jansens Büro könnte überwacht werden. Er fand einen öffentlichen Waschraum und ließ den Mantel dort zurück. Draußen stieg er in einen Bus, den er bei der nächsten Station wieder verließ. Er wechselte in einen anderen Bus und behielt sein Umfeld mit den Ohren im Blick, wie einer seiner Ausbilder in Peking es einst formuliert hatte. Es bedeutete, daß er mit allen Sinnen lauschte, um den Rhythmus der Menge in sich aufzunehmen und sofort erkennen zu können, wann und wo sich eine Änderung einstellte. Zugleich achtete er darauf, wie die Leute einander ansahen. Er mußte sich vor denen in acht nehmen, welche die anderen ignorierten.

Nach sechs Blocks trat er wieder ins Sonnenlicht hinaus und machte sich zu Fuß auf den Rückweg zum Museum, allerdings nicht auf direktem Weg, sondern auf einer Parallelstraße und nach wie vor überaus vorsichtig.

Plötzlich gab es hinter ihm einen lauten Knall wie von einer Pistole. Shan fuhr herum und erstarrte. Dort, keine drei Meter von ihm entfernt und mitten zwischen all den chinesischen Passanten und den zahllosen Fahrrädern, stand ein zerlumpter, ungepflegter Tibeter, der über einem Filzmantel eine dreckige Lederschürze trug. Seine Hände steckten in den Riemen zweier Holzklötze, die er nun über dem Kopf zusammenschlug. Jemand neben Shan, eine dicke Chinesin, die einen Topf Joghurt trug, bedachte den Mann mit einem Schimpfwort. »Latseng!« sagte sie. Abschaum.

Doch der Tibeter schien niemanden auf der belebten Straße wahrzunehmen und verließ den Bürgersteig. Mit einer flüssigen Bewegung brachte er die Holzklötze nach unten und streckte sich mit vorgereckten Armen in voller Länge auf der Fahrbahn aus. Er murmelte ein Mantra, zog sich voran, kam wieder auf die Knie, stand auf, schlug die Klötze zunächst zweimal vor sich und dann einmal über dem Kopf zusammen und fing wieder von vorn an. Shan erinnerte sich daran, daß Pilger den Potala traditionell auf einer acht Kilometer langen Route dreimal umrundeten. Aber er wußte auch, daß die Regierung den größten Teil der Pilgerstrecke, die als Lingkhor bekannt war, zerstört hatte, indem sie quer dazu Wohnhäuser und Geschäfte errichten ließ, um den Weg zu blockieren, nachdem einige Mönche die Tibeter aufgefordert hatten, ihrem Protest gegen die chinesische Regierung dadurch Ausdruck zu verleihen, daß sie rund um den Potala eine endlose Kette von Pilgern bildeten.

Shan wurde abermals von seinen Gefühlen übermannt und starrte den Tibeter hilflos an, der unbeirrt nach vorn blickte. Trinle hatte herzlich darüber gelacht, daß die Route blockiert worden war. »Die Regierung wird nie in der Lage sein, das zu sehen, was der Pilger sieht«, hatte er im Brustton der Überzeugung gesagt. Er hatte den Satz für Shan wie ein Mantra immerzu wiederholt und dabei breit gegrinst, bis auch Shan in Gelächter ausgebrochen war, ohne zu wissen warum.

Auf der Straße schrie jemand wütend auf. Ein Jugendlicher auf einem Motorrad brüllte den Pilger an, er solle den Weg freimachen. Hinter dem Mann hielt ein Wagen und begann zu hupen. Der Pilger gelangte unterdessen an eine Kreuzung, ohne der roten Ampel auch nur die geringste Beachtung zu schenken. Auf der Querstraße näherte sich ein Lastwagen und fügte den Lärm seines Signalhorns dem allgemeinen Aufruhr hinzu.

Manchmal wurden Pilger überfahren. Shan hatte gehört, wie die Wachen bei der 404ten über solche Todesfälle gespottet hatten. Der Pilger blieb in Bewegung, doch im Blick des Mannes lag eine neue Empfindung. Er hatte die Fahrzeuge inzwischen bemerkt. Er hatte Angst, aber er würde nicht innehalten.

Shan drehte sich zu der Menge um. War da jemand? Nein. Aber nahm er den Rhythmus der Menge überhaupt noch wahr? Nein. Er warf einen langen Blick auf die Erhabene Festung und trat auf die Straße.

Er ging vorbei an den wütenden Fahrern, die nach wie vor ein Hupkonzert aufführten, bis er neben dem einsamen Pilger stand. Mit winzigen Schritten blieb er neben dem Tibeter, während der Mann sich über die Kreuzung mühte. Auf die Knie. Auf die Füße. Arme vorstrecken. Klötze zusammenschlagen. Arme über den Kopf. Klötze zusammenschlagen. Arme nach unten. Innehalten. Knien. Bäuchlings niederwerfen. Arme ausstrecken. Das Mantra zur Anrufung des mitfühlenden Buddhas aufsagen. Sich an den Armen vorziehen. Auf die Knie.

Die Leute riefen immer lauter. Inzwischen waren sie auch auf Shan wütend. Aber er hörte die Worte nicht. Er musterte den Pilger mit großer Zufriedenheit und sah in dem Mann Choje und Trinle und all die alten Yaks vor sich. Ein seltsamer Gedanke durchfuhr ihn. Dies war vielleicht das Wichtigste, was er in den letzten drei Jahren getan hatte. Choje hätte jetzt womöglich darauf hingewiesen, daß alles, was vorher geschehen war, sich nur deshalb ereignet hatte, damit Shan in jenem Moment dort sein und den Pilger beschützen konnte.

Sie erreichten den Randstein und die Sicherheit des Bürgersteigs. Ohne aus dem Takt zu kommen oder auch nur den Blick abzuwenden, flüsterte der Pilger mit ergriffener, verunsicherter Stimme Shan ein einziges Wort zu: »*Tujaychay.*« Danke.

Shan sah dem Mann dabei zu, wie er die nächsten zehn Meter zurücklegte, bevor ihm klar wurde, was er ursprünglich vorgehabt hatte. Er blickte auf und bemerkte, daß es ihm keinesfalls mehr gelingen würde, wieder in den Rhythmus der Menge einzutauchen. Mittlerweile starrten ihn zwanzig Gesichter an, die meisten davon voller Wut. Es blieb keine Zeit mehr, um vorsichtig zu sein und eventuelle Verfolger abzuhängen. Er ging direkt zum Museum.

Zusammen mit einer Reisegruppe trat er ein und bewegte sich dann im Schutz der Menge zwischen den Exponaten hindurch. Er mußte sich regelrecht dazu zwingen, nicht bei den prächtigen Vitrinen zu verweilen, den Schädeltrommeln, rituellen Jadeschwertern, Altarstatuen, kostbaren *thangka*-Gemälden, Kammhauben und Gebetsmühlen. Nur einmal blieb er stehen, und zwar vor einem Schaukasten mit seltenen Rosenkränzen. Dort in der Mitte lag einer, dessen Perlen aus rosafarbener Koralle bestanden und wie winzige Kiefernzapfen geschnitzt waren, mit Anzeigerperlen aus Lapislazuli. Traurig starrte Shan ihn an, schrieb sich dann die Inventarnummer auf und ging weiter.

Plötzlich erreichte er die Ausstellung mit Kostümen der Schutzdämonen. Da war Yama, der Herr der Toten, Yamantaka, der Bezwinger des Todes, Mahakala, der Oberste Beschützer des Glaubens, Lhamo, die Schutzgöttin von Lhasa. Und im letzten Schaukasten Tamdin der Pferdeköpfige.

Das herrliche Kostüm war da, sein Gesicht eine grausame gewölbte Maske aus rotlackiertem Holz mit vier Fangzähnen im Maul. Um den Hals hing eine Kette aus Schädeln, über dem goldenen Haar erhob sich ein kleiner, wilder grüner Pferdekopf. Shan erschauderte bei dem Anblick, und seine Hand schloß sich um das *gau*, das um seinen Hals hing und in dem sich jetzt der Zauberspruch zur Beschwörung Tamdins befand. Die Arme des Dämons lagen neben der Maske und endeten in zwei grotesk proportionierten Klauen, die mit der zerschmetterten Hand übereinstimmten, welche man bei der amerikanischen Mine gefunden hatte.

Die Bestätigung, daß es sich tatsächlich um die Hand Tamdins handelte, war nur ein schwacher Trost, denn das Kostüm im Museum war vollständig und zudem in Lhasa, nicht in Lhadrung. Es gab demnach ein zweites Kostüm, aber falls es nicht zum Museum gehörte, verfügte Shan über keine Möglichkeit, es zurückzuverfolgen und mit Jaos Mördern in Verbindung zu bringen.

Nachdenklich musterte er die Ausstellungsstücke und wartete, bis der Raum sich geleert hatte. Dann öffnete er eine Tür. Ein Schrank mit Putzmitteln. Er wollte die Tür schon wieder schließen, besann sich dann aber eines anderen und nahm den Besen und einen Eimer heraus. Langsam bewegte er sich durch das Gebäude, fegte den Boden und achtete dabei auf die Innentüren. Plötzlich sah er eine neue Gestalt, und sein Magen zog sich zusammen; es war ein Chinese mit stechendem Blick, der sich ziemlich vergeblich darum bemühte, den Eindruck zu erwecken, er würde sich für die Exponate interessieren. Der Mann sah sich im Raum um, ohne von Shan Notiz zu nehmen. Dann schnaubte er ungeduldig und ging mit militärisch gerader Haltung in den angrenzenden Flur. Shan blieb im Schatten und beobachtete zu seinem Entsetzen, daß der Mann sich mit zwei anderen beriet, einer jungen Frau und einem Mann, die wie Touristen gekleidet waren. Die drei machten sich hastig auf den Weg, und Shan verschwand hinter der ersten Tür, die nicht abgeschlossen war.

Er befand sich in einem kurzen Korridor, der zu einem Großraumbüro führte, das in zahlreiche Arbeitskabinen unterteilt war. Die meisten der Tische waren nicht besetzt, und auf einer Bank im Gang lag ein weißer Technikerkittel. Shan ließ Besen und Eimer zurück und zog den Kittel an. Vom ersten der Tische nahm er ein Klemmbrett und einen Bleistift mit.

»Ich habe mich ein wenig verlaufen«, sagte er zu der Frau am ersten besetzten Tisch. »Das Inventar.«

»Inventar?«

»Exponate. Eingelagerte Artefakte.«

»Die sind normalerweise identisch«, erwiderte sie in überheblichem Tonfall.

»Identisch?«

»Sie wissen schon. Zwei Exemplare von jedem Stück, eins davon in der Ausstellung, das andere im Lager. Im Keller. Der Direktor nennt es Parallelsammlung. Dadurch wird es einfacher, die Stücke zu reinigen und zu untersuchen. Eins oben, eins unten, einsortiert nach ihren Inventarnummern.«

»Natürlich«, entgegnete Shan mit neuerlicher Hoffnung. »Ich habe die Bestandskartei gemeint, die über den Standort der Artefakte Aufschluß gibt.«

»In den großen Ordnern, auf dem Tisch in der Bibliothek.«

In der kleinen Bibliothek am Ende des Korridors fand er eine dicke schwarze Akte, deren Kunststoffbeschichtung an den Kanten bereits bis auf die Pappe abgenutzt war. Er hatte den Abschnitt Kostüme schon gefunden, als eine ältere Frau an der Tür auftauchte.

»Was haben Sie denn hier verloren?« rief sie.

Shan zuckte zusammen und lehnte sich dann auf dem Stuhl zurück, bevor er sie ansah. »Ich komme aus Peking.«

Diese Behauptung verschaffte ihm weitere dreißig Sekunden. Er suchte weiter, während die Frau in der Türöffnung verharrte. Zeremonieller Kopfschmuck. Kostüme der Dämonentänzer.

»Wieso hat mich niemand davon unterrichtet?« fragte die Frau mißtrauisch.

»Genossin, Sie werden doch sicher verstehen, daß Buchprüfungen nicht annähernd effektiv verlaufen, wenn man sie vorher ankündigt«, sagte Shan schroff.

Als sie Shans Kleidung bemerkte, stieß sie deutlich hörbar die Luft aus. »Wir benötigen Ihre Legitimation, Genosse.«

Shan blickte weiterhin in die Bücher. »Die sollten wir am Eingang zurücklassen. Wir haben ziemlich viel zu tun.« Er wies auf einen Stuhl. »Vielleicht möchten Sie uns ja behilflich sein.«

Die Frau fuhr herum und verschwand den Flur hinunter.

Tamdin, stand in dem Buch, Code 4989. Exemplar Eins aus dem Kloster Shigatse, 1959. Exemplar Zwei aus Saskya *gompa*, vor gerade mal vierzehn Monaten. Shan eilte auf den Gang hinaus und überprüfte abermals die Türen. Beim dritten Versuch stieß er auf eine Treppe, die nach unten führte.

Die Regale im Keller reichten vom Boden bis zur Decke und waren mit Holzkisten, Weidenkörben und Pappkartons vollgestopft. Die Exponate waren nach den Inventarnummern sortiert, ganz wie das Mädchen gesagt hatte. Shan lief die Reihen entlang und überflog die Ziffern am Ende eines jeden Regals. Plötzlich hörte er ein neues Geräusch, den unverkennbaren Klang von mehreren rennenden Personen in der Etage über ihm.

Er fand die 3000er Nummern und lief weiter. Dann die 4000er. Shan zog eine Kiste aus dem Regal. Sie enthielt ein Räucherfaß. Er begann zu rennen und fiel auf die Knie. Von oben ertönten aufgeregte Rufe. Er fand ein Regal, auf dem die Zahl 4900 vermerkt war. Aus einer Kiste ragten zwei goldene Hörner. Die Maske von Yama. Hektisch überprüfte er die anderen Kisten. Inzwischen hatten die Leute die Treppe erreicht und kamen laut rufend nach unten. Eine weitere Reihe Lampen wurde eingeschaltet. Es wurde deutlich heller. Dann hatte er es gefunden. Tamdin, stand auf der Kiste. Tamdin, Dämonenkostüm, Kloster Saskya. Sie war leer.

Ganz in der Nähe schrie jemand. Auf dem Deckel der Kiste klebte eine weiße Karteikarte. Shan riß sie ab und lief weiter. Vor sich entdeckte er eine kurze Treppe, die an einer Tür endete, unter der Tageslicht hereinschien.

Die Tür war abgeschlossen. Er warf sich mit der Schulter dagegen, und das alte Holz splitterte. Er stürzte hinaus und fiel zu Boden. Während er noch dalag und ins gleißende Sonnenlicht blinzelte, rammte jemand ihm einen Stiefel ins Genick, beugte sich dann herunter und legte ihm Handschellen an.

Shan wollte gerade lautstark protestieren, als ihn ein Schlagstock an der Stirn traf. »Halt's Maul«, herrschte der Fremde ihn an und sprach dann in ein Handfunkgerät.

Da ihm Blut in die Augen lief, konnte er nicht erkennen, wie viele es waren. Sie gehörten zweifellos zur Öffentlichen Sicherheit, aber sie schienen verwirrt zu sein. Als man ihn in einen grauen Häftlingstransporter stieß, konnte er hören, wie hinter ihm Streit darüber aufkam, wessen Gefangener er war und wohin er gebracht werden sollte. Die ersten beiden Männer benutzten keine Ortsnamen. »Das lange Bett«, sagte einer. »Drähte«, behauptete ein anderer. Doch ein dritter Mann gesellte sich zu ihnen. »Drabchi«, sagte er im Befehlston. Damit war das berüchtigte politische Gefängnis nordöstlich von Lhasa gemeint, das offiziell Gefängnis Nummer Eins hieß. Früher hatte man dort die hochrangigen Beamten der tibetischen Regierung untergebracht.

Es war vorbei. Sungpo würde sterben. Shan würde neue Wärter bekommen. Falls Tan ihn nicht im Stich ließ, würde er irgendwann vielleicht zur 404ten zurückkehren, nachdem man seine Strafe um fünf oder zehn Jahre verlängert hatte, aber zunächst würde die Öffentliche Sicherheit ihn verhören, was einen nachfolgenden Krankenhausaufenthalt bedeutete. Wer würde wohl damit beauftragt werden, die Enttäuschung des Volkes über seine sozialistische Entwicklung zum Ausdruck zu bringen? fragte er sich in einem entlegenen Winkel seines Verstandes. Ich bin ein Held, würde Shan zu seinen Häschern sagen. Ich habe zwölf Tage draußen ausgehalten.

Das Blut floß ihm in den Mund, und der Schmerz der Verletzung wurde langsam stärker als der Schock. Der Wagen setzte sich in Bewegung. Eine quälend laute Sirene wurde eingeschaltet. Sie waren auf einer Schnellstraße und beschleunigten. Er verlor das Bewußtsein. Plötzlich schrie jemand auf, und er hörte das Geräusch von splitterndem Holz und verschreckt kreischenden Hühnern. Der Transporter kam mit einer Vollbremsung zum Stehen. Shan hörte, wie die Männer aus dem Führerhaus stiegen.

Von vorn erklangen wütende Schreie. Dann stieg jemand auf den Fahrersitz, und der Transporter drehte um hundertachtzig Grad. Die Sirene wurde abrupt ausgeschaltet, und das Fahrzeug vollführte eine Reihe schneller Kurven. Dann hielt der Wagen plötzlich an. Die hinteren Türen wurden aufgerissen, und vier

Hände griffen nach ihm. Halb trugen, halb zerrten sie ihn auf die Rückbank eines anderen Wagens, der sofort losfuhr.

Langsam, fast wie im Traum, wischte Shan sich das Blut aus den Augen und zog sich hoch. Es war ein großer Wagen, eine ältere amerikanische Limousine. Der Fahrer trug eine Wollmütze. Als sie auf die breite Durchgangsstraße einbogen, die aus der Stadt führte, streckte der Mann ihm einen kleinen Schlüssel über die Schulter nach hinten. Während Shan die Handschellen aufschloß, nahm der Mann die Mütze ab, so daß sein dichter blonder Schopf sichtbar wurde.

»Ich wußte gar nicht …«, setzte Shan an, der vor Verwirrung wie gelähmt war. Er zog die Hemdschöße heraus, um sich damit das Gesicht abzuwischen. »Danke«, sagte er auf englisch. »Sind Sie Jansen?«

Der Mann schüttelte den Kopf und murmelte etwas in einer skandinavischen Sprache vor sich hin, während er langsam dem Verkehrsstrom folgte und sorgfältig darauf achtete, kein Aufsehen zu erregen. »Keine Namen«, erwiderte er, ebenfalls auf englisch. »Bitte. Keine Namen.« Shan bemerkte, daß neben ihm auf dem Boden die Tasche lag, die Shan nach Lhasa mitgebracht hatte. Der Schädel aus dem Höhlenschrein.

»Wie konnten Sie Bescheid wissen?« fragte Shan fünf Minuten später.

Jansen hatte bedrückt geschwiegen. »Ich bringe Sie bloß irgendwo zur Bundesstraße. Ihre Freunde werden dort warten, haben sie gesagt.«

»Warum?«

»Warum?« Jansen hieb wütend auf das Lenkrad. »Glauben Sie, ich wäre dieses Risiko eingegangen, wenn ich vorher Bescheid gewußt hätte? Mit mehr Kriechern in der Gegend als Fliegen auf einem Haufen Scheiße? Niemand hat etwas von den Kriechern gesagt. Man hat mich bloß gebeten, dort zu sein, das ist alles. Um dem Gentleman zu helfen, der all die Informationen aus Lhadrung gebracht hat.« Er schüttelte den Kopf. »So etwas ist noch nie passiert. Hilf uns bei den Unterlagen, kein Problem. Nimm einen alten Mann aus Shigatse im Wagen mit, kein Problem. Aber das hier …« Er riß eine Hand hoch.

»Die *purbas*«, erkannte Shan. Irgendwie hatten die *purbas* all dies bewirkt. Der kleine Mann, den er auf der Straße bemerkt hatte, war nicht allein gewesen. Es hatte sich um einen *purba* gehandelt, begriff Shan jetzt. »Aber wie konnten die davon Wind bekommen?«

»So wie sonst auch. Vermutlich durch Telepathie.«

Die Kriecher hatten irgendwie davon gewußt. Die *purbas* hatten irgendwie davon gewußt. Jeder schien hier über alles mögliche Bescheid zu wissen. Außer ihm selbst.

»Durch Telepathie«, wiederholte Shan mit hohler Stimme. Er schaute aus dem Fenster, um noch einen flüchtigen Blick auf den Potala zu erhaschen, der in der Ferne hinter ihnen verschwand. Die Klippe des Daseins.

»Das Schlimmste, was mir passieren kann, ist die Ausweisung«, murmelte Jansen vor sich hin.

Shan streckte sich auf der Rückbank aus. Er fand ein Papiertuch und hielt es sich an die Stirn. »Jemand hat ein Hindernis auf die Fahrbahn geschoben«, sagte Shan, als würde er laut nachdenken. Er schaute Jansen plötzlich an. »Ein Bauernkarren, glaube ich. Die Kriecher sind ausgestiegen, um den Weg freizuräumen.«

»Man hat mir gesagt, Sie würden eine Mitfahrgelegenheit benötigen. Ich sollte in meinem Wagen warten. Okay, habe ich gedacht. Eine Mitfahrgelegenheit. Ich könnte Sie nach dem Schädelschrein fragen. Plötzlich rennt einer von denen an mir vorbei und wirft mir einen Schlüssel zu. Für Sie, sagt er. Dann kommt dieser Transporter der Öffentlichen Sicherheit angerast, und man wirft Sie in mein Auto. Wer sind Sie? Warum sind alle hinter Ihnen her?«

»Für mich, hat er gesagt. Hat er meinen Namen benutzt?«

»Nein. Nicht direkt. Er hat gesagt, für den Pilger.«

»Den Pilger?«

»Das ist der Name, den die *purbas* Ihnen gegeben haben. Tans Pilger.«

Nein, war Shan versucht zu erwidern. Ein Pilger bewegt sich auf die Erleuchtung zu. Vor mir liegen nur Dunkelheit und Verwirrung. Doch plötzlich flackerte ein winziges Licht vor ihm auf. »Haben Sie nicht eben gesagt, Sie hätten einen alten Mann aus Shigatse mitgenommen? Nach Lhadrung?«

Jansen nickte zerstreut. Er schaute nervös in den Rückspiegel. »Seine Frau war kurz zuvor gestorben. Er hat mir einige der alten Klagelieder vorgesungen.«

Rebecca Fowler und Tyler Kincaid warteten knapp fünfundzwanzig Kilometer außerhalb der Stadt. Sie parkten am Rand eines flachen Straßenstücks entlang des Lhasa-Flusses, wo normalerweise die Lastwagenfahrer ihre nächtlichen Schlafpausen einlegten. Jansen hielt hinter einem klapprigen Jiefang-Laster, aus dem sogleich vier junge Männer ausstiegen und Shan zu den Amerikanern brachten. Shan drehte sich um, weil er Jansen danken wollte, doch der Finne nickte nur flüchtig und machte sich eilig auf den Rückweg.

Der Jiefang setzte sich vor die Amerikaner, und der Fahrer bedeutete Kincaid, er möge ihm folgen.

Fowler saß vorn und schwieg. Zuerst dachte Shan, sie würde schlafen, aber dann sah er ihre Hände. Sie hielt die Straßenkarte so fest umklammert, daß die Knöchel weiß hervortraten.

»Das ist wie freier Fall«, sagte Kincaid. Er klang unerwartet beschwingt. »Dreißig Meter pro Sekunde. Das Herz schlägt dir bis zum Hals. Die Welt fliegt an dir vorbei.« Er drehte sich kurz zu Shan um. »Das sind sie, nicht wahr?« fragte er mit breitem Grinsen.

»Wer?«

»Da in dem Lastwagen. Das sind sie doch, oder? Es müssen echte *purbas* sein.«

»Es tut mir leid.« Shan betastete seine Stirn. Das Blut war inzwischen geronnen.

»Was tut Ihnen leid? Dieser Tag? Mann, dieser ganze Tag war wie eine einzige Schußfahrt den Berg hinunter. Man springt einfach über die Kante und läßt es geschehen.«

»Ich habe nie beabsichtigt, daß Sie in Gefahr geraten«, sagte Shan. »Sie hätten einfach zurückfahren sollen.«

»Ach, Unsinn. Schließlich sind wir alle lebend da rausgekommen, oder nicht? Kein Problem. Ich hätte nicht um alles in der Welt darauf verzichten wollen. Wir haben sie ganz schön an der Nase herumgeführt, die BDKs. Und Sie haben mich auf die Suche nach etwas geschickt, das gar nicht da ist. Perfekt. Eine gute Ablenkung.« Er ließ wieder sein donnerndes Cowboygeheul erschallen.

»Verdammt, Tyler«, sagte Fowler. »Bring uns hier weg. Es ist noch nicht vorbei, solange wir unterwegs sind.«

»Was meinen Sie mit ›etwas, das gar nicht da ist‹?« fragte Shan.

»Im Landwirtschaftsministerium. Das Büro für Bewässerungsfragen ist im Zuge einer Neuordnung verlegt worden. Vor fünf Monaten hat man alle Akten nach Peking geschafft.«

Die Suche nach etwas, das gar nicht da war. Shan hatte die Karte aus dem Lager vergessen. Er zog sie langsam aus der Tasche, als würde sie zerbrechen, wenn er sich zu schnell bewegte.

Tamdin, stand dort geschrieben. Saskya *gompa*. Doch da stand noch etwas. Leihgabe, mit einem Datum, das vierzehn Monate zurücklag und dem Datum der Entdeckung entsprach. Leihgabe an die Stadt Lhadrung. Da war ein hastig hingekritzelter und verschmierter Name. Aber der Stempel daneben war klar und deutlich. Das persönliche Siegel von Jao Xengding. Darunter stand »Bestätigt«, gefolgt von einem letzten Ideogramm, dem umgekehrten, doppelt durchkreuzten Y, das er auch auf einem der Zettel aus Jaos Jackett gesehen hatte. Es bedeutete Himmel.

Fünfunddreißig Kilometer hinter dem Flughafen blieb der Jiefang-Laster in einer scharfen Kurve stehen. Kincaid hielt ebenfalls an. Ein Mann stieg aus dem Laster, lief zum Fahrzeug der Amerikaner, flüsterte aufgeregt mit Kincaid und wies dabei auf eine Abzweigung, die ein Stück vor dem Lastwagen lag. Der Jiefang wendete, und als er an ihnen vorbeikam, sprang der *purba* auf.

Kincaid schaltete den Allradantrieb zu und bog auf die Seitenstraße ein. »Die Kriecher haben auf allen Straßen, die aus Lhasa herausführen, in gleichmäßigen Abständen Straßensperren errichtet. Sie kochen vor Wut. Am Kontrollpunkt zum

Bezirk Lhadrung wartet vermutlich ein spezielles Empfangskomitee. Also müssen wir einen Umweg machen.«

Verwegen brauste er über die holprige Strecke auf die untergehende Sonne zu und bremste dann scharf, als in der Ferne die flackernden Lichter des Tals von Lhadrung in Sicht kamen. »Wissen Sie, wir könnten umkehren«, sagte er zu Shan und warf ihm einen bedeutungsvollen Blick zu.

»Wohin?«

»Nach Lhasa. An den Straßensperren werden nur die Fahrzeuge kontrolliert, die die Region verlassen wollen, nicht die in umgekehrter Richtung. Wir könnten es schaffen. Sie sind zu wertvoll, um wieder ins Gefängnis zu gehen, wenn all das vorbei ist. Sie wissen so viel. Ich kann Ihnen helfen.«

»Wie denn?« Shan merkte, daß die *khata* des Amerikaners noch immer um seinen Hals hing.

»Ich spreche mit Jansen. Wir werden ihn schon beruhigen. Verdammt, er wird selbst ganz scharf darauf sein, Ihnen wochenlang Löcher in den Bauch zu fragen. Er kennt Leute, die Sie außer Landes schaffen können.«

»Aber Oberst Tan. Und falls Direktor Hu ...«, protestierte Fowler.

»Verflucht, Rebecca, die wissen doch gar nicht, daß Shan bei uns ist. Er verschwindet einfach. Ich könnte diese Tätowierung beseitigen. Ich habe schon mal gesehen, wie so etwas gemacht wird. Sie könnten ein freier Mann sein, Shan.«

Ein freier Mann. Die Worte kamen Shan blaß und leer vor. Die Amerikaner schienen stets ganz vernarrt in dieses Konzept zu sein, aber Shan hatte es noch nie begreifen können. Vielleicht lag das daran, überlegte er, daß er noch nie einen freien Mann kennengelernt hatte. Seine Hand legte sich auf die *khata* und zog sie vom Hals. »Das ist sehr nett von Ihnen. Aber ich werde in Lhadrung gebraucht. Könnten Sie mich bitte einfach zum Lager Jadefrühling zurückbringen?«

Kincaid sah den Schal in Shans Hand und schüttelte enttäuscht den Kopf. »Behalten Sie ihn«, sagte er bewundernd und schob die *khata* zurück. »Wenn Sie nach Lhadrung zurückkehren, werden Sie ihn brauchen.«

Kapitel Siebzehn

Oberst Tan schien die Nachrichten von Miss Lihua und Madame Ko gleichzeitig zu lesen. Seine Augen sprangen zwischen dem Blatt in seiner Hand und dem Zettel auf seinem Tisch hin und her. In dem Fax aus Hongkong teilte Miss Lihua ihnen mit, daß sie sich dringend um einen Rückflug bemühe, in der Zwischenzeit jedoch schon vorab bestätigen wolle, daß Ankläger Jaos persönliches Siegel in der Tat letztes Jahr verschwunden sei. Man habe niemanden wegen des Diebstahls verhaftet, obwohl genau diese Art von kleinerem Sabotageakt typisch für Mönche und andere kulturelle Unruhestifter gewesen sei. Man habe ein neues Siegel anfertigen lassen und lediglich Jaos Bank verständigt.

Madame Kos Notiz besagte, daß sie Erkundigungen beim Landwirtschaftsministerium in Peking eingezogen habe. Es sei ihr gelungen, einen Mann namens Deng ausfindig zu machen, der für die Verwaltung der Wasserrechte zuständig sei. Deng wußte, wer Ankläger Jao war; sie hätten in der Woche vor Jaos Tod miteinander telefoniert, erklärte Madame Ko. Außerdem sei Deng mit dem Ankläger während Jaos Zwischenstop in Peking verabredet gewesen, und zwar in einem Restaurant namens Bambusbrücke.

»Also hat einer der Mönche Jaos Siegel gestohlen und sich das Kostüm verschafft. Vielleicht Sungpo, vielleicht auch einer der vier anderen«, behauptete Tan.

»Wieso sein persönliches Siegel?« fragte Shan. »Falls ich all diese Mühe auf mich nehmen würde, um Verwirrung in der Regierung zu säen, weshalb sollte ich dann nicht lieber sein offizielles Siegel stehlen?«

»Zufall. Ein Mönch hat eine Gelegenheit gewittert und ist ins Büro eingebrochen. Vielleicht stand eine Tür oder ein Fenster offen, und das erste, was er gefunden hat, war das persönliche Siegel. Er hat Angst bekommen und ist abgehauen. Miss Lihua sagt, es war ein Mönch.«

»Das glaube ich kaum. Aber darum geht es auch gar nicht.« Shan ertappte sich dabei, wie er aus dem Fenster auf die Straße starrte und halb damit rechnete, einen Lastwagen voller Kriecher eintreffen zu sehen, die ihn verhaften wollten. Doch dort stand nur der leere Wagen des Offiziers, mit dem er in die Stadt gefahren war. Die Kriecher in Lhasa hatten gewußt, wer er war. Doch jetzt kamen sie nicht, um ihn zu holen. Wie hatten ihre Befehle gelautet? Sollten sie ihn einfach nur aus Lhasa vertreiben? Oder wollte man ihn eliminieren, falls es nur irgendwie gelang, ihn außerhalb von Tans Reichweite in die Finger zu bekommen?

»Was meinst du damit?«

Shan drehte sich wieder zu Tan um. »Wichtig daran ist, daß der Direktor für Religiöse Angelegenheiten in diesem Punkt gelogen hat. Er hat uns erzählt, die Kostüme befänden sich alle an ihrem Platz. Er hat behauptet, er hätte es überprüft.«

»Vielleicht hat ihn jemand aus dem Museum mit falschen Informationen versorgt«, schlug Tan vor.

»Nein. Madame Ko hat heute morgen nachgefragt. Niemand hat je wegen der Kostüme im Museum angerufen.«

»Aber Jao hätte niemals angeordnet, daß das Kostüm von Lhasa zurück nach Lhadrung geschickt werden soll. Es hätte gar keinen Grund dafür gegeben«, sagte Tan vorsichtig.

»Haben Sie je davon gehört, sein Siegel sei gestohlen worden? Es müßte einen Ankläger doch sehr beunruhigen, wenn er sein Siegel verliert. Und der Militärkommandant sollte eigentlich davon unterrichtet werden.«

»Es war doch nur sein persönliches Siegel.«

»Ich glaube, daß jemand hier in Lhadrung Zugang zu seinem persönlichen Siegel hatte und es dazu benutzt hat, die Karte abzustempeln, die später auf die Museumskiste geklebt wurde.«

»Du willst sagen, daß Miss Lihua lügt?«

»Wir brauchen sie hier vor Ort.«

»Du hast ihre Nachricht gesehen. Sie ist unterwegs.« Als Tan das Fax auf den Tisch legte, bemerkten sie beide, daß Madame Ko aufgeregt an der Tür stand. Sie war zwar nicht hinzugebeten worden, aber offenbar war sie auch nicht gewillt, wieder zu gehen. Sie hob die Faust zu einer kurzen Siegesgeste. Der Oberst seufzte und bedeutete ihr, sie möge eintreten.

»Jao wollte sich also mit diesem Deng in Peking treffen. Weshalb?« fragte Tan.

»Um Erkundigungen über die Wasserrechte in Lhadrung einzuholen«, berichtete Madame Ko. »Jao wollte wissen, wer diese Rechte vor den Amerikanern innehatte.«

»Und was ist nun mit Genosse Deng vom Landwirtschaftsministerium? Hatte er die Antwort?«

»Alle Unterlagen befanden sich noch immer in den Kisten aus Lhasa. Darum war er auch so unglücklich darüber, daß Jao nie eingetroffen ist. Er sagt, er habe Stunden gebraucht, um sich hindurchzuwühlen.«

»Und all das hat er für irgendeinen Fremden aus Tibet gemacht?«

Madame Ko nickte. »Genosse Jao hat gesagt, falls sie das feststellen würden, womit er rechnete, würde er mit Deng sofort in die Zentrale des Justizministeriums gehen wollen. Ein großer Fall, hat er gesagt. Deng würde dem Minister persönlich empfohlen werden.«

Tan rutschte auf seinem Stuhl nach vorn. »Vermutlich hat es sich um eines der Landwirtschaftskollektive gehandelt«, sagte er.

»Genau«, bestätigte Madame Ko.

»Sie haben ihn gefragt?«

»Aber sicher. Das ist doch ein Teil unserer Ermittlungen«, sagte sie und bedachte Shan mit einem kleinen verschwörerischen Nicken.

Der Oberst warf Shan einen ungeduldigen Blick zu. »Und?«

»Das Kollektiv der Langen Mauer.«

Tan bat um Tee. »Sie benimmt sich, als hätte sie soeben unseren Fall gelöst«, seufzte er, nachdem Madame Ko ganz aufgeregt aus dem Raum geeilt war.

»Vielleicht hat sie das auch«, sagte Shan.

»Ist dieses Kollektiv der Langen Mauer irgendwie von Bedeutung?«

»Erinnern Sie sich noch an Jin San, eines der Mordopfer?«

»Jao hat einen der Fünf von Lhadrung wegen dieses Mordes angeklagt.«

»Und im Verlauf der Untersuchung herausgefunden, daß Jin San einen Drogenring geleitet hat.«

»Den wir daraufhin ausgeschaltet haben.«

»Vielleicht ist Ihnen entfallen, daß Jin San der Leiter des Landwirtschaftskollektivs der Langen Mauer gewesen ist.«

Der Oberst zündete sich eine Zigarette an und schaute in die Glut. »Ich will, daß Miss Lihua hier auftaucht«, rief er plötzlich in Richtung der offenen Tür. »Schicken Sie ihr ein Militärflugzeug, falls nötig.«

Er nahm einen tiefen Zug von seiner Zigarette und wandte sich an Shan. »Dieser Opiumbetrieb ist erledigt. Nach Jin Sans Tod ist alles auseinandergebrochen. Der Drogenhandel in Lhadrung hat aufgehört. In der Klinik sind schon lange keine Süchtigen mehr aufgetaucht. Ich wurde in dieser Angelegenheit sogar offiziell belobigt.«

Shan breitete die Fotokarten aus, auf denen das fragliche Lizenzgebiet abgebildet war; die gleichen Karten, die auch Jao gesehen hatte. »Können Sie diese Art von Fotos lesen?«

Tan ging zu seinem Schreibtisch und holte eine große Lupe. »Ich habe eine Raketenbasis befehligt«, brummte er.

»Yeshe hat sich die Karten gestern angesehen. Die neue Straße. Die Mine. Das zusätzliche Lizenzgebiet im Nordwesten. Eines hat er nicht verstanden. So hat dieses Gebiet in vier aufeinanderfolgenden Monaten ausgesehen.« Shan wies auf die erste Karte. »Winter. Schnee. Felsen und Schlamm. Vom Rest des Terrains nicht zu unterscheiden.«

Er zog es vor, nichts von Yeshes anderer Entdeckung zu berichten. Auf den Computerdisketten, die Fowler mitgenommen hatte, waren tatsächlich Bestandslisten gespeichert gewesen. Die Hälfte der Dateien in chinesischer Sprache hatte mit den englischen Datensätzen übereingestimmt. Doch die restlichen Dateien waren Auflistungen von Munitionsdepots, Soldaten und sogar Raketenstützpunkten in Tibet. Yeshes Hände hatten gezittert, als er Shan die Disketten übergab. Gemeinsam hatten sie die Datenträger zum Versorgungsgebäude des Lagers Jadefrühling gebracht und dort im Heizkessel verbrannt. Keine Sekunde lang hatte Shan geglaubt, die Daten auf den Disketten könnten echt sein. Doch Yeshe und er wußten beide, daß dies kaum einen Unterschied bedeutete. Die Öffentliche Sicherheit würde sich nur schwerlich mit solchen Spitzfindigkeiten aufhalten, falls man einen Zivilisten mit den Daten erwischte. Als er in die Flammen des Heizkessels starrte, hatte Yeshe ihn um die Erlaubnis gebeten, zur 404ten gehen zu dürfen. Die Zivilisten versammelten sich, hatte er gesagt.

»Nicht ganz«, stellte Tan fest und nahm die Lupe zu Hilfe. »Da sind Terrassen. Vermutlich sehr alt. Aber man kann noch Spuren davon erkennen. Schwache Schattenlinien.«

»Genau. Jetzt dieselbe Gegend einen Monat später.« Shan wechselte zur nächsten Karte. »Die Hänge sind jetzt grün, wenn auch nur ein wenig. Immerhin deutlich grüner als der Rest der Berge.«

»Wasser. Das bedeutet nur, daß sich auf den Terrassen nach wie vor das Wasser sammelt«, sagte Tan.

»Aber noch einen Monat später. Sehen Sie nur. Die Farbe ist inkonsistent. Ein Hauch von Rosa und Rot.«

Schweigend beugte Tan sich über die Karte und nahm sie mit der Lupe aus mehreren Winkeln in Augenschein. »Bei der Entwicklung der Bilder gibt es manchmal Anomalien. Die Chemikalien erschaffen falsche Farben. Das gilt sogar für die Lupe. Sie reagiert nicht immer ganz exakt auf das Licht.«

»Ich glaube, daß die Farben stimmen.« Shan legte die letzte Karte hin. »Vor sechs Wochen.«

»Und die Farben sind verschwunden«, stellte Tan fest. »Kein Unterschied zu den umliegenden Hängen. Wie ich schon sagte, ein Fehler bei der Entwicklung.«

»Aber die Terrassen sind ebenfalls verschwunden.«

Tan blickte verwirrt auf und beugte sich dann mit der Lupe über die Karte.

»Jemand baut noch immer Jin Sans Mohn an«, lautete Shans Schlußfolgerung.

Shan haßte Helikopter. Flugzeuge waren ihm schon immer wie ein Verstoß gegen die natürliche Ordnung der Dinge vorgekommen; Hubschrauber wirkten schlichtweg unmöglich.

Der junge Armeepilot, der sie aus dem Lager Jadefrühling abholte, tat wenig, um Shans Befürchtungen zu zerstreuen. Er glitt gleichbleibend in sechzig Metern Höhe über dem Boden, was zu einer Art Achterbahn-Effekt führte, als sie über die wogenden Hügel des oberen Tals hinwegschwebten. Auf Tans Befehl hin flog er eine scharfe Kurve und begann einen steilen Aufstieg. Zehn Minuten später hatten sie die Kammlinie überwunden und landeten auf einer kleinen Lichtung.

Die Terrassen waren alt, aber deutlich zu erkennen. Sie wurden durch Felsmauern gestützt, zwischen denen ein ausgefahrener Karrenpfad verlief. Die Frühjahrsernte war bereits eingebracht worden. Das einzige Zeichen für einen Bewuchs waren vereinzelte Unkrautstreifen, die sich durch einen Teppich aus abgestorbenen Mohnblättern aus den Terrassen erhoben.

»Die Steine.« Tan wies auf einen flachen Stein, dann auf noch einen und noch einen, die im regelmäßigen Abstand von drei Metern auf den Feldern lagen. Shan schob den nächstbesten beiseite. Darunter befand sich ein Loch von etwa acht Zentimetern Breite und mehr als einem halben Meter Tiefe. Tan trat gegen zwei weitere Steine. Sie alle bedeckten ähnliche Löcher.

Unter einem weit überhängenden Felsen entdeckte Tan einen Stapel schwerer hölzerner Stangen von knapp zweieinhalb Metern Länge. Er nahm eine davon zum nächsten Loch mit. Sie paßte genau. Im Schatten unter dem Felsen stieß Shan auf ein Seilende. Er zerrte vergeblich daran und rief dann Tan zu Hilfe. Mit vereinten Kräften zogen sie ein riesiges Stoffbündel hervor, das in das Seil gewickelt war. Nein, erkannte Shan sogleich, als Licht auf das Bündel fiel, das war kein Stoff. Es handelte sich um ein riesiges Tarnnetz des Militärs.

Ein Zuruf von oben durchbrach die Stille.

»Oberst!« rief der Pilot, der ihnen auf dem Abhang entgegenrannte. »Da kam gerade eine Meldung über Funk. Bei der 404ten wird mit Maschinengewehren geschossen!«

Tan befahl dem Piloten, über dem Gefängnis zu kreisen. Am Eingangstor standen drei Rettungswagen mit blinkenden Lichtern. Man konnte vier Gruppen von Leuten unterscheiden, die sich jeweils dicht zusammendrängten, wie Puzzleteile, die darauf warteten, aneinandergefügt zu werden. Auf dem Antreteplatz des Lagers saßen in einem engen Viereck die Häftlinge. Shan hielt nach Leichen Ausschau, nach wahllos verstreuten Körpern, die zu den Krankenwagen getragen wurden, doch er fand keine. Außerhalb des Drahtverhaus standen die Gefängniswachen in ihren grünen Uniformen vor dem Speisesaal und bildeten einen Halbkreis in Richtung des Gefangenenlagers.

Eine straffe graue Linie von Kriechern zog sich rund um den Stacheldrahtzaun, nur unterbrochen durch die Unterstände aus Sandsäcken. Die vierte Gruppe war neu. Shan musterte sie, als der Hubschrauber landete. Es waren Tibeter. Hirten. Leute aus der Stadt. Kinder, alte Männer und Frauen. Manche schauten in Richtung des Lagers und sagten Mantras auf. Andere bereiteten ein *torma*-Opfer aus Butter vor, das geweiht und verbrannt werden sollte, um den mitfühlenden Buddha anzurufen.

Ein beißender Korditgestank hing in der Luft. Als das Heulen des Helikoptermotors erstarb, hörte Shan Kinder weinen und verzweifelte Rufe aus der Menge laut werden. Die Leute riefen Namen und meinten damit einzelne Häftlinge innerhalb der Umzäunung. In der Nähe des Eingangs saßen mehrere alte Männer und beteten. Shan lauschte ihnen einen Moment lang. Sie baten nicht etwa um das Überleben der Gefangenen. Sie beteten für die Erleuchtung der Soldaten.

Tan stand schweigend da und musterte die Szene. Sein Zorn war kaum zu übersehen. Vor den Zivilisten stand ein Dutzend Kriecher mit durchgeladenen Maschinenpistolen. Zu ihren Füßen lagen Patronenhülsen verstreut.

»Wer hat euch den Befehl gegeben, das Feuer zu eröffnen?« brüllte Tan.

Sie ignorierten ihn.

»Es gab eine Bewegung in Richtung der Todeszone«, sagte eine aalglatte Stimme hinter ihnen. »Man hatte die Leute gewarnt.« Shan erkannte den Mann, noch bevor er sich umdrehte. Der Major. »Wie Sie wissen, Oberst, verfügt das Büro in solchen Fällen über entsprechende Verfahrensweisen.«

Tan starrte den Major mit düsterem Blick an und ging dann

wütend auf den Gefängnisdirektor zu, der bei den Wachen stand. Unterdessen trat Shan so nah er es wagte an den Zaun und suchte die Gesichter der Gefangenen ab. Von hinten packte ihn schmerzhaft eine Hand an jedem Arm. Seine Häftlingsinstinkte ließen ihn zusammenzucken, und er duckte sich, um sich auf den Schlag vorzubereiten. Als kein Schlag folgte, ließ er sich von den Soldaten wegführen. Die Kriecher erkannten ihn nicht als Gefangenen, begriff er. Seine Hand glitt an den Ärmel und zog ihn herunter, um die Tätowierung zu bedecken.

Er blieb stehen, wo man ihn hinbrachte, und starrte durch den Zaun. Von Choje war nichts zu sehen.

Die tibetischen Zivilisten wichen vor ihm zurück, als er durch die Menge ging. Sie drehten sich von ihm weg und ließen ihn nicht nahe genug an sich heran, daß er ein Gespräch anfangen konnte. »Die Häftlinge«, rief er den Rücken zu, die sich ihm zuwandten. »Sind die Häftlinge verletzt?«

»Sie haben Zauber«, rief jemand trotzig. »Zauber gegen die Kugeln.«

Plötzlich stand eine vertraute Gestalt vor ihm, die irgendwie fehl am Platz wirkte. Es war Sergeant Feng. Er trug das alte Wollhemd, das Shan ihm in Kham angezogen hatte, und sein schmutziges Gesicht wirkte müde. Als er Shans Blick erwiderte, lag keinerlei Überheblichkeit mehr darin. Einen Moment lang glaubte Shan, eine flehentliche Bitte daraus zu lesen.

»Ich dachte, Sie wären in den Bergen.«

»Da war ich auch«, erwiderte Feng lakonisch.

Als Shan auf ihn zuging, trat Feng vor, als wolle er ihm den Weg versperren. Shan legte Feng eine Hand auf die Schulter und schob ihn beiseite. Hinter ihm saß ein Priester am Boden und betete gemeinsam mit einer alten Frau ein Mantra. Shan blieb stehen und riß die Augen auf. Es war Yeshe, erkannte er auf einmal. Der Tibeter trug ein rotes Hemd, das den Eindruck eines Mönchsgewands erweckte. Sein Kopf war völlig kahlgeschoren.

Yeshe grinste unbeholfen, als er Shan bemerkte. Er tätschelte der Frau die Hand und stand auf.

»Ich habe nach den Häftlingen gefragt«, sagte Shan.

Yeshe schaute in Richtung des Zauns. »Man hat über ihre Köpfe geschossen. Bislang ist niemand verletzt.« In seinem Blick lag eine Selbstsicherheit, die Shan noch nie an ihm gesehen hatte.

»Verdammter Narr!« rief der Sergeant plötzlich hinter ihnen aus und lief dann durch die Menge auf ein Kochfeuer zu, an dem eine Frau sich mit jemandem stritt. Es war Jigme.

»Sie will mir nichts geben«, sagte Jigme, sobald er Shan sah. »Ich habe ihr gesagt, daß es für Je Rinpoche ist.« Er sah erst Shan und dann Yeshe an. »Sagt es ihr«, bat er. »Sagt ihr, daß ich kein Chinese bin.«

»Sie sind in den Bergen gewesen«, sagte Shan. »Was ist geschehen?«

»Ich muß Kräuter finden. Einen Heiler. Ich dachte, vielleicht hier. Jemand hat gesagt, hier wären Priester.«

»Ein Heiler für Je?«

»Er ist sehr krank. Sehr schwach. Wie ein Blatt an einem verfaulenden Baumstamm. Schon bald wird er einfach davonschweben«, sagte Jigme mit verzweifelter Stimme und verschleierten, feuchten Augen, als wäre der Trauerfall bereits eingetreten. »Ich will nicht, daß er geht. Nicht auch noch Rinpoche. Lassen Sie ihn nicht gehen. Ich flehe Sie an.« Er packte Shans Hand und drückte sie so fest, daß es weh tat.

Eine Pfeife ertönte. Die Kriecher nahmen Haltung an, und eine Regierungslimousine kam in Sicht. Li Aidang sprang heraus, bedachte den Major mit einer flotten, abgekürzten Ehrenbezeigung und ging zu Tan herüber. Sie sprachen kurz miteinander, und dann schritt Li mit dem Major die Reihe der Kriecher ab, als würde er eine Truppeninspektion vornehmen.

Shan gab Sergeant Feng einen Stoß. »Fahren Sie in die Stadt«, sagte er drängend. »Holen Sie Dr. Sung, und bringen Sie sie zur Kaserne.«

Oberst Tan stand da, als würde er auf Shan warten, und musterte schweigend die Zivilisten.

»Warum müssen die Lektionen immer so schmerzhaft sein?« fragte der Oberst leise. »Fast fünfzig Jahre, und sie verstehen es noch immer nicht. Die Leute wissen, was wir zu tun haben.«

»Nein«, entgegnete Shan. »Die Leute wissen, was sie zu tun haben.«

Tan ließ nicht erkennen, ob er ihn gehört hatte.

Shan drehte sich zu ihm und kämpfte gegen das Verlangen an, zurück zum Zaun zu rennen. »Ich muß da rein.«

»Um sich vor die Waffen des Kommandos zu stellen? Kommt nicht in Frage.«

»Ich habe keine Wahl. Das sind meine ... wir können sie nicht sterben lassen.«

»Glaubst du, ich will ein Blutbad?« Tans Gesicht umwölkte sich. »Vierzig Jahre in der Armee, und dafür wird man mich nun in Erinnerung behalten. Für das Massaker bei der 404ten.«

Die Limousine hupte. Tan seufzte. »Li Aidang will, daß ich mitkomme. Wir müssen aufbrechen. Ich werde dich im Lager Jadefrühling absetzen. Es gibt einen Empfang für die amerikanischen Touristen. Außerdem letzte Vorbereitungen vor dem Eintreffen der Delegation des Ministeriums. Und ein besonderes Bankett. Offenbar rechnet Genosse Li damit, nach dem Prozeß zum Ankläger befördert zu werden.«

Sie hielten oberhalb der Abzweigung zum Lager Jadefrühling. Man hatte hier quer über die Straße eine neue Sperre errichtet, die von zwei Soldaten bewacht wurde, um die Zufahrt zum Gefängnis und zur Kaserne zu regeln. An der Schranke hing ein Schild, auf dem in englischer Sprache STRASSE WEGEN BAUARBEITEN GESPERRT stand. Im ersten Moment war Shan verwirrt, doch dann fiel es ihm wieder ein. Die amerikanischen Touristen.

Noch bevor Shan aus dem Wagen aussteigen konnte, erschien Li am Fenster und ließ einen Umschlag in Tans Schoß fallen.

»Hier sind mein abgeschlossener Bericht und die Aussage des Mörders«, verkündete er. »Die Verhandlung ist für übermorgen anberaumt, zehn Uhr vormittags. Im Stadion des Volkes.« Er warf Shan einen eisigen Blick zu. »Es sind neunzig Minuten eingeplant. Bis zum Mittagessen müssen wir fertig sein.«

Die oberste Seite der Akte war eine handschriftliche Namenliste. Shan zog sie heraus, um sie genauer in Augenschein zu nehmen. Die Ehrengäste der Veranstaltung im Stadion, die auf der Empore Platz finden sollten. An erster Stelle standen die Angehörigen der Gastdelegation des Justizministeriums, gefolgt von Oberst Tan und einem halben Dutzend ortsansässiger Würdenträger. Shan sah, daß Direktor Hu vom Ministerium für Geologie ebenso aufgeführt war wie Major Yang vom Büro für Öffentliche Sicherheit. Als er ein Ideogramm kurz vor dem Ende der Liste sah, überkam ihn ein Frösteln. Kein Name, kein Titel, lediglich das umgekehrte Y mit den beiden Balken.

Als Shan auf das Symbol wies, bemerkte Tan seinen fragenden Gesichtsausdruck. »Bloß der Spitzname«, sagte er angewidert. »Er mag es, wenn seine Freunde ihn so nennen. Hält es wohl für witzig.«

»Himmel?«

»Allerdings. Du weißt doch, Gott im Himmel. Alle Priester huldigen ihm.«

Shan nahm das Blatt und starrte es mit grimmiger Entschlossenheit an. Dieser Gast auf dem Podium war derselbe Mann, dessen Unterschrift zur Bestätigung auf der Karteikarte mit Jaos Siegel stand, die Shan aus dem Museum mitgenommen hatte. Die gleiche Unterschrift fand sich zudem auf der Nachricht, von der Shan annahm, daß sie Ankläger Jao in die Todesfalle gelockt hatte, wenngleich er letzteres nicht beweisen konnte.

Wen Li, der Direktor für Religiöse Angelegenheiten.

Kapitel Achtzehn

Sungpo bewegte sich zum erstenmal. Er barg den Kopf des alten Mannes im Schoß, wischte ihm mit einem feuchten Tuch das Gesicht ab und hielt manchmal inne, um ihn mit Reis zu füttern, ein Korn nach dem anderen.

»Wir haben versucht, einen Doktor zu bekommen«, sagte Shan. Er fühlte sich hilflos. »Eine Ärztin aus der Stadt.« Doch

Dr. Sung hatte sich geweigert. Als er anrief, um sie dazu zu bewegen, ihre Meinung zu ändern, hatte sie sogleich eine ganze Reihe von Ausreden vorgebracht. Sie hätte jetzt Sprechstunde in der Klinik, sagte sie. Sie müßte gleich operieren, sagte sie. Ein Militärlager läge außerhalb ihres Zuständigkeitsbereichs, sagte sie.

»Man hat es Ihnen mitgeteilt, nicht wahr?« hatte er sie gefragt. »Daß es sich um einen alten Lama handelt.«

»Weshalb sollte das einen Unterschied bedeuten?«

»Wegen der Vorfälle in der buddhistischen Schule.«

Während der Stille, die darauf folgte, war Shan sich nicht sicher gewesen, ob sie ihm überhaupt noch zuhörte. »Ein alter Mann ist todkrank«, hatte er sie beschworen. »Falls er stirbt, bleibt uns keine Möglichkeit mehr, mit Sungpo zu sprechen. Falls er stirbt, kann das dazu führen, daß ein anderer zu Unrecht hingerichtet wird. Und ein Mörder wird ungestraft davonkommen.«

»Ich habe eine Operation«, hatte Dr. Sung fast schon im Flüsterton gesagt.

»Kommen Sie mir nicht mit Ausflüchten«, hatte Shan erwidert. »Sagen Sie doch einfach, daß Sie nicht wollen.« Sie blieb stumm. »Neulich in Ihrem Büro ist mir etwas klargeworden«, setzte er nach. »Sie sind nicht verbittert über den Rest der Welt, wie Sie jedermann glauben machen wollen. Sie sind nur verbittert über sich selbst.«

Daraufhin hatte sie aufgelegt.

»Rinpoche«, sagte Shan sanft. »Ich könnte *tsampa* besorgen. Sagen Sie mir, was Sie essen möchten.« Er fühlte nach dem Puls des alten Mannes. Das Herz schlug langsam und schwach, wie das gelegentliche Kräuseln einer Feder im Lufthauch.

Je öffnete die Augen. »Mir fehlt es an nichts«, sagte er mit einer Stärke, die seine Erscheinung Lügen strafte. »Ich suche nach einem Tor. Einige Türen habe ich schon gefunden, aber sie sind verschlossen. Jetzt suche ich nach meinem Durchgang.«

»Nur noch ein Tag, dann bringen wir Sie nach Hause.«

Je sagte etwas, aber so leise, daß Shan ihn nicht hören

konnte. Es war an Sungpo gerichtet, der Je verstand und die Hand des Alten zu dem Rosenkranz an seinem Gürtel führte. Je begann ein Mantra.

Nachdem Shan hartnäckig darauf bestanden hatte, war Jigme der Zugang zum Arrestlokal gestattet worden. Er hatte sich sofort mit einer Schale Reis in die dunkelste Ecke der Zelle zurückgezogen. Als er sich umdrehte, war die Schale leer. Shan ging auf die Ecke zu. Einen Moment lang stellte Jigme sich ihm in den Weg, schaute von Sungpo zu Je und wieder zurück und gab schließlich nach.

Er hatte zwei der Steine, die als Kopfstützen dienten, vor die Wand geschoben, einen dritten Stein quer darüber gelegt und so einen winzigen Geisterschrein errichtet. Zwischen den unteren Steinen lagen ein halbes Dutzend Reisbällchen, die Spitzzange aus dem Schubfach und ein Stück Draht. Als Unterlage dienten einige kleine leuchtendweiße Stücke Papier.

Shan streckte die Hand nach dem Papier aus, doch Jigme schlug sie beiseite.

»Der Wachposten hatte sie, als ich vorhin gekommen bin. Er hat gelacht und sie Sungpo gezeigt, aber Sungpo hat meditiert. Da hat der Wachposten sie in die Zelle geworfen. Ich habe sie schnell aufgesammelt, bevor jemand mehr davon sehen konnte. Ich muß sie verbrennen. Sie sind respektlos.«

Das waren keine Blätter, begriff Shan, als er sie umdrehte. Es waren Fotos, insgesamt ein Dutzend Aufnahmen von drei verschiedenen Mönchen mit Beamten der Öffentlichen Sicherheit. Schaudernd erkannte Shan, daß er die Mönche bereits auf den Bildern in Jaos Akten gesehen hatte. Jedem dieser ersten drei Angehörigen der Fünf von Lhadrung waren vier der Fotos gewidmet. Das erste zeigte den jeweiligen Mann zwischen zwei Soldaten bei seiner Verhandlung. Auf dem nächsten kniete er. Auf dem dritten konnte man knapp einen halben Meter hinter seinem Kopf eine Pistole sehen. Die letzte Aufnahme zeigte ihn ausgestreckt und tot auf dem Boden, den Kopf inmitten einer großen Blutlache.

Mit zitternden Händen schob Shan die Fotos zusammen und steckte sie ein.

Sungpo sprach abermals mit Je. Der alte Mann stieß ein heiseres, pfeifendes Lachen aus. »Er sagt, ich soll Bescheid geben, daß wir bald anfangen müssen«, erklärte Je. Womit anfangen? Dann verstand Shan. Mit den Riten zum Übergang seiner Seele. Der Blick des Alten richtete sich auf die Zellentür, verweilte unsicher auf Yeshes Gestalt und wanderte dann träge weiter. »Wenn man sich treiben läßt, findet man manchmal von selbst den Weg«, murmelte er, als sei ihm versehentlich ein Gedanke entschlüpft.

Jigme stand am Gitter und klammerte sich daran fest, als würde er andernfalls fortgetragen werden. »Wir könnten ihn bitten, vom Berg herunterzukommen«, flüsterte er Shan zu. »Er ist solch ein heiliger Mann; vielleicht würde er helfen.«

»Ein Heiler?« fragte Yeshe. »Habt ihr einen Heiler gefunden?«

»Er ist hungrig, der Pferdeköpfige«, sagte Jigme mit hohler Stimme. »Gut, soll er mich verschlingen. Das ist mir egal. Vielleicht könnt ihr dann mit ihm reden, vielleicht wird er euch dann dabei helfen, Sungpo zu retten.«

Shan eilte sofort zu ihm und zog ihn von den Gitterstäben weg. »Ihr habt ihn gefunden? Ihr habt Tamdin gefunden?«

Da war eine Höhle, räumte Jigme schließlich ein, in welcher der Dämon schlief. »Die Hand des Dämons war verschwunden, aber der alte Mann, den wir vom Markt mitgenommen hatten, kannte sich gut mit Gebeten aus. Zuerst kamen nur Leute aus den Dörfern und Hirten. Doch dann kam einer von oben, stieg den Berg herunter wie eine Ziege, auf einem Pfad, der nicht breiter war als die Hand eines Mannes. Er hat das Gebet gegen Hundebisse zurückgelassen, einige Mantras aufgesagt und ist wieder den Hang hinaufgeklettert. Auch ohne den alten Mann hätte ich gewußt, daß es sich um Tamdins Diener handelt, denn sie waren auch da.«

»Sie?«

»Die Geier. Sie folgten ihm, als wären sie zahm, als wüßten sie, daß er ihnen frisches Fleisch bringen würde.«

Jigme und Sergeant Feng waren Tamdins Diener auf dem tückischen Pfad fast zwei Kilometer weit den Hang hinauf bis zu einer versteckten Höhle dicht unterhalb der Kammlinie gefolgt. »Nachdem er mit einem leeren Wasserkrug weggegangen war, habe ich mich hineingeschlichen. Aber Tamdin hatte die Form eines Wolfsdämons angenommen.« Jigme zog sein Hosenbein hoch und zeigte ihnen eine gezackte, nässende Wunde in seiner Wade, deren Rand deutliche Bißspuren trug. »Verflucht noch mal, ich bin gerannt, so schnell ich konnte.«

»Könnten Sie uns die Stelle zeigen?« fragte Yeshe aufgeregt.

Jigme nickte langsam und schaute zu Je. »Soll er mich verschlingen, als ein Opfer. Das ist mir egal. Sungpo wird mich im nächsten Leben wiederfinden. Wenn er sich den Bauch vollgeschlagen hat, wird Tamdin vielleicht mit euch sprechen. Bittet ihn, wegen Rinpoche ins Tal zu kommen. Aber vielleicht ist nicht genug Zeit. Wir müssen den Berg hoch; die Höhle liegt weit oberhalb des Schreins der Amerikaner. Es ist ein schwieriger Aufstieg.«

»Nein«, warf Shan ein. »Es gibt einen leichteren Weg.«

»Woher wissen Sie das?« fragte Yeshe.

»Weil ich weiß, von wo Tamdins Diener gekommen ist.«

Die vier Männer stiegen schweigend und nachdenklich zwischen den Felsen empor. Ihnen war unwohl zumute, der Wind peitschte sie, und die dünne Höhenluft raubte ihnen die Kräfte. Sie hatten den Pfad genau da gefunden, wo Shan ihn erwartet hatte, parallel zum Drachenschlund. Er kreuzte den Weg hinter den Felsformationen in der Nähe der alten Hängebrücke. Auf einer Strecke von etwa anderthalb Kilometern stieg er zunächst steil die Nordklaue empor und folgte dann dem Verlauf der langgezogenen Kammlinie.

Jigme, der darauf bestanden hatte voranzugehen, fiel plötzlich auf die Knie und wies nach vorn. »Da!« keuchte er. »Der Diener!«

Fengs Hand legte sich auf die Pistole. »Nein«, sagte Shan. »Er wird uns nichts tun. Lassen Sie mich allein mit ihm sprechen.«

Als der Mann näher kam, saß Shan allein vor einigen großen Felsen. Die anderen hatten sich dahinter versteckt. Der

Neuankömmling trug einen Leinensack über der Schulter und zwei gaus um den Hals. Er blieb schlagartig stehen und musterte Shan argwöhnisch.

»Hallo, Chinese.«

»Ich bin froh, daß Sie es sind, Merak.«

Der Dorfvorsteher der *ragyapas* nickte, als würde er begreifen. »Es hat niemals jemand anders um die Zaubersprüche gebeten, nicht wahr?« fragte Shan.

Merak legte den Sack ab und lehnte sich neben Shan an den Felsen. Eine Hand lag auf seinen *gaus*. Er schien erleichtert zu sein, daß man ihn entdeckt hatte. »Aber wer hätte das schon geglaubt? Es kommt nicht oft vor, daß ein *ragyapa* zu großen Taten berufen wird.«

»Was tun Sie für ihn?«

»Ein Dämon braucht viel Ruhe. Er muß beschützt werden, während er schläft. Wenn ich in der Lage war, ihn zu finden, dann könnte das auch anderen gelingen, habe ich befürchtet.«

»Wie lange geht das schon so?«

»Dieser Bastard Xong De. Der Direktor der Minen. Er hat sich geweigert, meinen Neffen in der amerikanischen Mine arbeiten zu lassen.«

»Luntok«, sagte Shan, der auf einmal den Zusammenhang begriff. »Luntok ist Ihr Neffe? Derjenige, der auf die Berge klettert?«

»Ja«, erwiderte Merak mit sichtlichem Stolz. »Wissen Sie, er wird den Chomolungma besteigen.«

»Aber wie hat er dann seine Stelle bekommen, nachdem man ihn abgelehnt hatte?«

»Xong ist gestorben. Es heißt, Tamdin habe es getan. Ich habe das auch geglaubt, denn danach wurden plötzlich Tibeter bei der Mine angestellt. Luntok hat auch schon bald die entsprechende Erlaubnis erhalten. Ich wollte Tamdin ein Dankopfer bringen, und ich wußte, daß er im Hochgebirge lebt. Also habe ich angefangen, nach ihm Ausschau zu halten. Dann, nachdem Luntok seine Hand gefunden hatte, wußte ich, wo ich suchen mußte. Ich kenne unsere Geier. Sie suchen sich ihre Beute ganz oben auf den Kämmen. Dieser Vogel hatte die

Hand bei den Amerikanern fallen gelassen. Er hat bestimmt nicht lange gebraucht, um zu merken, daß dies keine gewöhnliche Nahrung für ihn war.«

»Was bedeutet, daß Tamdin sich in einer hochgelegenen Höhle in der Nähe der Amerikaner befinden mußte.«

Merak nickte energisch. »Zuerst hatte ich Angst, ich hätte ihn erzürnt. Ich habe seine goldene Haut berührt. Doch als ich seine Macht spürte und mir klar wurde, was ich getan hatte, bin ich weggelaufen.«

»Doch dann sind Sie mit beschwichtigenden Zaubersprüchen zurückgekehrt, und seitdem haben Sie ihm geholfen.«

»Er war schwer verletzt, das konnte ich sehen. Beim Kampf gegen den letzten Teufel hatte er seine Hand verloren. Er hat doch schon so viele Kämpfe durchgestanden. Ich habe die Hand zurückgebracht und auch die Zaubersprüche, aber ich wußte, daß er Ruhe braucht. Also habe ich Beschützer dort postiert, damit er ungefährdet von seinen Wunden genesen kann. Und seitdem habe ich stets Nahrung und Wasser gebracht.«

»Nahrung und Wasser?«

»Ich weiß um den Unterschied zwischen Dämonen und Kreaturen aus Fleisch und Blut.«

»Weshalb benötigen Sie Gebete, um sich vor ihnen zu schützen, wenn sie doch Ihr Eigentum sind.«

»Es sind nicht meine. Ich habe sie einem Hirten abgekauft, und jetzt gehören sie Tamdin.«

Shan sah ihn an und verspürte eine unbestimmte, aber immer stärker werdende Angst. »Wollen Sie mit mir kommen?«

Merak nahm den Leinensack und schüttelte heftig den Kopf. »Ich weiß, daß Sie dies tun müssen, Chinese. Die Leute sprechen oft darüber, daß Sie die Beschwörung durchgeführt haben. Es gibt für Sie kein Zurück.«

Merak deutete den Pfad hinunter und beschrieb Shan den versteckten Höhleneingang, der einen knappen Kilometer entfernt in einer kleinen Schlucht lag. Bevor er aufbrach, schüttelte er erneut den Kopf. »Ich möchte nicht dort sein, wenn ein Chinese versucht, die Höhle zu betreten. Sie sollten sich lieber wünschen, Sie könnten mit mir kommen. Ich habe Sie ganz gern gemocht.«

Als sie die Schlucht erreichten, wandte Shan sich zu seinen Gefährten um. »Sergeant«, sagte er und wies auf Jigme. »Sein Bein blutet wieder. Sie müssen es verbinden.« Shan riß sich die Hemdschöße ab und gab sie Feng.

Sergeant Feng starrte nervös in die Schlucht und schien ihn anfangs gar nicht zu hören. Dann drehte er sich zu ihm um und runzelte die Stirn. »Glaubst du etwa, ich hätte Angst vor dem Dämon?«

»Nein. Ich glaube, daß sein Bein blutet.«

Feng stieß ein Grunzen aus und führte Jigme zu einem flachen Felsen am Eingang zur Schlucht. Shan und Yeshe folgten dem Verlauf der Klamm, die sich zunächst zu einem schmalen Durchgang verengte und dann plötzlich auf eine Lichtung führte.

Im selben Moment, in dem Shan einen Fuß auf die Freifläche setzte, griffen die Tiere ihn an.

Sie waren gerade damit beschäftigt, das Fleisch zu verschlingen, das Merak ihnen gebracht hatte, doch sobald sie Shan sahen, sprangen sie auf, fletschten die Zähne und knurrten bösartig. Es handelte sich um die größten Hunde, die er je zu Gesicht bekommen hatte, schwarze tibetische Mastiffs, die gezüchtet worden waren, um die Herden gegen Wölfe und Leoparden zu verteidigen. Allerdings waren die Exemplare hier vor ihm weitaus größer als ihre Artgenossen, die Shan in Kham gesehen hatte. Wären die Hunde nicht angeleint gewesen, hätten sie ihn in Stücke gerissen. Als Rebecca Fowler die Zeremonie am Fuß des Berges durchgeführt hatte, war ein Heulen durch die Nacht gehallt.

Hinter den Hunden befand sich die Höhle.

Als würde ihm ein kalter Hauch ins Ohr flüstern, erinnerte er sich plötzlich an die Worte von Khordas Wahrsagerin. Du mußt dich vor schwarzen Hunden verneigen, hatte sie ihn gewarnt. Er fiel auf die Knie und warf sich dann in den Staub. Die Hunde beruhigten sich und wurden neugierig. Neben ihm bewegte sich etwas. Yeshe war dort, sprach mit tiefer, besänftigender Stimme und hielt den Tieren seinen Rosenkranz entgegen. Es war unvorstellbar, aber die Hunde neigten tatsächlich die Köpfe und kamen langsam näher. Yeshe fing an, sie zu streicheln, und sagte ein Gebet auf. Shan mußte erneut an Khartok *gompa* denken. Die Hunde waren Reinkarnationen gescheiterter Priester.

Am Höhleneingang lehnten Fackeln am Fels. Shan entzündete eine und folgte dem Gang, der eine Biegung nach rechts vollführte und dann in einer großen Kammer endete. Er erstarrte und wurde von Panik ergriffen. Sein Herzschlag setzte aus. Es sah ihn an. Es kam auf ihn zu und bleckte die roten Fangzähne. Er hatte den heiligen Boden entweiht, und jetzt würde es sich auch seinen Kopf holen.

»Nein!« rief er und schüttelte heftig den Kopf, um sich aus dem Bann zu befreien. Er sagte sich, daß es sich um eine optische Täuschung handeln mußte, und ging langsam vorwärts, wenngleich er nach wie vor gegen seine Angst ankämpfen mußte. Man hatte die Maske und das Kostüm sorgfältig auf ein hölzernes Gestänge gehängt, um Eindringlinge abzuschrecken. Das fein gearbeitete Gold schimmerte, und die Halskette aus Schädeln tanzte im flackernden Licht. Khordas Beschwörungsformel hatte funktioniert, dachte er finster. Aber wer beschwor hier wen? Tamdin schien auf ihn zu warten.

Choje würde wollen, daß er jetzt ganz bestimmte Worte sagte, doch er vermochte sich nicht daran zu erinnern. Es gab *mudras*, die er als Opfer darbieten konnte, doch seine Finger waren wie gelähmt.

Er wußte nicht, wie lange er dort stand und gebannt auf die Kreatur starrte, die er gejagt hatte. Schließlich rammte er die Fackel zwischen zwei Felsen und umrundete das Kostüm, dessen machtvolle Ausstrahlung und Schönheit ihn mit Ehrfurcht erfüllte. Auf die Vorderseite hatte man einige Reihen runder Embleme aufgenäht. Direkt unterhalb der Taille gab es eine Lücke. Shan griff in die Tasche und holte die Scheibe hervor, die Jilin bei Jaos Leiche gefunden hatte. Sie paßte genau.

Hinter ihm erschauderte jemand. Yeshe war ihm gefolgt und spürte nun die Macht des Dämons. Er fiel auf die Knie und sprach ein Gebet.

Neben dem Kostüm befand sich ein flacher, tischgleicher Felsen, auf dem Tamdins Ritualgegenstände lagen. Der erste war eine große, geschwungene Klinge mit langem Griff. Shan berührte sie; sie war rasiermesserscharf, auf jeden Fall scharf genug, um einem Menschen den Kopf abzutrennen. Unter dem Fels standen besondere Stiefel, an denen vergoldete Schienbeinpanzer befestigt waren. Die Arme lagen vor der Wand auf einem anderen Felsen. Einer war beschädigt und ohne Hand. Merak hatte das abgetrennte Körperteil ehrerbietig vor dem Felsen abgelegt.

Shan griff nach seinem *gau*. Es fühlte sich seltsam heiß an. Dann steckte er eine zitternde Hand in das abgewetzte Leder des intakten Arms. Es war mit kunstvoll gearbeiteten Hebeln und Seilzügen ausgestattet. Shan betätigte einen der Hebel in der Nähe des Handgelenks, woraufhin sich entlang des Oberarms eine Reihe winziger Schädel drehte. Der nächste Hebel ließ Krallen aus den Fingern gleiten. Mittels einiger Ringe, die über die Finger des Tänzers gestreift wurden, ließ sich ein Paar zusätzlicher Arme bewegen, kleine, künstliche Gliedmaßen, die in Schulternähe angebracht waren. Es war ein wundersamer Apparat und stellte selbst nach den heutigen modernen Maßstäben eine technische Meisterleistung dar. Mit Sicherheit würde es Stunden dauern, den Gebrauch zu erlernen. Aber nicht Wochen und schon gar nicht Monate. Die lange Ausbildungszeit der Tamdin-Tänzer mußte für die zeremoniellen Bewegungen erforderlich gewesen sein, erkannte Shan, für die Abstimmung des Geräts auf die komplexen Rituale, die damit durchgeführt werden sollten.

Shan zog sich Tamdins Arm bis zur Schulter hinauf. Das Kostümteil fühlte sich überraschend bequem an, beinahe natürlich. Das seidene Futter erlaubte eine nahezu ungehinderte Bewegung. Er streckte die Klauen aus und ertappte sich dabei, wie er sie mit einem Gefühl unermeßlicher Macht anstarrte. Er ließ die Krallen mehrfach aus- und einfahren. Dies war Tamdin. Dies war die Art, wie man Tamdin wurde.

Ein Gefühl großer Befriedigung stieg in ihm auf. Mit diesem Arm, mit diesen Klauen, mit dieser Macht ließen sich einige offene Rechnungen begleichen.

Ein erschrockenes Keuchen hinter ihm durchbrach die Faszination. Yeshe sprang vor und begann damit, das Kostümteil von Shans Arm zu zerren. Dann spürte auch Shan auf einmal die Finsternis und riß sich von dem Apparat los. Die beiden Männer standen über den künstlichen Arm gebeugt und blickten gleichzeitig auf. Am Eingang der Kammer saßen die zwei schwarzen Hunde und starrten Shan mit lautloser, aber eisiger Eindringlichkeit an.

Mit zitternder Hand deutete er auf drei große Rosenholzkisten im Schatten. Sie stellten schnell fest, daß die Behälter für den Transport des Kostüms gebaut worden waren; in einem fand sich ein Ständer für den Kopfschmuck. Im Innern der Kiste war mit vergilbtem Klebeband ein Umschlag befestigt. Yeshe holte einige Stücke Papier daraus hervor, von denen manche vor Alter ganz brüchig waren.

Die ersten Seiten waren die fehlende Bestandsliste aus Saskya *gompa*, die man vor vierzehn Monaten angefertigt hatte und auf der von der Entdeckung der Kisten in der Unterkunft eines alten Lama berichtet wurde, der früher einmal Tamdin-Tänzer gewesen war.

»Doch wer hat es mitgenommen?« fragte Yeshe. »Wer hat das Kostüm gestohlen und hergebracht? Direktor Wen?«

»Ich glaube, daß Wen davon wußte, aber das ist nur ein Teil des Puzzles. Wen hat das Kostüm nicht benutzt, und Wen hat auch nicht den Kopf des Anklägers zu dem Schrein gebracht.« Er war nicht gläubig genug, wollte Shan damit sagen. Wer auch immer das Kostüm benutzt und Jaos Kopf abgetrennt hatte, war ein religiöser Eiferer.

»Sie meinen, Sie sind inzwischen der Ansicht, ein Mönch habe es gestohlen?«

»Ich weiß es nicht«, erwiderte Shan und spürte, wie Enttäuschung sich als schweres Gewicht auf seine Brust legte. Er hatte damit gerechnet, daß das Ende seiner langen Suche nach Tamdin ihn auch mit den nötigen Antworten versorgen würde. »Vielleicht weiß das nur der Lama, dem man das Kostüm abgenommen hat.«

Yeshe richtete seine Aufmerksamkeit auf die älteren Seiten.

»Ein Bericht«, verkündete er, nachdem er die ersten Absätze überflogen hatte. »Ein Anthropologe aus Guangzhou. Geschichte des Kostüms. Einzelheiten der Zeremonie, so wie er sie 1958 mit eigenen Augen gesehen hat.« Er hielt inne und blickte auf. »Im Kloster Saskya. Saskya war das einzige *gompa* im gesamten Bezirk, das den Tanz aufführen konnte.« Er fing an, laut vorzulesen. »Das Wissen um die Zeremonie war ein heiliges Geheimnis«, las er, »das der einzige eingeweihte Mönch nur an seinen Nachfolger aus der nächsten Generation weitergab. Der Tamdin-Tänzer des Jahres 1958 galt als bester Tänzer in ganz Tibet.«

»Aber wer hat sich letztes Jahr im Besitz des Kostüms befunden?« dachte Shan laut. »Der alte Tänzer, sofern er überhaupt noch am Leben war. Oder sein Schüler. Er weiß, wer das Kostüm genommen hat. Das ist der Beweis, den wir brauchen. Das ist die Verbindung zu dem Mörder.«

Yeshe las schweigend noch ein Stück weiter, ließ dann die Blätter sinken und starrte Shan verblüfft an. Shan nahm ihm den Text aus der Hand und las selbst. Der Tänzer des Jahres 1958 war Je Rinpoche.

Jemand hatte vor der Kaserne ein Zelt errichtet, ein jurtenähnliches Gebilde aus Yakfilz. Vier Mönche warteten schweigend am Tor. Feng hielt den Wagen an, damit sie das Geschehen verfolgen konnten.

Vier Kriecher mit einer Trage tauchten auf. Das Tor öffnete sich, und die Trage wurde von den vier Mönchen übernommen, die ihre gebrechliche Last mit kleinen, vorsichtigen Schritten zum Zelt trugen. Jemand schlug die Zeltklappe auf, und sie verschwanden im Innern. Mit laut stotterndem Motor und quietschenden Bremsen näherte sich ein uralter Lastwagen und parkte neben dem Zelt. Shan erkannte einige der Männer, die aus dem Fahrzeug ausstiegen. Mönche aus dem Kloster Saskya.

Das Zelt war von dichtem Weihrauchdunst erfüllt. Der alte Priester, den Shan im Tempel von Saskya getroffen hatte, stand über Je gebeugt und wusch ihn für die Zeremonie. Ein zweiter älterer Mönch stand am Kopfende der Trage, die man auf einigen Strohballen abgestellt hatte. Die Ärmel seines Gewands waren mit Brokat besetzt. Es mußte sich um den Abt von Saskya handeln, erkannte Shan. Als Shan und Yeshe sich näherten, stellten zwei jüngere Priester sich ihnen in den Weg. Yeshe schob sich vor Shan, als wolle er ihn beschützen.

»Wir müssen mit ihm sprechen«, protestierte Shan.

Wortlos deuteten die Mönche auf einen freien Fleck neben einigen ihrer Glaubensbrüder, die vor der Lagerstelle saßen, Gebetsmühlen drehten und leise Mantras aufsagten.

»Nur eine Frage«, bat Yeshe. »Rinpoche hätte bestimmt nichts gegen eine einzige Frage einzuwenden.«

Der Priester warf ihm einen wütenden Blick zu. »Wo hast du deine Unterweisung erfahren?«

»Im Kloster Khartok. Ich kann alles erklären«, erwiderte Yeshe flehentlich. »Es geht um die Rettung von Sungpo. Vielleicht sogar um die Rettung der 404ten.«

Der Priester musterte Shan. »Die Bardo-Zeremonie hat bereits begonnen. Der Übergang findet bereits statt. Seine Seele hat sich schon gelöst. Es erfordert all seine Konzentration. Er kann jetzt in weiter Ferne ein winziges Licht sehen. Falls er abgelenkt wird und es auch nur für den Bruchteil einer Sekunde aus den Augen verliert, könnte er an einen Ort geschickt werden, der gar nicht beabsichtigt war. Womöglich würde er nie an sein Ziel gelangen und endlos durch die Leere treiben. Dieser Mönch aus Khartok weiß das sehr wohl«, sagte er mit einem verächtlichen Blick auf Yeshe.

Sie setzten sich und warteten. Yeshe fing an, seinen Rosenkranz zu beten, aber Shan sah, daß er sich bald schon verzählte und die Fäuste ballte. Man brachte Butterlampen und entzündete sie.

»Ihr versteht nicht!« rief Yeshe auf einmal. »Er könnte Sungpo retten! Wir können die 404te schützen!«

Der *kenpo* wandte sich in seine Richtung und bedachte ihn mit einem frostigen Blick. Einer der jüngeren Mönche kam wütend auf Yeshe zu, als wolle er ihn packen und festhalten, wurde jedoch von einem plötzlichen Tumult am Zelteingang unterbrochen. Man hörte leise, drängende Proteste. Die Zeltklappe wurde aufgeschlagen, und Dr. Sung trat ein. Ihr wütender Blick richtete sich auf Shan und ignorierte alle anderen. Dann trat sie an die Trage. Als sie ihre Tasche öffnete, stieß der Abt einen aufgeregten Schrei aus und packte ihren Arm.

Sie sagte nichts. Ihre Blicke trafen sich. Mit ihrer freien Hand zog sie ein Stethoskop aus der Tasche, legte es sich um den Hals und löste dann – einen Finger nach dem anderen – die Hand des Abtes von ihrem Arm. Er rührte sich nicht von der Stelle, aber er tat auch nichts, um sie von ihrer Untersuchung abzuhalten.

»Sein Herz schlägt so schwach, daß es nicht einmal ein Kind am Leben erhalten könnte«, sagte sie. »Ich vermute einen Gefäßverschluß.«

»Kann man das behandeln?« fragte Shan.

»Vielleicht. Aber nicht hier. Ich muß Tests im Krankenhaus durchführen.«

»Nur eine Frage«, drängte Yeshe und sah auf die Uhr. »Wir müssen es wissen. Er ist der einzige, der es uns sagen kann.«

Sung zuckte die Achseln und zog mit einer Spritze eine klare Flüssigkeit auf. »Das wird ihn aufwecken«, sagte sie. »Zumindest für kurze Zeit.« Sie desinfizierte eine Stelle an Jes Arm.

Als sie sich mit der Nadel vorbeugte, legte der Abt seine Hand auf die beabsichtigte Einstichstelle. »Sie haben ja gar keine Vorstellung von dem, was Sie gerade anrichten«, sagte er.

»Er ist ein alter Mann, der Hilfe braucht«, flehte Yeshe. »Er muß hier nicht sterben. Falls er jetzt stirbt, könnte das auch Sungpos Tod bedeuten.«

»Sein ganzes Leben war diesem Moment des Übergangs gewidmet«, warnte der Abt. »Man darf ihn nicht aufhalten. Er hat die Reise bereits angetreten und befindet sich an einem Ort, an dem keiner von uns ihn stören darf.«

Dr. Sung sah den Priester an, als nähme sie ihn zum erstenmal richtig wahr. Dann ließ sie langsam die Spritze sinken und blickte zu Shan, der an ihre Seite trat. »Sie sind derjenige, der mich hierum gebeten hat«, sagte sie. Doch die Verwirrung, die in ihrer Stimme mitschwang, ließ es eher wie eine Frage als wie eine Anschuldigung klingen.

»Falls er heute stirbt, wird Sungpo morgen sterben«, sagte Yeshe bekümmert über Shans Schulter hinweg. »Alles wird umsonst gewesen sein. Falls wir die Antwort nicht jetzt erhalten, bekommen wir sie nie.«

Shan wies in Richtung des Eingangs. Die Ärztin legte ihre Instrumente am Rand der Trage ab und folgte ihm.

»Falls es eine Krankheit ist, sollten wir ihn in die Klinik bringen«, sagte Shan leise. »Falls es aber nur ein natürliches Hinscheiden ...«

»Was meinen Sie mit natürlich?« fragte Dr. Sung.

Shan blickte nach draußen und durch den Stacheldraht auf das langgestreckte Gebäude, in dem Sungpo saß. »Ich schätze, das weiß ich nicht mehr.«

»Falls ich einige Tests durchführen könnte«, schlug Sung vor, »dann wäre es vielleicht ...«

Sie wurde durch einen entsetzten Aufschrei unterbrochen. Beide wirbelten herum. Die Priester sprangen auf. Der alte Abt prügelte mit einer Zeremonienglocke auf Yeshes Kopf ein.

Yeshe stand mit tränenüberströmtem Gesicht über die Trage gebeugt. Er hatte Je die Injektion verabreicht.

Alle riefen wild durcheinander. Jemand verlangte, den Namen von Yeshes Abt zu erfahren. Ein anderer packte sein rotes Hemd und riß es ihm herunter. Plötzlich hob sich Jes Arm, und alle verstummten.

Der Arm ragte senkrecht nach oben, und die Hand beschrieb eine langsame, unheimliche Kreisbewegung, als würde sie nach etwas tasten, das knapp außerhalb ihrer Reichweite lag.

Shan eilte an Jes Seite und wischte ihm mit einem feuchten Tuch die Stirn ab. Die Lider des alten Mannes zitterten; dann schlug er die Augen auf. Er starrte zum Zeltdach empor, hielt sich die ausgestreckte Hand vor das Gesicht und musterte sie, während er wie in Zeitlupe die Finger bewegte, als wären es die Flügel eines Schmetterlings in der Kälte. Er wandte den Kopf, tastete nach Shans Gesicht und kniff die Augen zusammen, als könne er ihn nur undeutlich erkennen. »Auf welcher Ebene befinde ich mich?« flüsterte er mit trocken krächzender Stimme.

»Rinpoche«, drängte Yeshe. »Sie waren der Tamdin-Tänzer

von Saskya und haben bis vor einem Jahr das Kostüm aufbewahrt. Wer hat es Ihnen weggenommen? Haben Sie jemanden im Gebrauch des Kostüms unterwiesen? Wer war es? Wir müssen wissen, wer das Kostüm genommen hat.«

Je stieß ein heiseres Lachen aus. »Ich habe Leute wie dich an jenem anderen Ort gekannt«, krächzte er.

»Rinpoche. Bitte. Wer war es?«

Seine Lider erzitterten abermals und schlossen sich. Da war ein neues Geräusch, ein Rasseln in seiner Brust. Die Umstehenden verharrten einige Minuten lang in qualvollem Schweigen.

Dann öffneten sich seine Augen wieder, diesmal sehr weit. »Letzten Endes«, sagte er langsam, als würde er gleichzeitig auf etwas lauschen, »bedarf es lediglich eines einzigen makellosen Tons.« Jedes Wort wurde von dem pfeifenden Rasseln begleitet. Dann schloß er die Augen, und das Rasseln hörte auf.

»Er ist tot«, verkündete Dr. Sung.

Kapitel Neunzehn

Yeshe starrte den Körper mit abgrundtiefer Verzweiflung an. Die Augen des alten Mannes am Fuß der Trage flossen vor Tränen über. Eine Stimme im Hintergrund rezitierte laut ein tibetisches Totengedicht. Der Priester, der die Bardo-Zeremonie durchgeführt hatte, begann mit kalter Wut zu sprechen und stimmte eine finstere Litanei an, die Shan noch nie zuvor gehört hatte. Sein zorniger Blick war auf Yeshe gerichtet, und er sprach immer schneller und lauter. Yeshe schaute stumm zu ihm herüber. Aus seinem Gesicht war sämtliche Farbe gewichen.

Shan zog an Yeshes Arm, doch der Tibeter schien nicht in der Lage zu sein, sich zu bewegen. Der Abt durchwühlte mit tränenüberströmtem Gesicht hektisch das Haar an Jes Scheitel. Bei korrekter Durchführung der Zeremonie wäre Jes Seele durch ein winziges Loch entwichen, das nach dem Glauben der Mönche jeder Mensch am Scheitelpunkt des Kopfes besaß.

»Gebt ihm einen Knochen!« brüllte jemand von hinten.

»Sein Name ist Yeshe!« rief ein anderer. »Aus dem Kloster Khartok.«

Shan lehnte sich gegen Yeshe und schob ihn aus der Jurte. Yeshe wirkte auf einmal schwach und leblos. Shan nahm seine Hand und führte ihn zum Arrestlokal. In seiner Zelle hatte Sungpo inzwischen einen Sprechgesang angestimmt, ein neues Mantra, ein trauriges Mantra. Irgendwie wußte er es.

»Es spielt keine Rolle«, sagte Shan zu Yeshe, nicht weil er das tatsächlich glaubte, sondern weil er es nicht ertragen konnte, daß auch Yeshe nun zum Opfer wurde.

»Es spielt eine gewaltige Rolle.« Yeshe zitterte. Er betrat eine leere Zelle und packte die Gitterstäbe, um sich zu stützen. Auf seinem Gesicht lag ein Ausdruck der Angst, wie Shan ihn noch nie gesehen hatte. »Was ich getan habe ... es hat den Moment seines Übergangs zerstört. Ich habe seine Seele vernichtet. Und ich habe meine Seele vernichtet«, fügte er mit kalter Gewißheit hinzu. »Dabei weiß ich nicht einmal den Grund dafür.«

»Sie haben es getan, um Sungpo zu helfen. Und Sie haben es getan, um Dilgo Gerechtigkeit widerfahren zu lassen. Sie haben es für die Wahrheit getan.« Er hatte Yeshe nichts von der Gebetskette aus Koralle erzählt, die ihm in Lhasa im Museum aufgefallen war. Es handelte sich um ein Duplikat von Dilgos Rosenkranz, das man dem Mordopfer zweifellos untergeschoben hatte, um Dilgo in den Fall zu verwickeln und Yeshe zu einer unbewußten Lüge zu verleiten. Es war ohne Belang, ob Yeshe von Shans Entdeckung erfuhr oder nicht, denn in seinem Herzen hatte er den Betrug schon vor langer Zeit erkannt.

»Ihre verdammte Gerechtigkeit«, stöhnte er. »Warum habe ich Ihnen nur geglaubt?« Er schien kleiner zu werden, schrumpfte vor Shans Augen zusammen. »Vielleicht ist es wahr«, sagte Yeshe und schien zu einem Schluß zu gelangen, der ihn entsetzte. »Vielleicht haben Sie tatsächlich Tamdin beschworen. Vielleicht ist er schon die ganze Zeit um uns herumgeschlichen. Vielleicht hat er Sie dazu benutzt, um Rücksichtslosigkeit zu säen. Auf seiner Suche nach Wahrheit macht er alles dem Erdboden gleich und verwüstet sogar die Seelen.«

»Sie können in Ihr *gompa* zurückkehren. Sie möchten wieder Priester sein, das haben Sie mir anschaulich bewiesen. Dort wird man Ihnen helfen.«

Yeshe ging zur hinteren Wand und lehnte sich dagegen. Als er aufblickte, wirkte er so ausgemergelt, daß Shan den Eindruck bekam, das Fleisch auf seinen Knochen hätte sich zusammengezogen. Er war noch immer leichenblaß. Das da vor Shan war nicht mehr Yeshe, sondern nur noch ein Schatten. »Man wird mich anspucken. Man wird mich aus den Tempeln vertreiben. Jetzt kann ich niemals mehr zurückkehren. Und nach Sichuan kann ich auch nicht gehen, denn ich kann keiner von denen mehr sein. Ich will kein guter Chinese sein«, sagte er. »Auch das haben Sie mir zerstört.« Er musterte Shan mit gequältem Blick. »Was haben Sie mir angetan? Ich habe die Viererwahl getroffen. Ich hätte ebensogut von einer Klippe springen können.« Gebt ihm einen Knochen, hatten die Mönche gesagt. »Alles umsonst.«

Langsam rutschte er an der Wand entlang zu Boden. Tränen rannen über seine Wangen. Er nahm seinen Rosenkranz und zerriß ihn. Die Perlen fielen langsam zu Boden und rollten auseinander.

Shan war wie betäubt und fühlte sich völlig hilflos. Er goß Wasser in eine Teetasse und reichte sie Yeshe. Sie rutschte durch Yeshes Finger und zerbrach auf dem Boden. Shan suchte verzweifelt nach tröstenden Worten und fing an, die Porzellanstücke aufzusammeln. Plötzlich hielt er inne und ging in die Knie. Er starrte auf die Scherben in seinen Händen.

»Nein!« rief er aufgeregt. »Je hat uns genau das mitgeteilt, was wir wissen mußten. Schauen Sie nur!« sagte er, packte Yeshes Schulter und hielt eine Scherbe empor. »Sehen Sie, was ich meine?«

Doch Yeshe nahm ihn nicht mehr wahr. Wenngleich es ihm in der Seele weh tat, so stand Shan doch auf, warf Yeshe einen letzten schmerzlichen Blick zu und rannte aus dem Gebäude.

Als Sergeant Feng und Shan am Marktplatz eintrafen, machte Feng keine Anstalten, den Wagen zu verlassen. Shan ging auf direktem Weg zum Laden der Heilerin, doch er betrat Khordas

Hütte nicht, sondern stellte sich in die benachbarte Gasse. Ein Junge in einer Hirtenweste erschien neben ihm, raunte ihm eindringlich zu, er solle dort warten, und kehrte wenig später mit dem narbengesichtigen *purba* zurück.

»Du brauchst nicht zum Berg zu gehen«, sagte Shan. »Du brauchst dich nicht zu opfern. Ich habe eine andere Möglichkeit gefunden.«

Der *purba* sah ihn skeptisch an.

»Ich muß heute mit dem Essen bei der 404ten hereinkommen«, sagte Shan.

»Wir sind nicht diejenigen, die das Essen liefern. Das ist Sache der Wohlfahrtsorganisation.«

»Aber manchmal geht ihr mit ihnen. Es bleibt keine Zeit für Spielchen. Ich weiß jetzt, was vor sich geht. Manchmal laßt ihr jemanden dort zurück.«

»Ich verstehe nicht, was du meinst«, erwiderte der *purba* zugeknöpft.

»Das Lager der 404ten ist auf felsigem Untergrund errichtet. Es gibt keinen Tunnel. Es gibt auch kein Loch im Zaun. Und niemand fliegt wie ein Pfeil durch die Luft.«

Der *purba* schaute wachsam über Shans Schulter hinweg zum Marktplatz. »Hast du deine Untersuchung abgeschlossen?«

»Ich habe Trinle gesehen, und zwar nicht bei der 404ten.«

»Trinle ist ein sehr heiliger Mann. Er wird oft unterschätzt.«

»Ich unterschätze ihn nicht. Nicht in diesem Fall. Für ihn ist die 404te kein Gefängnis. Er kommt und geht, um die Angelegenheiten von Nambe *gompa* zu regeln. Er kommt und geht mit den *purbas*. Niemand sonst könnte das für ihn tun.«

»Und wie sollten wir diesen Zauber bewerkstelligen?«

»Ich weiß es nicht genau. Aber es dürfte nicht allzu schwierig sein, solange am Ende die Anzahl der Häftlinge stimmt.«

Der *purba* verzog das Gesicht. »Den Platz eines Gefangenen einzunehmen, wäre äußerst leichtsinnig. Man wurde die sofortige Hinrichtung riskieren.«

»Aus diesem Grund nehmen ja auch nur die *purbas* dieses Risiko auf sich.«

Der Mann reagierte nicht.

»Trinle ist häufiger krank als die meisten anderen«, sagte Shan. »Wir haben uns inzwischen daran gewöhnt. Manchmal zieht er sich die Decke über den Kopf und bleibt im Bett liegen. Jetzt weiß ich auch den Grund dafür. Weil es sich gar nicht um ihn handelt. Ich kann mir schon denken, wie es gemacht wird. An verabredeten Tagen helfen einige *purba*s bei der Nahrungsausgabe, wenn die Wohlfahrtsorganisation das Essen bringt. Einer der Männer trägt unter seiner Zivilkleidung die Montur eines Häftlings. Wenn Trinle die Ausgabe erreicht, wird irgendwie für Ablenkung gesorgt. Vielleicht duckt er sich unter die Tische und zieht die Zivilkleidung an. Der *purba* tauscht mit ihm die Plätze und bleibt in der 404ten, bis Trinle zurückkommt. Die Wachposten sind nicht wählerisch. Sie kennen nicht alle Gesichter. Solange die Anzahl sich nicht verändert, wie sollte es da eine Flucht geben? Und solange er sein Gesicht verbirgt, wie sollten die anderen Häftlinge da Verdacht schöpfen?«

Der *purba* starrte Shan an. »Was genau willst du?«

»Ich muß durch die Todeszone. Heute noch.«

»Es ist sehr gefährlich. Jemand könnte getötet werden.«

»Jemand ist bereits getötet worden. Wie viele müssen noch umkommen?«

Der *purba* ließ den Blick über den Marktplatz schweifen, als würde er dort nach der Antwort suchen. »Kohlköpfe«, sagte er plötzlich. »Halte nach Kohlköpfen Ausschau.« Dann bog er um eine Ecke und war verschwunden.

Als Feng zwanzig Minuten später durch den Stadtverkehr fuhr, kippte direkt vor ihnen ein Karren voller Kohlköpfe um. Feng legte den Rückwärtsgang ein, doch plötzlich blockierte sie von hinten ein zweiter Karren.

Shan sprang sofort aus dem Wagen. »Hören Sie genau zu, Sergeant. Gehen Sie zu Tan. Sagen Sie ihm, er muß mit Ihnen kommen. Zur 404ten. Wir drei treffen uns dort in zwei Stunden am Zaun.« Er wandte sich ab, ignorierte Fengs schwachen Protest und verschwand in der Menge.

Eine Stunde darauf befand er sich auf dem Gelände der

404ten, trug eine übergroße Wollmütze und die Armbinde der Wohlfahrtsorganisation und teilte Näpfe mit Gerstenbrei aus. Als ungefähr die Hälfte der Warteschlange an ihm vorübergezogen war, ließ jemand einem der Wachposten einen Eimer Wasser auf den Fuß fallen. Der Wachsoldat schrie. Der Tibeter, der den Eimer getragen hatte, fiel hin und stieß dabei einen der Häftlinge um. Weitere Wachen liefen herbei, um der Ursache für den Tumult auf den Grund zu gehen.

In dem folgenden Durcheinander duckte Shan sich unter das hintere Ende des langen Tisches, über das man ein schmutziges Stück Filz gehängt hatte, zog seine Jacke aus und stellte sich in die Warteschlange. Die Sträflingskleidung, die er trug, hatten die *purbas* ihm gegeben.

Choje war nicht beim Essen. Shan fand ihn meditierend in seiner Hütte und setzte sich vor ihn hin. Chojes Augen öffneten sich, und er legte Shan eine Hand auf die Wange, als wolle er sich vergewissern, daß er echt war. »Ich freue mich, dich zu sehen, aber du hast dir für deine Rückkehr einen unglücklichen Zeitpunkt ausgesucht.«

»Ich mußte mit dem Abt vom Kloster Nambe sprechen.«

»Nambe wurde zerstört.«

»Seine Gebäude wurden zerstört. Seine Bewohner wurden eingesperrt. Doch das *gompa* lebt.«

Choje zuckte die Achseln. »Wir konnten nicht zulassen, daß es stirbt.«

»Wegen des Versprechens, das ihr dem Zweiten Dalai Lama im Hinblick auf Yerpa gegeben habt.«

Choje wirkte nicht überrascht. »Es ist mehr als ein Versprechen. Eine heilige Pflicht.« Seine Lippen verzogen sich zu einem schwachen Lächeln. »Es ist wundervoll, nicht wahr?«

»Wissen die *purbas* davon, Rinpoche?«

Choje schüttelte den Kopf. »Die *purbas* wollen allen Gefangenen helfen. Sie tun das Richtige. Aber es war nie erforderlich, sie in unser Geheimnis einzuweihen. Es ist unsere Pflicht, nichts davon zu erzählen. Es reicht aus, wenn sie wissen, daß das Kloster Nambe lebt und sie zu diesem Überleben beitragen, indem sie Trinle helfen.«

Shan nickte, als Choje seinen Verdacht bestätigte. »Ich verstehe jetzt, warum Trinle gehen mußte und weshalb der Pfeilzauber schließlich zu funktionieren schien. Ihr mußtet sicherstellen, daß das Vorgehen der Kriecher publik wird. Ein solches Wunder würde mit Sicherheit öffentliches Aufsehen erregen, sobald die Kunde davon sich verbreitete.«

Choje blickte auf seine Hände hinab. »Wir hatten Bedenken, Trinle und ich, daß unser Vorgehen vielleicht eine Lüge war.«

»Nein«, versicherte Shan ihm. »Es war keine Lüge. Ihr habt tatsächlich ein Wunder bewirkt, Rinpoche.«

Das heitere Lächeln kehrte auf Chojes Miene zurück.

»Du weißt, daß die Welt glauben wird, all dies wäre geschehen, um eine einzige Seele zu retten«, sagte Shan.

»Die Seele eines chinesischen Anklägers. Das ist gar keine so schlechte Lektion, Xiao Shan.«

Einhundertachtzig Mönche begehen Selbstmord, um die Seele ihres Anklägers zu retten, dachte Shan. Überall sonst wäre dies der Stoff, aus dem Legenden entstehen. Aber hier war es bloß ein ganz gewöhnlicher Tag in Tibet.

»Doch du und ich wissen, daß dies nicht der wahre Grund ist.«

Choje wölbte die Hände, so daß die Fingerspitzen sich berührten. Das *mudra* gehörte zu den Opferzeichen; es hieß Schatzkästchen. Choje musterte es mit zurückhaltendem Lächeln und streckte die Hände dann Shan entgegen. Schweigend kam Shan der Bitte des Abtes nach und formte mit den eigenen Händen das gleiche *mudra*. Choje vollführte eine Geste, als würde er den Inhalt seiner Hände in das von Shan geformte Behältnis gießen, zog die Finger dann langsam auseinander und ließ Shan mit dem Kästchen zurück.

»So«, sagte er. »Der Schatz gehört jetzt dir.«

Shan spürte, wie ihm Tränen in die Augen stiegen. »Nein«, flüsterte er in schwachem Protest und schloß fest die Augen, um gegen die Traurigkeit anzukämpfen. Nach deinem Tod wird man die Straße trotzdem weiterbauen, wollte er sagen. Doch er kannte Chojes Antwort. Es spielte keine Rolle, solange Choje und das Kloster Nambe nur aufrichtig gewesen waren.

»Das Donnerritual ist ebenfalls ein Teil von Nambes Pflichten, nicht wahr?«

Choje nickte beifällig. »Deine Augen haben schon immer sehr weit geblickt, mein Freund. Als man das Gelübde ablegte, den gomchen zu beschützen, war Nambe bereits viele Jahrhunderte alt. Es war das Zentrum des Rituals und hatte das Verfahren vervollkommnet. Damit ein Sterblicher den Donner hervorrufen kann, bedarf es einer sehr tiefen Ausgeglichenheit, des höchsten Zustands der Meditation. Manche behaupten, das sei der Grund dafür gewesen, daß man uns die Ehre erwies, Yerpas Schutz übernehmen zu dürfen.«

»Trinle und Gendun sind Meister dieses Rituals.«

Choje lächelte nur.

Sie verweilten schweigend und lauschten den Mantras, die von draußen hereindrangen, nachdem die Mönche ihre Mahlzeit beendet hatten.

»Du bist mit einem bestimmten Anliegen hergekommen«, sagte Choje schließlich.

»Ja. Ich muß mit Trinle sprechen. Über jene Nacht. Ich weiß, daß er ohne deine Erlaubnis nichts sagen wird.«

Choje dachte über diese Bitte nach. »Du verlangst sehr viel.«

»Es besteht noch immer eine Chance, Rinpoche. Eine Chance, sowohl Nambe als auch Yerpa zu retten. Du mußt mich die Wahrheit finden lassen.«

»Alles hat irgendwann ein Ende, Xiao Shan.«

»Falls das Ende wirklich unabwendbar ist«, sagte Shan, »dann laß es im Licht enden, nicht im Schatten.«

»Weißt du, man würde ihnen Drogen verabreichen, falls man Trinle oder Gendun in die Finger bekäme. Diese Drogen sind wie Zaubersprüche. Die beiden könnten nichts tun, um sich den Fragen zu widersetzen, und das wissen sie auch. Falls die Soldaten versuchen, sie zu ergreifen, werden Trinle und Gendun sich für den Tod entscheiden. Kannst du diese Last tragen?«

»Falls die Soldaten versuchen, Sie zu ergreifen«, erwiderte Shan sogleich, »werde auch ich mich für den Tod entscheiden.« Wenn die Kriecher hinter dir her waren, stellte der Tod kein größeres Problem dar. Falls du wegliefst, würden sie schießen. Falls du auf sie zuliefst, würden sie schießen. Falls du Widerstand leistetest, würden sie schießen.

Er bemerkte, daß Choje ihn anlächelte, und sah nach unten. Shans Hände formten noch immer das *mudra*, das Schatzkästchen. Choje begann zu sprechen.

Zwanzig Minuten später stand Shan am Rand der Todeszone und zog sein Sträflingshemd aus. Er trat einen Schritt vor. Die Kriecher riefen eine Warnung. Drei der Männer luden ihre Gewehre durch und legten direkt auf ihn an. Ein Offizier zog die Pistole und wollte gerade einen Schuß in die Luft abgeben, als jemand ihn am Handgelenk packte und die Waffe nach unten drückte. Es war Tan.

»Dir bleiben weniger als achtzehn Stunden«, knurrte der Oberst. »Du solltest lieber den offiziellen Bericht abschließen.« Doch als sie sich von den Kriechern entfernten, verflog sein Ärger. »Die Delegation des Ministeriums ist bereits bei Li. Man hat den Zeitplan geändert. Der Prozeß wird morgen früh um acht stattfinden.«

Shan blickte beunruhigt auf. »Sie müssen für einen Aufschub sorgen.«

»Mit welcher Begründung?«

»Ich habe einen Zeugen.«

Kapitel Zwanzig

Sie trafen vor Einbruch der Dämmerung ein, genau wie Choje ihn angewiesen hatte. Sprich nicht mit den *purbas*, hatte er gesagt. Laß nicht zu, daß die Kriecher dir folgen. Sei einfach nur bei Sonnenaufgang dort, auf der Freifläche vor der neuen Brücke.

»Und man konnte ihn wirklich nicht ausfindig machen?« fragte Shan, als Sergeant Feng den Motor abstellte. »Vielleicht ist er in eine andere Baracke umgezogen. Er hat keinen Ort, an den er gehen könnte.«

»Nein. Er ist verschwunden. Als es dunkel wurde, hat er sich auf den Weg gemacht«, sagte Feng. »Du wirst ihn bestimmt nicht mehr zu Gesicht bekommen.«

Als Shan in ihre Unterkunft zurückgekehrt war, hatte Yeshes Tasche gefehlt. »Hat er denn gar nichts gesagt oder irgend etwas zurückgelassen?«

Sergeant Feng griff in die Hemdtasche. »Nur das hier«, sagte er und legte den kaputten Rosenkranz auf das Armaturenbrett. Es waren nur noch die Schnur und zwei Anzeigerperlen übrig. Feng gähnte und kurbelte die Lehne seines Sitzes nach hinten. »Ich weiß, wohin er wollte, denn er hat mich nach dem Weg gefragt. Diese chemische Fabrik in Lhasa. Die stellen jede Menge Tibeter ein, ob nun mit oder ohne Papiere.«

Shan schlug die Hände vor das Gesicht.

»Wir könnten die Patrouillen bitten, ihn wieder aufzugreifen, falls du ihn noch brauchst.«

»Nein«, entgegnete Shan wütend und stieg aus dem Wagen.

Da war nichts, nur die schmale Mondsichel über dem schwarzen Umriß der Berge. Shan ertappte sich dabei, wie er dort unter dem funkelnden Sternenzelt stand und nach Jaos Geist Ausschau hielt.

Auf der Straße, die aus der Stadt herführte, näherte sich ein weiteres Fahrzeug und hielt hinter ihnen an. Es war Tan, der am Steuer seines eigenen Wagens saß. Er trug eine Pistole.

»Das gefällt mir nicht«, sagte der Oberst. »Ein Zeuge, der sich versteckt, ist nutzlos. Wie will er denn aussagen? Er wird uns zur Verhandlung begleiten müssen, und dort wird man ihn fragen, warum er sich erst so spät gemeldet hat.« Er musterte die dunkle Landschaft und warf Shan dann einen argwöhnischen Blick zu. »Falls es sich um einen Kultanhänger handelt, wird man sagen, er sei ein Komplize.«

Shan starrte in die Dunkelheit hinaus. »Eine Gruppe von Mönchen hat diese Brücke beobachtet«, erklärte er. »Man hat versucht, sie zum Einsturz zu bringen.«

Tan stieß einen leisen Fluch aus. »Indem man sie beobachtet?« fragte er mit bitterer Ironie. Er drehte sich zu seinem Wagen um, als würde er in Erwägung ziehen, wieder wegzufahren. Dann jedoch folgte er Shan langsam auf die Freifläche.

»Indem man sie anschreit«, sagte Shan. Wie konnte er die zerbrochenen Tongefäße oberhalb der Brücke oder in Yerpa erklären, wo Trinle und die anderen das alte Donnerritual übten? Wie konnte er den uralten Glauben erklären, daß ein perfekter Klang die zerstörerischste aller Naturkräfte war? »Eigentlich ist es auch kein richtiger Schrei. Man erzeugt Schallwellen. Genau davor hat Sergeant Feng sich in jener Nacht auch so sehr erschrocken, daß er seine Pistole benutzt hat. Wie ein Schlag, der ...«

Er hielt inne. In der aufsteigenden Morgenröte bemerkte er einen grauen Schatten am anderen Ende der Freifläche, rund zehn Meter von ihnen entfernt, einen großen Felsen, der sich jetzt langsam in die Gestalt eines sitzenden Mannes verwandelte. Es war Gendun.

Sie blieben zwei Meter vor ihm stehen. »Das ist ein Priester aus einem nahen Kloster«, erklärte Shan dem Oberst und wandte sich dann an den alten Mönch. »Würden Sie uns bitte sagen, wo Sie sich in der Nacht der Ermordung von Ankläger Jao befunden haben?«

»Oberhalb der Brücke«, erwiderte Gendun mit gleichmäßiger und ruhiger Stimme, als würde er ein Mantra aufsagen. »Zwischen den Felsen. Ich habe gebetet.«

»Warum?«

»Im sechzehnten Jahrhundert sind Invasoren aus der Mongolei hier eingedrungen. Priester aus meinem Kloster haben dafür gesorgt, daß die Armee unter einer Lawine begraben wurde und so Lhadrung nicht erreichen konnte.«

Tan warf Shan einen wütenden Blick zu, doch bevor er sich abwenden konnte, fuhr Gendun fort. »Diese Brücke gehört nicht hierher. Es ist ihr beschieden, zerstört zu werden.«

Er wurde unterbrochen, weil sich auf der Schotterstraße hinter ihnen mit hoher Geschwindigkeit ein schwerer Lastwagen näherte. Das Fahrzeug bremste scharf, und Li Aidang sprang heraus. Er trug einen Arbeitsanzug des Militärs. Nachdem er sich einige Schritte von dem Laster entfernt hatte, stieß er einen kurzen Befehl aus, woraufhin ein halbes Dutzend uniformierter Kriecher von der Ladefläche kletterte. Im Licht der

Scheinwerfer erschien der Major, von dessen Schulter eine kleine Maschinenpistole hing. Die Soldaten stellten sich vor Li in einer Reihe am Straßenrand auf.

Gendun wurde von einer seltsamen Gelassenheit ergriffen, und sein Blick schien sich in die Ferne zu richten. Er achtete nicht auf die Kriecher, sondern konzentrierte sich auf die Berge, als wolle er sich den Anblick für spätere Zwecke einprägen. Immerhin konnte er keinen Einfluß auf seine nächste Inkarnation nehmen. Vielleicht würde er in vielen tausend Kilometern auf dem Boden einer Wüstenbehausung wiedergeboren werden.

»Die Sonne war ungefähr seit einer Stunde untergegangen, als die Scheinwerfer eines Autos aufgetaucht sind«, fuhr er plötzlich fort. »Es hat in der Nähe der Brücke angehalten und das Licht ausgeschaltet. Dann waren zwei Stimmen zu hören. Zwei Männer, glaube ich, und eine Frau, die gelacht hat. Ich glaube, sie war irgendwie berauscht.«

»Eine Frau?« fragte Shan. »Da war eine Frau bei Ankläger Jao?«

»Nein. Das hier war der erste Wagen.«

Die Stille kurz vor Sonnenaufgang war einzigartig. Sie schien die Soldaten völlig in Bann zu schlagen. Genduns Worte waren laut und deutlich zu verstehen. Aus der Schlucht hallte der unheimliche Schrei einer Eule herüber.

»Dann hat sie geschrien. Ein Todesschrei.«

Die Worte rissen Li aus seiner Erstarrung. Er trat auf die Freifläche und ging auf Gendun zu. Shan stellte sich ihm in den Weg.

»Wagen Sie es nicht, das Justizministerium bei der Arbeit zu behindern«, knurrte Li. »Dieser Mann ist ein Verschwörer. Er gibt zu, daß er hier gewesen ist. Er wird Sungpo auf der Anklagebank Gesellschaft leisten.«

»Wir sind nach wie vor mit der Durchführung einer Untersuchung beschäftigt«, protestierte Shan.

»Nein«, hielt Li ihm wütend entgegen. »Das ist vorbei. Das Ministerium wird in drei Stunden die Verhandlung eröffnen. Ich bin derjenige, der den Bericht der Anklage vorlegen wird.«

»Das glaube ich kaum«, sagte Tan, allerdings so leise, daß Shan sich nicht sicher war, ob er richtig gehört hatte.

Li ignorierte ihn und gab den Kriechern einen Wink.

»Ohne Gefangenen wird es wohl schwerlich einen Prozeß geben«, fuhr Tan fort.

»Was soll das denn heißen?« brüllte Li.

»Ich habe ihn aus dem Arrestlokal entfernen lassen, und zwar um Mitternacht.«

»Unmöglich. Er wurde von der Öffentlichen Sicherheit bewacht.«

»Die Wachen wurden abgezogen und durch einige meiner Leute ersetzt. Anscheinend gab es ein wenig Verwirrung hinsichtlich der Befehle.«

»Sie haben dazu keinerlei Befugnis!« herrschte Li ihn an.

»Solange Peking keine gegenteilige Weisung erläßt, bin ich der höchste Beamte in diesem Bezirk.« Tan hielt inne und schaute in Richtung des Abhangs.

Da war ein summendes Geräusch, das ihn ablenkte. Es klang wie ein natürlicher Laut, wie eine Vielzahl von Fröschen und war zuvor nicht zu hören gewesen. Doch jetzt schien es näher zu kommen. Am Rand der Freifläche, keine vier Meter von Gendun entfernt, tauchte im trüben Halbdunkel ein weiterer Priester auf. Es war Trinle. Er saß im Lotussitz und betete mit tiefer nasaler Stimme ein Mantra. Li grinste affektiert und ging auf Trinle zu, das neue Objekt seiner Wut. Dann ertönte auf einmal ein gleichartiges Geräusch von der gegenüberliegenden Seite der Freifläche. Shan ging in diese Richtung und entdeckte ein weiteres rotes Gewand im niedrigen Gestrüpp. Li wollte erneut wütend auf Trinle zustürmen, verharrte jedoch abermals, als eine dritte und vierte Stimme sich nacheinander dazugesellten, alle im gleichen Rhythmus und in identischer Tonlage. Das Geräusch schien von überall und nirgends zugleich zu kommen.

»Packt sie!« rief Li. Doch die Kriecher standen wie versteinert da und starrten auf den Hang.

Es wurde allmählich heller, und Shan konnte die Gewänder am Rand der Freifläche gut genug sehen, um sie zu zählen.

Sechs. Zehn. Nein, noch mehr. Fünfzehn. Er erkannte mehrere der Gesichter. Einige waren *purbas*. Andere kamen aus den Bergen, Beschützer des *gomchen*.

Li drehte sich um und zog einem der Soldaten den Schlagstock aus dem Gürtel. Kochend vor Wut schritt er den Rand des Areals ab und schwang den Knüppel. Dann blieb er stehen und hieb auf Trinles Rücken ein. Trinle reagierte nicht. Tobend brüllte Li nach dem Major, der unsicher einige Schritte vortrat und ein paar Meter vor Trinle verharrte. Li eilte zu ihm und schien nach seiner Waffe greifen zu wollen.

Shan zwang sich dazu, zwischen ihnen und Trinle Position zu beziehen. Am Rand des Kreises bewegte sich etwas. Sergeant Feng tauchte auf. In der Hand hielt er einen großen Schraubenschlüssel aus dem Wagen. Es war vorbei, begriff Shan. Daß er verloren hatte, war keine Überraschung. Aber daß die 404te und Yerpa verloren sein würden, war unerträglich. Er hoffte inständig, daß es wenigstens schnell vorbei sein würde. Eigentlich wäre es ganz passend, dachte er flüchtig, wenn die entscheidende Kugel von Sergeant Feng käme.

»Weg da«, hörte er Feng knurren. Doch der Sergeant sprach nicht mit ihm. Feng fuhr herum und stellte sich neben Shan, so daß er Li und dem Major die Stirn bot. Das Mantra dauerte an.

»Du altes Schwein«, beschimpfte Li den Sergeanten höhnisch. »Damit ist deine Soldatenlaufbahn beendet.«

»Mein Auftrag lautet, auf den Genossen Shan aufzupassen«, grunzte Feng und stellte sich breitbeinig hin, als würde er mit einem Angriff rechnen.

Einen Moment lang herrschte Schweigen, und prompt schien das Mantra wieder lauter zu werden. Der Major ging zurück zu seinen Männern und befahl ihnen, die Schlagstöcke zu ziehen.

Tan tauchte auf Shans anderer Seite auf. Sein Gesicht war angespannt. Er warf Shan einen seltsam traurigen Blick zu und wandte sich dann an Li. »Diese Leute«, sagte er mit weit ausholender Geste, »stehen unter meinem Schutz.«

Li starrte ihn an. »Ihr Schutz ist wertlos, Oberst«, stieß er wütend hervor. »Wir führen Ermittlungen gegen Sie durch, und zwar wegen Bestechlichkeit im Amt. Sie haben keine Befehlsgewalt mehr.«

Tans Hand legte sich auf sein Holster. Der Major griff nach seiner Maschinenpistole.

Plötzlich übertönte ein neues Geräusch die Litanei der Mönche: das Zischen von Luftdruckbremsen. Alle Anwesenden drehten sich völlig entgeistert um und sahen einen langen glänzenden Bus anhalten. Die Scheiben wurden heruntergeschoben.

»Martha!« rief jemand auf englisch. »Sieh nur, sie halten eine Morgenandacht ab. Schnell, leg einen neuen Film ein.«

Die Touristen stiegen einer nach dem anderen aus, schossen Fotos und machten Videoaufnahmen von den Mönchen, von Shan, von Li und den Kriechern.

Shan blickte in den Bus. Der Mann am Steuer kam ihm bekannt vor; es war ein Gesicht vom Marktplatz. Neben ihm, in einem eleganten Geschäftskostüm mit Krawatte, stand Miss Taring vom Büro für Religiöse Angelegenheiten. Sie fing an, etwas über buddhistische Riten und die Nähe der Buddhisten zu den Kräften der Natur zu erzählen.

Dann stieg sie aus und bot einem amerikanischen Paar an, die beiden gemeinsam mit den chinesischen Soldaten zu fotografieren.

Der Major musterte sie einen Moment lang und scheuchte dann schnell seine Männer zurück in den Laster. Li schloß sich ihm an. »Es spielt keine Rolle«, flüsterte er. »Wir haben bereits gewonnen.« Er winkte den Amerikanern mit gekünsteltem Grinsen zu, kletterte mit dem Major in das Führerhaus des Lastwagens und fuhr in hohem Tempo davon. Dann stiegen auch die Touristen wieder ein, und der Bus verschwand so abrupt wie er aufgetaucht war.

Tan ließ sich vor Gendun auf dem Boden nieder. Das Mantra hörte schlagartig auf. Trinle kam hinzu und ging neben Gendun in die Hocke.

»Erzähl mir von dieser Frau«, sagte Tan.

»Sie schien sehr glücklich zu sein. Dann … es gibt nichts Schrecklicheres als den Schrei eines Menschen, der unvorbereitet vom Tod ereilt wird. Danach waren nur noch andere Stimmen zu hören, nicht mehr die der Frau. Das ist alles.«

»Sonst nichts?«

»Nicht bis zu dem zweiten Auto. Es kam eine Stunde später. Zwei Türen schlugen zu. Dann waren Rufe zu hören; ein Mann rief nach jemandem.«

»Hat er einen Namen benutzt?«

»Der Mann unten rief, ›Sind Sie da?‹ Er sagte, er wisse, woher die Blume stamme. Er fragte, ›Was soll das heißen, ich brauche das Röntgengerät nicht?‹ Der Mann oben sagte, ›Verehrter Genosse, ich weiß, wo Sie nachsehen sollten.‹ Der Mann unten sagte, er würde sich im Austausch für weitere Beweise auf einen Handel einlassen.«

Shan und der Oberst sahen sich an. Verehrter Genosse.

»Dann ist er den Abhang hinaufgestiegen. Die Stimmen wurden leiser, je weiter die beiden sich entfernten, und verstummten schließlich ganz. Dann gab es ein anderes Geräusch. Keinen Ruf. Ein lautes Stöhnen. Zehn oder fünfzehn Minuten später gingen die Scheinwerfer des Wagens an. Ich habe ihn gesehen. Er war ungefähr dreißig Meter von dem Auto entfernt. Der Mann in dem Wagen stieg aus und rannte die Straße hinunter.«

»Sie sagen, Sie haben ihn im Licht gesehen?«

»Ja.«

»Haben Sie ihn erkannt?« fragte Shan.

»Natürlich. Ich hatte ihn ja schon früher während der Festtage gesehen.«

»Hatten Sie denn keine Angst?«

»Ich habe von einem Schutzdämon nichts zu befürchten.«

Sie hielten den Kern von Genduns Aussage schriftlich fest. Dann setzte Tan zur Beglaubigung sein eigenes Siegel darunter. Er forderte Gendun nicht zum Bleiben auf, als die Mönche sich erhoben und im Heidekraut verschwanden.

»Am nächsten Morgen«, fragte Shan, als Gendun sich anschickte, seinen Kameraden zu folgen. »War da noch etwas Außergewöhnliches?«

»Ich bin gegangen, bevor die Bauarbeiter eintrafen, ganz wie man mir geraten hatte. Nur eines war ungewöhnlich.«

»Was denn?«

»Der Lärm. Ich war überrascht, wie früh sie anfingen. Noch vor Einbruch der Dämmerung. Das Geräusch schwerer Maschinen. Nicht hier. Weiter weg. Ich konnte es bloß hören, als wäre es von oben gekommen.«

Eine Stunde später bog eine kleine Kolonne ernster Männer auf das Gelände der Bor-Mine ein. Tan fuhr in seinem Wagen voraus, gefolgt von einem Laster voller Soldaten, die er über Funk herbeigerufen hatte. Shan und Sergeant Feng bildeten die Nachhut. Sie fuhren geradewegs zum Geräteschuppen, wo sie den schweren Traktor mit der Baggerschaufel und den Bulldozer der Mine besetzten. Die Maschinen bogen bereits auf den Wall ein, als die ersten Gestalten aus den Gebäuden auftauchten.

Rebecca Fowler rannte auf sie zu, blieb dann stehen, sobald sie Tan erkannte, und schickte Kincaid zurück, um die Kamera zu holen. Der Oberst bedeutete ihr, sie möge nicht näher kommen. Dann wies er die Soldaten an, den Zugang zum Damm abzusperren.

»Wie können Sie es wagen!« brüllte Fowler, sobald sie in Hörweite war. »Ich verständige Peking! Ich rufe in den Vereinigten Staaten an!«

»Wenn Sie sich einmischen, schließe ich die Mine«, sagte Tan ungerührt.

»Verfluchte BDKs!« schimpfte Kincaid und begann damit, Fotos von Tan zu schießen, dann von den Nummernschildern der Fahrzeuge, von den Maschinen und den Wachen. Als er Shan erblickte, hielt er inne. Er machte ein weiteres Foto, ließ dann die Kamera sinken und starrte Shan unsicher an.

Der Traktor grub sich an der breitesten Stelle in den Wall, wo der Abfluß zum Drachenschlund versperrt wurde. Shan erinnerte sich daran, genau an dieser Stelle auf den Satellitenfotos eine letzte Lücke und schweres Gerät gesehen zu haben, und das zu einem Zeitpunkt unmittelbar vor dem Mord. Es dauerte zwanzig Minuten, bis die Baggerschaufel auf Metall stieß, und weitere zwanzig Minuten, bis man mit Sicherheit erkennen konnte, daß es sich bei dem Wagen, den sie gefunden hatten, um eine rotbeflaggte Limousine handelte. Sie befestigten die Trosse des Bulldozers daran.

Die Ketten der Maschine drehten durch und rissen den Untergrund auf, bevor sie Halt fanden. Der Motor heulte auf, und einen Moment lang schien alles in der Bewegung zu verharren. Als das Auto sich langsam aus dem Lehm löste, gab es ein seltsames Geräusch, wie Shan es noch nie gehört hatte, ein reißendes, gespenstisches Ächzen, das ihm durch Mark und Bein drang.

Der Bulldozer hielt erst dann an, als er den Wagen fast bis zur Krone des Damms gezogen hatte.

Shan blickte hinein und sah einen Aktenkoffer.

»Aufmachen«, sagte Tan ungeduldig.

Die Tür ließ sich leicht öffnen, und aus dem Wagen schlug ihnen ein beinahe überwältigender Fäulnisgeruch entgegen. In dem Koffer fanden sich Jaos Flugtickets, eine dicke Akte und der Ausschnitt eines Satellitenfotos, der die Mohnfelder zeigte.

Die Kofferraumhaube klemmte. Tan nahm ein Stemmeisen vom Bulldozer und hebelte den Deckel auf. Im Innern lag die zusammengeschrumpfte Leiche einer jungen Frau in einem bunten Blumenkleid. Ihr Mund war zu einem schrecklichen Grinsen verzogen. Der Blick ihrer leblosen Augen schien sich direkt auf Shan zu richten. Auf ihrer Brust lag eine vertrocknete Blume. Eine rote Mohnblume.

Tan stöhnte entsetzt auf, wirbelte herum und schleuderte das Stemmeisen in den Teich. Dann drehte er sich wieder um. Sein Gesicht war aschfahl. »Genosse Shan«, sagte er, »das ist Miss Lihua.«

Rebecca Fowler stand wie gelähmt da und starrte schweigend und von Grauen gepackt in den Kofferraum, während Tan zu dem Funkgerät in seinem Wagen ging. Es kam Shan so vor, als würde sie vor seinen Augen vertrocknen, als könnte sie jeden Augenblick zu Staub zerfallen und vom Wind fortgetragen werden. Einen Moment lang glaubte er, sie würde ohnmächtig zusammenbrechen. Dann sah sie Tans starren Blick auf sich ruhen, und die Wut verlieh ihr neue Kraft. Lautstark erteilte sie eine Reihe von Anweisungen: Der Bulldozer sollte das Auto vom Damm ziehen, die anderen Maschinen mußten das klaffende Loch füllen, und sie benötigten Kipplaster mit Kies. Dann rannte sie auf das Loch zu und rief nach Kincaid.

Als Shan sie erreichte, kniete sie neben der Öffnung und war damit beschäftigt, Lehm in das Loch zu schieben, wobei sie abgehackte, hektische Stöhnlaute ausstieß. Immer mehr Wasser sickerte durch den geschwächten Wall. Der Traktor traf neben ihr ein und fing an, die Öffnung mit seiner Schaufel zu füllen. An der Seite des Loches wurde ein kleines Rinnsal sichtbar. Als der Traktor ein Stück vorfuhr, gab der Untergrund nach. Fowler schrie auf, sprang hoch und zerrte den Fahrer vom Sitz. Im selben Moment brach ein Teil des Damms ein, und die Maschine rutschte in die Öffnung. Die hintere Wand hielt ein paar Sekunden länger, bis das Loch sich mit Wasser gefüllt hatte. Dann brach auch sie. Der Traktor wurde in die Schlucht gespült, und der gesamte Teich strömte hinterher.

Hilflos sahen sie zu, wie das Wasser in den Drachenschlund stürzte, dabei Felsblöcke vom Hang losriß, die Böschungen einstürzen ließ und immer mehr Geschwindigkeit gewann, während es unter der alten Hängebrücke hindurch in einem Mahlstrom aus Felsen, Wasser und Geröll auf die Talebene zurauschte. Shan bemerkte, daß Tan neben ihm stand und mit einem Fernglas seine Brücke beobachtete.

Doch auch ohne Fernglas sahen sie die Wasserwand gegen die Betonpfeiler schlagen. Die Brücke schien einen Moment lang wie ein zerbrechliches Spielzeug zu wanken, wurde dann hochgerissen und verschwand.

Shan erinnerte sich an das Geräusch, mit dem der Wall das Auto freigegeben hatte, das Zittern des Bodens, das reißende, saugende, quietschende Kreischen des Lehms, das ihn hatte erschaudern lassen.

Es bedurfte lediglich eines einzigen makellosen Tons, hatte Je gesagt.

Kincaid, der zunächst an der ausgegrabenen Limousine vorbeigerannt war, um Fowler zu Hilfe zu eilen, stand nun vor dem offenen Kofferraum. »O Gott«, stöhnte er mit heiserer Stimme. »O mein Gott.« Er beugte sich vor, als müsse er sie berühren, hielt dann inne und richtete sich langsam wieder auf. Dann drehte er sich um und schaute zu der Straße, die zu der Mine hinunterführte, als würde er einer plötzlichen Eingebung gehorchen. Shan folgte seinem Blick und sah, daß ein weiteres Fahrzeug sich näherte, ein leuchtendroter Land Rover.

Sogar aus zehn Metern Entfernung konnte Shan spüren, wie Kincaids Körper sich anspannte. »Ihr verfluchten Hunde!« schrie der Mann und lief auf die Straße zu, wobei er immer wieder anhielt, um Steine aufzuheben und in Richtung des noch weit entfernten Fahrzeugs zu schleudern. »Kommt her, und seht sie euch an, ihr Schweine!«

Der rote Wagen bremste ab, fuhr dann rückwärts die Steigung hoch und verschwand.

Auch Tan hatte den Vorfall bemerkt und sprach wieder in sein Funkgerät.

Luntok erschien und trug eine Decke zu der Limousine. Die *ragyapas* hatten niemals Angst vor den Toten. Ehrfürchtig deckte er die Frau im Kofferraum zu, wandte sich dann um und starrte seinen Freund Kincaid an. Sein Blick wirkte irgendwie verändert.

Rebecca Fowler ging einen Schritt auf den *ragyapa*-Ingenieur zu. »Welche Arbeitsgruppe war für die Abschlußarbeiten an diesem Damm verantwortlich?« fragte sie ihn mit angespannter Stimme. Luntok erwiderte nichts, sondern starrte unverwandt auf Kincaid.

Kincaids Miene nahm für einen Augenblick einen verhärteten, trotzigen Zug an, als er Luntoks Blick erwiderte. Doch als er danach zu Fowler und Shan schaute, die gemeinsam neben dem Wagen standen, schien seine Bestürzung die Oberhand zu gewinnen. Er rannte auf das Verwaltungsgebäude zu.

Fowlers Seufzen war fast schon ein Schluchzen. »Da in meiner Mine Beweisstücke eines Verbrechens versteckt wurden, könnte man uns ausweisen, nicht wahr?« fragte sie.

Shan entgegnete nichts und blickte ihr hinterher, als sie Kincaid mit schleppendem Schritt folgte. Fünf Minuten später fand Shan sie im Computerraum. Sie hatte den Kopf in die Hände gestützt und starrte in eine Teetasse. Kincaid war ebenfalls dort und spielte eine langsame, traurige Melodie auf seiner Mundharmonika, während er mit der anderen Hand einen Text über den Monitor der Satellitenkonsole laufen ließ.

»Es ist vorbei«, sagte Shan und nahm gegenüber von Fowler Platz.

»Verdammt richtig. Ich werde meinen Job verlieren. Ich werde meinen guten Ruf verlieren. Ich werde mich glücklich schätzen können, wenn man mir überhaupt noch den Rückflug bezahlt.« Alles an Rebecca Fowler, ihre Stimme, ihr Gesicht, ihr gesamtes Wesen, schien ausgehöhlt worden zu sein.

»Es war nicht Ihre Schuld. Die Armee wird Ihren Damm wieder aufbauen. Das Ministerium für Geologie wird eine offizielle Erklärung erhalten. Dies ist eine Parteiangelegenheit und wird in aller Stille bereinigt werden.«

»Ich weiß nicht einmal, was ich nach Hause berichten soll.«

»Ein Unfall. Eine natürliche Ursache.«

Fowler blickte auf. »Diese arme Frau. Wir haben sie gekannt. Tyler hat sie manchmal auf Wanderungen mitgenommen.«

»Ich habe ihr Foto an der Wand gesehen.« Shan nickte. »Aber ich glaube, daß sie in Ankläger Jaos Ermittlungen eingeweiht war. Wenn Jao sterben mußte, dann sie auch.«

»Jemand hat gesagt, sie wäre im Urlaub.«

»Jemand hat gelogen.« Er erinnerte sich, wie aufgeregt Tan gewirkt hatte, nachdem es ihm scheinbar gelungen war, Lihua per Fax zu erreichen. Die Faxe waren tatsächlich in Hongkong abgeschickt worden. Shan hatte die Kennung der Sendestelle gesehen. Eine entsprechende Überprüfung hatte ergeben, daß es sich unzweifelhaft um das örtliche Büro des Justizministeriums handelte. Jemand in Hongkong hatte gelogen. In Lhadrung hingegen war es Li, der gelogen hatte, als er behauptete, er hätte die Sekretärin in der Nacht ihres Todes zum Flughafen gefahren.

»Die Satellitenfotos und die Wassergenehmigungen«, sagte Fowler. »Das hatte irgendwie damit zu tun.«

»Ich fürchte, Sie haben recht.«

Fowler barg erneut das Gesicht in den Händen. »Sie meinen, ich habe das alles in Gang gesetzt?«

»Nein. Was Sie in Gang gesetzt haben, war das Ende von all dem.«

»Das Ende von Jao. Das Ende von Lihua.« Ihre Stimme klang leer.

»Nein. Jaos Ermordung war schon längst beschlossene Sache. Und daher mußte man auch Miss Lihua irgendwie verschwinden lassen.«

Fowler blickte mit gehetzter Miene auf.

»Es waren sogar fünf Morde, wenigstens soweit wir wissen. Plus die drei Unschuldigen, die zu Unrecht hingerichtet wurden.« Bevor er fortfuhr, goß Shan sich etwas Tee aus einer Thermosflasche ein, die auf dem Tisch stand. Nachdem er die Leiche in dem Wagen gesehen hatte, kam es ihm so vor, als würde er das flaue Gefühl im Magen vielleicht nie wieder loswerden. »Das alles wirkte völlig konfus. Was ich zunächst nicht erkannt habe, war die Tatsache, daß es hier um zwei Fälle ging, nicht nur um einen. Das erste war der Mord an Ankläger Jao. Das andere war die Untersuchung, an der Jao gearbeitet hatte. Ich konnte den Mord nicht verstehen, solange ich Jaos Ermittlungen nicht begriff. Und die Motive. Nicht eines, nicht zwei, sondern mehrere, die alle in jener Nacht auf der Drachenklaue zusammengelaufen sind.«

»Fünf Morde? Jao, Lihua …«

»Und die Opfer, die Gegenstand der früheren Prozesse waren. Der ehemalige Direktor für Religiöse Angelegenheiten. Der ehemalige Direktor der Minen. Der ehemalige Leiter des Kollektivs der Langen Mauer. Dann die Mönche. Ich habe die Fünf von Lhadrung zu keinem Zeitpunkt für schuldig gehalten. Doch die wahrscheinlichen Verdächtigen paßten nicht zu dem Verbrechen. Es gab kein Muster. Weil es nämlich kein Einzeltäter war. Sie alle sind es gewesen.«

»Alle? Doch nicht alle *purbas*.«

Shan schüttelte den Kopf und seufzte. »Am schwierigsten war es, eine Verbindung zwischen den Opfern herzustellen. Sie alle hatten in leitender Funktion an einer großen Regierungsoperation mitgewirkt, also standen sie symbolisch für das Leid, das den Tibetern zugefügt wurde. Die Aktivisten kamen natürlich sofort als Verdächtige in Betracht. Aber niemand hat ein weitaus direkteres Motiv in Erwägung gezogen. Die Opfer waren allesamt hohe Beamten, und sie waren alle alt.«

»Alt?«

»Sie waren die Leiter ihrer jeweiligen Dienststellen. Ihrer überaus einflußreichen Dienststellen. Gemeinsam hatten sie die Kontrolle über den Großteil des Bezirks. Und unter ihnen, als nächster in der Reihe, wartete jemand, der sehr viel jünger war. Ein Mitglied des Bei Da-Verbands.« Er stellte sich vor die Konsole. Kincaid überprüfte das Verzeichnis der Kartenanforderungen.

Rebecca Fowlers Mund öffnete sich, aber sie schien zunächst kein Wort herauszubekommen. »Soll das heißen, der Verband war so eine Art Mörderklub?« fragte sie schließlich.

Shan ging entlang des langen Tisches auf und ab. »Li war der Nachfolger von Jao. Wen übernahm nach Lins Tod das Büro für Religiöse Angelegenheiten. Hu übernahm das Ministerium für Geologie. Der Leiter des Kollektivs der Langen Mauer mußte nicht ersetzt werden, weil das Kollektiv aufgrund seiner kriminellen Machenschaften aufgelöst wurde. Vielleicht wußten die anderen sogar gar nichts davon, als sie mit ihren Morden begannen. Aber als sie herausbekamen, daß man als Drogenproduzent ziemlich viel Geld verdient, wie konnten sie da noch widerstehen?« Was hatte Li bei ihrem ersten Zusammentreffen gesagt? Tibet war ein Land voller günstiger Gelegenheiten. Shan nahm einen der amerikanischen Hochglanzkataloge und schob ihn zu Fowler herüber. »Die meisten der Sachen hier drin kosten mehr als eines der monatlichen Beamtengehälter dieser Männer.«

Kincaid saß noch immer da und starrte auf den Computermonitor. Er hatte aufgehört, auf seiner Mundharmonika zu spielen. Seine Hände umklammerten den Tischrand. »Du hast sie ihm gezeigt«, flüsterte er. »Du hast Shan die Karten gezeigt. In unserem Archiv waren keine, also hast du sogar extra welche für ihn angefordert. Du hast noch nie selbst Karten bestellt.«

Fowler drehte sich zu ihm, ohne zu begreifen, was er eigentlich meinte. »Ich mußte, Tyler, es ging doch um den Mord an Jao. Diese Wasserrechte, die wir nie verstanden haben.«

Doch Kincaid blickte zu Shan, der nahe genug hinter ihm stand, um den Text auf dem Bildschirm lesen zu können. Es ging nicht um die Karten von Jaos Mohnfeldern. Kincaid sprach von den Bildern der Südklaue. Den Karten, auf denen der amerikanische Ingenieur Yerpa entdeckt hatte.

»Bei Durchsicht der Fotos, die Sie in der Höhle angefertigt hatten, konnten wir den Schädel ausmachen, der verlegt worden war«, sagte Shan. »Nicht zerstört, sondern respektvoll an eine andere Stelle verlegt. Ich dachte, dieser Umstand würde auf die Anwesenheit eines Mönches schließen lassen. Doch ein Mönch wäre in der Lage gewesen, das tibetische Datum bei jedem der Schädel zu erkennen. Er hätte vermutlich nicht in die Ordnung des Schreins eingegriffen und die korrekte Reihenfolge durcheinandergebracht. Erst sehr viel später ist mir klargeworden, daß auch jemand, der kein Tibetisch zu lesen vermag, durchaus Respekt vor dem Schädel haben konnte.« Kincaid schien ihn nicht gehört zu haben.

»Sie meinen, es war ein Chinese?« warf Fowler bedrückt ein.

Shan ließ sich müde auf einen Stuhl gegenüber von Fowler sinken und beschloß, es mit einem anderen Ansatz zu versuchen. »Das Lotusbuch kann leicht mißverstanden werden.«

»Das Lotusbuch?« fragte Fowler.

Shan hielt den Blick auf seine verschränkten Hände gerichtet, während er sprach. Eine unermeßliche Traurigkeit, eine fast lähmende Schwermut hatte sich über ihn gelegt. »Es geht nicht um Rache«, fuhr er fort. Kincaid drehte sich langsam zu ihm um. »Es geht nicht um Vergeltung. Die *purbas* machen sich zwar nichts daraus, beim Sammeln der Einträge strafbare Handlungen zu begehen, aber sie werden nicht töten. Das Buch ist nur … es ist sehr tibetisch. Eine Möglichkeit, die Welt zu beschämen. Ein Mittel, um die Erinnerungen zu bewahren. Aber nicht, um zu töten. Das ist nicht der tibetische Weg.« Shan blickte auf. Weshalb hatte die Gerechtigkeit stets einen so bitteren Geschmack? fragte er sich.

»Ich verstehe kein Wort von dem, was Sie ...« Fowler verstummte mitten im Satz, als sie feststellte, daß Shan nicht sie, sondern über ihre Schulter hinweg Kincaid ansah.

»Ich konnte es nicht verstehen, bis ich Jansen mit den *purbas* sah. Dann wußte ich es auf einmal. Er war das fehlende Bindeglied. Sie haben Jansen die Informationen gegeben. Jansen hat sie an die *purbas* übermittelt. Die *purbas* haben sie in das Lotusbuch geschrieben. Sie haben einfach weitergeleitet, was Ihre neuen Freunde Ihnen erzählten, und dabei geglaubt, daß Li, Hu und Wen versuchen würden, eine neue, freundlichere Verwaltung aufzubauen und die alten Wunden zu heilen, indem sie den Tibetern halfen. Sie, Mr. Kincaid, konnten nicht wissen, daß all diese Informationen erlogen waren, und Sie hätten auch nie damit gerechnet, weil alles so rechtschaffen wirkte. Jedermann wollte nur zu gern glauben, daß Tan und Jao diese Taten begangen hatten. Sie haben Ihre Freunde sogar dazu veranlaßt, als Zeichen ihres Engagements Vorräte und Kleidung des Militärs zu stiften. Ein ganzer Lastwagen voller Bekleidung ging an das *ragyapa*-Dorf, das Ihnen leid tat und von dem Sie durch Luntok erfahren hatten.«

Rebecca Fowler schob ihren Stuhl zurück und stand auf. »Wovon reden Sie da?« rief sie. »Ein Buch? Sie haben gesagt, die Morde hätten mit diesem Dämon Tamdin zu tun, mit einem Tibeter, der sich verkleidet hat.«

Shan nickte langsam. »Das Büro für Religiöse Angelegenheiten hat die Bestände der Klöster überprüft. Vor anderthalb Jahren ist man auf das Tamdin-Kostüm gestoßen. Es hatte Sungpos Guru gehört und ist von ihm all die Jahre in einem Versteck aufbewahrt worden. Doch er wurde langsam senil und hat sich vermutlich etwas zu leichtsinnig verhalten. Direktor Wen hat den Bericht, in dem die Entdeckung gemeldet wurde, sofort verschwinden lassen, aber da so viele Angestellte von der Bestandsaufnahme wußten, wurde dennoch eine Fracht an das Museum geschickt, um die Spuren zu verbergen. Das Kostüm jedoch ist nie im Museum angekommen, denn der Bei Da-Verband hatte jemanden aufgetan, der es in seinem Sinne benutzen konnte. Jemanden, für den man kein Alibi benötigte, weil er ohnehin niemals in Mordverdacht geraten würde. Jemanden, der die symbolische Bedeutung in vollen Zügen auskosten würde. Jemanden mit außergewöhnlichen Fähigkeiten. Stark. Furchtlos. Jemanden mit absoluten Überzeugungen im Hinblick auf das tibetische Volk. Jemanden, der glaubte, Rache für die Ausplünderung Tibets nehmen zu müssen.« Und dem es vielleicht auch um Rache am gesamten Rest der Welt ging, fügte Shan in Gedanken hinzu.

»Einen Mann mit Kieseln zu ersticken, einen nach dem anderen. Einem Mann mit drei Hieben den Kopf abzutrennen. Nicht jeder bringt es fertig, so etwas zu tun. Und auch der Gebrauch des Kostüms erfordert besondere Eigenschaften. Die Tibeter mußten monatelang dafür trainieren, aber hauptsächlich wegen der Zeremonie. Jemand, der sich nicht für das Ritual interessierte, hätte den Umgang mit der Verkleidung sehr viel schneller erlernen können, vor allem jemand, der als Ingenieur ausgebildet ist.«

Kincaid ging zu der Wand, an der seine Fotos der Tibeter hingen, und starrte die Gesichter der Kinder, Frauen und alten Männer an, als läge darin eine Antwort verborgen. »Falsch«, sagte er mit hohler Stimme. »Sie liegen völlig falsch.«

Shan stand langsam auf. Kincaid wich ein Stück zurück, als befürchte er einen Angriff. Doch Shan trat an die Konsole. »Nein, ich habe völlig falsch gelegen. Ich konnte nicht glauben, daß eine solche Verachtung und zugleich eine solche Ehrfurcht in ein und derselben Person existieren.« Auf dem Computermonitor waren noch immer die Daten der Yerpa-Karten zu sehen. Es war erstaunlich, wie gut der Amerikaner inzwischen die Tibeter verstand. Nachdem er Yerpa auf den Fotokarten entdeckt hatte, war der Mord an Ankläger Jao in gewisser Weise ein Geniestreich gewesen. Kincaid hatte gewußt, daß die 404te die Arbeit an der Straße einstellen würde. Zweifellos war er davon ausgegangen, der Major würde dafür sorgen, daß die Kriecher zwar die üblichen Schritte einleiteten, letzten Endes der 404ten aber keinen wirklichen Schaden zufügten. Shan betätigte die Taste zum Löschen der Datei.

Von draußen drang ein neues Motorengeräusch herein. Rebecca Fowler ging zur Tür des Raums und schaute durch das

Fenster in der gegenüberliegenden Wand. »Ein Tieflader«, sagte sie geistesabwesend. »Jaos Limousine wird abgeholt.«

Sie drehte sich um. Ihr Gesichtsausdruck zeugte von völliger Verwirrung. »Tyler, falls du etwas weißt, solltest du Shan davon erzählen. Wir müssen an die Mine denken. An die Firma.«

»Ob ich etwas weiß?« entgegnete Kincaid verächtlich. »Natürlich weiß ich etwas. Die Fünf von Lhadrung wurden gar nicht hingerichtet. Da können Sie mal sehen, wie falsch Sie liegen. Gestorben sind bloß ein paar BDKs, die man für ihre Verbrechen gegen Tibet schon vor vielen Jahren hätte an die Wand stellen sollen.« Er wirkte verärgert. »Außer Lihua«, fügte er zögernd hinzu. »Da hat jemand die Kontrolle verloren.«

Fowler hob den Kopf. »Woher willst du das wissen ... was soll das alles bedeuten?« fragte sie.

»Der Bei Da-Verband«, sagte Shan. »Li, Wen, Hu, der Major. Mr. Kincaid war inoffizielles Mitglied.«

»Jemand muß endlich handeln, Rebecca«, schaltete Kincaid sich leidenschaftlich ein. »Du weißt das. Deshalb hilfst du ja auch der UN und Jansen. Tibet kann die Welt so viel lehren. Wir müssen reinen Tisch machen. Und wir haben schon große Fortschritte erzielt.«

»Fortschritte?« fragte Fowler. Ihre Stimme war kaum lauter als ein Flüstern.

»Jemand muß sich erheben«, erwiderte Kincaid. »Es muß geschehen. Niemand ist gegen Hitler aufgestanden. Niemand hat Stalin Widerstand geleistet, bevor es zu spät war. Aber hier ist es noch nicht zu spät. Hier können wir tatsächlich noch etwas bewirken. Der Lauf der Geschichte kann umgekehrt werden. Der Bei Da Verband weiß das. Die Verbrecher müssen ausgeschaltet werden.«

»Können Sie einen Verbrecher erkennen, Mr. Kincaid?« fragte Shan. Ohne auf eine Antwort zu warten, wandte er sich an Fowler. »Wird bei Ihnen zur Zeit eine Probenlieferung vorbereitet, die nächste Woche verschickt werden soll?«

»Ja«, sagte Fowler langsam. Sie war verwirrter als je zuvor.

»Sie muß aufgehalten werden. Vielleicht könnten Sie einen entsprechenden Anruf vornehmen.«

»Die Lieferung ist bereits versiegelt. Das ist wegen der Zollabfertigung erforderlich.«

»Sie muß aufgehalten werden«, wiederholte Shan.

Fowler ging zum Telefon, und wenige Minuten später hielt ein Wagen vor der Tür des Büros. Shan öffnete die Heckklappe des Transporters, während Kincaid und Fowler ihm von der Tür aus fragend zusahen.

»Die ›Ich‹-Generation«, sagte Shan beiläufig und nahm die Frachtkisten in Augenschein. »Das habe ich mal in einem amerikanischen Magazin gelesen. Diese Leute können auf gar nichts warten. Sie wollen alles sofort. Nur noch ein weiterer Mord, und sie hätten gewonnen. Nur noch der Oberst war übrig. Vielleicht wollten sie auch die Mine übernehmen. Ich glaube, die Außerkraftsetzung der Betriebserlaubnis war zum Teil eine Antwort auf das, was Kincaid mit Jao gemacht hatte: Man wollte in der Lage sein, Sie beide loswerden zu können, falls die Angelegenheit außer Kontrolle geriet. Wissen Sie noch, an welchem Tag Sie von dieser Maßnahme erfahren haben?« fragte er Fowler.

»Keine Ahnung. Es müßte jetzt zehn Tage oder zwei Wochen her sein.«

»Es war genau an dem Tag, nachdem wir Jaos Kopf gefunden hatten«, sagte Shan. Er sprach sehr langsam, um den Worten mehr Wirkung zu verleihen. »Als man feststellte, daß der Dämon ein wenig zu eigenmächtig handelte. Ich glaube nicht, daß man schon abschließend entschieden hatte, ob man Sie loswerden wollte. Man wollte sich bloß alle Optionen freihalten. Deshalb hat man auch die Computerdisketten als Köder ausgelegt und so getan, als gäbe es Ermittlungen in einem Spionagefall.«

»Tyler«, flehte Fowler. »Rede mit ihm. Sag ihm, daß du nicht weißt ...«

»Niemand hat irgend etwas Falsches getan«, beharrte Kincaid. »Wir machen Geschichte. Dann kann ich nach Hause zurückkehren und uns die Aufmerksamkeit verschaffen, die wir benötigen. Ich werde sogar mit noch größeren Investitionen zurückkehren. Hundert Millionen, zweihundert Millionen. Eine Milliarde. Du wirst schon sehen, Rebecca. Du wirst mein Manager sein. Meine Verwaltungsleiterin. Du wirst alles verstehen.«

Fowler starrte ihn nur an.

Shan fing an, eine Kiste mit Proben der Lake auszupacken, die jeweils in zehn Zentimeter durchmessenden Metallzylindern untergebracht waren. »Irgend etwas hiervon wurde außerhalb angefertigt. Womöglich haben Sie es aus Hongkong bestellt. Vielleicht die Kisten.«

»Die Zylinder«, flüsterte Fowler kaum hörbar. »Die wurden vom Ministerium für Geologie hergestellt.«

Shan nickte. »Jao hat versucht, ein transportables Röntgengerät zu besorgen. Ich glaube, er wollte es herbringen, vielleicht auch zum Gelände des Bei Da-Verbands. Meiner Meinung nach hat er erwartet, etwas in den Terrakottastatuen zu finden, die der Verband verkaufen wollte, oder auch in den Holzkisten, die man zum Transport benutzt hat. Aber der Verband ist gerissener. Ich habe mich immer wieder gefragt, wieso man Ihre Transporttermine vorverlegt hat.« Er schraubte den Deckel von einem der Metallbehälter ab und schüttete die Lake aus. »Der Grund dafür konnte nur sein, daß man soviel wie möglich wegschaffen wollte, bevor die zusätzlichen Sicherheitsvorkehrungen wegen der amerikanischen Touristen in Kraft treten würden.«

Er wußte nicht genau, wonach er suchte, aber er maß die Tiefe des Innenbehälters mit Hilfe eines langen Schraubenziehers aus dem Wagen. Das Werkzeug ragte kaum über den Rand hinaus. Er hielt es außen an den Zylinder. Bis zum Boden fehlten fünfzehn Zentimeter. Er nahm das Behältnis genau in Augenschein und entdeckte schließlich eine Naht, eine fast unsichtbare Naht. Vergeblich versuchte er, das untere Teil abzuschrauben. Fowler rief nach zwei großen Rohrzangen. Mit vereinten Kräften gelang es ihnen, das untere Fach loszubekommen, indem sie die beiden Teile des Behälters in entgegengesetzte Richtungen drehten. Im Innern befand sich eine dunkelbraune, scharf riechende Paste.

»Das hier«, verkündete Shan mit einem Nicken in Tans Richtung, der dreißig Meter entfernt von ihnen die Arbeiten leitete,

»wird aus dem Oberst einen Helden machen. Ein Mord ist bloß ein Mord. Aber Drogenschmuggel ist ein Angriff auf den Staat.«

Fowler war kreidebleich. Kincaid stolperte vor. Er packte einen anderen Zylinder und öffnete ihn genauso wie Shan zuvor, dann einen dritten. Als er beim vierten angekommen war, begann er zu zittern. Er steckte die Hand hinein und zog sie wieder heraus. Sie war von der dickflüssigen Schmiere überzogen. »Diese Schweine«, stöhnte er. »Diese gierigen kleinen Scheißkerle.«

»Wie ich schon sagte, Sie waren der einzige, der sowohl zum Bei Da-Verband als auch zu einem Vertrauten der *purbas* gute Kontakte unterhielt.« Shans Hand legte sich auf die *khata* des Amerikaners, die er noch immer um den Hals trug, und zog sie herunter. »Der Verband fütterte Sie mit Informationen über die Opfer, und Sie haben das Material an Jansen weitergereicht. Jansen kannte die *purbas*, also gab er es ihnen, und es wurde im Lotusbuch festgehalten. Doch es war nicht für das Buch gedacht. Es war an Sie gerichtet, denn man wußte, daß Sie an das glauben mußten, was Sie taten. Sie hätten sich nicht dazu bereit erklärt, wenn es Ihrer Ansicht nach bloß um das berufliche Fortkommen der anderen gegangen wäre. Nein, Sie haben es getan, um zu bestrafen. Sie haben es für Ihre Sache getan. Nur bei Ankläger Jao sind Sie zu weit gegangen. Vermutlich war es einfach, die anderen davon zu überzeugen, ihn zur Südklaue zu locken. Falls der Mord an Jao auf der Straße der 404ten die tibetischen Häftlinge zu einer Reaktion verleitete und daraufhin die Kriecher anrückten, würde ja immer noch Ihr Freund der Major da sein und alles unter Kontrolle haben, so daß er einerseits die Vorschriften befolgen konnte und andererseits den Tibetern keinen wirklichen Nachteil zufügen würde, richtig? Aber der Schädelschrein. Das hat die anderen aufgeregt, denn ein Großteil des Goldes wanderte in ihre eigenen Taschen. Was Sie mit dem Kopf getan haben, drohte sich nachteilig auf die Goldgewinnung auszuwirken. Man mußte Sie maßregeln. Vielleicht kam man auch zu dem Schluß, daß Sie nicht länger benötigt wurden. Also ist jemand zu dem Versteck gegangen und hat das Kostüm beschädigt, und dann wurde die Betriebserlaubnis aufgehoben. Und als Sie versucht haben, zurück zu dem Kostüm zu gelangen, waren da auf einmal Wachhunde. Denen haben Sie auch den Biß in den Arm zu verdanken. Keine Schnittwunde von den Felsen. Ein Hundebiß.« Er ließ die *khata* neben Kincaid zu Boden fallen und sah Fowler an. Wie hatte sie Kincaid genannt? Die verlorene Seele, die ein Nest gefunden hatte.

In Kincaids Blick lag noch immer ein Rest Trotz. »Tamdin ist der Beschützer der Tibeter«, sagte er langsam. »Das Volk muß wieder an die alten Werte glauben. Ich habe nicht mehr getan, als die Buddhisten zu beschützen. Wir haben sie gerettet. Wir haben die Fünf von Lhadrung gerettet.«

»Was meinen Sie damit?«

»Die anderen sind in Nepal. Das war Teil des Plans. Sobald offiziell verkündet worden war, man hätte sie hingerichtet, würde niemand mehr bemerken, daß sie in Wirklichkeit über die Grenze geschmuggelt wurden. Der Major hat sie rübergebracht. Sie sind alle am Leben.«

Shan seufzte und griff in seine Tasche. Der Irrglaube des Amerikaners hing nur noch an diesem einen dünnen Faden. Shan reichte ihm die Fotos der drei Hinrichtungen. Nachdem Kincaid die Hälfte der Bilder gesehen hatte, fiel er auf die Knie. Als er aufblickte, sah er nicht zu Shan, sondern zu Fowler. Ein trockenes Schluchzen entrang sich seiner Brust.

»Es ging nicht um Drogen«, rief er. »Du mußt mir glauben. Falls ich je geahnt hätte ...«

Die Tränen, die über seine Wangen liefen, schienen Fowler aus der Erstarrung zu reißen. Als sie ihm antwortete, klang sie, als wollte sie ein Kind trösten. »Dann hättest du dir für diese Leute kein Kostüm angezogen, nicht wahr, Tyler?«

»Es ging um Hitler. Es ging um Stalin. Du weißt, was man hier angerichtet hat. Wir wollten das ändern. Du verstehst es, Rebecca. Ich habe immer gewußt, daß du es verstehen würdest. Eines Tages würdest du stolz auf mich sein. Man darf ihnen nicht verzeihen. Jemand muß ...« Er hielt inne, als er die Abscheu in ihrer Miene bemerkte. »Rebecca! Nein!« schrie er, warf sich zu ihren Füßen hin und hämmerte mit der Faust auf den Boden.

Kapitel Einundzwanzig

Die Verhaftungen waren umgehend erfolgt, berichtete Oberst Tan. Li Aidang, Hu und Wen Li hatten sich auf ihrem Privatgelände befunden und kistenweise Unterlagen in ihre Land Rover geladen. Der Major war direkt zu seinem Helikopter geeilt und hatte gewiß darauf vertraut, über die Grenze fliehen zu können, doch Tan hatte die Maschine in der Nacht zuvor fluguntauglich machen und durch eine handverlesene Abteilung seiner Soldaten bewachen lassen. Fünfzig weitere von Tans Männern wurden zur Durchsuchung der Gebäude des Bei Da-Verbands abgestellt. Sie benötigten sechs Stunden, um den Tresor zu entdecken, den man in den unterirdischen Schrein des alten Klosters eingebaut hatte. Darin fanden sich Bankunterlagen über Konten in Hongkong, Namen aus Hongkong sowie eine Aufstellung des bislang verarbeiteten Opiums.

Shan arbeitete die ganze Nacht an seinem Bericht. Am Morgen, kurz nach Anbruch der Dämmerung, wurden Sungpo und Jigme aus dem Depot des Lagers Jadefrühling entlassen, in dem Tan sie versteckt hatte. Shan stand am Tor und schaute ihnen entgegen. Er wollte etwas sagen, doch ihm fehlten die Worte. Die beiden gingen durch das Tor, ohne Shan zu beachten. Sie lehnten es ab, sich fahren zu lassen. Nach sechs oder sieben Metern drehte Jigme sich um und nickte ihm mit siegreichem Lächeln kaum merklich zu.

Zwei Stunden später stand Shan in seiner Häftlingskleidung in Tans Büro. Unaufhörlich klingelte das Telefon. Zwei junge, schneidige Offiziere gingen Madame Ko zur Hand.

»Das Justizministerium hat bereits beschlossen, Ankläger Jao zum Helden des Volkes zu ernennen. Man wird seiner Familie einen Orden schicken«, verkündete Tan teilnahmslos. »Außerdem rechnet man damit, im Verlauf des heutigen Tages einige Festnahmen in Hongkong vorzunehmen. Li hat die ganze

Nacht geredet. Er wollte uns glauben machen, seine Beteiligung sei Teil der eigenen Ermittlungen gewesen. Außerdem hat er uns so viele Beweise geliefert, daß man ein ganzes Buch damit füllen könnte. Aus Lhasa ist ein General der Öffentlichen Sicherheit eingetroffen. Es gibt einen besonderen Ort in den Bergen, den das Büro in solchen Fällen benutzt. In der morgigen Zeitung wird das Volk von einem tragischen Unfall auf einer Hochgebirgsstraße lesen können. Keine Überlebenden.«

Shan sah aus dem Fenster. Die 404te war noch immer nicht an der Arbeit.

Tan folgte seinem Blick. »Ohne die Brücke besteht kein Bedarf für eine Straße«, sagte er. »Das Projekt ist eingestellt worden.«

Shan drehte sich überrascht um.

»Für eine neue Brücke ist kein Geld da«, erklärte Tan achselzuckend. »Die Einheiten der Öffentlichen Sicherheit befinden sich bereits auf dem Rückweg zur Grenze. Die 404te wird nicht bestraft. Ab morgen ist sie einem neuen Projekt zugeteilt. Bewässerungsgräben im Tal.« Tan gesellte sich für einen Moment zu Shan ans Fenster und schaute auf die Straße hinunter, wo Sergeant Feng an dem Geländewagen lehnte. »Du hast ihn zugrunde gerichtet.«

»Feng?«

»All diese Jahre unter meinem Befehl, und jetzt bittet er um eine Versetzung. So weit wie möglich von einem Gefängnis entfernt. Er sagt, er will in Erfahrung bringen, ob noch jemand aus seiner Familie am Leben ist. Und er möchte zum Grab seines Vaters.« Tan wies ungelenk auf eine Papiertüte, die auf dem Tisch stand. »Hier. Madame Kos Idee«, sagte er. Er klang seltsam angespannt, gar nicht so fröhlich, wie Shan erwartet hatte.

In der Tüte befanden sich ein neues Paar Militärstiefel und Arbeitshandschuhe.

Shan sagte nichts, sondern setzte sich und fing an, seine Schuhe aufzuschnüren. »Was ist mit dem Amerikaner?«

Tan zögerte. »Der Amerikaner stellt kein Problem mehr da. Man hat sich bereits mit der amerikanischen Botschaft in Verbindung gesetzt.«

»Wurde er schon abgeschoben?«

Tan zündete sich eine Zigarette an. »Mr. Kincaid ist letzte Nacht auf die Klippe oberhalb der Schädelhöhle geklettert. Dann hat er sich ein Seil um den Hals gebunden und ist gesprungen. Die Arbeitsmannschaft hat ihn heute früh gefunden, wie er über der Höhle hing.«

Shan biß die Zähne zusammen. So viele Leben waren verschwendet worden. Weil Kincaid zu sehr gesucht hatte. »Und Fowler?«

»Sie kann bleiben, falls sie möchte. Es gibt eine Mine zu leiten.«

»Sie wird bleiben«, sagte Shan, streifte die Schuhe ab und band die Schnürsenkel zusammen, damit er sie besser tragen konnte. Madame Ko zuliebe würde er jetzt die Stiefel anziehen und sie später dann Choje geben.

Tan starrte unschlüssig auf einen gefalteten Zeitungsartikel, der auf seinem Tisch lag. Als Shan sich die Stiefel anzog, schob Tan ihm das Blatt zu.

Der Bericht war zehn Tage alt. Ein ganzseitiger Nachruf. Man trauerte um Minister Qin vom Wirtschaftsministerium, der unter allen aktiven Regierungsmitgliedern als einziger noch zu den Überlebenden der Achten Armee des Langen Marsches gehört hatte.

»Ich habe in Peking angerufen. Er hat dich betreffend keinerlei Anweisungen hinterlassen. In seinem Büro wurde bereits ein großer Hausputz durchgeführt. Anscheinend wollten ziemlich viele Leute, daß seine Unterlagen so schnell wie möglich vernichtet werden. Die Akten sind alle weg. Und von der neuen Belegschaft hat keiner je etwas von Befehlen hinsichtlich deiner Person gehört.«

Shan faltete das Blatt zusammen und steckte es ein. Das waren nicht unbedingt gute Neuigkeiten. Solange Qin am Leben gewesen war, hatte es wenigsten jemanden gegeben, der sich an ihn erinnerte und über seine Tätowierung entscheiden konnte. Er wäre nicht der erste, der in einem chinesischen Gefängnis vergessen wurde.

Tan schlug die schmale braune Mappe auf, die Shan bei

seinem ersten Besuch gesehen hatte. »Das hier ist inzwischen der einzige offizielle Beleg für deine Existenz.« Tan klappte die Akte zu.

»Einen Fund hat man in Peking dennoch gemacht.« Tan hob ein Päckchen an, das in ein Wachstuch gewickelt war. »Es gab zwar keine Akte, aber das hier lag auf seinem Schreibtisch, wie eine Art Trophäe. Dein Name stand darauf. Ich dachte, du würdest ...« Er verstummte und schlug die Verpackung auf. Auf dem Wachstuch lag ein kleiner, abgenutzter Bambusbehälter.

Shan starrte ihn ungläubig an. Langsam wanderte sein Blick von dem vertrauten Behältnis zu Tan, der ebenfalls den Gegenstand betrachtete. »Ich habe früher oft den taoistischen Priestern zugeschaut«, sagte Tan gedankenverloren. »Sie warfen die Stengel und rezitierten dann Verse vor Gruppen von Kindern.«

Shans Hand zitterte, als er danach griff und den Deckel öffnete. Die lackierten Stengel befanden sich noch immer darin, die alten Schafgarbenstengel, die seit seinem Urgroßvater weitervererbt worden waren und mit denen man das Tao-te-king befragte. Da dies der einzige materielle Besitz gewesen war, der Shan etwas bedeutete, hatte der Minister sehr viel Wert darauf gelegt, ihm die Stengel persönlich wegzunehmen. Shan mußte erst nachdenken, wie man die Geste vollführte, die einst wie ein Reflex für ihn gewesen war. Dann streute er die Stengel mit einer langsamen, fächerförmigen Bewegung aus. Peinlich berührt schaute er auf.

»Es weckt Erinnerungen«, sagte Tan in einem merkwürdigen, gequälten Tonfall. Er sah Shan an, und sein Gesicht verzog sich fragend. »Es gab einst eine bessere Zeit, nicht wahr?« fragte er mit plötzlicher Ergriffenheit.

Shan lächelte nur traurig. »Das hier ist ein Familienerbstück«, sagte er sehr leise. »Wie freundlich von Ihnen. Ich hatte keine Ahnung, daß es noch existierte.«

Er rollte die Stengel zwischen den Fingern und war überrascht, wie angenehm sie sich anfühlten. Dann packte er sie fest, schloß die Augen, steckte die Stengel zurück in die Dose und wog sie in den Händen. Für den Bruchteil einer Sekunde roch er einen schwachen Hauch Ingwer, und er spürte, daß sein Vater in der Nähe war.

»Vielleicht dürfte ich um einen großen Gefallen bitten«, sagte Shan.

»Ich habe mit dem Direktor gesprochen. Du bekommst ein paar Wochen lang nur leichte Dienste zugewiesen.«

»Nein, ich meine das hier.« Behutsam legte er die Dose wieder auf das Wachstuch. »Man wird es konfiszieren. Einer der Wachposten wird es ins Feuer werfen. Oder verkaufen. Könnten Sie oder Madame Ko es nicht aufbewahren, bis irgendwann später?«

Tan musterte ihn bekümmert. Er schien etwas sagen zu wollen, aber dann nickte er nur unbeholfen und wickelte den Behälter wieder ein. »Natürlich. Deine Sachen sind hier in Sicherheit.«

So ließ Shan ihn dort zurück, wie er auf die Stengel starrte.

Madame Ko wartete. Sie hatte Tränen in den Augen. »Ihr Bruder«, sagte Shan und erinnerte sich an die Hingabe, mit der sie ihrem Verwandten treu blieb, der schon vor so vielen Jahren im Gulag verschwunden war. »Ich bin der festen Überzeugung, Sie haben ihm mit Ihrem Verhalten eine große Ehre erwiesen.«

Sie umarmte ihn, wie eine Mutter einen Sohn umarmen würde. »Nein«, sagte sie. »Sie sind es, der ihm Ehre erwiesen hat.«

Shan war schon halb den Korridor hinuntergegangen, als Tan ihm hinterherrief, er möge warten. Langsam und unsicher kam der Oberst auf ihn zu. In einer Hand hielt er die Bambusdose, in der anderen Shans Akte.

»Offiziell kann ich wegen einer Pekinger Akte nichts unternehmen«, sagte Tan. »Nicht mal, wenn es sich um eine verschwundene Akte handelt.«

»Natürlich«, sagte Shan. »Wir hatten eine Vereinbarung. Beide Seiten haben ihren Teil ehrenwert erfüllt.«

»Du hast also keine Reisepapiere. Nicht einmal Arbeitspapiere. Überall außerhalb dieses Bezirks droht dir eine Verhaftung.«

»Ich verstehe nicht.«

Tans Augen begannen in einem Licht zu erstrahlen, das Shan noch nie bei dem Oberst wahrgenommen hatte. Er reichte Shan die Akte.

»Hier. Du existierst nicht mehr. Ich rufe den Gefängnisdirektor an. Man wird dich von der Häftlingsliste streichen.« Langsam streckte Tan die Dose aus, und ihre Blicke trafen sich, als wäre es das erste Mal.

»Dieses Land«, seufzte Tan. »Es macht das Leben so schwierig.« Er nickte, fast wie zur Antwort auf seine eigene Behauptung, ließ dann die Dose in Shans Hand fallen, drehte sich um und ging in sein Büro zurück.

Dr. Sung stellte keine Fragen. Wortlos gab sie ihm fünfzig Einheiten Pockenimpfstoff, bat ihn, kurz zu warten, und holte ihm eine Broschüre, in der die Verabreichung der Medizin beschrieben wurde. »Ich höre, sie sind verschwunden«, sagte sie ungerührt. »Die Bei Da-Jungs. Als ob sie nie existiert hätten. Es heißt, aus Lhasa sei ein spezieller Säuberungstrupp gekommen.« Sie fand eine kleine Leinentasche für die Medizin und folgte ihm dann auf die Straße, als sei es ihr unmöglich, ihm auf Wiedersehen zu sagen.

Dort stand sie, und der Wind zerrte an ihrem Kittel, während Shan sich mit einem verlegenen Achselzucken verabschiedete. Im letzten Moment holte sie einen Apfel hervor und steckte ihn in Shans Tasche. Er lächelte sie dankbar an.

Es war ein langer Weg nach Yerpa.

Nachbemerkung des Verfassers

Die Figuren und Ereignisse dieses Romans sind ausnahmslos erfunden. Der fünfzigjährige Existenzkampf des tibetischen Volkes, das in einer Zeit höchster Not um Glauben und kulturelle Integrität ringt, ist es nicht.

R & L